E.T.A. Hoffmann

Contes nocturnes

Édition de Pierre Brunel
Professeur émérite à l'Université de Paris-Sorbonne

Traduction de Loève-Veimars

Gallimard

PRÉFACE

> Le quotidien est impénétrable et
> l'impénétrable quotidien.
>
> WALTER BENJAMIN,
> *Rêves*

D'un siècle l'autre

*Hoffmann a vécu de 1776 à 1822 ; il est donc à cheval sur le XVIII*ᵉ *et le XIX*ᵉ *siècles. Ses années de formation, évidemment décisives, se situent en tout cas dans l'autre siècle, le XVIII*ᵉ*. Koenigsberg, où il est né, est la ville de Kant. Son admiration musicale majeure est Mozart, et plus particulièrement le* Don Giovanni. *Les sérénades à deux cors auxquelles il est fait allusion dans le quatrième de ses* Contes nocturnes, *« Le Sanctus », sont tout à fait dans la tradition des sérénades nocturnes à deux cors du XVIII*ᵉ *siècle : la plus célèbre est la Sérénade en fa majeur de Mozart K. 52 dite* Ein musikalischer Spass, *« Une plaisanterie musicale », pour deux violons, alto, basse et deux cornistes inexpérimentés qui doivent jouer faux, sans doute comme le Président du tribunal et le Maître de chapelle. L'œuvre date du 14 juin 1787. Hoffmann n'avait*

*alors que onze ans. Il aura le sens de la plaisanterie,
mais il est aussi doué d'une de ces «âmes sensibles»
si caractéristiques du XVIIIᵉ siècle auxquelles il fait
maintes fois allusion.*

*Un tel mélange explique l'influence sur lui de Lau-
rence Sterne (1713-1768), à la fois humoriste et «sentimental». Hoffmann connaît bien l'œuvre du romancier
anglais, même s'il lui arrive de voiler ses références
(ainsi, dans «Le Chat Murr», il attribuera à Rabelais
une histoire qui se trouve dans le* Voyage sentimental
*de Sterne — celle d'un avocat à qui un grand coup
de vent enleva son chapeau et l'envoya dans la Seine
alors qu'il se promenait sur le Pont-Neuf). De la
manière de Sterne, certains de ses contes conservent de
nombreux aspects.*

*Ses contes peuvent naître d'une conversation entre
amis, sans doute à la veillée autour d'un bol de punch.
On sait par exemple comment à Berlin, en 1815, Hoffmann se trouvait dans la confrérie dite des «Frères
de Saint-Sérapion» avec Hitzig, Contessa, La Motte-
Fouqué, Chamisso, le docteur Koreff et l'acteur
Devrient. Le début du «Sanctus» et plus encore celui
de «La Maison déserte» semblent transposer ces conversations interminables entre amis qui pouvaient occuper
des nuits entières*[1]*. Mais la conversation est aussi une
forme littéraire, aimée de Sterne et de Diderot dans*
Jacques le fataliste et son maître, *où il reprenait la
manière de* Tristram Shandy. *Ce sera celle de Hoffmann lui-même, de manière beaucoup plus systéma-*

---

1. Voir J. Mistler, *Hoffmann le fantastique*, Albin Michel, 1950,
p. 196 : «À l'aube, quand les lampes pâlissaient, Hoffmann laissait
à leur pesante ivresse les buveurs endormis la tête sur la table. Le
petit jour gris se glissait sur les pavés luisants, le vent aigre du
matin lui pinçait le visage et, rentré chez lui, il écrivait les visions
de la nuit.»

tique, dans les huit «Veillées» des Frères de Saint-Séparion *(*Die Serapionsbruder, *1819-1821).*

Henri Fluchère, dans son grand livre sur Sterne[1], a bien montré que le romancier anglais avait substitué au titre traditionnel «La vie et les aventures de…» le titre «La vie et les opinions de Tristram Shandy». Ce sont des opinions que présente aussi Hoffmann dans un conte qui, comme «Le Sanctus», est le compte rendu d'une discussion entre le Docteur, le Maître de chapelle et le voyageur enthousiaste. Cette discussion porte sur les forces mystérieuses, occultes, nocturnes qui s'exercent dans le monde et sur l'homme. Au centre de la conversation et du conte nocturne se trouve donc le phénomène du* magnétisme *auquel le voyageur enthousiaste apporte une adhésion qui n'est pas moins enthousiaste. Au XVIIIe siècle, elle a été défendue par Franz Anton Mesmer (1734-1815), médecin allemand ayant exercé à Vienne puis à Paris, dans son* Mémoire de 1778 : *pour lui, tous les êtres, animés ou inanimés, sont soumis à l'influence d'un agent universel dit* fluide magnétique. *À l'image du fluide tend à se substituer pour Hoffmann, musicien, celle de l'onde sonore : d'où l'allégorie du papillon et du clavicorde. En commettant un sacrilège, en quittant l'église au moment du Sanctus, la cantatrice Bettina a touché l'une de ces cordes sensibles du monde, et sa voix en a été blessée. Le voyageur enthousiaste, en lançant une plaisanterie qui a pris valeur de maléfice, considère qu'il a lui-même permis l'intervention de cette force mystérieuse. Le voilà «apprenti sorcier», comme celui de la fameuse ballade de Goethe qui a inspiré à Paul*

1. H. Fluchère, *Laurence Sterne. De l'homme à l'œuvre*, Gallimard, coll. «Bibliothèque des idées», 1961, p. 226.

Dukas son célèbre poème symphonique. Y a-t-il une manière de guérir Bettina? Peut-être, mais elle ne saurait elle-même procéder que de l'obscur, du psychique. Cosmographie, prédilection, thérapeutique, tout est strictement mesmérien dans la conception du voyageur enthousiaste.

La Nuit romantique

Au nombre de nos rites quotidiens, devenus de simples habitudes, on peut compter le fait de dire à ses proches « Bonne nuit ». Il y a donc de bonnes nuits, paisibles, pleines de rêves heureux ou sans rêves du tout, et puis des nuits de cauchemar où se réveillent ce que Charles Nodier appellera, dans Smarra, *en 1821, « les démons de la nuit ».* Gute Nacht, *ce seront les derniers mots sur les dernières notes de* La Belle Meunière *de Franz Schubert ; ce sera le titre du premier lied dans* Le Voyage d'hiver, *du même compositeur. « Dans La Belle Meunière »,* écrit à ce propos Brigitte Massin, *« la nuit berçait encore, pour finir, la peine d'un jeune homme au cœur meurtri ; dès le début du* Voyage d'hiver, *la nuit n'est plus que le symbole de froides ténèbres et repère de terreurs[1]. »*

Cet appel à une « bonne nuit » est donc lancé par quelqu'un qui a le sentiment de traverser une « mauvaise nuit ». La formule revient dans les Contes nocturnes *de Hoffmann : c'est, dans « L'Homme au sable », le « Bonne nuit » inquiet lancé par la mère à ses enfants — une mère qui sait que la nuit sera sans doute mauvaise ; c'est, dans « La Maison déserte », le « Bonne nuit » déjà beaucoup plus ironique du vieil intendant*

---

1. B. Massin, *Schubert*, Fayard, 1977, rééd. 1993, p. 1160-1161.

ou celui, suppliant, du même intendant cherchant à détourner le narrateur de ce lieu étrange. Le sens de la formule a changé : de propitiatoire dans «L'Homme au sable», il est devenu menaçant ou conjuratoire dans «La Maison déserte».

Dans tous ces exemples, le «Bonne nuit» est souhaité à quelqu'un ou par quelqu'un qui est déjà dans la nuit. Ce «In der Nacht» (ce sera, en 1837, le titre du cinquième des Fantasiestücke *pour piano op. 12 de Robert Schumann) pourrait bien être une situation fondamentale où se mêlent la bonne et la mauvaise nuit. La pièce de Schumann est d'ailleurs très caractéristique à cet égard, puisque du bouillonnement sonore en* fa *mineur émerge, avant d'être à nouveau recouverte, une tendre cantilène en* fa *majeur. De la même manière, dans les délires nocturnes de Théodore, le Narrateur de «La Maison déserte», qui est beaucoup plus Ernst-Theodor-Amadeus Hoffmann que son ami Theodor von Hippel, peut voir passer la vision paradisiaque d'une ravissante jeune fille à la fenêtre. C'est pourquoi la distinction fondamentale n'est peut-être pas entre la* bonne *et la* mauvaise *nuit (la mauvaise nuit pouvant d'ailleurs être aimée, donc dans une certaine mesure être considérée comme bonne par sensibilité romantique). Ce qui importe bien davantage c'est le degré d'intensité ou, mieux, le degré de profondeur. Le noir absolu peut être un noir rayonnant, un «soleil noir» et, pour trouver une nuit plus sombre, il faut descendre plus bas, dans ces profondeurs où Charles Baudelaire, lecteur et admirateur de Hoffmann, cherchera «cette immense nuit semblable au vieux Chaos*[1]*».*

---

1. «De profundis clamavi», poème publié le 9 avril 1851 dans *Le Messager de l'Assemblée*, puis le 1er juin 1855 dans la *Revue des*

Les notions d'intensité et de profondeur peuvent se recouvrir. Ainsi dans le prologue de **Smarra**, *quand Nodier décrit l'amplification de la vie nocturne:* « *Les sylphes, tout étourdis du bruit de la veillée, descendent autour de vous en bourdonnant. Ils frappent du battement monotone de leurs ailes de phalènes vos yeux appesantis, et vous voyez longtemps flotter* dans l'obscurité profonde *la poussière transparente et bigarrée qui s'en échappe [...* [1]*].* »

Tantôt les ténèbres extérieures s'épaississent: on se plaît à saisir le moment où l'on passe du soir à la nuit. Les ténèbres extérieures sont alors doublées par les ténèbres intérieures ou bien encore, s'enfonçant dans les ténèbres de la nuit, on découvre une nuit plus ancienne, une nuit antérieure. La nuit se double donc aussi d'une nuit mythique qui lui confère son intensité et sa profondeur. C'est la Nuit de la Théogonie *d'Hésiode* [2], *la* « *noire déesse* » *des* Nuits de Young [3], « *la*

Deux Mondes, repris dans *Les Fleurs du Mal* (pièce XXVIII en 1857, XXX en 1861, XXXI dans l'édition posthume de 1868).

1. C. Nodier, *Smarra ou les démons de la nuit*, 1821.
2. Voir Hésiode (VIIᵉ s. av. J.-C.), *Théogonie*, trad. de J.-L. Backès, «Folio classique», nº 3467, 2001, et C. Ramnoux, *La Nuit et les enfants de la Nuit dans la tradition grecque*, Flammarion, coll. «Symboles», 1959, rééd. «Champs Flammarion», 1986.
3. Edward Young (1683-1765), pasteur anglican, devenu recteur de Welwyn, dans le Hertfordshire, composa après des deuils *The Complaint, or Night-Thoughts* (1740-1745), un ensemble de près de dix mille vers, en neuf parties, qui obtint un succès considérable. Dès la première de ces *Nuits*, ou plutôt de ces Pensées nocturnes, apparaît la Nuit divinisée:

> *Night, sable goddess! from her ebon throne,*
> *In rayless majesty, now stretches forth*
> *Her leaden sceptre o'er a slumb'ring world.*
> (La Nuit, noire déesse, en son trône d'ébène
> Siège, sans un rayon, et voici qu'elle étend
> Son lourd sceptre de plomb sur un monde endormi.)

nuit primordiale, mère de toutes choses» de Novalis,
saluée aussi par Schelling[1].

   Ce jeu de distinctions nuit extérieure / nuit intérieure
/ nuit antérieure n'est pas le seul. Il a besoin d'être
complété et affiné, et déjà dans le premier des Contes
nocturnes, «L'Homme au sable». Il y a dans ce conte
des scènes qui se passent la nuit : c'est le cas des terreurs enfantines de Nathanaël, de la mort du père, ou
encore de la fête chez le professeur Spalanzani. Les
lumières qui donnent leur éclat à cette fête s'éteignent,
et Nathanaël retrouve la nuit. Clara essaie, dans sa
lettre à Nathanaël, la deuxième des trois lettres initiales, de maintenir le statut extérieur des menées nocturnes de l'inquiétant Coppelius. Elle a pourtant bien
compris que la nuit s'est introduite en Nathanaël. Il
tombe à chaque instant dans de sombres rêveries. À
chaque instant, même à l'heure de midi : c'est l'heure
du dernier épisode, quand Nathanaël monte avec
Clara au sommet de la tour de l'Hôtel de ville. Mais de
cette tour l'ombre se fait menaçante, et les visions nocturnes reviennent hanter Nathanaël, qui va tomber
dans l'abîme.

   Nathanaël est-il seulement la proie de la folie ? Une
autre suggestion est faite. La folie s'est emparée de

(*La Plainte, ou Pensées nocturnes*, «Nuit I : la vie, la mort et l'im-
mortalité», trad. de R. Martin dans *Les Préromantiques anglais*,
Aubier-Montaigne, s.d., p. 66-67).
   1. Novalis, *Hymnen an die Nacht*, seule œuvre achevée, avec
deux petits traités, par l'écrivain allemand (de son vrai nom Friedrich von Hardenberg, 1772-1801) après la mort, le 19 mars 1797,
de Sophie von Kühn, la jeune fille de quinze ans qu'il aimait. Ces
Hymnes à la Nuit ont paru pour la première fois en 1800 dans
l'*Athenaeum* de Friedrich Schlegel. La Nuit y est saluée, dès le
premier des six poèmes, comme une «Reine de la nature terrestre »
(«*ein König der irdischen Natur*») (éd. et trad. G. Bianquis, Aubier-
Montaigne, 1943, p. 76-77). Novalis avait lui-même lu Schelling.

Nathanaël quand il a regardé dans la lunette de Coppola, et de fait il est là (le marchand de baromètres Coppola = l'avocat Coppelius), dans la foule, sur la place du marché. N'est-il pas l'un de ces démons de la nuit qui hantent l'âme populaire? N'est-il pas l'homme au sable, c'est-à-dire «une odieuse et fantasque créature, qui, partout où elle paraissait, portait le chagrin, le tourment et le besoin, et qui causait un mal réel, un mal durable[1]»?

Une image claire dans la nuit

Au début de La Flûte enchantée *de Mozart, Tamino rêve devant le portrait que viennent de lui donner les Trois Dames. Elles sont des créatures de la Reine de la Nuit, et rêver devant ce portrait comme le fait le jeune homme, c'est entrer dans le rêve nocturne. Le portrait, la jeune fille qu'il représente (Pamina), les intermédiaires, tout cela appartient au domaine de la Reine de la Nuit. Ou plutôt tout cela lui appartiendrait si Pamina n'avait été ravie à sa mère par Sarastro.*

Il est impossible de ne pas rapprocher ce rapt de celui de Perséphone par Hadès. Et toute l'habileté de la Reine, dans son premier grand air («Zum Leiden bin ich auserkoren»), est de se faire passer pour une déesse du jour, comme Cérès, dépossédée par la Nuit. Comme elle, elle a un douloureux cœur de mère («dies tiefbetrübte Mutterherz»), comme elle, elle laisse derrière elle un bonheur lumineux auquel un seul instant a mis fin. Et pourtant le décor nocturne (Finsternis) de son apparition, le tonnerre et les éclairs qui l'entourent opposent à cette version des faits une manière de

---

1. «L'Homme au sable», p. 54-55.

démenti. Cette Reine terrible, qui semble surgir der-
rière des montagnes, semble aussi sortir des Enfers.

On croyait au parallèle avec le mythe antique, et on
en vient à se demander si le mythe n'est pas inversé. Le
ravisseur, Sarastro, habite le Temple du Soleil, et c'est
là qu'il a recueilli Pamina. Emportée par un excès de
colère, la Reine de la Nuit, au moment de son second
air, brandit le poignard et le crime. Si elle était par-
venue à reprendre Pamina, elle l'aurait donnée en
mariage au noir Monostatos. Sa mise en échec est la
condition d'une victoire de la lumière célébrée par le
Chœur («L'éclat du soleil chasse la sombre nuit») et
de nouveau par Sarastro, qui fait figure de Coryphée
au moment de l'exodos dans la tragédie antique :

> Die Strahlen der Sonne
> vertreiben die Nacht,
> zernichten der Heuchler
> erschlichene Macht[1].

Sans doute peut-on interpréter La Flûte enchantée,
opéra maçonnique ou non[2], *comme un dernier éclat de*
l'Aufklärung ou plus largement de ce que nous appelons
le Siècle des Lumières. Mais si l'on accepte d'y voir
comme un rêve prolongé de Tamino, l'œuvre est bien
romantique déjà, et porteuse en tout cas d'un appel à la
figure désirable et consolante à la fois de la femme aimée,
de la bien-aimée lointaine et ici encore inconnue. Cet
appel, que de fois a-t-il été lancé par les Romantiques !

1. Les rayons du soleil
   chassent la nuit
   et déjouent de l'hypocrite
   la force subreptice.
2. Sur ce point, voir J. Chailley, *La Flûte enchantée. Opéra
maçonnique*, Robert Laffont, 1968.

Leopardi, dans l'un de ses Canti, « Il primo amore »
*(1817), révèle combien cette image fut consolatrice
dans les fièvres nocturnes du premier amour :*

E dove io tristo ed affannato e stanco
Gli occhi al sonno chiudea, come per febre
Rotto e deliro il sonno venia manco.

Oh come viva in mezzo alle tenebre
Sorgea la dolce imago, e gli occhi chiusi
La contemplavan sotto alle palpebre[1] !

*Victor Hugo appelle, de la même manière, Juliette
Drouet ou son image dans un poème des* Rayons et les
Ombres *que Franz Liszt mettra en musique :*

*Oh ! quand je dors, viens auprès de ma couche,
Comme à Pétrarque apparaissait Laura,
Et qu'en passant ton haleine me touche... —
Soudain ma bouche
S'entr'ouvrira !*

*Sur mon front morne où peut-être s'achève
Un songe noir qui trop longtemps dura,
Que ton regard comme un astre se lève... —
Soudain mon rêve
Rayonnera !*

---

1. « Et quand, triste, angoissé et las, je fermais les yeux au
sommeil, comme par la fièvre interrompu et le délire, le sommeil
me fuyait bientôt.
Oh ! combien vive au milieu des ténèbres surgissait la douce
image ! par les yeux clos sous les paupières contemplées ! »
D'abord intitulée *Elegia*, cette pièce est le numéro X des *Canti*
dans l'édition de 1831.

> *Puis sur ma lèvre où voltige une flamme,*
> *Éclair d'amour que Dieu même épura,*
> *Pose un baiser, et d'ange deviens femme… —*
>> *Soudain mon âme*
>> *S'éveillera*[1] *!*

*C'est une image salvatrice dans une nuit tour-
mentée, la substitution d'un rêve lumineux à un songe
noir, mais ni l'ange, ni le fantasme, ni la réminiscence
littéraire ne suffisent au poète : il lui faut une présence
réelle — un souffle, un regard, un baiser —, et la progression spirituelle (bouche / songe / âme) ne peut
paradoxalement s'accomplir qu'à la faveur de la
transformation de l'ange en femme. Le poème de Hugo
est daté de 1839. Le* Lied *de Liszt est de 1860. Et comme
si le poids culturel l'emportait alors sur la spontanéité
créatrice, le compositeur — auteur par ailleurs d'une
paraphrase de trois* Sonnets de Pétrarque — *insiste
sur la référence à Laura au point de la répéter à la fin
d'une romance française qui a toutes les caractéristiques du* bel canto *italien.*

Les trois célèbres Nocturnes, ou plutôt Liebes-
träume, *de Liszt, ne sont pas d'une inspiration fonda-
mentalement différente, même si le support littéraire
en est divers. Le premier, «* Hohe Liebe *» («* Amour
sublime *»), sur un poème de Ludwig Uhland, semble
dire, il est vrai, un amour comblé. Mais cet amour
ouvre le ciel. Le second, «* Seliger Tod *» («* Mort bienheureuse *»), renouvelle ce don à la faveur d'une assi-
milation de la mort et de la nuit d'amour. La troisième,
le plus célèbre, «* O Lieb *» («* Oh ! aime *»), établit le voi-*

---

1. Poème sans titre daté du 19 juin 1839. Voir Hugo, *Les Chants
du crépuscule,* suivi de *Les Voix intérieures* et *Les Rayons et les
Ombres,* éd. P. Albouy, « Poésie/Gallimard », 1983, p. 308.

sinage de la couche et de la tombe — on retrouve l'un des thèmes majeurs des Hymnes à la nuit *de Novalis.*

Rêve serein, rêve tourmenté, ces deux images forment un diptyque à l'époque du Romantisme. Je n'en veux pour preuve que la réunion sous le même numéro d'opus 23, en juillet 1825, des deux Lieder *de Schubert,* « Die Junge Nonne » *(« La jeune nonne »), sur un poème de Jakob Nicolaus von Craigher de Jachelutta, et* « Nacht und Träume » *(« Nuit et rêves »), sur un texte de Matthäus von Collin.*

Les Contes nocturnes *présentent le même diptyque. Ainsi, dans « La Maison déserte », à la ravissante créature aperçue à la fenêtre se substitue une vieille folle effrayante. Pourtant, Clara, dans le premier de ces récits, a tout, à commencer par son nom, pour être une figure claire dans la nuit.*

Clara, « Clärchen », est une figure essentiellement lumineuse dans « L'Homme au sable ». Orpheline recueillie avec son frère Lothaire dans la maison de Nathanaël, elle est à la fois une cousine lointaine et une amie d'enfance comme Bérénice pour Egaeus dans le conte d'Edgar Poe[1]. Elle est une présence joyeuse, elle veut être une présence apaisante pour celui qui, depuis l'enfance, est tourmenté, non par Croquemitaine, ni même seulement par l'avocat Coppelius, mais par un affreux esprit des ténèbres qui, partout où il apparaît, apporte le malheur, la ruine et le désespoir dans la vie d'ici-bas pour l'éternité.

Nathanaël est sensible à la charmante figure d'ange de Clara, à son sourire gracieux, à ses yeux transpa-

---

1. « Berenice, a Tale », conte publié pour la première fois dans le *Southern Literary Messenger* en mars 1835, repris en 1840 dans le tome II des *Tales of the Grotesque and Arabesque* ; la traduction de Baudelaire, publiée dès 1852, figure en 1857 dans les *Nouvelles Histoires extraordinaires.*

rents et à son regard limpide. Il l'évoque dès sa lettre à Lothaire sur laquelle s'ouvre le conte. Il rappelle encore «ses yeux clairs et touchants» dans la seconde lettre qu'il adresse au frère de Clara. Et comment les aurait-il ignorés quand un simple témoin, homme à l'imagination curieusement débordante il est vrai, compare les yeux de Clara à un lac peint par Ruysdaël, «où se mirent l'azur du ciel, l'émail des fleurs et les feux animés du jour».

Non seulement Clara est lumineuse, mais elle veut être lumière. D'abord elle cherche à être une simple femme, et une femme simple. Aux livres tout pleins de la doctrine mystique des puissances malignes et diaboliques que lui lit Nathanaël, elle oppose le souci du déjeuner et du café sur le feu. Aussi a-t-on pu se demander si elle n'appartenait pas à «la cohorte des bourgeoises insignifiantes qui, dans l'œuvre de Hoffmann, n'ont d'existence que dans la mesure où le hasard, ou la volonté du conteur, les jette sur la route des artistes et des illuminés auxquels Hoffmann s'identifie». Son mariage tranquille, après la mort de Nathanaël, pourrait en effet le laisser croire. Mais Clara s'élève au-dessus de la cohorte des bourgeoises insignifiantes dans la mesure où elle a conçu une éthique de la lumière qui s'oppose et qu'elle oppose au pessimisme passif de Nathanaël. S'il existe une puissance inconnue, qui cherche sournoisement à s'emparer de notre propre conscience pour mieux la perdre — et elle ne repousse pas entièrement cette hypothèse —, elle affirme qu'il lui faut s'en défendre par un esprit solide affirmé au cours d'une vie sereine: il faut combattre cette puissance mauvaise pied à pied, refuser de se laisser posséder par elle au point qu'elle devienne pour ainsi dire notre propre existence; mieux même, il faut faire comme si elle n'existait pas, comme si elle n'était que la création d'un esprit égaré.

Dans les moments d'éclaircie, Nathanaël se laisse presque convaincre, et il revient à Clara. Mais il ne peut longtemps se cacher à lui-même sa déception, qui n'est que le signe de sa propre faiblesse. Le prosaïsme (volontaire) de Clara l'irrite. Son indifférence à ses lectures, à ses poèmes, aux hantises dont il est plein, le persuade qu'elle ne peut être vraiment pour lui l'âme-sœur. À ces yeux limpides, il reproche de n'être pas le miroir où il pourrait se retrouver lui-même jusque dans son goût pour les ténèbres.

Aussi, par une étrange aberration qui constitue sans doute le centre de cette histoire, en vient-il à préférer aux yeux limpides de Clara les yeux vides d'Olimpia, l'automate construit par le professeur Spalanzani, son maître à l'Université de G. (Göttingen, à n'en pas douter). Sans doute est-il d'abord surpris par le regard fixe de ces yeux dépourvus pour ainsi dire de toute puissance de vision et semblables à ceux de quelqu'un qui dormirait les yeux ouverts. Après le bal chez Spalanzani, son ami Siegmund le met en garde contre ce regard trop dénué de chaleur vivante, et même de faculté visuelle. Mais grâce à la lorgnette qu'il a achetée à un colporteur piémontais dont les traits et le nom, Coppola, ne peuvent pas ne pas lui rappeler ceux de Coppelius, il loue ces yeux vides d'une lumière — d'humides rayons lunaires —, d'un regard — toujours attaché à lui —, d'une vie qui est la sienne propre. Paradoxalement, on pourrait dire que cette lumière est la projection de ses propres ténèbres. C'est pourquoi, d'une certaine manière (Freud y a insisté au prix d'un contresens sur la lettre, mais le texte de Hoffmann le suggère bien), Nathanaël a, par l'intermédiaire de Coppola, donné ses yeux à Olimpia, et une âme profonde où se réfléchit tout son être.

On pourrait dire encore que Nathanaël a donné à Olimpia les yeux, les yeux limpides de Clara. Il est frappant de constater en tout cas qu'il doit traiter Clara de « stupide automate », d'automate maudit, pour faire d'Olimpia une femme vivante. La déconvenue est cruelle, et Clara elle-même cette fois ne pourra le sauver dans l'épisode final. Elle est devenue pour lui celle qui l'empêche de voir au moment où, pour la première fois, elle l'invitait à voir. Et cela parce qu'elle est la femme réelle qui cherche à s'imposer contre tous les fantômes et tous les fantasmes.

La vérité des mots

« Oui, il existe bien une vérité des paroles » : cette bribe de conversation saisie cet été alors que je me promenais à pied dans la forêt de la Coubre m'a donné à réfléchir. Cette vérité des paroles ne se confond pas avec la vérité de parole, centrale dans la pensée et dans l'œuvre d'Yves Bonnefoy[1]. Elle ne se limite pas non plus à la parole donnée — celle qu'Ignace Denner capte au vol quand dans le deuxième des Contes nocturnes *de Hoffmann le brave Andrès lui offre son sang et sa vie. Plus immédiatement, ce problème est celui de la vérité des mots.*

Dans une page de « Crise de vers », Mallarmé a abordé ce problème, en particulier à propos du mot « nuit », de ses synonymes et de son antonyme « jour ». Il part du constat que « les langues [sont] imparfaites en cela qu'[elles sont] plusieurs » et donc que « manque la suprême ». La « diversité des idiomes » interdit la « frappe unique » d'un mot qui contiendrait en lui son absolue

---

1. Yves Bonnefoy, *La Vérité de parole*, Mercure de France, 1988.

vérité. «Nuit» fournit l'exemple d'une telle approxima-
tion, et même d'un désaccord ou du moins un discord
entre le son et le sens : « À côté d'ombre, opaque, ténèbres
se fonce peu ; *quelle déception, devant la perversité*
conférant à jour *comme à* nuit, *contradictoirement,*
des timbres obscur ici, là clair. Le souhait d'un terme
de splendeur brillant, ou qu'il s'éteigne, inverse ; quant
à des alternatives lumineuses simples — Seulement,
sachons n'existerait pas le vers : *lui, philosophique-*
ment, rémunère le défaut des langues, complément
supérieur[1]. *»*

   Die Nacht, *la Nuit, ce titre aurait suffi à Novalis,*
qui avait renoncé à Hymnen[2]. *C'est pourtant sous le*
titre Hymnen an die Nacht *que l'ouvrage fut publié*
*dans la revue l'*Athenaeum, *dirigée par Friedrich*
Schlegel, en 1800. Ce titre s'est maintenu au fil des
rééditions successives et jusqu'à nous : c'est là un de
ces «testaments trahis», tels ceux qu'a dénoncés Milan
Kundera, en particulier à propos de Franz Kafka[3].

   Hoffmann n'écrit pas en vers, contrairement au
Novalis des Hymnes à la nuit *qui a adopté pour cette*
œuvre une prose rythmique[4] *mais a introduit des*
strophes en vers à la fin du quatrième, à l'intérieur et à

---

1. «Crise de vers», dans *Divagations*, 1897. Le paragraphe cité
faisait partie d'une des «Variations sur un sujet» publiée dans *La
Revue Blanche* du 1er septembre 1895 sous le titre VIII «Averses ou
critique». Voir Mallarmé, *Œuvres complètes*, éd. B. Marchal,
«Bibliothèque de la Pléiade», t. II, 2003, p. 208.
   2. Ce renoncement était exprimé dans une lettre adressée par
Novalis à Ludwig Tieck le 23 février 1800 ; Friedrich Schlegel avait
reçu la même instruction et se déclarait prêt à la suivre, dans une
lettre adressée à Schleiermacher le 28 mars suivant. Voir sur ce
point l'avant-propos de Geneviève Bianquis à son édition bilingue
des *Hymnes à la Nuit*, avec les *Cantiques* (*Geistliche Lieder*) du
même Novalis (Aubier-Montaigne, 1943, p. 7).
   3. M. Kundera, *Les Testaments trahis*, Gallimard, 1993.
   4. C'est l'expression utilisée par Geneviève Bianquis.

la fin du cinquième et a présenté sous cette forme le sixième et dernier tout entier. Et la question soulevée par Mallarmé n'est pas sensiblement différente quand on passe d'une langue à l'autre et quand on se pose le problème de la traduction. La douceur, la clarté du mot nuit *en français ne permettent pas d'en faire l'équivalent du mot allemand* Nacht, *mot rugueux qui racle la gorge.* «Nocturne», *il est vrai, s'en rapproche un peu plus, mais l'alliage* Nachtstücke *complique encore les choses, et en recommandant de traduire ce titre par* Nocturnes, *Jean-François Ricci n'en rendait pas compte*[1].

Il n'est pas d'autre encre possible, pour des Contes nocturnes, *qu'une encre de nuit*[2]. *Comme le suggère Jean-Claude Mathieu à l'aide d'une référence à peine implicite à Hoffmann, «l'écrivain ne répugne pas à en faire un* élixir du diable, *une mixture mystérieuse». C'est d'une telle encre mystérieuse que l'étudiant Anselme, dans l'un des* Fantasiestücke, «Le Vase d'or», *copiait des lettres écrites en des langues bizarres à la demande d'un archiviste salamandrin. Ce qui ne signifie pas qu'il en use en alchimiste — le personnage est présenté de manière défavorable dans «L'Homme au sable» —, même pas déjà en alchimiste du verbe, car sa création verbale ne bouleverse pas le langage, comme celle de Rimbaud. Je dirais plutôt que son encre est sympathique*[3], *qu'elle attire et qu'elle étire la nuit.*

---

1. J.-F. Ricci, *E.T.A. Hoffmann. L'homme et l'œuvre*, José Corti, 1948.
2. C'est le titre que Jean-Claude Mathieu a donné au deuxième chapitre de son maître-livre, *Écrire, inscrire. Images d'inscriptions, mirages d'écritures*, José Corti, coll. «Les Essais», 2010, p. 97-129.
3. Baudelaire utilise l'expression à propos des *Confessions d'un mangeur d'opium* de Thomas de Quincey: «De même que les étoiles voilées par la lumière du jour reparaissent avec la nuit, de même aussi toutes les inscriptions gravées sur la mémoire inconsciente reparurent comme par l'effet d'une encre sympathique»

*Cette encre noire est inséparable de ce que nous dési-
gnons d'une manière souvent trop vague comme le
fantastique. Elle est sans doute l'un des ingrédients
qui en favorise la fabrication, dans les* Nachtstücke
plus encore que dans les Fantasiestücke *antérieurs, la
transition étant assurée par l'un des contes qui était
prévu à l'origine pour le premier recueil, «Ignace
Denner». Je reprendrais ici volontiers, à propos de
Hoffmann, la remarque de Théophile Gautier au sujet
des dessins à l'encre de Victor Hugo: «Derrière la
réalité il met le fantastique comme l'ombre derrière le
corps, et n'oublie jamais qu'en ce monde toute figure,
belle ou difforme, est suivie d'un spectre noir comme
d'un page ténébreux[1].»*

*Mais si, comme le suggère Jean-Claude Mathieu en
s'inspirant cette fois de Mallarmé, il importe que la
goutte d'encre soit «apparentée à la nuit sublime», il
est nécessaire de «puis(er) à quelque encrier sans Nuit
la [...] couche suffisante d'intelligibilité[2]». Elle n'est
pas si vaine que l'a dit Mallarmé, cette couche d'intelligibilité, et on ne saurait reprocher à Hoffmann de ne
pas se contenter de la formule-titre d'Henri Michaux,*
La nuit remue. *Apparentée à la nuit, l'écriture nocturne maintient les exigences du jour pour pouvoir être*

(«Un mangeur d'opium» dans *Les Paradis artificiels*, 1861, *Œuvres complètes*, éd. C. Pichois, «Bibliothèque de la Pléiade», 1975-1976, t. I, p. 481). Jean-Claude Mathieu, qui cite ce texte p. 115, rappelle aussi l'un des poèmes de René Laporte, un écrivain trop oublié, «L'encre sympathique», dans *Le Gant de fer et le gant de velours*, Seghers, coll. «Cahiers PS 82», 1951, p. 11.

1. *Dessins de Victor Hugo gravés par Paul Chenay*, préface de T. Gautier, dans l'édition de Jean Massin des *Œuvres complètes* de Victor Hugo, Club Français du Livre, 1969, t. XVIII, p. 8. Cité *ibid.*, p. 106.

2. Je cite — en modifiant — d'après le livre de Jean-Claude Mathieu, p. 101, qui ne donne pas la référence.

*comprise du lecteur. C'est à un exact contemporain de
Hoffmann que j'emprunterai la formule : «L'encre
n'est pas noire, mais le noir est produit de l'encre[1].» Ce
peut être ce que Jean-Claude Mathieu appelle «le noir
de l'enfance», l'enfance de Nathanaël dans «L'Homme
au sable», ou «l'encre du paysage» dans «La Maison
déserte», ou encore «l'encre du corps opaque».*

L'écriture fragmentaire : des pans de nuit

*C'est en nous peut-être que se fait le mariage du ciel
et de l'enfer tel que William Blake l'a imaginé. Telle est
la constatation que font Clara et son frère Lothaire
quand ils considèrent le cas douloureux de Nathanaël
dans le premier des* Nachtstücke. *Le «nocturne» se
confond alors avec «un principe extérieur, dont nous
ne sommes pas les maîtres», ou ce que Philippe Forget,
dans sa traduction nouvelle, appelle «une obscure
puissance physique». Elle «fait souvent entrer en nous
des figures étrangères que le monde extérieur jette sur
notre chemin, si bien que c'est nous seuls qui enflam-
mons l'esprit qui, comme une singulière tromperie
nous le fait croire, parle à partir de cette forme. C'est le
phantôme de notre propre moi dont la parenté intime
et la profonde incidence sur notre âme nous jettent en
enfer et nous ravissent jusqu'au ciel[2].»*
Il est vrai que tout, dans cette conception, n'est pas

---

1. Joseph Joubert (1754-1824), *Carnets*, publiés pour la première fois par André Beaunier, Gallimard, 1938 (nouvelle éd., t. I,
p. 183). Cité par Jean-Claude Mathieu, *op. cit.*, p. 103.
2. Je cite ici la traduction de Philippe Forget, *Tableaux nocturnes*, éditions de l'Imprimerie nationale, La Salamandre, t. I,
1999, p. 85. Le choix de l'orthographe ancienne est volontaire pour
rendre le mot allemand *Phantom*.

qu'intériorité pure. Il demeure le mystère de cette «obscure présence physique» qui semble diffuse dans l'univers de Hoffmann, du moins dans la représentation qu'il veut donner en tant que conteur ou, mieux, que poète en prose. Car la marge est faible entre les deux catégories: Nathanaël compose «des poésies ténébreuses, incompréhensibles, informes» que Clara, plus prosaïque, ne veut considérer que comme des contes insensés et déments[1].

La notion de «conte» n'est pas directement présente dans ce titre, Nachtstücke, *même si Hoffmann sait fort bien qu'il y a là un écho du titre de son premier recueil, les* Fantasiestücke *de 1815*[2], *dont le deuxième des* Nachtstücke, «Ignaz Denner», *aurait pu, peut-être même dû faire partie.*

Le mot «tableau», que Philippe Forget a retenu pour sa remarquable traduction moderne, Tableaux nocturnes, *ne convainc peut-être pas tout à fait le lecteur, habitué il est vrai depuis la première traduction française, celle de Loève-Veimars, à* Contes nocturnes. *Mais «Tableaux nocturnes», l'expression ne trouve sa pleine justification que dans le sixième conte, «Le Majorat», quand la pleine lune éclaire les vieux tableaux du château de R...sitten (R...bourg dans la*

---

1. *Ibid.*, p. 94-95, 97. Philippe Forget insiste sur ce point dans son commentaire de «*Der Sandmann*», le premier des *Tableaux nocturnes* (*op. cit.*, t. II, 2002, p. 11).
2. Philippe Forget insiste justement sur le fait que les *Phantasiestücke in der Manier Jacques Callots*, le premier recueil de Hoffmann (1814-1815), a d'abord failli s'intituler *Images d'après Hogarth* — Hogarth (1697-1764), ce peintre, dessinateur et graveur anglais en qui Baudelaire verra essentiellement un caricaturiste (et d'ailleurs, pour lui, «en matière de caricatures les Anglais sont des ultra»; voir «Quelques caricaturistes étrangers», article publié dans *Le Présent* le 15 octobre 1857 puis dans *L'Artiste* le 26 septembre 1858, avant d'être repris dans les *Curiosités esthétiques*.

traduction de Loève-Veimars). Cette traduction ou
cette transposition a le mérite de mettre en valeur le
fait que, dans le genre pictural du Nachtstück, la
lumière est aussi « donnée par des torches, flambeaux
(Fackeln) ou autres lumières allumées (angezündete
Lichter) donc artificielles[1] », que « la source lumineuse
qui rend possible ce tableau est elle-même artificielle ».
L'artifice est le sujet du premier des Nachtstücke avec
au centre un être artificiel, Olimpia. Il en est aussi le
mode. Et il y a chez Hoffmann une problématique qui
dépasse assurément la thématique de l'homme artificiel telle que l'a étudiée Annie Amartin-Serin[2]. C'est
précisément une problématique de l'artificiel. Philippe
Forget l'expose nettement : « Si l'artificiel a pour Hoffmann, contrairement à Sulzer[3], une valeur positive,
cela va dans le sens de l'esthétique romantique pour
laquelle la nature ne se sert elle-même (ne se rapporte
à elle-même) que dans ses propres productions
humaines, et, parmi elles, celles des artistes ne sont
qu'une potentialisation plus radicale encore et donc,
dans une certaine mesure, plus fidèle puisque permettant à la nature une sensation de soi plus intense[4]. »
   L'interprétation des Nachtstücke de Hoffmann
comme des Nachtstücke en peinture, et en particulier
comme des portraits, vers laquelle nous conduit Philippe Forget, autorise encore plus un examen des textes
qui sont réunis dans ce recueil, à commencer par
« L'Homme au sable », en se fondant sur la réflexion de

   1. P. Forget, *op. cit.*, t. I, Présentation, p. 11.
   2. A. Amartin-Serin, *La Création défiée. L'homme fabriqué dans
la littérature*, PUF, coll. « Littératures européennes », 1996. Dès la
p. 6 se trouve mis en place « le thème de l'homme fabriqué ».
   3. Ce théoricien allemand avait décrit le genre du *Nachtstück*
dans un texte de 1777, *Allgemeine Theorie der schönen Kunst*.
   4. *Tableaux nocturnes*, *op. cit.*, t. I, p. 23.

Baudelaire, sur cette problématique de la nature et de l'artifice qui est au centre de ses considérations esthétiques, de cette association qui se crée chez lui : portrait — couleur — imagination — roman — surnaturel ou plutôt supra-naturel[1].

Robert Schumann, imprégné de Hoffmann, a composé pour le piano et des Fantasiestücke *op. 12 et les quatre* Nachtstücke *op. 23. On traduit parfois le premier de ces titres par* Morceaux de fantaisie, *le* stück *étant une pièce, au sens musical du terme. On garde le titre allemand pour les* Nachtstücke, *car « Morceaux de nuit » paraîtrait maladroit en français. Ce sont pourtant bien et pour Hoffmann et pour Schumann des* Stücke, *des fragments, si l'on veut recourir à un terme utilisé quand on étudie l'esthétique du Romantisme allemand. Françoise Susini-Anastopoulos, qui a consacré à cette question un ouvrage important[2], ne se réfère pas directement à Hoffmann, absent de son index, mais à Novalis, à Schleiermacher, à August Schlegel, aux Romantiques d'Iéna. Il y est question de la forme aphoristique plus que du conte. Mais les* Contes nocturnes, *en tant que* Nachtstücke, *ne sont-ils pas des pans de nuit, et propres en cela à communiquer ce que le philosophe et poète Jean-Louis Chrétien appelle « l'effroi du beau[3] ? »*

1. Un texte exemplaire à cet égard est « Du portrait », dans le *Salon de 1846* (Baudelaire, *Œuvres complètes*, « Bibliothèque de la Pléiade », *op. cit.*, t. II, p. 464-468).
2. F. Susini-Anastopoulos, *L'Écriture fragmentaire. Définitions et enjeux*, PUF, coll. « Écriture », 1997.
3. *L'Effroi du beau* est le titre de l'essai publié par Jean-Louis Chrétien aux éditions du Cerf en 1987. Françoise Susini-Anastopoulos s'y réfère dans son ouvrage cité, p. 258.

« Une ténébreuse et profonde unité »

*Présentés dans l'édition originale de 1817 en deux
séries de quatre contes, ces « morceaux de nuit » étaient
regroupés par Hoffmann lui-même. Les analogies frap-
pantes entre le premier conte de chacune des deux séries,
« L'Homme au sable » et « La Maison déserte », méritent
d'être considérées comme de véritables correspondances
et contribuent à l'impression d'unité que laisse la
lecture de l'ensemble. Du premier au cinquième des*
Contes nocturnes *passe et repasse l'homme à l'habit
noir, qu'il soit Coppelius dans ses vêtements de nuit ou
l'intendant de la maison déserte, qui porte un habit
couleur de café brûlé. Passe et repasse aussi le colporteur italien, Coppola, qui vend une lorgnette fatale à
Nathanaël, ou celui, anonyme, qui vend à Théodore cet
autre objet dangereux, le miroir propice à l'apparition
du double. L'un et l'autre de ces instruments d'optique
contribuent à réveiller des terreurs d'enfant, cette mortelle frayeur qui est bien la correspondance la plus sai-
sissante entre « L'Homme au sable » et « La Maison
déserte », donc entre les deux têtes de série.*

*Cette peur procède de ce que Freud a appelé, à propos
de « L'Homme au sable » précisément, « das Unheimliche », dans un essai marquant qui date de 1919*[1]*.
Qu'on traduise ce titre par l'expression suggestive de
Marie Bonaparte, « l'inquiétante étrangeté*[2] *», ou qu'on
lui préfère le néologisme inventé par Philippe Forget,*

---

1. S. Freud, « *Das Unheimliche* », dans *Imago* 5, 1919. Cet essai
a été le point de départ d'une longue discussion psychanalytique.
D'Ingrid Aischinger à Samuel Weber, d'Hélène Cixous à Sarah
Kofman, il n'y a pas moins de onze références sur ce point dans la
bibliographie de l'édition Reclam des *Nachtstücke*, p. 385-386.
2. « L'inquiétante étrangeté », premier des *Essais de psychana-*

« *l'infamilier*[1] », il s'agit toujours d'une hantise fondamentale qui se prolonge de l'enfance dans la vie de
l'adulte. Fort de la méthode qu'il avait appliquée à la
nouvelle de Wilhelm Jensen Gradiva *en 1907 et de ses
propres* Théories sexuelles infantiles *de 1908 (le cas
du petit Hans), s'appuyant aussi sur le roman de Hoffmann* Les Élixirs du Diable, *Freud étudiait le sentiment, chez le petit garçon, d'une menace émanant du
père, à partir du dédoublement de cette figure du père
(père doux, père terrible).*

   Un tel dédoublement admet des variantes. Ainsi
dans le huitième et dernier conte, « *Le Cœur de pierre* »,
le jeune Max a-t-il été tiraillé entre son père, dont il
réhabilite la mémoire, et le frère de celui-ci, cet « oncle
dénaturé » (unnatürlicher Oheim), le conseiller Reutlinger qui se prénomme aussi Max et qui l'a peut-être
trop aimé avant de le rejeter. « Tu es mon fils », lui dit
l'oncle au cœur de pierre dans la scène de reconnaissance finale, mais il passe d'un excès à l'autre à la
faveur, sinon d'un miroir, du moins d'un effet de
miroir peut-être aussi trompeur que le miroir magique
de Théodore dans « La Maison déserte » : l'amour du
jeune Max pour Julie, l'une des filles de la conseillère
Foerd, fait revivre en l'autre Max l'amour qu'il éprouva
pour la conseillère, elle-même prénommée Julie. Les
conflits entre frères pouvant aller jusqu'au fratricide se
multiplient tout au long des Contes nocturnes, *en particulier dans* « Le Majorat », *au fil des générations successives dans la famille des barons de R...*

   Coppelius, *qui dans* « L'Homme au sable » *pourrait*

---

lyse appliquée de Freud (Gallimard, 1933, repris dans la collection
Idées / Gallimard, puis dans la collection Folio essais).
   1. « Présentation. — Hoffmann l'infamilier », en tête du tome I
des *Tableaux nocturnes, op. cit.*, p. 7 *sq.*

*apparaître comme le double terrifiant de la figure
paternelle, est tout aussi bien — ou plutôt tout aussi
mal — le responsable de la mort du père de Nathanaël
dans son cabinet d'alchimiste. Mais il est d'abord un
intrus dans la maison familiale, où, par son intermédiaire, l'alchimie a fait elle-même intrusion. Une telle
intrusion est une caractéristique majeure de l'*Unheimliche*, de ce qui est littéralement contraire à la
maison (Heim), étranger à la maison, dangereux pour
la famille qui l'occupe (c'est cela, l'«infamilier»).
Ainsi, dans le deuxième conte, Ignace Denner sera un
intrus dans le foyer d'Andrès et de Giorgina, et com-
mettra l'infanticide.*

*L'intrus est souvent un étranger par sa nationalité,
qui parfois est très incertaine. En cela il est d'autant
plus étranger à la maison, d'autant plus dangereux
pour la famille. Le double italien de Coppelius, le marchand Coppola, s'en prend tout autant aux yeux de
Nathanaël que le vieil avocat allemand. Au moment
où le bonheur semblait rétabli dans la maison, ils
reviennent l'un et l'autre le briser, Coppola avec sa lorgnette trompeuse, Coppelius réclamant en italien,
comme si c'était son dû, «de beaux yeux, belli occhi!».*

On va d'un pays à l'autre dans les Contes nocturnes :
*d'Allemagne en Italie, ou d'Italie en Allemagne, c'est
le cas le plus fréquent («Ignace Denner», le peintre
Berthold dans «L'Église des Jésuites», le prince Boleslas
de Z... et le comte Xavier de R... dans l'épilogue du
«Vœu»), mais aussi d'Allemagne en Espagne (dans
l'Espagne du temps d'Isabelle et de Ferdinand d'Aragon
dans «Le Sanctus»). On se déplace aussi vers le nord,
la mer Baltique et la Courlande, dans «Le Majorat»;
on est à la frontière polonaise dans «Le Vœu», en des
temps où, est-il besoin de le rappeler, l'unité allemande*

est loin d'être faite. Ignace Denner, qui prétend s'être perdu entre Francfort et Cassel et est à la tête d'une bande de brigands dans la région de Fulda, se dira originaire du Valais et se révélera finalement fils de Trabacchio, « docteur Miracle » napolitain. Il est d'ailleurs désigné avec une insistance toute particulière comme « l'étranger » (der Fremde) *dès sa première apparition. On serait tenté d'ajouter : et le plus inquiétant de tous.*

L'étranger inspire l'inquiétude parce qu'il est l'autre. La nationalité n'est qu'une raison secondaire, même si elle est liée à une autre ethnie ou à une autre religion, comme le Maure Hichem dans le récit intérieur du « Sanctus ». Coppelius frappait Nathanaël enfant par son aspect horrible dont l'image terrifiante s'est gravée en lui (das Bild des grausamen Sandmanns). *L'étrangeté peut, au point de départ, sembler se réduire à la bizarrerie quand le conseiller Reutlinger a, dans un pavillon de son jardin bâti en forme de cœur, fait déposer un cœur grandeur naturelle, mais un cœur de pierre, une pierre d'un rouge foncé encastrée dans le marbre blanc. Sa conduite à l'égard de son frère puis de son neveu ne prouve-t-elle pas qu'au sens métaphorique de l'expression il a un cœur de pierre (Max lui en fera reproche) ? Ce cœur de pierre ne se confond-il pas avec lui quand, par un narcissisme profond, il quitte l'assemblée qu'il a réunie pour aller le voir dans le pavillon du jardin ? Conduite étrange en vérité, mais qui tient à lui-même, à ce qu'il a fait de lui, à l'étranger qu'il a introduit en lui et qu'il peut croire plus lui-même que lui.*

Les êtres qui peuplent ces Contes nocturnes *peuvent se sentir étrangers au monde, comme Meursault dans le roman de Camus, et donc éprouver ce qui pourrait être désigné comme « extranéité ». Meursault, sur la plage d'Algérie, sera aveuglé par la lumière. Nathanaël*

*aussi, sur la place du beffroi, à l'heure de midi (*zur
Mittagsstunde*), car Midi et Minuit entretiennent aussi
une correspondance étrange dans les* Nachtstücke. *Et
même dans ce qui a pu être désigné comme les* Contes
grecs *de Hoffmann, la nuit pourrait bien l'emporter
sur le bleu. Théodore, devenu le baron Théodore, ou
Theodoros, avec un turban grec sur la tête, entend
minuit sonner à l'horloge de la ville et se sent frissonner à cette heure de la nuit*[1].

Le grotesque et l'arabesque

*S'il est de rares lumières dans cette nuit, du moins
arrive-t-il au rire de fuser, ce rire de Hoffmann que
Baudelaire a tenté de saisir et de caractériser dans son
essai de 1855-1857,* De l'essence du rire[2] : *celui d'un
«auteur singulier, esprit très général, quoi qu'on en
dise, et qui unit à la raillerie significative française la
gaieté folle, mousseuse et légère des pays du soleil, en
même temps que le profond comique germanique ».*

*Baudelaire, il est vrai, ne prend pas ses exemples
dans les* Contes nocturnes, *mais dans* «Le Pot d'or»
ou «Le Vase d'or» (*«*Der goldne Topf*», qui fait partie
des* Fantasiestücke), «Daucus Carota», «Le Roi des
Carottes», *connu aussi sous le titre «La Fiancée du*

---

1. Hoffmann, *Contes grecs, Les Méprises*, suivi de *Les Mystères*,
trad. E. Degeorge, Lyon, Boursy fils, 1848 ; rééd. avec une présentation de S. Basch, Athènes-Paris, Hatier, Librairie Kauffmann,
1997, p. 193. Aucun recueil de Hoffmann ne porte de titre correspondant. Ces deux récits sont des contes retrouvés qui font partie
de ses *Späte Werke* («Contes tardifs»).
2. *Œuvres complètes, op. cit.*, t. II, p. 541-543. La première
version a été publiée dans *Le Portefeuille* le 8 juillet 1855, la
seconde dans *Le Présent* le 1ᵉʳ septembre 1857 ; repris après la mort
de Baudelaire dans les *Curiosités esthétiques*, Michel Lévy, 1868.

roi» (il s'agit de « Die Königsbraut *» dans les* Contes
de Saint-Sérapion*), «Peregrinus Tyss», et surtout* La
Princesse Brambilla *(*Prinzessin Brambilla*), un roman
court publié en 1820. «Ce qui distingue très particulièrement Hoffmann, écrit Baudelaire, est le mélange
involontaire, et quelquefois très volontaire, d'une certaine dose de comique significatif avec le comique le
plus absolu. Ses conceptions comiques les plus supra-
naturelles, les plus fugitives, et qui ressemblent
souvent à des visions de l'ivresse, ont un sens moral
très visible : c'est à croire qu'on a affaire à un physio-
logiste ou à un médecin des fous des plus profonds, et
qui s'amuseront à revêtir cette profonde science des
formes poétiques, comme un savant qui parlerait par
apologues et paraboles.»* On passera vite ici sur les
visions de l'ivresse. C'est réduire Hoffmann que d'en
faire le buveur de punch. On trouve peu d'allusions à
cela dans les Contes nocturnes, en dehors des conversations entre amis, la plus notable étant le moment
où, à leur arrivée dans le majorat de R...sitten, le vieil
avocat et son petit-neveu se font servir par l'intendant
du domaine, Franz, un repas accompagné d'un grand
bol de punch préparé suivant la véritable recette des
pays du Nord.

  En revanche, apologues et paraboles sont bien présents, en particulier dans le dernier conte, « Le Cœur de
pierre», avec la fête étrange qui se déroule dans le
manoir du conseiller Reutlinger, l'histoire du chien de
mer racontée par l'ancien ambassadeur en Turquie, et
celle du bouc dessiné par le jeune Max et de la noce des
tailleurs. Bagatelles, serait-on tenté de dire avec Clémentine, l'une des filles du conseiller Foerd, si ces
insertions n'étaient à leur juste place dans un ensemble
qui mêle à dessein le plaisant et le sévère, sinon le
sublime et le grotesque.

Arabesque *est le titre d'une autre pièce pour piano de Robert Schumann, son opus 18, et elle est elle aussi d'inspiration hoffmannesque. Littré définira l'arabesque comme «un genre d'architecture qui n'admet dans les ornements que les imitations de plantes et de feuillages». C'est singulièrement réduit au regard de l'arabesque selon Hoffmann, dessin capricieux dont la composition de «L'Homme au sable» offre un cas exemplaire. Ce passage de l'épistolaire au narratif, capricieux en apparence, est fondé sur une nécessité dont le narrateur croit devoir lui-même s'expliquer. Le détournement vers Clara de la première lettre adressée par Nathanaël à Lothaire avait déjà quelque chose d'un caprice, d'un incident que la logique tragique du conte arrachera à la pure contingence. On pourrait dire la même chose des incidents principaux qui ponctuent l'existence de Nathanaël et qui dessinent ce qu'on pourrait appeler l'arabesque du drame.*

Baudelaire, *qui appliquait l'adjectif «grotesque» à certaines des histoires racontées par Edgar Poe, n'a pas ignoré l'épithète hoffmannesque par excellence, «arabesque». On la trouve à plusieurs reprises dans les notes recueillies sous le titre* Fusées[1]. *Dans ce qu'il appelait lui-même, parmi ces notes, «Fusées-Suggestions», on trouve ceci : «Le dessin arabesque est le plus idéal de tous[2].» Il a été sensible à de tels caprices de l'imagination, aux artifices du dessin permettant d'ac-*

---

1. Il s'agissait de feuilles volantes dont, à sa mort, la mère de Baudelaire, Mme Aupick, fit cadeau à Charles Assselineau. Pour l'un de ces dossiers, les éditeurs posthumes ont retenu le titre *Fusées*, mot emprunté par Baudelaire aux notes critiques d'Edgar Poe, les *Marginalia*, qui se présentaient aussi sous forme de fragments.

2. *Œuvres complètes, op. cit.*, t. I, p. 652. Et, un peu plus haut dans la même page : «Le dessin arabesque est le plus spiritualiste des dessins.»

céder au spirituel mieux que ce «réalisme» dont il a horreur[1] *comme de la nature brute. Pour lui, en effet, «la Poésie est ce qu'il y a de plus réel, c'est ce qui n'est complètement vrai que dans* un *autre monde».*

Dans «L'Homme au sable», l'histoire de l'automate mêle le «grotesque» et l'«arabesque». Car elle ne peut être que la caricature d'un être humain, cette créature artificielle figée des heures durant dans la même position, le regard vide, incapable de danser lors de la fête chez Spalanzani, tant le sens de la mesure lui manque, et bonne tout au plus à faire tapisserie. Mais l'imagination capricieuse, «arabesque», de Nathanaël s'en empare, lui prête toutes les grâces et toutes les qualités, sans s'apercevoir qu'il lui manque l'essentiel: la vraie vie.

Approche nocturne du fantastique

Il est arrivé à Baudelaire de caractériser Hoffmann par ce qu'il appelle le «fantastique pur». Ainsi dans la longue notice sur Edgar Poe, déjà citée, où il invite à trouver parfois chez l'écrivain américain «du fantastique pur, moulé sur nature, et sans explication, à la manière de Hoffmann[2]*». Et c'est bien alors dans la nuit qu'on entre, dans cette «atmosphère obscure qui enveloppe la ville» et qu'évoque une des «Nouvelles* Fleurs du Mal» *de 1866, l'un de ses plus beaux poèmes, «Recueillement*[3]*». Cette nuit, qui apporte ici le souci plus que la paix, enveloppe «l'homme des foules»,*

1. Sur ce sujet du réalisme, voir la page intitulée «Puisque réalisme il y a» (*op. cit.*, t. II, p. 57-59), projet d'article publié pour la première fois en 1938 seulement.
2. *Œuvres complètes, op. cit.*, t. II, p. 277.
3. *Ibid.*, t. I, p. 140-141.

dans le conte de Poe qui porte ce titre, The Man of the Crowd *(1840 ; texte définitif, 1845), traduit par Baudelaire dès 1855 et introduit dans le volume de* Nouvelles Histoires extraordinaires *en 1857. Cet homme qui « se plonge sans cesse au sein de la foule », qui « nage avec délices dans l'océan humain », Baudelaire le suit, « quand descend le crépuscule plein d'ombres et de lumières tremblantes ». Alors « il fuit les quartiers pacifiés, et recherche avec ardeur ceux où grouille vivement la matière humaine ». Puis « à mesure que le cercle de la lumière et de la vie se rétrécit, il en cherche le centre avec inquiétude ; comme les hommes du déluge, il se cramponne désespérément aux derniers points culminants de l'agitation politique*[1] *».*

Dans les Nachtstücke, *la* Phantasie *est toujours à l'œuvre. Cette notion, dont l'équivalent exact en français n'existe pas, joue sur divers modes de l'imagination, du fantasque, qui serait le fantastique fantaisiste, au « fantastique sérieux » dont Charles Nodier fera la théorie dans la préface nouvelle de* Smarra *en 1832. Le fantastique fantaisiste permet de revenir au grotesque et à l'arabesque. La description du manoir du conseiller Reutlinger, au début du* Cœur de pierre, *les réunit :*

> Dès l'abord, tu reconnais déjà le goût gothique et les ornements grotesques de cette maison, et tu te plaindras avec raison de ces repoussantes peintures à fresque ; mais en examinant de plus près, une singulière intention se déploie dans ces pierres ainsi peintes, et tu pénètres dans le vaste péristyle avec un léger sentiment d'effroi. Sur les murailles divisées en panneaux, et revêtues de stuc blanc, on aperçoit des

---

1. E. Poe, *Œuvres en prose* traduites par Baudelaire, dans Baudelaire, *Œuvres complètes*, « Bibliothèque de la Pléiade », *op. cit.*, t. I, p. 323-332.

arabesques peintes en couleurs pâles, qui offrent dans
leurs sinueuses courbures des figures d'hommes et
d'animaux, des fleurs, des fruits, des roches et une
foule d'objets divers.

*Sans doute quelques détails seraient-ils à reprendre
ici dans la traduction de Loève-Veimars. Le texte allemand ne parle pas explicitement du «goût gothique»,
mais le grotesque (*altertümliche groteske Weise*) et
l'arabesque (*mit grellen Farben gemalte Arabesken,
des arabesques peintes avec des couleurs criardes*) y
sont bien présents, associés pour faire passer «un léger
sentiment d'effroi», ou mieux «un léger frisson» (traduction de Madeleine Laval et de Philippe Forget pour
mit einem, leisen Schauer).*

*Ce frisson qui passe sur celui qui pénètre dans cette
maison après le décès de son propriétaire est bien ce
qu'on peut appeler le frisson du fantastique, même si
c'est l'équivalent d'étrange, associé à merveilleux, une
fois de plus, qui figure dans le texte de Hoffmann (*ein
besonderer wunderbarer Geist*). Ce qui frappe aussi,
c'est la complication de cette décoration jugée de mauvais goût, une complication qui par elle-même a une
signification: derrière ce décor se cache un mystère et
pourtant il est déjà apparent; l'énigme est voilée et
pourtant près d'être révélée. Le récit aura pour fonction
de fournir les explications nécessaires, avec ce délai,
ce retard qui sont aussi des caractéristiques du récit
fantastique.*

*Le fantastique est difficile à appréhender. Maurice Lévy
affirme qu'«il sera toujours impossible de définir globa-
lement le concept de fantastique, trop riche, trop fon-
damental, pour que le discours le cerne définitivement[1]».*

1. M. Lévy, *Lovecraft ou du fantastique*, Christian Bourgois, 1972,
p. 179.

Sartre suggère qu'il faudrait «recourir à des pensées brouillées, elles-mêmes fantastiques en un mot, pour laisser aller la "mentalité" magique du rêveur, du primitif, de l'enfant[1]». Il y a fantastique quand les amarres avec le réel sont près d'être rompues; d'où un vertige de la raison, qui correspond même au temps (qui peut être très bref) du fantastique; ce vertige s'explique par un trouble profond qui naît de l'échange de l'âme (matérialisée) et du corps (animé), donc d'un renversement.

Selon Irène Bessière, « le récit fantastique, parent du conte, se présente comme un anti-conte. Au devoir-être du merveilleux, il impose l'indétermination[2]». Peut-être vaut-il mieux réserver la notion d'anti-conte à des contes tragiques où la catastrophe finale se substitue au dénouement heureux correspondant à ce vœu qui, selon André Jolles, serait la «forme simple» du conte[3]. À lui seul, le premier des Nachtstücke, *«L'Homme au sable», en fournit un parfait exemple.*

La notion d'indétermination peut être rapprochée de cette hésitation qui, selon Tzvetan Todorov, serait caractéristique du fantastique et permettrait de le distinguer du merveilleux d'une part et de l'étrange d'autre part[4]. Mais Todorov a pris soin de ménager entre l'«étrange pur» et le «merveilleux pur» des intermédiaires, le «fantastique-étrange» et le «fantastique mer-

---

1. J.-P. Sartre, «*Aminadab* ou du fantastique considéré comme un langage», dans *Situations*, Gallimard, 1947; réédité sous le titre *Critiques littéraires (Situations, I)* en Folio essais, 1993, p. 113-132. L'article est consacré au roman de Maurice Blanchot *Thomas l'Obscur*.
2. I. Bessière, *Le Récit fantastique. La poétique de l'incertain*, Larousse, 1974, p. 20.
3. A. Jolles, *Einfache Formen*, 1931; trad. fr., *Formes simples*, Éd. du Seuil, coll. «Poétique», 1972.
4. T. Todorov, *Introduction à la littérature fantastique*, Éd. du Seuil, coll. «Poétique», 1970, p. 46 *sq.*

veilleux ». *Les exemples qu'il emprunte à Hoffmann et qui rappellent ceux de Baudelaire ne viennent pas des* Nachtstücke, *mais il souligne dans* La Princesse Brambilla *le thème de la folie que les deux séries de* Contes nocturnes *illustrent maintes fois, depuis le vertige qui saisit Nathanaël jusqu'à l'esprit hanté du conseiller Reutlinger, ses idées de mort ou ses expansions outrées. La folie rôde dans* « L'Église des Jésuites » *avec le peintre Berthold ; dans* « La Maison déserte » *avec la frénésie sauvage qui s'est emparée de la comtesse Angelika.*

    Il arrive que des médecins soient consultés, les précurseurs de nos psychiatres d'aujourd'hui. Mais toute explication scientifique du mystère abolirait l'effet fantastique. Le magnétisme de Mesmer auquel Hoffmann a volontiers recours ne présente pas vraiment cet inconvénient et contribue bien plutôt à faire passer le frisson du fantastique. L'explication par le Démon et par le démoniaque est plus souvent sollicitée dans ces Contes nocturnes, *et pas seulement dans* « Ignace Denner », *sans nul doute le plus démoniaque de tous. La dette de Hoffmann à l'égard des* gothic novels *et de la littérature d'épouvante en Angleterre est indéniable, ainsi que sa parenté avec son compatriote Tieck. Dominique Iehl voit là une conception du fantastique différente de celle qui présidait aux* Fantasiestücke *de 1815, dont* « Ignace Denner » *est pourtant, semble-t-il, un résidu. Il lui semble que Hoffmann, dans les* Nachtstücke, *prend une* « distance » *de plus en plus grande* « envers la conception d'un inconscient-refuge, d'une nuit de l'âme selon Novalis. Tieck, fasciné par l'opacité de la conscience, lui proposait une autre voie et l'entraînait vers l'analyse de l'idée fixe et de la folie*[1] ».

---

1. D. Iehl, article « Hoffmann » dans l'*Encyclopédie du fantastique*, dir. Valérie Tritter, Ellipses, 2010, p. 414-417.

La nuit des Contes nocturnes *reste essentiellement une nuit obscure, en un autre sens que la* noche oscura *de saint Jean de la Croix, traversée des péchés par l'âme qui endure une véritable passion, mais, appelée à la connaissance angélique, atteindra l'aube de la contemplation*[1]. *Malgré quelques allusions à l'histoire, en particulier aux campagnes napoléoniennes pour lesquelles Hoffmann n'avait aucune sympathie, ce n'est pas non plus, ce n'est pas encore la nuit qui a suivi les persécutions nazies, la nuit des camps dans* Nuit et brouillard *de Jean Cayrol et Alain Resnais ou la nuit des* Demeures de la mort *de Nelly Sachs. Mais on pourrait reprendre, pour faire passer le frisson du fantastique plus que jamais comme un frisson d'horreur, ces vers de la poétesse allemande qui obtint en 1966 le prix Nobel de littérature en même temps que l'écrivain israélien Samuel Agnon :*

> *Cette chaîne d'énigmes*
> *Accrochée au cou de la nuit.*
> *Parole divine au loin écrite*
> *Indéchiffrablement*
> *Quand la plaie béante du ciel*
> *Crie douleur*[2].

PIERRE BRUNEL

---

1. Voir la présentation de Juan de la Cruz (1541-1591) et de son œuvre, dont *La Noche oscura*, par M. Darbord dans l'*Histoire de la littérature espagnole* dirigée par J. Canavaggio, Fayard, t. I, 1993, p. 434-444.
2. « *Diese Kette von Rätseln* », trad. L. Richard, dans N. Sachs, *Présence à la Nuit*, Gallimard, 1969, p. 70.

Note sur l'édition

Les *Nachtstücke* de Hoffmann ont paru pour la première fois à Berlin en 1817, en deux volumes, soit deux séries de quatre contes[1]. Loève-Veimars, traducteur de ce que l'éditeur parisien Renduel présentait entre 1829 et 1833 comme les *Contes fantastiques* d'E.T.A. Hoffmann, puis comme ses *Œuvres complètes*, n'introduisait l'équivalent français, ou le quasi-équivalent, *Contes nocturnes*, qu'à partir du tome XIII et jusqu'au tome XVI. Ces quatre volumes ne contenaient pourtant, mêlés à d'autres textes, que quatre des *Nachtstücke* («La Maison déserte», «Ignace Denner», «Le Vœu», «Le Cœur de pierre»), les quatre autres ayant déjà paru dans les volumes antérieurs («Le Majorat» et «Le Sanctus» dans le tome I, «L'Église des Jésuites» dans le tome VI, «L'Homme au sable» dans le tome VIII).

Au xxe siècle, la nécessité de recomposer le recueil en conformité avec l'édition allemande originale est apparue à Albert Béguin et à ses collaborateurs,

---

1. *Nachtstücke, herausgegeben von dem Verfasser der Fantasiestücke in Callots Manier. 2 Teile*, Berlin, Realschulbuchhandlung, 1817. Voir le fac-similé de la page de couverture de la 1re partie (*Erster Teil*) de cette édition originale dans l'édition publiée en 1990 (nouv. éd., 2007) par Philipp Reclam junior, coll. «Reclams Universal-Bibliothek», Stuttgart.

Madeleine Laval et André Espiau de la Maëstre. Les huit textes ont donc été regroupés, sous le titre *Contes nocturnes*, tant dans ce qui était présenté comme la «première édition intégrale» des *Contes d'Hoffmann* en cinq volumes (Club des Libraires de France, 1956-1957) et leur reprise sous le même titre en un volume (Les Libraires associés, 1964) que dans les volumes précisément intitulés *Contes nocturnes* (Phébus, 1979 ; Éd. Classiques Garnier, 2011, la plus récente édition, due à Alain Montandon).

La présente édition, tout en reprenant la traduction de Loève-Veimars, respecte le contenu et l'ordre des deux séries de *Nachtstücke* :

Première série :

«*Der Sandmann*»	«L'Homme au sable»
«*Ignaz Denner*»	«Ignace Denner»
«*Die Jesuiterkirche in G*»	«L'Église des Jésuites»
«*Das Sanctus*»	«Le Sanctus»

Deuxième série

«*Das öde Haus*»	«La Maison déserte»
«*Das Majorat*»	«Le Majorat»
«*Das Gelübde*»	«Le Vœu»
«*Das steinerne Herz*»	«Le Cœur de pierre»

Par commodité plus que par respect d'une certaine tradition, l'ensemble est réuni sous le titre *Contes nocturnes*. Ce titre suggestif, qui incite à la lecture, sera aussi au point de départ de quelques réflexions permettant de ménager des nuances et peut-être d'entrer plus profondément dans des œuvres qui ne sont pas des contes pour les enfants mais la transposition des fantasmes d'un homme dont le cœur n'était pas de pierre et l'œuvre d'un écrivain doublé d'un artiste aux talents multiples, dessinateur, peintre, chanteur et compositeur de musique.

P. B.

Contes nocturnes

L'HOMME AU SABLE

CHAPITRE PREMIER

NATHANAËL À LOTHAIRE

Sans doute, vous êtes tous remplis d'inquiétude, car il y a bien longtemps que je ne vous ai écrit. Ma mère se fâche, Clara pense que je vis ici dans un tourbillon de joies, et que j'ai oublié entièrement la douce image d'ange si profondément gravée dans mon cœur et dans mon âme. Mais il n'en est pas ainsi ; chaque jour, à chaque heure du jour, je songe à vous tous, et la charmante figure de ma Clara passe et repasse sans cesse dans mes rêves ; ses yeux transparents me jettent de doux regards, et sa bouche me sourit comme jadis lorsque j'arrivai auprès de vous. Hélas ! comment eussé-je pu vous écrire dans la violente disposition d'esprit qui a jusqu'à présent troublé toutes mes pensées ? Quelque chose d'épouvantable[1] a pénétré dans ma vie ! Les sombres pressentiments

---

* Walter Scott, dans sa Notice sur Hoffmann, a traduit le titre de ce conte (« *Der Sandmann* ») par : « Le Sablier ». Cette traduction est inexacte. [Toutes les notes de bas de page sont du traducteur, Loève-Veimars.]

d'un avenir cruel et menaçant s'étendent sur moi,
comme des nuages noirs, impénétrables aux joyeux
rayons du soleil. Faut-il donc que je te dise ce qui
m'arriva ? Il le faut, je le vois bien ; mais rien qu'en y
songeant, j'entends autour de moi comme des rica-
nements moqueurs. Ah ! mon bien-aimé Lothaire !
comment te ferai-je comprendre un peu seulement
que ce qui m'arriva, il y a peu de jours, est de nature
à troubler ma vie d'une façon terrible ? Si tu étais ici,
tu pourrais voir par tes yeux ; mais maintenant tu me
tiens certainement pour un visionnaire absurde[1].
Bref, l'horrible vision que j'ai eue, et dont je cherche
vainement à éviter l'influence mortelle, consiste simplement, en ce qu'il y a peu de jours, à savoir le
30 octobre à midi, un marchand de baromètres[2]
entra dans ma chambre, et m'offrit ses instruments.
Je n'achetai rien, et je le menaçai de le précipiter du
haut de l'escalier, mais il s'éloigna aussitôt.

Tu soupçonnes que des circonstances toutes parti-
culières, et qui ont fortement marqué dans ma vie,
donnent de l'importance à ce petit événement. Cela
est en effet. Je rassemble toutes mes forces pour te
raconter avec calme et patience quelques aventures
de mon enfance[3], qui éclaireront toutes ces choses à
ton esprit. Au moment de commencer, je te vois rire,
et j'entends Clara qui dit : — Ce sont de véritables
enfantillages ! — Riez, je vous en prie, riez-vous de
moi du fond de votre cœur, je vous en supplie ! —
Mais, Dieu du ciel !... mes cheveux se hérissent, et il
me semble que je vous conjure de vous moquer de
moi, dans le délire du désespoir, comme Franz Moor
conjurait Daniel[4]*. Allons, maintenant, au fait.

Hors les heures des repas, moi, mes frères et mes

* Dans *Les Brigands* de Schiller.

sœurs, nous voyions peu notre père. Il était occupé
du service de sa charge. Après le souper, que l'on
servait à sept heures, conformément aux anciennes
mœurs, nous nous rendions tous, notre mère avec
nous, dans la chambre de travail de mon père, et
nous prenions place autour d'une table ronde. Mon
père fumait, et buvait de temps en temps un grand
verre de bière. Souvent il nous racontait des histoires
merveilleuses[1], et ses récits l'échauffaient tellement
qu'il laissait éteindre sa longue pipe; j'avais l'office
de la rallumer, et j'éprouvais une grande joie à le
faire. Souvent aussi, il nous mettait des livres
d'images dans les mains, et restait silencieux et
immobile dans son fauteuil, chassant devant lui
d'épais nuages de fumée qui nous enveloppaient tous
comme des brouillards. Dans ces soirées-là, ma mère
était fort triste[2], et à peine entendait-elle sonner neuf
heures, qu'elle s'écriait: «Allons, enfants! au lit...
l'Homme au sable va venir. Je l'entends déjà.» En
effet, chaque fois, on entendait des pas pesants retentir sur les marches[3]; ce devait être l'Homme au sable.
Une fois entre autres, ce bruit me causa plus d'effroi
que d'ordinaire; je dis à ma mère qui nous emme-
nait: Ah! maman, qui donc est ce méchant Homme
au sable qui nous chasse toujours? — Comment
est-il?

   — Il n'y a pas d'Homme au sable, me répondit ma
mère. Quand je dis: l'Homme au sable vient, cela
signifie seulement que vous avez besoin de dormir,
et que vos paupières se ferment involontairement,
comme si l'on vous avait jeté du sable dans les yeux.

   La réponse de ma mère ne me satisfit pas, et, dans
mon imagination enfantine, je devinai que ma mère
ne me niait l'existence de l'Homme au sable que
pour ne pas nous effrayer. Mais je l'entendais tou-

jours monter les marches. Plein de curiosité, impatient de m'assurer de l'existence de cet homme, je demandai enfin à la vieille servante qui avait soin de ma plus jeune sœur, quel était ce personnage[1].

— Eh! mon petit Nathanaël, me répondit-elle, ne sais-tu pas cela? C'est un méchant homme qui vient trouver les enfants lorsqu'ils ne veulent pas aller au lit, et qui leur jette une poignée de sable dans les yeux, à leur faire pleurer du sang. Ensuite, il les plonge dans un sac et les porte dans la pleine lune pour amuser ses petits enfants qui ont des becs tordus comme les chauves-souris, et qui leur piquent les yeux à les faire mourir.

Dès lors l'image de l'Homme au sable se grava dans mon esprit d'une façon horrible; et le soir, dès que les marches retentissaient du bruit de ses pas, je tremblais d'anxiété et d'effroi; ma mère ne pouvait alors m'arracher que ces paroles étouffées par mes larmes: l'Homme au sable! l'Homme au sable! Je me sauvais aussitôt dans une chambre, et cette terrible apparition me tourmentait durant toute la nuit.

— J'étais déjà assez avancé en âge pour savoir que l'anecdote de la vieille servante n'était pas fort exacte, cependant l'Homme au sable restait pour moi un spectre menaçant. J'étais à peine maître de moi, lorsque je l'entendais monter pour se rendre dans le cabinet de mon père. Quelquefois son absence durait longtemps; puis ses visites devenaient plus fréquentes, cela dura deux années. Je ne pouvais m'habituer à cette apparition étrange[2], et la sombre figure de cet homme inconnu ne pâlissait pas dans ma pensée. Ses rapports avec mon père occupaient de plus en plus mon esprit, et l'envie de le voir augmentait en moi avec les ans. L'Homme au sable m'avait introduit dans le champ du merveilleux[3], où l'esprit des enfants se glisse si facilement. Rien ne me plaisait plus que les histoires épouvantables des génies, des démons et des sorcières ; mais pour moi, dans toutes ces aventures, au milieu des apparitions les plus effrayantes et les plus bizarres, dominait toujours l'image de l'Homme au sable, que je dessinais, à l'aide de la craie et du charbon, sur les tables, sur les armoires, sur les murs, partout enfin, et toujours sous les formes les plus repoussantes. Lorsque j'eus atteint l'âge de dix ans, ma mère m'assigna une petite chambre pour moi seul. Elle était peu éloignée de la chambre de mon père. Chaque fois qu'au moment de neuf heures, l'inconnu se faisait entendre, il fallait encore nous retirer. De ma chambrette je l'entendais entrer dans le cabinet de mon père, et, bientôt après, il me semblait qu'une vapeur odorante et singulière se répandait dans la maison. La curiosité m'excitait de plus en plus à connaître cet Homme au sable. J'ouvris ma porte et je me glissai de ma chambre, dans les corridors ; mais je ne pouvais rien entendre, car l'étranger avait déjà refermé la porte[1]. Enfin, poussé par un désir irrésistible, je résolus de me cacher dans la chambre même de mon père pour attendre l'Homme au sable.

À la taciturnité de mon père, à la tristesse de ma mère, je reconnus un soir que l'Homme au sable devait venir. Je prétextai une fatigue extrême, et, quittant la chambre avant neuf heures, j'allai me cacher dans une petite niche pratiquée derrière la porte. La porte craqua sur ses gonds, et des pas lents, tardifs et menaçants, retentirent depuis le vestibule jusqu'aux marches. Ma mère et tous les enfants se levèrent et passèrent devant moi. J'ouvris doucement, bien doucement, la porte de la chambre de mon père. Il était assis comme d'ordinaire, en silence et le dos tourné vers l'entrée. Il ne m'aperçut pas ; je me glissai légèrement derrière lui, et j'allai me cacher sous le rideau qui voilait une armoire où se trouvaient appendus ses habits. Les pas approchaient de plus en plus, l'homme toussait, soufflait et murmurait singulièrement. Le cœur me battait d'attente et d'effroi. — Tout près de la porte, un pas sonore, un coup violent sur le bouton, les gonds tournent avec bruit ! — J'avance malgré moi la tête avec précaution, l'Homme au sable est au milieu de la chambre, devant mon père, la lueur des flambeaux éclaire son visage ! — L'Homme au sable, le terrible Homme au sable, est le vieil avocat Coppelius qui vient quelquefois prendre place à notre table !

Mais la plus horrible figure ne m'eût pas causé plus d'épouvante que celle de ce Coppelius. Représente-toi un homme aux larges épaules, surmontées d'une grosse tête informe, un visage terne, des sourcils gris et touffus sous lesquels étincellent deux yeux verts arrondis comme ceux des chats, et un nez gigantesque qui s'abaisse brusquement sur ses lèvres épaisses. Sa bouche se contourne encore davantage pour former un sourire ; deux taches livides s'étendent sur ses joues, et des accents à la fois sourds et siffleurs s'échappent d'entre ses dents irrégulières. Coppelius se montrait toujours avec un habit couleur de cendre, coupé à la vieille mode[1], une veste et des culottes semblables ; des bas noir et des souliers à boucles de strass, complétaient cet ajustement. Sa petite perruque, qui couvrait à peine son cou, se terminait en deux boucles à boudin que supportaient ses grandes oreilles d'un rouge vif, et allait se perdre dans une large bourse noire qui, s'agitant çà et là sur son dos, laissait apercevoir la boucle d'argent qui retenait sa cravate. Toute cette figure composait un ensemble affreux et repoussant ; mais ce qui nous choquait tout particulièrement en lui, nous autres enfants, c'étaient ses grosses mains velues et osseuses ; et dès qu'il les portait sur quelque objet, nous n'avions garde d'y toucher. Il avait remarqué ce dégoût, et il se faisait un plaisir de toucher les gâteaux ou les fruits que notre bonne mère plaçait sur nos assiettes. Il jouissait alors singulièrement en voyant nos yeux se remplir de larmes, et il se délectait de la privation que nous imposait notre dégoût pour sa personne. Il en agissait ainsi aux jours de fêtes, lorsque notre père nous versait un verre de bon vin. Il étendait la main, saisissait le verre qu'il portait à ses lèvres livides, et riait de notre désespoir et de nos injures. Il avait coutume de nous nommer les petits animaux ; en sa présence, il ne nous était pas permis de prononcer une parole, et nous maudissions de toute notre âme ce personnage hideux et ennemi, qui empoisonnait jusqu'à la moindre de nos joies. Ma mère semblait haïr aussi cordialement que nous le repoussant Coppelius ; car dès qu'il paraissait, sa douce gaieté et ses manières pleines d'abandon s'effaçaient pour faire place à une sombre gravité. Notre père se comportait envers lui comme si Coppelius eût été d'un ordre supérieur, dont on doit souffrir les écarts, et qu'il faut se garder d'irriter : on ne manquait jamais de lui offrir ses mets favoris, et de déboucher en son honneur quelques flacons de réserve.

En voyant ce Coppelius, il se révéla à moi que nul autre que lui ne pouvait être l'Homme au sable ; mais l'Homme au sable n'était plus à ma pensée cet ogre du conte de la nourrice, qui enlève les enfants pour les porter dans la lune à sa progéniture à bec de hibou. Non ! — c'était plutôt une odieuse et fantasque

créature, qui partout où elle paraissait, portait le
chagrin, le tourment et le besoin, et qui causait un
mal réel, un mal durable.

J'étais comme ensorcelé, ma tête restait tendue
entre les rideaux, au risque d'être découvert et cruellement puni. Mon père reçut solennellement Coppelius. — Allons, à l'ouvrage ! s'écria celui-ci d'une voix
sourde, en se débarrassant de son habit. Mon père,
d'un air sombre, quitta sa robe de chambre, et ils se
vêtirent tous deux de longues robes noires. Je n'avais
pas remarqué le lieu d'où ils les avaient tirées. Mon
père ouvrit la porte d'une armoire, et je vis qu'elle
cachait une niche profonde où se trouvait un fourneau. Coppelius s'approcha, et du foyer s'éleva une
flamme bleue. Une foule d'ustensiles bizarres apparut à cette clarté. Mais mon Dieu ! quelle étrange
métamorphose s'était opérée dans les traits de mon
vieux père ! — Une douleur violente et mal contenue
semblait avoir changé l'expression honnête et loyale
de sa physionomie, qui avait pris une contraction
satanique. Il ressemblait à Coppelius ! Celui-ci bran-
dissait des pinces incandescentes, et attisait les charbons ardents du foyer. Je croyais apercevoir tout
autour de lui des figures humaines, mais sans yeux.
Des cavités noires, profondes et souillées en tenaient
la place.

— Des yeux ! des yeux [1] ! s'écriait Coppelius, d'une
voix sourde et menaçante.

Je tressaillis, et je tombai sur le parquet, violemment terrassé par une horreur puissante. Coppelius
me saisit alors. — Un petit animal ! un petit animal !
dit-il en grinçant affreusement les dents. À ces mots,
il me jeta sur le fourneau dont la flamme brûlait déjà
mes cheveux.

— Maintenant, s'écria-t-il, nous avons des yeux —

des yeux —, une belle paire d'yeux d'enfant ! et il prit de ses mains dans le foyer une poignée de charbons en feu qu'il se disposait à me jeter au visage, lorsque mon père lui cria, les mains jointes : Maître ! maître ! laisse les yeux à mon Nathanaël.

Coppelius se mit à rire d'une façon bruyante.

— Que l'enfant garde donc ses yeux, et qu'il fasse son pensum dans le monde ; mais puisque le voilà, il faut que nous observions bien attentivement le mécanisme des pieds et des mains.

Ses doigts s'appesantirent alors si lourdement sur moi, que toutes les jointures de mes membres en craquèrent, et il me fit tourner les mains puis les pieds, tantôt d'une façon, tantôt d'une autre.

— Cela ne joue pas bien partout ! Cela était bien comme cela était ! Le vieux de là-haut a parfaitement compris cela !

Ainsi murmurait Coppelius en me retournant ; mais bientôt tout devint sombre et confus autour de moi ; une douleur nerveuse agita tout mon être ; je ne sentis plus rien. Une vapeur douce et chaude se répandit sur mon visage ; je me réveillai comme du sommeil de la mort[1] ; ma mère était penchée sur moi.

— L'Homme au sable est-il encore là ? demandai-je en balbutiant.

— Non, mon cher enfant, il est bien loin, il est parti depuis longtemps, il ne te fera pas de mal !

Ainsi parla ma mère, et elle me baisa, et elle serra contre son cœur l'enfant chéri qui lui était rendu.

Pourquoi te fatiguerais-je plus longtemps de ces récits, mon cher Lothaire ?

Je fus découvert et cruellement maltraité par ce Coppelius. L'anxiété et l'effroi m'avaient causé une fièvre ardente dont je fus malade durant quelques

semaines. « L'Homme au sable est encore là. » Ce fut
la première parole de ma délivrance, et le signe de
mon salut. Il me reste à te raconter le plus horrible
instant de mon enfance ; puis tu seras convaincu
qu'il n'en faut pas accuser mes yeux si tout me
semble décoloré dans la vie ; car un nuage sombre
s'est étendu au-devant de moi sur tous les objets, et
ma mort seule peut-être pourra le dissiper.

Coppelius ne se montra pas, le bruit courut qu'il
avait quitté la ville.

Un an s'était écoulé, et selon la vieille et invariable
coutume, nous étions assis un soir à la table ronde.
Notre père était fort gai, et nous racontait une foule
d'histoires divertissantes, qui lui étaient arrivées
dans les voyages qu'il avait faits pendant sa jeunesse.
À l'instant où l'horloge sonna neuf heures, nous
entendîmes retentir les gonds de la porte de la maison,
et des pas d'une lourdeur extrême résonner depuis
le vestibule jusqu'aux marches.

— C'est Coppelius ! dit ma mère en pâlissant.

— Oui ! c'est Coppelius, répéta mon père d'une
voix entrecoupée.

Les larmes s'échappèrent des yeux de ma mère.

— Mon ami, mon ami ! s'écria-t-elle, faut-il que
cela soit ?

— Pour la dernière fois, répondit celui-ci. Il vient
pour la dernière fois ; je te le jure. Va, va-t'en avec les
enfants ! Bonne nuit[1] !

J'étais comme pétrifié, la respiration me manquait. Me voyant immobile, ma mère me prit par le
bras.

— Viens, Nathanaël ! me dit-elle.

Je me laissai entraîner dans ma chambre.

— Sois bien calme et dors. Dors ! me dit ma mère
en me quittant. Mais agité par une terreur invincible,

je ne pus fermer les paupières. L'horrible, l'odieux Coppelius était devant moi, les yeux étincelants ; il me souriait d'un air hypocrite, et je cherchais vainement à éloigner son image. Il était à peu près minuit[1] lorsqu'un coup violent se fit entendre. C'était comme la détonation d'une arme à feu. Toute la maison fut ébranlée, et la porte se referma avec fracas.

— C'est Coppelius ! m'écriai-je hors de moi, et je m'élançai de mon lit. Des gémissements vinrent à mon oreille ; je courus à la chambre de mon père. La porte était ouverte, une vapeur étouffante se faisait sentir, et une servante s'écriait : Ah ! mon maître, mon maître !

Devant le fourneau allumé, sur le parquet, était étendu mon père, mort[2], le visage déchiré. Mes sœurs, agenouillées autour de lui, poussaient d'affreuses clameurs. Ma mère était tombée sans mouvement auprès de son mari !

— Coppelius ! Monstre infâme ! Tu as assassiné mon père ! m'écriai-je, et je perdis l'usage de mes sens.

Deux jours après, lorsqu'on plaça le corps de mon père dans un cercueil, ses traits étaient redevenus calmes et sereins, comme ils l'étaient durant sa vie. Cette vue adoucit ma douleur, je pensai que son alliance avec l'infernal Coppelius ne l'avait pas conduit à la damnation éternelle.

L'explosion avait réveillé les voisins. Cet événement fit sensation, et l'autorité, qui en eut connaissance, somma Coppelius de paraître devant elle. Mais il avait disparu de la ville, sans laisser de traces.

Quand je te dirai, mon digne ami, que ce marchand de baromètres n'était autre que ce misérable Coppelius, tu comprendras l'excès d'horreur que me fit éprouver cette apparition ennemie. Il portait un autre costume ; mais les traits de Coppelius sont trop profondément empreints dans mon âme pour que je puisse les méconnaître. D'ailleurs, Coppelius n'a pas même changé son nom. Il se donne ici pour un mécanicien piémontais, et se fait nommer Giuseppe Coppola[1].

Je suis résolu à venger la mort de mon père, quoi qu'il en arrive. Ne parle point à ma mère de cette cruelle rencontre. Salue la charmante Clara, je lui écrirai dans une disposition d'esprit plus tranquille[2].

CHAPITRE II

CLARA À NATHANAËL

Il est vrai que tu ne m'as pas écrit depuis long-temps, mais cependant je crois que tu me portes dans ton âme et dans tes pensées ; car tu songeais assurément à moi avec beaucoup de vivacité, lorsque, voulant envoyer ta dernière lettre à mon frère Lothaire, tu la souscrivis de mon nom. Je l'ouvris avec joie, et je ne m'aperçus de mon erreur qu'à ces mots : *Ah ! mon bien-aimé Lothaire !* — Alors, sans doute, j'aurais dû n'en pas lire davantage, et remettre la lettre à mon frère. — Tu m'as quelquefois reproché en riant que j'avais un esprit si paisible et si calme que si la maison s'écroulait, j'aurais encore la constance de remettre en place un rideau dérangé, avant que de m'enfuir ; cependant je pouvais à peine respirer, et tout semblait tourbillonner devant mes yeux. — Ah ! mon bien-aimé Nathanaël ! je tremblais et je brûlais d'apprendre par quelles infortunes ta vie avait été traversée! Séparation éternelle, oubli, éloignement de toi, toutes ces pensées me frappaient comme autant de coups de poignard. — Je lus et je relus! Ta peinture du repoussant Coppelius est affreuse. J'appris pour la première fois de quelle façon cruelle était mort ton excellent père. Mon frère, que je remis en possession de ce qui lui appartenait, essaya de me calmer, mais il ne put réussir. Ce Giuseppe Coppola était sans cesse sur mes pas, et je suis presque confuse d'avouer qu'il a troublé, par d'effroyables songes, mon sommeil toujours si profond et si tranquille. Mais bientôt, dès le lendemain déjà, tout s'était présenté à ma pensée sous une autre face. Ne sois donc point fâché contre moi, mon tendrement aimé Nathanaël, si Lothaire te dit qu'en dépit de tes funestes pressentiments au sujet de Coppelius, ma sérénité n'a pas été le moindrement altérée.

Je te dirai sincèrement ma pensée. Toutes ces choses effrayantes que tu nous rapportes, me semblent avoir pris naissance en toi-même : le monde extérieur et réel n'y a que peu de part. Le vieux Coppelius était sans doute peu attrayant ; mais, comme il haïssait les enfants, cela vous causa, à vous autres enfants, une véritable horreur pour lui.

Le terrible Homme au sable de la nourrice se rattacha tout naturellement, dans ton intelligence enfantine, au vieux Coppelius, qui, sans que tu puisses t'en rendre compte, est resté pour toi un fantôme de tes premiers ans. Ses entrevues nocturnes avec ton père n'avaient sans doute d'autre but que de faire des expériences alchimiques, ce qui affligeait ta mère, car il en coûtait vraisemblablement beaucoup d'argent ; et ces travaux, en remplissant son époux d'un espoir trompeur, devaient le détourner des soins de sa famille. Ton père a sans doute causé sa mort par sa propre imprudence, et Coppelius ne saurait en être accusé. Croirais-tu que j'ai demandé à notre vieux voisin l'apothicaire si, dans les essais chimiques, ces explosions instantanées pouvaient donner la mort? Il m'a répondu affirmativement, en me décrivant longuement à sa manière comment la chose pouvait se faire, et en me citant un grand nombre de mots bizarres, dont je n'ai pu retenir un seul dans ma mémoire. — Maintenant tu vas te fâcher contre ta Clara. Tu diras: Il ne pénètre dans cette âme glacée nul de ces rayons mystérieux qui embrassent souvent l'homme de leurs ailes invisibles; elle n'aperçoit que la surface bariolée du globe, et elle se réjouit comme un fol enfant à la vue des fruits dont l'écorce dorée cache un venin mortel.

Mon bien-aimé Nathanaël, ne penses-tu pas que le sentiment d'une puissance ennemie qui agit d'une manière funeste sur notre être, ne puisse pénétrer dans les âmes riantes et sereines? — Pardonne, si moi, simple jeune fille, j'entreprends d'exprimer ce que j'éprouve à l'idée d'une semblable lutte. Peut-être ne trouverai-je pas les paroles propres à peindre mes sentiments, et riras-tu, non de mes pensées, mais de la gaucherie que je mettrai à les rendre.

S'il est en effet une puissance occulte qui plonge ainsi traîtreusement en notre sein ses griffes ennemies, pour nous saisir et nous entraîner dans une route dangereuse que nous n'eussions pas suivie; s'il est une telle puissance, il faut qu'elle se plie à nos goûts et à nos convenances, car ce n'est qu'ainsi qu'elle obtiendra de nous quelque créance, et qu'elle gagnera dans notre cœur la place dont elle a besoin pour accomplir son ouvrage. Que nous ayons assez de fermeté, assez de courage pour reconnaître la route où doivent nous conduire notre vocation et nos penchants, pour la suivre d'un pas tranquille, notre ennemi intérieur périra dans les vains efforts qu'il fera pour nous faire illusion. Lothaire ajoute que la puissance ténébreuse[1] à laquelle nous nous donnons, crée souvent en nous des images si attrayantes, que nous produisons nous-mêmes le principe dévorant qui nous consume. C'est le fantôme de notre propre *nous*[2], dont l'influence agit sur notre âme, et nous plonge dans l'enfer ou nous ravit au ciel. — Je ne comprends pas bien les dernières paroles de Lothaire, et je pressens seulement ce qu'il pense ; et cependant il me semble que tout cela est rigoureusement vrai. Je t'en supplie, efface entièrement de ta pensée l'avocat Coppelius et le marchand de baromètres Giuseppe Coppola. Sois convaincu que ces figures étrangères n'ont aucune influence sur toi ; ta croyance en leur pouvoir peut seule les rendre puissantes. Si chaque ligne de ta lettre ne témoignait de l'exaltation profonde de ton esprit, si l'état de ton âme ne m'affligeait jusqu'au fond du cœur, en vérité, je pourrais plaisanter sur ton Homme au sable et ton avocat chimiste[3]. Sois libre, esprit faible ! Sois libre ! — Je me suis promis de jouer auprès de toi le rôle d'ange gardien, et de bannir le hideux Coppola par un fou rire, s'il devait jamais revenir troubler tes rêves. Je ne le redoute pas le moins du monde, lui et ses vilaines mains, et je ne souffrirai pas qu'il me gâte mes friandises, ni qu'il me jette du sable aux yeux.

À toujours, mon bien-aimé Nathanaël.

CHAPITRE III

NATHANAËL À LOTHAIRE

Je suis très fâché que Clara, par une erreur que ma négligence avait causée, il est vrai, ait brisé le cachet de la lettre que je t'écrivais. Elle m'a adressé une épître remplie d'une philosophie profonde, par laquelle elle me démontre explicitement que Coppelius et Coppola n'existent que dans mon cerveau, et qu'ils sont des fantômes de mon *moi* qui s'évanouiront en poudre dès que je les reconnaîtrai pour tels. On ne se douterait jamais que l'esprit qui scintille de ces yeux clairs et touchants, comme une aimable émanation du printemps, soit aussi intelligent et qu'il puisse raisonner d'une façon aussi méthodique ! Elle s'appuie de ton autorité. Vous avez parlé de moi ensemble ! On lui fait sans doute un cours de logique pour qu'elle voie sainement les choses et qu'elle fasse des distinctions subtiles. — Renonce à cela ! je t'en prie.

Au reste, il est certain que le mécanicien[1] Giuseppe Coppola n'est pas l'avocat Coppelius. J'assiste à un cours chez un professeur de physique nouvellement arrivé dans cette ville, qui est d'origine italienne et qui porte le nom du célèbre naturaliste Spalanzani[2]. Il connaît Coppola depuis de longues années, et d'ailleurs, il est facile de reconnaître à l'accent du mécanicien qu'il est véritablement piémontais.

Coppelius était un Allemand, bien qu'il n'en eût pas le caractère. Cependant je ne suis pas entièrement tranquillisé. Tenez-moi toujours, vous deux, pour un sombre rêveur, mais je ne puis me débar-

rasser de l'impression que Coppelius et son affreux
visage ont produite sur moi. Je suis heureux qu'il ait
quitté la ville, comme me l'a dit Spalanzani. Ce professeur est un singulier personnage, un homme rond,
aux pommettes saillantes, le nez pointu et les yeux
perçants. Mais tu le connaîtras mieux que je ne
pourrais te le peindre, en regardant le portrait de
Cagliostro[1], gravé par Chodowiecki ; tel est Spalanzani. Dernièrement, en montant à son appartement,
je m'aperçus qu'un rideau, qui est ordinairement tiré
sur une porte vitrée, était un peu écarté. J'ignore
moi-même comme je vins à regarder à travers la
glace. Une femme de la plus riche taille, magnifiquement vêtue, était assise dans la chambre, devant une
petite table sur laquelle ses deux mains jointes étaient
appuyées. Elle était vis-à-vis de la porte, et je pouvais
contempler ainsi sa figure ravissante. Elle sembla ne
pas m'apercevoir, et en général ses yeux paraissaient
fixes, je dirai même qu'ils manquaient des rayons
visuels[2] ; c'était comme si elle eût dormi les yeux
ouverts. Je me trouvai mal à l'aise et je me hâtai de
me glisser dans l'amphithéâtre, qui est voisin de là.
Plus tard j'appris que la personne que j'avais vue
était la fille de Spalanzani, nommée Olimpia, qu'il
renfermait avec tant de rigueur que personne ne
pouvait approcher d'elle. — Cette mesure cache
quelque mystère, et Olimpia a sans doute une imperfection grave. Mais pourquoi t'écrire ces choses ?
J'aurais pu te les raconter de vive voix. Sache que,
dans quinze jours, je serai près de vous autres. Il faut
que je revoie mon ange, ma Clara ; alors s'effacera
l'impression qui s'est emparée de moi, je l'avoue,
depuis sa triste lettre si raisonnable. C'est pourquoi
je ne lui écris pas aujourd'hui.

Adieu.

CHAPITRE IV

On ne saurait imaginer rien de plus bizarre et de plus merveilleux que ce qui arriva à mon pauvre ami, le jeune étudiant Nathanaël, et que j'entreprends aujourd'hui de raconter[1]. Qui n'a, un jour, senti sa poitrine se remplir de pensées étranges ? Qui n'a éprouvé un bouillonnement intérieur qui faisait affluer son sang avec violence dans ses veines, et coloriait ses joues d'un sombre incarnat ? Vos regards semblent alors chercher des images fantasques[2] dans l'espace, et vos paroles s'exhalent en sons entrecoupés. En vain vos amis vous entourent et vous interrogent sur la cause de votre délire. On veut peindre avec leurs brillantes couleurs, leurs ombres et leurs vives lumières, les figures vaporeuses que l'on aperçoit, et l'on s'efforce inutilement de trouver des paroles pour rendre sa pensée. On voudrait reproduire au premier mot tout ce que ces apparitions offrent de merveilles, de magnificences, de sombres horreurs, de gaietés inouïes, afin de frapper ses auditeurs comme par un coup électrique ; mais chaque lettre vous semble glaciale, décolorée, sans vie. On cherche et l'on cherche encore, on balbutie et l'on murmure, et les questions timides de vos amis viennent frapper, comme le souffle des vents de la nuit, votre imagination brûlante qu'elles ne tardent pas à tarir et à éteindre. Mais si, en peintre habile et hardi, on a jeté en traits rapides une esquisse de ces images intérieures, il est facile d'en ranimer peu à peu le coloris fugitif, et de transporter ses auditeurs

au milieu de ce monde que notre âme a créé. Pour
moi, personne, je dois l'avouer, ne m'a jamais inter-
rogé sur l'histoire du jeune Nathanaël; mais on sait
que je suis un de ces auteurs qui, dès qu'ils se
trouvent dans l'état que je viens de décrire, se
figurent que ceux qui les entourent, et même le
monde entier, brûlent du désir de connaître ce qu'ils
ont en l'âme. La singularité de l'aventure m'avait
frappé, c'est pourquoi je me tourmentais pour en
commencer le récit d'une manière séduisante et originale[1]. «Il était une fois!» Beau commencement
pour assoupir dès le début. «Dans la petite ville de
S***, vivait...» ou bien d'entrer aussitôt *in medias
res*, comme : « Qu'il aille au diable! s'écriait, la fureur
et l'effroi peints dans ses yeux égarés, l'étudiant
Nathanaël, lorsque le marchand de baromètres, Giuseppe Coppola... » J'avais en effet commencé d'écrire
de la sorte, lorsque je crus voir quelque chose de
bouffon dans les yeux égarés[2] de l'étudiant Nathanaël; et vraiment l'histoire n'est nullement facé-
tieuse. Il ne me vint sous ma plume aucune phrase
qui reflétât le moins du monde l'éclat du coloris de
mon image intérieure. Je résolus alors de ne pas
commencer du tout. On voudra donc bien prendre
les trois lettres que mon ami Lothaire a eu la bonté
de me communiquer, pour l'esquisse de mon tableau
que je m'efforcerai, durant le cours de mon récit,
d'animer de mon mieux. Peut-être réussirai-je, comme
les bons peintres de portrait, à marquer maint personnage d'une touche expressive, de manière à le
faire trouver ressemblant sans qu'on ait vu l'original,
à éveiller le souvenir d'un objet encore inconnu;
peut-être aussi parviendrai-je à persuader mon lecteur que rien n'est plus fantastique et plus fou que

la vie réelle[1], et que le poète se borne à en recueillir un reflet confus, comme dans un miroir mal poli.

Et afin que l'on sache dès le commencement ce qu'il est nécessaire de savoir, je dois ajouter, comme éclaircissement à ces lettres, que bientôt après la mort du père de Nathanaël, Clara et Lothaire, enfants d'un parent éloigné, mort aussi depuis peu, furent recueillis par la mère de Nathanaël, dans sa famille. Clara et Nathanaël se sentirent un vif penchant l'un pour l'autre, contre lequel personne sur la terre n'eut rien à opposer. Ils étaient donc fiancés l'un à l'autre, lorsque Nathanaël quitta sa ville natale, pour aller terminer ses études à Goettingue[2]. Il se trouve là dans sa dernière lettre, et il suit des cours chez le célèbre professeur de physique Spalanzani.

Maintenant, je pourrais continuer bravement mon récit, mais l'image de Clara se présente si vivement à mon esprit que je ne saurais en détourner les yeux. Ainsi m'arrivait-il toujours lorsqu'elle me regardait avec un doux sourire[3]. — Clara ne pouvait point passer pour belle : c'est ce que prétendaient tous ceux qui s'entendent d'office à juger de la beauté. Cependant les architectes louaient la pureté des lignes de sa taille, les peintres trouvaient son dos, ses épaules et son sein formés d'une façon peut-être trop chaste ; mais tous, ils étaient épris de sa ravissante chevelure, qui rappelait celle de la Madeleine de Corregio, et ne tarissaient point sur la richesse de son teint, digne de Battoni[4]. L'un d'eux, en véritable fantasque, comparait ses yeux à un lac de Ruisdael[5], où se mirent l'azur du ciel, l'émail des fleurs, et les feux animés du jour. Les poètes et les virtuoses allaient plus loin. — Que me parlez-vous de lac, de miroir ! disaient-ils. Pouvons-nous contempler cette jeune fille sans que son regard fasse jaillir de notre âme des chants et des harmonies célestes! Clara avait l'imagination vive et animée d'un enfant joyeux et innocent, un cœur de femme tendre et délicat, une intelligence pénétrante et lucide. Les esprits légers et présomptueux ne réussissaient point auprès d'elle; car, tout en conservant sa nature silencieuse et modeste, le regard pétillant de la jeune fille et son sourire ironique semblaient leur dire: Pauvres ombres que vous êtes, espérez-vous passer à mes yeux pour des figures nobles, pleines de vie et de sève? — Aussi accusait-on Clara d'être froide, prosaïque et insensible; mais d'autres, qui voyaient mieux la vie, aimaient inexprimablement cette charmante fille. Toutefois, nul ne l'aimait plus que Nathanaël, qui cultivait les sciences et les arts avec goût et énergie. Clara chérissait Nathanaël de toutes les forces de son âme; leur séparation lui causa ses premiers chagrins. Avec quelle joie elle se jeta dans ses bras lorsqu'il revint à la maison paternelle, comme il l'avait annoncé dans sa lettre à Lothaire. Ce que Nathanaël avait espéré arriva. Dès qu'il vit sa fiancée il oublia et l'avocat Coppelius, et la lettre métaphysique de Clara[1], qui l'avait choqué; tous ses soucis se trouvèrent effacés.

Mais, cependant, Nathanaël avait dit vrai en écrivant à son ami Lothaire: la figure du repoussant Coppola avait exercé une funeste influence sur son âme. Dès les premiers jours de son arrivée, on s'aperçut que Nathanaël avait entièrement changé d'allure. Il s'abandonnait à de sombres rêveries, et se conduisait d'une façon singulière. La vie pour lui n'était plus que rêves et pressentiments; il parlait toujours de la destinée des hommes qui, se croyant libres, sont ballottés par les puissances invisibles et leur servent de jouet, sans pouvoir leur échapper. Il alla même plus loin, il prétendit que c'était folie que de croire à des progrès dans les arts et dans les sciences[1], fondés sur nos forces morales, car l'exaltation, sans laquelle on est incapable de produire, ne vient pas de notre âme, mais d'un principe extérieur, dont nous ne sommes pas les maîtres.

Clara éprouvait un éloignement profond pour ces idées mystiques[2], mais elle s'efforçait vainement de les réfuter. Seulement, lorsque Nathanaël démontrait que Coppelius était le mauvais principe qui s'était attaché à lui depuis le moment où il s'était caché derrière un rideau pour l'observer, et que ce démon ennemi troublerait leurs heureuses amours d'une manière cruelle, Clara devenait tout à coup sérieuse, et disait : Oui, Nathanaël, Coppelius est un principe ennemi qui troublera notre bonheur, si tu ne le bannis de ta pensée : sa puissance est dans ta crédulité.

Nathanaël, irrité de voir Clara rejeter l'existence du démon et l'attribuer à la seule faiblesse d'âme, voulut procéder à ses preuves par toutes les doctrines mystiques de la Démonologie ; mais Clara rompit la discussion avec humeur en l'interrompant par une phrase indifférente, au grand chagrin de Nathanaël. Celui-ci pensa alors que les âmes froides renfermaient ces mystères à leur propre insu, et que Clara appartenait à cette nature secondaire ; aussi se promit-il de ne rien négliger pour l'initier à ces secrets. Le lendemain matin, tandis que Clara préparait le déjeuner, il vint se placer près d'elle et se mit à lui lire divers passages de ses livres mystiques.

— Mais, mon cher Nathanaël, dit Clara après quelques instants d'attention, que dirais-je si je te regardais comme le mauvais principe qui influe sur mon café ? Car si je passais mon temps à t'écouter lire et à te regarder dans les yeux, comme tu l'exiges, mon café bouillonnerait déjà sur les cendres, et vous n'auriez tous rien à déjeuner.

Nathanaël referma le livre avec violence, et parcourut la chambre d'un air irrité. Jadis, il excellait à composer des histoires agréables et animées qu'il écrivait avec art, et Clara trouvait un plaisir excessif à les entendre ; mais depuis, ses compositions étaient devenues sombres, vagues, inintelligibles, et il était facile de voir au silence de Clara qu'elle les trouvait peu agréables[1]. Rien n'était plus mortel pour Clara, que l'ennui ; dans ses regards et dans ses discours, se trahissaient aussitôt un sommeil et un engourdissement insurmontables, et les compositions de Nathanaël étaient devenues véritablement fort ennuyeuses. Son humeur contre la disposition froide et positive de sa fiancée s'accroissait chaque jour, et Clara ne pouvait cacher le mécontentement que lui faisait éprouver le sombre et fastidieux mysticisme de son ami ; c'est ainsi qu'insensiblement leurs âmes s'éloignaient de plus en plus l'une de l'autre. Enfin, Nathanaël, nourrissant toujours la pensée que Coppelius devait troubler sa vie, en vint à le prendre pour le sujet d'une de ses poésies. Il se représenta avec Clara, liés d'un amour tendre et fidèle ; mais au milieu de leur bonheur, une main noire s'étendait de temps en temps sur eux, et leur ravissait quelqu'une de leurs joies. Enfin, au moment où ils se trouvaient devant l'autel où ils devaient être unis, l'horrible Coppelius apparaissait et touchait les yeux charmants de Clara, qui s'élançaient aussitôt dans le sein de Nathanaël, où ils pénétraient avec l'ardeur de deux charbons ardents. Coppelius s'emparait de lui et le jetait dans un cercle de feu qui tournait avec la rapidité de la tempête, et l'entraînait au milieu de sourds

et bruyants murmures. C'était un déchaînement,
comme lorsque l'ouragan fouette avec colère les
vagues écumantes qui grandissent et s'abaissent dans
leur lutte furieuse, ainsi que des noirs géants à têtes
blanchies. Du fond de ces gémissements, de ces cris,
de ces bruissements sauvages, s'élevait la voix de
Clara[1] : « Ne peux-tu donc pas me regarder ? » disait-
elle, « Coppelius t'a abusé, ce n'étaient pas mes yeux
qui brûlaient dans ton sein, c'étaient les gouttes bouil-
lantes de ton propre sang pris au cœur. J'ai mes
yeux ; regarde-moi ! » Tout à coup le cercle de feu
cessa de tourner, les mugissements s'apaisèrent,
Nathanaël vit sa fiancée ; mais c'était la mort déchar-
née qui le regardait d'un air amical avec les yeux de
Clara.

En composant ce morceau, Nathanaël resta fort
calme et réfléchi ; il lima et améliora chaque vers,
et comme il s'était soumis à la gêne des formes
métriques, il n'eut pas de relâche jusqu'à ce que le
tout fût bien pur et harmonieux. Mais lorsqu'il eut
enfin achevé sa tâche, et qu'il relut ses stances, une
horreur muette s'empara de lui, et il s'écria avec
effroi : Quelle voix épouvantable se fait entendre ! —
Ensuite il reconnut qu'il avait réussi à composer des
vers remarquables, et il lui sembla que l'esprit glacial
de Clara devait s'enflammer à leur lecture, quoiqu'il
ne se rendît pas bien compte de la nécessité d'enflammer l'esprit de Clara, et du désir qu'il avait de
remplir son âme d'images horribles et de pressentiments funestes à leur amour. — Nathanaël et Clara
se trouvaient dans le petit jardin de la maison. Clara
était très gaie, parce que, depuis trois jours que
Nathanaël était occupé de ses vers, il ne l'avait pas
tourmentée de ses prévisions et de ses rêves. De son
côté, Nathanaël parlait avec plus de vivacité et sem-

blait plus joyeux que de coutume. Clara lui dit : Enfin, je t'ai retrouvé tout entier ; tu vois bien que nous avons tout à fait banni le hideux Coppelius ? — Nathanaël se souvint alors qu'il avait ses vers dans sa poche. Il tira aussitôt le cahier[1] où ils se trouvaient, et se mit à les lire. Clara, s'attendant à quelque chose d'ennuyeux, comme de coutume, et se résignant, se mit à tricoter paisiblement. Mais les nuages noirs s'amoncelant de plus en plus devant elle, elle laissa tomber son ouvrage et regarda fixement Nathanaël. Celui-ci continua sans s'arrêter, ses joues se colorèrent, des larmes coulèrent de ses yeux ; enfin, en achevant, sa voix s'éteignit, et il tomba dans un abattement profond. — Il prit la main de Clara, et prononça plusieurs fois son nom en soupirant. Clara le pressa doucement contre son sein, et lui dit d'une voix grave : Nathanaël, mon bien-aimé Nathanaël ! jette au feu cette folle et absurde histoire !

Nathanaël se leva aussitôt, et s'écria en repoussant Clara : — Loin de moi, stupide automate[2] ! et il s'échappa. Clara répandit un torrent de larmes. — Ah ! s'écria-t-elle, il ne m'a jamais aimée, car il ne me comprend pas. Et elle se mit à gémir. — Lothaire entra dans le bosquet. Clara fut obligée de lui conter ce qui venait de se passer. Il aimait sa sœur de toute son âme, chacune de ses paroles excita sa fureur, et le mécontentement qu'il nourrissait contre Nathanaël et ses rêveries fit place à une indignation profonde. Il courut le trouver, et lui reprocha si durement l'insolence de sa conduite envers Clara, que le fougueux Nathanaël ne put se contenir plus longtemps.

Les mots de fat, d'insensé et de fantasque[3] furent échangés contre ceux d'âme matérielle et vulgaire. Le combat devint dès lors inévitable[4]. Ils résolurent de se rendre le lendemain matin derrière le jardin, et de s'attaquer, selon les usages académiques, avec de courtes rapières. Ils se séparèrent d'un air sombre. Clara avait entendu une partie de ce débat; elle prévit ce qui devait se passer. — Arrivés sur le lieu du combat, Lothaire et Nathanaël venaient de se dépouiller silencieusement de leurs habits, et ils s'étaient placés vis-à-vis l'un de l'autre, les yeux étincelants d'une ardeur meurtrière, lorsque Clara ouvrit précipitamment la porte du jardin, et se jeta entre eux.

— Vous me tuerez avant que de vous battre, forcenés que vous êtes! Tuez-moi! oh! tuez-moi! Voudriez-vous que je survécusse à la mort de mon frère ou à celle de mon amant[1]?

Lothaire laissa tomber son arme, et baissa les yeux en silence; mais Nathanaël sentit renaître en lui tous les feux de l'amour; il revit Clara telle qu'il la voyait autrefois; son épée s'échappa de sa main; et il se jeta aux pieds de Clara.

— Pourras-tu jamais me pardonner, ô ma Clara, ma chérie, mon unique amour? Mon frère Lothaire, oublieras-tu mes torts?

Lothaire s'élança dans ses bras; ils s'embrassèrent tous les trois en pleurant, et se jurèrent de rester éternellement unis par l'amour et par l'amitié.

Pour Nathanaël, il lui semblait qu'il fût déchargé d'un poids immense qui l'accablait, et qu'il eût trouvé assistance contre les influences funestes qui avaient terni son existence. Après trois jours de bonheur, passés avec ses amis, il repartit pour Goettingen, où il devait séjourner un an, puis revenir pour toujours dans sa ville natale.

On cacha à la mère de Nathanaël tout ce qui avait trait à Coppelius; car on savait qu'elle ne pouvait songer sans effroi à cet homme, à qui elle attribuait la mort de son mari.

CHAPITRE V

Quel fut l'étonnement de Nathanaël, lorsque voulant entrer dans sa demeure, il vit que la maison tout
entière avait brûlé, et qu'il n'en restait qu'un monceau de décombres, autour desquels s'élevaient les
quatre murailles nues et noircies. Bien que le feu eût
éclaté dans le laboratoire du chimiste, situé au plus
bas étage, les amis de Nathanaël étaient parvenus à
pénétrer courageusement dans sa chambre, et à
sauver ses livres, ses manuscrits et ses instruments.
Le tout avait été transporté dans une autre maison,
où ils avaient loué une chambre dans laquelle Nathanaël s'installa. Il ne remarqua pas d'abord qu'il
demeurait vis-à-vis du professeur Spalanzani, et il ne
s'attacha pas beaucoup à contempler Olimpia, dont
il pouvait distinctement apercevoir la figure, bien
que ses traits restassent couverts d'un nuage causé
par l'éloignement. Mais enfin il fut frappé de voir
Olimpia rester durant des heures entières dans la
même position, telle qu'il l'avait entrevue un jour à
travers la porte vitrée : inoccupée, les mains posées
sur une petite table et les yeux invariablement dirigés
vers lui. Nathanaël s'avouait qu'il n'avait jamais vu
une si belle taille ; mais l'image de Clara était dans
son cœur, et il resta indifférent à la vue d'Olimpia ;
seulement, de temps en temps, il jetait un regard
furtif par-dessus son compendium[1], vers la belle
statue. C'était là tout.

Un jour, il était occupé à écrire à Clara, lorsqu'on
frappa doucement à sa porte. À son invitation, on

l'ouvrit, et la figure repoussante de Coppola se montra dans la chambre. Nathanaël se sentit remué jusqu'au fond de l'âme ; mais songeant à ce que Spalanzani lui avait dit au sujet de son compatriote Coppola, et à ce qu'il avait promis à sa bien-aimée, touchant l'Homme au sable Coppelius, il eut honte de sa faiblesse enfantine, et il fit un effort sur lui-même pour parler avec douceur à cet étranger.

— Je n'achète point de baromètres, mon cher ami[1], lui dit-il. Allez, et laissez-moi seul.

Mais Coppola s'avança jusqu'au milieu de la chambre et lui dit d'une voix rauque, en contractant sa vaste bouche pour lui faire former un horrible sourire : — Vous ne voulez point de baromètres ? mais z'ai aussi à vendre des youx, des zolis youx[2] !

— Des yeux, dis-tu ? s'écria Nathanaël hors de lui, comment peux-tu avoir des yeux ?

Mais en un instant, Coppola se fut débarrassé de ses tubes, et fouillant dans une poche immense, il en tira des lunettes qu'il déposa sur la table.

— Ce sont des lunettes, des lunettes pour mettre sur le nez ! Des youx ! des bons youx, signor !

En parlant ainsi, il ne cessait de retirer des lunettes de sa poche, en si grand nombre, que la table où elles se trouvaient, frappée par un rayon du soleil, étincela tout à coup d'une mer de feux prismatiques. Des milliers d'yeux semblaient darder des regards flamboyants sur Nathanaël ; mais il ne pouvait détourner les siens de la table ; Coppola ne cessait d'y amonceler des lunettes, et ces regards devenant de plus en plus innombrables, étincelaient toujours davantage et formaient comme un faisceau de rayons sanglants qui venaient se perdre sur la poitrine de Nathanaël. Frappé d'un effroi sans nom, il s'élança sur Coppola, et arrêta son bras au moment où il plongeait encore

une fois sa main dans sa poche pour en tirer de
nouvelles lunettes, bien que toute la table en fût
encombrée.

— Arrête, arrête, homme terrible ! lui cria-t-il.

Coppola se débarrassa doucement de lui, en rica-
nant et en disant : — Allons, allons, ce n'est pas pour
vous, signor ! Mais voici des lorgnettes, des zolies
lorgnettes[1] ! Et en un clin d'œil, il eut fait disparaître
toutes les lunettes, et tiré d'une autre poche une multitude de lorgnettes de toutes les dimensions. Dès
que les lunettes eurent disparu, Nathanaël redevint
calme, et songeant à Clara, il se persuada que toutes
ces apparitions naissaient de son cerveau. Coppola
ne fut plus à ses yeux un magicien et un spectre
effrayant, mais un honnête opticien dont les instruments n'offraient rien de surnaturel ; et pour tout
réparer, il résolut de lui acheter quelque chose. Il
prit donc une jolie lorgnette de poche, artistement
travaillée, et pour en faire l'essai, il s'approcha de la
fenêtre. Jamais il n'avait trouvé un instrument dont
les verres fussent aussi exacts et aussi bien combinés
pour rapprocher les objets sans nuire à la perspective, et pour les reproduire dans toute leur exactitude. Il tourna involontairement la lorgnette vers
l'appartement de Spalanzani. Olimpia était assise
comme de coutume, devant la petite table, les mains
jointes. Nathanaël s'aperçut alors pour la première
fois de la beauté des traits d'Olimpia. Les yeux seuls
lui semblaient singulièrement fixes et comme morts :
mais plus il regardait à travers la lunette, plus il semblait que les yeux d'Olimpia s'animassent de rayons
humides. C'était comme si le point visuel se fût
allumé subitement, et ses regards devenaient à chaque
instant plus vivaces et plus brillants. Nathanaël, perdu
dans la contemplation de la céleste Olimpia, était

enchaîné près de la fenêtre, comme par un charme.
Le bruit qui se fit entendre près de lui le réveilla de
son rêve. C'était Coppola qui le tirait par l'habit.

— *Tre Zechini*, trois ducats[1], lui disait-il.

Nathanaël avait complètement oublié l'opticien ; il
lui paya promptement le prix qu'il lui demandait.

— N'est-ce pas une belle lorgnette, une belle lorgnette ? dit Coppola en laissant échapper un gros rire.

— Oui, oui ! répondit Nathanaël avec humeur.
Adieu[2], mon cher ami. Allez, allez !

Et Coppola quitta la chambre, non sans lancer un
singulier regard à Nathanaël, qui l'entendit rire aux
éclats en descendant.

— Sans doute il se moque de moi, parce que j'ai
payé trop cher cette lorgnette ! se dit-il.

En ce moment, un soupir plaintif se fit entendre
derrière lui. Nathanaël put à peine respirer, tant fut
grand son effroi. Il écouta quelques instants. — Clara
a bien raison de me traiter de visionnaire, dit-il enfin.
Mais n'est-il pas singulier que l'idée d'avoir payé
trop cher cette lorgnette à Coppola, m'ait causé un
sentiment d'épouvante ?

Il se remit alors à sa table pour terminer sa lettre à
Clara, mais un regard jeté vers la fenêtre lui apprit
qu'Olimpia était encore là ; et au même instant,
poussé par une force irrésistible, il saisit la lorgnette
de Coppola et ne se détacha des regards séducteurs
de sa belle voisine qu'au moment où son camarade
Sigismond[3] vint l'appeler pour se rendre au cours du
professeur Spalanzani. Le rideau de la porte vitrée
était soigneusement abaissé, il ne put voir Olimpia.
Les deux jours suivants, elle se déroba également à
ses regards, bien qu'il ne quittât pas un instant la
fenêtre, la paupière collée contre le verre de sa lorgnette. Le troisième jour même, les rideaux des croi-

sées s'abaissèrent. Plein de désespoir, brûlant d'ardeur et de désir, il courut hors de la ville. Partout l'image d'Olimpia flottait devant lui dans les airs : elle s'élevait au-dessus de chaque touffe d'arbre, de chaque buisson, et elle le regardait avec des yeux étincelants, du fond des ondes claires de chaque ruisseau. Celle de Clara était entièrement effacée de son âme ; il ne songeait à rien qu'à Olimpia, et il s'écriait en gémissant : Astre brillant de mon amour, ne t'es-tu donc levé que pour disparaître aussitôt, et me laisser dans une nuit profonde[1] !

CHAPITRE VI

En rentrant dans sa demeure, Nathanaël s'aperçut qu'un grand mouvement avait lieu dans la maison du professeur. Les portes étaient ouvertes, on apportait une grande quantité de meubles ; les fenêtres des premiers étages étaient levées, des servantes affairées allaient et venaient, armées de longs balais, et des menuisiers, des tapissiers, faisaient retentir la maison de coups de marteau. Nathanaël s'arrêta dans la rue, frappé de surprise. Sigismond s'approcha de lui, et lui dit en riant : Eh bien ! que dis-tu de notre vieux Spalanzani ?

Nathanaël lui répondit qu'il ne pouvait absolument rien dire du professeur, attendu qu'il ne savait rien sur lui, mais qu'il ne pouvait assez s'étonner du bruit et du tumulte qui régnaient dans cette maison toujours si monotone et si tranquille. Sigismond lui apprit alors que Spalanzani devait donner le lendemain une grande fête, concert et bal, et que la moitié

de l'université avait été invitée. On répandait le bruit
que Spalanzani laisserait paraître, pour la première
fois, sa fille Olimpia, qu'il avait cachée jusqu'alors
avec une sollicitude extrême à tous les yeux.

Nathanaël trouva chez lui une lettre d'invitation,
et se rendit, le cœur agité, chez le professeur, à
l'heure fixée, lorsque les voitures commençaient à
affluer, et que les salons resplendissaient déjà de
lumières. La réunion était nombreuse et brillante.
Olimpia parut dans un costume d'une richesse extrême
et d'un goût parfait. On ne pouvait se défendre d'admirer ses formes et se traits. Ses épaules, légèrement
arrondies, la finesse de sa taille, qui ressemblait au
corsage d'une guêpe, avaient une grâce extrême ;
mais on remarquait quelque chose de mesuré et de
raide dans sa démarche qui excita quelques critiques. On attribua cette gêne à l'embarras que lui
causait le monde si nouveau pour elle. Le concert
commença. Olimpia joua du piano avec une habileté
sans égale, et elle dit un air de bravoure[1] d'une voix
si claire et si argentine, qu'elle ressemblait au son
d'une cloche de cristal. Nathanaël était plongé dans
un ravissement profond ; il se trouvait placé aux derniers rangs des auditeurs, et l'éclat éblouissant des
bougies l'empêchait de bien reconnaître les traits
d'Olimpia. Sans être vu, il tira la lorgnette de Coppola
et se mit à contempler la belle cantatrice. Dieu ! quel
fut son délire ! Il vit alors que les regards pleins
de désir de la charmante Olimpia cherchaient les
siens, et que les expressions d'amour de son chant
semblaient s'adresser à lui. Les roulades brillantes
retentissaient aux oreilles de Nathanaël comme le
frémissement céleste de l'amour heureux, et lorsque enfin le morceau se termina par un long trillo[2]
qui retentit dans la salle en éclats harmonieux, il ne

put s'empêcher de s'écrier dans son extase : Olimpia !
Olimpia ! Tous les yeux se tournèrent vers Nathanaël ; les étudiants, qui se trouvèrent près de lui, se
mirent à rire. L'organiste de la cathédrale prit un air
sombre et lui fit signe de se contenir. Le concert était
terminé, le bal commença.

Danser avec elle ! Avec elle ! — Ce fut là le but de
tous les désirs de Nathanaël, de tous ses efforts ; mais
comment s'élever à ce degré de courage ; l'inviter,
elle, la reine de la fête ? Cependant ! il ne sut lui-
même comment la chose s'était faite, mais la danse
avait déjà commencé lorsqu'il se trouva tout près
d'Olimpia, qui n'avait pas encore été invitée, et après
avoir balbutié quelques mots, sa main se plaça dans
la sienne. La main d'Olimpia était glacée, et dès cet
attouchement, il se sentit lui-même pénétré d'un
froid mortel. Il regarda Olimpia ; l'amour et le désir
parlaient dans ses yeux, et alors il sentit aussitôt les
artères de cette main raide battre avec violence, et
un sang brûlant circuler dans ces veines glaciales.
Nathanaël frémit, son cœur se gonfla d'amour ; de
son bras il ceignit la taille de la belle Olimpia et traversa avec elle la foule des valseurs. Jusqu'alors il se
croyait danseur consommé et fort attentif à l'orchestre, mais à la régularité toute rythmique avec
laquelle dansait Olimpia, et qui le mettait souvent
hors de toute mesure, il reconnut bientôt combien
son oreille avait jusqu'alors défailli. Toutefois, il ne
voulut plus danser avec aucune autre femme, et il
eût volontiers égorgé quiconque se fût approché
d'Olimpia pour l'inviter. Mais cela n'arriva que deux
fois, et à la grande surprise de Nathanaël, il put
danser avec elle durant toute la fête.

Si Nathanaël eût été en état de voir quelque chose
outre Olimpia, il n'eût pas évité des querelles funestes ;

car des murmures moqueurs, des rires mal étouffés, s'échappaient de tous les groupes de jeunes gens dont les regards curieux s'attachaient à la belle Olimpia, sans qu'on pût en connaître le motif. Échauffé par la danse, par le punch, Nathanaël avait déposé sa timidité naturelle ; il avait pris place auprès d'Olimpia, et, sa main dans la sienne, il lui parlait de son amour en termes exaltés que personne ne pouvait comprendre, ni Olimpia, ni lui-même. Cependant elle le regardait invariablement dans les yeux ; et soupirant avec ardeur, elle faisait sans cesse entendre ces exclamations : Ah ! ah ! ah !

— Ô femme céleste, créature divine, disait Nathanaël, rayon de l'amour qu'on nous promet dans l'autre vie ! Âme claire et profonde dans laquelle se mire tout mon être !

Mais Olimpia se bornait à soupirer de nouveau et à répondre : Ah ! ah !

Le professeur Spalanzani passa plusieurs fois devant les deux amants et se mit à sourire avec satisfaction, mais d'une façon singulière, en les voyant ensemble. Cependant du milieu d'un autre hémisphère où l'amour l'avait transporté, il sembla bientôt à Nathanaël que les appartements du professeur devenaient moins brillants ; il regarda autour de lui, et ne fut pas peu effrayé, en voyant que les deux dernières bougies qui étaient restées allumées, menaçaient de s'éteindre. Depuis longtemps la musique et la danse avaient cessé.

— Se séparer, se séparer ! s'écria-t-il avec douleur et dans un profond désespoir. Il se leva alors pour baiser la main d'Olimpia, mais elle s'inclina vers lui et des lèvres glacées reposèrent sur ses lèvres brûlantes ! — La légende de la morte Fiancée[1] lui vint subitement à l'esprit, il se sentit saisi d'effroi, comme lorsqu'il avait touché la froide main d'Olimpia ; mais celle-ci le retenait pressé contre son cœur, et dans leurs baisers, ses lèvres semblaient s'échauffer du feu de la vie.

Le professeur Spalanzani traversa lentement la salle déserte ; ses pas retentissaient sur le parquet, et sa figure, entourée d'ombres vacillantes, lui donnait l'apparence d'un spectre.

— M'aimes-tu ? — M'aimes-tu, Olimpia ? — Rien que ce mot ! — M'aimes-tu ? Ainsi murmurait Nathanaël. Mais Olimpia soupira seulement, et prononça en se levant : Ah ! ah !

— Mon ange, dit Nathanaël, ta vue est pour moi un phare qui éclaire mon âme pour toujours !

— Ah ! ah ! répliqua Olimpia en s'éloignant. Nathanaël la suivit ; ils se trouvèrent devant le professeur.

— Vous vous êtes entretenu bien vivement avec ma fille, dit le professeur en souriant. Allons, allons, mon cher monsieur Nathanaël, si vous trouvez du goût à converser avec cette jeune fille timide, vos visites me seront fort agréables.

Nathanaël prit congé, et s'éloigna emportant le ciel dans son cœur.

CHAPITRE VII

Le lendemain, la fête de Spalanzani fut l'objet de toutes les conversations. Bien que le professeur eût fait tous ses efforts pour se montrer d'une façon splendide, on trouva toutefois mille choses à critiquer, et l'on s'attacha surtout à déprécier la raide et muette Olimpia, que l'on accusa de stupidité com-

plète; on s'expliqua par ce défaut le motif qui avait
porté Spalanzani à la tenir cachée jusqu'alors. Nathanaël n'entendit pas ces propos sans colère; mais il
garda le silence, car il pensait que ces misérables ne
méritaient pas qu'on leur démontrât que leur propre
stupidité les empêchait de connaître la beauté de
l'âme d'Olimpia.

— Fais-moi un plaisir, frère, lui dit un jour Sigismond; dis-moi comment il se fait qu'un homme
sensé comme toi se soit épris de cette automate, de
cette figure de cire?

Nathanaël allait éclater, mais il se remit promptement, et il répondit : — Dis-moi, Sigismond, comment
il se fait que les charmes célestes d'Olimpia aient
échappé à tes yeux clairvoyants, à ton âme ouverte à
toutes les impressions du beau! Mais je rends grâce
au sort de ne t'avoir point pour rival, car il faudrait
alors que l'un de nous tombât sanglant aux pieds de
l'autre!

Sigismond vit bien où en était son ami; il détourna
adroitement le propos, et ajouta, après avoir dit
qu'en amour on ne pouvait juger d'aucun objet: — Il
est cependant singulier qu'un grand nombre de nous
aient porté le même jugement sur Olimpia. Elle nous
a semblé... — ne te fâche point, frère —, elle nous a
semblé à tous, sans vie et sans âme. Sa taille est régulière, ainsi que son visage, il est vrai, et elle pourrait
passer pour belle si ses yeux lui servaient à quelque
chose. Sa marche est bizarrement cadencée, et
chacun de ses mouvements lui semble imprimé par
des rouages qu'on fait successivement agir. Son jeu,
son chant, ont cette mesure régulière et désagréable
qui rappelle le jeu de la machine; il en est de même
de sa danse. Cette Olimpia est devenue pour nous un
objet de répulsion, et nous ne voudrions rien avoir de

commun avec elle, car il nous semble qu'elle appartient à un ordre d'êtres inanimés, et qu'elle fait semblant de vivre.

Nathanaël ne s'abandonna pas aux sentiments d'amertume que firent naître en lui ces paroles de Sigismond. Il répondit simplement et avec gravité :

— Pour vous autres, âmes prosaïques[1], il se peut qu'Olimpia vous soit un être étrange. Une organisation semblable ne se révèle qu'à l'âme d'un poète ! Ce n'est qu'à moi que s'est adressé le feu de son regard d'amour ; ce n'est que dans Olimpia que j'ai retrouvé mon être. Elle ne se livre pas, comme les esprits superficiels, à des conversations vulgaires, elle prononce peu de mots, il est vrai ; mais ce peu de mots, c'est comme l'hiéroglyphe du monde invisible, monde plein d'amour et de connaissance de la vie intellectuelle en contemplation de l'éternité. Tout cela aussi n'a pas de sens pour vous et ce sont autant de paroles perdues !

— Dieu te garde, mon cher camarade ! dit Sigismond avec douceur et d'un ton presque douloureux ; mais il me semble que tu es en mauvais chemin ; Compte sur moi, si tout… non, je ne veux pas t'en dire davantage.

Nathanaël crut voir tout à coup que le froid et prosaïque Sigismond lui avait voué une amitié loyale, et il lui serra cordialement la main.

Nathanaël avait complètement oublié qu'il y avait dans le monde une Clara qu'il avait aimée autrefois. Sa mère, Lothaire, tous ces êtres étaient sortis de sa mémoire ; il ne vivait plus que pour Olimpia, auprès de laquelle il se rendait sans cesse pour lui parler de son amour, de la sympathie des âmes, des affinités psychiques, toutes choses qu'Olimpia écoutait d'un air fort édifié. Nathanaël tira des profondeurs de son pupitre tout ce qu'il avait écrit autrefois, poésies, fantaisies, visions, romans, nouvelles ; ces élucubrations s'augmentaient chaque jour de sonnets et de stances recueillies dans l'air bleu ou au clair de la lune, et il lisait toutes ces choses à Olimpia, sans se fatiguer. Mais aussi il n'avait jamais trouvé un auditeur aussi admirable. Elle brodait et ne tricotait pas, elle ne regardait pas par la fenêtre, elle ne nourrissait pas d'oiseau, elle ne jouait pas avec un petit chien, avec un chat favori, elle ne contournait pas un morceau de papier dans ses doigts, elle n'essayait pas de calmer un bâillement par une petite toux forcée ; bref, elle le regardait durant des heures entières sans se reculer et sans se remuer, et son regard devenait de plus en plus brillant et animé ; seulement, lorsque Nathanaël se levait enfin, et prenait sa main pour la porter à ses lèvres, elle disait : Ah ! ah ! puis : Bonne nuit[1], mon ami.

— Âme sensible et profonde ! s'écriait Nathanaël en rentrant dans sa chambre ; toi seule, toi seule au monde, tu sais me comprendre ! — Il frémissait de bonheur en songeant aux rapports intellectuels qui existaient entre lui et Olimpia et qui s'augmentaient chaque jour, et il lui semblait qu'une voix intérieure lui eût exprimé les sentiments de la charmante fille du professeur. Il fallait bien qu'il en eût été ainsi, car Olimpia ne prononçait jamais d'autres mots que ceux que j'ai cités. Mais lorsque Nathanaël se souvenait dans ses moments lucides (comme le matin en se réveillant lorsque l'âme est à *jeun* d'impressions) du mutisme et de l'inertie d'Olimpia, il se consolait en disant : Que sont les mots ? — Rien que des mots[2]. Son regard céleste en dit plus que tous les langages. Son cœur est-il donc forcé de se resserrer dans le

cercle étroit de nos besoins, et d'imiter nos cris plaintifs et misérables, pour exprimer sa pensée ?

Le professeur Spalanzani parut enchanté des liaisons de sa fille avec Nathanaël[1], et il en témoigna sa
satisfaction d'une manière non équivoque, en disant
qu'il laisserait sa fille choisir librement son époux.

— Encouragé par ces paroles, le cœur brûlant de
désirs, Nathanaël résolut de supplier, le lendemain,
Olimpia de lui dire, en paroles expresses, ce que ses
regards lui donnaient à entendre depuis si longtemps. Il chercha l'anneau que sa mère lui avait
donné en le quittant, car il voulait le mettre au doigt
d'Olimpia, en signe d'union éternelle.

Tandis qu'il se livrait à cette recherche, les lettres
de Lothaire et de Clara tombèrent sous ses mains ; il
les rejeta avec indifférence, trouva l'anneau[2], le
passa à son doigt, et courut auprès d'Olimpia. Il montait déjà les degrés, et il se trouvaient sous le vestibule, lorsqu'il entendit un singulier fracas. Le bruit
semblait venir de la chambre d'étude de Spalanzani :
un trépignement, des craquements, des coups sourds
frappés contre une porte, et entremêlés de malédictions et de jurements.

— Lâcheras-tu ! lâcheras-tu ! infâme ! misérable !
Après y avoir sacrifié mon corps et ma vie !

— Ah ! ah ! ah ! ah ! Ce n'était pas là notre marché.
Moi, j'ai fait les yeux !

— Moi, les rouages !

— Imbécile, avec tes rouages !

— Maudit chien !

— Misérable horloger !

— Éloigne-toi, satan !

— arrête, vil manœuvre !

— Bête infernale ! t'en iras-tu ?

— Lâcheras-tu !

C'était la voix de Spalanzani et celle de l'horrible Coppelius, qui se mêlaient et tonnaient ensemble. Nathanaël, saisi d'effroi, se précipita dans le cabinet. Le professeur avait pris un corps de femme par les épaules, l'Italien Coppola le tenait par les pieds, et ils se l'arrachaient, et ils le tiraient d'un côté et de l'autre, luttant avec fureur pour le posséder[1]. Nathanaël recula, tremblant d'horreur, en reconnaissant cette figure pour celle d'Olimpia ; enflammé de colère, il s'élança sur ces deux furieux pour leur enlever sa bien-aimée, mais au même instant Coppola arracha avec vigueur le corps d'Olimpia des mains du professeur, et le soulevant il l'en frappa si violemment qu'il tomba à la renverse par-dessus la table, au milieu des fioles, des cornues et des cylindres qui se brisèrent en mille éclats. Coppola mit alors le corps sur ses épaules et descendit rapidement l'escalier, en riant aux éclats. On entendait les pieds d'Olimpia, qui pendait sur son dos, frapper les degrés de bois et retentir comme une matière dure. Nathanaël resta immobile. Il n'avait vu que trop distinctement que la figure de cire d'Olimpia n'avait pas d'yeux, et que de noires cavités lui en tenaient lieu. C'était un automate sans vie. Spalanzani se débattait sur le parquet ; des éclats de verre l'avaient blessé à la tête, à la poitrine et aux bras, et son sang jaillissait avec abondance ; mais il ne tarda pas à recueillir ses forces.

— Poursuis-le ! Poursuis-le !... Que tardes-tu. — Coppelius, le misérable Coppelius m'a ravi mon meilleur automate. J'y ai travaillé vingt ans... J'y ai sacrifié mon corps et ma vie !... Les rouages, la parole, tout, tout était de moi. Les yeux... il te les avait volés. Le scélérat !... Cours après lui... rapporte-moi mon Olimpia... en voilà les yeux...

Nathanaël aperçut alors sur le parquet une paire

d'yeux sanglants qui le regardaient fixement. Spalanzani les saisit et les lui lança si vivement qu'ils vinrent frapper sa poitrine. Le délire le saisit alors et confondit toutes ses pensées[1].

— Hui, hui, hui!... s'écria-t-il en pirouettant. Tourne, tourne, cercle de feu!... tourne belle poupée de bois... allons, valsons gaiement!... gaiement, belle poupée!...

À ces mots, il se jeta sur le professeur et lui tordit le cou. Il l'eût infailliblement étranglé, si quelques personnes, attirées par le bruit, n'étaient accourues et n'avaient délivré des mains du furieux Nathanaël le professeur, dont on pansa aussitôt les blessures. Sigismond eut peine à se rendre maître de son camarade, qui ne cessait de crier d'une voix terrible : «Allons, valsons gaiement! gaiement, belle poupée!» et qui frappait autour de lui à coups redoublés. Enfin on parvint à le renverser, et à le garrotter. Sa parole s'affaiblit et dégénéra en un rugissement sauvage. Le malheureux Nathanaël resta en proie au plus affreux délire. On le transporta dans l'hospice des fous.

CHAPITRE VIII

Avant que de m'occuper de l'infortuné Nathanaël, je dirai d'abord à ceux qui ont pris quelque intérêt à l'habile mécanicien et fabricant d'automates, Spalanzani, qu'il fut complètement guéri de ses blessures. Il se vit toutefois forcé de quitter l'université, parce que l'histoire de Nathanaël avait produit une grande sensation, et qu'on regarda comme une insolente tromperie la conduite qu'il avait tenue en

menant sa poupée de bois dans les cercles de la ville
où elle avait eu quelque succès. Les juristes trouvaient cette ruse d'autant plus punissable qu'elle
avait été dirigée contre le public, et avec tant de
finesse qu'à l'exception de quelques étudiants profonds[1], personne ne l'avait devinée, bien que, depuis,
chacun se vantât d'avoir conçu quelques soupçons.
Les uns prétendaient avoir remarqué qu'Olimpia
éternuait plus souvent qu'elle ne bâillait, ce qui
choque tous les usages. C'était, disait-on, le résultat
du mécanisme intérieur qui craquait alors d'une
manière distincte. À ce sujet, le professeur de poésie
et d'éloquence prit une prise, frappa sur sa tabatière,
et dit solennellement : Vous n'avez pas trouvé le
point où gît la question, messieurs ; le tout est une
allégorie, une métaphore continuée. — Me com-
prenez-vous ? *Sapienti sat*[2] ! — Mais un grand nombre
de gens ne se contenta pas de cette explication. L'histoire de l'automate avait jeté de profondes racines
dans leur âme, et il se glissa en eux une affreuse
méfiance envers les figures humaines. Beaucoup
d'amants, afin d'être bien convaincus qu'ils n'étaient
pas épris d'une automate, exigèrent que leurs maî-
tresses dansassent hors de mesure, et chantassent un
peu faux ; ils voulurent qu'elles se missent à tricoter
lorsqu'ils leur faisaient la lecture, et avant toutes
choses ils exigèrent d'elles qu'elles parlassent quelquefois *réellement*, c'est-à-dire que leurs paroles expri-
massent quelquefois des sentiments et des pensées,
ce qui fit rompre la plupart des liaisons amoureuses.

Coppola avait disparu avant Spalanzani.

Nathanaël se réveilla un jour comme d'un rêve
pénible et profond. Il ouvrit les yeux, et se sentit
ranimé par un sentiment de bien-être infini, par une
douce et céleste chaleur. Il était couché dans sa

chambre, dans la maison de son père ; Clara était
penchée sur son lit, auprès duquel se tenaient sa
mère et Lothaire.

— Enfin, enfin, mon bien-aimé Nathanaël ! — Tu
nous es donc rendu !

Ainsi parlait Clara d'une voix attendrie, en serrant
dans ses bras son Nathanaël, dont les larmes coulèrent en abondance.

— Ma Clara ! Ma Clara ! s'écria-t-il, saisi de
douleur et de ravissement.

Sigismond, qui avait fidèlement veillé près de son
ami, entra dans la chambre. Nathanaël lui tendit la
main : Mon camarade, mon frère, lui dit-il, tu ne
m'as donc pas abandonné !

Toutes les traces de la folie avaient disparu, et
bientôt les soins de sa mère, de ses amis et de sa
bien-aimée lui rendirent toutes ses forces. Le
bonheur avait reparu dans cette maison. Un vieil
oncle auquel personne ne songeait était mort, et
avait légué à la mère de Nathanaël une propriété
étendue, située dans un lieu pittoresque, à une petite
distance de la ville. C'est là qu'ils voulaient tous se
retirer, la mère, Nathanaël avec sa Clara qu'il devait
épouser, et Lothaire. Nathanaël était devenu plus
doux que jamais ; il avait retrouvé la naïveté de son
enfance, et il appréciait bien alors l'âme pure et
céleste de Clara. Personne ne lui rappelait, par le
plus léger souvenir, ce qui s'était passé. Lorsque
Sigismond s'éloigna, Nathanaël lui dit seulement :
Par Dieu, frère ! j'étais en mauvais chemin, mais un
ange m'a ramené à temps sur la route du ciel ! Cet
ange, c'est Clara ! — Sigismond ne lui en laissa pas
dire davantage de crainte de le ramener à des idées
fâcheuses.

Le temps vint où ces quatre êtres heureux devaient

aller habiter leur domaine champêtre. Dans la journée, ils traversèrent ensemble les rues de la ville pour faire quelques emplettes. La haute tour de la maison de ville jetait son ombre gigantesque sur le marché[1].

— Si nous montions là-haut pour contempler encore une fois nos belles montagnes! dit Clara.

Ce qui fut dit, fut fait. Nathanaël et Clara montèrent; la mère retourna au logis avec la servante, et Lothaire, peu désireux de gravir tant de marches, resta au bas du clocher. Bientôt les deux amants se trouvèrent près l'un de l'autre, sur la plus haute galerie de la tour, et leurs regards plongèrent dans les bois parfumés, derrière lesquels s'élevaient les montagnes bleues, comme des villes de géants.

— Vois donc ce singulier bouquet d'arbres qui semble s'avancer vers nous! dit Clara.

Nathanaël fouilla machinalement dans sa poche; il y trouva la lorgnette de Coppelius. Il la porta à ses yeux et vit l'image d'Olimpia. Ses artères battirent avec violence, des éclairs pétillaient de ses yeux, et il se mit à mugir comme une bête féroce; puis, il fit vingt bonds dans les airs, et s'écria en riant aux éclats: Belle poupée! Valse gaiement! Gaiement, belle poupée! — Saisissant alors Clara avec force, il voulut la précipiter du haut de la galerie[2]; mais, dans son désespoir, Clara s'attacha nerveusement à la balustrade. Lothaire entendit les éclats de rire du furieux Nathanaël, il entendit les cris d'effroi de Clara; un horrible pressentiment s'empara de lui, il monta rapidement; la porte du second escalier était fermée. — Les cris de Clara augmentaient sans cesse. Éperdu de rage et d'effroi, il poussa si violemment la porte, qu'elle céda enfin. Les cris de Clara devenaient de plus en plus faibles. «Au secours… sauvez-moi, sauvez-moi…» Ainsi se mourait sa voix dans les airs. — Elle est morte, — assassinée par ce misérable! s'écriait Lothaire. La porte de la galerie était également fermée. Le désespoir lui donna des forces surnaturelles, il la fit sauter de ses gonds. — Dieu du ciel! Clara était balancée dans les airs hors de la galerie par Nathanaël; une seule de ses mains serrait encore les barreaux de fer du balcon. Rapide comme l'éclair, Lothaire s'empare de sa sœur, l'attire vers lui, et frappant d'un coup vigoureux Nathanaël au visage, il le force de se dessaisir de sa proie.

Lothaire se précipita rapidement jusqu'au bas des marches, emportant dans ses bras sa sœur évanouie. — Elle était sauvée. — Nathanaël, resté seul sur la galerie, la parcourait en tous sens, et bondissait dans les airs en s'écriant: Tourne, cercle de feu! Tourne[1]! — La foule s'était assemblée à ses cris, et, du milieu d'elle, on voyait Coppelius qui dépassait ses voisins de la hauteur des épaules. On voulut monter au clocher pour s'emparer de l'insensé; mais Coppelius dit en riant: Ah! ah! Attendez un peu! Il descendra tout seul! — Et il se mit à regarder comme les autres.

Nathanaël s'arrêta tout à coup, immobile. Il se baissa, regarda Coppelius, et s'écria d'une voix perçante: Ah! des beaux youx! des jolis youx. Et il se précipita par-dessus la galerie.

Dès que Nathanaël se trouva étendu sur le pavé, la tête brisée, Coppelius disparut.

On assure que, quelques années après, on vit Clara dans une contrée éloignée, assise devant une jolie maison de plaisance qu'elle habitait. Près d'elle, étaient son heureux mari et trois charmants enfants. Il faudrait en conclure que Clara trouva enfin le bonheur domestique que lui promettait son âme sereine et paisible, et que n'eût jamais pu lui procurer le fougueux et exalté Nathanaël.

IGNACE DENNER

Jadis, il y a de longues années, vivait, dans une forêt sauvage et solitaire du territoire de Fulda[1], un brave chasseur, nommé Andrès. Il avait été autrefois chasseur de Monseigneur le comte Aloys de Fach[2], qu'il avait accompagné dans ses longs voyages à travers la belle Italie[3], et qu'il avait sauvé d'un grand péril, par sa bravoure et son adresse, un jour qu'ils furent attaqués par des brigands, sur une des routes dangereuses du royaume de Naples. À Naples, dans l'auberge où ils descendirent, se trouvait une pauvre et ravissante fille orpheline, que l'hôte avait recueillie par charité, et qu'il traitait fort rudement, l'employant aux plus pénibles travaux de la maison. Andrès chercha à la consoler de ses chagrins autant qu'il put se faire comprendre d'elle, et la jeune fille conçut tant d'amour pour lui, qu'elle ne voulut plus le quitter, et résolut de le suivre dans la froide Allemagne. Le comte Fach, touché des prières d'Andrès et des larmes de Giorgina, permit à la jeune fille de prendre place sur le siège de la voiture auprès de son amant, et de faire ainsi ce rude voyage. Déjà avant que de passer les frontières de l'Italie, Andrès se fit

marier avec Giorgina ; et le comte, de retour dans ses
terres, crut bien récompenser son fidèle serviteur, en
le nommant son premier garde-chasse. Andrès alla
s'établir avec sa femme et son vieux valet, dans la
forêt déserte qu'il devait défendre contre les bûcherons[1] et les braconniers ; mais au lieu de jouir de
l'aisance douce et tranquille que le comte de Fach lui
avait annoncée, il mena une vie laborieuse et difficile, et ne tarda pas à tomber dans le chagrin et dans
la misère. Le petit traitement qu'il recevait du comte,
suffisait à peine pour lui procurer des vêtements
ainsi qu'à Giorgina ; les légers bénéfices qui lui reve-
naient dans les ventes de bois, étaient fort rares et
incertains, et le jardin qu'il cultivait pour son existence était si souvent dévasté par les loups et les sangliers, qu'en une nuit il voyait détruire l'espoir de
toute une année. En outre, sa vie était sans cesse
menacée par les brigands et les braconniers. Il remplissait cependant son emploi avec zèle et loyauté, et
se fiait à ses dogues fidèles pour le prévenir des
attaques nocturnes. Giorgina, qui n'était pas accou-
tumée à ce climat et à cette façon de vivre, traînait
une existence languissante. La couleur brune et
animée de son visage s'était changée en un jaune
pâle ; ses yeux vifs et étincelants avaient perdu leur
éclat, et sa taille voluptueuse et arrondie s'amaigris-
sait chaque jour. Souvent, dans les nuits éclairées
par la lune, elle se réveillait en sursaut. Des coups de
feu retentissaient au loin dans la forêt ; les dogues
hurlaient, et son mari, se levant doucement, sortait
avec son valet et allait battre le bois. Alors elle priait
avec ardeur Dieu et les saints de préserver les jours
de son bon époux, et de les retirer tous deux de cet
horrible désert. Bientôt la naissance d'un fils aug-
menta la faiblesse de Giorgina ; elle ne quitta plus le

lit, et sa fin sembla proche. Le malheureux Andrès
errait tout le jour d'un air sombre ; la maladie de sa
femme lui avait ravi tout son courage. Le gibier se
montrait devant lui comme pour le braver ; son fusil,
dans sa main tremblante, lançait des balles inutiles,
et il était obligé de laisser à son valet le soin d'abattre
les pièces qu'il était de son devoir de livrer à monseigneur le comte.

CHAPITRE II

Un jour, Andrès était assis devant le lit de Giorgina, les yeux fixés sur sa femme chérie, qui respirait
à peine, accablée sous le poids d'une douleur mortelle. Dans son désespoir, il avait pris sa main et la
tenait en silence, sans entendre les cris de l'enfant
qui demandait le sein de sa mère. Le valet était parti
dès le point du jour pour Fulda, afin de se procurer
quelques remèdes pour la malade. Aucune créature
humaine n'apparaissait au loin ; le vent seul faisait
entendre ses longs sifflements dans les noirs sapins,
et les dogues hurlaient douloureusement, couchés au
pied de leur malheureux maître. Tout à coup Andrès
entendit devant la maison comme les pas d'un homme.
Il crut que c'était son valet qui revenait, bien qu'il ne
l'attendît pas sitôt ; mais les chiens s'élancèrent et
aboyèrent violemment. Ce devait être un étranger[1].
Andrès alla ouvrir la porte : un homme se présenta :
il était long et maigre, enveloppé d'un ample manteau, et son bonnet de voyage enfoncé sur ses yeux.

— Eh ! dit l'étranger, comment ai-je pu m'égarer
ainsi dans ce bois ! La tempête descend des mon-

tagnes, nous allons avoir un temps terrible. Me per-
mettrez-vous d'entrer dans votre maison, mon cher
monsieur, de me reposer et de me rafraîchir un peu,
afin de pouvoir continuer ma route.

— Ah! monsieur, répondit le pauvre Andrès, vous
venez dans une maison de douleur et de misère, et
hors la chaise sur laquelle vous pourrez vous reposer,
je n'aurai rien à vous offrir; ma pauvre femme,
malade, manque elle-même de tout, et mon valet,
que j'ai envoyé à Fulda, ne reviendra que fort tard
avec quelques provisions.

En parlant ainsi, ils étaient entrés dans la chambre.
L'étranger déposa son bonnet et son manteau sous
lequel il portait une petite cassette et une valise. Il
tira aussi un stylet et une paire de pistolets qu'il mit
sur la table. Andrès s'était approché du lit de Giorgina; elle y était étendue sans connaissance. L'étranger s'approcha aussi, regarda longtemps la malade
d'un air pensif, prit sa main et consulta attentivement son pouls. Lorsque Andrès, au désespoir, s'écria:
— Ah! mon Dieu, elle va mourir! l'étranger lui
répondit: — Nullement, mon ami, soyez tranquille.
Il ne manque à votre femme qu'une bonne nourriture, et pour l'instant, j'ai un cordial qui lui fera
grand bien. Je ne suis pas un médecin, il est vrai, et
seulement un marchand; mais je m'entends un peu
en médecine et je possède même plus d'un secret que
je débite.

À ces mots, l'étranger ouvrit sa cassette, en tira
une fiole, fit tomber quelques gouttes d'une liqueur
rougeâtre sur un morceau de sucre, et le mit dans la
bouche de la malade. Puis il prit dans sa valise un
petit flacon taillé, rempli de vin du Rhin, et en fit
prendre quelques cuillerées à Giorgina. Il commanda
à Andrès de placer l'enfant sur le sein de sa mère, et

de les laisser tous deux prendre du repos. Andrès
regardait cet étranger comme un ange descendu du
ciel pour venir à son secours. Il avait d'abord jeté sur
lui des regards de défiance ; mais la sollicitude qu'il
montrait pour Giorgina l'entraînait vers lui. Il lui
raconta aussitôt comment il était tombé dans la misère
par la faveur que le comte de Fach avait voulu lui
faire, et comment il ne sortirait de sa vie de cet état
désespéré et accablant. L'étranger chercha à le consoler, en lui disant que souvent un bonheur inespéré
apportait la joie aux plus malheureux, et qu'il fallait
bien risquer quelque chose, pour changer l'influence
de son étoile.

— Ah ! seigneur, répondit Andrès, je me fie en Dieu
et en l'intercession de ses saints, à qui moi et ma
femme nous nous adressons chaque jour. Que puis-je
donc faire pour me procurer des biens et de l'argent ?
J'attends tout de la sagesse du ciel ; si je désire de
l'aisance, à cause de ma pauvre femme qui a quitté
son beau pays pour me suivre dans ce pays sauvage,
je ne risquerai pas cependant ma vie pour des biens
terrestres et périssables.

L'étranger sourit d'une singulière manière, et se
disposait à répondre, lorsque Giorgina se réveilla par
un profond soupir du sommeil dans lequel elle était
plongée. Elle se sentait merveilleusement réconfortée,
et son enfant souriait doucement sur son sein. Andrès
était hors de lui de joie ; il pleurait, il priait, il sautait
dans toute la maison. Pendant ce temps le valet était
revenu. Il prépara, tant bien que mal, un repas avec
ce qu'il avait apporté, et l'étranger fut invité à en
prendre sa part. Celui-ci fit cuire lui-même une soupe
pour Giorgina, et on le vit y mettre toutes sortes
d'herbes et d'ingrédients qu'il avait apportés avec
lui. La soirée était avancée, l'étranger ne pouvait se

remettre en route, il pria qu'on le laissât dormir sur un lit de paille dans la chambre d'Andrès et de Giorgina. Cela fut accordé. Andrès, que son inquiétude pour sa femme ne laissait pas dormir, remarqua comme l'étranger se levait à chaque aspiration pénible que faisait Giorgina, s'approchant tout doucement de son lit, lui tâtant soigneusement le pouls et lui versant quelques gouttes de cordial.

CHAPITRE III

Lorsque le matin fut arrivé, Giorgina se trouva sensiblement mieux. Andrès remercia du fond de son cœur l'étranger qu'il nommait son ange protecteur. Giorgina prétendait aussi que c'était un envoyé du ciel, descendu sur la terre à sa prière. Ces vives expressions de reconnaissance semblaient un peu embarrasser l'étranger ; il répéta plusieurs fois qu'il eût été un monstre, s'il ne se fût pas servi des moyens qu'il avait de secourir la malade. Au reste, ajouta-t-il, c'était lui qui devait de la reconnaissance à ses hôtes pour l'avoir recueilli malgré leur misère, et il ne voulait pas partir sans leur témoigner sa gratitude. À ces mots, il tira une bourse bien garnie, y prit quelques pièces d'or et les présenta à Andrès.

— Ah ! monsieur, dit celui-ci, comment ai-je mérité de recevoir autant d'argent de vous ? C'était un devoir de chrétien, que de vous recevoir dans ma maison, puisque vous vous étiez égaré dans la forêt ; et si vous me deviez quelque remerciement, vous m'avez bien récompensé au-delà de ce que je puis dire, en sauvant ma femme d'une mort presque certaine, par votre sagesse et par votre expérience. Ah ! Monsieur, ce que vous avez fait pour moi, je ne l'oublierai jamais, et que Dieu veuille m'accorder la joie de vous récompenser de cette bonne action au prix de ma vie et de mon sang.

À ces mots de l'honnête Andrès, un éclair rapide brilla dans les yeux de l'étranger.

— Mon brave homme, lui dit-il, il faut absolument que vous preniez cet argent ; vous devez le faire pour votre femme à qui il faut procurer une bonne nourriture, afin qu'elle ne retombe pas dans l'état où je l'ai trouvée avec son enfant.

— Pardonnez-moi, monsieur, dit Andrès, mais une voix intérieure[1] me dit que je ne dois pas accepter votre argent sans l'avoir gagné. Cette voix, que je regarde comme celle de mon saint patron, m'a toujours guidé sûrement dans la vie, et m'a protégé contre tous les dangers du corps et de l'âme. Si vous voulez vous montrer généreux envers nous, laissez-moi une fiole de votre merveilleuse médecine, afin que ma femme s'en serve pour recouvrer ses forces.

Giorgina se souleva sur son lit, et le regard douloureux qu'elle jeta sur Andrès semblait le supplier de ne pas se montrer si rigoureux, et d'accepter les dons de cet homme bienfaisant. L'étranger remarqua ce mouvement et dit : — Allons, puisque vous ne voulez pas absolument accepter mon argent, j'en fais présent à votre chère femme, qui ne se refusera pas comme vous à la bonne volonté que j'ai de vous sauver.

Il prit de nouveau sa bourse, et, s'approchant de Giorgina, il lui donna une fois plus d'or qu'il n'en avait offert à Andrès. Giorgina regarda le bel or étincelant avec des yeux brillants de joie ; elle ne pouvait trouver la force de dire un seul mot de reconnaissance, et de grosses larmes coulaient de ses joues.

L'étranger se détourna promptement d'elle, et dit à
Andrès : — Voyez, bon homme, vous pouvez accepter
mes dons sans scrupules, puisque je partage avec
vous un extrême superflu. Je veux bien convenir que
je ne suis pas ce que je semble. D'après mon modeste
accoutrement, et comme je voyage à pied ainsi qu'un
pauvre mercier, vous croyez sans doute que je suis
pauvre, et que je vis des maigres profits que je fais
dans les marchés et dans les foires : il faut donc que
je vous dise que le commerce de bijoux précieux que
je fais depuis de longues années, a fait de moi un
homme riche, et que je n'ai conservé cette simple
manière de vivre, que par une vieille habitude. Dans
cette petite valise et dans cette cassette, je porte des
joyaux et des pierres taillées fort anciennement, qui
valent des milliers et des milliers de ces pièces d'or.
J'ai fait cette fois de très beaux gains à Francfort, et
ce que je donne à votre femme n'est pas la centième
partie de mon bénéfice. Au reste, je ne vous donne
aucunement cet argent pour rien, mais j'exige de
vous toutes sortes de complaisances[1]. Je voulais aller,
comme d'ordinaire, de Francfort à Cassel, et je me
suis trompé de chemin. En marchant, j'ai reconnu
que la route qui passe par cette forêt et que les voyageurs redoutent, est fort agréable pour un piéton ;
aussi je veux désormais la prendre et m'arrêter chez
vous. Vous me reverrez donc chaque année deux fois,
savoir : à Pâques, lorsque je vais de Francfort à Cassel,
et à la fin du printemps quand je reviens de la foire
de Saint-Michel[2], de Leipzig à Francfort, d'où je
gagne la Suisse et quelquefois l'Italie. Alors, pour me
rembourser, vous m'hébergerez un, deux, ou même
trois jours, et c'est la première complaisance que
j'exige de vous.

   Ensuite, je vous prie de garder chez vous, jusqu'au

printemps, cette petite cassette, où sont des marchandises dont je n'ai pas besoin à Cassel, et qui me
gêne dans mes courses. Je ne vous cache point que
ces marchandises sont fort précieuses. La loyauté et
la piété que vous m'avez montrées, me donnent toute
confiance en vous, et je ne vous recommande point
de les garder avec soin. C'est là le second service que
je vous demande. Le troisième vous semblera le plus
pénible ; c'est celui qui me sera le plus utile. Il faut
que vous quittiez pour aujourd'hui votre femme, et
que vous consentiez à me conduire, par la forêt,
jusqu'à la route de Hirschfeld[1], où je trouverai des
gens de connaissance avec qui je partirai pour Cassel.
Car, outre que je ne connais pas ces bois, et que je
pourrais m'y perdre une seconde fois, le chemin
n'est pas rassurant pour un homme comme moi ;
vous, on vous connaît pour le garde-chasse du pays,
et personne ne songera à vous attaquer. On disait à
Francfort qu'une troupe de brigands qui infestaient
autrefois les environs de Schaffhouse[2], et qui s'étendait jusqu'à Strasbourg, s'était jetée dans le pays de
Fulda, afin de s'en prendre aux négociants qui vont
de Leipzig à Francfort. Il serait fort possible qu'en
ma qualité de marchand de diamants, je leur fusse
signalé depuis Francfort. Si donc j'ai mérité quelque
remerciement pour avoir sauvé la vie de votre femme,
vous pouvez me rendre le même service en me ser-
vant de guide.

Andrès se prépara avec joie à faire tout ce qu'on
exigeait de lui, et il se mit aussitôt en état de partir en
endossant son uniforme, et prenant son fusil à deux
coups et son couteau de chasse, et en ordonnant au
valet d'accoupler[3] les deux dogues. Pendant ce temps,
l'étranger avait ouvert sa cassette, et en avait tiré
de magnifiques parures, des colliers, des pendants

d'oreilles, des chaînes qu'il avait étendues sur le lit de Giorgina qui ne pouvait cacher son étonnement et son admiration pour toutes ces belles choses. Mais lorsque l'étranger la pria de passer à son cou une des plus belles chaînes, de mettre à ses bras de magnifiques bracelets, et qu'il lui présenta un petit miroir de poche pour se regarder à son aise, Andrès dit à l'étranger : — Ah, monsieur ! pourquoi exciter l'envie de cette pauvre femme par des choses qui ne lui conviennent pas, et qu'elle ne saurait même désirer. Ne vous fâchez pas, monsieur, mais la simple chaîne de corail rouge, que Giorgina avait à son cou la première fois que je la vis à Naples, est mille fois plus chère pour moi que tous ces brillants trompeurs !

— Vous êtes aussi trop rigoureux, dit l'étranger, en riant d'un air moqueur, de ne pas accorder à votre femme malade l'innocent plaisir de se parer avec ces joyaux, qui ne sont pas trompeurs, mais bien réels. Ne savez-vous pas que ce sont de telles choses qui causent aux femmes leurs plus grandes joies ? Et ce que vous venez de dire, que de semblables parures ne conviennent pas à Giorgina, moi je prétends le contraire. Votre femme est assez jolie pour se parer, et vous ignorez si elle ne sera pas un jour assez riche pour posséder et pour porter de tels joyaux.

Andrès dit d'un ton expressif : — Je vous en prie, monsieur, ne tenez pas ces discours séducteurs et mystérieux ! Voulez-vous donc tourner la tête à ma pauvre femme, et lui donner une vaine envie de cet éclat mondain, afin qu'elle ne sente que plus durement le poids de notre misère et qu'elle perde le peu de gaieté qu'elle a conservée ? Renfermez toutes ces belles choses, monsieur, je les conserverai avec soin jusqu'à ce que vous reveniez. Mais dites-moi, au nom du ciel, s'il vous arrivait un malheur et que vous ne revinssiez pas dans ma maison, où faudrait-il porter cette cassette, combien de temps attendrai-je avant que de la remettre à celui que vous me désignerez, et quel est votre nom, à vous-même, de grâce ?

— Je me nomme, dit l'étranger, Ignace Denner, et je suis, comme vous le savez déjà, marchand et négociant. Je n'ai ni femme ni enfants, et mes parents demeurent dans le canton de Wallis[1]. Mais je ne saurais les estimer, ni les aimer, puisqu'ils ne faisaient aucun cas de moi lorsque j'étais pauvre. Si je ne reparaissais pas d'ici à trois ans, gardez sans crainte cette cassette, et comme je sais que vous vous feriez scrupule d'accepter de moi ce riche héritage, je le lègue, dans le cas que j'indique, à cet enfant à qui je vous prie de donner le nom d'Ignace.

Andrès ne savait que penser de la grandeur d'âme et de la générosité de l'étranger. Il restait tout stupéfait devant lui, tandis que Giorgina le remerciait de ses bonnes intentions, et l'assurait de le protéger dans ses voyages et de le ramener heureusement dans cette maison. L'étranger sourit d'une singulière manière, selon sa coutume, et répondit que la prière d'une jolie femme aurait sans doute plus d'efficacité que les siennes ; qu'ainsi, il la laisserait prier, et que pour lui il se confierait en la vigueur de ses membres et en la bonté de ses armes.

Cette réponse de l'étranger déplut fort au pieux Andrès ; cependant, il renferma en lui-même ce qu'il allait dire, et pressa l'étranger de partir, attendu qu'il serait obligé de revenir tard dans la nuit, et que sa femme en concevrait de l'inquiétude.

En partant, l'étranger dit encore à Giorgina qu'il lui permettait expressément de se parer de ses diamants, si cela lui faisait plaisir, puisqu'elle manquait totalement de distraction dans cette forêt solitaire.

Giorgina rougit du plaisir secret qu'elle éprouvait de pouvoir satisfaire ce penchant particulier à toutes les femmes, et surtout à celles de sa nation, pour les pierreries et les parures ; et Denner se mit en marche avec Andrès, à travers le bois sombre et désert. Dans un épais taillis, les dogues se mirent à flairer tout autour d'eux, et à regarder leur maître d'un air prudent et avisé.

— Il ne fait pas bon ici, dit Andrès, en armant la batterie de son fusil, et il marcha devant l'étranger avec ses chiens fidèles. Souvent il croyait entendre du bruit dans les arbres, et quelquefois il apercevait au loin une figure sombre qui disparaissait sous les feuilles. Il voulut découpler ses chiens.

— Ne faites pas cela, mon cher homme ! s'écria Denner ; car je puis vous assurer que vous n'avez pas la moindre chose à craindre.

À peine eut-il prononcé ces mots, qu'un grand coquin aux cheveux touffus, à la longue moustache, et tenant un fusil à la main, sortit du fond du bois. Andrès le mit en joue.

— Ne tirez pas, ne tirez pas ! s'écria Denner. L'homme noir fit un signe amical, et se perdit dans les arbres. Enfin, ils arrivèrent à l'extrémité de la forêt sur une route animée.

— Maintenant, je vous remercie de tout mon cœur, dit Denner, retournez dans votre maison ; si vous rencontrez quelques tournures comme celle que nous venons de voir, tenez vos chiens en laisse, ne vous occupez pas d'elles, et continuez tranquillement votre chemin. Vous arriverez heureusement chez vous sans danger.

Andrès ne savait ce qu'il devait penser de cet homme qui avait le pouvoir de bannir les mauvais esprits, et il ne concevait pas pourquoi il avait eu besoin de se faire accompagner à travers la forêt. Il revint en effet avec sécurité dans sa demeure, et y trouva Giorgina levée et rétablie, qui vint se jeter dans ses bras.

CHAPITRE IV

Grâce à la libéralité du marchand étranger, le petit ménage d'Andrès prit une tout autre face. À peine Giorgina fut-elle rétablie, qu'il se rendit avec elle à Fulda, et y acheta beaucoup de choses qui donnèrent à leur maison l'apparence d'un certain bien-être. Il arriva aussi que, depuis la visite de l'étranger, les braconniers et les bûcherons semblaient bannis du voisinage, et Andrès put remplir tranquillement son poste. Son bonheur à la chasse était aussi certain ; et comme jadis, il manquait rarement son coup. L'étranger revint à la Saint-Michel, et resta trois jours. En dépit des refus obstinés de ses hôtes, il se montra aussi généreux que la première fois. Il leur dit que c'était une fois sa volonté que de les mettre dans l'aisance, afin de se rendre à lui-même plus commode et plus agréable la maison où il avait dessein de s'arrêter quelquefois.

La charmante Giorgina put alors s'habiller avec plus de soin. Elle avoua à Andrès que l'étranger lui avait fait présent d'une belle épingle en or, travaillée artistement, semblable à celles que les femmes et les filles de certaines parties de l'Italie portent dans leurs cheveux rassemblés en grosses touffes. Andrès prit un air sombre ; mais au même instant, Giorgina, qui était sortie de la chambre, revint en sautant, habillée et parée exactement comme elle était lorsque Andrès

l'avait vue pour la première fois à Naples. La belle
épingle d'or brillait dans ses cheveux noirs qu'elle
avait ornés, avec une intention pittoresque, de fleurs
variées, et Andrès ne put s'empêcher de convenir
que le présent de l'étranger était bien fait pour
réjouir sa Giorgina.

Andrès dit ces paroles avec simplicité ; Giorgina
prétendit que l'étranger était leur ange gardien, qu'il
les avait tirés de la plus profonde misère pour les
mettre dans l'aisance, et qu'elle ne comprenait pas
pourquoi Andrès se montrait si réservé, si silencieux,
et en général aussi triste avec lui.

— Ah ! ma bien-aimée, dit Andrès, la voix intérieure
qui me dit jadis que je ne devais rien accepter de
l'étranger, cette voix n'a cessé de me parler. Je suis
souvent tourmenté par ses reproches ; il me semble
qu'un bien mal acquis est entré dans ma maison
avec son argent. Sans doute aujourd'hui je puis me
fortifier plus souvent par un bon plat, par un coup de
vin généreux ; mais crois-moi, ma chère Giorgina, si
nous avions eu une bonne vente, et qu'il nous fût
venu quelques gros[1] de plus, bien gagnés, je trouve-
rais un meilleur goût à notre pauvre bière, qu'au bon
vin que nous apporte l'étranger. Je ne puis absolument pas me familiariser avec ce singulier marchand,
et souvent en sa présence j'éprouve un malaise involontaire. As-tu remarqué, chère Giorgina, qu'il ne regarde jamais personne en face ; et souvent ses regards
étincellent si fort du fond de ces petits yeux creux, et
il rit d'un air si rusé que le frisson s'empare de moi.
Ah ! puissent mes soupçons ne pas se réaliser.

Giorgina chercha à détourner son mari de ces
sombres pensées, en assurant qu'elle avait souvent
vu dans son pays, et surtout dans l'auberge de ses
parents adoptifs, des gens d'un extérieur repoussant,

en qui elle avait reconnu par la suite d'excellentes qualités. Andrès parut rassuré ; mais, dans le fond de son âme, il se promettait d'être sur ses gardes.

CHAPITRE V

L'étranger revint chez Andrès, lorsque le fils de celui-ci, fort bel enfant et l'image de sa mère, eut atteint à l'âge de neuf mois[1]. C'était le jour de la fête de Giorgina ; elle avait paré avec soin son enfant, s'était habillée elle-même dans son cher costume napolitain, et avait préparé un meilleur repas que de coutume, auquel l'étranger ajouta une bouteille tirée de sa valise. Lorsqu'ils furent à table, l'étranger, regardant l'enfant qui lui souriait d'un air intelligent, lui dit : — Votre fils promet en vérité beaucoup, et c'est dommage que vous ne puissiez lui donner une éducation convenable. J'aurais bien une proposition à vous faire ; mais vous la rejetterez, quoique je n'aie en vue, en vous la faisant, que votre avantage et votre bonheur. Vous savez que je suis riche et sans héritiers ; je me sens une tendresse et un penchant tout particuliers pour cet enfant. — Donnez-le-moi ! — Je l'emporterai à Strasbourg, où il sera fort bien élevé par une vieille et honorable dame qui est mon amie ; vous serez ainsi débarrassé d'une lourde charge ; mais il faut que vous preniez promptement votre résolution, car je suis forcé de partir ce soir même. J'emporterai sur mes bras votre enfant jusqu'au prochain village, et là je prendrai une voiture.

À ces paroles de l'étranger, Giorgina lui arracha

avec violence l'enfant qu'il avait pris sur ses genoux, et le serra sur son sein en l'arrosant de larmes.

— Voyez, monsieur, dit Andrès, comme ma femme répond à votre proposition ! J'ai les mêmes sentiments qu'elle. Il se peut que votre intention soit bonne ; mais comment avez-vous pu songer à nous enlever ce que nous avons de plus cher au monde ? Comment pouvez-vous nommer un fardeau ce qui doit charmer notre vie, fussions-nous encore dans la misère profonde d'où votre bonté nous a tirés ? Vous vous avez dit que vous êtes sans femme et sans enfants, alors vous ignorez la félicité qui descend du ciel sur une femme et un mari à la naissance d'un fils. C'est de l'amour le plus céleste qu'ils sont remplis, en contemplant cette créature muette étendue sur le sein de sa mère, et qui dit cependant avec éloquence toute leur joie et leur bonheur. — Non, mon cher monsieur ! quelque grands que soient vos bienfaits, ils ne sont pas d'un aussi grand prix pour nous, que la possession de notre enfant ; car tous les trésors du monde ne nous le remplaceraient pas. Ne nous traitez pas d'ingrats, mon cher monsieur, parce que nous refusons de céder à vos demandes. Si vous étiez père, vous-même, nous n'aurions pas besoin de nous excuser auprès de vous.

— Allons, allons, dit l'étranger en regardant de côté d'un air sombre, je croyais bien faire en rendant votre fils riche et heureux. Si vous n'êtes pas contents, n'en parlons plus.

Giorgina baisa et caressa son enfant, comme s'il eût été sauvé d'un grand danger. L'étranger sembla reprendre sa sérénité ; il était toujours facile de s'apercevoir que le refus de son hôte l'avait chagriné. Au lieu de partir le soir même, comme il l'avait annoncé, il resta trois jours encore, durant lesquels, au lieu de passer comme d'ordinaire son temps auprès de Giorgina, il s'en alla à la chasse avec Andrès, et se fit conter beaucoup de choses sur le comte Aloys de Fach. Lorsque dans la suite Ignace Denner revint chez son ami Andrès, il ne parla plus de son projet d'élever l'enfant. Il se montra amical comme devant, et continua de faire de riches cadeaux à Giorgina à qui il permit de se parer des diamants qu'il lui avait confiés. Souvent Denner voulait jouer avec l'enfant ; mais celui-ci le repoussait et se mettait à pleurer ; il se refusait absolument à se laisser prendre par l'étranger, comme s'il eût eu connaissance de la proposition que celui-ci avait faite à ses parents.

CHAPITRE VI

L'étranger avait continué de visiter Andrès depuis deux ans, et le temps ainsi que l'habitude avaient enfin triomphé de la défiance de celui-ci contre Denner. Au printemps de la troisième année, lorsque le temps où Denner avait coutume de se montrer était déjà passé, on frappa par une nuit orageuse à la porte d'Andrès, et plusieurs voix rauques se firent entendre. Il se leva tout effrayé ; mais lorsqu'il se mit à la fenêtre en demandant qui venait le troubler de la sorte et en menaçant de lâcher ses dogues, on lui répondit qu'il pouvait ouvrir à un ami, et il reconnut la voix de Denner. Il alla ouvrir la porte de la maison avec une lumière à la main, et Denner se présenta en effet devant lui. Andrès lui dit qu'il croyait avoir entendu plusieurs voix, mais Denner lui répondit que le bruit du vent l'avait trompé. Lorsqu'ils entrèrent

dans la chambre, Andrès ne fut pas peu étonné en
s'apercevant que l'extérieur de Denner avait entièrement changé. Au lieu de son costume gris uni, il
portait un justaucorps d'une couleur rouge foncée et
un large ceinturon de cuir qui soutenait un stylet et
des pistolets ; il était en outre armé d'un sabre, et son
visage n'avait pas non plus le même aspect, car il
portait de longues et épaisses moustaches.

— Andrès ! dit Denner en lui lançant des regards
étincelants ; Andrès, lorsqu'il y a trois ans j'enlevai ta
femme à la mort, tu désiras que Dieu voulût bien
t'accorder l'occasion de payer ce bienfait de ta vie et
de ton sang. Ton désir est rempli ; et le moment de
me prouver ta reconnaissance est venu. Habille-toi ;
prends ton fusil et viens avec moi : à quelques pas de
ta maison, tu apprendras le reste.

Andrès ne savait que penser des discours de son
hôte ; il lui répondit cependant qu'il était prêt à tout
entreprendre pour lui, à moins que cela ne fût quelque
chose contre la vertu et la religion.

— Tu peux être tranquille là-dessus, lui dit Denner
en riant et en lui frappant sur l'épaule ; et voyant que
Giorgina, qui s'était levée toute tremblante, s'attachait à son mari, il la prit dans ses bras, et lui dit en
la repoussant doucement : — Laissez aller votre mari
avec moi ; dans peu d'heures il sera de retour sain et
sauf, et il vous rapportera quelque bonne chose.
Vous ai-je jamais fait de mal ? Vous êtes des gens singulièrement défiants !

Andrès hésitait encore à le suivre. Denner se tourna
vers lui avec colère :

— J'espère que tu tiendras ta parole, dit-il ; il s'agit
de voir si l'on peut se fier à tes promesses !

Andrès fut alors bientôt habillé et suivit Denner
qui le précédait d'un pas rapide. Ils avaient traversé

les taillis jusqu'à une petite pelouse assez spacieuse ; là, Denner siffla trois fois si fortement que tous les halliers en retentirent, et de toutes parts se montrèrent des feux dans les broussailles, jusqu'à ce qu'un grand nombre de figures sinistres pénétrât jusqu'à eux et vînt les environner ; un des nouveaux venus sortit du cercle et s'approcha d'Andrès en disant :

— C'est là notre nouveau compagnon, sans doute ?

— Oui, répondit Denner. Je viens de le faire sortir de son lit. Il va faire son coup d'essai, et nous pouvons commencer sur-le-champ.

À ces mots, Andrès se réveilla comme d'une lourde ivresse, une sueur froide découlait de son front ; mais il se remit aussitôt, et s'écria :

— Quoi ! misérable trompeur, tu te donnais pour un marchand, et tu n'es qu'un indigne bandit ! Jamais je ne serai ton compagnon ; jamais je ne prendrai part à tes actions infernales, toi qui as voulu me séduire avec l'adresse de Satan lui-même ! Laisse-moi m'éloigner, scélérat, et quitte cette contrée, autrement je te dénoncerai à l'autorité et tu recevras le prix de tes crimes ; car je sais maintenant, tu es ce fameux Ignace qui a désolé le pays avec sa bande par ses excursions et ses brigandages.

Denner se mit à rire.

— Quoi, misérable lâche ! dit-il, tu oses me braver, et tu veux te soustraire à mon pouvoir !... N'es-tu pas depuis longtemps notre compagnon ? Ne vis-tu pas déjà, depuis trois années, de notre argent ? Ta femme ne se pare-t-elle pas de notre butin ?... Et tu ne veux pas travailler pour payer ta part ? Si tu ne nous suis pas volontairement, je te fais garrotter, et j'envoie mes camarades brûler ta maison, égorger ta femme et ton enfant. Allons, choisis, il est temps. Il faut partir !

Andrès vit bien que la moindre hésitation coûterait

la vie à sa chère Giorgina et à son enfant ; et tout en maudissant ce traître, il résolut de céder en apparence à sa volonté, mais de se conserver pur et de profiter de son affiliation à la bande pour faire découvrir ses traces. Andrès déclara donc que la reconnaissance l'obligeait à risquer sa vie pour son bienfaiteur, et qu'il était prêt à faire l'expédition, demandant seulement qu'en sa qualité de novice, on n'exigeât pas qu'il y prît une part trop active. Denner loua sa résolution, et lui répondit qu'il n'exigeait de lui que le service d'éclaireur, parce qu'il pouvait se rendre ainsi d'une grande utilité à sa troupe.

CHAPITRE VII

Il ne s'agissait pas de moins que d'attaquer et de piller la métairie d'un riche fermier, située non loin de la forêt. On savait que ce dernier venait de recevoir une somme d'argent pour le grain qu'il avait vendu à la dernière foire, et les bandits se promettaient une ample récolte. Les lanternes furent éteintes, et ils se mirent en marche vers le bâtiment que quelques-uns d'entre eux entourèrent. Les autres escaladèrent les murs et s'élancèrent dans la cour ; d'autres furent chargés de faire sentinelle, et Andrès resta avec ces derniers. Bientôt, il entendit les brigands qui brisaient les portes, les malédictions des assaillants, les cris, les plaintes de ceux qu'on maltraitait. Il y eut un coup de feu ; le fermier, homme de cœur, s'était défendu. — Puis, tout devint calme. Les serrures qu'on arrachait, les caisses que traînaient les bandits, causaient seules quelque rumeur. Sans doute

un des gens de la ferme s'était enfui vers le village ;
car tout à coup le tocsin retentit dans les ténèbres, et
bientôt on vit une grande multitude accourir avec
des flambeaux, du côté de la métairie. Les coups de
feu se succédèrent alors sans interruption, les voleurs
s'assemblèrent dans la cour et abattirent indistincte-
ment tout ce qui se présentait aux portes. Ils avaient
aussi allumé leurs torches. Andrès, placé sur une
hauteur, pouvait tout voir distinctement. Il aperçut
avec épouvante, parmi les paysans, des chasseurs à
la livrée de son maître, le comte de Fach ! — Que
devait-il faire ? — Se rendre auprès d'eux, cela était
impossible, la fuite la plus rapide pouvait seule le
sauver ; mais il était là comme enchaîné, regardant
fixement dans la cour de la ferme où le combat devenait de plus en plus meurtrier, car les chasseurs du
comte avaient pénétré dans l'intérieur par une petite
porte, et ils en étaient venus aux mains avec les brigands. Ceux-ci, forcés de battre en retraite, se reti-
rèrent du côté où se trouvait Andrès. Il vit Denner
qui rechargeait sans cesse son arme, et tirait toujours sans manquer son coup. Un jeune homme
richement vêtu, environné par les chasseurs, semblait les commander ; Denner l'ajusta, mais avant
qu'il eût fait feu, il fut atteint lui-même par une balle,
et tomba. Les bandits s'enfuirent. — Déjà les chasseurs accouraient, lorsque Andrès, poussé par une
force irrésistible, s'élança vers Denner, le souleva
avec vigueur, le prit sur ses épaules et s'enfuit en
l'emportant. Il atteignit lentement la forêt, sans être
poursuivi. Quelques coups de feu se firent encore
entendre, et bientôt un profond silence leur succéda.

— Mets-moi à terre, Andrès, dit Denner ; je suis
blessé au pied. Malédiction ! Pourquoi faut-il que je

sois tombé ! Cependant je ne crois pas que ma blessure soit grave.

Andrès obéit, Denner tira une petite fiole de phos-
phore de sa poche, et à cette clarté, Andrès put visiter
la blessure. Une balle avait touché le pied du bandit,
d'où le sang s'échappait en abondance. Andrès pansa
la blessure avec son mouchoir, et Denner donna un
léger coup de sifflet, auquel on répondit de loin, alors
il pria Andrès de le conduire vers une partie de la
forêt qu'il désigna. Là ils ne tardèrent pas à apercevoir une faible clarté vers laquelle ils se dirigèrent.
Le reste des bandits s'était rassemblé dans ce lieu.
Tous exprimèrent la joie à la vue de Denner, et ils
félicitèrent Andrès qui resta muet et renfermé en lui-
même. On reconnut que la moitié de la bande à peu
près avait été tuée ou blessée ou prisonnière ; cependant quelques-uns des bandits étaient parvenus à emporter quelques caisses et une grosse somme d'argent.

— J'ai sauvé ta femme, dit Denner à Andrès, mais
toi, dans cette nuit, tu m'as arraché à une mort certaine, nous sommes quittes ! Tu peux retourner dans
ta demeure. Dans peu de jours, demain peut-être,
nous quittons le pays. Tu n'as donc pas à craindre
qu'il t'arrive quelque chose de semblable à ce qui
s'est passé aujourd'hui. Tu es un sot qui craint Dieu,
par conséquent bon à rien. Cependant il est juste
que tu aies ta part du butin que nous avons fait
aujourd'hui, et que tu sois récompensé de ma délivrance. Prends ce sac plein d'or en souvenir de moi ;
dans un an, j'espère te revoir.

— Que Dieu me préserve de toucher un seul
pfennig[1] de tout cet argent ! s'écria Andrès. Ne
m'avez-vous pas forcé par les plus horribles menaces,
de marcher avec vous ? Il se peut que ce soit un
péché que de t'avoir sauvé la vie, misérable coquin ;

le Seigneur me le pardonnera dans Sa clémence. —
Mais sois assuré que si tu ne quittes pas au plus tôt le
pays, que si j'entends parler d'un seul vol, d'un seul
meurtre, je cours sur-le-champ à Fulda pour dénoncer ton repaire à l'autorité.

Les brigands voulurent se jeter sur Andrès, mais
Denner les arrêta en disant : — Laissez donc parler
ce drôle, qu'importe ? — Et il ajouta : — Andrès, tu es
en mon pouvoir, ainsi que ta femme et ton enfant.
Mais vous n'avez rien à craindre, si tu me promets de
garder un éternel silence sur les événements de cette
nuit. Je te le conseille d'autant plus que ma vengeance t'atteindrait partout, et que l'autorité t'absou-
drait difficilement, toi qui vis depuis si longtemps de
mes dons. De mon côté, je te promets de quitter le
pays, et ne plus faire d'entreprise ici avec ma bande.

Après que Andrès eut forcément accepté ces condi-
tions, il fut emmené par deux des bandits hors du
bois et il était déjà grand jour lorsqu'il revint chez lui
embrasser sa Giorgina à demi morte d'inquiétude et
d'effroi. Il lui dit vaguement que Denner s'était montré
à ses yeux comme un scélérat, et qu'il avait rompu
tout commerce avec lui.

— Mais la boîte de bijoux ? lui dit Giorgina.

Ces paroles tombèrent sur le cœur d'Andrès,
comme un fardeau pesant. Il n'avait pas songé aux
joyaux que Denner avait laissés chez lui, et il se mit à
délibérer en lui-même sur ce qu'il fallait faire. Il pensait, il est vrai, à les porter à Fulda, et à les remettre
aux magistrats ; mais comment eût-il pu découvrir
l'origine de ce dépôt, sans rompre le serment qu'il
avait fait à Denner[1]. Il résolut enfin de conserver ce
dépôt avec soin jusqu'à ce que le hasard lui fournît
l'occasion de le remettre à Denner ou à l'autorité,
sans se compromettre.

L'attaque de la métairie avait répandu une terreur extrême dans le pays, car c'était l'entreprise la plus hardie que les voleurs eussent tentée depuis plusieurs années, et un sûr témoignage que la bande s'était considérablement augmentée. La présence fortuite du neveu du comte de Fach et de ses chasseurs dans le village avait seule sauvé la vie du fermier. Trois des voleurs restés sur la place vivaient encore le lendemain, et on espérait les guérir de leurs blessures. On les avait soigneusement renfermés dans la prison du village, mais lorsqu'on vint les chercher pour les transférer à la ville, on les trouva percés de mille coups. Tout espoir d'obtenir quelques renseignements sur la bande, s'évanouit de la sorte. Des patrouilles et cavaliers parcouraient incessamment la forêt, et Andrès tremblait sans cesse qu'on n'arrêtât quelque bandit ou Denner lui-même, qui eussent pu l'accuser. Pour la première fois, il éprouvait les tourments d'une mauvaise conscience, et cependant il ne se sentait coupable que d'un excès d'amour pour sa femme et son enfant.

CHAPITRE VIII

Toutes les recherches furent inutiles, il fut impossible de découvrir la trace des bandits, et Andrès se convainquit bientôt que Denner avait tenu parole, et qu'il avait quitté le pays avec sa bande. L'argent qu'il avait reçu de Denner, ainsi que l'épingle d'or, furent déposés dans la cassette où se trouvaient les autres bijoux, car Andrès ne voulait pas se souiller en touchant à des présents dont la source était si impure. Il

arriva ainsi qu'il ne tarda pas à retomber dans sa
première misère; mais peu à peu son âme devint
plus calme et plus tranquille. Après deux ans, sa
femme mit au monde un second fils, sans toutefois
devenir malade comme la première fois. Un soir,
Andrès était assis auprès de sa femme, qui tenait sur
son sein le nouveau-né, tandis que l'aîné jouait avec
un gros chien qui, en sa qualité de favori du maître,
avait le privilège de rester dans sa chambre, lorsque
le valet entra et annonça qu'un homme, qui lui semblait fort suspect, rôdait depuis une heure autour de
la maison. Andrès se disposait à sortir avec son fusil,
lorsqu'il entendit prononcer son nom. Il ouvrit la
fenêtre et reconnut au premier coup d'œil l'odieux
Ignace Denner qui avait repris son habit de marchand, et qui portait une valise sous son bras.

— Andrès, s'écria Denner! il faut que tu me
donnes un asile pour cette nuit... Demain, je continuerai ma route.

— Quoi, scélérat! s'écria Andrès hors de lui, tu
oses te montrer ici?... Ne t'ai-je pas tenu parole?
Mais toi, remplis-tu la promesse que tu as faite de ne
jamais reparaître en ce pays? Je ne souffrirai pas
que tu franchisses le seuil de ma porte. Éloigne-toi
bien vite, ou je te tue! — Mais non, attends, je vais te
jeter ton or et tes bijoux avec lesquels tu voulais
séduire ma femme; puis, tu te retireras. Je t'accorde
un délai de trois jours, après lequel, si je retrouve la
moindre trace de ton passage ou de celui de ta bande,
je cours à Fulda et je découvre à l'autorité tout ce
que je sais. Exécute les menaces que tu m'as faites, si
tu l'oses; moi je me fie en l'assistance de Dieu, et je
saurai me défendre!

À ces mots, Andrès chercha la cassette pour la
jeter, mais lorsqu'il revint près de la fenêtre, Denner

avait disparu. Andrès vit bien que le retour de Denner le mettait en danger ; il passa plusieurs nuits à veiller ; mais le calme de la maison ne fut pas troublé, et il pensa que Denner n'avait fait que passer par la forêt. Pour mettre fin à son inquiétude et pour apaiser sa conscience, qui lui faisait d'amers reproches, il résolut de ne pas garder le silence et d'aller remettre la cassette entre les mains des magistrats de Fulda. Andrès n'ignorait pas qu'il n'échapperait pas à un châtiment, il comptait toutefois en le mérite d'un aveu sincère ainsi qu'en la protection de son maître le comte de Fach, qui avait toujours eu à se louer de lui. Mais le matin, au moment où il se disposait à partir, il lui vint un message du comte qui lui recommandait de se rendre à l'heure même au château. Au lieu de prendre le chemin de Fulda, il suivit donc le messager, non sans que le cœur lui battît d'inquiétude.

En entrant au château, on l'introduisit aussitôt chez le comte.

— Réjouis-toi, Andrès, lui dit celui-ci, il vient de t'arriver un bonheur inespéré. Tu te souviens sans doute de notre vieil hôte grondeur de Naples, le père adoptif de ta Giorgina. Il est mort, mais avant de quitter ce monde, le souvenir des mauvais traitements qu'il a fait subir à cette pauvre orpheline l'a tourmenté, et il lui a laissé deux mille ducats qui se trouvent déjà en lettres de change, à Francfort, et que tu pourras recevoir chez mon banquier. Si tu veux partir dès cet instant pour Francfort, je te ferai expédier les certificats dont tu as besoin.

CHAPITRE IX

La joie privait Andrès de la parole, et le comte
paraissait prendre du plaisir à la satisfaction de son
fidèle serviteur. Celui-ci résolut de procurer à sa
femme une douce surprise, et le jour même, il se
dirigea vers Francfort, après avoir fait dire à Giorgina que le comte l'avait chargé d'une dépêche qui le
retiendrait durant quelques jours, loin de sa maison.

À Francfort, le banquier du comte, à qui il s'adressa,
le renvoya à un autre marchand qui était chargé
d'acquitter le legs ; et Andrès reçut en effet cette
somme qu'on lui avait annoncée. Songeant toujours
à Giorgina, rêvant au moyen de lui causer une plus
vive joie, il acheta pour elle une foule de jolis objets,
et entre autres, une épingle d'or toute semblable à
celle que Denner lui avait donnée ; et comme sa
valise était devenue trop lourde pour un piéton, il se
procura un cheval. C'est ainsi qu'il se remit en route,
après six jours d'absence, le cœur joyeux et l'esprit
en repos.

Il eut bientôt atteint la foresterie[1] et sa demeure.
La maison était soigneusement fermée : il appela à
haute voix son valet, Giorgina ; personne ne répondit :
les chiens renfermés dans le chenil, hurlaient avec
fureur ; alors il soupçonna quelque grand malheur,
frappa avec violence et répéta mille fois le nom de
Giorgina.

Un léger bruit se fit entendre à une fenêtre du toit,
et Giorgina s'y montra.

— Ah, Dieu ! Andrès, est-ce toi ? Que le ciel soit
loué puisque te voilà de retour !

La porte s'ouvrit, et Giorgina pâle, abattue, tomba

dans les bras de son mari, en poussant des gémissements. Pour lui, il resta longtemps immobile ; enfin il
la prit dans ses bras, car elle tombait en faiblesse, et
la porta dans sa chambre. Mais une horreur profonde s'empara de lui en entrant.

Les murs, le pavé, étaient couverts de larges tables
de sang, et son plus jeune fils était étendu sur son
berceau, la poitrine ouverte et déchirée.

— Où est Georges ? Où est Georges ? s'écria enfin
Andrès dans un affreux désespoir ; mais au même
moment il vit l'enfant accourir du haut de l'escalier
en appelant son père. Des ustensiles brisés, des
meubles renversés se trouvaient dans tous les coins.
La lourde et énorme table qui d'ordinaire était placée
près de la muraille, avait été traînée au milieu de la
chambre ; une pince de forme singulière, plusieurs
fioles et une clef tachées de sang, y avaient été jetées
pêle-mêle. Andrès tira son pauvre enfant du berceau ;
Giorgina le comprit, apporta un drap dans lequel ils
l'enveloppèrent ; puis ils allèrent l'ensevelir dans le
jardin. Andrès fit une petite croix en bois de chêne, et
la plaça sur le tombeau. Pas une parole, pas un son
ne s'échappa des lèvres de ces malheureux époux. Ils
avaient achevé leur tâche dans un profond et morne
silence ; ils s'assirent alors devant la maison, à la
clarté du crépuscule, et restèrent l'un près de l'autre,
leurs regards fixés sur l'horizon. Ce ne fut que le
jour suivant que Giorgina put raconter à Andrès la
catastrophe qui avait eu lieu pendant son absence.
— Quatre jours s'étaient écoulés depuis que Andrès
avait quitté sa maison ; vers le milieu du jour le valet
aperçut beaucoup de figures suspectes qui rôdaient
dans le bois, et Giorgina qu'il en avertit soupira
ardemment pour le retour de son mari. Au milieu de
la nuit ils furent éveillés par un grand tumulte et par

les cris qui se faisaient entendre de toutes parts
autour de la maison. Le valet vint trouver Giorgina,
plein d'effroi, et lui annonça que la maison était
entourée de brigands dont le nombre rendait toute
défense inutile. Les dogues aboyèrent bruyamment,
mais bientôt ils furent apaisés, et une voix cria :
— Andrès ! Andrès — Le valet prit un peu de courage,
ouvrit la fenêtre et répondit que le garde-chasse
Andrès n'était pas chez lui. — N'importe, reprit la
voix, ouvre-nous la porte. Andrès ne tardera pas à
rentrer. — Que restait-il à faire au valet ? Il obéit.
Une foule de brigands entra en tumulte et ils saluèrent
Giorgina comme la femme d'un camarade, qui avait
sauvé la vie au capitaine. Ils exigèrent que Giorgina
leur préparât un copieux repas, parce qu'ils avaient
enduré beaucoup de fatigues pendant la nuit, dans
une expédition qui, disaient-ils, avait complètement
réussi. Giorgina tremblante, éplorée, fit un grand feu
dans la cuisine et prépara le repas pour lequel un des
brigands, qui semblait être le cellerier[1] et le maître
d'hôtel de la troupe, lui remit du gibier, du vin et
d'autres sortes d'ingrédients. Le valet fut obligé de
couvrir la table et de servir. Il saisit un moment favorable, et dit à sa maîtresse qui était restée dans la
cuisine : — Savez-vous ce que les brigands ont fait
cette nuit ? Après une longue absence et de grands
préparatifs, ils ont attaqué le château de monseigneur le comte de Fach ; et après une vigoureuse
défense de la part de ses gens, ils l'ont tué et ont mis
le feu au château. — Giorgina ne cessait de crier :
Ah ! mon mari ! mon mari qui était peut-être au château ! — Ah ! le pauvre seigneur ! — Pendant ce temps
les brigands chantaient, et buvaient dans la chambre
voisine, en attendant le repas. Le matin commençait
déjà à paraître, lorsque l'odieux Denner arriva ; alors

on se mit à ouvrir les ballots et les caisses qu'on avait
apportés sur des chevaux. Giorgina entendit le bruit
de l'argent qu'on comptait, et le retentissement de
la vaisselle d'argent. Enfin, lorsque le jour arriva les
brigands se mirent en route, et Denner resta seul. Il
prit un air riant et amical, et dit à Giorgina : — Vous
êtes sans doute fort effrayée, ma chère femme, car il
paraît que votre mari ne vous a pas dit qu'il est déjà
depuis quelque temps notre camarade. Je suis extrêmement fâché qu'il ne soit pas de retour à la maison,
il faut qu'il ait pris une autre route. Il s'était rendu
avec nous au château du coquin, du comte de Fach
qui nous poursuit depuis deux ans de toutes les façons
imaginables, et dont nous avons tiré vengeance dans
la nuit dernière. — Il est mort de la main de votre
mari. Mais tranquillisez-vous, ma chère femme, dites
à Andrès qu'il ne me verra pas de sitôt, car la bande
se sépare, je vous quitterai ce soir. — Vous avez toujours des enfants bien jolis, ma chère femme. Voilà
encore un garçon charmant. — À ces mots il prit le
petit des mains de Giorgina et s'entendit si bien à
jouer avec lui, que l'enfant semblait y prendre plaisir.
Le soir était venu lorsque Denner dit à Giorgina :
— Vous voyez que, bien que je n'aie ni femme ni
enfant, ce dont je suis souvent très fâché, car je joue
volontiers avec les petits enfants, et je les aime fort.
Laissez-moi votre fils pour le peu d'instants que j'ai à
passer encore avec vous. N'est-ce pas, il n'est pas âgé
de plus de neuf semaines ? — Giorgina répondit affirmativement, et laissa, non sans hésitation, l'enfant
dans les mains de Denner qui se plaça paisiblement
devant la porte et pria la mère de lui apprêter à
souper, attendu qu'il devait partir dans une heure. À
peine Giorgina était-elle entrée dans la cuisine, qu'elle
vit Denner passer dans la chambre voisine avec l'en-

fant dans ses bras. Bientôt après, une singulière odeur
se répandit dans la maison ; elle semblait s'échapper
de cette chambre. Giorgina fut saisie d'un effroi sans
égal ; elle courut vers la chambre, et trouva la porte
fermée au verrou. Il lui sembla qu'elle entendait son
enfant gémir. — Sauvez, sauvez mon enfant des
mains de ce misérable, cria-t-elle au valet qui accourut dans ce moment. Celui-ci saisit une pince, et brisa
la porte. Une vapeur épaisse et étouffante s'échappa ;
d'un bond Giorgina s'élança dans la chambre ; l'enfant, complètement nu, était étendu sur une cuvette
dans laquelle dégouttait son sang. Elle vit seulement
encore le valet lever sa pince pour en frapper Denner,
et celui-ci éviter le coup, et lutter avec le valet. Il lui
sembla alors qu'elle entendait plusieurs voix près de
la fenêtre ; mais au même instant, elle tomba évanouie sur le plancher. Lorsqu'elle revint à elle, il
était nuit sombre ; ses membres étaient roidis et elle
ne pouvait se lever. Enfin le jour vint, et elle se
trouva dans une chambre baignée de sang. Des morceaux de l'habillement de Denner étaient épars autour
d'elle, plus loin une touffe de cheveux arrachés au
valet, là et au pied de la table l'enfant assassiné.
Giorgina perdit de nouveau ses sens, elle crut qu'elle
allait mourir ; mais elle ouvrit les yeux, comme après
un long sommeil, vers le milieu de la journée. Elle se
releva avec peine, elle appela Georges ; mais comme
personne ne lui répondait, elle crut que Georges
avait été aussi égorgé. Le désespoir lui donna des
forces, elle s'élança dans la cour en criant : Georges !
Georges ! — Alors une voix faible et plaintive lui répondit d'une mansarde : Maman, ah ! chère maman,
est-ce toi ? Viens auprès de moi ! J'ai grand-faim !
— Giorgina monta en toute hâte, et trouva le petit
que l'effroi avait fait enfuir le premier, et qui n'avait

pas eu le courage de descendre. Elle prit avec ravissement son enfant sur son sein, ferma la porte et attendit d'heure en heure, réfugiée dans le grenier, le retour d'Andrès qu'elle croyait aussi perdu. L'enfant avait vu du haut plusieurs hommes entrer dans la maison, et en sortir emportant Denner et un homme mort.

Enfin, après ce récit, Giorgina remarqua les objets qu'Andrès avait apportés : — Ah ! ciel, s'écria-t-elle, il est donc vrai, tu es un[1]...

Andrès lui raconta le bonheur qui lui était arrivé au milieu de tant de maux ; et il n'eut pas de peine à la convaincre de son innocence.

CHAPITRE X

Le neveu du comte assassiné était devenu héritier de ses biens ; Andrès résolut de se rendre auprès de lui, pour lui raconter tout ce qui s'était passé, révéler la retraite de Denner, et puis quitter un service qui lui causait tant d'embarras et d'ennui. Giorgina ne pouvait rester seule au logis avec son enfant. Andrès prit donc le parti de placer tout ce qu'il possédait dans une charrette, et de quitter pour toujours ce pays, qui lui rappelait les plus affreux souvenirs. Le départ était fixé à trois jours ; et le troisième, Andrès était occupé à faire son bagage, lorsqu'un grand bruit de chevaux se fit entendre, en s'approchant toujours davantage : Andrès reconnut le forestier du domaine de Fach, qui habitait le château ; derrière lui galopait un détachement des dragons de Fulda.

— Nous trouvons justement ce scélérat, occupé à

mettre son butin en sûreté, s'écria le commissaire du tribunal qui accompagnait le détachement. Andrès frémit de surprise et d'effroi ; Giorgina avait peine à se soutenir. Les dragons les entourèrent, on garrotta Andrès et sa femme, et on les jeta sur la charrette qui se trouvait déjà devant la porte. Giorgina se lamentait, et demandait à grands cris, qu'on ne la séparât point de son enfant.

— Veux-tu donc entraîner ta progéniture dans ta corruption infernale ! lui dit le commissaire, et il enleva l'enfant de ses bras. On se disposait déjà à se mettre en route, lorsque le vieux forestier, homme rude et loyal, s'approcha de la charrette, et dit :
— Andrès, Andrès, comment as-tu pu te laisser entraîner par le démon, à de semblables crimes, toi qui étais si probe, et si pieux ?

— Ah ! mon cher monsieur, dit Andrès en proie à la plus vive douleur, aussi vrai que Dieu est au ciel, aussi vrai que j'espère me sauver, je suis innocent. Vous me connaissez depuis ma plus tendre jeunesse, comment aurais-je pu, moi qui n'ai jamais fait de mal, devenir un abominable scélérat ? — Car je sais bien que vous me tenez pour un maudit brigand, et que vous m'accusez d'avoir pris part à l'attaque du château, qui a coûté la vie à notre cher et malheureux seigneur. Mais je suis innocent, par ma vie et par mon salut !

— Eh bien ! dit le vieux forestier, si tu es innocent, cela paraîtra au grand jour, quelque terribles que soient les apparences contre toi. Je me charge d'avoir soin de ton garçon, et de ce que tu laisses ici, afin que s'il est prouvé que tu n'es pas coupable, tu retrouves tout fidèlement dans mes mains.

Le commissaire prit l'argent sous sa responsabilité. En chemin Andrès demanda à Giorgina, où elle

avait caché la cassette qu'il voulait remettre à l'autorité ; mais elle lui avoua, qu'à son grand regret, elle
l'avait rendue à Denner. À Fulda, on sépara Andrès
de sa femme, et on le plongea dans un sombre et
profond cachot. Quelques jours après on procéda à
son interrogatoire. On l'accusait d'avoir pris part au
pillage du château de Fach, et on le somma de dire la
vérité. Andrès raconta fidèlement tout ce qui s'était
passé depuis la première apparition de l'odieux
Denner dans sa maison, jusqu'au moment de son
arrestation. Il s'accusa lui-même avec un profond
repentir d'avoir assisté à l'attaque de la métairie,
pour sauver sa femme et son enfant, et protesta de
son innocence quant au pillage du château, car il se
trouvait alors à Francfort. En ce moment les portes
de la salle d'audience s'ouvrirent, et Ignace Denner
fut introduit. En apercevant Andrès il se mit à rire et
lui cria : — Eh ! camarade, tu t'es donc laissé hap-
per ? Les prières de ta femme ne t'ont donc pas tiré
d'affaire.

Les juges sommèrent Denner de répéter ses accusations, et il déclara que le garde-chasse Andrès, qui
était devant lui, appartenait déjà depuis cinq ans à la
bande, et que la maison de chasse était son meilleur
et son plus sûr refuge. Il ajouta que Andrès avait toujours reçu sa part du butin, bien qu'il n'eût agi que
deux fois activement avec la bande : une fois à l'attaque de la ferme où il avait sauvé Denner d'un
grand danger, puis à l'affaire contre le comte Aloys
de Fach qui avait été tué par un coup heureux d'Andrès.

Andrès ne put contenir sa fureur en entendant cet
horrible mensonge. — Quoi, misérable, s'écria-t-il,
oses-tu bien m'accuser du meurtre de mon cher
maître, que tu as commis toi-même ? — Ta vengeance

me poursuit parce que j'ai renoncé à toute commu-
nauté avec toi, parce que j'ai résolu de te tuer comme
une bête féroce, si tu franchissais le seuil de ma
porte. Voilà pourquoi tu as attaqué ma demeure,
avec toute ta bande, tandis que j'étais éloigné ; voilà
pourquoi tu as assassiné mon pauvre enfant innocent et mon brave serviteur ! — Mais tu n'échapperas
pas à la juste vengeance de Dieu, alors même que je
deviendrais victime de ta méchanceté.

Andrès répéta encore sa déposition en l'accompagnant des serments les plus solennels, mais Denner
se mit à rire ironiquement, et l'accusa de se parjurer
par lâcheté et dans la crainte de l'échafaud.

Les juges ne savaient que penser, tant l'air franc
et sincère d'Andrès, et le calme imperturbable de
Denner, les tenaient en suspens.

On amena Giorgina, qui se jeta en gémissant dans
les bras de son mari. Elle ne put répondre aux juges
que d'une manière incohérente, et bien qu'elle accusât
Denner du meurtre de son enfant, celui-ci n'en persista pas moins à dire, comme il l'avait déjà fait, que
Giorgina n'avait jamais rien su des méfaits de son
mari, et qu'elle était entièrement innocente. Andrès
fut reconduit dans son cachot. Quelques jours après,
son gardien lui dit que, d'après le témoignage des
brigands en faveur de Giorgina, elle avait été mise en
liberté sous la caution fournie par le jeune comte de
Fach, et que le vieux forestier était venu la chercher
dans un beau carrosse : Giorgina avait en vain solli-
cité la faveur de voir son mari, elle lui avait été
refusée par le tribunal. Cette nouvelle donna quelques consolations au pauvre Andrès que son malheur
touchait moins que celui de sa pauvre femme. Son
procès prit chaque jour une tournure plus fâcheuse.
Il fut prouvé que, depuis cinq ans environ, Andrès

vivait dans une sorte d'aisance dont la source ne pouvait provenir que de la part qu'il prenait aux brigandages de la bande de Denner.

Andrès lui-même convint de son absence durant l'attaque du château, et l'histoire de son héritage et de son voyage à Francfort sembla suspecte, car il lui fut impossible de dire le nom du banquier qui lui avait compté l'argent. Le banquier du comte de Fach ne se souvenait nullement du garde-chasse, et le régisseur du comte qui avait fait le certificat d'Andrès, venait de mourir. La déposition de deux hommes qui prétendaient avoir reconnu Andrès à la lueur des flammes pendant le sac du château, compliqua encore les difficultés de sa situation : Andrès fut regardé comme un scélérat endurci, et on le condamna à la torture, afin de lui arracher un aveu de conscience. Andrès était déjà plongé depuis un an dans son cachot, le chagrin avait miné ses forces et son corps, jadis si robuste, était devenu faible et impuissant. Le jour terrible où la douleur devait lui arracher l'aveu d'un crime qu'il n'avait pas commis arriva. On le conduisit dans une chambre remplie d'instruments inventés par une ingénieuse cruauté, et les valets du bourreau se préparèrent à martyriser l'infortuné.

Andrès fut encore sommé d'avouer son crime. Il protesta encore de son innocence, et répéta toutes les circonstances de ses liaisons avec Denner, de la même manière qu'il les avait dites en son premier interrogatoire. Alors les bourreaux le saisirent, le garrottèrent, et les uns disloquèrent ses membres, tandis que les autres enfonçaient dans ses chairs des pointes aiguës. Andrès ne put endurer ces tourments : vaincu par la douleur, appelant la mort, il avoua tout ce qu'on voulut, et fut ramené évanoui dans son cachot. On le ranima avec du vin, comme on a coutume de le faire après la torture, et il tomba dans un état d'insensibilité voisin du sommeil et de la mort. Alors il lui sembla que des pierres se détachaient du mur et tombaient sur le pavé de la prison. Une lueur rougeâtre pénétra à travers cette ouverture, et cette vapeur semblait prendre les traits de Denner, mais ses yeux étaient plus ardents, ses cheveux noirs et crépus se dressaient davantage sur son front, et ses sourcils sombres s'abaissaient plus profondément sur le muscle épais qui s'étendait au-dessus de son nez recourbé. Denner ne s'était non plus jamais montré à lui avec ce visage défait et sous ce singulier costume. Un vaste manteau rouge chamarré d'or couvrait ses épaules, un large chapeau espagnol cachait une partie de ses traits ; à son côté pendait une longue rapière, et il portait sous son bras une petite cassette.

Cette singulière figure s'avança vers Andrès et lui dit d'une voix sourde : — Eh bien ! camarade, quel goût as-tu trouvé à la torture ? Tu ne dois en accuser que ton opiniâtreté ; si tu avais déclaré que tu étais de la bande, déjà tu serais sauvé. Mais promets-moi maintenant de t'abandonner entièrement à moi. Si tu consens à boire quelques gouttes de cette liqueur composée avec le sang de ton enfant, tu retrouveras aussitôt toutes tes forces, et je me chargerai de ton salut.

Andrès demeura immobile d'horreur et d'effroi, en voyant la fiole que lui tendait Denner ; et il se mit à prier Dieu et tous ses saints de le sauver des mains du démon qui le poursuivait sous toutes les formes. Tout à coup, Denner fit un grand éclat de rire et disparut au milieu d'une épaisse fumée. Andrès se réveilla enfin, de l'évanouissement dans lequel il était tombé, et eut peine à se relever de sa couche.

Mais que devint-il, en s'apercevant que la paille sur
laquelle sa tête était étendue, se remuait sans cesse
davantage, et qu'enfin elle se souleva. Une pierre
avait été enlevée du sol, et il entendit plusieurs fois
prononcer son nom. Il reconnut la voix de Denner, et
dit : — Que veux-tu de moi ? Laisse-moi ! Je n'ai rien
de commun avec toi !

— Andrès, dit Denner, j'ai traversé plusieurs sou-
terrains pour venir te sauver ; car si tu vas jusqu'à la
place où s'élève l'échafaud d'où je me suis sauvé
moi-même, tu es perdu. Ce n'est qu'en faveur de ta
femme, qui m'appartient plus que tu ne penses, que
je viens à ton secours. À quoi t'ont servi tes misérables dénégations. Prends cette lime et cette scie,
débarrasse-toi de tes chaînes dans la nuit prochaine
et lime la serrure de cette porte. Tu traverseras la
voûte, la porte extérieure à gauche se trouvera
ouverte, et quelqu'un se présentera pour te guider.
Adieu !

Andrès prit la lime et la scie, et replaça la pierre
sur l'ouverture. Lorsque le jour fut venu, le geôlier
entra. Il lui dit qu'il voulait être conduit devant les
juges, parce qu'il avait quelque chose d'important à
leur révéler. Son désir fut bientôt exaucé ; alors il
présenta au tribunal les instruments qu'il avait reçus
de Denner, et raconta l'événement de la nuit passée.
Les juges se sentirent émus de pitié pour cet infortuné, et sa conduite eut pour résultat de le faire tirer
de son cachot et placer dans une prison éclairée,
près de la demeure du geôlier.

CHAPITRE XI

Un an s'écoula encore avant que le procès de
Denner et de ses complices fût terminé. On avait
reconnu que la bande avait des ramifications jusqu'aux frontières de l'Italie. Denner fut condamné à
être pendu ; puis son corps devait être brûlé. Le malheureux Andrès fut aussi condamné à la corde ; mais
en faveur de l'aveu qu'il avait fait en dernier lieu, on
lui fit grâce du supplice du feu.

Le matin du jour où Andrès et Denner devaient
être exécutés, était venu. La porte de la prison d'Andrès s'ouvrit, et le comte de Fach s'approcha du prisonnier, qui était à genoux, et priait en silence.

— Andrès, dit le comte, tu vas mourir. Apaise ta
conscience par un aveu sincère ! Dis-le-moi, as-tu tué
ton maître ? Es-tu réellement l'assassin de mon
oncle ?

Un torrent de larmes jaillit des yeux d'Andrès ; il
appela Dieu et tous ses saints en témoignage de son
innocence.

— Il règne ici un mystère inexplicable, dit le
comte, moi-même j'étais convaincu de ton innocence, car je savais que, depuis ton enfance, tu avais
été un fidèle serviteur de mon oncle, et qu'à Naples
tu lui avais sauvé la vie. Mais hier les deux plus vieux
serviteurs de mon oncle, Frantz et Nicolas, m'ont
juré qu'ils t'avaient vu parmi les brigands, et qu'ils
avaient bien remarqué que c'était par tes mains qu'il
avait péri !

Andrès fut frappé d'un coup terrible ; il crut que le
démon lui-même avait pris sa figure pour le perdre,
il le dit au comte, en exprimant la conviction qu'un

jour son innocence serait reconnue. Celui-ci était profondément ému, et trouva à peine la force de dire à Andrès qu'il n'abandonnerait pas sa femme et son enfant.

L'horloge sonna l'heure fatale; on vint habiller Andrès, et le cortège se mit en marche dans l'ordre accoutumé, à travers les flots d'un peuple innombrable accouru à ce spectacle. Andrès priait à haute voix et édifiait tous ceux qui le voyaient. Denner avait la mine du coquin le plus insouciant et le plus déterminé : il regardait gaiement autour de lui, et riait souvent en regardant le pauvre Andrès. Celui-ci devait être exécuté le premier; il monta l'échelle avec fermeté, accompagné du bourreau. Alors une femme poussa un grand cri, et tomba évanouie dans les bras d'un vieillard. Andrès jeta les yeux de ce côté : c'était Giorgina.

— Ma femme, ma pauvre femme, je meurs innocent! s'écria-t-il.

Le magistrat fit dire au bourreau, qu'il eût à se dépêcher, car il s'élevait un murmure dans le peuple, et des pierres volaient vers Denner, qui avait paru à son tour sur l'échelle, et qui se moquait des spectateurs. Le bourreau attachait déjà la corde au cou d'Andrès, lorsqu'on entendit au loin une voix qui criait : Arrêtez! arrêtez! — Au nom du Christ, arrêtez! — Vous exécutez un innocent!

— Arrêtez! arrêtez! s'écrièrent mille voix, et les soldats eurent peine à repousser le peuple qui se pressait déjà pour faire descendre Andrès de l'échelle. L'homme qui avait prononcé le premier cri approchait à cheval, et Andrès reconnut en lui, au premier coup d'œil, le marchand de Francfort qui lui avait compté l'héritage de Giorgina. Le marchand déposa devant le magistrat qu'Andrès se trouvait à Francfort le jour de l'attaque du château, et il appuya son témoignage par des pièces irrécusables. Le magistrat ordonna alors que l'on reconduisît Andrès dans son cachot.

Denner avait tout écouté avec beaucoup de calme, du haut de son échelle ; mais lorsqu'il entendit les paroles du juge, ses yeux étincelèrent, il grinça des dents, et poussa des cris de désespoir.

— Satan ! Satan ! s'écriait-il, tu m'as trompé ! Malheur à moi ! Il échappe... tout est perdu...

On le fit descendre de l'échelle, il se laissa tomber à terre, et murmura sourdement : — Je veux tout avouer. Je veux tout avouer !

Son exécution fut aussi retardée, et on le conduisit dans un cachot où tout espoir d'échapper lui fut ravi. Quelques moments après le retour d'Andrès dans la prison, Giorgina vint tomber dans ses bras.

— Ah ! Andrès, Andrès, s'écria-t-elle, maintenant que je te sais innocent, je te retrouve tout entier ; car moi aussi j'ai douté de ton honneur et de ta loyauté !

Bien qu'on eût caché à Giorgina le jour de l'exécution, elle était accourue à Fulda, poussée par une inquiétude inexprimable, et elle était arrivée sur la place au moment même où son mari gravissait la fatale échelle. Le marchand avait été longtemps en voyage, en France et en Italie ; le hasard ou plutôt la volonté du ciel voulut qu'il vînt à temps pour arracher le pauvre Andrès à une mort infamante. Dans l'auberge il apprit toute cette histoire, et l'idée lui vint que ce pouvait être le même garde-chasse, qui était venu recevoir chez lui, deux années auparavant, un legs venu de Naples. Denner lui-même convint de la vérité de ce fait, et prétendit qu'il fallait que le diable l'eût aveuglé ; car il se croyait bien certain d'avoir vu Andrès combattre à son côté, au château de Fach. Andrès fut acquitté en faveur de la longue détention qu'il avait subie, et il alla s'établir avec sa femme au château où le généreux comte le reçut.

Le procès contre Ignace Denner prit alors une tout autre tournure[1]. Ses dispositions avaient entièrement changé depuis l'élargissement d'Andrès. Son orgueil était tombé, et il fit à ses juges des aveux qui les firent frémir d'horreur. Denner s'accusa lui-même, avec toutes les marques d'un profond repentir, d'avoir fait un pacte avec le diable, pacte qu'il suivait depuis son enfance, et l'instruction continua avec le secours de l'autorité ecclésiastique. Les récits de Denner renfermaient tant de circonstances extraordinaires, qu'on les eût regardés comme les rêves d'un cerveau malade, si les informations qu'on prit à Naples, qu'il désigna comme sa patrie, n'en eussent fait reconnaître l'exactitude.

Un extrait des actes du tribunal ecclésiastique de Naples livra les documents suivants sur l'origine d'Ignace Denner.

CHAPITRE XII

« Il y a de longues années, vivait à Naples un vieux docteur singulier, nommé Trabacchio, que l'on nommait le docteur merveilleux[2], à cause des cures mystérieuses et inespérées qu'il faisait. Il semblait que l'âge n'eût point d'influence sur sa personne ; car son pas était rapide et sa tournure juvénile, bien que quelques-uns de ses compatriotes eussent supputé qu'il pouvait bien avoir quatre-vingts ans. Son visage était ridé d'une manière bizarre, et l'on avait peine à supporter son regard, quoique l'on prétendît qu'un coup d'œil de lui guérissait souvent le mal le plus endurci. Il portait ordinairement, par-dessus son costume noir, un grand manteau rouge, orné de galons et de tresses d'or, et il parcourait ainsi les rues de Naples, allant visiter ses malades, avec une caisse remplie de ses médicaments, sous le bras. On ne s'adressait jamais à lui que dans la plus extrême nécessité ; mais il ne refusait jamais à se rendre auprès d'un malade quelque mince que fût le salaire. Il eut plusieurs femmes qu'il perdit successivement ; elles étaient toutes admirablement belles, et pour la plupart des filles de la campagne. Il les enfermait et ne leur permettait d'aller à la messe, qu'accompagnées par une vieille femme d'un aspect dégoûtant. Cette vieille était incorruptible ; et toutes les tentatives des jeunes gens pour s'approcher des jolies femmes du docteur Trabacchio, furent inutiles. Bien que le docteur se fît largement payer par les gens riches, ses revenus n'étaient nullement d'accord avec le luxe qui régnait dans sa maison. En outre, il était quelquefois généreux à l'excès ; et chaque fois qu'une femme lui mourait, il avait coutume de donner un grand repas, qui lui coûtait assurément au-delà des recettes d'une année. Il avait eu de sa dernière femme, un fils qu'il enfermait également ; personne ne parvint à le voir ; seulement au repas qu'il donna à la mort de cette femme, l'enfant, âgé de trois ans, fut placé auprès de lui, et tous les convives furent émerveillés de sa beauté et de son intelligence précoce. Dans ce repas, le docteur annonça que le désir qu'il avait toujours eu, d'avoir un fils, étant rempli, il ne se marierait plus à l'avenir. Ses richesses excessives, mais plus encore sa vie mystérieuse, les cures inouïes qu'il obtenait par quelques gouttes d'élixir, et souvent par un simple attouchement, par un regard, donnèrent lieu à des bruits de toute espèce, qui se répandirent dans Naples. On tenait le docteur Trabacchio pour un alchimiste[1], pour un allié du diable, avec lequel on l'accusait d'avoir fait un pacte. Cette rumeur donna même lieu à une aventure singulière. Quelques gentilshommes qui venaient de faire un festin aux environs de Naples, troublés par les fumées du vin, avaient perdu leur route, et se trouvaient dans un lieu isolé. Un grand bruit se fit entendre devant eux, et ils virent avec effroi un grand coq[2], portant sur sa tête une ramure de cerf, qui s'avançait vers eux, et les regardait avec des yeux humains. Ils se rangèrent près d'une haie, le coq passa devant eux, et un homme en manteau brodé d'or, passa aussi devant eux.

» — C'est le docteur Trabacchio! dit à voix basse l'un des gentilshommes.

» Cette vision avait dissipé leur enivrement, ils prirent courage, et suivirent le docteur avec son coq, qui laissait après lui une trace lumineuse sur laquelle ils se guidèrent. Ils virent les deux figures se diriger, en effet, vers la maison du docteur qui était située dans un lieu fort désert. Arrivé devant la maison, le coq s'éleva dans les airs, et alla battre des ailes devant la fenêtre du balcon qui s'ouvrit. La voix de la vieille femme se fit entendre:

» — Viens. — Viens au logis. — Le lit est chaud, et ta bien-aimée attend depuis longtemps. — Depuis longtemps!

» Alors il sembla que le docteur montât le long d'une échelle invisible, et qu'il passât avec le coq par la fenêtre qui se referma avec tant de fracas que toute la rue déserte en retentit. Puis tout s'effaça dans la nuit noire, et les gentilshommes restèrent pétrifiés d'horreur et d'étonnement. Cette apparition fut un motif suffisant, pour le tribunal ecclésiastique qui n'ignorait rien, de surveiller le docteur dans le silence. On en vint enfin à savoir qu'il se trouvait en effet un coq rouge dans la maison du docteur, et qu'on l'entendait souvent causer et disputer avec lui, comme le font les savants sur les matières ardues.

» Le tribunal ecclésiastique se disposait à faire arrêter le docteur comme sorcier ; mais le tribunal civil le prévint, et fit saisir Trabacchio au moment où il venait de visiter un malade. La vieille femme avait déjà été arrêtée ; mais on ne put trouver l'enfant. Les portes de l'appartement du docteur furent scellées et fermées, et des gardes placés à toutes les issues.

» Voici les motifs qui avaient dicté cette mesure. Depuis quelque temps, plusieurs personnes considérées étaient mortes dans Naples ; et au dire des médecins, elles avaient péri par le poison. Ces événements avaient nécessité beaucoup de recherches qui étaient restées inutiles, jusqu'à ce qu'enfin, un jeune homme connu pour un libertin et un dissipateur, dont l'oncle était mort de la sorte, avoua qu'il avait reçu le poison des mains de la vieille gouvernante du docteur Trabacchio. On épia la vieille femme, et on la surprit au moment où elle se disposait à emporter une petite cassette remplie de fioles étiquetées qui contenaient des matières vénéneuses. La vieille ne voulut rien avouer, mais lorsqu'on la menaça de la torture, elle avoua que le docteur préparait déjà depuis quelques années, le fameux poison connu sous le nom d'*acqua toffana*[1], et que la vente secrète de cette eau avait été la source de sa richesse. Puis il n'était que trop certain qu'il était en commerce avec le diable, qui venait chez lui sous différentes formes. Chacune de ses femmes lui avait donné un enfant, sans que personne eût jamais pu le savoir : chaque fois il avait tué l'enfant, dès qu'il était parvenu à l'âge de neuf semaines ou de neuf mois ; et il lui avait ouvert la poitrine pour en tirer le cœur. À chacune de ces opérations, Satan était venu, tantôt sous une forme, tantôt sous une autre, mais le plus souvent sous celle d'une chauve-souris à figure humaine, allumant le feu par le battement de ses ailes, tandis que Trabacchio tirait du sang un spécifique qui guérissait presque tous les maux. Les femmes du docteur avaient été assassinées par lui avec tant d'art que l'œil le plus exercé n'eût pu découvrir, sur leurs cadavres, la trace d'un meurtre. La dernière seulement était morte d'une façon naturelle.

» Le docteur avoua tout sans difficulté, et sembla se faire une joie de dérouler devant le tribunal l'horrible tableau de ses méfaits, et de l'épouvanter par le récit de son alliance avec le diable. Les prêtres dont se composait le tribunal, s'efforcèrent de ramener le docteur au repentir de ses péchés, mais celui-ci ne cessa de tourner leurs efforts en dérision. Trabacchio et la vieille furent condamnés à être brûlés.

» Pendant ce temps on avait visité la maison du docteur et mis à part toutes ses richesses, qui furent employées à grossir le fonds des hôpitaux, déduction faite des frais du procès. On ne trouva dans la bibliothèque du docteur qu'un seul livre suspect, et fort peu d'ustensiles qui pussent faire soupçonner sa profession. Un souterrain, qui par les ouvertures et les tuyaux qui en sortaient, annonça un laboratoire, résista à tous les efforts que l'on fit pour y pénétrer, et lorsque des maçons et des serruriers vinrent pour briser les serrures, par ordre des magistrats, on entendit dans l'intérieur du souterrain un bruit de voix extraordinaires ; des ailes glacées froissèrent les visages des travailleurs, et un vent si violent vint les frapper[1], qu'ils s'enfuirent pleins d'épouvante : les ecclésiastiques qui s'approchèrent n'en furent pas mieux traités, et il ne resta d'autre ressource que d'attendre l'arrivée d'un vieux dominicain de Palerme qui avait une grande réputation pour les exorcismes. Il arriva enfin, et se rendit au logis de Trabacchio, avec la croix et l'eau bénite, suivi de prêtres et de magistrats ; mais ceux-ci restèrent à quelque distance de la porte. Le vieux dominicain s'avança en psalmodiant ; mais tout à coup il s'éleva un grand mugissement et les esprits du souterrain se mirent à rire aux éclats. Le moine ne se laissa pas intimider, il continua de prier, en élevant le crucifix et en aspergeant la porte d'eau bénite.

» — Qu'on me donne une pince ! s'écria-t-il.

» Un maçon lui en présenta une en tremblant ; mais à peine le vieux moine l'eut-il posée sur la porte qu'elle s'ouvrit avec fracas. Une flamme bleue s'élevait le long des murs du caveau, et une chaleur étouffante s'en exhalait. Toutefois le dominicain voulut entrer ; mais toute la maison trembla, les flammes s'élevèrent de toute part, et il fut obligé de prendre la fuite pour conserver ses jours. En un moment, toute la maison du docteur Trabacchio fut en feu ; et le peuple accourut plein de joie, pour la voir se consumer, sans porter le moindre secours. Le toit s'était déjà écroulé, les charpentes tombaient embrasées, lorsque le peuple poussa de grands cris, en voyant le fils de Trabacchio âgé de douze ans, paraître, une cassette sous le bras, sur une poutre de l'étage supérieur. Cette apparition ne dura qu'un instant ; il disparut presque aussitôt dans les flammes.

» Le docteur se réjouit fort en apprenant cette nouvelle, et marcha à la mort avec beaucoup d'audace. Lorsqu'on l'attacha au poteau, il se mit à rire,

et dit au bourreau qui le garrottait avec cruauté : —
Prends garde, mon garçon, que ces cordes ne brûlent
à tes bras. — Il cria au moine qui venait l'assister :
— Va-t'en loin de moi ! Crois-tu que je sois assez sot
pour mourir ici, selon votre plaisir ? Mon heure n'est
pas venue.

» Le bois qu'on venait d'allumer commença à pétil-
ler ; mais à peine la flamme se fut-elle élevée jusqu'à
Trabacchio, qu'elle s'abattit comme un feu de paille,
et qu'un grand éclat de rire se fit entendre[1]. Quel fut
l'effroi du peuple en apercevant le docteur Trabacchio, vêtu de son habit noir, son manteau à galons
d'or sur l'épaule, sa rapière au côté, son chapeau
espagnol sur l'oreille et sa cassette sous le bras, absolument tel qu'il avait coutume de se montrer dans les
rues de Naples. Les cavaliers, les sbires coururent
vers lui, mais il disparut. La vieille rendit son âme
dans les plus horribles tourments, en maudissant son
maître, dont elle avait partagé les crimes.

» Le prétendu Ignace Denner n'était autre que le
fils du docteur, qui s'était jadis sauvé par l'art
infernal de son père, avec une cassette remplie de
choses précieuses. Dès sa plus tendre enfance, son
père l'avait instruit dans les sciences occultes, et son
âme avait été vouée au diable, avant même qu'il eût
atteint l'âge de raison. Lorsqu'on plongea le docteur
dans un cachot, l'enfant était resté dans le caveau
avec les esprits maudits que son père y avait confinés,
d'où il s'était échappé avec eux. Le docteur ne tarda
pas à s'enfuir avec son fils dans une vieille ruine
romaine, à trois journées de Naples, où il s'associa
avec une bande de voleurs, et où son art lui acquit
une telle influence, qu'on voulut le couronner roi de
toutes les bandes qui s'étendaient en Italie, et dans
l'Allemagne méridionale. Il refusa cet honneur qui

fut déféré à son fils, et celui-ci se trouva, à l'âge de
quinze ans, chef de tous les bandits italiens et allemands. Toute sa vie fut une suite de cruautés et
d'abominations auxquelles il se livra souvent en
commun avec son père, qui apparaissait de temps en
temps auprès de lui. Les mesures rigoureuses du roi
de Naples jetèrent enfin la division dans la bande, et
Trabacchio fut obligé de s'enfuir en Suisse pour se
soustraire à la vengeance des siens. Là il se donna le
nom d'Ignace Denner, se fit passer pour un marchand, et visita les foires et les marchés de l'Allemagne, jusqu'à ce qu'il eût rassemblé une nouvelle
bande. Trabacchio avait assuré que son père vivait
encore, qu'il l'avait visité dans sa prison, et lui avait
promis de le sauver. La délivrance divine d'Andrès le
mettait au désespoir, et lui faisait douter du pouvoir
du démon, aussi promettait-il de se repentir et de
mourir en bon chrétien. »

CHAPITRE XIII

Andrès qui apprit toutes ces choses de la bouche
du comte de Fach, ne doutait pas que ce fût la bande
de Trabacchio qui avait autrefois attaqué son maître
dans le royaume de Naples, et que le vieux docteur
lui-même ne lui eût apparu dans sa prison. Il se trouvait alors dans une situation calme et tranquille,
mais ses malheurs avaient profondément ébranlé sa
vie. Lui, jadis si fort et si vigoureux, était devenu par
ses chagrins, par sa longue détention et par les souffrances de la torture, malade et languissant ; et Giorgina, dont la nature méridionale se consumait par la

tristesse, se flétrissait aussi chaque jour. Elle mourut
quelques mois après le retour de son mari. Andrès
fut près de succomber à son désespoir, mais l'enfant
que lui laissait Giorgina, qui était l'image de sa mère,
l'attacha à la vie. Il résolut de la conserver pour lui,
et fit tous ses efforts pour prendre des forces, si bien
que, deux années après, il fut en état de se livrer à la
chasse et à ses exercices ordinaires.

Le procès contre Trabacchio était arrivé à son
terme, et il était condamné, ainsi que son père, à la
peine du feu, qu'il devait subir prochainement.

Andrès revenait un soir de la forêt avec son fils ; il
était déjà près du château, lorsqu'il entendit un cri
plaintif qui semblait sortir du fossé voisin. Il y courut,
et aperçut un homme couvert de misérables haillons,
couché dans le fossé, et qui paraissait sur le point de
rendre son âme au milieu des plus affreuses douleurs. Andrès jeta son fusil et sa gibecière, et tira
avec peine cet infortuné du fossé où il était plongé ;
mais lorsqu'il aperçut son visage, il recula avec
horreur ; c'était Trabacchio. Il le laissa tomber en
frémissant ; mais celui-ci s'écria d'une voix sourde :
— Andrès, Andrès, est-ce toi ? Par la miséricorde de
Dieu à qui j'ai recommandé mon âme, aie pitié de
moi ! Si tu me sauves, tu sauveras une âme de la
damnation éternelle ; car la mort va me saisir, et je
n'ai pas encore achevé ma pénitence.

— Maudit trompeur ! s'écria Andrès, meurtrier de
mon enfant, de ma femme, le démon t'a-t-il encore
conduit ici pour me perdre ! Je n'ai rien de commun
avec toi ; meurs et pourris comme une charogne,
infâme que tu es !

Andrès voulut le repousser dans le fossé, mais Trabacchio se mit à gémir : — Andrès ! veux-tu faire périr

le père de ta femme, de ta Giorgina, qui prie là-haut pour moi, près du trône de Dieu !

Andrès frissonna, le nom de Giorgina exerça sur lui un effet magique ; il prit Trabacchio, le chargea avec peine sur ses épaules, et l'emporta dans sa demeure, où il le ranima par des fortifiants. Bientôt Trabacchio revint de l'évanouissement dans lequel il était tombé.

Dans la nuit qui avait précédé son exécution, Trabacchio avait été saisi d'un effroi épouvantable, convaincu qu'il était que rien ne pouvait le sauver du supplice : dans son désespoir, il avait secoué avec rage les barreaux de fer de sa croisée, qui s'étaient brisés dans sa main. Un rayon d'espoir pénétra dans son âme. On l'avait enfermé dans une tour, près des fossés de la ville qui étaient desséchés ; il prit la résolution de s'y précipiter, convaincu qu'il se sauverait ou qu'il périrait dans sa chute. Il parvint à se débarrasser de ses chaînes, et exécuta son projet. Trabacchio perdit ses sens dans sa chute et ne revint à lui qu'après le lever du soleil : il vit alors qu'il était tombé sur un gazon fort épais, au milieu des broussailles ; mais il était entièrement brisé, et il ne put faire le moindre mouvement ; des insectes de toute espèce s'établirent sur son corps à demi nu, et se nourrirent de son sang, sans qu'il eût la force de les éloigner. Ainsi se passa une journée pleine d'angoisses. Ce ne fut qu'au commencement de la nuit, qu'il parvint à se traîner plus loin, et il fut assez heureux pour venir jusqu'à un endroit, où les eaux de la pluie avaient formé une petite mare, dans laquelle il put se désaltérer. Il se sentit moins faible, et gagna à grand-peine la forêt : c'est ainsi qu'il était venu jusqu'au lieu où Andrès l'avait trouvé. Ses derniers efforts avaient épuisé le reste de sa vie, et quelques

minutes plus tard, Andrès l'eût trouvé mort. Sans
songer à ce qu'il adviendrait si Trabacchio était
découvert dans sa demeure, il eut de lui les plus
grands soins, mais avec tant de précaution que personne ne put soupçonner la présence d'un étranger ;
son fils lui-même, accoutumé à obéir aveuglément à
son père, garda fidèlement le silence. Enfin, après
quelques jours, Andrès demanda à Trabacchio s'il
était effectivement le père de Giorgina.

— Sans doute, je le suis, répondit Trabacchio.
J'enlevai un jour, dans les environs de Naples, une
charmante fille qui me donna un enfant. Tu sais
maintenant qu'un des grands talents de mon père
consistait à composer une liqueur merveilleuse dans
laquelle entrait, comme ingrédient principal, le sang
pris au cœur d'un enfant âgé de neuf semaines, de
neuf mois ou de neuf ans, et qui devait lui avoir été
confié volontairement par ses parents. Plus les enfants
sont proches parents de l'opérateur, plus cette
liqueur qui rajeunit est efficace. C'est pourquoi mon
père tua tous les siens, et je n'hésitai pas à lui abandonner la fille que j'avais eue de ma femme. Mais je
ne sais comment celle-ci soupçonna mon dessein,
elle s'enfuit et j'appris quelques années plus tard,
qu'elle était morte après avoir fait élever sa fille
Giorgina chez un hôtelier. J'eus connaissance de ton
mariage avec Giorgina et du lieu de votre retraite. Tu
peux maintenant t'expliquer tous les motifs de ma
conduite. Mais je te dois tout, Andrès, tu peux
garder pour ton fils la cassette que je t'ai confiée,
c'est celle de mon père que je sauvai des flammes.

— Cette cassette, dit Andrès, vous a été remise par
Giorgina, le jour où vous commîtes votre plus horrible meurtre.

— Sans doute, répondit Trabacchio ; mais sans que

Giorgina le sût elle-même, cette cassette est revenue dans vos mains. Cherche seulement dans l'huis qui est placé au vestibule de la maison, tu le trouveras.

Andrès se rendit au lieu désigné et trouva en effet la cassette.

Andrès éprouvait une terreur secrète, et il ne pouvait se défendre de regretter que Trabacchio n'eût pas été mort lorsqu'il s'était trouvé dans le fossé. Sans doute le repentir et la pénitence de Trabacchio semblaient sincères ; car il passait tout son temps à lire des livres de piété, et sa seule distraction était la conversation qu'il avait de temps en temps avec le petit Georges qu'il aimait par-dessus tout. Andrès résolut cependant d'être sur ses gardes, et découvrit à la première occasion tout le mystère au comte de Fach, qui consentit à se taire. Ainsi se passèrent plusieurs mois. L'automne était venu, et Andrès allait plus souvent à la chasse. L'enfant restait d'ordinaire auprès de son grand-père, ainsi qu'un vieux garde qui était au courant de tout. Un soir, Andrès revenait de la chasse, lorsque le garde s'approcha de lui et lui dit : — Maître, vous avez un méchant compagnon dans la maison. Je crois, Dieu me pardonne, que le diable le vient visiter par la fenêtre, et qu'il s'en va en vapeur et en fumée.

Andrès fut comme frappé d'un coup de foudre. Le vieux chasseur ajouta que, depuis quelques jours, on entendait le soir des voix singulières dans la chambre de Trabacchio ; et que ce jour-là même, la porte s'étant ouverte subitement, il avait cru voir une figure couverte d'un manteau rouge galonné. Andrès courut plein de colère trouver Trabacchio, et lui déclara qu'il allait le faire renfermer dans sa prison du château, s'il ne renonçait à ses manœuvres diaboliques. Trabacchio se montra fort calme, et répondit

d'un ton douloureux : — Ah ! cher Andrès, il n'est que
trop vrai que mon père, dont l'heure n'est pas encore
arrivée, me tourmente d'une manière inouïe, il veut
que je me joigne de nouveau à lui, et que je renonce
au salut de mon âme ; mais je suis resté ferme, et
j'espère qu'il ne reviendra plus. Je veux mourir en
bon chrétien, réconcilié avec Dieu !

En effet le bruit cessa, mais les yeux de Trabacchio
étaient souvent étincelants, et il riait quelquefois comme
jadis. À la prière du soir qu'Andrès faisait avec lui, il
tremblait de tous ses membres ; de temps en temps
un grand vent sifflait dans la chambre, faisait rapidement tourner les feuillets du livre de piété, et le
faisait même tomber de ses mains, puis un grand
éclat de rire se faisait entendre au-dehors, et des
ailes noires venaient battre la croisée. Et cependant
ce n'était que le vent et la pluie d'automne, ainsi que
le prétendait Trabacchio, un jour que Georges pleurait d'effroi.

— Non, s'écria Andrès, votre père maudit n'a pas
cessé de communiquer avec vous. Il faut que vous
partiez d'ici. Votre logement est dès longtemps préparé dans la prison du château. Là vous ferez vos
conjurations à loisir.

Trabacchio pleura amèrement, et pria Andrès, au
nom de tous les saints, de le souffrir dans sa maison.
Georges se joignit à lui sans savoir de quoi il s'agissait.

— Restez donc encore demain, dit Andrès, je veux
voir comment se passera l'heure de la prière du soir,
à mon retour de la chasse.

Le lendemain le temps fut magnifique, et Andrès
se promit une belle chasse. En revenant, il eut des
idées sombres, le souvenir de Giorgina et de son
enfant égorgé se montra à lui sous des couleurs si

vives, qu'il quitta les autres chasseurs et s'égara dans
une des routes les moins fréquentées. Il se disposait
à regagner la grande avenue, lorsqu'il aperçut une
lumière éclatante dans les broussailles. Il s'approcha,
saisi d'un singulier pressentiment, et aperçut le vieux
docteur Trabacchio, couvert de son manteau galonné,
sa rapière au côté, son chapeau espagnol sur l'oreille,
et sa cassette sous le bras. Devant un grand feu, était
étendu le petit Georges, nu et attaché sur un gril, et
le fils maudit du docteur tenait le couteau levé pour
l'éventrer. Andrès poussa un grand cri, mais au
moment où le meurtrier se retournait, une balle
partie de son fusil l'avait déjà frappé, et il tomba le
crâne brisé sur le feu qui s'éteignit aussitôt. Le docteur avait disparu. Andrès courut à son fils, le détacha
et courut en l'emportant vers sa maison. L'enfant
n'était qu'évanoui. Andrès voulut se convaincre de la
mort de Trabacchio, il réveilla le vieux chasseur du
sommeil léthargique dans lequel ce misérable l'avait
sans doute plongé, et tous deux se rendirent au lieu
désigné, avec une lanterne, des pioches et des cordes.
Le corps de Trabacchio s'y trouvait, mais dès qu'Andrès s'approcha, il se releva à demi, et lui dit d'une
voix sourde : — Meurtrier du père de ta femme, les
démons te poursuivront ! — Et il rendit son âme.

Le lendemain, Andrès se rendit chez le comte, et
l'instruisit de ce qui s'était passé. Le comte approuva
sa conduite, et fit écrire toute cette aventure dans les
archives du Château. Cet effroyable événement avait
tellement frappé Andrès, qu'il ne pouvait plus dormir.
La nuit il entendait dans sa chambre de singulières
rumeurs, et une lueur rougeâtre lui apparaissait de
temps en temps, et une voix sourde murmurait : —
Te voilà maître. — Tu as le trésor. — Il est à toi !

Il semblait à Andrès qu'un sentiment de bien-être

inconnu, et une volupté singulière, s'emparaient de
lui à ces paroles, mais dès que l'aurore paraissait, il
se mettait à prier Dieu, et à le supplier d'éclairer son
âme.

Un jour après sa prière, il s'écria : — Je sais maintenant comment bannir le tentateur et gagner mon
salut !

À ces mots, il alla chercher la cassette de Trabacchio, et courut la jeter, sans l'ouvrir, dans un gouffre
profond.

Dès ce moment, Andrès jouit d'un calme, que nul
esprit malin ne vint plus troubler.

L'ÉGLISE DES JÉSUITES

Enfoncé dans une misérable chaise de poste, que les vers avaient abandonnée par instinct, comme le navire de Prospero[1], j'arrivai enfin, après avoir couru vingt fois danger de la vie, devant une auberge sur le marché de G...[2] Tous les malheurs que j'avais évités étaient tombés sur ma voiture, qui resta brisée à la porte du maître de poste de la dernière station. Quatre chevaux maigres et exténués amenèrent en quelques heures, à l'aide de plusieurs paysans et de mon domestique, l'équipage vermoulu; les gens entendus[3] arrivèrent, secouèrent la tête, et prétendirent qu'il fallait une réparation générale qui durerait au moins deux ou trois jours. La ville me parut amicale, ses environs pittoresques, et cependant je m'effrayai du séjour forcé dont j'étais menacé. Si jamais, lecteur bénévole[4], tu as été contraint de séjourner trois jours dans une petite ville où tu ne connaissais personne — personne! Si jamais tu as éprouvé cette douleur profonde que cause le besoin non satisfait de communiquer ce qu'on éprouve, tu sentiras avec moi ma peine et mon tourment. En nous autres, l'esprit de la vie se ranime par la parole; mais les habitants d'une petite ville sont comme un orchestre d'amateurs qui ne s'exercent qu'entre eux, et qui ne jouent avec justesse que leurs parties habi-

tuelles ; chaque son d'un musicien étranger cause
une disparate dans leurs concerts et les réduit aussitôt au silence.

Je me promenais de long en large dans ma chambre,
en proie à ma mauvaise humeur ; tout à coup, je me
souvins qu'un de mes amis, qui avait habité cette
ville durant deux ans, m'avait souvent parlé d'un
homme savant et spirituel qu'il avait connu jadis. Je
me souvins même de son nom : c'était le professeur
Aloysius Walter[1] du collège des Jésuites. Je résolus
d'aller le trouver, et de profiter de la connaissance de
mon ami pour moi-même. On me dit au collège que
le professeur Walter était occupé à enseigner, mais
qu'il aurait bientôt terminé sa leçon. On me laissa le
choix de revenir ou de me promener, en l'attendant,
dans les salles extérieures. Je choisis ce dernier parti.
Les maisons, les collèges et les églises des Jésuites
sont toujours construits dans ce style italien[2], dérivé
de la forme et de la manière antique, qui préfère la
grâce et l'éclat à la gravité sacrée et à la dignité religieuse. Ainsi, dans l'édifice que je parcourais, les
salles hautes, vastes et bien aérées, étaient enrichies
d'une brillante architecture ; et des images des saints
placées çà et là entre des colonnes ioniques res-
sortaient singulièrement sur des supports chargés
d'amours et de génies dansants, d'ornements représentant des fruits, des fleurs et même les productions
les plus appétissantes de la cuisine.

Le professeur arriva. Je le fis souvenir de mon ami,
et je réclamai l'hospitalité pendant mon séjour forcé
dans la ville. Je trouvai le professeur tel que mon ami
me l'avait dépeint, s'exprimant avec goût, homme du
monde ; bref, toutes les manières d'un ecclésiastique
distingué, versé dans les sciences, et qui a souvent
regardé par-dessus son bréviaire, dans la vie, pour

savoir au juste comme les choses s'y passent. En
trouvant sa chambre ornée avec toute l'élégance
moderne, je revins à mes réflexions sur les salles, et
je les communiquai au professeur. — Il est vrai,
dit-il, nous avons banni de nos édifices cette sombre
gravité, cette majesté écrasante qui resserre le cœur
dans les constructions gothiques, et qui excite même
une horreur secrète ; et l'on doit nous savoir gré de
nous être approprié l'agréable sérénité des temples
antiques. — Mais, repris-je, cette sainte grandeur,
cette majesté de la construction gothique n'expri-
ment-elles pas l'esprit véritable du christianisme, de
ce culte infini et inexprimable qui combat directement l'esprit du paganisme, dont les dieux ont pris
leurs formes sur la terre !

Le professeur se mit à rire. — Eh ! dit-il, il faut
reconnaître la nature divine dans ce monde, et cette
reconnaissance ne peut avoir lieu que par des symboles agréables, tels qu'en offre la vie qui n'est aussi
qu'un esprit céleste descendu dans ce monde terrestre. Sans doute, notre patrie est là-haut ; mais,
tant que nous séjournons ici-bas, notre empire est
aussi de ce monde. — Sans doute, pensais-je à part
moi, dans tout ce que vous avez fait, vous avez bien
démontré que votre empire est de ce monde. Mais je
ne dis nullement ce que je pensais au professeur
Aloysius Walter, et il continua : — Ce que vous dites,
au sujet de notre bâtiment, ne peut se rapporter qu'à
l'élégance de ses formes. Ici où le marbre manque
entièrement, où les grands peintres ne voudraient
pas travailler, on ne s'est élevé à la tendance nouvelle que par artifice. Nous faisons beaucoup en
employant le stuc, et le peintre se borne d'ordinaire
à imiter le marbre, comme on le fait en ce moment

dans notre église qu'on décore à neuf, grâce à la libéralité de nos patrons.

J'exprimai le désir de voir l'église; le professeur
m'y conduisit, et, entrant dans l'avenue de colonnes
corinthiennes que formait la nef, je sentis vivement
l'impression agréable que produisait cette architecture élégante. Au côté gauche du maître-autel, on
avait élevé un grand échafaud sur lequel se tenait un
homme qui peignait le mur en *gallio antique*[1]. — Eh!
comment cela va-t-il, Berthold! lui cria le professeur.

Le peintre se retourna vers nous, mais il se remit
aussitôt à travailler, en disant d'une voix sourde des
paroles presque inintelligibles. — Beaucoup de tourments —, un mur contourné —, point de lignes à
employer —, des animaux —, des singes, des visages
d'hommes. Ô pauvre fou que je suis!

Ces derniers mots, il les prononça avec cette voix
qui exprime les plus effroyables douleurs de l'âme;
je me sentis frappé de la manière la plus singulière;
chacune de ses paroles, l'expression de son visage, le
regard qu'il avait lancé au professeur, me mettaient
devant les yeux toute l'existence déchirée d'un artiste
malheureux. — L'homme pouvait avoir quarante
ans au plus; en dépit de son sale accoutrement de
peintre, sa tournure avait quelque chose de fort
noble; et si le chagrin avait décoloré ses traits, il
n'avait pas pu éteindre le feu qui brillait dans ses
yeux noirs. Je demandai au professeur quel était ce
peintre? — C'est, me dit-il, un artiste étranger qui se
trouvait ici justement au temps où la réparation de
l'église fut résolue. Il entreprit avec joie le travail que
nous lui offrîmes, et, en vérité, son arrivée fut un
coup de fortune pour nous; car nous n'eussions
jamais trouvé, ni dans la ville, ni dans les environs,

un peintre assez habile pour exécuter ce travail. Au
reste, c'est le meilleur homme du monde ; nous l'ai-
mons tous, et il a été accueilli avec plaisir dans le
collège. Outre les honoraires que nous lui donnons
pour son travail, nous le défrayons de ses dépenses ;
mais cette générosité nous coûte fort peu, car il est
presque trop sobre, ce qu'il faut attribuer à son état
maladif. — Mais, dis-je, il me semble aujourd'hui si
sombre, si irrité ! — Ceci tient à une cause particulière, répondit le professeur. Mais allons voir quelques tableaux d'autel qu'un heureux hasard nous a
procurés, il y a quelques temps. Il ne se trouve qu'un
seul original, un *dominichino*[1]. Les autres sont de
maîtres inconnus de l'école italienne[2] ; mais, si vous
êtes sans préjugés, vous conviendrez qu'ils pourraient
porter les noms les plus célèbres.

Je trouvai les choses telles qu'avait dit le professeur. Le morceau original était l'un des plus faibles,
s'il n'était le plus faible de tous, tandis que la beauté
de plusieurs autres m'attirait irrésistiblement. Une
toile était tendue sur un des tableaux d'autel. J'en
demandai le motif. — Ce tableau, dit le professeur,
est le plus beau de tous ceux que nous possédons.
C'est l'ouvrage d'un jeune artiste des temps modernes ;
— son dernier sans doute, car son vol a cessé. Nous
devons, dans ces jours-ci, pour de certains motifs,
laisser ce tableau couvert de la sorte ; mais, peut-
être, demain ou après-demain, pourrai-je vous le
montrer.

Je voulus en demander davantage, mais le professeur doubla le pas en entrant dans la travée ; ce fut
assez pour me faire comprendre qu'il ne voulait pas
me répondre. Nous revînmes dans le collège, et j'ac-
ceptai volontiers l'invitation du professeur, pour
visiter, le soir, avec lui, un lieu de plaisance près de

la ville. Nous rentrâmes fort tard, un orage s'était
élevé, et à peine regagnais-je ma demeure, que la
pluie tomba à torrents. Vers minuit, le ciel s'éclaircit,
et le tonnerre ne gronda plus que dans le lointain.
L'air, purifié et embaumé par de doux parfums,
pénétrait dans ma chambre par les fenêtres ouvertes ;
bien que je fusse fatigué, je ne pus résister à la tentation de faire une promenade. Je parvins à réveiller
un valet grondeur, et plus difficilement à lui persuader que, sans être entièrement fou, on pouvait
avoir la fantaisie de se promener à minuit. Enfin, je
me trouvai dans la rue. En passant devant l'église
des Jésuites, j'aperçus à travers les vitraux une vive
lumière. La petite porte était entrouverte, j'entrai
et je vis un grand cierge allumé devant une niche
immense. En m'approchant, je remarquai qu'un filet
de cordes était étendu devant la niche, et sous ce filet
une longue figure montait et descendait sur une
échelle, tout en traçant des lignes sur la muraille.
C'était Berthold qui recouvrait exactement de couleur
noire l'ombre que projetait le filet. Près de l'échelle,
sur un grand chevalet, se trouvait le dessin d'un
autel. Je m'émerveillai de cette ingénieuse idée. Si
le lecteur[1] est quelque peu familier avec l'art de la
peinture, il saura, sans autre explication, ce que Berthold prétendait faire avec ce filet dont il dessinait
l'ombre sur la niche. Berthold avait à peindre, dans
cette niche, un autel en saillie. Pour transporter exactement son dessin sur de plus grandes dimensions, il
fallait qu'il couvrît de lignes croisées son dessin et le
plan sur lequel il voulait tracer sa grande esquisse ;
mais ce n'était pas une surface plane sur laquelle il
avait à peindre, c'était une niche demi-circulaire, et
il était impossible de trouver, autrement que de la
manière ingénieuse qu'il avait imaginée, les rapports

des lignes droites et des lignes courbes. Je me gardai
de me placer devant le flambeau, car ma présence
eût été trahie par mon ombre ; mais je me tins assez
près pour observer le peintre. Il me parut tout autre,
peut-être était-ce l'effet de la lueur du flambeau ;
mais son visage était animé, ses yeux étincelaient
d'un contentement intérieur, et, lorsqu'il eut achevé
de tirer ses lignes, il se plaça devant son ouvrage, les
mains sur les côtés, et se mit à siffler joyeusement.
Puis, il se retourna pour détacher le filet. Ma figure
s'offrit alors à lui. — Eh ! là ; eh là ! s'écria-t-il, est-ce
vous, Christian[1] ?

Je m'approchai en lui disant ce qui m'avait attiré
dans l'église ; et, vantant l'heureuse idée du filet, je
me donnai à lui pour un connaisseur et un amateur
en peinture.

Sans me répondre, Berthold reprit : — Christian
n'est rien qu'un paresseux. Il voulait m'aider bravement toute la nuit, et sûrement, il est couché quelque
part sur l'oreille ! — Il faut que mon ouvrage avance ;
car, demain, il ne fera peut-être plus bon à peindre
dans cette niche ; et, seul, je ne puis rien faire !

Je m'offris à lui servir d'aide. Il se mit à rire, me
prit par les épaules, et s'écria : — C'est une excellente plaisanterie. Que dira Christian, lorsqu'il verra
demain qu'il est un âne et que je me suis passé de
lui ? Allons, venez, frère inconnu et compagnon étranger, venez donc m'aider !

Il alluma quelques flambeaux, nous traversâmes
l'église ; nous apportâmes des bancs et des planches,
et bientôt un bel échafaudage s'éleva dans la niche.
— Allons, à votre ouvrage, s'écria Berthold en montant.

Je m'étonnais de la rapidité avec laquelle Berthold
transportait son dessin sur de grandes dimensions ; il
tirait hardiment ses lignes, toujours pures et exactes.

Accoutumé de bonne heure à de pareilles choses, je l'aidais fidèlement, tantôt en me tenant au-dessus de lui, tantôt au-dessous, en arrêtant les lignes aux points indiqués, en lui taillant des charbons et les lui présentant, etc. — Vous êtes un excellent aide ! s'écria Berthold tout joyeux. — Et vous, répondis-je, le peintre d'architecture le plus exercé qu'il y ait. N'avez-vous jamais, avec une main aussi sûre que la vôtre, tenté d'autres genres de peinture ? Pardonnez-moi ma question. — Qu'entendez-vous par là ? dit Berthold. — Eh bien ! je pense que vous êtes appelé à quelque chose de mieux que de peindre du marbre sur des murs d'église. La peinture architecturale est toujours un genre en sous-ordre ; le peintre d'his-toire, le peintre de paysage, sont placés plus haut. Le génie et l'imagination partent à plein vol, lorsqu'ils ne sont pas contenus dans les limites étroits des lignes géométriques. Ce qu'il y a d'imagination, et d'effet, dans votre peinture, cette perspective qui trompe l'œil, tient à un calcul exact, et n'est qu'une spéculation mathématique.

Tandis que je parlais ainsi, le peintre avait déposé ses pinceaux, et il avait appuyé sa tête sur sa main. — Ami inconnu, dit-il d'une voix sourde et solen-nelle, tu blasphèmes en voulant assigner des rangs aux branches diverses de l'art, comme aux vassaux d'un même roi. C'est un plus grand blasphème encore que d'estimer seulement les audacieux qui, sourds au bruit de leurs chaînes d'esclaves, inaccessibles aux atteintes de la rivalité, se font libres, se croient dieux, et veulent manier et dominer la lumière éter-nelle et la vie. — Connais-tu la fable de Prométhée, qui voulut être créateur, et qui vola le feu du ciel[1] pour animer ses figures mortes avant la vie ? Il réussit, mais il fut condamné à des tourments éternels. Un vautour, que la vengeance avait envoyé, déchiqueta cette poitrine dans laquelle s'était allumé le désir de l'infini. Celui qui avait voulu le ciel, sentit éternellement une douleur terrestre !

Le peintre s'arrêta, plongé en lui-même ! — Mais, Berthold, m'écriai-je, comment rapportez-vous cela à votre art ? Je ne pense pas que personne regarde jamais comme un crime de reproduire des hommes, soit par la peinture, soit par la plastique.

Berthold se mit à rire amèrement : — Ah ! ah ! dit-il, un jeu d'enfant n'est pas un crime ! Et c'est un jeu d'enfant, comme le font certaines gens qui trempent tranquillement leurs pinceaux dans des pots de couleur, et barbouillent une toile. Ce ne sont pas des criminels, ni des pécheurs, ceux-là, ce sont de pauvres fous innocents ! Mais, Seigneur ! quand on s'efforce d'atteindre ce qu'il y a de plus élevé. Non pas le goût de la chair, comme le Titien[1], non, mais la nature divine ; quand on veut dérober le feu de Prométhée, Seigneur ! c'est un rocher escarpé, un fil étroit sur lequel on marche. L'abîme est ouvert ! Le hardi navigateur passe au-dessus, et une illusion diabolique lui fait voir, au-dessous de lui, ce qu'il cherchait aux étoiles[2] !

Le peintre soupira profondément, passa sa main sur son front, et contempla quelque temps la voûte. — Mais je reste là à dire des folies avec vous, compagnon, et l'ouvrage n'avance pas. Regardez un peu. Voilà ce que je nomme bien dessiner. Toutes les lignes aboutissent à un but, une disposition exacte. — Ce qui est surnaturel tient du dieu ou du diable. Ne faut-il pas penser que Dieu ne nous a créés que pour représenter ce qui est exact et régulier, pour ne pas transporter notre pensée au-delà de ce qui est commensurable, pour fabriquer ce qui nous est nécessaire, des machines à tisser et des meules de moulins ? Le professeur Walter prétendait dernièrement que certains animaux n'ont été créés que pour être mangés par d'autres[1], et que cela tournait, à la fin, à notre avantage ; ainsi, par exemple, les chats ont reçu l'instinct de dévorer les souris, afin que celles-ci ne mangent point notre sucre et ne rongent pas nos papiers. Après tout, le professeur a raison. Les animaux et nous ne sommes que des machines[2] organisées pour confectionner certaines étoffes et fournir certains mets pour le lit et la table du roi inconnu... Allons, allons, à l'ouvrage ! — Tendez-moi les pots, compagnon ! J'ai bien déterminé hier tous les tons à la belle clarté du soleil, afin que la lumière ne me trompe point ; ils sont numérotés dans ce coin. Allons, mon garçon, passez-moi le numéro un ! — Gris sur gris ! — Et que serait cette vie sèche et laborieuse, si le Seigneur ne nous avait mis quelques jouets bariolés comme celui-ci dans les mains ! — L'homme sage ne songe pas à briser, comme un enfant curieux, la serinette[3] dont il joue en tournant une manivelle ! — Il se dit tout simplement : Il est naturel que cela résonne là-dedans, puisque je tourne la manivelle ! — En peignant cette poutre de cette façon, je sais qu'elle se présentera autrement aux yeux du spectateur. — Passez-moi le numéro deux, garçon ! — En mettant cette teinte, cela grandira de quatre aunes, à distance. Je sais cela à ne pas me tromper. — Oh ! on est merveilleusement entendu. — Comment se fait-il que les objets diminuent dans l'éloignement ? Cette sotte et simple demande d'un Chinois pourrait jeter dans l'embarras le professeur Eytelwein[4] lui-même ; mais il pourrait s'en tirer avec la serinette, en disant qu'il a souvent tourné la manivelle et toujours obtenu les mêmes effets ! — Le violet

numéro un, garçon! — Une autre règle! — De gros
pinceaux lavés! Ah! que sont tous nos efforts vers
l'infini, sinon les coups impuissants d'un enfant dont
la faible main blesse le sein qui le nourrit! Le violet
numéro deux. Vivement, garçon! — L'idéal est un
songe trompeur, un tableau qu'on ne peint qu'avec
son sang. — Enlevez les pots, mon garçon. Je des-
cends. — Le diable nous pipe avec des poupées auxquelles il attache des ailes d'ange!

Il ne me serait pas possible de rapporter mot pour
mot tout ce que dit Berthold en continuant de
peindre et en m'employant entièrement comme un
apprenti. Il continua de railler de la façon la plus
amère sur l'étroite limitation de toutes les entreprises humaines; mais c'étaient les plaintes d'une
âme blessée à mort, qui perçait dans cette sanglante
ironie. Le jour commençait à grisonner; la lueur des
flambeaux pâlissait devant les rayons du soleil qui
pénétraient dans l'église. Berthold continua de
peindre avec ardeur; mais il devint de plus en plus
silencieux, et il ne s'échappait plus de sa poitrine
oppressée que des saillies rares et quelques soupirs.
Il avait teint tout l'autel en grisailles, et la peinture
ressortait déjà merveilleusement, quoique inachevée.
— C'est admirable, admirable! m'écriai-je plein
d'admiration. — Pensez-vous que cela deviendra
quelque chose? dit Berthold d'une voix faible, je me
suis du moins donné toute la peine possible pour
faire un dessin exact; mais je ne peux faire davantage. — Ne donnez pas un coup de pinceau de plus,
mon cher Berthold! lui dis-je. Il est presque inouï
qu'on ait produit un si grand travail en aussi peu
d'heures; mais vous vous appliquez avec trop d'ardeur, et vous consumerez vos forces. — Et cependant, répondit-il, ce sont mes moments les plus

heureux. Je bavarde trop, peut-être, mais ce sont des paroles que m'arrache une douleur poignante. — Vous vous sentez donc bien malheureux, mon pauvre ami, lui dis-je, quel terrible événement a donc troublé votre vie ?

Le peintre porta lentement ses ustensiles dans la sacristie, éteignit les flambeaux, puis vint à moi, me prit la main et me dit d'une voix brisée : — Pourriez-vous avoir un instant de repos, conserver quelque sérénité, si vous vous accusiez d'un crime horrible et irréparable ?

Je restai stupéfait. Les brillants rayons du soleil levant tombaient sur le visage pâle et défait du peintre, et il me sembla presque comme un spectre, lorsqu'il passa par la petite porte pour se rendre dans l'intérieur du collège. À peine eus-je la patience d'attendre l'heure que le professeur Walter m'avait assignée le lendemain pour nous trouver ensemble. Je lui racontai toute la scène de la nuit précédente ; je lui peignis avec vivacité la singulière conduite du peintre, et je répétai tout ce qu'il m'avait dit, même ce qui concernait le professeur. Mais plus je m'efforçais d'exciter l'intérêt du professeur, plus il restait indifférent ; il souriait même d'une façon repoussante lorsque j'insistais sur les malheurs de Berthold. — C'est un homme bizarre[1], ce peintre, dit enfin le professeur. Doux, bienveillant, laborieux, sobre comme je vous l'ai déjà dit, mais d'une faible intelligence ; car, autrement, il ne se fût pas laissé déchoir, par aucun événement, même par un crime qu'il aurait commis, de l'honorable profession de peintre d'histoire au misérable métier de barbouilleur de murailles[2].

Cette expression de barbouilleur de murailles ne m'aigrit pas moins que l'indifférence du professeur.

Je cherchais à le convaincre que Berthold était un peintre recommandable, digne du plus vif intérêt. — Allons, dit le professeur, puisque votre Berthold vous intéresse à un si haut degré, il faut que vous sachiez tout ce que je sais moi-même à son sujet ; et ce n'est pas peu de chose. Pour vous préparer à cette histoire, allons dans l'église ! Puisque Berthold a travaillé toute la nuit sans relâche, il se repose sans doute maintenant. Si nous le trouvions dans l'église, mon but serait manqué.

Nous nous rendîmes dans l'église. Le professeur fit enlever le drap qui couvrait le cadre, et un tableau, tel que je n'en avais jamais vu, s'offrit à moi, dans un éclat enchanteur. Cette composition était dans le style de Raphaël[1], simple, élevée, céleste ! — Marie et Élisabeth dans un beau jardin, assises sur le gazon ; devant elles, les enfants, Jean et le Christ, jouant avec des fleurs ; au fond, sur le côté, une figure d'homme priant à genoux. — La touchante et divine figure de Marie ; la piété, la sérénité de ses traits, me remplirent d'étonnement et d'admiration. Elle était belle, plus belle que femme sur terre ! mais comme la Marie de Raphaël, dans la galerie de Dresde, son regard annonçait la mère de Dieu. Ces regards, qui s'échappaient du milieu d'ombres profondes, réveillaient le désir de l'éternité. Ces lèvres à demi ouvertes semblaient raconter les joies infinies du ciel. Un sentiment irrésistible me porta à m'agenouiller dans la poussière, devant la reine des cieux ; je ne pouvais détourner mes regards de cette image sans égale. — Les figures de Marie et des enfants étaient les seules achevées, les mains manquaient à celle d'Éli-sabeth, et l'homme à genoux n'était que dessiné. En m'approchant davantage, je reconnus dans cet homme les traits de Berthold. Je pressentis ce que le profes-

seur me dit presque aussitôt. — Ce portrait est le
dernier ouvrage de Berthold. Nous l'avons tiré de la
Haute-Silésie, où il fut acheté, il y a quelques années,
dans un encan, pour un de nos collèges. Bien qu'il
ne soit pas achevé, nous l'avons mis en la place du
mauvais tableau d'autel qui était ici. Lorsque Berthold aperçut ce tableau, en arrivant, il poussa un
grand cri, et tomba sans mouvement sur le pavé.
Dans la suite, il évita toujours de le regarder, et me
confia que c'était son dernier travail en ce genre.
J'espérais le déterminer peu à peu à l'achever ; mais
il repousse toujours mes propositions avec horreur ;
j'ai même été forcé de faire couvrir ce tableau, dont
la vue le troublait si cruellement, que, lorsque ses
regards s'arrêtaient par hasard de ce côté, il retombait dans le même paroxysme et devenait incapable
de travailler durant quelques jours. — Pauvre, pauvre
infortuné ! m'écriai-je. Quelle main infernale a flétri
ainsi sa vie ? — Oh ! dit le professeur, la main et le
bras lui sont poussés à son propre corps. — Oui, oui !
il a été lui-même son démon, le Lucifer qui a porté le
feu dans sa vie[1].

   Je priai le professeur de me communiquer ce qu'il
avait appris de la vie du malheureux peintre. — Cela
serait trop long, répondit-il, et me coûterait trop
d'haleine. Ne gâtons pas cette belle journée par de
sombres histoires. Allons déjeuner ; puis nous irons
visiter un de nos moulins où nous attend un bon
dîner.

   Je ne cessai pas de presser le professeur, et, après
beaucoup de sollicitations, je tirai de lui que, peu de
temps après l'arrivée de Berthold, un jeune homme
qui étudiait dans le collège avait conçu une vive
affection pour lui ; que, peu à peu, Berthold lui avait
confié toutes les circonstances de sa vie, et que le

jeune écolier les avait consignées dans un manuscrit qui se trouvait dans les mains du professeur. — Ce jeune homme-là était un enthousiaste[1] comme vous, monsieur, avec votre permission! dit le professeur. Mais la rédaction des aventures merveilleuses du peintre lui a été fort utile, en exerçant son style. — J'obtins à grand-peine du professeur qu'il me communiquerait ces papiers, au retour de notre promenade. Soit que ce fût l'effet de la curiosité excitée, soit que le professeur en fût réellement la cause, je n'éprouvai jamais autant d'ennui que ce jour. La froideur glaciale qu'il avait montrée au sujet de Berthold lui avait déjà été fatale dans mon esprit; mais les discours qu'il tint avec ses collègues qui assistaient au repas me convainquirent qu'en dépit de son érudition, de sa connaissance du monde, son âme était fermée à toutes les idées élevées, et que c'était le plus crasse matérialiste qui eût jamais existé. Il avait réellement adopté le système de manger ou d'être mangé, dont Berthold m'avait parlé. Il faisait dériver tous les efforts de l'esprit humain, toutes les forces créatrices de l'homme, du ventre et de l'estomac, et il soutenait son système d'une foule d'arguments bizarres et attristants. Je compris combien le professeur devait tourmenter le pauvre Berthold, qui niait, par une ironie désespérée, les résultats favorables des idées supérieures; et combien de fois il avait dû lui retourner le poignard dans ses blessures sanglantes. Le soir, enfin, le professeur me remit quelques pages écrites, en me disant: Voici, mon cher enthousiaste, le barbouillage de l'écolier. Ce n'est pas mal écrit, mais fort bizarre, et contre toutes les règles; monsieur l'auteur répète les paroles du peintre à la première personne, sans rien indiquer. Au reste, comme je sais que vous n'êtes pas un écrivain, je vous fais présent de ce thème dont ma qualité me permet de disposer. L'auteur des *Contes fantastiques*, à la manière de Callot, l'aurait arrangé à sa folle manière et fait imprimer incontinent[1]. Je n'ai pas cela à craindre de vous.

Le professeur Aloysius Walter ignorait qu'il avait affaire au voyageur enthousiaste lui-même, bien qu'il eût pu s'en apercevoir facilement ; et c'est ainsi, mon cher lecteur, que je puis te donner l'histoire du peintre Berthold, écrite par l'écolier des Jésuites. La manière dont il s'offrit à moi s'y trouve éclaircie, et toi, ô mon lecteur ! tu y verras à quelles erreurs fatales nous livre la bizarrerie de nos destinées.

LE CAHIER DE L'ÉLÈVE DES JÉSUITES[2]

Laissez voyager votre fils en Italie ! c'est déjà un habile artiste ; il ne lui manque pas à Dresde[3] de beaux tableaux originaux à étudier, mais cependant il ne doit pas rester ici. La libre vie d'artiste se révélera à lui dans le pays des arts, ses études seront plus vivantes, et il rendra mieux ses propres pensées. Il ne lui sert plus à rien de copier. Cette plante a grandi, elle a besoin de plus de soleil pour produire des fleurs et des fruits. Votre fils a une véritable âme d'artiste, ne vous inquiétez pas du reste.

Ainsi parlait le vieux peintre Stephan Birkner aux parents de Berthold. Ceux-ci ramassèrent tout ce qui n'était pas indispensable pour les faire subsister pauvrement, et fournirent au jeune homme les moyens de faire un long voyage. De cette sorte, s'accomplit le plus ardent désir de Berthold, celui de voir l'Italie[4]. «Lorsque Birkner m'annonça la résolution de mes parents, je sautai de joie et de ravissement. Jusqu'à mon départ, ma vie fut comme un rêve. Je ne pouvais plus toucher un pinceau. L'inspecteur des jeunes

artistes qui vont en Italie fut forcé de me faire sans
cesse des récits de cette contrée où l'art fleurit[1].
Enfin, le jour, l'heure arrivèrent. Les adieux de mes
parents furent douloureux; ils avaient de tristes
pressentiments, ils pensaient qu'ils ne me reverraient plus et ne voulaient pas que je partisse. Mon
père lui-même, homme ferme et résolu, eut peine à
se décider. — L'Italie! tu vas voir l'Italie! me criaient
mes camarades; et mes désirs rallumés surmon-
taient ma douleur. Je partis. Il me semblait que, dès
la porte de la maison paternelle, commençait déjà
ma carrière d'artiste.» Berthold avait étudié dans
tous les genres, mais il préférait le paysage, auquel
il s'adonna avec ardeur. Il crut trouver à Rome
d'amples matériaux pour cette partie de l'art; il n'en
fut pas ainsi. Dans le cercle de ses camarades et de
ses amis, il entendait dire sans cesse que la peinture
d'histoire était la plus noble, et que tous les autres
genres lui étaient subordonnés. On lui conseilla de
changer de manière s'il voulait devenir un grand
artiste, et ces propos, joints à l'impression que produisirent sur lui les fresques de Raphaël au Vatican,
le déterminèrent à abandonner le paysage. Il dessina
d'après Raphaël; il se mit à copier de petits tableaux
à l'huile des autres maîtres célèbres. Grâce à son
habileté et à son opération, il réussit parfaitement
dans ses travaux; mais il voyait clairement que toute
la vie de l'original manquait dans ses copies. Les
pensées célestes de Raphaël, de Corregio[2], l'échauffaient (il le croyait du moins) d'un feu créateur; mais,
dès qu'il voulait fixer les jets de son imagination, ils
disparaissaient dans un nuage. Cette lutte sans fruit,
ces efforts sans cesse renaissants, lui inspiraient une
tristesse extrême, et souvent il s'échappait du milieu
de ses amis pour aller dessiner secrètement des groupes

d'arbres et des parties de paysage dans le voisinage de Rome. Mais ces travaux aussi ne lui réussissaient plus comme autrefois ; et, pour la première fois, il douta de la réalité de sa vocation d'artiste. Ses plus belles espérances semblaient se perdre. « Ah ! mon digne ami, mon maître, écrivait Berthold à Birkner, tu as beaucoup fondé sur moi ; ici où la lumière devait pénétrer dans mon âme, j'ai acquis la conviction que ce que tu nommais le génie d'un artiste n'était qu'un peu de talent et de facilité. Dis à mes parents que je reviendrai bientôt pour apprendre un métier qui puisse me faire vivre, etc. » — Birkner répondit : « Que ne suis-je près de toi, mon fils, pour t'arracher à ton découragement ! Mais, crois-moi, tes doutes même témoignent de ta vocation d'artiste. Celui qui marche plein de confiance en ses forces seules est un fou qui se trompe ; car il lui manque cette impulsion de volonté qui ne réside que dans la pensée de notre impuissance. Persiste ! Bientôt tu te sentiras des forces ; alors, suis paisiblement la route que t'indique la nature, sans te laisser troubler par les conseils de tes amis. Tu seras alors peintre de paysage, peintre d'histoire ; quoi que ce soit, peu importe : tu seras toi ! » Il arriva que, justement dans ce temps où Berthold reçut cette lettre consolante de son vieux maître, la réputation de Philippe Hackert[1] commença à se répandre dans Rome. Quelques-uns de ses tableaux, exposés publiquement, furent beaucoup admirés ; et les peintres d'histoire eux-mêmes convinrent qu'il y avait de la grandeur et du génie dans ses imitations de la nature. Berthold respira. Il ne voyait plus dédaigner son genre favori, et un homme qui le cultivait était prisé et honoré. Il éprouva un violent désir d'aller à Naples étudier sous Philippe Hackert. Il écrivit, plein de joie, à Birkner

et à ses parents qu'il avait enfin trouvé la route qui
lui convenait, et qu'il espérait devenir un jour un
grand peintre. L'honnête Hackert accueillit avec bonté
son compatriote, et bientôt l'élève marcha sur les
traces du maître. Berthold acquit une grande habileté à représenter les divers genres de végétation ; et
il réussit fort bien à donner à ses tableaux la profondeur et la teinte vaporeuse qu'on trouve dans ceux de
Hackert. Sa manière lui valut beaucoup de louanges ;
mais, pour lui, il pensait qu'il manquait encore dans
ses paysages, et même dans ceux de son maître,
quelque chose qu'il ne savait dire, et qui se dévoilait
à lui dans les chaudes compositions de Claude Lorrain
et dans les déserts sauvages de Salvator Rosa[1]. Il
s'éleva en lui mille doutes contre son maître, et il se
sentait surtout découragé lorsqu'il voyait Hackert
peindre avec un soin infini le gibier mort que lui
envoyait le roi. Mais il surmonta ces pensées qu'il
regardait comme coupables, et continua de suivre
avec ardeur les enseignements de son maître, qu'il
égala bientôt. Aussi Hackert l'engagea-t-il à exposer,
au milieu de ses propres tableaux de nature morte,
un grand paysage que le jeune élève avait composé
avec beaucoup de soin. Il plut généralement aux
connaisseurs et aux artistes ; un petit vieillard, singulièrement habillé, gardait seul le silence et se mettait
à sourire chaque fois qu'on vantait le jeune talent du
peintre. Berthold l'aperçut arrêté devant son tableau,
le contemplant d'un air de compassion et secouant la
tête. Un peu enflé par les louanges dont il avait été
l'objet, Berthold ne put se défendre de ressentir une
humeur secrète contre cet étranger. Il s'approcha de
lui et lui dit d'un ton plus aigre qu'il était nécessaire :
— Vous ne me semblez pas content de ce tableau,

bien que des artistes célèbres et des connaisseurs renommés le trouvent à leur gré ?

L'étranger[1] regarda Berthold d'un œil perçant :
— Jeune homme, dit-il, tu aurais pu devenir quelque chose ! Berthold se sentit saisi jusqu'au fond de l'âme, du regard de cet homme et de ses paroles. Il n'eut pas la force de l'interroger davantage, et n'osa pas le suivre, tandis qu'il s'éloignait lentement. Bientôt après, Hackert lui-même entra, et Berthold lui conta ce qui venait de lui arriver avec cet homme singulier. — Ah ! dit Hackert en riant, que cela ne t'embarrasse pas. C'est notre vieux grondeur à qui rien ne plaît. Je l'ai rencontré dans la première salle. Il est né à Malte, de parents grecs ; c'est un singulier personnage. Il peint fort bien ; mais tout ce qu'il produit a une apparence fantastique, qui vient sans doute de ce qu'il a conçu des opinions absurdes sur la manière de représenter les arts, et de ce qu'il s'est créé un système qui ne vaut pas le diable. Je sais fort bien qu'il ne fait pas grand cas de moi ; mais, je le lui pardonne, car il ne pourra m'ôter la réputation que j'ai acquise. — Il semblait à Berthold que ce Grec eût touché une de ses blessures intérieures, attouchement douloureux, mais salutaire, comme celui du chirurgien qui sonde une plaie. Bientôt il oublia cette rencontre, et se remit à travailler avec ardeur.

Le succès de ce grand tableau lui avait donné l'envie d'en faire un second. Hackert lui choisit lui-même un des plus beaux points de vue de Naples, et, comme le premier tableau représentait un coucher de soleil, il l'engagea à faire un lever. Berthold avait à peindre beaucoup d'arbres exotiques, beaucoup de coteaux chargés de vignes ; mais surtout beaucoup de nuages et de vapeurs. Il était un jour assis sur une grande pierre, au lieu choisi par Hackert, terminant sa grande esquisse d'après nature. — Bien touché, vraiment! dit quelqu'un derrière lui. Berthold leva les yeux ; le Maltais regardait son dessin, et ajouta en riant ironiquement : Vous n'avez oublié qu'une seule chose, mon jeune ami. Regardez là-bas cette muraille peinte en vert! La porte est à demi ouverte ; il vous faut reproduire cela avec l'ombre portée : une porte à demi ouverte fait un effet prodigieux! — Vous raillez sans motif, monsieur, répondit Berthold. De tels accidents ne sont pas autant à dédaigner que vous le pensez, et mon maître les reproduit volontiers. Souvenez-vous de ce drap blanc étendu dans le paysage d'un vieux peintre flamand[1], qu'on ne pouvait enlever sans détruire l'harmonie du tout. Mais vous ne me semblez pas un grand ami du paysage, auquel je me suis adonné de corps et d'âme ; veuillez donc me laisser travailler en paix. — Tu es tombé dans une grande erreur, jeune homme, dit le Maltais. Je te dis encore une fois que tu aurais pu devenir quelque chose ; car tes ouvrages montrent visiblement un effort pour tendre à des idées élevées ; mais tu n'atteindras jamais à ton but, car le chemin que tu suis n'y conduit pas. Retiens bien ce que je vais te dire : peut-être parviendras-tu à ranimer la flamme qui dort en toi, et à t'éclairer de sa lueur, alors tu reconnaîtras l'esprit véritable des arts. Me crois-tu assez insensé pour subordonner le paysage au genre de l'histoire, et pour ne pas reconnaître que ces deux branches de l'art tendent au même but ? — Saisir la nature dans l'expression la plus profonde, dans le sens le plus élevé, dans cette pensée qui élève tous les êtres vers une vie plus sublime, c'est la sainte mission de tous les arts. Une simple et exacte copie de la nature peut-elle conduire à ce but ? — Qu'une inscription dans une langue étrangère, copiée par un

scribe qui ne la comprend point et qui a laborieuse-
ment imité les caractères inintelligibles pour lui, est
misérable, gauche et forcée! C'est ainsi que les paysages de ton maître ne sont que des copies correctes
d'un original écrit dans une langue étrangère pour
lui. — L'artiste, initié au secret divin de l'art, entend
la voix de la nature qui raconte ses mystères infinis
par les arbres, par les plantes, par les fleurs, par les
eaux et par les montagnes; puis vient sur lui, comme
l'esprit de Dieu, le don de transporter ses sensations
dans ses ouvrages. Jeune homme! n'as-tu pas éprouvé
quelque chose de singulier, en contemplant les paysages des anciens maîtres? Sans doute, tu n'as pas
songé que les feuilles des tilleuls, que les pins, les
platanes, étaient plus conformes à la nature, que le
fond était plus vaporeux, les eaux plus profondes;
mais l'esprit qui plane dans cet ensemble t'élevait
dans une sphère dont l'éclat t'enivrait. — Étudie
donc la nature avec assiduité, avec exactitude, afin
de t'approprier la pratique nécessaire pour la reproduire; mais ne prends pas la pratique pour l'art
même. — Le Maltais se tut, et, après quelques instants de silence, durant lesquels Berthold resta la
tête baissée, sans proférer une parole, il ajouta: Je
sais qu'un génie élevé sommeille en toi, et je l'ai
appelé d'une voix forte, afin qu'il se réveille et qu'il
agite librement ses ailes. Adieu. Il semblait que l'étranger eût en effet réveillé les sensations que Berthold
portait en lui. Il lui fut impossible de travailler davantage à son tableau. Il abandonna son maître, et, dans
son trouble, il appelait à grands cris l'esprit que le
Maltais avait évoqué. «Je n'étais heureux que dans
mes rêves. Là, se réalisait tout ce que le Maltais
m'avait dit. J'allais m'étendre au milieu des verts
buissons, agités par des vapeurs légères, et je croyais

entendre des sons mélodieux s'échapper de la profondeur du bois. Écoutez! Écoutez! Entendons les
voix de la création, qui prennent une forme palpable
à nos sens! et les accords devenaient de plus en plus
sensibles à mon oreille, et il me semblait que j'étais
pourvu d'un sens nouveau, qui me faisait comprendre,
avec une clarté merveilleuse, ce qui m'avait semblé
inexplicable. — Le secret enfin découvert, je traçais
dans l'espace un hiéroglyphe de feu[1]; mais cet écrit
hiéroglyphique était un paysage ravissant, dans
lequel s'agitaient, comme balancés par des accords
voluptueux, les arbres, les buissons, les eaux et les
fleurs.» Un tel bonheur n'arrivait au pauvre Berthold qu'en songe, ses forces étaient brisées, et son
âme était en proie à un désordre plus grand encore
qu'au temps où il apprenait à Rome l'état de peintre
d'histoire. S'il entrait dans un bois sombre, un frisson mortel s'emparait de lui; s'il en sortait, s'il
apercevait un horizon lointain, des montagnes bleues,
des plaines resplendissantes de tons lumineux, sa
poitrine se resserrait avec douleur. Toute la nature,
qui lui souriait jadis, était devenue menaçante pour
lui, et les voix qui le charmaient dans le murmure
des ruisseaux, des brises du soir, dans le frémissement des feuillages, ne lui annonçaient plus que
misère et chagrins. Enfin son mal se calma un peu;
mais il évita d'être seul dans la campagne; ce fut
ainsi qu'il se joignit à deux jeunes peintres allemands
pour faire des excursions dans les magnifiques environs de Naples. L'un d'eux, nous le nommerons Florentin, s'occupait moins d'étudier profondément son
art que de jouir d'une vie joyeuse et animée. Ses
cartons en témoignaient. Des groupes de paysans
dansant, des processions, des fêtes champêtres, Florentin savait jeter rapidement, d'une main légère,

toutes ces scènes sur le papier. Chacun de ses dessins,
à peine esquissé, avait de la vie et du mouvement. En
même temps, l'esprit de Florentin n'était nullement
fermé aux pensées élevées, et il pénétrait au contraire,
plus qu'aucun autre peintre moderne, dans l'esprit
des tableaux des anciens maîtres. Il avait esquissé à
grands traits, dans son livre de croquis, les fresques
peintes d'une vieille église de moines à Rome, dont
les murs étaient à demi abattus ; elles représentaient
le martyre de sainte Catherine : on ne pouvait voir
rien de plus gracieux et de plus pur que ce trait qui
produisit sur Berthold une impression profonde ! Il
se prit de passion pour *le faire* de Florentin, et comme
celui-ci tendait toujours à rendre avec vivacité les
charmes de la nature, sous son aspect humain, Berthold reconnut que cet aspect était le principe auquel
il devait se tenir pour ne pas flotter à l'aventure.
Tandis que Florentin était occupé à dessiner rapidement un groupe qu'il venait de rencontrer, Berthold
avait ouvert le livre de son ami, et s'efforçait de
reproduire la figure de sainte Catherine, ce qui lui
réussit, bien qu'à Rome il ne pût jamais animer ses
figures à l'égal des originaux. Il se plaignit beaucoup
à son ami de cette impuissance, et lui rapporta tout
ce que le Maltais lui avait dit au sujet de l'art. — Eh !
mon cher frère Berthold, dit Florentin, le Maltais a
complètement raison, et j'estime autant un beau
paysage que le plus beau tableau d'histoire. Je pense
en même temps que l'étude de la nature vivante nous
initie dans les secrets de la nature inanimée. Je te
conseille donc de t'habituer à copier des figures ; tes
idées deviendront plus lucides. — Florentin avait
remarqué l'état d'exaltation de son ami : il s'efforça
de l'encourager, en lui disant que cette disposition
annonçait une prochaine amélioration dans ses vues

d'artiste ; mais Berthold consumait sa vie dans ses rêves, et tous ses essais ressemblaient aux efforts d'un enfant débile.

Non loin de Naples, était située la villa d'un duc, d'où l'on découvrait le Vésuve et la mer. Elle était hospitalièrement ouverte aux artistes étrangers, et particulièrement aux peintres de paysages. Berthold allait souvent travailler en ce lieu ; il affectionnait une grotte du parc où il s'abandonnait à ses rêveries. Un jour qu'il s'y trouvait, écrasé par les désirs sans nom qui rongeaient son cœur, versant des larmes brûlantes, et suppliant le ciel d'éclairer son âme, un léger bruit se fit entendre dans le feuillage, et une femme ravissante apparut à l'entrée de la grotte. « Les rayons du soleil tombaient sur sa face angélique. Elle me jeta un regard inexprimable. — C'était sainte Catherine. Non, c'était mon idéal ! Éperdu de ravissement, je tombai à genoux, et elle disparut en souriant. — Ma prière de tous les jours était donc exaucée ! » Florentin entra dans la grotte et fut frappé de surprise en voyant Berthold se jeter sur son sein, en s'écriant : Ami, ami ! je suis heureux ! Elle est trouvée !

À ces mots, il s'éloigna rapidement, regagna en toute hâte son atelier, tendit une toile et commença de peindre. Comme animé d'un esprit divin, il représenta, dans tout le feu de la vie, cette image céleste qui lui avait apparu. Toutes ses sensations se trouvèrent changées depuis ce moment. Au lieu de ce chagrin dévorant qui desséchait le plus pur sang de son cœur, il montrait une satisfaction et un bien-être extrêmes. Il étudia avec ardeur les chefs-d'œuvre des vieux maîtres, et bientôt il produisit des pages originales qui excitèrent l'étonnement des connaisseurs. Il n'était plus question de paysages ; Hackert convint lui-même que son jeune élève avait enfin deviné sa vocation. Berthold eut à peindre de grands tableaux d'église. Il choisit quelques scènes riantes de légendes chrétiennes; mais partout se retrouvait l'image merveilleuse de son idéal. On reconnut dans cette figure les traits et la tournure de la princesse Angiolina T..., d'une ressemblance frappante; on le dit au peintre lui-même, et le bruit courut que le jeune Allemand avait été profondément blessé au cœur par les yeux de la belle dona. Berthold s'irrita fort de ces propos qui donnaient un corps matériel à ses affections célestes. — « Croyez-vous donc, disait-il, qu'une semblable créature puisse errer sur la terre ? Elle m'a été révélée dans une vision ; ç'a été la consécration de l'artiste. » Berthold vécut content et heureux, jusqu'au jour où les victoires de Bonaparte en Italie conduisirent aux portes de Naples[1] l'armée française, dont l'approche fit éclater une terrible révolution. Le roi avait abandonné Naples avec la reine, comme on le sait. Le vicaire-général conclut un armistice honteux avec le général français, et bientôt arrivèrent les commissaires républicains pour recevoir les sommes stipulées. Le vicaire-général s'enfuit pour échapper à la rage du peuple qui se croyait abandonné de tous ceux qui devaient le protéger, et tous les liens de la société se trouvèrent rompus. La populace brava toutes les lois dans sa sauvage furie, et des hordes effrénées, aux cris de : *Viva la santa fede*[2], coururent piller et brûler les maisons des grands seigneurs qu'ils regardaient comme vendus à l'ennemi. Les efforts que firent, pour rétablir l'ordre, Moliterno et de Roca Romana, les deux favoris du peuple, furent infructueux. Les ducs Della Torre et Clément Filomarino avaient été égorgés ; mais la soif sanguinaire du peuple n'était pas apaisée.

Berthold s'était échappé à demi vêtu d'une maison en flammes, il tomba au milieu d'une bande de furieux qui se rendaient avec des torches allumées au palais du duc de T... Le prenant pour un des leurs, ils l'entraînèrent avec eux. — *Viva la santa fede!* criaient-ils, et en quelques instants le palais fut en feu ; les domestiques, tout ce qui s'opposa à leur rage, furent égorgés. Berthold avait involontairement pénétré dans le palais. Une épaisse fumée remplissait ses longues galeries. Il parcourut rapidement les chambres qui s'écroulaient, au péril de tomber dans les flammes, cherchant partout une issue. Un cri perçant retentit près de lui, il entra dans un salon voisin.

Une femme luttait avec un *lazzarone*[1] qui l'avait saisie d'une main vigoureuse, et qui se disposait à lui plonger un couteau dans le sein. — Prendre la femme dans ses bras, l'emporter à travers les flammes, descendre les degrés, fuir à travers le plus épais du peuple, Berthold fit tout cela en un moment. Le couteau à la main, noirci de fumée, les vêtements déchirés et en désordre, Berthold fut respecté ; car on le prit pour un brigand et un assassin. Il arriva enfin dans un lieu retiré de la ville, déposa, près d'une maison en ruines, celle qu'il avait sauvée, et tomba sans mouvement. Lorsqu'il reprit ses sens, la princesse était à genoux devant lui, et lavait son front avec de l'eau fraîche. — Ô grâce aux saints ! te voilà rendu à la lumière, toi qui m'as sauvé la vie ! dit-elle d'une voie attendrie et d'une douceur extrême.

Berthold se leva, il crut rêver, il regarda longtemps la princesse. — Oui, c'était elle. La figure céleste qui avait réveillé son génie. — Est-il possible ! est-il vrai,

dit-il, suis-je donc au monde ? — Oui, tu vis, dit la
princesse. Tu vis pour moi ; ce que tu n'osais pas
espérer est arrivé par un miracle. Oh ! je te connais
bien. Tu es le peintre Berthold, tu m'aimes et tu
éternises mon image dans tes plus beaux tableaux.
Pouvais-je donc être à toi ? Mais maintenant je t'ap-
partiens, et pour toujours. — Fuyons ! oh ! fuyons
ensemble.

Un sentiment singulier, comme si une douleur
subite détruisait ses plus doux rêves, traversa l'âme
de Berthold, en entendant ces paroles brûlantes.
Mais lorsqu'elle le serra dans ses bras d'une blancheur de neige, lorsqu'il la pressa ave ardeur dans
les siens, des frémissements inconnus, une douleur
enivrante l'arrachèrent à la terre : — Oh ! non,
s'écria-t-il ; ce n'est point un rêve qui m'abuse ! Non,
c'est ma femme que j'étreins pour ne plus jamais la
quitter, c'est elle qui apaise les désirs dont l'ardeur
me dévorait !

Il était impossible de fuir de la ville. Les troupes
françaises étaient devant les portes, et le peuple,
quoique mal armé, lui en défendit l'entrée durant
deux jours. Enfin Berthold et Angiolina parvinrent à
s'échapper. Angiolina, remplie d'amour pour son
libérateur, insista pour quitter l'Italie, afin qu'il fût
assuré de la posséder. Les diamants qu'elle avait
emportés suffirent à tous leurs besoins, et ils arrivèrent heureusement à M...[1], dans le midi de l'Allemagne, où Berthold avait dessein de se fixer et de
vivre de son art. — N'était-ce pas une félicité inouïe
qu'Angiolina, cette beauté céleste, l'idéal de ses
rêves, lui appartînt enfin, malgré tous les obstacles
qui élevaient une barrière insurmontable entre elle
et son bien-aimé ? Berthold pouvait à peine comprendre son bonheur, et il resta plongé dans une

extase perpétuelle, jusqu'à ce qu'enfin une voix intérieure l'avertît de songer à son art. Il résolut de faire
sa réputation à M..., par un grand tableau pour
l'église de Sainte-Marie. L'idée simple de représenter Marie et Élisabeth dans un jardin, avec le
Christ et saint Jean, jouant sur l'herbe, lui fournit le
sujet de son tableau, mais il ne parvint jamais à s'en
former une idée nette. Comme au temps de sa crise
fâcheuse, les images se montraient à lui sous une
forme incertaine, et devant ses yeux s'offrait sans
cesse, non pas la divine vierge Marie, mais une
femme terrestre, mais Angiolina, les traits flétris
et décolorés. Il voulut surmonter cette influence
ennemie, et se mit à peindre ; mais ses forces étaient
brisées, et tous ses efforts furent infructueux, comme
autrefois à Naples. Sa peinture était sèche et sans
vie, et Angiolina elle-même, son idéal, lui semblait,
lorsqu'elle posait devant lui, une froide automate,
aux yeux de verre. Le découragement se glissa de
plus en plus dans son âme ; toutes les joies de sa
vie s'effacèrent. Il voulait, et il ne pouvait travailler ;
ainsi, il tomba dans la misère, qui le courba d'autant
plus que Angiolina ne laissait pas échapper une
plainte. « Cette douleur, qui me dévorait, me jeta
bientôt dans un état semblable à la folie. Ma femme
me donna un fils, ce qui mit le comble à ma misère ;
et mon chagrin, longtemps renfermé, se changea en
haine. Elle, elle seule, avait causé tout mon malheur.
Non, elle n'était pas l'idéal qui m'avait apparu ; elle
n'avait emprunté cette figure céleste que pour me
jeter dans un abîme. Dans mon désespoir, je la mau-
dissais, elle et son enfant innocent. Je souhaitais leur
mort, pour être délivré d'un affreux tourment qui me
déchirait sans cesse ! — Des pensées infernales s'élevèrent en moi. Vainement, lisais-je tout mon crime

dans les traits pâles d'Angiolina, dans ses larmes. Tu as anéanti ma vie, maudite femme, lui criai-je en rugissant, et je la repoussai du pied loin de moi, lorsqu'elle tomba presque sans mouvement pour embrasser mes genoux. — La conduite folle et cruelle de Berthold envers sa femme et son enfant attira l'attention de l'autorité. On voulut l'arrêter ; mais, lorsque les gens de police se présentèrent chez lui, il avait disparu avec sa famille. Berthold se montra bientôt après, à R...[1], dans la Haute-Silésie. Il s'était débarrassé de sa femme et de son enfant, et se remit à travailler au tableau qu'il avait commencé à M... Mais il ne put achever que la Vierge et les enfants ; il tomba malade et vit longtemps de près la mort qu'il désirait ardemment. Les soins qu'exigea sa maladie le forcèrent de laisser vendre ses meubles et ce tableau. À son rétablissement, il se trouva réduit à la mendicité. — Dans la suite, il vécut péniblement en peignant des murailles, et en faisant des travaux obscurs qu'il trouvait çà et là.

*

— L'histoire de Berthold a quelque chose d'effroyable, dis-je au professeur. Quoiqu'il n'en parle pas, je le regarde comme le meurtrier de sa femme et de son enfant. — C'est un fou, un insensé à qui je n'accorde pas l'énergie de commettre une telle action, dit le professeur. Rien n'est expliqué sur ce point, et il est à savoir s'il ne se figura pas tout simplement qu'il est un meurtrier. La nuit prochaine, il termine son ouvrage ; dans ces moments-là, il est de bonne humeur, et vous pourrez vous-même lui toucher un mot sur ce sujet scabreux.

Je dois avouer que l'idée de me trouver seul avec

Berthold dans l'église, après avoir lu son histoire, me
causait un léger frisson. Je pensais, qu'après tout, en
dépit de sa bonhomie et de ses manières sincères, il
pourrait bien être le diable, et je préférais l'aborder
en plein jour, à la douce clarté du soleil. Je le trouvai
sur son échafaud, grondeur et renfermé ; il s'occupait à peindre des veines de marbre. Arrivé jusqu'à
lui, je lui tendis les pots en silence. Il se retourna
et me regarda avec étonnement. — Je suis votre
apprenti, lui dis-je doucement. — Ces paroles lui
arrachèrent un sourire. Je me mis alors à lui parler
de sa vie, en homme instruit de toutes les particularités qui le concernaient, et de manière à lui faire
croire qu'il m'avait lui-même tout raconté dans la
nuit précédente. Doucement, bien doucement, j'arrivai à la terrible catastrophe, et j'ajoutai tout à
coup : « Ainsi, dans votre délire, vous avez tué votre
femme et votre enfant ? » À ces mots, il laissa tomber
son pot de couleur et son pinceau, me lança un
regard horrible, et s'écria : — Ces mains sont pures
du sang de ma femme et de mon fils ! Encore un
tel mot, et je me précipite avec vous du haut de
cet échafaud sur le pavé de l'église où nos crânes se
briseront !

Je me trouvais dans une situation critique. — Oh !
voyez donc, mon cher Berthold, lui dis-je d'un air
aussi calme qu'il me fut possible de l'affecter, voyez
comme cette teinte brune découle le long de la
muraille. — Il regarda de ce côté, et, tandis qu'il
étendait la couleur avec son pinceau, je descendis
doucement de l'échafaud, et sortis de l'église pour
me rendre auprès du professeur, qui se moqua singulièrement de moi.

Ma voiture était réparée, je quittai G... Le professeur Aloysius Walter me promit de m'écrire, s'il

apprenait encore quelque chose sur Berthold. Six mois plus tard, je reçus en effet une lettre du professeur, dans laquelle il s'étendait longuement sur le plaisir que lui avait causé mon séjour à G... Sa lettre se terminait ainsi :

Bientôt après votre départ, un singulier changement s'opéra dans la personne de notre peintre. Il devint tout à coup fort jovial, et acheva son grand tableau d'autel, qui excite aujourd'hui l'admiration de tous les voyageurs. Puis il disparut. Comme on n'a plus entendu parler de lui, et qu'on a trouvé son chapeau et sa canne sur le bord de la rivière, nous pensons tous qu'il s'est volontairement donné la mort. Portez-vous bien.

LE SANCTUS

Le docteur secoua la tête d'un air mécontent.

— Quoi! s'écria le maître de chapelle en s'élançant de sa chaire, quoi! le catarrhe de Bettina[1] aurait-il quelque chose d'inquiétant?

Le docteur cogna deux ou trois fois de son jonc d'Espagne[2] sur le parquet, prit sa tabatière, la remit dans sa poche sans prendre de tabac, leva les yeux au plafond comme pour en compter les solives, et toussa sans prononcer une parole. Cela mit le maître de chapelle hors de lui, car il savait déjà que la pantomime du docteur disait clairement: — Le cas est fâcheux; je ne sais qu'y faire, et je tâte en aveugle comme le docteur de Gil Blas de Santillane[3].

— Mais voyons, parlez clairement, et dites-nous, sans tous ces airs d'importance, ce qu'il en est du rhume que Bettina a gagné en négligeant de se couvrir de son châle au sortir de l'église. Il ne lui en coûtera pas la vie, à cette pauvre petite, j'imagine.

— Oh! nullement, dit le docteur en reprenant sa tabatière et y puisant cette fois, nullement; mais il est plus que probable qu'elle ne pourra plus chanter une note dans toute sa vie.

À ces mots, le maître de chapelle enfonça ses dix doigts dans ses cheveux avec un tel désespoir qu'un nuage de poudre se répandit autour de lui; il par-

courut la chambre dans une agitation extrême, et
s'écria : — Ne plus chanter ! ne plus chanter ! Bettina
ne plus chanter ! Toutes ces charmantes canzonettes,
ces merveilleux boléros, ces ravissantes seguidillas[1],
qui coulaient de ses lèvres comme des ruisseaux de
miel, tout cela serait mort ? Elle ne nous ferait plus
entendre ces doux *agnus*, ces tendres *benedictus* ?
Oh ! oh ! — Plus de *miserere* qui vous purgeaient de
toutes les idées terrestres[2], et qui m'inspiraient un
monde entier de thèmes chromatiques ? — Tu mens,
docteur, tu mens ! l'organiste de la cathédrale, qui
me poursuit de sa haine depuis que j'ai composé un
qui tollis[3] à huit voix, au ravissement de l'univers
entier, t'a séduit pour me nuire ! Il veut me pousser
au désespoir, pour que je n'achève pas ma nouvelle
messe ; mais il ne réussira pas ! Je les porte là, les
solo de Bettina (il frappa sur sa poche) ; et demain,
tout à l'heure, la petite les chantera d'une voix plus
argentine que la clochette de l'église.

Le maître de chapelle prit son chapeau et voulut
s'éloigner ; le docteur le retint en lui disant avec
douceur : — J'honore votre enthousiasme, mon digne
ami, mais je n'exagère en rien, et je ne connais aucunement l'organiste de la cathédrale, quel qu'il soit.
Depuis le jour où Bettina a chanté les *solo* dans les
Gloria et les *Credo*[4], elle a été atteinte d'une extinc-
tion de voix qui défie tout mon art, et me fait craindre,
comme je l'ai dit, qu'elle ne chante plus.

— Très bien ! s'écria le maître de chapelle, comme
résigné dans son désespoir, très bien ! Alors, donnez-
lui de l'opium[5], — de l'opium, et si longtemps de
l'opium qu'elle finisse par une douce mort ; car si
Bettina ne chante plus, elle ne doit plus vivre : elle ne
vit plus que pour chanter ; elle n'existe que dans son
chant ! Céleste docteur[6], faites-moi ce plaisir ; empoi-

sonnez-la plutôt. J'ai des connexions dans le collège criminel ; j'ai étudié avec le président à Halle[1] ; c'était un excellent cor, et nous concertions toutes les nuits avec accompagnement obligé de chats et de chiens ! Vous ne serez pas inquiété à cause de cela, je vous le jure ; mais empoisonnez-la, je vous en prie, mon bon docteur !

— Quand on a déjà atteint à un certain âge, dit le docteur ; quand on en est venu à porter de la poudre[2] depuis maintes années, on ne crie pas ainsi ; on ne parle pas d'empoisonnement et de meurtre : on s'assied tranquillement dans son fauteuil, et on écoute son docteur avec patience.

Le maître de chapelle s'écria d'un ton lamentable :
— Que vais-je entendre ? et fit ce que le docteur lui ordonnait.

— Il y a, dit le docteur, il y a en effet, dans la situation de Bettina, quelque chose de bizarre, je dirais même de merveilleux[3]. Elle parle librement, avec toute la puissance de son organe ; elle n'a pas seulement l'apparence d'un mal de gorge ordinaire, elle est même en état de donner un ton musical[4] : mais dès qu'elle veut élever sa voix jusqu'au chant, un je ne sais quoi inconcevable étouffe le son, ou l'arrête de manière à lui donner un accent mat et catarrhal, et à ne lui laisser en quelque sorte que l'ombre de lui-même. Bettina, monsieur, compare très judicieusement son état à un rêve dans lequel on s'efforce en vain de planer dans les airs[5]. Cet état négatif de maladie se rit de ma science et de tous les moyens que j'emploie. L'ennemi que je combats m'échappe comme un spectre. Et vous avez eu raison de dire que Bettina n'existe que dans son chant, car elle meurt déjà d'effroi en songeant qu'elle pourra perdre sa voix ; et cette affection redoublant son mal, je suis

fondé à croire que toute la maladie de la jeune fille
est plutôt psychique que physique.

— Très bien, docteur ! s'écria un troisième interlocuteur[1] qui était resté dans un coin, les bras croisés,
et que nous désignerons sous le nom du voyageur
enthousiaste ; très bien, mon excellent docteur ! vous
avez touché du premier coup le point délicat ! La
maladie de Bettina est la répercussion physique d'une
impression morale ; et, en cela, elle n'est que plus
dangereuse. Moi seul, je puis tout vous expliquer,
messieurs !

— Que vais-je entendre ! dit le maître de chapelle
d'un ton encore plus lamentable. Le docteur approcha
sa chaise du voyageur enthousiaste, et le regarda en
souriant ; mais le voyageur, levant les yeux au ciel,
commença sans regarder le docteur ni le maître de
chapelle.

— Maître de chapelle ! dit-il, je vis une fois un petit
papillon bariolé qui s'était pris dans les fils de votre
double clavicorde[2]. La petite créature voltigeait gaiement de côté et d'autre, et ses ailerons brillants bat-
taient tantôt les cordes supérieures, tantôt les cordes
inférieures, qui rendaient alors tout doucement des
sons et des accords d'une délicatesse infinie, et per-
ceptibles seulement pour le tympan le plus exercé.
Le léger insecte semblait voluptueusement porté par
les ondulations de l'harmonie ; il arrivait quelquefois
cependant qu'une corde, touchée plus brusquement,
frappait comme irritée les ailes du joyeux papillon
dont les couleurs étincelantes s'éparpillaient aussitôt
en poussière ; mais il continua de voltiger gaiement,
jusqu'à ce que, froissé, blessé de plus en plus par les
cordes, il alla tomber sans vie dans l'ouverture de la
table d'harmonie, au milieu des deux accords qui
l'avaient enivré.

— Que voulez-vous dire par ces paroles ? demanda le maître de chapelle.

— Faites-en l'application, mon cher ami. J'ai réellement entendu le papillon en question jouer sur votre clavicorde, mais je n'ai voulu qu'exprimer une idée qui m'est revenue en entendant le docteur parler du mal de Bettina. Il m'a toujours semblé que la nature nous avait placés sur un immense clavier dont nous touchons sans cesse les cordes[1] ; les sons et les accords que nous en tirons involontairement nous charment comme notre propre ouvrage ; et souvent nous mettons les cordes si rudement en jeu, d'une façon si peu harmonique, que nous tombons mortellement blessés par leur répulsion.

— C'est fort obscur ! dit le maître de chapelle.

— Oh ! patience ! s'écria le docteur en riant. Il va se remettre en selle sur son *dada*[2], et partir en plein galop pour le pays des pressentiments, des sympathies et des rêves, où il ne s'arrêtera qu'à la station du magnétisme[3].

— Doucement, doucement, mon sage docteur, dit le voyageur enthousiaste ; ne vous moquez pas de choses dont vous avez reconnu vous-même la puissance. N'avez-vous pas dit tout à l'heure que la maladie de Bettina est un mal tout psychique ?

— Mais, dit le docteur, quel rapport trouvez-vous entre Bettina et le malheureux papillon ?

— Si on voulait tout examiner en détail, et passer en revue jusqu'au moindre grain de poussière, ce serait un travail fort ennuyeux ! dit le voyageur enthousiaste. Laissons les cendres du papillon reposer au fond du clavicorde[4].

Lorsque je vins ici l'année dernière, la pauvre Bettina était fort à la mode ; elle était recherchée, comme on dit, et on ne pouvait boire du thé sans entendre Bettina chanter une romance espagnole, une canzonette italienne ou une romance française dans le goût de *Souvent l'amour*[1], etc. Je craignais vraiment que la pauvre enfant ne pérît dans l'océan de thé qu'on lui versait. Cela n'arriva pas, heureusement ; mais il arriva une autre catastrophe.

— Quelle catastrophe ? s'écrièrent le docteur et le maître de chapelle.

— Voyez-vous, messieurs, continua l'enthousiaste, la pauvre Bettina est ensorcelée, comme on dit ; et, quoi qu'il m'en coûte de l'avouer, je suis, moi, l'enchanteur qui ai accompli l'œuvre ; et, semblable à l'élève du sorcier[2], je n'ai pas assez de science pour détruire ce que j'ai fait.

— Folies ! folies ! s'écria le docteur en se levant. Et nous sommes là à l'écouter tranquillement, tandis qu'il nous mystifie !

— Mais, au nom du diable, la catastrophe ! la catastrophe ! reprit le maître de chapelle.

— Silence, messieurs ! dit l'enthousiaste ; je vous dirai tout. Prenez, au reste, ma sorcellerie pour une plaisanterie, si vous voulez ; je n'éprouverai pas moins le chagrin d'avoir été, sans le vouloir et sans le savoir, le moteur du mal de Bettina ; d'avoir servi aveuglément de conducteur au fluide électrique qui...

— Hop ! hop ! hop ! dit le docteur en galopant sur sa canne[3] ; le voilà parti, et sa monture caracole déjà.

— Mais l'histoire ! l'histoire ! s'écria le maître de chapelle.

— Vous vous souvenez avant tout, maître de chapelle, du jour où Bettina chanta pour la dernière fois avant qu'elle perdît sa voix dans l'église ; vous vous rappelez que cela eut lieu le dimanche de Pâques de l'année dernière : vous aviez votre habit noir à la française, et vous dirigiez la belle messe de Haydn en bémol[1]. Les soprano furent confiés à un chœur de jeunes filles dont les unes chantaient, et les autres croyaient chanter. Parmi elles se trouvait Bettina, qui exécuta les petits *solo* d'une voix pleine et brillante. Vous savez que je m'étais placé parmi les ténors. Au moment de commencer le *Sanctus*, j'entendis un léger bruit derrière moi ; je me retournai involontairement, et j'aperçus, à mon grand étonnement, Bettina qui avait quitté les chanteurs et qui s'efforçait de passer entre les chanteurs et les exécutants. — Vous voulez vous en aller ? lui dis-je. — Il est temps, me répondit-elle, que je me rende à l'autre église où je dois chanter une cantate ; il faut aussi que j'aille essayer ce soir une couple de *duo*[2] ; puis, il y a un souper au palais : vous y viendrez ; nous aurons des chœurs du *Messie* de Haendel, et le premier final des *Nozze di Figaro*[3].

Pendant ce dialogue, les accords majestueux du *Sanctus* retentissaient sous la voûte de l'église, et l'encens s'élevait en nuages bleus jusqu'à la coupole. — Ne savez-vous pas, lui dis-je, que quitter l'église pendant le *Sanctus* est un péché qui ne reste pas impuni[4] ?

Je voulais plaisanter ; et je ne sais comment il se fit que mes paroles prirent un accent solennel. Bettina pâlit, et quitta l'église en silence. Depuis ce moment elle a perdu sa voix.

Le docteur resta le menton appuyé sur sa canne, et garda le silence.

— C'est excellent[5] ! s'écria le maître de chapelle.

— D'abord, reprit l'enthousiaste, je ne songeai plus à ce que j'avais dit à Bettina ; mais bientôt, lorsque j'appris de vous, docteur, que Bettina souffrait de sa maladie, je me ressouvins d'une histoire que j'ai lue il y a quelques années dans un vieux

livre[1], et qui m'a semblé si agréable que je vais vous
la raconter.

— Racontez! s'écria le maître de chapelle; peut-
être me donnera-t-elle de l'étoffe pour quelque bon
opéra comique[2].

— Mon cher maître de chapelle, dit le docteur, si
vous pouvez mettre en musique des rêves, des pressentiments et des extases magnétiques, vous aurez
votre fait, car l'histoire roulera sans doute sur ce
sujet-là.

Sans répondre au docteur, le voyageur enthousiaste s'enfonça dans son fauteuil, et commença en
ces termes, d'une voix grave: «Les tentes d'Isabelle
et de Ferdinand d'Aragon[3] s'étendaient à l'infini
devant les murs de Grenade…»

— Seigneur du ciel et de la terre! s'écria le docteur, cela commence comme une histoire qui doit
durer neuf jours et neuf nuits; et moi, je reste là,
tandis que mes patients se lamentent! Je m'embarrasse bien de vos histoires maures à la Gonzalve de
Cordova[4]: j'ai entendu les seguidillas de Bettina, et
j'en ai assez comme cela. Serviteur[5]!

À ces mots, le docteur sortit.

Le maître de chapelle resta paisiblement sur
sa chaise, et dit: — C'est, comme je le remarque,
quelque histoire des guerres des Maures avec les
Espagnols. Il y a longtemps que j'ai voulu composer quelque chose dans cette couleur-là: combats,
tumulte, romances, marches, cymbales, chœurs, tambours et trombones. Ah! les trombones[6]! Puisque
nous voilà seuls, racontez-moi cela, mon cher ami.
Qui sait? cela va peut-être faire germer dans mon
cerveau quelques idées.

— Sans nul doute, maître de chapelle! Tout se
tourne en opéra avec vous, et c'est pour cela que les

gens raisonnables, qui prétendent qu'on ne doit prendre la musique que par petites doses, vous regardent comme un fou. Ainsi je veux vous raconter mon histoire, dussiez-vous m'interrompre de temps en temps par quelques petits accords.

Et le voyageur enthousiaste commença :

« Les tentes d'Isabelle et de Ferdinand d'Aragon s'étendaient à l'infini devant les murs de Grenade. Espérant en vain des secours, resserré toujours plus étroitement, le lâche Boabdil[1], que son peuple nommait par dérision le petit roi, ne trouvait de consolation à ses maux que dans les cruautés auxquelles il se livrait. Mais plus le découragement et le désespoir s'emparaient du peuple et des guerriers de Grenade, plus l'espoir du triomphe et l'ardeur des combats animaient les troupes espagnoles. Un assaut n'était pas nécessaire. Ferdinand se contentait de faire tirer sur les remparts et de faire reculer les ouvrages des assiégés. Ces petites escarmouches ressemblaient plutôt à de joyeux tournois qu'à des combats sanglants, et la mort qu'on y trouvait relevait même le courage des autres combattants, car les victimes étaient honorées avec toute la pompe chrétienne, comme des martyrs de la foi.

Dès son arrivée, Isabelle fit construire au milieu du camp un immense édifice en bois, surmonté de tours au haut desquelles flottait l'étendard de la croix. L'intérieur fut disposé pour servir de cloître et d'église, et des nonnes bénédictines y chantèrent chaque jour les offices. Chaque matin, la reine, accompagnée de sa suite et des chevaliers, venait entendre la messe que disait son confesseur, et que desservait un chœur de nonnes.

Il arriva qu'un matin Isabelle distingua une voix dont le timbre harmonieux la faisait entendre par-

dessus toutes les autres ; et la manière dont elle prononçait les versets était si singulière qu'on ne pouvait
douter que cette nonne devait chanter pour la première fois dans l'enceinte sacrée. Isabelle regarda
autour d'elle, et remarqua que sa suite partageait
son étonnement. Elle commençait à soupçonner
qu'il s'était passé quelque singulière aventure, lorsque
ses yeux tombèrent sur le brave général Aguilar,
placé non loin d'elle. Agenouillé sur sa chaise, les
main jointes, les yeux brillants de désir, il regardait
avec attention vers la grille du chœur. Lorsque la
messe fut achevée, Isabelle se rendit dans l'appartement de doña Maria, la supérieure, lui demander qui
était cette chanteuse étrangère.

— Daignez vous souvenir, ô reine ! dit doña Maria,
qu'il y a un mois, don Aguilar avait formé le projet
d'attaquer l'ouvrage extérieur, surmonté d'une magnifique terrasse qui sert de promenade aux Maures.
Cette nuit-là les chants voluptueux des païens retentissaient dans notre camp comme des voix de sirènes[1] ;
et le brave Aguilar la choisit à dessein pour détruire
le repaire des infidèles. Déjà l'ouvrage était emporté,
déjà les femmes, faites prisonnières, avaient été emme-
nées pendant le combat, lorsqu'un renfort inattendu
força le vainqueur à se retirer dans le camp. L'ennemi n'osa pas l'y poursuivre, et il se trouva que les
prisonnières restèrent aux Espagnols. Parmi ces
femmes, il s'en trouvait une dont le désespoir excita
l'attention de don Aguilar. Il s'approcha d'elle ; elle
était voilée, et, comme si sa douleur n'eût pas trouvé
d'autre expression que le chant, elle prit le cistre qui
était suspendu à son cou par un ruban d'or ; et, après
avoir touché quelques accords, elle commença une
romance où se peignait la peine de deux amants
qu'on sépare. Aguilar, singulièrement ému de ces

plaintes, résolut de la faire reconduire à Grenade ;
elle se jeta alors à ses genoux, et releva son voile.
— N'es-tu pas Zuléma, la perle des chanteuses de
Grenade[1] ? s'écria Aguilar. C'était en effet Zuléma,
qu'il avait eu l'occasion d'observer tandis qu'il s'ac-
quittait d'une mission auprès du roi Boabdil. — Je te
donne la liberté ! dit Aguilar. Mais le révérend père
Agostino Sanchez, qui s'était rendu au camp espagnol, le crucifix à la main, lui dit alors : — Souviens-
toi que tu nuis à cette captive en la renvoyant parmi
les infidèles. Peut-être, parmi nous, la grâce du Seigneur l'eût-elle éclairée et ramenée dans le sein de
l'Église. Aguilar répondit : — Qu'elle reste donc un
mois parmi nous ; et après ce temps, si elle ne se sent
pas pénétrée de l'esprit du Seigneur, elle retournera
à Grenade. — C'est ainsi, ô reine ! que Zuléma a été
recueillie parmi nous dans ce cloître. D'abord, elle
s'abandonna à une douleur sans bornes, et elle remplissait le cloître tantôt de chants terribles et sauvages,
tantôt lugubres et plaintifs ; car partout on entendait
sa voix retentissante. Une nuit, nous nous trouvions
rassemblées dans le chœur de l'église, où nous chan-
tions les heures selon la manière belle et sainte que
le grand-maître Ferreras nous a enseignée ; je remarquai, à la lueur des cierges, Zuléma debout près de la
porte du chœur, qui était restée ouverte ; elle nous
contemplait d'un air grave et méditatif ; et, lorsque
nous nous éloignâmes deux à deux, Zuléma s'agenouilla dans la travée, non loin de l'image de Marie.
Le jour suivant, elle ne chanta pas de romance ; elle
le passa dans le silence et dans la réflexion. Bientôt
elle essaya sur son cistre les accords du chœur que
nous avions chanté dans l'église ; puis, elle commença à chanter tout doucement, cherchant même à

imiter les paroles de chant qui résonnaient singulièrement dans sa bouche.

Je remarquai bien que l'esprit du Seigneur se
manifestait dans ce chant et qu'il ouvrirait son âme à
la grâce ; aussi j'envoyai sœur Emmanuela, notre
maîtresse de chœurs, auprès de la jeune Maure, pour
qu'elle entretînt l'étincelle sacrée qui s'était montrée
en elle ; et il arriva qu'au milieu des chants religieux
qu'elles entonnèrent ensemble la foi se produisit
enfin. Zuléma n'a pas encore été reçue dans le sein
de l'Église par le sacrement du baptême ; mais il lui
a été permis de se joindre à moi pour louer le Seigneur, et de faire servir sa voix merveilleuse à la
gloire de notre sainte religion.

La reine comprit alors pourquoi don Aguilar avait
si facilement cédé aux remontrances du père Agostino, et elle se réjouit de la conversion de Zuléma.
Quelques jours après Zuléma fut baptisée et reçut le
nom de Julia. La reine elle-même et le marquis
de Cadix, Henri de Guzman, furent parrains de la
belle Maure. On devait croire que les chants de Julia
deviendraient encore plus fervents après son baptême,
mais il en arriva autrement ; on observa qu'elle troublait souvent le chœur en y mêlant des accents singuliers. Quelquefois le bruit sourd de son cistre
frappait lourdement les voûtes du temple, et semblait comme le murmure d'un orage. Julia devenait
de plus en plus agitée, et souvent aussi elle interrom-
pait les hymnes latines par des paroles mauresques.
Emmanuela avertit la nouvelle convertie de résister
courageusement à l'ennemi secret de son âme ; mais
Julia, loin de suivre ses avis, chantait, souvent au
grand scandale des sœurs, de gracieuses chansons
maures au moment même où les chœurs du vieux
Ferreras[1] s'élevaient jusqu'aux nues. Elle accompa-

gnait ces ballades d'un léger accompagnement qui
contrastait singulièrement avec la variété de la
musique religieuse, et rappelait le bruit des petites
flûtes maures.

— *Flauti piccoli*, des flûtes d'octave[1], dit le maître
de chapelle. Mais, mon bon ami, jusqu'ici il n'y a
rien, absolument rien pour un opéra, dans votre histoire ; pas même une exposition, et c'est là le principal. Cependant l'épisode du cistre m'a frappé.

— Dites-moi, mon cher ami : ne pensez-vous pas,
comme moi, que le diable est un ténor, et qu'il
chante faux comme... le diable[2] ?

— Dieu du ciel ! vous devenez de jour en jour plus
caustique, mon cher maître de chapelle. Mais laissez-
moi continuer mon histoire qui devient fort difficile
à conter, car nous approchons d'un moment critique.

La reine, accompagnée des principaux capitaines
de l'armée, se rendit au cloître des nonnes bénédictines pour y entendre la messe, comme de coutume.
Un mendiant couvert de haillons[3] se tenait à la porte
principale ; lorsque les gardes voulurent l'entraîner,
il courut de côté et d'autre comme un furieux et
heurta même la reine. Aguilar irrité voulut le frapper
de son épée ; mais le mendiant, tirant un cistre de
dessous son manteau, en fit sortir des accents si
bizarres que tout le monde en fut frappé d'effroi. Les
gardes le tinrent enfin éloigné, et on dit à Isabelle
que c'était un prisonnier maure qui avait perdu
l'esprit, et qu'on laissait courir dans le camp pour
amuser les soldats par ses chants. La reine pénétra
dans la nef, et l'office commença. Les sœurs du
chœur entonnèrent le *Sanctus*, mais au moment où
Julia commençait d'une voix sonore, *Pleni sunt caeli
gloria tua*[4], le bruit d'un cistre retentit dans l'église,
et la nouvelle convertie, fermant le livre, se disposa à

quitter le pupitre. La supérieure voulut en vain la retenir. — N'entends-tu pas les splendides accords du maître ? dit Julia. Il faut que j'aille le trouver, il faut que je chante avec lui. Mais doña Emmanuela, l'arrêtant par le bras, lui dit d'un ton solennel : — Pécheresse qui désertes le service du Seigneur, et dont le cœur renferme des pensées mondaines, fuis de ces lieux ; ta voix se brisera, et les accents que le Seigneur t'a prêtés pour Le louer s'éteindront à jamais !

Julia baissa la tête en silence, et disparut.

À l'heure des matines, au moment où les nonnes se rassemblaient de nouveau dans l'église, une épaisse fumée se répandit sous les voûtes. Bientôt les flammes pénétrèrent en sifflant à travers les murailles de bois, et embrasèrent le cloître. Ce fut à grand-peine que les religieuses sauvèrent leur vie. Les trompettes retentirent dans tout le camp et tirèrent les soldats de leur sommeil, et on vit accourir Aguilar en désordre et à demi brûlé. Il avait en vain cherché à sauver Julia du milieu des flammes ; elle avait disparu. En peu de temps le vaste camp d'Isabelle ne fut plus qu'un monceau de cendres. Les Maures, profitant du tumulte, vinrent attaquer l'armée chrétienne ; mais les Espagnols déployèrent une valeur plus brillante que jamais ; et, lorsque l'ennemi eut été repoussé dans ses retranchements, la reine Isabelle, assemblant les chefs, donna l'ordre de bâtir une ville au lieu même où naguère s'élevait son camp. C'était annoncer aux Maures que le siège ne serait jamais levé.

— Si l'on pouvait traiter les matières religieuses sur la scène, dit le maître de chapelle, le rôle de Julia ne laisserait pas que de fournir quelques morceaux brillants en deux genres bien distincts, les romances ou les chants d'église. La marche des Espagnols ne ferait pas mal au milieu d'une scène, et la scène du mendiant la couperait fort bien. Mais continuez, et revenons à Julia qui n'a pas été brûlée, je l'espère.

— Remarquez d'abord, mon cher maître de chapelle, que la ville qui fut bâtie alors par les Espagnols, dans l'espace de vingt et un jours, est Santa Fe qui existe encore aujourd'hui[1]. Ceci soit dit en passant ; mais vos remarques m'ont éloigné du ton de mon histoire. Je suis involontairement retombé dans le style familier. Pour me remettre, jouez-moi donc, je vous prie, un des répons de Palestrina, que je vois là ouverts sur votre piano[2].

Le maître de chapelle se conforma au désir du voyageur enthousiaste ; et celui-ci continua.

— Les Maures ne cessèrent pas d'inquiéter les Espagnols pendant la construction de leur ville ; et il s'ensuivit plusieurs combats sanglants, où Aguilar déploya une brillante valeur. Revenant un jour d'une de ces escarmouches, il quitta son escadron près d'un bois de myrtes, et continua seul sa route, en se livrant à ses pensées. L'image de Julia était sans cesse devant ses yeux. Dans le combat même, il avait cru souvent entendre sa voix, et jusqu'en ce moment il lui semblait distinguer au loin des accents singuliers, comme un mélange de modulations mauresques et de chants d'église ; tout à coup le choc d'une armure se fit entendre auprès de lui ; un cavalier maure, monté sur un léger cheval arabe, passa rapidement auprès d'Aguilar, et le sifflement d'un javelot glissa près de son oreille. Aguilar voulut s'élancer sur son agresseur, mais un second javelot vint s'enfoncer dans le poitrail de son cheval, qui bondit de rage et de douleur, et renversa son cavalier sur la poussière. Le général espagnol se releva promptement, mais le Maure était déjà près de lui, debout sur ses étriers et le cimeterre levé. Aguilar se jeta sur lui en un clin d'œil, l'embrassa vigoureusement de ses deux bras nerveux, le jeta sur la terre avant qu'il eût pu lui porter un seul coup, et, le genou sur sa poitrine, lui présenta son poignard à la gorge. Il se disposait déjà à le percer, lorsque le Maure prononça en soupirant le nom de Zuléma ! — Malheureux ! s'écria Aguilar, quel nom as-tu prononcé là ?

— Frappe, frappe ! dit le Maure. Frappe celui qui a juré ta mort. Apprends, chrétien, que Hichem[1] est le dernier de la race d'Alhamar, et que c'est lui qui t'enleva Zuléma. Je suis ce mendiant qui ai brûlé ton infâme église pour sauver l'âme de mes pensées ! Frappe-moi donc, et finis ma vie puisque je n'ai pu t'arracher la tienne. — Zuléma existe ! Julia vit encore ! s'écria Aguilar.

Hichem laissa échapper un ricanement funeste. — Elle vit, mais votre idole sanglante et couronnée d'épines l'a frappée d'une malédiction magique, et la fleur épanouie s'est flétrie dans vos mains ; sa voix mélodieuse s'est éteinte dans son sein, et la vie de Zuléma est près de l'abandonner avec ses chants. Frappe-moi donc, chrétien, car tu m'as arraché déjà plus que la vie.

Aguilar se releva lentement. — Hichem, dit-il, Zuléma était ma prisonnière par les lois de la guerre ; éclairée par la grâce divine, elle a renoncé à la croyance de Mahomet[2] : ne nomme donc pas l'âme de tes pensées celle qui est devenue ma dame, ou apprête-toi à me la disputer dans un combat loyal. Reprends tes armes !

Hichem reprit vivement son bouclier et son cimeterre ; mais, au lieu de courir sur Aguilar, il piqua son coursier et partit avec la rapidité de l'éclair.

Ici le maître de chapelle imita sur son piano le
bruit d'un cavalier qui s'éloigne ; le voyageur lui fit
signe de ne pas l'interrompre, et continua son récit.

— Sans cesse battus dans leurs sorties, pressés
par la famine, les Maures se virent forcés de capi-
tuler, et d'ouvrir leurs portes à Ferdinand et à Isabelle, qui firent leur entrée triomphante dans Grenade.
Les prêtres avaient déjà béni la grande mosquée
pour en faire une cathédrale ; on s'y rendit pour
chanter un *Te Deum*[1] solennel et rendre grâces au
Dieu des armées. On connaissait la fureur et l'achar-
nement des Maures ; et des divisions de troupes,
échelonnées dans toutes les rues adjacentes, proté-
geaient la procession. Aguilar, qui commandait une
de ces divisions, se dirigeait vers la cathédrale lorsqu'il se sentit blessé à l'épaule gauche par un coup
de flèche. Au même moment, une troupe de Maures
sortit d'une rue étroite, et attaqua les chrétiens avec
une rage incroyable. Hichem était à leur tête, et
Aguilar, qui le reconnut aussitôt, s'attacha à lui et ne
le quitta qu'après lui avoir plongé son épée dans le
sein. Les Espagnols poursuivirent alors les Maures
jusqu'à une grande maison de pierres dont la porte
s'ouvrit et se referma sur eux. Quelques instants
après, une nuée de flèches partit des fenêtres de cette
maison, et blessa un grand nombre des gens d'Aguilar,
qui commanda d'apporter des torches et des fascines.
Cet ordre fut exécuté, et déjà les flammes s'élevaient
jusqu'aux toits lorsqu'une voix merveilleuse se fit
entendre dans le bâtiment incendié. Elle chantait
avec force : *Sanctus, sanctus Dominus Deus sabaoth*[2] !

— Julia ! Julia ! s'écria Aguilar dans son désespoir.
Les portes s'ouvrirent, et Julia, vêtue en nonne bénédictine, s'avança en répétant : *Sanctus, sanctus Dominus sabaoth !* Derrière elle marchait une longue file

de Maures, la tête baissée et les bras croisés sur la poitrine. Les Espagnols reculèrent involontairement, et Julia, suivie des Maures, s'avança à travers leurs rangs jusqu'à la cathédrale, où elle entonna en entrant le *Benedictus qui venit in nomine Domini*[1]. Le peuple tomba involontairement à genoux ; et Julia, les yeux tournés vers le ciel, s'avança d'un pas ferme vers le maître-autel, où se trouvaient Ferdinand et Isabelle qui chantaient dévotement l'office. À la dernière strophe, *Dona nobis pacem*[2], Julia tomba inanimée dans les bras de la reine. Tous les Maures qui l'avaient suivie reçurent le même jour le saint sacrement du baptême.

L'enthousiaste venait de terminer son histoire, lorsque le docteur entra à grand bruit en s'écriant :

— Vous restez là à vous raconter des histoires de l'autre monde, sans penser au voisinage de ma malade, et vous aggravez son état !

— Qu'est-il donc arrivé, mon cher docteur ? dit le maître de chapelle effrayé.

— Je le sais bien, moi, dit l'enthousiaste d'un air fort tranquille.

— Rien de plus, rien de moins, sinon que Bettina est entrée dans le cabinet à côté et qu'elle a tout entendu. Voilà le résultat de vos histoires menteuses et de vos sottes idées ; mais je vous rends responsable de tout ce qui en arrivera…

— Mais, docteur, reprit l'enthousiaste, songez donc que la maladie de Bettina est toute morale, qu'il lui faut un remède moral, et que peut-être mon histoire…

— Silence ! dit le docteur. Je sais ce que vous allez dire.

— Elle ne vaut rien pour un opéra, mais il y avait

là-dedans quelques petits airs assez jolis, dit le maître de chapelle en s'en allant.

Huit jours après, Bettina chantait d'une voix harmonieuse le *Stabat mater* de Pergolèse[1].

LA MAISON DÉSERTE

Après avoir longtemps causé, nous étions tombés d'accord, et nous avions reconnu que les apparitions de la vie réelle se présentaient souvent sous une forme plus merveilleuse que toutes les créations de l'imagination la plus dévergondée[1].

— Je pense, dit Lélio[2], que l'histoire nous fournit des preuves irrécusables à cet appui; et c'est là ce qui rend si fatigants et si absurdes les prétendus romans historiques, où l'auteur ose rattacher les folies de sa cervelle oisive aux actions de la puissance éternelle qui régit le monde.

— C'est la vérité profonde de ces secrets impénétrables qui nous saisit avec tant de force, dit Franz, qu'elle nous fait reconnaître l'esprit auquel nous sommes tous soumis.

— Ah! reprit Lélio, c'est justement cette connaissance qui nous manque; c'est celle qui nous fut ravie après la chute de notre premier père[3].

— Beaucoup sont appelés, et peu sont élus, dit Franz. Ne penses-tu pas que la connaissance ou le pressentiment du merveilleux, qui est un plus beau sentiment encore, est accordée à quelques-uns, comme un sens particulier? Pour moi, il me semble que ces hommes, doués d'une seconde vue, sont assez semblables à ces chauves-souris, en qui le savant anato-

miste Spallanzani a découvert un sixième sens plus
accompli à lui seul que tous les autres[1].

— Oh! oh! s'écria Franz, en riant, alors les chauves-
souris seront les véritables somnambules. Mais pour
abonder dans ton sens, j'ajouterai que ce sixième
sens, si admirable, consiste à saisir instantanément
dans chaque objet, dans chaque personne, dans
chaque événement, le côté excentrique, pour lequel
nous ne trouvons pas de point de comparaison dans
la vie commune, et que nous nous plaisons à nommer
le merveilleux. Mais qu'est tout cela, sinon la vie
ordinaire?

— Tourner toujours dans un cercle étroit, contre
lequel on se cogne sans cesse le nez, quand on a
l'envie de faire quelques bonds qui rompent un peu
cet exercice monotone. Je sais quelqu'un en qui
l'esprit de vision dont nous parlions tout à l'heure
semble une chose toute naturelle. De là vient qu'il
court des journées entières après des inconnus qui
ont quelque chose de singulier dans leur marche,
dans leur costume, dans leur ton ou dans leur regard;
qu'il réfléchit profondément sur une circonstance
contée légèrement, et que personne ne trouve digne
d'attention; qu'il rapproche des choses complètement
antipodiques, et qu'il en tire des comparaisons extravagantes et inouïes.

Lélio s'écria à haute voix: — Arrêtez! c'est là notre
Théodore. Voyez, il semble avoir quelque chose de
tout particulier dans l'esprit, à en juger par la manière
dont il regarde le bleu du ciel.

— En effet, dit Théodore, qui jusque-là avait gardé
le silence, mes regards doivent porter le reflet d'une
pensée singulière, du souvenir d'une aventure passée
depuis longtemps.

— Oh, raconte, raconte-nous-la ! s'écrièrent à la fois tous les amis.

— Volontiers, dit Théodore. À ces mots, il tira son portefeuille, où il recueillait toutes sortes de notes sur ses voyages, et raconta l'histoire suivante, en jetant de temps en temps un regard sur ses feuillets, comme pour aider à sa mémoire :

CHAPITRE PREMIER

Vous avez (ainsi commença Théodore), vous savez que je passai tout l'été dernier à Berlin[1]. Le grand nombre de vieux amis et de connaissances que j'y trouvai, la vie libre et commode, l'attrait diversifié des arts et des sciences, tout cela me retenait puissamment. Jamais je n'avais été plus satisfait, et plus disposé à me livrer à mon ancien penchant de me promener seul dans les rues, de me réjouir à la vue des images suspendues aux boutiques, des affiches, ou de contempler les tournures des gens qui passaient et de faire leur horoscope, sans compter que j'avais encore pour compléter mon plaisir, la vue des ouvrages des arts, et celle des magnifiques édifices. L'allée, ceinte de constructions de ce genre, qui mène à la porte de Brandebourg[2], est le rendez-vous du monde appelé par son rang ou par sa richesse, à jouir de tous les avantages de la vie. Dans les bas étages de tous ces beaux palais sont des magasins où l'on débite tous les objets de luxe, tandis que les étages supérieurs sont habités par la classe de gens dont je viens de parler. Les plus belles hôtelleries sont dans cette rue, presque tous les ambassadeurs y demeurent, et un mouvement tout particulier se fait remarquer dans ce quartier qui semble plus populeux que tout le reste de la ville. L'affluence qui s'y porte fait que chacun se contente d'une demeure très étroite, et que plus d'une de ces maisons, habitée par différentes familles, ressemble à une ruche d'abeilles. Je m'étais souvent promené dans l'allée, lorsqu'un jour mes yeux furent frappés par une maison qui se distinguait des autres d'une façon bien singulière[1]. Représentez-vous une maisonnette à quatre croisées, resserrée entre deux hauts édifices, dont tout l'étage s'élevait à peine au-dessus du rez-de-chaussée de la maison voisine. Le toit délabré, les vitres remplacées par du papier collé, et les murs décolorés, attestaient l'extrême négligence du propriétaire. Imaginez combien une telle maison devait ressortir entre tous ces bâtiments décorés avec tout le luxe du goût moderne. Je m'arrêtai ; et en l'examinant avec plus d'attention, je remarquai que les fenêtres étaient hermétiquement fermées, qu'un mur avait été élevé devant celles du bas étage, et que la porte, où manquait la sonnette, n'offrait pas une serrure, ni même un bouton. J'étais bien convaincu que cette maison était inhabitée, car jamais, jamais, à quelque heure du jour que je vinsse à passer, une trace de créature humaine ne s'était offerte à mes yeux. Une maison inhabitée dans ce quartier de la ville ! Merveilleuse apparition, et cependant elle pouvait avoir un motif bien naturel et bien simple, si le propriétaire se trouvait entraîné dans un long voyage ou s'il habitait des propriétés éloignées, et qu'il tînt à se conserver cette habitation pour son retour. Ainsi pensais-je, et cependant je ne sais comment il se faisait que je m'arrêtais involontairement chaque fois que je passais devant la maison déserte, et que je m'enfonçais dans des méditations bizarres.

— Vous savez, chers compagnons de mon enfance,
que j'ai toujours passé pour un visionnaire[1], et que
vous avez été sans cesse occupés à me retirer du
monde imaginaire où je suis toujours plongé. Eh!
prenez vos airs frondeurs et intelligents, si vous le
voulez, j'avouerai franchement que je me suis souvent
mystifié moi-même, et que je craignais encore une
déception de ce genre, avec cette maison vide; mais
la morale viendra à son tour; marchons au fait!

Un jour, et à l'heure même où le bon ton ordonne
de se promener de long en large dans l'allée, j'étais
arrêté, comme d'ordinaire, devant la maison déserte,
et je me livrais à mes réflexions. Tout à coup, je
remarquai que quelqu'un s'était placé près de moi et
me regardait. C'était le comte P.[2], en qui j'avais déjà
reconnu, sous plus d'un rapport, quelque sympathie
avec moi, et aussitôt je fus assuré que le mystère de
cette maison l'avait également frappé. Lorsque je lui
parlai de la singulière impression que ce bâtiment
désert, au milieu du quartier le plus animé de la résidence, avait produite sur moi, il se mit à sourire ironiquement. Le comte P. s'était avancé beaucoup
plus loin que moi; il avait déjà fait maintes supposi-
tions sur cette maison, et son histoire allait bien
au-delà de tout ce que j'aurais pu inventer. Je devrais
vous rapporter l'histoire du comte, dont je me souviens encore parfaitement; mais je préfère ne pas
interrompre le fil de mon récit. Après avoir fait son
histoire, le comte s'était ensuite informé. Quel avait
été son étonnement, en apprenant que la maison
vide n'était autre chose que le laboratoire du pâtis-
sier-confiseur, dont la magnifique boutique était tout
proche. C'est pourquoi les fenêtres du rez-de-chaussée
où se trouvait le four avaient été murées, et celles des
chambres hautes garnies d'épais rideaux, pour pré-

server les sucreries du soleil et des insectes. Lorsque
le comte me fit cette communication, j'éprouvai à
mon tour un désappointement cruel.

En dépit de cette explication prosaïque[1], je ne pouvais m'empêcher de regarder en passant la maison
vide ; et toujours des images bizarres semblaient en
sortir, et me causaient un léger frisson. Je ne pouvais
pas à toute force m'accoutumer à l'idée des tourtes,
des bonbons, des massepains et des fruits confits.
Une singulière combinaison d'idées me faisait prendre
toutes ces choses pour des paroles de douceur, à peu
près comme celles-ci : — N'ayez pas peur, mon cher
ami, nous sommes des créatures tout de sucre et de
miel ; mais un coup de tonnerre donnera un peu de
vigueur à tout cela. Puis, je me disais : — N'es-tu pas
bien insensé de mêler toujours les merveilles aux
choses les plus ordinaires, et tes amis n'ont-ils pas
raison lorsqu'ils te traitent d'incurable visionnaire ?
— La maison restait toujours la même ; mon regard
s'y accoutuma peu à peu, et les images folles qui
semblaient sortir de ces murailles s'évanouirent
insensiblement. Un hasard réveilla en moi toutes les
idées qui commençaient à s'assoupir.

Vous pouvez imaginer que je ne laissais pas que de
regarder la maison avec attention, chaque fois que je
passais dans l'allée. Il arriva de la sorte qu'un jour,
comme je me promenais de ce côté vers l'heure de
midi, mes regards s'arrêtèrent sur une des fenêtres
voilées de la maison vide. Je remarquai que le rideau
de la fenêtre la plus voisine de la boutique du confiseur commençait à s'agiter. Je tirai ma lunette de
spectacle de ma poche, et j'aperçus alors distinctement une main de femme d'une blancheur éclatante
et d'une forme gracieuse. Un brillant étincelait à son
petit doigt et un riche bracelet entourait l'extrémité

de son bras voluptueusement arrondi. La main posa
devant la fenêtre un flacon de cristal d'une forme
bizarre, et disparut derrière le rideau. Je m'arrêtai
tout ébloui, un singulier sentiment agitait tout mon
être, je ne pouvais me détacher de la contemplation
de cette fenêtre et j'éprouvais quelque peine à respirer. Enfin je revins·à moi et je me trouvai entouré
d'un grand nombre de gens de toute espèce qui me
regardaient d'un air de curiosité. Cela me chagrina
fort, mais je pensai aussitôt que le peuple est le même
dans toutes les grandes villes, je m'enfuis doucement, et le démon prosaïque me glissa fort distinctement à l'oreille que j'avais vu la femme du confiseur,
dans son habit des dimanches, posant une bouteille
d'eau rose devant la fenêtre. — Tout à coup, il me
vint une pensée fort raisonnable! — Je revins sur
mes pas, et j'entrai dans la belle boutique ornée de
glaces qui avoisinait la maison vide.

Tout en soufflant sur l'écume brûlante d'une tasse
de chocolat que j'avais demandée*, je me mis à dire
d'un air distrait : — Vous avez bien agrandi votre éta-
blissement en prenant la maison voisine.

Le confiseur jeta encore quelques bonbons sur le
gâteau qu'attendait une jolie fille, et me regarda en
souriant d'un air interrogatif, comme s'il n'eût pas
compris mes paroles. Je répétai qu'il avait agi fort
judicieusement en plaçant son laboratoire dans la
maison voisine, bien que ce bâtiment désert fît un
fâcheux contraste avec les brillants édifices de cette
rue.

— Eh! monsieur, me dit le confiseur, qui vous a

* C'est chez les conditors[1] ou confiseurs qu'on prend le café, etc.
Ces conditors sont ordinairement des Italiens ou habitants de la
Suisse italienne.

dit que la maison voisine m'appartienne ? Malheureusement, toutes les tentatives que j'ai faites pour
l'acquérir ont été inutiles, et après tout je n'en suis
pas fâché, parce qu'il se passe de singulières choses
dans cette maison.

Vous pouvez imaginer combien la réponse du confiseur me frappa. Je le priai en grâce de m'en dire
davantage sur cette maison.

— Monsieur, me dit-il, je ne suis pas moi-même
fort bien instruit à ce sujet ; tout ce que je sais, c'est
que la maison appartient à la comtesse de S***[1] qui
habite ses terres et qui n'est pas venue à Berlin
depuis nombre d'années. On m'a dit que la maison
était déjà dans l'état de délabrement où elle se trouve
aujourd'hui, avant même qu'on n'eût élevé tous les
beaux édifices qui ornent notre rue. Il n'y demeure
que deux créatures vivantes, un vieil intendant misan-
thrope, et un misérable chien las de la vie qui passe
les nuits dans la cour, à aboyer après la lune. On
croit généralement qu'il apparaît des spectres dans
ce bâtiment vide ; et véritablement, mon père et moi,
nous avons souvent entendu des gémissements plaintifs, surtout au temps de Noël où les commandes nous
forcent souvent de travailler toute la nuit. C'étaient
des bruits étranges qui nous faisaient frissonner. Il
n'y a pas longtemps non plus que, dans le silence de
la nuit, j'ai entendu un chant si singulier que je ne
pourrais pas vous en donner une idée. C'était évidemment la voix d'une vieille femme, mais les tons
étaient si éclatants, les cadences si variées, que moi,
qui ai entendu tant de cantatrices en Italie, en France
et en Allemagne, je n'ai jamais rencontré rien de
semblable. Il me semblait qu'on chantait des paroles
françaises, mais je n'ai jamais pu les entendre distinctement ; et d'ailleurs je n'ai pas écouté longtemps

cette folle chanson de revenant, car mes cheveux se dressaient sur ma tête. Quelquefois, lorsque le bruit de la rue vient à cesser, nous entendons, du fond de la chambre, de profonds soupirs, et puis un rire étouffé qui semble venir du plancher ; mais en plaçant son oreille contre la muraille, on s'aperçoit facilement que ce rire et ces soupirs viennent de la maison voisine. — Remarquez (il me conduisit dans son arrière-boutique, et me plaça près d'une fenêtre), remarquez bien ce tuyau de fonte qui sort de la muraille, il en sort quelquefois une fumée si épaisse, même dans l'été, que mon frère a souvent querellé le vieil intendant, en lui disant qu'il mettra un jour le feu à la maison. Celui-ci s'excuse en disant qu'il fait sa cuisine, mais pour ce qu'il mange, Dieu le sait ; car il sort de là une odeur endiablée[1].

La porte de la boutique s'ouvrit, et le confiseur courut à son comptoir en m'indiquant par un regard significatif la figure qui entrait.

Je le compris parfaitement. Cette bizarre tournure pouvait-elle appartenir à quelque autre qu'à l'intendant de la maison mystérieuse ? — Figurez-vous un petit homme sec, un visage couleur de momie, le nez pointu, les lèvres serrées, des yeux de chat, verts et étincelants, le sourire perpétuel d'un fou, un toupet étagé à la mode antique avec des ailes poudrées et une grande bourse, un habit couleur de café, vieux et pâli, mais bien brossé, des bas gris et de grands souliers à boucles. Cette petite figure a des mains énormes et des doigts extrêmement longs et nerveux, elle s'avance avec raideur vers le comptoir, regarde en souriant les friandises renfermées dans des bocaux de cristal, et dit d'une voix faible et plaintive : — Deux oranges confites, deux macarons, deux marrons glacés, etc.

Le confiseur mit à part tout ce que cet homme lui demandait. — Pesez, pesez, mon digne voisin, dit l'intendant en tirant de sa poche une petite bourse de cuir. Je remarquai que l'argent, qu'il posait sur le comptoir, se composait de diverses sortes de monnaies hors de cours[1]. Il les compta en murmurant tout bas : — Très doux, très doux. Il faut que tout cela soit très doux. Je le veux bien. Que le diable emmielle sa femme, je ne m'y oppose pas.

Le confiseur me regarda en riant, et dit au vieil intendant : — Vous ne me paraissez pas bien portant ; oui, oui, l'âge ôte les forces petit à petit.

Sans changer de visage, le vieil intendant répondit d'une voix forte : — L'âge ? l'âge ? Perdre mes forces ? Oh ! oh ! oh !

En parlant ainsi, il frappa si violemment ses mains l'une contre l'autre, que les vitraux en retentirent, et fit un bond si vigoureux que toute la boutique et les verres placés sur le comptoir en tremblèrent longtemps. Mais au même moment, un grand cri se fit entendre, le vieil intendant avait marché sur son chien noir qui s'était glissé derrière lui, et qui se tenait couché à ses pieds.

— Maudite bête ! chien d'enfer ! dit-il avec son premier ton de voix doux et affaibli ; et ouvrant son cornet, il en tira un macaron qu'il présenta au pauvre animal. Le chien dont les cris avaient dégénéré en gémissement, se tut aussitôt, et se dressant sur ses pattes de derrière, se mit à manger le macaron dans l'attitude d'un écureuil[2].

— Bonne nuit, mon voisin, dit l'intendant en tendant la main au confiseur, et en lui serrant la sienne si fortement qu'il en poussa un cri de douleur. — Le pauvre vieillard affaibli vous souhaite une bonne

nuit, mon cher voisin. — Et il sortit avec son chien
qui le suivit, la bouche pleine de macarons.

— Voyez-vous, dit le confiseur, voilà comme il
vient ici de temps en temps, ce vieux diable, mais je
ne puis rien tirer de lui, si ce n'est qu'il était autrefois
valet de chambre du comte de S***[1], qu'il a soin de
la maison où il est, et qu'il attend chaque jour la
famille du comte (il l'attend depuis je ne sais combien d'années). Mon père lui parla une fois du bruit
qui se fait dans la nuit, mais il lui répondit fort tranquillement : — Oui, oui, on dit qu'il y a des revenants
dans la maison ; mais ne le croyez pas, il se peut bien
que l'on mente.

L'heure où le bon ton amène le beau monde chez
les confiseurs en vogue était arrivée, une foule d'élé-
gants se précipita dans la boutique et je ne pus en
apprendre davantage.

CHAPITRE II

Il m'était bien prouvé que les renseignements du
comte P… étaient inexacts, que le vieil intendant ne
demeurait pas seul dans la maison, en dépit de toutes
ses dénégations, et qu'il cherchait à dérober quelque
mystère aux yeux du monde. Le chant dont on
m'avait parlé, me fit souvenir du bras gracieux que
j'avais aperçu à la fenêtre. Ce bras ne pouvait appartenir au corps d'une vieille femme ; et cependant, le
chant dont m'avait parlé le confiseur ne pouvait,
disait-il, être que celui d'une jeune personne. Je
pensai alors à la fumée, à cette singulière odeur, à
cette carafe bizarrement taillée, et bientôt il se forma

devant moi l'image d'une créature ravissante, mais dangereuse et entourée de charmes magiques. Le vieil intendant devint un magicien qui exerçait ses sortilèges dans cette maison déserte. Mon imagination était en travail, et dans la même nuit, je revis, non pas en rêve, mais dans le délire de l'assoupissement, la main blanche avec son diamant au doigt, et le bras arrondi avec son riche bracelet. Peu à peu sortant d'épais nuages, un charmant visage aux yeux bleus et douloureusement suppliants m'apparut, et aussitôt se forma devant moi l'image merveilleuse d'une jeune fille, dans tout l'éclat de la jeunesse. Bientôt je remarquai que ce que j'avais pris pour un nuage était la vapeur qui s'échappait de la carafe de cristal que tenait la jeune beauté, et qui s'élevait en spirales légères.

— Ô charmante apparition! m'écriai-je, dis-moi où tu résides, et pourquoi l'on te retient captive? Oh! comme tes regards sont pleins de douleur et d'amour! Je sais qu'un art infernal te rend l'esclave d'un démon qui erre dans les boutiques de sucreries, sous un costume café, avec une bourse à poudre, suivi d'un chien infernal qu'il nourrit de macarons. Oh! je sais tout cela, ravissante et délicieuse créature. Le diamant est le reflet du feu de l'âme! Et si tu n'avais pas teint celui-ci du sang de ton cœur, il n'étincellerait pas ainsi de mille couleurs. Je sais que le bracelet qui entoure ton bras est l'anneau d'une chaîne magnétique, qui te lie au sorcier que tu suis; mais je te délivrerai! Oh parle, dis un seul mot, jeune vierge, ouvre tes lèvres de rose!

En ce moment, une main osseuse saisit, par-dessus mon épaule, la carafe de cristal, qui éclata en mille morceaux dans les airs, et la figure merveilleuse disparut dans les ténèbres, en poussant un long soupir.

— Je vois déjà, à votre rire, que vous retrouvez en moi le rêveur visionnaire, mais je puis vous assurer que tout ce rêve, si vous tenez absolument à lui donner ce nom, avait le caractère accompli d'une vision. N'importe, continuons. À peine le jour fut-il venu, que je courus dans la grande allée et que je me postai devant la maison vide. Outre les rideaux intérieurs, les fenêtres étaient fermées par d'épaisses jalousies. La rue était encore déserte, je m'approchai fort près de la fenêtre du rez-de-chaussée, et j'écoutai ; mais aucun bruit ne se fit entendre, tout était silencieux comme dans un tombeau. La rue devint animée, les boutiques s'ouvrirent et je fus forcé de m'éloigner. Je ne vous dirai pas combien de fois je passai devant la maison sans rien découvrir, ni les informations inutiles que je pris de toutes parts, et comme enfin ma vision commença à s'effacer de mon esprit. Enfin, un soir en passant devant la maison, je remarquai que la porte était à demi ouverte, je m'approchai, le vieil intendant était sur le seuil. Mon parti fut aussitôt pris.

— Le conseiller de finances Binder ne demeure-t-il pas dans cette maison ? Telle fut la question que je lui fis en le repoussant en quelque sorte dans un petit vestibule faiblement éclairé par une lampe. Il me lança un regard étincelant, et me dit d'une voix douce et traînante : — Non, il ne demeure pas ici, il n'y a jamais demeuré, il n'y demeurera jamais, il n'a même jamais demeuré dans toute l'allée. — Mais les gens disent qu'il vient des revenants dans cette maison ? — Je puis vous assurer que cela n'est pas vrai, que c'est une jolie maison fort tranquille, et que la comtesse de S... y arrive demain. Bonne nuit, mon cher monsieur.

À ces mots, le vieil intendant me repoussa poliment, et ferma la porte derrière moi. Je l'entendis murmurer et tousser, puis s'éloigner, autant que j'en pus juger, et descendre plusieurs marches. Durant le peu de moments que j'étais resté dans le vestibule, j'avais remarqué qu'il était tendu de vieilles tapisseries, et meublé comme une salle, de grands fauteuils couverts de damas rouge.

C'est alors que la maison mystérieuse se remplit pour moi d'aventures[1]. Or, figurez-vous qu'à force de passer et de repasser, je vois un jour briller quelque chose à la dernière fenêtre de l'étage supérieur, le diamant scintillait à mes yeux. Ô ciel! la figure de ma vision me regarde douloureusement appuyée sur son bras. S'il était possible de rester quelques moments immobile au milieu de cette foule qui passe et qui repasse! J'aperçois un banc placé vis-à-vis de la maison, mais de telle sorte qu'en s'y asseyant, il faut tourner le dos à l'édifice. Je m'appuie sur le dossier, et je puis continuer mes observations à mon aise.

Oui, c'est elle, c'est elle trait pour trait, la céleste créature! Mais son regard paraît incertain. Il me semble qu'elle ne regarde pas de mon côté, ses yeux ont quelque chose de vide[2]; je serais tenté de croire que ce que je vois est un portrait, si je n'avais remarqué un mouvement du bras et de la main. Entièrement perdu dans la contemplation de cette créature merveilleuse, je n'avais pas entendu la voix du brocanteur italien qui m'offrait sans relâche sa marchandise. Enfin il me tira par le bras, et me retournant je le repoussai avec colère. Il ne cessa pas toutefois de me prier et de me tourmenter. — Je n'ai encore rien gagné aujourd'hui, monsieur. Une paire de crayons. Un paquet de cure-dents. — Plein d'impatience, et jaloux de me débarrasser de cet importun, je cherche quelques pièces de monnaie dans ma

bourse. — J'ai encore ici de jolies choses, me dit-il, et
il me montre à distance un petit miroir de poche. En
y apercevant la maison qui était derrière moi et la
fenêtre où se tenait la personne mystérieuse, je me
hâtai de l'acheter, et il me fut possible d'observer
commodément assis et le dos tourné sans attirer l'attention des voisins. Mais en regardant de plus en
plus ce miroir, je tombai dans un état que je serais
tenté de nommer un songe éveillé[1]. Je ne pouvais
détacher mes regards de ce miroir qui semblait me
fasciner ; et j'avoue que je ne pus m'empêcher de
songer à un conte que me faisait ma nourrice, lorsque
je me plaisais le soir à me regarder dans le grand
miroir de la chambre de mon père. Elle me disait
que lorsque les enfants se mettaient la nuit devant
une glace, un horrible visage étranger s'y plaçait
devant eux. Une fois, je crus voir deux yeux terribles
briller dans le miroir ; je poussai un grand cri et je
tombai évanoui. Je fus longtemps malade, et maintenant encore, je crois fermement que ces yeux
m'avaient en effet regardé. Bref, toutes ces folies de
mon enfance me revinrent à l'esprit, un froid glacial
parcourut toutes mes veines ; je voulus jeter le miroir
loin de moi, tout à coup deux yeux célestes se tournèrent de mon côté, leur regard était dirigé vers le
mien et pénétrait jusqu'au fond de mon cœur. J'étais
plongé dans une mer de délices !

— Vous avez là un joli miroir, dit une voix près de
moi. Je me réveillai comme d'un songe ; plusieurs
personnes avaient pris place sur le banc, et je leur
avais sans doute donné un spectacle réjouissant par
mon regard égaré et mes paroles entrecoupées.

— Vous avez là un joli miroir, répéta l'homme en
voyant que je ne répondais pas. Mais pourquoi donc

y regardez-vous si singulièrement ? Apercevez-vous
des esprits ?

Cet homme déjà âgé, bien vêtu, avait dans le ton de
ses paroles et dans ses regards quelque chose de
bienveillant, qui attirait la confiance. Je n'hésitai pas
à lui dire que je regardais dans ce miroir une charmante fille qui se tenait derrière la fenêtre de la
maison abandonnée. Je demandai même au vieillard
s'il ne la voyait pas.

— Là-bas ? dans la vieille maison ? à la dernière
fenêtre, me demanda-t-il d'un air tout étonné.

— Sans doute, sans doute, lui dis-je.

Le vieillard se mit à sourire. — C'est une singulière
illusion. Que Dieu fasse honneur à mes vieux yeux.
Eh ! eh ! monsieur, j'ai bien vu sans lunettes cette
jolie figure à la croisée, mais il m'a bien semblé que
c'est un bon portrait, peint à l'huile.

Je me tournai vivement vers la fenêtre ; tout avait
disparu ; la jalousie était baissée.

— Oui, monsieur, oui, continua le vieillard, mais
il est trop tard pour s'en assurer ; car je viens de voir
le domestique qui est, je le sais, l'intendant de la
comtesse de S***, secouer la poussière du tableau et
baisser la jalousie.

— Était-ce donc vraiment un portrait ? demandai-
je tout stupéfait.

— Croyez-en mes yeux, répondit le vieillard.
Comme vous ne regardiez dans votre miroir que la
réflexion du portrait, vous avez été abusé par un effet
d'optique ; mais à votre âge, j'aurais été plus clair-
voyant.

— Mais la main et le bras remuaient, lui répondis-
je.

— Oui, oui, ils se remuaient, tout remuait, dit le
vieillard en souriant et en me frappant doucement

sur l'épaule. Alors il se leva et prit congé de moi en
me saluant et me disant : — Gardez-vous des miroirs
qui mentent si bien.

Votre très humble serviteur.

CHAPITRE III

Je rentrai chez moi, avec la résolution de ne plus
songer à cette maison, et d'éviter de me promener
dans l'allée durant quelques jours. Je tins fidèlement
cette promesse, et je passai les journées à écrire et le
soir avec quelques amis. Cependant il m'arrivait de
m'éveiller, quelquefois, subitement comme frappé
d'un coup électrique, et alors je m'apercevais que
c'était le souvenir de ma vision et de la croisée mystérieuse qui me faisait tressaillir. Même pendant
mon travail, au milieu de mes entretiens les plus
animés avec mes amis, cette pensée traversait subitement mon âme comme une étincelle électrique. Mais
ce n'était là qu'un moment passager. J'avais consacré
le petit miroir de poche qui m'avait tant abusé, à
un usage domestique, bien prosaïque. Je le plaçais
devant moi, lorsque je voulais attacher ma cravate.
Un jour comme je me disposais à vaquer à cette
importante affaire, il me parut un peu terne, et j'essayai de lui rendre son éclat en le frappant de mon
haleine et le frottant ensuite ; tous mes nerfs tremblèrent, je frissonnai, car dès que mon souffle eut
répandu une vapeur sur la glace, j'aperçus au milieu
d'un nuage bleuâtre le charmant visage qui m'avait
déjà blessé au cœur par ses regards douloureux ! —
Vous riez ? — Vous voilà unanimes sur mon compte,

vous me tenez pour un rêveur incurable ; mais, dites,
pensez tout ce que vous voudrez, n'importe, cette
beauté me regardait du fond de ce miroir, et dès que
la vapeur se dissipa, ses traits disparurent sous les
feux prismatiques que lançaient les rayons du soleil
qui se réfléchirent dans la glace. Je ne veux point
vous fatiguer, je ne veux point vous décrire toutes les
sensations que j'éprouvai ; sachez seulement que je
renouvelai sans cesse l'épreuve du miroir, qu'il m'arriva souvent de rappeler par mon haleine l'image
chérie, mais que souvent aussi toutes mes tentatives
furent infructueuses. Alors je courais comme un
insensé vers la maison déserte, j'en contemplais les
fenêtres durant des heures entières ; mais pas une
créature humaine ne consentait à s'y montrer. Je ne
vivais que dans mes pensées à elle ; tout le reste était
mort pour moi ; je négligeais mes amis, mes études.
Souvent quand cette image commençait à pâlir, une
douleur violente s'emparait de moi, alors elle reparaissait avec plus de force et de vivacité que jamais.
Une apathie totale résultait de cet état pénible qui me
laissait toujours dans un épuisement affreux. Dans
ces moments-là, tous les essais que je tentais avec le
miroir étaient inutiles, mais dès que j'avais repris
mes forces, l'image y reparaissait avec de nouveaux
charmes. Cette tension continuelle agissait sur moi
d'une manière funeste ; j'errais sans cesse pâle comme
un mort et l'air défait ; mes amis me regardaient
comme un homme fort malade, et leurs avertissements
continuels me portèrent à réfléchir sérieusement sur
ma position. Fut-ce à dessein ou par hasard qu'un de
mes amis qui étudiait la médecine, laissa chez moi
l'ouvrage de Reil sur les aberrations mentales[1], je
l'ignore ; mais je me mis à le lire, et cette lecture
m'attacha irrésistiblement. Que devins-je en recon-

naissant en moi-même tous les symptômes de la monomanie! L'horrible effroi que je ressentis en me voyant sur le chemin de la maison des fous me fit prendre promptement une résolution. Je mis mon miroir dans ma poche, et je courus chez le docteur K***[1], médecin célèbre par son habileté à traiter les maladies cérébrales, par ses vues profondes sur le principe intellectuel qui fait naître tant de maladies physiques. Je lui racontai tout; je ne lui cachai pas la plus petite circonstance, et je le conjurai de me sauver du sort affreux dont je me croyais menacé! Il m'écouta fort tranquillement, mais je remarquais bien dans son regard une surprise profonde.

— Le danger n'est nullement aussi proche que vous le pensez, me dit-il, et je puis vous affirmer avec certitude qu'il me sera possible de le détourner. Il n'est pas douteux que votre esprit ne soit attaqué d'une manière inouïe, mais la connaissance même de votre mal vous fournit les moyens de vous en défendre. Laissez-moi votre miroir, ne vous contraignez à aucun travail qui irrite votre imagination; évitez la grande allée, ne travaillez que le matin et sans vous fatiguer, puis allez faire une longue promenade, et passez la journée avec vos amis que vous évitez depuis si longtemps. Nourrissez-vous de mets succulents, et buvez des vins vigoureux. Vous voyez que je m'attache uniquement à éloigner votre idée fixe, c'est-à-dire l'image que vous voyez dans cette glace ou à la fenêtre de la maison déserte, et que je veux surtout fortifier votre corps. Secondez-moi donc activement.

J'avais peine à me séparer du miroir; le docteur qui l'avait déjà pris parut le remarquer, il fit naître en aspirant une vapeur à sa surface, et me dit en me le présentant:

— Voyez-vous quelque chose ?

— Rien, répondis-je ; ce qui était exact.

— Aspirez donc vous-même, me dit le médecin en mettant le miroir dans ma main.

Je fis ce qu'il me disait, et l'image merveilleuse m'apparut distinctement.

— C'est elle ! m'écriai-je à haute voix.

Le médecin regarda la glace et me dit :

— Je ne vois pas la moindre chose, mais je ne veux pas vous cacher qu'au moment où je regardais le miroir j'éprouvais une certaine terreur qui se dissipa aussitôt. Vous voyez que je suis sincère, et que je mérite toute votre confiance. Recommencez donc cet essai.

Je le fis, et pendant ce temps le médecin me tint sa main placée sur l'épine dorsale. La figure reparut, le docteur qui regardait avec moi dans la glace, pâlit ; puis, il prit le miroir, le regarda encore, le renferma dans un pupitre, et revint à moi, après être resté quelques secondes à méditer, la main sur son front.

— Suivez exactement mes prescriptions, me dit-il. Je dois convenir que ces moments où vous vous trouvez hors de vous-même sont encore fort mysté- rieux pour moi ; mais j'espère pouvoir bientôt vous en dire davantage.

Dès ce moment, quoi qu'il m'en coûtât, je vécus exactement comme me l'avait recommandé le méde- cin, et quoique je sentisse les effets bienfaisants de ce régime, je ne fus cependant pas totalement délivré de ces atteintes terribles auxquelles j'étais sujet, parti- culièrement à midi, et la nuit. Ainsi dans la plus joyeuse réunion, en buvant, en chantant, je me sentais tout à coup comme percé de mille poignards, et toutes les forces de mon esprit ne suffisaient pas

pour rétablir l'équilibre; il me fallait m'éloigner
pour ne reparaître que lorsque l'accès aurait cessé.

Il arriva qu'un soir, je me trouvai dans une société
où l'on parla des effets et des influences du magnétisme. On discuta surtout de la possibilité de l'influence d'un principe occulte, et on s'appuya de
beaucoup d'exemples. Un jeune médecin fort zélé
pour le magnétisme, prétendit que lui-même et tous
les magnétiseurs[1] agissaient de loin sur les somnambules par la seule force de leur volonté. On rappela
tout ce que Kluge, Schubert, Bartels ont dit à ce
sujet[2].

— Le plus important, dit un des assistants, médecin fort connu, le plus important, c'est que le magnétisme me semble nous révéler maint mystère que
nous regardions comme une chose commune et
prouvée. Maintenant on doit seulement procéder à
l'œuvre avec prudence.

— Comment se fait-il que, sans motif connu, et
brisant même la chaîne de nos idées, l'image d'une
personne ou d'un événement s'empare subitement
de notre pensée avec tant de force qu'elle nous frappe
de surprise? Les rêves surtout offrent des exemples
merveilleux, et souvent même ils nous montrent des
personnes qui nous sont complètement étrangères et
que nous ne devons connaître que plusieurs années
après. Ces paroles si communes : Mon Dieu! cet
homme, cette femme me sont connus depuis longtemps ; il me semble que je les ai vus quelque part, ne
sont peut-être souvent que le souvenir confus d'un
tel rêve. Ne serait-il pas possible qu'il y eût entre les
esprits un rapport si énergique qu'on y obéisse contre
sa volonté?

— De la sorte, dit un autre, nous arriverions sans
beaucoup d'efforts à la doctrine des sorcelleries, des

enchantements, des miroirs magiques, et à toutes les folies du vieux temps.

— C'est une chose singulière, reprit le médecin, que de vouloir nier ce qui est prouvé physiquement, et quoique je ne sois pas de l'avis qu'une seule lumière brille pour nous dans le royaume inconnu, qui est la patrie de nos âmes, je pense toutefois que la nature ne nous a pas refusé le talent et l'instinct des taupes. Nous cherchons, aveugles que nous sommes, à nous frayer un chemin sous ces voûtes sombres ; mais comme l'aveugle qui reconnaît au murmure des arbres, au bruit du ruisseau, le voisinage de la forêt qui le rafraîchit de son ombre, de la source qui apaise sa soif, et qui atteint de la sorte au but de ses désirs, ainsi nous pressentons au battement des ailes, au souffle de l'ange inconnu et invisible qui plane sur nos têtes, que ce pèlerinage nous conduit à la source de lumières où nos yeux s'ouvriront !

Je ne pus me contenir plus longtemps.

— Vous reconnaissez donc, dis-je au médecin, vous reconnaissez donc l'influence d'un principe intellectuel, étranger à nous, auquel nous sommes forcés d'obéir.

— Je ne reconnais pas seulement cet effet comme possible, me répondit-il, mais j'en reconnais beaucoup d'autres encore, qui résultent de l'état magnétique.

— Alors, repris-je, il serait possible aux esprits infernaux d'agir sur nous d'une manière funeste.

— Tour de passe-passe d'esprits déchus, répondit le médecin en riant. Non, non, ceux-là, nous ne les reconnaissons pas. En général, je vous prie de ne prendre nos assertions que pour de simples conjectures, auxquelles j'ajouterai que je ne crois nullement à la puissance absolue d'un principe intellectuel sur un autre ; mais que j'admets seulement une dépendance, résultat d'une faiblesse de volonté, dépendance qui alterne, et réagit selon la disposition des sujets.

— Maintenant, dit un homme âgé, qui jusque-là s'était contenté d'écouter avec attention, maintenant je puis, à l'aide de vos singulières pensées, m'expliquer des secrets qui devaient sembler impénétrables. Je veux parler des enchantements amoureux, dont sont remplies toutes les chroniques, et des procès de sorcellerie. Dans le code d'un peuple fort éclairé, ne trouve-t-on pas des dispositions contre les breuvages d'amour, qui entraînaient irrésistiblement une personne vers une autre ? Vos discours me rappellent un événement tragique qui se passa, il y a peu de temps, dans ma propre maison. Lorsque Bonaparte inonda notre pays de ses troupes[1], un colonel de la garde noble italienne fut logé chez moi.

— C'était un de ces officiers, en petit nombre dans la prétendue grande armée, qui se distinguaient par une conduite noble et décente. Son visage pâle, ses yeux creusés, annonçaient une maladie d'un chagrin profond. Il ne logeait chez moi que depuis peu de jours, lorsque se trouvant dans ma chambre, il porta subitement, avec un grand soupir, la main sur son cœur ou plutôt sur son estomac, comme s'il y ressentait une douleur mortelle. Il ne pouvait pas articuler une parole ; il fut forcé de se jeter sur un sopha où ses yeux se fermèrent, et y resta quelque temps immobile comme une statue. Tout à coup, il se leva par un mouvement brusque ; mais il conserva une faiblesse extrême. Un médecin que je lui envoyai, ayant infructueusement employé divers remèdes, eut recours aux moyens magnétiques qui semblèrent plus efficaces.

Il fallut cependant les abandonner aussi ; car le malade ne pouvait les supporter. Au reste, mon médecin avait gagné la confiance du colonel, et celui-ci lui raconta que, dans ce moment de faiblesse qu'il avait éprouvé, l'image d'une femme qu'il avait connue à Pise s'était offerte à ses yeux ; les regards brûlants qu'elle lui lançait lui avaient causé une douleur si violente, qu'il en avait perdu l'usage de ses sens. Il lui resta de sourdes douleurs de tête, et un état d'abattement singulier. Jamais il ne fit connaître le genre de relations qu'il avait eues avec cette femme. Les troupes étaient sur le point de se mettre en marche, la voiture du colonel était déjà chargée de bagages et devant la porte ; pour lui, il déjeunait ; mais tout à coup il poussa un cri violent et tomba de sa chaise. Il était mort. Les médecins reconnurent qu'il avait été frappé d'apoplexie. Quelques semaines plus tard, une lettre adressée au colonel me fut apportée. Je n'hésitai pas à l'ouvrir dans l'espoir d'y trouver quelques renseignements sur les parents de cet officier, et de pouvoir leur annoncer sa mort. La lettre venait de Pise, et ne renfermait que ces mots, sans signature : « Malheureux ! aujourd'hui le 7, à midi précis, Antonia, embrassant ton image trompeuse, est tombée morte ! » — J'avais noté le jour et l'heure de la mort du colonel ; il était mort au même moment qu'Antonia.

Je n'entendis plus rien de ce que raconta le vieillard, car dans l'effroi qui m'avait saisi, en reconnaissant que ma situation était semblable à celle du colonel, je m'élançai hors du salon et je courus vers la maison mystérieuse. Il me sembla, de loin, que je voyais briller des lumières à travers les jalousies fermée ; mais la clarté disparut lorsque j'approchai. Éperdu de désirs et d'amour, je m'élançai vers la porte ; elle céda sous mon impulsion, et je me trouvai dans le vestibule faiblement éclairé, au milieu d'une atmosphère lourde et épaisse. Le cœur me battait violemment. Tout à coup un cri de femme prolongé et perçant retentit dans la maison ; et je ne sais moi-même comment il se fit que je me trouvai dans un salon éclairé par un grand nombre de bougies, orné, avec tout le luxe antique, de meubles dorés et de vases du Japon. Des nuages bleus et épais remplis-saient la chambre.

— Sois le bienvenu ! — Bienvenu mon fiancé. — L'heure est arrivée, la noce approche !

Ainsi cria une voix de femme, et aussi peu que je savais comment j'étais venu jusque-là, aussi peu sais-je comment il se fit qu'une charmante figure, richement vêtue, sortit du milieu de cette vapeur. Elle me répéta d'une voix perçante : «Sois le bien-venu, mon doux fiancé !» et s'avança vers moi les bras étendus. — Un horrible visage, vieux et jauni, me contemplait d'un air effaré. Je chancelai d'effroi, mais, comme fasciné par un serpent, je ne pouvais détourner mes regards de cette horrible femme, ni reculer d'un pas. Elle s'avança si près, qu'il me sembla que cette hideuse face n'était qu'un mince masque de crêpe, sous lequel m'apparaissaient les traits charmants du miroir. Déjà je sentais ses mains osseuses, lorsqu'elle fondit en arrière et qu'une voix s'écria derrière moi : «Le diable fait-il déjà son jeu avec votre grâce ? Au lit, ma gracieuse dame, sans cela il y aura des coups !»

Et je vis auprès de moi le vieil intendant en chemise, agitant un grand fouet au-dessus de sa tête. Il se disposait à battre la vieille qui se roula en hurlant sur le tapis ; j'arrêtai le bras prêt à frapper, mais le vieil intendant me repoussa en s'écriant :

— Savez-vous, monsieur, que ce vieux démon vous eût étranglé si je n'étais pas arrivé. — Partez, partez, partez !

Je m'élançai hors de la salle, cherchant en vain, dans les ténèbres, la porte de la maison. J'entendais les sifflements du fouet et les cris plaintifs de la vieille. J'allais appeler du secours, lorsque le sol manqua sous mes pas ; je fis une chute de plusieurs marches sur une petite porte que mon poids fit ouvrir, et je tombai de tout mon long dans une petite chambre. Au lit, qu'on venait évidemment de quitter, à l'habit couleur de café étendu sur une chaise, je reconnus aussitôt l'appartement du vieil intendant. Quelques instants après, il descendit lourdement, entra et tomba à mes pieds.

— Au nom du Ciel, me dit-il les mains jointes, qui que vous soyez, et quel que soit le motif qui vous ait amené près de cette vieille diablesse, gardez le silence sur ce qui s'est passé, ou il m'en coûtera mon emploi et mon pain ! Son Excellence a été bien châtiée et je l'ai attachée dans son lit. Bonne nuit donc, mon cher monsieur, je vous souhaite un bon sommeil, bien doux et bien paisible. — Oui, oui, allez vous coucher. — Voilà une belle nuit de juillet, bien chaude ; pas de clair de lune, il est vrai, mais des étoiles bien brillantes. Une bonne, une excellente nuit, monsieur !

En parlant ainsi, le vieil homme s'était relevé, avait pris une lumière, m'avait emmené hors de la chambre, poussé sous le vestibule, puis sur le seuil, et avait refermé la porte.

CHAPITRE IV

Plus tard, il arriva que, dans une réunion nombreuse, je rencontrai le comte P. qui me prit à part,
et me dit en riant : — Savez-vous bien que les mystères de notre maison déserte commencent à se
dévoiler ? — Je me disposais à l'écouter, mais au
moment où il allait continuer, les portes de la salle à
manger s'ouvrirent, et l'on se rendit à table. Perdu
dans la pensée des secrets que le comte allait me
divulguer, j'avais offert machinalement le bras à une
jeune dame et je suivais les rangs cérémonieux des
convives. — Je conduis la dame à la première place
qui s'offre à moi, alors je la regarde et… j'aperçois
les traits fidèles de l'image de mon miroir ! Vous ne
doutez pas que je frissonnai involontairement, mais
je puis vous assurer que je n'éprouvai pas le moindre
symptôme de ce délire funeste qui s'élevait en moi
lorsque cette image de femme m'apparaissait dans
la glace obscurcie par la vapeur de mon haleine.
— Mon étonnement ou plutôt mon effroi dut se
peindre dans mon regard, car la jeune femme me
regarda d'un air si surpris, que je crus nécessaire de
me remettre aussi bien que je le pus, en lui disant
que je croyais déjà l'avoir vue quelque part. La courte
objection qu'elle me fit en répondant que la chose lui
paraissait peu probable puisqu'elle était arrivée de la
veille et qu'elle venait pour la première fois de sa vie
à Berlin, me rendit stupéfait, dans toute l'étendue du
mot. Je gardai le silence. Le regard angélique que me
jeta la jeune personne me rendit seul quelque force.
Vous savez comme en telle occasion, on tâte doucement les touches intellectuelles, jusqu'à ce qu'on

retrouve le ton convenable. Je fis ainsi, et je vis bientôt que j'avais auprès de moi une tendre et gracieuse
créature, dont l'âme était malade d'exaltation.
Quelque joyeuse tournure que prît notre conversation, surtout lorsque j'y jetais pour l'animer un mot
hardi et bizarre, elle souriait, il est vrai, mais si douloureusement qu'il semblait qu'elle eût été touchée
avec trop de rudesse.

— Vous n'êtes pas gaie, gracieuse dame. C'est
peut-être la visite de ce matin, lui dit un officier qui
était assis un peu plus loin ; mais en ce moment son
voisin lui prit le bras, et lui dit quelque chose à
l'oreille, tandis qu'à l'autre extrémité de la table, une
femme parlait, les joues brûlantes, du bel opéra qu'elle
avait vu représenter à Paris, et qu'elle comparait à
celui du jour.

Les larmes vinrent aux yeux de ma voisine : — Ne
suis-je pas un fol enfant ? dit-elle en se tournant vers
moi.

Elle s'était déjà plainte de la migraine. — C'est
l'effet d'un mal de tête nerveux, répondis-je d'un air
détaché. Rien ne vous conviendrait mieux que l'esprit vif et léger qui jaillit de l'écume de ce breuvage
de poète.

À ces mots, je lui versai du vin de Champagne
qu'elle avait d'abord refusé, et tout en portant le
verre à ses lèvres, elle laissa couler des larmes qu'elle
ne s'efforçait plus de cacher. Tout semblait réparé, et
le calme avait reparu dans son âme, lorsque je cho-
quai par inadvertance le verre de cristal anglais
placé devant moi, qui rendit un son prolongé et éclatant. Ma voisine fut aussitôt frappée d'une pâleur
mortelle, et une horreur secrète s'empara aussi de
moi, car ce son me rappelait la voix de la vieille
femme folle de la maison déserte.

Tandis qu'on prenait le café, je trouvai moyen de me rapprocher du comte P. Il remarqua bien pourquoi.

— Savez-vous bien, me dit-il, que votre voisine était la comtesse Edwine de S*, et que la sœur de sa mère, qui est folle, est renfermée depuis plusieurs années dans la maison déserte. Ce matin, la mère et la fille sont allées rendre visite à cette infortunée. Le vieil intendant, qui seul est en état de gouverner la vieille comtesse, est mortellement malade, et l'on dit que la sœur de la comtesse a enfin confié son secret au docteur K., qui s'est rendu auprès de la malade pour lui donner des soins. Je n'en sais pas davantage pour le moment.

D'autres personnes s'approchèrent, et notre conversation cessa. Le docteur K. était justement le médecin à qui j'avais confié mon singulier état. Je n'hésitai pas à me rendre auprès de lui et à lui demander ce qu'il savait. Il ne fit aucune difficulté de me confier ce qui suit.

« Angélique, comtesse de Z*, me dit le docteur, quoique âgée de trente ans, était encore dans tout l'éclat de sa beauté, lorsque le comte de S*, beaucoup plus jeune qu'elle, la vit à la cour de **[1], et se prit si bien à ses charmes qu'il s'empressa aussitôt auprès d'elle ; au printemps, lorsque la comtesse revint dans les terres de son père, il la suivit pour aller s'ouvrir au vieux comte. Mais à peine le comte était-il arrivé, qu'en apercevant Gabrielle, la sœur cadette d'Angélique, il crut sortir d'un songe. Angélique semblait fanée et décolorée auprès de sa sœur dont la beauté et la grâce entraînaient irrésistiblement le comte S* ; sans plus faire attention à Angélique, il demanda la main de Gabrielle que le vieux comte lui accorda d'autant plus volontiers que celle-ci témoignait déjà un vif penchant pour lui. Angélique ne témoigna pas le moindre chagrin de l'infidélité de son amant. — Il croit m'avoir abandonnée. Le pauvre garçon! Il ne voit pas qu'il m'a servi de jouet, et que c'est moi qui l'ai laissé là! — C'est ainsi qu'elle parlait dans son orgueilleux mépris, et en vérité toutes ses manières témoignaient la plus parfaite indifférence pour le déloyal. Au reste, dès que l'union du comte avec Gabrielle fut déclarée, on vit très peu Angélique.

Elle ne paraissait pas à table, et l'on dit qu'elle passait son temps dans un petit bois, qui avait été longtemps sa promenade favorite. Un singulier événement troubla la tranquillité qui régnait dans le château. Il arriva que les chasseurs du comte de Z**, soutenus par un grand nombre de paysans, réussirent enfin à prendre une bande de Bohémiens, qu'on accusait de tous les meurtres et de tous les brigandages qui se commettaient depuis quelque temps dans la contrée. On amena dans la cour du château les hommes attachés à une chaîne et les femmes et les enfants garrottés sur une charrette. Plus d'une figure audacieuse qui regardait autour d'elle avec des yeux sauvages et étincelants, comme un tigre enchaîné, trahissait le meurtrier et le brigand déterminé; mais une femme surtout attirait les regards, elle était enveloppée, depuis les pieds jusqu'à la tête, d'un châle couleur de sang; sa maigreur était extrême, sa taille très élevée, et elle cria d'une voix impérative, qu'on la fît descendre de la charrette, ce qui fut exécuté. Le comte de Z* s'était rendu dans la cour du château, et il donnait des ordres pour renfermer la bande dans différents cachots, lorsque la comtesse Angélique accourut, les cheveux épars, et tombant à ses genoux, lui cria: — Délivrez ces gens! délivrez

ces gens! Ils sont innocents! Mon père, délivrez-les!
Une seule goutte de leur sang et je me plonge ce couteau dans le sein.

En parlant ainsi, la comtesse agitait un long couteau au-dessus de sa tête, mais elle tomba évanouie.

— Eh, ma jolie pouponne, mon bel enfant, je savais
bien que tu ne le souffrirais pas! — Ainsi causait la
vieille. Puis elle se replia auprès de la comtesse, et
couvrit son visage et son sein de baisers dégoûtants,
en répétant: — Belle enfant, belle enfant, réveille-
toi, le fiancé vient, le fiancé va venir!

La vieille tira une fiole où s'agitait un petit poisson
doré dans une belle liqueur argentée, et la posa sur
le cœur de la comtesse, qui reprit ses sens aussitôt.
Dès qu'elle aperçut la vieille Bohémienne, elle l'embrassa vivement et s'enfuit dans l'intérieur du
château. Le comte de Z*, Gabrielle et son fiancé, qui
étaient accourus, étaient frappés de surprise. Les
Bohémiens restaient complètement indifférents et
tranquilles; on en détacha quelques-uns, et on les
conduisit dans les prisons du château. Le lendemain
matin on fit assembler la commune, les Bohémiens
furent amenés, le comte déclara hautement qu'ils
étaient innocents de tous les brigandages qui avaient
eu lieu dans la contrée, et qu'il leur accordait libre
passage sur son territoire. On les délivra alors de
leurs chaînes, et au grand étonnement de tous, ils
furent mis en liberté. La femme au châle rouge avait
disparu. On prétendait que le capitaine des Bohémiens, reconnaissable à la chaîne d'or qu'il portait
autour du cou, à son chapeau à plumes rouges, avait
été admis pendant la nuit dans la chambre du comte.
Quelque temps après, on eut en effet la certitude
que les Bohémiens n'avaient pris aucune part aux
désordres du pays.

Le mariage de Gabrielle approchait. On vit un jour avec étonnement que plusieurs chariots chargés de meubles, d'habits, de linge, enfin de tous les objets nécessaires à un ménage, quittaient le château. Le lendemain, on apprit que Gabrielle, accompagnée par le valet de chambre du comte S*** et par une femme voilée, qu'on crut reconnaître pour la Bohémienne, était partie pendant la nuit. Le comte Z*** dévoila cette énigme, en déclarant qu'il s'était vu forcé par certaines raisons de céder aux désirs d'Angélique, et de lui donner en toute propriété sa maison de Berlin[1], avec la permission d'y vivre à part, et de ne le recevoir lui-même, qu'autant qu'elle le voudrait bien. Le comte ajouta qu'à la prière d'Angélique, il lui avait permis d'emmener un valet de chambre, qui était parti avec elle. Le mariage fut célébré, le comte S*** partit pour D***[2], avec sa jeune femme, et y passa une année dans une joie sans mélange ; mais alors la santé du comte commença à s'altérer ; il lui semblait qu'une secrète douleur lui ravît tous les plaisirs, toutes les forces de sa vie ; et il chercha vainement à cacher à la comtesse l'état funeste où il se trouvait. De longs évanouissements l'affaiblirent bientôt davantage, et les médecins lui ordonnèrent d'aller résider quelque temps à Pise. La comtesse Gabrielle, qui était sur le point d'accoucher, ne put l'accompagner, mais dut le suivre quelque temps après. — Ici, me dit le docteur, les écrits de la comtesse Gabrielle de S* sont tellement irréguliers, qu'il est difficile d'en suivre l'enchaînement. Bref, un enfant, sa fille, disparaît de son berceau d'une manière inconcevable ; toutes les recherches qu'on fait pour la retrouver sont inutiles. Son chagrin va jusqu'au désespoir, et pour l'accroître, le comte de Z*, son père, lui écrit que son gendre qu'il croyait sur la route

de Pise, a été trouvé frappé d'apoplexie, dans la
maison d'Angélique à Berlin ; il ajoute qu'Angélique
est tombée dans un délire effrayant, et que lui-même
il ne pourra longtemps supporter tous ces maux. Dès
que Gabrielle eut repris quelques forces, elle courut
se retirer dans les terres de son père. Durant une
nuit sans sommeil, où les images de son enfant, de
son mari perdus, se présentaient à ses pensées, elle
croit entendre un léger bruit à la porte de sa chambre ;
elle se lève précipitamment, allume une bougie à la
flamme de sa lampe de nuit. Grand Dieu ! Roulée sur
le plancher, enveloppée dans son châle rouge, la
Bohémienne lui lance des regards fixes et étincelants,
et berce dans ses bras un petit enfant qui vagit douloureusement. Le cœur de la comtesse est prêt à se
rompre dans son sein ! — C'est son enfant ! — C'est
sa fille perdue ! Elle l'arrache des mains de la Bohémienne, mais au même instant, celle-ci roule comme
un automate sans vie. Aux cris de la comtesse, tout le
monde se réveille ; on accourt, on trouve la femme
morte ; rien ne peut la ranimer, et le comte la fait
ensevelir. Que faire, sinon courir auprès de l'insensée
Gabrielle, pour tâcher de lui arracher son secret ? La
folie furieuse d'Angélique ne permettait de laisser
approcher d'elle que le valet de chambre ; mais elle
devient tout à coup calme et raisonnable, lorsque le
comte lui dit l'histoire de l'enfant de Gabrielle ; elle
frappa ses deux mains l'une contre l'autre, et s'écria :
— Votre pouponne est arrivée ? bien arrivée ? et
l'autre enterrée, enterrée ? Oh, le brave faisan, comme
il agite ses ailes dorées ! Ne savez-vous rien du lion
vert avec ses yeux de feu ?
   Le comte remarqua avec humeur le retour de la
folie de sa fille, et il voulait l'emmener dans ses terres.
Mais le vieux valet de chambre lui conseilla de n'en

rien faire, car la fureur d'Angélique augmentait
chaque fois qu'on voulait lui faire quitter la maison.
Dans un moment lucide, Angélique conjura le comte
de la laisser mourir dans cette maison, et celui-ci lui
accorda sa demande, bien que l'aveu qu'elle fît en
même temps lui semblât l'expression de sa folie qui
reprenait son empire. Elle assura que le comte S*
était revenu dans ses bras, et que l'enfant que la
Bohémienne avait porté dans la maison du comte de
Z* était le fruit de cet amour. On croit encore à
Berlin que le comte a emmené cette infortunée dans
ses terres, tandis qu'elle est ici cachée à tous les
yeux, dans cette maison abandonnée. Le comte de Z*
est mort il y a quelque temps, et la comtesse
Gabrielle de S* est venue avec Edmonde pour régler
ses affaires de famille. Elle n'a pu se défendre d'aller
voir sa malheureuse sœur. Il faut qu'il se soit passé
dans cette visite des choses merveilleuses, mais la
comtesse ne me les a pas confiées ; elle m'a seulement dit qu'il était devenu indispensable d'éloigner
le vieux valet de chambre. Il avait d'abord essayé de
dompter la folie de la comtesse en la soumettant à
des traitements barbares ; puis il s'était laissé séduire
par la promesse qu'elle avait faite de lui enseigner le
secret de faire de l'or, et il s'était livré avec elle à
toutes sortes d'opérations. — Il serait inutile, ajouta
le médecin en terminant son récit, il serait inutile de
vous faire remarquer le singulier enchaînement de
toutes ces choses ; mais il m'est bien prouvé que c'est
vous qui avez amené la catastrophe qui causera la
guérison ou la mort prochaine de la comtesse. Au
reste, je ne veux pas vous cacher que je n'ai pas
éprouvé peu d'effroi, lorsqu'en me mettant en rapport magnétique avec vous, j'aperçus aussi une

image dans le miroir. Nous savons maintenant tous deux que cette image était le portrait d'Edmonde.

Ainsi que le médecin, je crois inutile de m'appesantir sur les rapports mystérieux qui se trouvèrent entre Angélique, Edmonde, le vieux valet de chambre et moi. J'ajouterai seulement qu'un malaise accablant me chassa de la capitale, et ne me quitta que quelque temps après, je crois, à l'époque de la mort de la comtesse folle.

Théodore termina de la sorte son histoire. En nous séparant, François lui prit la main, et lui dit en la secouant doucement et en le regardant avec un sourire presque douloureux : — bonne nuit, chauve-souris spallanzanique[1].

LE MAJORAT

CHAPITRE PREMIER

Non loin du rivage de la mer Baltique, se trouve le château héréditaire de la famille de R..., nommé R...bourg[1]. La contrée est sauvage et déserte... Çà et là, quelques brins de gazon percent avec peine le sol formé de sable mouvant. Au lieu du parc qui embellit d'ordinaire les alentours d'une habitation seigneuriale, s'élève, au-dessous des murailles nues, un misérable bois de pins dont l'éternelle couleur sombre semble mépriser la parure du printemps, et dans lequel les joyeux gazouillements des oiseaux sont remplacés par l'affreux croassement des corbeaux et les sifflements des mouettes dont le vol annonce l'orage.

À un demi-mille de ce lieu, la nature change tout à coup d'aspect. On se trouve transporté, comme par un coup de baguette magique, au milieu de plaines fleuries, de champs et de prairies émaillés. À l'extrémité d'un gracieux bouquet d'aulnes, on aperçoit les fondations d'un grand château qu'un des anciens propriétaires de R...bourg avait dessein d'élever. Ses successeurs, retirés dans leurs domaines de Courlande, le laissèrent inachevé ; et le baron Roderich de

R..., qui revint établir sa résidence dans le château de ses pères, préféra, dans son humeur triste et sombre, cette demeure gothique et isolée à une habitation plus élégante[1].

Il fit réparer le vieux château ruiné aussi bien qu'on le put, et s'y renferma avec un intendant grondeur et un petit nombre de domestiques. On le voyait rarement dans le village ; en revanche, il allait souvent se promener à pied ou à cheval sur le rivage de la mer, et l'on prétendait avoir remarqué de loin qu'il parlait aux vagues et qu'il écoutait le mugissement des flots comme s'il eût entendu la voix de l'esprit des mers[2].

Il avait fait arranger un cabinet au haut de la tour la plus élevée, et l'avait pourvu de lunettes et de l'appareil astronomique le plus complet. Là, il observait tous les jours, les yeux tournés vers la mer, les navires qui glissaient à l'horizon comme des oiseaux aquatiques aux ailes blanches éployées. Les nuits étoilées, il les passait dans ce lieu, occupé de travaux astronomiques ou astrologiques, comme on le disait, en quoi le vieil intendant lui prêtait son assistance. Généralement, on pensait alors qu'il s'était adonné aux sciences occultes, à ce qu'on nommait la magie noire[3], et qu'une opération manquée, dont la non-réussite avait irrité contre lui une maison souveraine, l'avait forcé de quitter la Courlande. Le plus léger ressouvenir de son ancien séjour le remplissait d'horreur, et il attribuait tous les malheurs qui avaient troublé sa vie à la faute de ses aïeux, qui avaient quitté R...bourg.

Pour attacher dans l'avenir le chef de sa maison à ce domaine, il résolut d'en faire un majorat. Le souverain y consentit d'autant plus volontiers, qu'il retenait par là dans le royaume une noble et riche famille, dont les membres s'étaient déjà répandus dans les pays étrangers.

Cependant, ni le fils du baron, nommé Hubert, ni le seigneur du majorat, qui portait le nom de Roderich comme son père et son grand-père, ne demeurèrent habituellement au château. Ils passaient leur vie en Courlande. Il semblait qu'ils redoutassent plus que leur ancêtre, la solitude effrayante de R...bourg. Le baron Roderich avait deux tantes, deux vieilles filles, sœurs de son père, à qui, dans leur pauvreté, il avait accordé un asile. Elles habitaient, avec une servante âgée, un petit appartement bien chaud, dans une aile latérale ; et outre ces personnes et un cuisinier qui vivait dans les caves où se préparaient les mets, on ne rencontrait dans les vastes salles et dans les longs corridors du bâtiment principal, qu'un vieux garde-chasse exténué, qui remplissait l'office d'intendant ; les autres domestiques demeuraient dans le village, chez l'inspecteur du domaine.

Mais dans l'arrière-saison, lorsque les premières neiges commençaient à tomber, et que le temps de la chasse aux loups et aux sangliers était arrivé, le vieux château, mort et abandonné, prenait une vie nouvelle. Alors arrivait de Courlande le baron Roderich avec sa femme, accompagné de parents, d'amis, et de nombreux équipages de chasse. La noblesse voisine et tous les chasseurs de la ville prochaine arrivaient à leur tour, et le château pouvait à peine contenir tous les hôtes qui y affluaient. Dans tous les foyers brillaient des feux pétillants, et dès que le ciel commençait à grisonner, jusqu'à la nuit noire, les cuisines étaient animées, les degrés étaient couverts de seigneurs, de dames, de laquais qui descendaient et montaient avec fracas ; d'un côté retentissaient le bruit des verres que l'on choquait, et les joyeux

refrains de chasse, de l'autre, les sons de l'orchestre
qui animaient les danseurs ; partout des rires bruyants
et des cris de plaisir. C'est ainsi que durant plus de
six semaines le château ressemblait plus à une magnifique auberge bien achalandée, qu'à l'habitation d'un
noble seigneur.

Le baron Roderich employait ce temps, autant qu'il
le pouvait, à des affaires sérieuses, et retiré loin du
tumulte de ses hôtes, il remplissait les devoirs du seigneur d'un majorat. Il ne se faisait pas seulement
rendre un compte détaillé de tous les revenus, il
écoutait encore chaque projet d'amélioration, et
jusqu'aux moindres plaintes de ses vassaux, cherchant à rétablir partout l'ordre et à rendre justice à
chacun. Le vieil avocat V...[1], chargé de père en fils
des affaires de la maison des barons de Roderich, et
justicier des biens qu'ils possédaient à P..., l'assistait
activement dans ce travail ; il avait coutume de partir
régulièrement pour le château huit jours avant
l'époque où le baron venait annuellement dans son
majorat.

CHAPITRE II

En 179..., le temps était arrivé où le vieil avocat
V... devait partir pour le château. Quelque énergie
que se sentît encore le vieillard à soixante-dix ans, il
pensait toutefois qu'une main auxiliaire lui serait
d'un grand secours. Un jour il me dit en riant : Neveu
(j'étais son petit-neveu, et je porte encore son nom),
neveu ! — Je pense que tu ferais bien de te faire un
peu souffler le vent de la mer aux oreilles, et de venir

avec moi à R...bourg. Outre que tu peux m'assister vaillamment dans plus d'une méchante affaire, tu te trouveras bien de tâter un peu de la rude vie des chasseurs, et quand tu auras passé une matinée à écrire un protocole, de t'essayer le lendemain à regarder en face un terrible animal courroucé, comme l'est un loup affamé, aux longs poils gris, ou même à lui tirer un bon coup de fusil.

J'avais entendu trop de récits des joyeuses chasses de R...bourg, et j'étais trop attaché à mon digne et vieux grand-oncle, pour ne pas me trouver fort satisfait qu'il voulût bien cette fois m'emmener avec lui. Déjà passablement initié au genre d'affaires qu'il avait à conduire, je lui promis de lui épargner une grande partie de ses travaux.

Le jour suivant, nous étions assis dans une bonne voiture, bien enveloppés dans une immense pelisse, et nous roulions vers R...bourg à travers d'épais flocons de neige, avant-coureurs d'un hiver rigoureux.

En chemin, mon vieil oncle me raconta mille choses bizarres du défunt baron Roderich qui avait fondé le majorat, et qui l'avait nommé, malgré sa jeunesse, son justicier et son exécuteur testamentaire. Il me parla des façons rudes et sauvages du seigneur, dont toute sa famille semblait avoir hérité, et que le baron actuel, qu'il avait connu dans sa jeunesse doux et presque faible, semblait prendre chaque jour davantage. Il me prescrivit de me conduire sans façon et avec hardiesse, pour avoir quelque valeur aux yeux du baron, et finit par m'entretenir du logement qu'il avait choisi une fois pour toutes, au château, parce qu'il était chaud, commode et assez éloigné des autres, pour qu'on pût s'y soustraire au bruit des chasseurs et des convives. Dans deux petites chambres garnies de bonnes tapisseries, tout auprès de la grande salle d'audience, et vis-à-vis de l'appartement des deux vieilles demoiselles, c'est là que mon oncle établissait chaque fois sa résidence.

Enfin, après un voyage aussi rapide que pénible, nous arrivâmes par une nuit obscure à R...bourg. Nous passâmes à travers le village. C'était un dimanche ; la maison de l'inspecteur du domaine était éclairée du haut en bas ; on voyait sauter les danseurs, et on entendait le son des violons. Le château où nous nous rendîmes, ne nous parut que plus sombre et plus désert. Le vent de la mer arrivait jusqu'à nous comme de longs gémissements, et les pins courbés rendaient des sons lugubres. Les hautes murailles noircies s'élevaient devant nous du fond d'un abîme de neige. Nous nous arrêtâmes devant la porte principale qui était fermée. Mais les cris, les claquements du fouet, les coups de marteau redoublés, tout fut inutile ; un silence profond régnait dans l'édifice, et on n'y apercevait aucune lumière. Mon vieil oncle fit entendre sa voix forte et retentissante : François ! François[1] ! — Où restez-vous donc ? — Au diable, remuez-vous ! — Nous gelons à cette porte ! La neige nous coupe le visage. — Que diable, remuez-vous !

Un chien se mit à gronder, une lumière vacillante parut dans une salle basse, elle traversa plusieurs fenêtres ; un bruit de clefs se fit entendre, et les lourdes portes crièrent sur leurs gonds.

— Eh ! soyez le bienvenu, mille fois le bienvenu, M. le Justicier[2]. Voilà un bien triste temps !

Ainsi parla le vieux François, en élevant sa lanterne de manière à ce que toute la lumière tombât sur son visage éraillé, auquel il s'efforçait de donner une expression joviale. La voiture entra dans la cour, nous descendîmes, et j'aperçus alors distinctement l'ensemble du vieux domestique, enseveli dans une large livrée à la vieille mode, singulièrement garnie de galons. Deux boucles grises descendaient sur un front blanc et large ; le bas de son visage avait la couleur robuste du chasseur, et en dépit de ses muscles saillants et de la dureté de ses traits, une expression de bonhomie un peu niaise paraissait dans ses yeux et surtout dans sa bouche.

— Allons, mon vieux François, dit mon oncle en secouant sur le pavé de la grande salle la neige qui couvrait sa pelisse, allons, tout est-il prêt ? Les tapisseries de ma chambre ont-elles été battues, les lits sont-ils dressés ; a-t-on bien balayé, bien nettoyé hier et aujourd'hui ?

— Non, répondit François fort tranquillement, non, M. le justicier, tout cela n'a pas été fait.

— Mon Dieu ! s'écria mon oncle. J'ai cependant écrit à temps, j'arrive juste à la date que j'ai indiquée, et je suis sûr que ces chambres sont glacées.

— Oui, M. le justicier, reprit François en retranchant soigneusement, à l'aide de ciseaux, un énorme lumignon qui s'était formé à l'extrémité de la mèche de la chandelle, et en l'écrasant sous son pied. Voyez-vous, nous aurions eu beau chauffer, à quoi cela nous eût-il servi, puisque le vent et la neige entrent très bien par les vitres cassées que…

— Quoi ! s'écria mon grand-oncle en l'interrompant et en entrouvrant sa pelisse pour mieux croiser les bras, quoi ! les fenêtres sont brisées, et vous, l'intendant de la maison, vous ne les avez pas fait réparer !

— Non, M. le justicier, continua le vieillard avec le même calme, parce qu'on ne peut pas bien entrer à cause des décombres et des pierres qui sont dans les chambres.

— Et comment! mille millions de diables, comment se trouve-t-il des pierres et des décombres dans ma chambre! s'écria mon oncle.

— À l'accomplissement de tous vos souhaits, mon jeune maître! s'écria François en s'inclinant poliment au moment où j'éternuais; et il ajouta aussitôt: Ce sont les pierres et le plâtre du gros mur qui sont tombés pendant le grand ébranlement.

— Vous avez donc eu un tremblement de terre! s'écria mon oncle hors de lui.

— Non, M. le justicier, répondit le vieux domestique avec une espèce de sourire; mais il y a trois jours, la voûte de la salle d'audience est tombée avec un bruit épouvantable.

— Que le diable emporte... Le grand-oncle, violent et irritable qu'il était, se disposait à lâcher un gros juron; mais levant le bras droit et relevant son bonnet de renard, il se retint et se retourna vers moi en éclatant de rire. — Vraiment, me dit-il, il ne faut plus que nous fassions de questions, car nous ne tarderions pas à apprendre que le château tout entier s'est écroulé[1]. — Mais, continua-t-il en se tournant vers le vieux domestique, mais, François, ne pouviez-vous pas être assez avisé pour me faire préparer et chauffer un autre appartement? Ne pouviez-vous pas arranger promptement une salle pour les audiences?

— Tout cela a été fait, dit le vieux François en montrant l'escalier d'un air satisfait, et en commençant à monter les degrés.

— Mais voyez donc cet original! s'écria mon oncle en le suivant. Il se mit à marcher le long de quelques grands corridors voûtés, sa lumière vacillante jetait une singulière clarté dans les épaisses ténèbres qui y régnaient. Des colonnes, des chapiteaux, de sombres arcades se montraient dans les airs sous des formes fugitives, nos ombres gigantesques marchaient auprès de nous, et ces merveilleuses figures qui se glissaient sur les murailles, semblaient fuir en tremblant, et leurs voix retentir sous les voûtes avec le bruit de nos pas. Enfin, après nous avoir fait traverser une suite de chambres froides et démeublées, François ouvrit une salle où la flamme qui s'élevait dans la cheminée nous salua d'un pétillement hospitalier. Je me trouvai à mon aise dès que j'entrai dans cette chambre ; pour mon oncle, il s'arrêta au milieu de la salle, regarda tout autour de lui, et dit d'un ton grave et presque solennel : — C'est donc ici qu'on rendra la justice ?

François élevant son flambeau de manière à éclairer un blanc carré de mur où s'était sans doute trouvée une porte, dit d'une voix sombre et douloureuse : — On a déjà rendu justice ici !

— Quelle idée vous revient là, mon vieux camarade ! s'écria mon oncle en se débarrassant de sa pelisse et en s'approchant du feu.

— Cela m'est venu sans y penser, dit François. Il alluma des bougies, ouvrit la chambre voisine qui avait été préparée pour nous recevoir. En peu d'instants une table servie se trouva devant la cheminée ; le vieux domestique apporta des mets bien apprêtés, auxquels nous fîmes honneur, et une écuelle de punch brûlé à la véritable manière du nord.

Mon oncle, fatigué du voyage, gagna son lit dès qu'il eut soupé ; la nouveauté, la singularité de ce lieu, le punch même, avaient trop animé mes esprits pour que je pusse songer à dormir. François débarrassa la table, ranima le feu, et me laissa en me saluant amicalement.

CHAPITRE III

Je me trouvai donc seul dans la haute et vaste salle. La neige avait cessé de tomber, la tempête de mugir, et le disque de la lune brillait à travers les larges fenêtres cintrées, et éclairait d'une manière magique tous les sombres recoins de cette singulière construction, où ne pouvait pas pénétrer la clarté de ma bougie et celle du foyer. Comme on le voit souvent dans les vieux châteaux, les murailles et le plafond de la salle étaient décorés, à l'ancienne manière, de peintures fantastiques et d'arabesques dorées. Au milieu de grands tableaux, représentant des chasses aux loups et aux ours, s'avançaient en relief des figures d'hommes et d'animaux, découpées en bois, et peintes de diverses couleurs, auxquelles le reflet du feu et celui de la lune donnaient une singulière vérité. Entre les tableaux, on avait placé les portraits de grandeur naturelle des anciens barons en costume de chasse. Tous ces ornements portaient la teinte sombre que donne le temps, et faisaient mieux ressortir la place blanche et nue qui se trouvait entre les deux portes. C'était évidemment aussi la place d'une porte qui avait été murée, et qu'on avait négligé de recouvrir de peintures et d'ornements.

Qui ne sait combien le séjour d'un lieu pittoresque éveille d'émotions, et saisit même l'âme la plus froide ? Qui n'a éprouvé un sentiment inconnu au milieu d'une vallée entourée de rochers, dans les sombres murs d'une église ? Qu'on songe maintenant que j'avais vingt ans, que les fumées du punch animaient ma pensée, et l'on comprendra facilement la disposition d'esprit où je me trouvais dans cette salle. Qu'on se peigne aussi le silence de la nuit, au milieu duquel le sourd murmure de la mer et les singuliers siffle-ments des vents retentissaient comme les sons d'un orgue immense, touché par des esprits; les nuages qui passaient rapidement et qui souvent, dans leur blancheur et leur éclat, semblaient des géants qui venaient me contempler par les immenses fenêtres: tout cela était bien fait pour me causer le léger frisson que j'éprouvais. Mais ce malaise était comme le sai-sissement qu'on éprouve au récit d'une histoire de revenants vivement contée, et qu'on ressent avec plaisir. Je pensais alors que je ne pouvais me trouver en meilleure disposition pour lire le livre que j'avais apporté dans ma poche. C'était le *Visionnaire* de Schiller[1]. Je lus et je relus, et j'échauffai de plus en plus mon imagination. J'en vins à l'histoire de la noce chez le comte de V..., racontée avec un charme si puissant. Juste au moment où le spectre de Jéro-nimo entra dans la salle, la porte qui conduisait à l'antichambre s'ouvrit avec un grand bruit. Je me levai épouvanté; le livre tomba de mes mains. Mais, au même instant, tout redevint tranquille, et j'eus honte de ma frayeur enfantine. Il se pouvait que le vent eût poussé cette porte; ce n'était rien, moins que rien: je repris mon livre.

Tout à coup on s'avança doucement, lentement, et à pas comptés, à travers la salle; on soupirait, on gémissait, et dans ces soupirs, dans ces gémisse-ments, se trouvait l'expression d'une douleur pro-fonde. — Mais j'étais en garde contre moi-même. C'était sans doute quelque bête malade, laissée dans l'étage inférieur, et dont un effet d'acoustique me renvoyait la voix. — Je me rassurai ainsi, mais on se mit à gratter, et des soupirs plus distincts, plus pro-fonds, exhalés comme dans les angoisses de la mort,

se firent entendre du côté de la porte murée. — La
pauvre bête était enfermée, j'allais frapper du pied,
l'appeler, et sans doute elle allait garder le silence ou
se faire entendre d'une façon plus distincte. — Je
pensais ainsi, mais mon sang se figea dans mes
veines, je restai pâle et tremblant sur mon siège, ne
pouvant me lever, encore moins appeler à mon aide.
Le sinistre grattement avait cessé, les pas s'étaient de
nouveau fait entendre[1] ; tout à coup la vie se réveilla
en moi, je me levai et j'avançai deux pas. La lune jeta
subitement une vive clarté, et me montra un homme
pâle et grave, presque horrible à voir, et sa voix, qui
semblait sortir du fond de la mer avec le bruit des
vagues, fit entendre ces mots : — N'avance pas,
n'avance pas, ou tu tombes dans l'enfer !

La porte se referma avec le même bruit qu'auparavant, j'entendis distinctement des pas dans l'antichambre. On descendait les degrés ; la grande porte
du château roula sur ses gonds et se referma bientôt ;
puis il se fit un bruit comme si on tirait un cheval de
l'écurie, et qu'on l'y fît aussitôt rentrer, puis tout
redevint calme. J'entendis alors mon oncle s'agiter
et se plaindre dans la chambre voisine. Cette circonstance me rendit toute ma raison, je pris le flambeau, et j'accourus auprès de lui. Le vieillard semblait
se débattre avec un rêve funeste.

— Réveillez-vous ! Réveillez-vous ! m'écriai-je en
le tirant doucement et en laissant tomber sur son
visage la clarté du flambeau. Mon oncle poussa un
cri sourd, ouvrit les yeux, et me regarda d'un air
glacial. — Tu as bien fait de m'éveiller, neveu, dit-il :
j'avais un mauvais rêve ; c'est la salle voisine et cette
chambre qui en sont cause, car elles m'ont rappelé
des choses singulières qui s'y sont passées ; mais,
maintenant nous allons dormir bien tranquillement.

À ces mots, le vieillard se renfonça sous sa couverture, et parut se rendormir. Lorsque j'eus éteint les bougies, et que je fus dans mon lit, je l'entendis qui priait à voix basse.

CHAPITRE IV

Le lendemain, le travail commença. L'inspecteur du domaine vint avec ses comptes, et tous les gens qui avaient des démêlés à faire vider, ou des affaires à régler, arrivèrent au château. Dans l'après-midi, le grand-oncle m'emmena chez les deux vieilles baronnes, pour leur présenter nos hommages dans toutes les règles. François nous annonça : nous attendîmes quelque temps, et une petite maman courbée et vêtue de soie, qui se donnait le titre de femme de chambre de leurs Grâces, nous introduisit dans le sanctuaire. Nous y fûmes reçus avec un cérémonial comique par deux vieilles dames, costumées à la mode la plus gothique[1]. J'excitai tout particulièrement leur surprise, lorsque mon oncle m'eut présenté comme un avocat qui venait l'assister ; et je lus fort distinctement dans leurs traits qu'elles regardaient les affaires des vassaux de R...bourg comme fort hasardées en mes jeunes mains.

En général, toute cette visite chez les deux vieilles dames eut quelque chose de ridicule, mais l'effroi de la nuit passée régnait encore dans mon âme, et je ne sais comment il advint que les deux vieilles baronnesses, avec leurs hautes et bizarres frisures, les rubans et les fleurs dont elles étaient attifées, me parurent effrayantes et presque surnaturelles[2]. Je m'efforçai de lire sur leurs visages jaunes et flétris, dans leurs yeux creux et étincelants, sur leurs lèvres bleues et pincées, qu'elles vivaient en bonne intelligence avec les spectres du château, et qu'elles se livraient peut-être aussi à des pratiques mystérieuses. Le grand-oncle, toujours jovial, engagea ironiquement les deux dames dans une conversation si embrouillée, que, dans une tout autre disposition que celle où je me trouvais, j'eusse été fort embarrassé de réprimer un sourire.

Quand nous nous retrouvâmes seuls dans notre appartement, mon oncle me dit : — Mais, neveu, au nom du ciel, qu'as-tu donc ? Tu ne parles pas, tu ne manges pas, tu ne bois pas. Es-tu malade, ou te manque-t-il quelque chose ?

Je n'hésitai pas à lui raconter alors fort au long tout ce que j'avais ouï d'horrible dans la nuit. Je n'omis rien, pas même que j'avais bu beaucoup de punch, et que j'avais lu le *Visionnaire* de Schiller. — Je pense donc, ajoutai-je, que mon esprit échauffé a créé toutes ces apparitions qui n'existent qu'entre les parois de mon cerveau.

Je croyais que mon grand-oncle allait se livrer à quelque folle plaisanterie sur mes apparitions, mais nullement ; il devint fort grave, regarda longtemps le parquet, leva les yeux au plafond, et me dit, l'œil animé d'un regard étincelant : — Je ne connais pas ton livre, neveu ; mais ce n'est ni à lui ni au punch que tu dois cette aventure. Sache donc que j'ai rêvé moi-même tout ce que tu as vu. J'étais assis comme toi (dans mon rêve s'entend) sur le fauteuil, devant la cheminée où j'avais la même vision. J'ai vu entrer cet être étrange[1], je l'ai vu se glisser vers la porte murée, gratter la muraille avec tant de désespoir, que le sang jaillissait de ses ongles ; puis descendre, tirer un

cheval de l'écurie et l'y ramener. As-tu entendu un
coq qui chantait à quelque distance dans le village ?
C'est en ce moment que tu vins me réveiller.

Le vieillard se tut, et je n'eus pas la force de l'interroger davantage.

Après un moment de silence, durant lequel il réfléchit profondément, mon oncle me dit : — As-tu assez
de courage pour affronter encore cette apparition, et
avec moi ?

Je lui répondis que j'étais prêt à tout.

— La nuit prochaine, dit-il, nous veillerons donc
ensemble.

La journée s'était passée en maintes occupations,
et le soir était venu. François avait, comme la veille,
préparé le souper et apporté le punch. La lune brillait au milieu des nuages argentés, la mer mugissait
avec violence, et le vent faisait résonner les vitraux.
Nous nous efforçâmes de parler de matières indiffé-
rentes. Le grand-oncle avait placé sur la table sa
montre à répétition. Elle sonna minuit[1]. En même
temps, la porte s'ouvrit avec le même bruit que la
veille, des pas mesurés retentirent dans la première
salle ; les soupirs et les grattements se firent entendre.

Mon oncle pâlit, mais ses yeux brillaient d'un feu
inaccoutumé ; il se leva de son fauteuil, et se redressa
de toute sa haute stature, le bras droit étendu devant
lui. Cependant les soupirs et les gémissements augmentaient, et on se mit à gratter le mur avec plus de
violence que la veille. Le vieillard se dirigea droit
vers la porte murée, et d'un pas si assuré que le
parquet en trembla. Arrivé à la place où le grattement se faisait entendre, il s'arrêta et s'écria d'une
voix forte et solennelle : — Daniel ! Daniel ! Que
fais-tu ici à cette heure[2] ?

Un cri terrible lui répondit, et fut suivi d'un bruit

sourd, semblable à celui que produit la chute d'un corps pesant.

— Cherche grâce et miséricorde devant le trône de l'Éternel! Sors de ce monde auquel tu ne peux plus appartenir! s'écria le vieillard d'une voix plus forte encore.

On entendit un léger murmure. Mon oncle s'approcha de la porte de la salle, et la ferma si violemment, que toute l'aile du château en retentit. Lorsqu'il se remit sur son fauteuil, son regard était éclairci. Il joignit les mains et pria intérieurement. J'étais resté pétrifié, saisi d'une sainte horreur, et je le regardais fixement. Il se releva après quelques instants, me serra dans ses bras, et me dit doucement: — Allons, mon neveu, allons dormir.

CHAPITRE V

Enfin, après quelques jours, le baron arriva, avec sa femme et une suite nombreuse; les convives affluèrent, et la joyeuse vie que mon oncle m'avait dépeinte commença dans le château.

Lorsque le baron vint, dès son arrivée, nous visiter dans notre salle, il parut fort surpris de notre changement de résidence, jeta un sombre regard sur la porte murée, et passa sa main sur son front, comme pour écarter un fâcheux souvenir. Le grand-oncle parla de l'écroulement de la salle d'audience. Le baron blâma François de ne nous avoir pas mieux logés, et invita avec bonté le vieil avocat à se faire donner tout ce qui pouvait contribuer à sa commodité. En général, la manière d'être du baron avec mon grand-oncle n'était pas seulement cordiale ; il s'y mêlait une sorte de respect, que je m'expliquai par la différence des âges : mais ce fut là tout ce qui me plut dans les façons du baron, qui étaient rudes et hautaines. Il ne fit aucune attention à moi, et me traita comme un simple écrivain[1]. La première fois que je rédigeai un acte, il le trouva mal conçu, et s'exprima sans détour. Mon sang bouillonna, et je fus sur le point de répondre avec aigreur, lorsque mon oncle, prenant la parole, assura que tout ce que je faisais était parfaitement en règle.

Lorsque nous fûmes seuls, je me plaignis vivement du baron, dont les manières me repoussaient de plus en plus. — Crois-moi, neveu, me répondit-il : en dépit de ses manières, le baron est le meilleur des hommes ; ces façons ne lui sont venues, comme je te l'ai déjà dit, que depuis qu'il est seigneur du majorat ; autrefois c'était un jeune homme doux, modeste. Au reste, il n'est pas aussi rude que tu le fais, et je voudrais bien savoir pourquoi il te déplaît autant.

En disant ces mots, mon oncle sourit ironiquement, et le sang me monta au visage. En m'examinant bien, je ne pouvais me cacher que cette haine venait de l'amour ou plutôt de l'admiration que je portais à une créature qui me semblait la plus ravissante de celles que j'eusse jamais rencontrées sur la terre. Cette personne n'était autre que la baronne elle-même. Dès son arrivée, dès qu'elle avait traversé les appartements, enveloppée dans une pelisse de martre russe, qui serrait étroitement sa taille, la tête couverte d'un riche voile, elle avait produit sur mon âme l'impression la plus profonde. La présence même des deux vieilles tantes, vêtues plus bizarrement que jamais, avec de grandes fontanges[2], la saluant cérémonieusement à force de compliments en mauvais français, auxquels la baronne répondait par quelques mots allemands, tandis qu'elle s'adressait à ses gens en pur dialecte courlandais, tout donnait à son apparition un aspect encore plus piquant. Elle me semblait un ange de lumière, dont la venue devait chasser les esprits de la nuit.

L'image de cette femme charmante était sans cesse devant mes yeux. Elle avait à peine dix-neuf ans. Son visage, aussi délicat que sa taille, portait l'empreinte de la bonté, mais c'était surtout dans le regard de ses yeux noirs que régnait un charme indéfinissable : un rayon humide s'y balançait, comme l'expression d'un douloureux désir. Souvent elle était perdue en elle-même, et de sombres nuages rembrunissaient ses traits. Elle semblait prévoir un avenir sinistre, et sa mélancolie la rendait encore plus belle.

Le lendemain de l'arrivée du baron, la société se rassembla pour déjeuner. Mon oncle me présenta à la baronne, et, dans mon trouble, je me comportai d'une manière si gauche, que les vieilles tantes attribuèrent mon embarras au profond respect que je portais à la châtelaine, et me firent mille caresses. Mais je ne voyais, je n'entendais que la baronne, et cependant je savais qu'il était aussi impossible de songer à mener une intrigue d'amour, que d'aimer, comme un écolier ou comme un berger transi, une femme à la possession de laquelle je devais à jamais renoncer. Puiser l'amour dans ses regards, écouter sa voix séduisante, et puis, loin d'elle, porter toujours son image dans mon cœur, c'est ce que je ne voulais et que je ne pouvais pas faire[1]. J'y songeai tout le jour, la nuit entière, et dans mes extases, je m'écriais en soupirant : — Séraphine ! Séraphine[2] ! Mes transports furent si vifs que mon oncle s'éveilla.

— Neveu ! me cria-t-il, je crois que tu rêves à haute

voix. Dans le jour, tant qu'il te plaira ; mais la nuit,
laisse-moi dormir.

Je ne fus pas peu embarrassé d'avoir laissé échapper ce nom devant mon grand-oncle, qui avait bien
remarqué mon trouble à l'arrivée de la baronne. Je
craignais qu'il ne me poursuivît de ses sarcasmes ;
mais le lendemain, en entrant dans la salle d'audience, il ne me dit que ces mots : — Que Dieu donne
à chacun le bon sens de se conserver à sa place !

Puis il s'assit à la grande table, et ajouta : — Neveu,
écris bien distinctement pour que je ne sois pas
arrêté court en lisant tes actes.

CHAPITRE VI

L'estime et le respect que le baron portait à mon
vieux grand-oncle se montraient en toutes choses.
C'est ainsi qu'il le forçait toujours de prendre la
place d'honneur auprès de la baronne. Pour moi,
j'occupais tantôt une place, tantôt une autre, et d'ordinaire quelques officiers de la ville voisine s'attachaient à moi pour boire et jaser ensemble.

Durant quelques jours je me trouvai de la sorte
fort éloigné de la baronne, jusqu'à ce qu'enfin le
hasard me rapprocha d'elle. Au moment où les portes
de la salle à manger s'étaient ouvertes, la demoiselle
de compagnie de la baronne, qui ne manquait ni de
beauté ni d'esprit, se trouvait engagée avec moi dans
une conversation qui semblait lui plaire. Conformément à l'usage, je lui donnai le bras, et je n'éprouvai
pas peu de joie en la voyant prendre place auprès de
la baronne qui lui lança un coup d'œil amical. On

peut imaginer que tout ce que je dis pendant le repas, s'adressa moins à ma voisine qu'à sa maîtresse; et soit que mon exaltation donnât un élan tout particulier à mes discours, soit que la demoiselle fût disposée à m'entendre, elle se plut sans cesse davantage aux récits merveilleux que je lui faisais. Bientôt notre entretien devint entièrement séparé de la conversation générale. Je remarquais avec plaisir que ma voisine jetait de temps en temps des regards d'intelligence à la baronne, qui s'efforçait de nous entendre. Son attention semblait surtout redoubler lorsque je parlais de musique avec l'enthousiasme que m'inspire cet art sacré; et elle fit un mouvement, lorsqu'il m'échappa de dire qu'au milieu des tristes occupations du barreau, je trouvais encore quelques moments pour jouer de la flûte.

On s'était levé de table, et le café avait été servi dans le salon. Je me trouvai, sans y prendre garde, debout auprès de la baronne qui causait avec sa demoiselle de compagnie. Elle s'adressa aussitôt à moi, et me demanda, d'un ton plus familier que celui qu'on prend avec une simple connaissance, si je me plaisais dans le vieux château. Je lui répondis que la solitude où nous nous étions trouvés pendant les premiers instants de notre séjour avait produit sur moi une profonde impression, que depuis son arrivée je me trouvais fort heureux, mais que je désirais vivement être dispensé d'assister aux grandes chasses qui se préparaient et auxquelles je n'étais pas habitué.

La baronne se mit à sourire et me dit : — Je pense bien que ces grandes courses dans nos forêts de pins ne vous séduisent guère. Vous êtes musicien, et si tout ne me trompe pas, vous êtes poète aussi. J'aime ces deux arts avec passion : je joue moi-même un peu de la harpe[1]; mais à R...bourg, il faut que je me prive de ce délassement, car mon mari ne veut pas que j'apporte cet instrument dont les sons délicats s'accorderaient peu avec le bruit des cors de chasse et les cris des chiens. Oh! mon Dieu, que la musique me rendrait heureuse ici!

Je lui dis que je ferais tous mes efforts pour contenter son envie, ne doutant pas qu'on trouverait quelque instrument au château, ne fût-ce qu'un mauvais piano.

Mlle Adélaïde, la demoiselle de compagnie de la baronne[1], se mit à rire, et me demanda si je ne savais pas que, de mémoire d'homme, on n'avait entendu dans le château, excepté les trompettes et les cors des chasseurs, que les violons enrhumés, les basses discordantes, et les hautbois criards de quelques musiciens ambulants[2]. La baronne exprima de nouveau le vif désir de m'entendre faire de la musique; et, toutes deux, elle et Adélaïde, proposèrent mille expédients pour se procurer un forte-piano.

En ce moment, le vieux François traversa la salle.

— Voilà celui qui sait conseil à tout, qui procure tout, même ce qui est inouï et impossible! À ces mots, Mlle Adélaïde l'appela; et tandis qu'elle cherchait à lui faire comprendre de quoi il était question, la baronne écoutait, les mains jointes, la tête penchée en avant, regardant le vieux domestique avec un doux sourire. Elle ressemblait à un enfant qui voudrait déjà avoir dans ses mains le jouet qu'il désire.

François, après avoir exposé, à sa manière, plusieurs causes qui semblaient s'opposer invinciblement à ce qu'on se procurât, dans un bref délai, un instrument aussi rare, finit par se gratter le front, en disant: — Mais il y a dans le village la femme de l'inspecteur, qui tape, avec diablement d'adresse, sur un petit orgue, tantôt à vous faire pleurer, et tantôt à vous donner envie de danser une courante...

— Elle a un piano! s'écria Adélaïde en l'interrompant.

— Ah! sans doute, c'est cela, dit François; il lui est venu de Dresde un...

— Oh! c'est merveilleux, s'écria la baronne.

— Un bel instrument! s'écria le vieux François; mais un peu faible, car lorsque l'organiste a voulu jouer dessus, le cantique: *Toutes mes volontés sont dans ta main, Seigneur*[1], il l'a mis tout en pièces; de manière...

— Oh! mon Dieu! s'écrièrent à la fois la baronne et Adélaïde.

— De manière, continua François, qu'il en a coûté beaucoup d'argent pour l'envoyer réparer à R...

— Mais il est revenu? demanda Adélaïde avec impatience.

— Eh! sans doute, mademoiselle; et l'inspectrice se fera un honneur de...

Le baron vint à passer en cet instant; il regarda notre groupe d'un air surpris, et dit en souriant avec ironie à la baronne: — François vient-il de nouveau de donner quelque bon conseil?

La baronne baissa les yeux en rougissant, et le vieux domestique se recula avec effroi, la tête levée, et les bras pendants, dans une attitude militaire.

Les vieilles tantes se soulevèrent dans leurs jupes lourdes et étoffées, et enlevèrent la baronne. Mlle Adélaïde la suivit. J'étais resté comme frappé par un enchantement, éperdu de délices de pouvoir approcher de celle qui ravissait tout mon être, et irrité contre le baron, qui me semblait un despote devant qui tout le monde tremblait.

— M'entends-tu, enfin? dit mon oncle en me frappant sur l'épaule. N'est-il pas temps de remonter dans notre appartement ? Ne t'empresse pas ainsi auprès de la baronne, me dit-il, lorsque nous fûmes seuls ensemble : laisse cela aux jeunes fats ; il n'en manque pas. Je lui racontai comme tout s'était passé, et je lui demandai si je méritais ses reproches. Il ne me répondit que : hem, hem ! ôta sa robe de chambre, alluma sa pipe, se plaça dans son fauteuil, et se mit à me parler de la chasse de la veille, en se moquant de mon inhabileté à manier un fusil. Tout était devenu tranquille dans le château, et chacun retiré dans sa chambre s'occupait de sa toilette pour le soir ; car les musiciens aux violons enrhumés, aux basses discordantes et aux hautbois criards, étaient arrivés, et il ne s'agissait de rien moins que d'un bal pour la nuit.

Mon grand-oncle préférait le sommeil à ces distractions bruyantes, et avait résolu de rester dans sa chambre. Pour moi, j'étais occupé à m'habiller, lorsqu'on vint frapper doucement à la porte. François parut, et m'annonça d'un air mystérieux que le clavecin[1] de l'inspectrice était arrivé dans un traîneau, et qu'il avait été porté chez la baronne.

Mlle Adélaïde me faisait prier de me rendre auprès de sa maîtresse.

CHAPITRE VII

Avec quels battements de cœur, avec quels tressaillements j'ouvris la chambre où je devais la trouver !

Mlle Adélaïde vint joyeusement à ma rencontre. La baronne, déjà complètement habillée pour le bal, était assise d'un air rêveur devant la caisse mystérieuse où dormaient les sons que je devais éveiller. Elle se leva dans un tel éclat de beauté que je pus à peine respirer.

— Eh bien! Théodore[1]... (Selon la bienveillante coutume du Nord qu'on retrouve au fond du Midi, elle nommait chacun par son prénom.) Eh bien! Théodore, me dit-elle, l'instrument est arrivé. Fasse le ciel qu'il ne soit pas tout à fait indigne de votre talent!

Dès que j'en ouvris la boîte, une multitude de cordes s'échappèrent, et au premier accord, toutes celles qui étaient restées tendues rendirent des sons d'une discordance effroyable.

— L'organiste a encore passé par là avec sa main délicate, dit Mlle Adélaïde en riant; mais la baronne, toute découragée, s'écria: — C'est cependant un grand malheur! Ah! ne dois-je donc avoir aucun plaisir ici?

Je cherchai dans la case de l'instrument, et je trouvai heureusement quelques rouleaux de cordes, mais pas une clef d'accordeur.

Nouvelles lamentations.

— Toute clef dont le tuyau pressera la cheville pourra servir, leur dis-je, et aussitôt la baronne et Adélaïde se mirent à courir de tous côtés. En un instant un magasin complet de clefs se trouva devant moi sur la table d'harmonie.

Je me mis alors activement à l'ouvrage. Mlle Adélaïde et la baronne elle-même s'efforçaient de m'aider en essayant chaque clef tour à tour.

— En voici une qui s'ajuste! elle va, elle va bien! s'écrièrent-elles avec transport. Et la corde tendue jusqu'à l'accord pur se brisa avec bruit et les fit reculer avec effroi. La baronne reprit de ses doigts délicats le fil d'archal[2], le renoua, et me tendit complaisamment les rouleaux de cordes à mesure que je les développais. Tout à coup l'une d'elles s'échappa et se perdit à l'extrémité de la chambre ; la baronne poussa un soupir d'impatience, Adélaïde courut en riant la chercher ; et à nous trois, nous la rattachâmes pour la voir se briser encore. Mais enfin tous les numéros se trouvèrent, les cordes furent attachées, et les sons maigres et confus commencèrent à se régler et à se changer en accords pleins et harmonieux.

— Nous avons réussi ! l'instrument est d'accord ! me dit la baronne avec un doux sourire.

Que cette peine prise en commun effaça promptement entre nous la timidité et la gêne des convenances ! une confiance familière s'établit aussitôt et dissipa l'embarras qui m'accablait comme un fardeau pesant. Le pathos qui accompagne d'ordinaire l'amour timide était déjà loin de moi, et lorsqu'enfin le piano-forte se trouva d'accord, au lieu, comme je me l'étais promis, d'exprimer ce que j'éprouvais par des improvisations, je me mis à exécuter des canzonnettes italiennes. Tandis que je répétais mille fois *senza dite, sentimi idol mio* et *morir mi sento*[1], les regards de Séraphine s'animaient de plus en plus. Elle s'était assise tout près de moi, et je sentais son haleine se jouer sur ma joue. Elle se tenait le bras appuyé sur le dossier de mon fauteuil, et un ruban blanc, qui se détacha de sa coiffure de bal, tomba sur mon épaule, et flotta quelque temps balancé par ses doux soupirs.

Je m'étonne encore d'avoir pu conserver ma raison !

Lorsque je m'arrêtai en essayant quelques accords pour chercher un nouveau motif, Adélaïde, qui était assise dans un coin de la chambre, vint s'agenouiller devant la baronne; et prenant ses deux mains, elle les pressa dans les siennes, en disant: — Ô ma chère baronne! Séraphine, chantez aussi, de grâce!

La baronne répondit: — À quoi penses-tu donc, Adélaïde? Comment, tu veux que je me fasse entendre après notre virtuose!

C'était un tableau ravissant que de la voir semblable à un enfant honteux, les yeux baissés, rougissant, et combattue tout à la fois par l'embarras et le désir.

Je la suppliai à mon tour; et lorsqu'elle eut parlé des chansons courlandaises, les seules qu'elle sût, dit-elle, je ne lui laissai de repos que lorsqu'elle eut promené sa main gauche sur le clavier, comme par manière d'introduction. Je voulus lui céder ma place; elle s'y refusa absolument, en disant qu'elle n'était pas en état de produire un seul accord. Je restai. Elle commença d'une voix pure et argentine, qui retentissait comme les accents du cœur. C'était une mélodie simple, portant tout à fait le caractère de ces chants populaires qui pénètrent si profondément dans l'âme, qu'en les entendant on ne peut méconnaître la haute nature poétique de l'homme. Il se trouve un charme plein de mystère dans les paroles insignifiantes de ces textes, qui sont en quelque sorte l'hiéroglyphe[1] des sentiments qu'on ne peut exprimer. Qui ne pense avec bonheur à ces canzonnettes espagnoles[2], dont les paroles n'ont guère plus d'art que celle-ci: «Je m'embarquai sur la mer avec celle que j'aime; l'orage nous surprit, et celle que j'aime se balançait avec effroi. Non! jamais plus je ne m'embarquerai sur la mer avec celle que j'aime.»

La chansonnette de la baronne ne disait rien de plus que: «Quand j'étais jeune, je dansai à la noce avec mon trésor, et une fleur tomba de ses cheveux.

Je la relevai et la lui rendis en disant : "Eh bien, mon trésor, quand reviendrons-nous à la noce ? " » Lorsque j'accompagnai, par des arpèges, la seconde strophe de cette chanson, et que dans mon ravissement j'en devinai la mélodie sur les lèvres de Séraphine, je passai à ses yeux et à ceux d'Adélaïde pour un grand maître, et elles m'accablèrent d'éloges.

L'éclat des lumières de la salle du bal se répandait jusque sur les fenêtres de la chambre de la baronne, et un affreux bruit de trompettes et de hautbois nous annonça qu'il était temps de nous séparer.

— Hélas ! il faut que je m'éloigne, dit Séraphine. Je me levai aussitôt.

— Vous m'avez procuré les plus heureux moments que j'aie jamais passés à R...bourg, me dit-elle. À ces mots elle me tendit la main. Dans mon ivresse, je la portai à mes lèvres, et je sentis tous les nerfs de ses doigts trembler sous mes baisers !

Je ne sais pas comment je pus arriver jusqu'à la salle du bal. Un Gascon disait qu'il craignait les batailles, parce que chaque blessure lui serait mortelle, lui qui n'était que cœur de la tête aux pieds. J'étais exactement comme disait ce Gascon ; un attouchement me tuait. La main de Séraphine, ses doigts tremblants avaient pénétré en moi comme des flèches empoisonnées. Mon sang brûlait dans mes artères !

CHAPITRE VIII

Sans précisément m'interroger, le grand-oncle fit si bien le lendemain, que je lui racontai l'histoire de la veille. Alors quittant l'air riant qu'il avait pris d'abord, il me dit du ton le plus grave : — Je t'en prie, mon neveu, résiste à la folie qui s'est emparée si puissamment de toi. Sais-tu bien que tes galanteries peuvent avoir des suites épouvantables ! Tu marches comme un insensé sur une glace fragile qui se brisera sous tes pas. Tu t'engloutiras ; et je me garderai de te prêter la main pour te secourir, je t'en préviens. Que le diable emporte ta musique, si tu ne sais pas l'employer à autre chose qu'à troubler le repos d'une femme paisible !

— Mais, répondis-je, pensez-vous donc que je songe à me faire aimer de la baronne ?

— Singe que tu es ! Si je le pensais, je te jetterais par cette fenêtre !

Le baron interrompit ce pénible colloque[1], et les affaires m'arrachèrent à mes rêveries. Dans le salon, la baronne m'adressait seulement quelques mots, mais il ne se passait pas de soirée sans que je reçusse un message de Mlle Adélaïde, qui m'appelait auprès de Séraphine. Nous passions souvent le temps à nous entretenir de différents sujets entre les intervalles de la musique, et Adélaïde avait soin de débiter mille folies, lorsqu'elle nous voyait nous plonger dans des rêveries sentimentales. Je me convainquis dans ces entrevues, que la baronne avait dans l'âme quelque chose d'extraordinaire, un sentiment funeste qu'elle ne pouvait surmonter, ni dissimuler[2].

Un jour, la baronne ne parut pas à table ; on disait qu'elle était indisposée, et qu'elle gardait la chambre. On demanda avec intérêt au baron si l'indisposition de sa femme était grave. Il se mit à rire d'une manière singulière, et répondit : — C'est un léger rhume que lui a causé l'air de la mer, qui n'épargne guère les douces voix, et qui ne souffre d'autres concerts que les fanfares de chasse. À ces mots, le baron me jeta

un regard irrité. C'était évidemment à moi que s'adressaient ses paroles. Adélaïde, qui était assise auprès
de moi, rougit extrêmement, et me dit à voix basse,
sans lever la tête : — Vous verrez encore aujourd'hui
Séraphine, et vos chants adouciront ses maux.

Les paroles d'Adélaïde me frappèrent en ce moment ;
il me sembla que j'avais une secrète intrigue d'amour
qui ne pourrait se terminer que par un crime. Les
avertissements de mon grand-oncle revinrent à ma
pensée. Que devais-je faire ? Cesser de la voir ; cela
ne se pouvait pas, tant que je resterais au château, et
je ne pouvais le quitter tout à coup. Hélas ! je ne
sentais que trop que je n'étais pas assez fort pour
m'arracher au rêve qui me berçait de joies inef-
fables. Adélaïde me semblait presque une vulgaire
entremetteuse, je voulais la mépriser ; et cependant
je ne le pouvais pas. Qu'y avait-il donc de coupable
entre Séraphine et moi ? Le repas s'acheva promptement, parce qu'on voulait chasser des loups qui
s'étaient montrés dans les bois voisins. La chasse
convenait parfaitement à la disposition d'esprit où je
me trouvais, et je déclarai à mon oncle que j'allais
me mettre de la partie.

— C'est bien, me dit-il en riant ; j'aime à te voir
ainsi. Je reste, moi ; tu peux prendre mon fusil et
mon couteau de chasse, c'est une arme sûre dont on
a quelquefois besoin.

La partie du bois où les loups devaient se trouver,
fut cernée par les chasseurs. Le froid était excessif, le
vent sifflait à travers les pins, et me poussait la neige
au visage ; je voyais à peine à six pas. Je quittai
presque glacé la place que j'avais choisie, et je cherchai un abri dans le bois. Là je m'appuyai contre un
arbre, mon fusil sous le bras. Bientôt j'oubliai la
chasse ; mes pensées me transportaient dans la

chambre de Séraphine. Des coups de feu se firent
entendre, et un loup d'une taille énorme parut devant
moi ; je tirai. J'avais manqué l'animal, qui se précipita sur moi, les yeux étincelants. J'étais perdu ; j'eus
heureusement assez de sang-froid pour tirer mon
couteau et le présenter au gosier de mon féroce
ennemi. En un clin d'œil, je fus couvert de sang.

Un des gardes du baron accourut vers moi en
criant, et bientôt tous les autres chasseurs se rassem-
blèrent autour de nous. Le baron accourut aussi.
— Au nom du ciel, vous saignez ! me dit-il, vous êtes
blessé.

J'assurai que je ne l'étais pas. Le baron s'adressa
alors au chasseur qui était arrivé le premier, et l'ac-
cabla de reproches pour n'avoir pas tiré dès que
j'avais manqué ; et, bien que celui-ci s'excusât sur la
rapidité de la course du loup qu'il n'avait pu suivre,
le baron ne laissa pas que de s'emporter contre lui.
Cependant les chasseurs avaient relevé le loup mort.
C'était un des plus grands animaux de son espèce,
et l'on admira généralement mon courage et ma
fermeté, bien que ma conduite me parût fort naturelle, et que je n'eusse nullement songé au danger
que je courais. Le baron surtout me témoigna un
intérêt extrême, et il ne pouvait se lasser de me
demander les détails de cet événement. On revint au
château, le baron me tenait amicalement sous le
bras. Il avait donné mon fusil à porter à un de ses
gardes. Il parlait sans cesse de mon action héroïque,
si bien que je finis par croire moi-même à mon
héroïsme ; et, perdant toute modestie, je pris sans
façon l'attitude d'un homme de courage et de résolution.

Dans le château, au coin du feu, près d'un bol de
punch fumant, je fus encore le héros du jour ; car le

baron seul avait tué un loup, et tous les autres chasseurs se virent forcés d'attribuer leurs mésaventures
à l'obscurité et à la neige.

Je m'attendais aussi à recevoir des louanges de
mon grand-oncle, et dans cette attente, je lui racontai mon aventure d'une façon passablement prolixe,
n'oubliant pas de peindre avec de vives couleurs l'air
féroce et sanguinaire du loup affamé ; mais mon
grand-oncle se mit à me rire au nez, et me dit : — Dieu
est fort dans les faibles !

CHAPITRE IX

Lorsque fatigué de boire et de parler je me dirigeai
vers mon appartement, je vis comme une figure
légère qui s'avançait de ce côté, une lumière à la
main ; en approchant, je reconnus Mlle Adélaïde.

— Ne faut-il pas errer comme un revenant pour
vous rencontrer, mon brave chasseur de loups, me
dit-elle à voix basse, en saisissant ma main.

Ce mot de revenant[1], prononcé en ce lieu (nous
nous trouvions dans la salle d'audience), me fit tressaillir. Il me rappela la terrible nuit que j'y avais
passée, et ce soir encore, le vent de la mer gémissait
comme les tuyaux d'un orgue, les vitraux tremblaient
avec bruit, et la lune jetait sur les dalles une clarté
blafarde. Mlle Adélaïde, qui tenait ma main, sentit le
froid glacial qui se glissait en moi.

— Qu'avez-vous donc ? me dit-elle, vous tremblez ?

— Allons, je vais vous rappeler à la vie. Savez-vous
bien que la baronne ne peut pas attendre le moment
de vous voir ? Elle ne veut pas croire que le loup ne

vous a pas croqué, et elle se tourmente d'une manière incroyable. — Eh! mon jeune ami, qu'avez-vous donc fait à Séraphine? Jamais je ne l'avais vue ainsi. — Ah! comme votre pouls bat maintenant; comme ce beau jeune homme, qui semblait mort, se réveille tout à coup! — Allons, venez bien doucement, nous allons chez la baronne.

Je me laissai entraîner en silence. La manière dont Adélaïde parlait de la baronne me semblait indigne d'elle, et j'étais furieux contre notre prétendue confidente. Lorsque j'entrai avec Adélaïde, la baronne fit trois ou quatre pas au-devant de moi, en poussant un cri de satisfaction, puis elle s'arrêta tout à coup au milieu de la chambre. J'osai prendre sa main et la baiser. La baronne la laissa reposer dans les miennes et me dit: — Mais, mon Dieu, est-ce donc votre affaire d'aller combattre les loups? Ne savez-vous pas que les temps fabuleux d'Orphée et d'Amphion[1] sont dès longtemps passés, et que les bêtes féroces ont perdu tout respect pour les bons musiciens?

Cette tournure plaisante que la baronne donna au vif intérêt qu'elle m'avait témoigné, me rappela aussitôt au ton convenable, que je pris avec tact. Je ne sais toutefois comment il se fit qu'au lieu d'aller m'asseoir devant le piano, comme d'ordinaire, je pris place sur le canapé, auprès de la baronne.

Ces paroles qu'elle me dit: Et comment vous êtes-vous tiré de ce danger? éloignèrent toute idée de musique. Lorsque je lui eus raconté mon aventure dans le bois, et parlé de l'intérêt que le baron m'avait témoigné, elle s'écria, avec un accent presque douloureux: — Oh! que le baron doit vous paraître rude et emporté! Mais croyez-moi, ce n'est que dans ce château inhospitalier, au milieu de ces forêts, qu'il se montre si fougueux et si sombre. Une pensée l'oc-

cupe sans cesse, il est persuadé qu'il doit arriver ici
un événement funeste; aussi votre aventure l'a-t-elle
fortement frappé. Il ne voudrait pas voir le dernier
de ses domestiques exposé au danger, encore moins
un ami, et je sais que Gottlieb, qui n'est pas venu à
votre secours, subira tout au moins la punition la
plus humiliante pour un chasseur, et qu'on le verra,
à la prochaine chasse, à pied derrière les autres, avec
un bâton à la main au lieu de fusil. Cette idée des
dangers que court sans cesse le baron à la chasse,
trouble tous mes instants. C'est défier le démon. On
raconte déjà tant de choses sinistres sur ce château,
et sur notre aïeul qui a fondé le majorat! — Et moi,
que n'ai-je pas à souffrir dans ma solitude! toujours
abandonnée dans ce château où le peuple croit voir
des apparitions! Vous seul, mon ami, dans ce séjour,
vous m'avez procuré, par votre part, quelques instants de bonheur!

Je parlai alors à la baronne de l'impression singulière que j'avais ressentie à mon arrivée au château,
et soit que ma physionomie en dît plus que mes
paroles, elle insista pour apprendre tout ce que j'avais
éprouvé. Durant mon récit, elle joignit plusieurs fois
les mains avec horreur. Elle m'écoutait avec un
effroi toujours croissant; lorsque enfin je lui parlai
du singulier grattement qui s'était fait entendre, et
de la manière dont mon oncle l'avait fait cesser la
nuit suivante, elle poussa un cri de terreur, se rejeta
en arrière, et se cacha le visage de ses deux mains. Je
remarquai alors qu'Adélaïde nous avait quittés. Mon
récit était déjà terminé depuis quelque temps. Séraphine gardait toujours le silence, le visage caché
dans ses mains. Je me levai doucement; et, m'approchant du piano, je m'efforçai de calmer, par mes
accords, son esprit que j'avais fait passer dans l'em-

pire des ombres. Je préludai faiblement par une cantate sacrée de l'abbé Steffani. Les notes plaintives du : *Ochi, perchè piangete*[1] ? tirèrent Séraphine de ses sombres rêveries, elle m'écouta en souriant, les yeux remplis de larmes brillantes. — Comment se fit-il que je m'agenouillai devant elle, qu'elle se pencha vers moi, que je la ceignis dans mes bras, et qu'un long baiser ardent brûla sur mes lèvres ? — Comment ne perdis-je pas mes sens en la sentant se presser doucement contre moi ? — Comment eus-je le courage de la laisser sortir de mes bras, de m'éloigner et de me remettre au piano ? La baronne fit quelques pas vers la fenêtre, se retourna et s'approcha de moi avec un maintien presque orgueilleux, que je ne lui connaissais pas.

Elle me regarda fixement et me dit : — Votre oncle est le plus vénérable vieillard que je connaisse. C'est le génie protecteur de notre famille !

Je ne répondis rien. Son baiser circulait dans toutes mes veines. Adélaïde entra — la lutte que je soutenais avec moi-même se termina par un déluge de larmes que je ne pus retenir. Adélaïde me regarda d'un air étonné et en riant d'un air équivoque — j'aurais pu l'assassiner !

Séraphine me tendit la main et me dit avec une douceur inexprimable : — Adieu, mon ami ! adieu. N'oubliez pas que personne n'a jamais mieux compris que moi votre musique.

Ces paroles retentiront longtemps dans mon âme ! Je murmurai quelques mots confus, et je courus à ma chambre.

CHAPITRE X

Mon oncle était déjà plongé dans le sommeil. Je restai dans la grande salle, je tombai sur mes genoux, je pleurai hautement, j'appelai Séraphine — bref, je m'abandonnai à toutes les extravagances d'un délire amoureux, et je ne revins à moi qu'en entendant mon oncle qui me criait : — Neveu, je crois que tu es fou, ou bien te bas-tu encore avec un loup ?

Je rentrai dans la chambre, et je me couchai avec la ferme résolution de ne rêver que de Séraphine. Il était minuit à peu près, et j'étais à peine dans le premier sommeil, lorsqu'un bruit de portes et de voix éloignées me réveilla brusquement. J'écoutai, les pas se rapprochaient, la porte de la salle s'ouvrit, et bientôt on frappa à celle de notre chambre.

— Qui est là ? m'écriai-je.

Une voix du dehors répondit : — M. le justicier, M. le justicier, levez-vous, levez-vous !

Je reconnus la voix de François, et je lui demandai : — Le feu est-il au château ?

Mon grand-oncle se réveilla à ces mots, et s'écria : — Où est le feu ? ou bien est-ce encore une de ces maudites apparitions ?

— Ah ! M. le justicier, levez-vous, dit François ; levez-vous, M. le baron demande à vous voir !

— Que me veut le baron à cette heure ? répondit mon oncle. Ne sait-il pas que la justice se couche avec le justicier, et qu'elle dort aussi bien que lui ?

— Ah ! M. le justicier, s'écria François avec inquiétude, levez-vous toujours, Mme la baronne est bien malade.

Je poussai un cri de terreur.

— Ouvre la porte à François! me cria mon oncle. Je me levai en chancelant, et j'errai dans la chambre sans trouver la porte. Il fallut que mon oncle m'assistât. François entra pâle et défait, et alluma les bougies. À peine étions-nous habillés que nous entendîmes la voix du baron qui criait dans la salle:
— Puis-je vous parler, mon cher V***?

— Pourquoi t'es-tu habillé, neveu? le baron ne demande que moi, dit le vieillard au moment de sortir.

— Il faut que je descende — que je la voie, et puis que je meure, dis-je d'une voix sourde.

— Ah! ah! tu as raison, mon neveu! En disant ces mots, le vieillard me repoussa si violemment la porte au visage, que les gonds en retentirent, et il la ferma extérieurement. Dans le premier instant de ma colère, j'essayai de la briser; mais réfléchissant aussitôt que ma fureur pourrait avoir les suites les plus funestes pour la baronne elle-même, je résolus d'attendre le retour de mon vieux parent. Je l'entendis parler avec chaleur au baron, j'entendis plusieurs fois prononcer mon nom, mais je ne pus rien comprendre. Ma situation me paraissait mortelle. Enfin j'entendis appeler le baron, qui s'éloigna aussitôt.

Mon oncle entra dans sa chambre.

— Elle est morte! m'écriai-je en me précipitant au-devant de lui.

— Et toi, tu es fou! me répondit-il en me prenant par le bras et me faisant asseoir dans un fauteuil.

— Il faut que je la voie! m'écriai-je, dût-il m'en coûter la vie!

— Vas-y donc, mon cher neveu, dit-il, en fermant sa porte et en mettant la clef dans sa poche.

Ma fureur ne connut plus de bornes. Je pris un fusil chargé, et je m'écriai: — Je me chasse à vos

yeux une balle à travers le crâne[1], si vous ne m'ou-
vrez cette porte!

Le vieillard s'approcha tout près de moi, et me
mesurant d'un regard étincelant, me dit: — Crois-tu,
pauvre garçon, que tes misérables menaces puissent
m'effrayer? Crois-tu que ta vie ait quelque valeur à
mes yeux, si tu la sacrifies pour une pitoyable folie?
Qu'as-tu de commun avec la femme du baron? Qui
t'a donné le droit d'aller t'emporter comme un fat
importun là où l'on ne t'appelle pas, et où on ne souf-
frirait pas ta présence? Veux-tu jouer le berger
amoureux, à l'heure solennelle de la mort[2]?

Je retombai anéanti.

Le vieillard continua d'une voix radoucie: — Et
afin que tu le saches, le prétendu danger que court la
baronne n'est rien. Mlle Adélaïde est hors d'elle-
même, dès qu'une goutte d'eau lui tombe sur le nez,
et elle crie alors: — Quel effroyable orage! Elle a mis
l'alarme dans le château pour un évanouissement
ordinaire. Heureusement les tantes sont arrivées
avec un arsenal d'essences et d'élixirs, et tout est
rentré dans l'ordre.

Mon oncle se tut; il vit combien je combattais
avec moi-même. Il se promena quelques moments
dans sa chambre, s'arrêta devant moi, et me dit en
riant: — Neveu! neveu! quelle folie fais-tu ici? —
Allons, c'est une fois ainsi[3]. Le diable fait ici des
siennes de toutes les façons, et c'est toi qui es tombé
dans ses griffes.

Il fit encore quelques pas en long et en large, et
reprit: — Il n'y a plus moyen de dormir maintenant,
il faut fumer ma pipe pour passer le reste de la nuit.

À ces mots, mon grand-oncle prit une longue pipe
de gypse, la remplit lentement en fredonnant une
ariette, chercha au milieu de ses papiers une feuille

qu'il plia soigneusement en forme d'allumette, et
huma la flamme par de fortes aspirations. Chassant
autour de lui d'épais nuages, il reprit entre ses dents :
— Eh bien! neveu, conte-moi encore un peu l'histoire du loup.

La tranquillité du vieillard produisit un singulier
effet pour moi. Il me sembla que j'étais loin de R...-
bourg, bien loin de la baronne, et que mes pensées
seules arrivaient jusqu'à elle. La dernière demande
de mon oncle me chagrina.

— Mais, lui dis-je ; trouvez-vous mon aventure si
comique qu'elle prête à la raillerie ?

— Nullement, répliqua-t-il, nullement, monsieur
mon neveu ; mais tu n'imagines pas la singulière
figure que fait dans le monde un blanc-bec[1] comme
toi, quand le bon Dieu daigne lui laisser jouer un rôle
qui ne soit pas ordinaire. — J'avais un camarade
d'université qui était un homme tranquille et réfléchi.
Le hasard le nicha dans une affaire d'honneur, et
lui, que tous ses camarades regardaient comme un
homme faible, et même comme un poltron, se conduisit en cette circonstance avec tant de courage, qu'il
fut généralement admiré. Mais depuis ce temps il ne
fut plus le même : du jeune homme simple et studieux,
il advint un fanfaron et un fier-à-bras insupportable ;
et il fit si bien que le senior d'une landsmanschaft[2]*,
qu'il avait insulté de la manière la plus vulgaire, le
tua en duel, au premier coup. — Je te raconte cela
tout bonnement, neveu ; c'est une historiette, tu en
penses ce que tu voudras.

On entendit marcher dans cette salle. Une voix

---

* Des associations se forment sous ce nom dans toutes les
universités ; le doyen, ou *senior*, est chargé par ses camarades de
les diriger.

perçante retentissait à mon oreille, et me criait : Elle
est morte ! Cette pensée me frappa comme un éclair.
Mon oncle se leva, et appela : François ! François !

— Oui, M. le justicier ! répondit-on en dehors.

— François, ranime un peu le feu dans la cheminée de la salle ; et, si c'est possible, fais-nous préparer deux tasses de thé.

— Il fait diablement froid, ajouta mon oncle en se
tournant vers moi ; si nous allions causer auprès de
l'autre cheminée ?

Il ouvrait la porte : je le suivis machinalement.

— Comment cela va-t-il en bas ? dit-il au vieux
domestique.

— Ah ! ce n'est rien, répondit François ; Madame
se trouve bien maintenant, et elle attribue son évanouissement à un mauvais rêve.

Je fus sur le point de bondir de joie. Un regard
sévère de mon oncle me rappela à moi-même.

— Au fond, dit-il, il vaudrait mieux nous remettre
une couple d'heures sur l'oreiller. — Laisse là le thé,
François !

— Comme vous l'ordonnerez, M. le justicier, répondit François ; et il quitta la salle en nous souhaitant
une bonne nuit, bien qu'on entendît déjà le chant des
coqs.

— Écoute, neveu, dit le grand-oncle en secouant
sa pipe contre la cheminée, écoute : il est cependant
heureux qu'il ne te soit pas arrivé de malheur avec
les loups et les fusils chargés !

Je le compris ; et j'eus honte de lui avoir donné lieu
de me traiter comme un enfant.

CHAPITRE XI

— Aie la bonté de descendre et de t'informer de la
santé de la baronne, me dit le lendemain mon oncle.
Tu peux toujours aller trouver Mlle Adélaïde ; elle ne
manquera pas de te donner un ample bulletin.

On pense bien que je ne me fis pas prier. Mais au
moment où je me disposais à frapper doucement à la
porte de l'appartement de Séraphine, le baron se
présenta tout à coup devant moi. Il parut surpris, et
m'examina d'un regard perçant.

— Que voulez-vous ici ? Ce furent les premières
paroles qu'il me fit entendre. Bien que le cœur me
battît violemment, je me remis un peu et lui répondis
d'un ton ferme : — Je remplis un message de mon
oncle, en m'informant de la santé de Mme la baronne.

— Oh ! ce n'est rien. — Rien, que son attaque de
nerfs ordinaire. Elle repose doucement, et elle paraîtra à table aujourd'hui ! — Dites cela à votre oncle !
— Dites-lui cela !

Le baron prononça ces mots avec une certaine violence qui me fit croire qu'il était plus inquiet de la
baronne qu'il ne voulait le paraître. Je me tournais
pour m'éloigner, lorsque le baron m'arrêta tout à
coup par le bras, et s'écria d'un air irrité : — J'ai à
vous parler, jeune homme !

Je voyais devant moi l'époux offensé qui me préparait un châtiment terrible, et j'étais sans armes. Mais
en ce moment, je m'avisai que j'avais dans ma poche
un couteau de chasseur, dont mon grand-oncle
m'avait fait présent au moment de partir pour R...-
bourg. Je suivis alors le baron, qui marchait rapide-

ment devant moi, et je résolus de n'épargner la vie de personne, si je devais essuyer quelque outrage.

Nous étions arrivés dans la chambre du baron. Il en ferma soigneusement la porte, puis se promena quelque temps les bras croisés, et revint devant moi, en répétant : — J'ai à vous parler, jeune homme !

Le courage m'était revenu, et je lui répondis d'un ton élevé : — J'espère que ce seront des paroles qu'il me sera permis d'entendre !

Le baron me regarda d'un air étonné, comme s'il ne pouvait pas me comprendre. Puis il croisa ses mains sur son dos, et se mit à marcher, les regards fixés sur le plancher. Tout à coup, il prit un fusil à la muraille, et fit entrer la baguette dans le canon pour s'assurer s'il était chargé. — Mon sang bouillonna dans mes veines, je portai la main à mon couteau en l'ouvrant dans ma poche, et je m'approchai fort près du baron pour le mettre dans l'impossibilité de m'ajuster.

— Une belle arme ! dit le baron ; et il remit le fusil à sa place. Je reculai de quelques pas ; le baron se rapprocha. Me frappant assez rudement sur l'épaule, il me dit : — Je dois vous paraître contraint et troublé, Théodore ! Je le suis aussi, les alarmes de cette nuit en sont cause. L'attaque de nerfs de ma femme n'était pas dangereuse, je le vois maintenant ; mais ici — ici dans ce château, je crains toujours les plus grands malheurs ; et puis c'est la première fois qu'elle est malade ici. — Vous — vous seul, vous êtes l'auteur de son mal !

— Comment cela est-il possible ? répondis-je avec calme.

— Que le diable n'a-t-il brisé en mille pièces le maudit clavecin de l'inspectrice[1] ! Que n'êtes-vous !… Mais, non ! non ! Il en devait être ainsi. Et je suis seul

cause de tout ceci. Dès le premier moment où vous
vîntes faire de la musique dans la chambre de ma
femme, j'aurais dû vous faire connaître la disposition de son esprit et de sa santé.

Je fis mine de parler.

— Laissez-moi achever, s'écria le baron, il faut
que je vous évite tout jugement précipité. Vous me
tenez pour un homme rude et sauvage, ennemi des
beaux arts. Je ne le suis nullement, mais une conviction profonde m'oblige à interdire ici tout délassement qui amollit et qui ébranle l'âme. Apprenez que
ma femme souffre d'une affection nerveuse qui finira
par la priver de toutes les jouissances de la vie. Dans
ces murs surtout, elle ne sort pas d'un état d'exaltation qui est toujours le symptôme d'une maladie
grave. Vous me demanderez avec raison pourquoi je
n'épargne pas à une femme délicate ce séjour terrible, cette rigoureuse vie de chasseur ? Nommez-le
faiblesse ou tout ce que vous voudrez, je ne puis me
résoudre à la laisser loin de moi. Je pense d'ailleurs
que cette vie que nous menons ici doit au contraire
fortifier cette âme affaiblie ; et vraiment le bruit du
cor, les aboiements des chiens, le mugissement de la
brise doivent l'emporter sur les tendres accords et
sur les romances plaintives ; mais vous avez juré de
tourmenter méthodiquement ma femme, jusqu'à la
faire mourir !

Le baron prononça ces dernières paroles en gros-
sissant sa voix et les yeux étincelants. Je fis un mouvement violent ; je voulus parler, le baron ne me
laissa pas prendre la parole.

— Je sais ce que vous voulez dire, reprit-il, je le
sais, et je vous répète que vous êtes en bon chemin de
tuer ma femme ; et vous sentez qu'il faut que je mette
bon ordre à cela. — Bref ! — vous exaltez ma femme

par votre chant et votre jeu, et lorsqu'elle flotte sans gouvernail et sans guide, au milieu des visions que votre musique a conjurées, vous enfoncez plus profondément le trait en lui racontant une misérable histoire d'apparition qui vous est arrivée, dites-vous, dans la salle d'audience. Votre grand-oncle m'a tout raconté, mais je vous prie de me dire à votre tour ce que vous avez vu, ou pas vu, entendu, éprouvé ou même soupçonné.

Je réfléchis un instant, et je contai de point en point toute mon aventure. Le baron laissait échapper de temps en temps un mot qui décelait sa surprise. Lorsque je redis la manière dont mon oncle s'était conduit, il leva les mains au ciel, et s'écria : — Oui, c'est l'ange protecteur de notre famille[1] !

Mon récit était terminé.

— Daniel ! Daniel ! que fais-tu ici à cette heure ? murmura le baron en marchant à grands pas. — Mon ami, me dit-il, ma femme, à qui vous avez fait tant de mal sans le vouloir, doit être rétablie par vos soins. Vous seul, vous le pouvez.

Je me sentis rougir, et je faisais certainement une sotte figure. Le baron parut se complaire à voir mon embarras ; il me regarda en souriant et avec une ironie fatale.

— Allons, allons, dit-il ; vous n'avez pas affaire à une patiente dangereuse. La baronne est sous le charme de votre musique, et il serait cruel de l'en arracher tout à coup. Continuez donc. Vous serez bien reçu chez elle chaque soir ; mais que vos concerts deviennent peu à peu plus énergiques, mettez-y des morceaux pleins de gaieté, et surtout répétez souvent l'histoire des apparitions. La baronne s'y accoutumera, et l'histoire ne fera pas plus d'impression sur elle que toutes celles qu'on lit dans les romans.

À ces mots, le baron me quitta. Je restai confondu ; j'étais réduit au rôle d'un enfant mutin. Moi qui croyais avoir excité la jalousie dans son cœur, il m'envoyait lui-même à Séraphine, il ne voyait en moi qu'un instrument sans volonté qu'on prend ou qu'on rejette à son gré ! Quelques minutes auparavant, je craignais le baron ; au fond de mon âme gisait le sentiment de ma faute, mais cette faute même me faisait sentir plus vivement la vie, une vie magnifique, élevée, pleine d'émotions dignes d'envie, et tout était retombé dans les ténèbres, et je ne voyais plus en moi qu'un bambin étourdi qui, dans sa folie enfantine, a pris pour un diadème la couronne de papier dont il a coiffé sa tête.

— Eh bien ! neveu, me dit mon grand-oncle qui m'attendait, où restes-tu donc ?

— J'ai parlé au baron, répondis-je vivement et à voix basse, sans pouvoir le regarder.

— Sapperlote ! je le pensais, s'écria-t-il ; le baron t'a sans doute appelé en duel, neveu ?

L'éclat de rire qui suivit ces mots me prouva que cette fois, comme toujours, le vieil oncle perçait à travers mon âme. Je me mordis les lèvres, et je ne répondis rien, car je savais qu'un mot de ma part eût suffi pour provoquer une explosion de sarcasmes que je voyais déjà voltiger sur les lèvres du vieillard.

CHAPITRE XII

La baronne vint à table en frais déshabillé d'une blancheur éclatante. Elle paraissait accablée, et lorsqu'elle levait doucement les yeux en parlant, le désir brillait en longs traits de feu dans ses regards, et une rougeur fugitive couvrait ses joues. Elle était plus belle que jamais !

À quelles folies ne se livre pas un jeune homme dont le sang abondant afflue à la tête et au cœur ! Je reportai sur Séraphine la colère que le baron avait excitée en moi. Toute sa conduite me parut une triste mystification. Je tins à prouver que j'avais conservé toute ma raison, et que je ne manquais pas de perspicacité. J'évitai les regards de la baronne, comme un enfant boudeur, et j'échappai à Adélaïde qui me poursuivait, en me plaçant à l'extrémité de la table entre deux officiers, avec lesquels je me mis à boire vigoureusement. Au dessert, nous fêtâmes si bien la bouteille, que je devins d'une gaieté extraordinaire. Un laquais vint me présenter une assiette où se trouvaient des dragées, en disant : — De la part de Mlle Adélaïde. — Je la pris, et je remarquai bientôt ces mots tracés au crayon sur une des dragées : *Et Séraphine*[1] *!* — La tête me tourna. Je regardai Adélaïde qui éleva doucement son verre en me faisant signe. Presque sans le vouloir je prononçai le nom de Séraphine, et prenant à mon tour un verre, je le vidai d'un trait. — Les yeux d'Adélaïde et les miens se rencontrèrent encore. Un malin démon semblait sourire sur ses lèvres[2].

Un des convives se leva et porta un toast, selon l'usage du nord, à la santé de la maîtresse de maison. Les verres furent choqués avec des exclamations de joie.

Le ravissement et le désespoir remplissaient mon cœur. Je me sentis près de défaillir, je restai quelques moments anéanti. Quand je revins à moi, Séraphine avait disparu. On s'était levé de table. Je voulus m'éloigner, Adélaïde se trouva près de moi, me retint et me parla longtemps. Je n'entendis, je ne compris

rien de ce qu'elle me dit. Elle me prit les mains, et
me glissa en riant quelques mots à l'oreille. J'ignore
ce qui se passa depuis. Je sais seulement que je me
précipitai hors de la salle, et que je courus dans le
bois de pins[1]. La neige tombait à gros flocons, le vent
sifflait, et moi je courais çà et là comme un forcené,
poussant des cris de désespoir.

Je ne sais comment mon délire se serait terminé, si
je n'avais entendu appeler mon nom à travers les
arbres. C'était le vieux garde-chasse.

— Eh! mon cher M. Théodore, venez donc; nous
vous avons cherché partout. Monsieur le justicier
vous attend avec impatience.

Je trouvai mon oncle qui travaillait dans la grande
salle. Je pris place auprès de lui sans prononcer un
seul mot.

— Mais dis-moi donc un peu ce que le baron voulait
de toi? s'écria mon oncle, après que nous eûmes
longtemps travaillé en silence. Je lui racontai notre
entrevue avec le baron, et je terminai en disant que
je ne voulais pas me charger de la tâche dangereuse
qu'il m'avait confiée.

— Quant à cela, dit mon grand-oncle, sois tranquille; nous partirons demain.

Nous partîmes en effet; je ne revis jamais Séraphine!

CHAPITRE XIII

À peine de retour à K..., mon vieux grand-oncle se
plaignit plus que jamais des souffrances que lui avait
causées ce pénible voyage. Son silence grondeur, qui

n'était interrompu que par de violentes explosions de mauvaise humeur, annonçait le retour de ses accès de goutte. Un jour on m'appela en toute hâte; je trouvai le vieillard, frappé d'un coup de sang, étendu sans mouvement sur son lit, tenant une lettre froissée que serraient ses mains convulsivement contractées. Je reconnus l'écriture de l'inspecteur du domaine de R...bourg; mais, pénétré d'une douleur profonde, je n'osai pas arracher la lettre au vieillard dont je voyais la mort si prochaine. Cependant, avant le retour du médecin, les pulsations des artères reprirent leur cours, et les forces vitales du vieillard de soixante-dix ans triomphèrent de cette attaque mortelle. Toutefois la rigueur de l'hiver et l'affaiblissement que lui causa cette maladie, le retinrent longtemps sur sa couche. Il résolut alors de se retirer entièrement des affaires; il céda son office à un autre, et je perdis ainsi tout espoir de retourner jamais à R...bourg.

Mon grand-oncle ne souffrait que mes soins. C'était avec moi seul qu'il voulait s'entretenir; et, quand sa douleur lui laissait quelque trêve, sa gaieté revenait aussitôt, et les joyeux contes ne lui manquaient pas; mais jamais en aucune circonstance, même lorsqu'il racontait des histoires de chasse, il ne lui arrivait jamais de faire mention de notre séjour à R...bourg, et un sentiment de terreur indéfinissable m'empêchait toujours d'amener la conversation sur ce sujet. — Mes inquiétudes pour le vieillard, les soins que je lui prodiguais, avaient un peu éloigné de ma pensée l'image de Séraphine. Mais quand la santé de mon oncle se rétablit, je me surpris à rêver plus souvent à la baronne, dont l'apparition avait été pour moi comme celle d'un astre qui brille un instant pour s'éteindre aussitôt, et une circonstance singu-

lière vint tout à coup ranimer en moi tous les sentiments que je croyais étouffés en mon cœur.

Un soir, j'ouvris par hasard les portefeuilles que
j'avais portés à R...bourg ; un papier s'échappa du
milieu des autres ; je l'ouvris et j'y trouvai une boucle
de cheveux que je reconnus aussitôt pour ceux de
Séraphine ! Elle était attachée avec un ruban blanc
sur lequel, en l'examinant de près, je vis distinctement une goutte de sang ! — Peut-être dans ces instants de délire qui précédèrent notre séparation,
Adélaïde m'avait-elle laissé ce souvenir de sa maîtresse ; mais pourquoi cette goutte de sang qui me
frappait d'horreur ? — C'était bien ce ruban blanc
qui avait flotté sur mon épaule la première fois que
j'avais approché de Séraphine ; mais ce sang !...

CHAPITRE XIV

Enfin les orages de mars avaient cessé de gronder,
l'été avait repris tous ses droits ; le soleil de juillet
dardait ses rayons brûlants. Le vieillard reprenait
ses forces à vue d'œil, et il alla habiter, comme de
coutume, une maison de plaisance qu'il possédait
aux environs de la ville.

Par une douce et paisible soirée, nous étions assis
ensemble sous un bosquet de jasmin. Mon grand-
oncle était d'une gaieté charmante, et loin de montrer,
comme autrefois, une ironie sarcastique, il éprouvait
une disposition singulière à l'attendrissement.

— Je ne sais pas comment il se fait, neveu, que je
sente un bien-être tel que je n'en ai pas éprouvé de

semblable depuis bien des années, me dit-il ; je crois
que cela m'annonce une mort prochaine.

Je m'efforçai de le détourner de cette idée.

— Laissons cela, neveu, reprit-il, je n'ai pas longtemps à rester ici-bas, et je veux, avant que de partir,
te payer une dette. Penses-tu encore à l'automne que
nous avons passé à R...bourg ?

Cette question me fit tressaillir. Il ne me laissa pas
répondre, et ajouta : — Le ciel voulut alors que tu te
trouvasses, sans le savoir, initié à tous les secrets
de cette maison ; maintenant je puis tout te dire.
Souvent, neveu, nous avons parlé de choses que tu as
plutôt conjecturées que comprises. La nature, dit-on,
a tracé symboliquement la marche des âges de la vie
humaine comme celle des saisons : les nuages du
printemps se dissipent devant les feux de l'été, qui
éblouissent les regards, et à l'automne, l'air plus pur
laisse apercevoir le paysage que la nudité de l'hiver
met enfin à découvert : l'hiver, c'est la vieillesse, dont
les glaces dissipent les illusions des autres âges[1]. La
vue s'étend alors sur l'autre vie comme sur une
terre promise ; la mienne découvre en ce moment
un espace que je ne saurais mesurer, dont ma voix
d'homme ne saurait décrire l'immensité. Souviens-
toi, mon enfant, que la mission mystérieuse qui te fut
attribuée, peut-être non sans dessein, aurait pu te
perdre ! mais tout est passé ; je te dirai seulement ce
que tu n'as pu savoir. Pour toi, ce récit ne sera peut-
être qu'une simple histoire, bonne à passer quelques
moments. N'importe, écoute-moi donc.

L'histoire du majorat de R...bourg, que le vieillard
me raconta, est restée si fidèlement gravée dans ma
mémoire, que je la redirai sans doute dans les mêmes
termes que lui. — Dans ce récit, il parlait de lui à la
troisième personne[2].

CHAPITRE XV

Dans une nuit orageuse de l'automne de 1760, un fracas violent réveilla tous les domestiques de R...bourg de leur profond sommeil. Il semblait que tout l'immense château s'abîmait dans ses fondements. En un clin d'œil tout le monde fut sur pied, et chacun accourut, une lumière à la main. L'intendant pâle, effrayé, arriva aussi ses clefs à la main. Mais la surprise fut grande lorsque, s'acheminant dans un profond silence, on traversa tous les appartements sans y trouver la moindre apparence de désordre.

En sombre pressentiment s'empara du vieil intendant. Il monta dans la grande salle, auprès de laquelle se trouvait un cabinet où le baron Roderich de R...[1] avait coutume de se coucher lorsqu'il se livrait à ses observations astronomiques. Mais, au moment où Daniel (ainsi se nommait l'intendant[2]) ouvrit cette porte, le vent, s'engouffrant avec bruit, chassa vers son visage des décombres et des pierres brisées. Il recula avec horreur, et laissant tomber son flambeau, qu'une bouffée de vent avait éteint, il s'écria : — Dieu du ciel ! Le baron vient de périr !

En ce moment, des cris plaintifs se firent entendre de la chambre du baron. Daniel trouva les autres domestiques rassemblés autour du cadavre de leur maître. Il était assis sur un fauteuil doré, richement vêtu, et avec autant de sérénité que s'il se fût simplement reposé de son travail. Mais c'était la mort que son repos. Lorsque le jour fut venu, on s'aperçut que le dôme de la tour s'était écroulé. Les lourdes pierres qui le composaient avaient brisé le plafond et le plancher de l'observatoire, renversé par leur double chute le large balcon en saillie, et entraîné une partie de la muraille extérieure. On ne pouvait faire un seul pas hors de la porte de la grande salle, sans courir le danger de faire une chute de quatre-vingts pieds au moins.

Le vieux baron avait prévu sa mort prochaine, et il en avait donné avis à ses fils. Le lendemain, son fils aîné, Wolfgang, devenu seigneur du majorat, par la mort du baron, arriva au château. Obéissant à la volonté de son père, il avait quitté Vienne immédiatement après en avoir reçu une lettre, et avait fait la plus grande diligence pour revenir à R...bourg.

L'intendant avait fait tendre de noir la grande salle, et fait exposer le vieux baron sur un magnifique lit de parade, entouré de cierges allumés dans des chandeliers d'argent. Wolfgang monta l'escalier en silence, entra dans la salle, et s'approcha tout près du corps de son père. Là, il s'arrêta, les bras croisés sur la poitrine, contempla, d'un air sombre et les sourcils froncés, le visage pâle du défunt. Le jeune seigneur semblait une statue ; pas une larme ne coulait de ses yeux. Enfin il étendit le bras vers le cadavre par un mouvement presque nerveux, et murmura ces mots :
— Le ciel te forçait-il donc à rendre ton fils malheureux ? Puis, il leva les yeux au ciel et s'écria : — Pauvre vieillard insensé ! le temps des folies est donc passé ! Tu reconnais maintenant que les étoiles n'ont pas d'influence sur les choses de ce monde ! Quelle volonté, quelle puissance s'étend au-delà du tombeau ?

Le baron se tut de nouveau pendant quelques secondes, puis il reprit avec plus de violence : — Non, ton entêtement ne me ravira pas une parcelle du bien qui m'attend ! À ces mots, il tira de sa poche un

papier plié, et le tint de ses deux doigts au-dessus de
l'un des cierges qui brûlaient autour du mort. Le
papier, atteint par la flamme, noircit et prit feu.
Lorsque la lueur qu'il répandit se projeta sur le visage
du défunt, il sembla que ses muscles se contractaient,
et que des accents étouffés s'échappaient de sa poitrine. Tous les gens du château en frémirent. Le baron
continua sa tâche avec calme, et écrasa soigneusement jusqu'au plus petit morceau de papier consumé
qui tombait sur le plancher. Puis il jeta encore un
regard sombre sur son père, et sortit de la salle à
grands pas.

CHAPITRE XVI

Le lendemain, Daniel fit connaître au nouveau
baron tout le désastre de la tour, lui raconta longuement comme tout s'était passé dans la nuit de la mort
de son maître, et termina en disant qu'il serait
prudent de faire réparer la tour qui s'écroulait
davantage, et mettait tout le château en danger, sinon
de tomber, du moins d'être fortement endommagé.

— Rétablir la tour? reprit le baron en regardant le
vieux serviteur d'un air irrité. Rétablir la tour? jamais!
— N'avez-vous pas remarqué, ajouta-t-il plus tranquillement, que la tour n'est pas tombée naturellement? N'avez-vous pas deviné que mon père, qui
voulait anéantir le lieu où il se livrait aux sciences
secrètes, avait fait toutes ces dispositions pour que le
faîte de la tour pût s'écrouler dès qu'il le voudrait?
Au reste, que le château s'écroule tout entier! que
m'importe? Croyez-vous donc que je veuille habiter

ce vieux nid de hiboux. — Non! mon sage aïeul qui a jeté dans la vallée les fondations d'un nouveau château, m'a montré l'exemple : je veux l'imiter.

— Et de la sorte, dit Daniel à mi-voix, les vieux et fidèles serviteurs n'auront qu'à prendre le bâton blanc, et à aller errer sur les routes ?

— Il va sans dire, répondit le baron, que je ne m'embarrasserai pas de vieux serviteurs impotents ; mais je ne chasserai personne : le pain que je vous donnerai vous semblera meilleur quand vous le gagnerez sans travail.

— Me mettre hors d'activité, moi, l'intendant du château ! s'écria le vieillard plein de douleur.

Le baron, qui lui avait tourné le dos, et qui se disposait à sortir de la salle, se retourna tout à coup, le visage animé de colère. Il s'approcha du vieil intendant, le poing fermé, et lui dit d'une voix terrible : — Toi, vieux coquin, qui as criminellement abusé de la folie de mon père[1], pour l'entraîner dans des pratiques infernales qui ont failli m'exterminer, je devrais te repousser comme un chien galeux.

À ces paroles impitoyables, le vieillard terrifié tomba sur ses genoux ; et, soit involontairement, soit que le corps eût obéi machinalement à sa pensée, le baron leva le pied en parlant, et en frappa si rudement à la poitrine le vieux serviteur, que celui-ci se renversa en poussant un cri sourd. Il se releva avec peine, et poussa un hurlement profond en lançant à son maître un regard où se peignaient la rage et le désespoir. Puis il s'éloigna sans toucher une bourse remplie d'argent que le baron venait de lui jeter.

Cependant les parents de la famille, qui se trouvaient dans le pays, s'étaient rassemblés. Le défunt baron fut porté avec beaucoup de pompe dans les caveaux de l'église de R...bourg ; et, lorsque la cérémonie fut achevée, le nouveau possesseur du Majorat, reprenant sa bonne humeur, parut se réjouir de son héritage. Il tint un compte exact des revenus du Majorat, avec V..., l'ancien justicier à qui il avait accordé sa confiance après s'être entretenu avec lui, et calcula les sommes qu'il pourrait employer à bâtir un nouveau château. V... pensait qu'il était impossible que le vieux baron eût dépensé tous ses revenus, et comme il ne s'était trouvé à sa mort, dans son coffre, que quelques milliers d'écus, il devait nécessairement se trouver de l'argent caché dans le château.

Quel autre pouvait le savoir que Daniel, qui, dans son opiniâtreté, attendait sans doute qu'on l'interrogeât ? Le baron craignait fort que Daniel, qu'il avait grièvement offensé, ne voulût rien découvrir, plutôt par esprit de vengeance que par cupidité : car le vieil intendant, sans enfants, n'avait d'autre désir que de finir ses jours dans le château. Il raconta tout au long à V... sa conduite avec Daniel, et la justifia en disant que, d'après plusieurs renseignements qui lui étaient parvenus, il savait que l'intendant avait nourri dans le défunt baron l'éloignement qu'il avait conservé jusqu'à sa mort pour ses enfants. Le justicier répondit que personne au monde n'eût été capable d'influencer l'esprit du vieux seigneur, et entreprit d'arracher à Daniel son secret, s'il en avait un.

La chose ne fut pas difficile ; car dès que le justicier lui eut dit : — Daniel, comment se fait-il donc que le vieux seigneur ait laissé si peu d'argent comptant ? Daniel répondit en s'efforçant de rire. — Vous voulez dire les écus qui se sont trouvés dans la petite cassette, M. le justicier ? — Le reste est caché sous la voûte, auprès du cabinet de feu monsieur le baron. — Mais, ajouta-t-il, le meilleur est

enterré dans les décombres : il y a là plus de cent
mille pièces d'or !

Le justicier appela aussitôt le baron. On se rendit
dans le cabinet. Daniel toucha un panneau de la
muraille, et découvrit une serrure. Tandis que le baron
regardait la serrure avec des regards avides, et se
baissait pour y essayer un grand nombre de clefs qui
se trouvaient sur une table, Daniel se redressait et
jetait sur le baron des regards de mépris. Il pâlit tout
à coup, et dit d'une voix tremblante : — Si je suis un
chien, monseigneur le baron, je garde ce qu'on me
confie avec la fidélité d'un chien.

À ces mots, il tendit au baron une clef d'acier que
celui-ci arracha avec vivacité, et avec laquelle il
ouvrit sans peine la serrure. On pénétra sous une
petite voûte qui couvrait un vaste coffre ouvert. Sur
des sacs sans nombre se trouvait cet écrit que le
baron reconnut pour avoir été tracé par la main de
son père :

150 000 écus de l'empire en vieux frédérics d'or[1],
*épargnés sur les revenus du majorat de R...bourg, pour
être employés à la construction du château.*

*Celui qui me succédera fera construire, à la place de
la tour qui se trouvera écroulée, un haut fanal, pour
guider les navigateurs, et il le fera entretenir chaque
nuit.*

*R...bourg, dans la nuit de saint Michel, de l'année
1760.*

                               Roderich, baron de R.

Ce ne fut qu'après avoir soulevé les sacs l'un après
l'autre, et les avoir laissés retomber dans le coffre,
que le baron se retourna vers le vieil intendant, le
remercia de la fidélité qu'il lui avait montrée, et lui

dit que des propos médisants avaient été seuls la cause du traitement qu'il lui avait fait endurer. Il lui annonça en même temps qu'il conserverait sa charge d'intendant, avec un double traitement.

— Je te dois un dédommagement, lui dit-il. Prends un de ces sacs !

Le baron prononça ces mots, debout devant le vieux serviteur, les yeux baissés, et désignant du doigt le coffre. Une rougeur subite se répandit sur le visage de l'intendant, il proféra un long murmure, et répondit au baron : — Ah ! monseigneur, que voulez-vous que fasse de votre or un vieillard sans enfants ? Mais pour le traitement que vous m'offrez je l'accepte, et je continuerai de remplir mon emploi avec la même fidélité.

Le baron, qui n'avait pas trop écouté la réponse de l'intendant, laissa retomber le couvercle du coffre avec un bruit retentissant, et dit, en remettant la clef dans sa poche : — Bien, très bien, mon vieux camarade ! mais, ajouta-t-il, lorsqu'ils furent revenus dans la grande salle, tu m'as aussi parlé de sommes considérables qui se trouvaient dans la tour écroulée ?

Le vieillard s'approcha en silence de la porte, et l'ouvrit avec peine, mais au moment où les gonds tournèrent, un violent coup de vent chassa dans la salle une épaisse nuée de neige ; un corbeau[1] vint voltiger autour du plafond en croassant, alla frapper les vitraux de ses ailes noires, repartit à travers la porte, et retourna s'abattre vers le précipice. Le baron s'avança près de l'ouverture ; mais à peine eut-il jeté un regard dans le gouffre, qu'il recula avec effroi.

— Horrible vue ! s'écria-t-il, la tête me tourne, et il tomba presque sans connaissance dans les bras du justicier. Il se releva aussitôt, et s'adressa à l'intendant en le regardant fixement : — Là-bas, dis-tu ?

Le vieux domestique avait déjà fermé la porte ; il la repoussa avec effort de son genou, pour en retirer la clef, qui avait peine à sortir de la serrure rouillée. Lorsque cette tâche fut achevée, il se tourna vers le baron, en balançant les grosses clefs dans ses doigts, et en riant d'un air simple : — Eh ! sans doute, là-bas, dit-il, il y a des milliers d'écus répandus. Tous les beaux instruments du défunt, les télescopes, les globes, les quarts de cercle, les miroirs ardents, tout cela est en pièces sous les pierres et les poutres.

— Mais l'argent ! l'argent ! Tu as parlé de sommes considérables ! s'écria le baron.

— Je voulais dire, répondit l'intendant, qu'il s'y trouvait des choses qui avaient coûté des sommes considérables !

On ne put en savoir davantage.

CHAPITRE XVII

Le baron se montra fort joyeux de pouvoir mettre enfin à exécution son projet favori, celui d'élever un nouveau château plus beau que l'ancien. Le justicier pensait, il est vrai, que le défunt n'avait entendu parler que d'une réparation totale du vieux château, et qu'un édifice moderne n'aurait pas le caractère de grandeur et de simplicité qu'offrait le berceau de la race des R... ; mais le baron ne persista pas moins dans sa volonté, et déclara qu'il voulait faire de sa nouvelle habitation un séjour digne de l'épouse qu'il se préparait à y amener. Le baron ne laissait pas que d'aller chaque jour visiter le vieux coffre, uniquement pour contempler les belles pièces d'or qu'il

renfermait; et à chaque visite il ne pouvait s'empêcher de s'écrier: — Je suis sûr que ce vieux renard
nous a caché le meilleur de son trésor; mais vienne
le printemps, je ferai fouiller, sous mes yeux, les
décombres de la tour.

Bientôt on vit arriver les architectes avec lesquels
le baron eut de longues conférences. Il rejeta vingt
plans. Nulle architecture ne lui semblait assez riche,
assez belle. Il se mit alors à dessiner lui-même, et
l'avenir que lui offraient ces agréables occupations lui
rendit bientôt toute sa gaieté, qui se communiqua à
tous ses alentours. Daniel lui-même semblait avoir
oublié la manière un peu rude dont son maître l'avait
traité; et il se comportait avec lui de la façon la plus
respectueuse, bien que le baron lui lançât souvent
des regards méfiants. Mais ce qui frappait tout le
monde, c'est que le vieil intendant semblait rajeunir
chaque jour. Il se pouvait que la douleur de la perte
de son maître l'eût profondément courbé, et que le
temps eût adouci cette douleur, ou que, n'ayant plus
de froides nuits à passer sans sommeil au haut de la
tour, mieux nourri, moins occupé des affaires du
château, le repos eût rétabli sa santé; enfin, le faible
et frêle vieillard se changea en un homme aux joues
animées, aux formes rebondies, qui posait le talon
avec vigueur, et poussait un gros rire bien sonore
lorsqu'il entendait quelque propos joyeux.

La vie paisible qu'on menait à R...bourg, fut troublée par l'arrivée d'un personnage qu'on n'attendait
pas. C'était Hubert, le jeune frère du baron Wolfgang. À sa vue, le baron pâlit et s'écria: — Malheureux, que viens-tu faire ici?

Hubert se jeta dans les bras de son frère; mais
celui-ci l'emmena aussitôt dans une chambre éloignée, où il s'enferma avec lui. Ils restèrent plusieurs

heures ensemble. Enfin, Hubert descendit, l'air troublé, et demanda ses chevaux. Le justicier alla au-devant de lui ; le jeune seigneur continua de marcher ; mais V... le supplia de rester encore quelques instants au château, et en ce moment le baron arriva en s'écriant : — Hubert, reste ici. Tu réfléchiras.

Ces paroles semblèrent calmer un peu Hubert ; il ôta la riche pelisse dont il s'était enveloppé, la jeta à un domestique, prit la main de V..., et lui dit d'un air moqueur : — Le seigneur du majorat veut donc bien me recevoir ici ?

Il revint dans la salle avec le justicier. Hubert s'assit auprès de la cheminée, prit la pincette, et se mit à arranger l'énorme foyer, en disposant le feu d'une meilleure manière : — Vous voyez, M. le justicier, dit-il, que je suis un bon garçon, fort habile dans les petites affaires de ménage. Mais Wolfgang a les plus fâcheux préjugés, et, par-dessus tout, c'est un avare.

Le justicier se rendit le soir chez le baron. Il le trouva toisant sa chambre à grands pas, et dans une agitation extrême. Il prit l'avocat par les deux mains, et lui dit en le regardant dans les yeux : — Mon frère est venu !

— Je sais, dit le justicier, je sais ce que vous voulez dire.

— Mais vous ne savez pas, vous ne savez pas que mon malheureux frère est sans cesse sur mes pas comme un mauvais génie, pour venir troubler mon repos. Il n'a pas dépendu de lui que je ne fusse le plus misérable des hommes. Il a tout fait pour cela, mais le ciel ne l'a pas voulu. Depuis qu'il a appris la fondation du majorat, il me poursuit d'une haine mortelle. Il m'envie cette propriété qui, dans ses mains, s'envolerait comme un brin de paille. C'est le

prodige le plus insensé qui ait jamais existé. Ses
dettes excèdent de plus de moitié le patrimoine libre
de Courlande qui lui revient, et maintenant il vient
mendier ici, poursuivi par ses créanciers.

— Et vous, son frère, vous le refusez !

— Oui, s'écria le baron avec violence, je le refuse !
Il n'aura pas un écu des revenus du majorat ; je ne
dois pas les aliéner. Mais écoutez la proposition que
j'ai faite, il y a quelques heures, à cet insensé, et puis
jugez-moi. Le patrimoine de Courlande est considérable, comme vous le savez ; je consens à renoncer à
la part qui m'appartient, mais en faveur de sa famille.
Hubert est marié en Courlande à une femme charmante, mais pauvre. Elle lui a donné des enfants. Les
revenus serviront à les entretenir, et à apaiser les
créanciers. Mais que lui importe une vie tranquille et
libre de soucis ? Que lui importent sa femme et ses
enfants ? C'est de l'argent qu'il lui faut, beaucoup
d'argent, afin de pouvoir se livrer à toutes ses folies !
Quel mauvais démon lui a dévoilé le secret des cent
cinquante mille écus ? Il en veut la moitié, car il
prétend que ce trésor est indépendant du majorat. Je
veux, je dois le refuser ; mais je vois bien qu'il médite
en lui-même ma ruine et ma mort !

Quelques efforts que fît le justicier pour détourner
les soupçons qu'il nourrissait contre son frère, il ne
put y parvenir. Le baron lui confia la mission de
négocier avec Hubert. Il la remplit avec zèle, et se
réjouit fort lorsque le jeune seigneur lui dit ces
paroles : — J'accepte les offres du baron, mais sous
la condition qu'il m'avancera à l'instant mille frédérics d'or pour satisfaire mes créanciers, et que cet
excellent frère me permettra de me soustraire pendant quelque temps à leurs recherches.

— Jamais ! s'écria le baron, lorsque le justicier lui

rapporta ces paroles, jamais je ne consentirai que
Hubert reste un instant dans mon château, quand
ma femme y sera ! — Voyez-vous, mon cher ami,
dites à ce perturbateur de mon repos qu'il aura deux
mille frédérics d'or, non pas à titre de prêt, mais en
cadeau, pourvu qu'il parte, qu'il parte !

Le justicier apprit alors que le baron s'était marié
à l'insu de son père, et que cette union avait mis la
désunion entre les deux frères. Hubert écouta avec
hauteur la proposition qui lui fut faite au nom du
baron et répondit d'une voix sombre : — Je verrai ;
en attendant, je veux rester quelques jours ici.

V... s'efforça de lui faire entendre que le baron
faisait tout ce qui était en son pouvoir pour le dédom-
mager du partage inégal de leur père, et qu'il ne
devait pas lui en vouloir, mais bien à l'institution des
majorats, qui avait réglé cet ordre de succession.
Hubert déboutonna vivement son frac, comme pour
respirer plus librement, et s'écria, en pirouettant :
— Bah ! la haine vient de la haine. Puis il éclata de
rire, et ajouta : — Monseigneur est vraiment bien
bon d'accorder quelques pièces d'or à un pauvre
mendiant !

V... ne vit que trop que toute réconciliation entre
les deux frères était impossible.

CHAPITRE XVIII

Hubert s'établit dans son appartement comme
pour un long séjour, au grand regret du baron. On
remarqua qu'il s'entretenait souvent avec l'intendant,
et qu'ils allaient quelquefois ensemble à la chasse.

Du reste, il se montrait peu, et évitait tout à fait de se trouver seul avec son frère, ce qui convenait fort au baron. V... ne pouvait s'expliquer la terreur de ce dernier, chaque fois que Hubert entrait dans son appartement.

V... était un jour seul dans la grande salle, parcourant ses actes, lorsque Hubert y entra, plus grave et plus posé que d'ordinaire ; il lui dit, avec un accent presque douloureux : — J'accepte les dernières propositions de mon frère ; faites que je reçoive aujourd'hui même les deux mille frédérics d'or ; je veux partir cette nuit, à cheval, tout seul.

— Avec l'argent ? demanda le justicier.

— Vous avez raison, dit Hubert, je vous comprends. Faites-moi donc donner la somme en lettre de change sur Isaac Lazarus[1], à K..., je veux partir cette nuit. Il faut que je m'éloigne ; les mauvais esprits rôdent ici autour de moi ! Ainsi, aujourd'hui même, M. le justicier !

À ces mots, il s'éloigna.

Le baron éprouva un vif sentiment de bien-être en apprenant le départ de son frère ; il rédigea la lettre de change, et la remit à V... Jamais il ne se montra plus joyeux que le soir à table. Hubert avait annoncé qu'il n'y paraîtrait pas.

Le justicier habitait une chambre écartée, dont les fenêtres donnaient sur la cour du château. Dans la nuit, il se réveilla tout à coup, et crut avoir entendu des gémissements éloignés, mais il eut beau écouter, le plus grand silence continuait de régner, et il pensa qu'il avait été abusé par un rêve. Cependant un sentiment singulier d'inquiétude et de terreur s'empara de lui, et il ne put rester dans son lit. Il se leva et s'approcha de la fenêtre ; il s'y trouvait à peine depuis quelques instants, lorsque la porte du vestibule s'ou-

vrit ; un homme, un flambeau à la main, en sortit et
traversa la cour. V... reconnut le vieux Daniel, et
l'aperçut distinctement entrer dans l'écurie, d'où il
ne tarda pas à faire sortir un cheval sellé. Une
seconde figure, enveloppée dans une pelisse, la tête
couverte d'un bonnet de renard, sortit alors des
ténèbres, et s'approcha de lui. C'était Hubert, qui
parla quelques moments à Daniel avec chaleur, et se
retira vers le lieu d'où il était venu.

Il était évident qu'Hubert avait des relations
secrètes avec le vieil intendant. Il avait voulu partir,
et sans doute celui-ci l'avait retenu. V... eut à peine
la patience d'attendre le jour pour faire part au
baron des événements de la nuit, et l'avertir de se
défier de Daniel qui le trahissait évidemment.

CHAPITRE XIX

Le lendemain, à l'heure où le baron avait coutume
de se lever, V... entendit un violent bruit de portes et
un grand tumulte. Il sortit de sa chambre, et rencontra partout des domestiques qui passèrent auprès
de lui sans le regarder, et qui parcouraient toutes les
salles. Enfin, il apprit que le baron ne se trouvait pas,
et qu'on le cherchait depuis plusieurs heures. Il
s'était mis au lit en présence de son chasseur ; mais il
s'était éloigné en robe de chambre et en pantoufles,
un flambeau à la main ; car tous ces objets manquaient
dans sa chambre.

V..., frappé d'un sombre pressentiment, courut à
la grande salle, auprès de laquelle se trouvait l'ancien cabinet du défunt baron. La porte qui menait à

la tour écroulée était ouverte, et V... s'écria plein d'horreur : — Il est au fond du gouffre, brisé en morceaux !

Ce n'était que trop vrai. La neige avait tombé toute la nuit, et on ne pouvait apercevoir qu'un bras raidi qui s'avançait entre les pierres. Plusieurs heures s'écoulèrent avant que des ouvriers pussent descendre, au risque de leur vie, le long de plusieurs échelles liées ensemble, et ramener le cadavre à l'aide de longues cordes. Dans les convulsions de la frayeur, le baron avait serré fortement le flambeau d'argent, et la main qui le tenait encore était la seule partie de son corps qui n'eût pas été affreusement mutilée par les pierres aiguës sur lesquelles il avait roulé. Hubert arriva dans le plus profond désespoir. Il trouva le cadavre de son frère étendu sur la table où on avait posé, quelques semaines auparavant, celui du vieux baron Roderich.

— Mon frère ! mon frère ! s'écria-t-il en gémissant. Non, je n'ai pas demandé sa mort au démon qui planait sur moi !

Hubert tomba sans mouvement sur le sol. On l'emporta dans son appartement, et il ne revint à lui que quelque temps après. Il vint dans la chambre du justicier ; il était pâle, tremblant, les yeux à demi éteints, et se jeta dans un fauteuil, car il ne pouvait se soutenir.

— J'ai désiré la mort de mon frère, parce que mon père lui a laissé la meilleure partie de son héritage. Il a péri, et je suis seigneur du majorat ; mais mon cœur est brisé, et je ne serai jamais heureux. Je vous confirme dans votre emploi, et vous recevrez les pouvoirs les plus étendus pour régir le Majorat où je ne pourrais pas demeurer !

Hubert quitta le justicier, et partit pour K... un instant après.

On répandit le bruit que le malheureux Wolfgang s'était levé dans la nuit pour se rendre dans un cabinet où se trouvait une bibliothèque. À demi endormi, il s'était trompé de porte et s'était précipité sous les débris de la tour.

— Ah! dit François, le chasseur du baron[1], en entendant raconter ce récit invraisemblable, monseigneur n'aurait pu se tromper de chemin en allant chercher un livre; car la porte de la tour ne s'ouvre qu'avec de grands efforts, et d'ailleurs je sais que la chose ne s'est pas passée ainsi!

François ne voulut pas s'expliquer davantage devant ses camarades; mais, seul avec lui, le justicier apprit que le baron parlait souvent des trésors qui devaient se trouver cachés dans les ruines, et que souvent dans la nuit, poussé par un mauvais génie, il prenait la clef que Daniel avait été forcé de lui remettre, et allait contempler avec avidité ce gouffre au fond duquel il croyait voir luire des monceaux d'or. C'était sans doute dans une de ces excursions qu'un étourdissement l'avait atteint et précipité dans l'abîme.

Le baron Hubert partit pour la Courlande sans reparaître au château.

CHAPITRE XX

Plusieurs années s'étaient écoulées lorsque le baron Hubert revint pour la première fois à R...bourg. Il passa plusieurs jours à conférer avec le justicier, et repartit pour la Courlande. La construction du nouveau château fut abandonnée, et l'on se borna à faire quelques réparations à l'ancien. En passant à K... le baron Hubert avait déposé son testament dans les mains des autorités du pays.

Le baron parla souvent, pendant son séjour, de sa mort prochaine dont il éprouvait le pressentiment. Il se réalisa en effet, car il mourut avant l'expiration de l'année. Son fils, nommé Hubert comme lui, arriva promptement de la Courlande, pour prendre possession du Majorat. Sa mère et sa sœur l'accompagnaient ; le jeune seigneur semblait posséder toutes les mauvaises qualités de ses aïeux, et il se montra fier, dur, emporté et avare, dès les premiers instants de son séjour à R...bourg. Il voulut aussitôt opérer mille changements ; il chassa le cuisinier ; battit le cocher ; bref, il commençait à jouer dans toute sa plénitude le rôle du seigneur du Majorat, lorsque V... s'opposa avec fermeté à ses projets, en assurant que rien ne serait dérangé au château avant l'ouverture du testament.

— Vous osez vous attaquer à votre seigneur ! s'écria le jeune Hubert.

— Point de précipitation, M. le baron ! répondit tranquillement le justicier. Vous n'êtes rien avant l'ouverture du testament ; moi seul je suis le maître, et je ferai respecter mon autorité. Souvenez-vous qu'en vertu de mon titre d'exécuteur testamentaire, je puis vous défendre d'habiter R...bourg, et je vous engage dès ce moment à vous retirer à K...

Le ton sévère et solennel dont le justicier prononça ces paroles imposa tellement au jeune baron, qu'il n'essaya pas de résister. Il se retira en faisant quelques menaces.

Trois mois s'étaient écoulés, et le jour était arrivé où, selon la volonté du défunt, on devait ouvrir le

testament. Outre les gens de justice, le baron et V...,
on vit arriver un jeune homme d'une figure intéres-
sante ; il portait un rouleau d'actes, et chacun le prit
pour un écrivain[1]. Le baron daigna à peine le regarder, et exigea impérieusement qu'on supprimât tout
préambule inutile. — Il ne concevait pas, disait-il,
comment il pouvait exister un testament pour la
transmission d'un majorat dont la nature était inaliénable. On lui exhiba le sceau et l'écriture de son
père, qu'il reconnut en haussant les épaules ; et,
tandis que le greffier lisait le préambule du testament, le baron regardait d'un air d'indifférence à
travers la fenêtre, pendant que de sa main gauche
étendue par-dessus son fauteuil, il tambourinait une
marche sur le tapis vert de la table.

La lecture se continua.

Après un court exorde, le défunt baron Hubert
déclarait qu'il n'avait jamais possédé le Majorat,
mais qu'il l'avait seulement régi au nom du fils
mineur de son frère Wolfgang, nommé Roderich
comme leur père. C'était à lui que devait revenir le
château, selon l'ordre de la succession. Wolfgang de
K..., disait Hubert dans son testament, avait connu,
dans ses voyages, Julie de Saint-Val, qui habitait
Genève. Elle était pauvre, et sa famille, bien que
noble, était fort obscure. Il ne pouvait espérer que le
vieux Roderich consentirait à ce mariage. Il osa toutefois lui écrire de Paris et lui faire connaître sa
situation. La réponse fut telle que Wolfgang l'attendait ; son père le menaçait de sa malédiction s'il
contractait cette union. Mais le jeune baron était trop
épris pour résister ; il retourna à Genève sous le nom
de Born, et épousa Julie qui lui donna un an après le
fils auquel devait revenir le Majorat. Hubert était ins-

truit de tout ; de là la haine qu'il portait à son frère et
le motif de leur désunion.

Après cette lecture V... prit le jeune étranger par la
main, et dit aux assistants : — Messieurs, j'ai l'honneur de vous présenter le baron Roderich de R...,
seigneur de ce Majorat !

Hubert regarda d'un œil étincelant le jeune homme
qui semblait tombé du ciel pour lui enlever son riche
domaine, ferma le poing avec rage, et s'échappa sans
prononcer une parole.

Le baron Roderich produisit alors les documents
qui devaient le légitimer. Il présenta l'extrait des
registres de l'église où son père s'était marié sous le
nom de Wolfgang-Born, son acte de naissance, et
plusieurs lettres de son père à sa mère, signées seulement d'un W.

Le lendemain, le baron Hubert mit opposition à
l'exécution du testament ; et, après de longs débats,
les tribunaux suspendirent toute décision jusqu'à ce
que le jeune Roderich eût fourni des titres plus
authentiques ; car ceux qu'il avait apportés ne suffisaient pas pour lui faire donner gain de cause.

CHAPITRE XXI

Le justicier avait en vain compulsé toute la correspondance du vieux Roderich sans trouver une seule
lettre, un seul papier qui eût trait aux rapports de
Wolfgang avec Mlle de Saint-Val. Un soir, il était
resté plein de soucis dans la chambre à coucher du
défunt baron de Roderich, où il venait de faire de
nouvelles perquisitions, et il travaillait à composer

un mémoire en faveur du jeune baron. La nuit était avancée, et la lune répandait sa clarté dans la grande salle, dont la porte était restée ouverte. Il entendit quelqu'un monter les escaliers lentement et à pas lourds, avec un retentissement de clefs. V... devint attentif ; il se leva, se rendit dans la grande salle, et s'aperçut que quelqu'un approchait. Bientôt la porte s'ouvrit, et un homme en chemise, tenant d'une main un flambeau allumé, et de l'autre un trousseau de clefs, s'avança lentement. V... reconnut aussitôt l'intendant, et il se disposait à lui demander ce qu'il venait chercher ainsi au milieu de la nuit, lorsqu'il vit dans toutes les manies du vieillard l'expression d'un état surnaturel ; il ne put méconnaître les symptômes du somnambulisme. L'intendant s'avança droit devant la porte murée qui conduisait à la tour. Là, il s'arrêta en poussant un gémissement profond qui retentit dans la salle, et fit frémir le justicier ; puis, posant son flambeau et ses clefs sur le parquet, il se mit à gratter le mur avec ses mains, et employa tant de force, que le sang jaillit de ses ongles ; ensuite il appuya son oreille pour mieux écouter, fit signe de la main comme pour empêcher quelqu'un d'avancer, releva le flambeau et s'éloigna à pas comptés. V... le suivit doucement, tenant également un flambeau à la main. Il descendit les marches avec lui. L'intendant ouvrit la porte du château, entra dans la cour, se rendit à l'écurie, disposa son flambeau de manière à ce que la clarté se répandît régulièrement autour de lui, apporta une bride et une selle, et se mit à harnacher un cheval avec un soin extrême, attachant la sangle avec force, bouclant les étriers à une longueur égale, et visitant le mors à plusieurs reprises. Cela fait, il retira le toupet de crins engagé dans la têtière, détortilla la gourmette, fit sortir le cheval de l'écurie en l'animant par le claquement de langue habituel aux palefreniers, et l'amena dans la cour. Là, il resta quelques instants dans l'attitude d'un homme qui attend des ordres, et promit de les suivre en baissant plusieurs fois la tête. V... le vit alors reconduire le cheval à l'écurie, le desseller, le rattacher au râtelier, reprendre son flambeau, et regagner sa chambre, où il s'enferma au verrou.

Le justicier se sentit saisi d'une horreur secrète ; il s'était commis sans doute quelque horrible action en ce lieu : et, tout occupé de la fâcheuse situation de son protégé, il s'efforçait de tirer sur ce qui venait de se passer quelques indices à son avantage. Le lendemain, dès le matin, Daniel se présenta dans sa chambre pour une affaire domestique. V... le saisit aussitôt par le bras, et lui dit : — Écoute-moi, Daniel ! il y a longtemps que je veux te consulter. Que penses-tu des embarras que nous cause le singulier testament du baron Hubert ? Crois-tu que ce jeune homme soit véritablement le fils légitime du baron Wolfgang ?

Le vieil intendant, évitant les regards du justicier, répondit : — Bah ! il se peut que cela soit, comme il se peut que cela ne soit pas ; que m'importe ! Soit maître qui voudra ; ce sera toujours un maître.

— Mais, reprit V... en s'appuyant sur son épaule ; toi, qui étais le confident du vieux baron Roderich, tu as dû connaître toute l'histoire de ses fils ? Ne t'a-t-il jamais parlé du mariage que Wolfgang avait contracté contre sa volonté.

— Je ne puis pas m'en souvenir, dit l'intendant en bâillant.

— Tu as envie de dormir, mon vieux, dit V... ; as-tu passé une mauvaise nuit ?

— Pas que je sache, répondit Daniel en se secouant ; mais je vais aller commander le déjeuner.

À ces mots, il se leva du siège où il s'était assis, et
bâilla encore plusieurs fois.

— Reste donc encore un peu, mon vieux camarade, lui dit V... en voulant le forcer de se rasseoir.
Mais Daniel resta debout, et répondit d'un air de
mauvaise humeur : — Ah ! ça, que m'importe le testament et leur querelle pour le majorat ?

— Ainsi, n'en parlons plus ! Causons d'autre chose,
mon cher Daniel : tu es mal disposé, tu bâilles ; tout
cela montre un homme affecté, et je crois vraiment
que tu l'as été cette nuit.

— Qu'ai-je été cette nuit ? demanda l'intendant en
restant dans la même position.

— Cette nuit, dit V..., comme je travaillais dans la
chambre du défunt baron Roderich, tu es venu dans
la salle, pâle et défait, et tu as passé un grand quart
d'heure à gratter la porte murée. Es-tu donc somnambule, Daniel ?

L'intendant se laissa tomber dans le fauteuil qui
était derrière lui. Il ne prononça pas une parole ; ses
yeux se fermèrent à demi, et ses dents se choquèrent
avec violence.

— Oui, continua V... après un moment de silence ;
il se passe de singulières choses dans l'état de somnambulisme ; et le lendemain, on ignore tout ce
qu'on a fait. J'avais un ami qui se promenait régulièrement la nuit, au temps de la pleine lune. Il répondait alors à toutes les questions, et comme malgré
lui. Je crois vraiment qu'un somnambule qui aurait
commis une mauvaise action l'avouerait lui-même
dans ces moments-là ! Heureux ceux qui ont bonne
conscience comme nous deux, Daniel ! Nous pouvons
être somnambules sans avoir rien à craindre. Mais
dis-moi donc un peu ce que tu as à gratter comme
cela à la porte de l'observatoire ? Tu veux sans doute

aller faire de l'astronomie avec le vieux Roderich, n'est-ce pas ? Je te demanderai cela la nuit prochaine.

Daniel n'avait cessé de trembler pendant tout ce discours ; tout son corps semblait en ce moment un roseau balancé par l'orage. Il ne proférait que des paroles inintelligibles, et sa bouche se chargeait d'écume. V... sonna. Les domestiques vinrent prendre le vieil intendant qui ne faisait plus aucun mouvement, et le transportèrent dans son lit, où il ne tarda pas à tomber dans un assoupissement profond. Lorsqu'il se réveilla quelques instants après, il demanda du vin, et s'enferma seul dans sa chambre, où il resta tout le jour.

V... avait réellement résolu d'interroger Daniel pendant ses accès de somnambulisme. Il se rendit à minuit dans la grande salle, espérant que l'intendant s'y rendrait ; mais il ne tarda pas à entendre des cris effroyables. On vint lui annoncer que le feu était dans la chambre de Daniel. On y courut ; mais on essaya vainement d'ouvrir la porte. Quelques domestiques brisèrent alors la fenêtre basse, arrachèrent les rideaux qui brûlaient, et répandirent dans la cheminée quelques seaux d'eau qui éteignirent l'incendie. L'intendant était au milieu de la chambre dans un évanouissement profond. Il tenait encore à sa main le flambeau dont la flamme avait consumé les rideaux. Ses sourcils et une partie de ses cheveux avaient été brûlés ; et on remarqua, non sans étonnement, que la porte se trouvait fermée intérieurement par deux énormes verrous qui ne s'y trouvaient pas la veille.

V... comprit que l'intendant avait voulu se contraindre à ne pas quitter sa chambre, mais qu'il n'avait pu résister à la volonté supérieure qui résidait en lui. Daniel tomba sérieusement malade ; il cessa de parler, et resta des journées entières plongé dans ses réflexions. V... n'ayant pu trouver les documents qu'il cherchait, se disposa enfin à quitter le château. Le soir qui devait précéder son départ, il était occupé à rassembler tous ses papiers, lorsqu'il trouva un petit paquet cacheté, qui lui avait échappé. Il portait pour suscription, de la main du baron Hubert : *Pour être lu après l'ouverture de mon testament*. V... se disposait à faire l'ouverture de ce paquet, lorsque la porte s'ouvrit. Daniel s'avança lentement, il mit sur la table un carton noir, qu'il portait sous son bras, et tombant à genoux devant le justicier, il lui dit, d'une voix sourde : — Je ne voudrais pas mourir sur l'échafaud !

Puis, il s'en alla comme il était venu.

CHAPITRE XXII

V... passa toute la nuit à lire ce que renfermait le carton noir et le paquet du défunt baron Hubert. Tous ces documents s'accordaient parfaitement et lui dictèrent sa conduite. Il partit.

Dès qu'il fut arrivé à K..., il se rendit chez le baron, qui le reçut avec arrogance. Mais la conférence qu'il eut avec lui fut suivie d'un résultat merveilleux ; car, le lendemain, le baron se rendit devant le tribunal, et déclara qu'il reconnaissait la légitimité de l'union du fils aîné du baron Roderich de R..., avec Mlle Julie de Saint-Val. Après avoir fait sa déclaration, il demanda des chevaux de poste, et partit seul, laissant sa mère et sa sœur à R... Il leur écrivit le lendemain, qu'elles ne le reverraient peut-être jamais.

L'étonnement du jeune Roderich fut extrême, et il

pressa V... de lui expliquer par quel mystérieux
pouvoir ce changement s'était déjà opéré; mais
celui-ci remit cette confidence au temps où il serait
en possession du majorat. Un obstacle s'y opposait
encore; car les tribunaux refusaient de se contenter
de la déclaration du baron Hubert, et exigeaient la
légitimation de Roderich. V... proposa, en attendant, au jeune Roderich de demeurer au château de
R..., où il avait déjà offert un asile à la mère et à la
sœur du baron Hubert. Le ravissement avec lequel
Roderich accepta cette proposition, montra quelle
impression profonde avait produite sur son cœur la
jeune Séraphine; et, en effet, il sut si bien mettre le
temps à profit, que la baronne consentit bientôt à son
union avec sa fille. V... trouvait cette décision un peu
prompte, car jusque-là rien n'annonçait encore que
le majorat dût échoir à Roderich.

Des lettres de Courlande interrompirent la vie
d'idylle qu'on menait au château. Hubert était parti
pour la Russie, où il avait pris du service dans l'armée
d'expédition qui se préparait contre la Perse[1]. Ce
départ rendait celui de la baronne et de sa fille indispensable; elles partirent pour leurs terres de Courlande, où leur présence devenait nécessaire. Roderich,
qu'on regardait déjà comme un époux et comme un
fils, les accompagna, et le château resta désert. La
santé du vieil intendant s'affaiblissait chaque jour.
On le remplaça, dans ses fonctions, par un garde-
chasse nommé François.

Enfin, après une longue attente, V... reçut de la
Suisse des nouvelles favorables. Le pasteur qui avait
marié le défunt baron Roderich était mort depuis
longtemps; mais il se trouvait, sur le registre de
l'église, une note de sa main où il était dit que le
fiancé de Julie de Saint-Val s'était fait reconnaître au

pasteur, sous le sceau du secret, comme le baron Wolfgang, fils aîné du baron Roderich de R... Deux témoins s'étaient en outre retrouvés, un négociant de Genève et un capitaine français retiré à Lyon. Rien ne s'opposa plus à la remise du Majorat ; et une lettre de Russie en accéléra le moment. On apprit que le baron Hubert avait eu le sort de son jeune frère, mort jadis sur le champ de bataille ; et ses biens de Courlande devinrent la dot de Séraphine de R... qui épousa l'heureux Roderich.

CHAPITRE XXIII

Ce fut au mois de novembre que Roderich revint, avec sa fiancée, à R...bourg. On y célébra à la fois son installation et son mariage avec Séraphine. Plusieurs semaines s'écoulèrent dans les fêtes ; puis, peu à peu, les hôtes s'éloignèrent à la grande satisfaction des nouveaux époux, et de V... qui ne voulait pas quitter le château sans faire connaître au jeune baron tous les détails de son nouveau domaine. Depuis le temps où Daniel était venu lui apparaître, le justicier avait fait élection de domicile, comme il le disait, dans la chambre du vieux Roderich, afin de se trouver en situation d'arracher à l'intendant une confession, s'il renouvelait ses promenades. Ce fut donc là et dans la salle voisine qu'il se réunit avec le baron pour traiter des affaires du Majorat. Ils se trouvaient un soir ensemble auprès d'un feu pétillant, V... notant, la plume à la main, les recettes et les dépenses du domaine, et le baron les yeux fixés sur les registres et les documents que son avocat lui

présentait. Ils n'entendaient ni le murmure des flots de la mer, ni les cris des mouettes qui annonçaient l'orage, ni le bruit du vent qui s'engouffrait dans les corridors du château et rendait des sons plaintifs. Lorsqu'enfin un horrible coup de vent eut ébranlé la toiture du château, V... s'écria : Un mauvais temps !

— Le baron, plongé dans le calcul de sa richesse, répondit, en tournant un feuillet de ses récoltes : — Oui, un fort mauvais temps !

Mais il poussa tout à coup un grand cri. La porte s'était ouverte, et Daniel, que chacun croyait retenu sur son lit par sa maladie, parut, les cheveux en désordre, presque nu, et dans un état de maigreur effrayant.

— Daniel ! — Daniel ! — Que fais-tu ici à cette heure ! lui cria le baron effrayé.

Le vieillard poussa un long gémissement et tomba sur le parquet. V... appela les domestiques, on le releva, mais tous les efforts qu'on fit pour rappeler ses sens furent inutiles.

— Mon Dieu ! n'ai-je donc pas entendu dire qu'en prononçant le nom d'un somnambule, on peut causer sa mort ? s'écria le baron. Ah ! malheureux que je suis, j'ai tué ce pauvre vieillard ! C'en est fait de mon repos !

Lorsque Daniel eut été emporté par les domestiques, V... prit le baron par le bras, le conduisit auprès de la porte murée et lui dit : — Celui qui vient de tomber sans mouvement à vos pieds, baron Roderich, est l'assassin de votre père !

Le baron resta pétrifié. V... continua : — Il est temps enfin de vous dévoiler cet horrible secret. Le ciel a permis que le fils prît vengeance de la mort de son père. Les paroles que vous avez fait retentir aux oreilles de ce misérable sont les dernières que votre malheureux père a prononcées !

Tremblant, hors d'état de prononcer un mot, le baron prit place auprès du justicier, et celui-ci lui fit d'abord connaître le contenu du paquet laissé par Hubert pour être lu après l'ouverture de son testament.

Hubert y témoignait un vif repentir de la haine qu'il avait conçue contre son frère aîné, après la fondation du Majorat. Il avouait qu'il avait toujours cherché, mais en vain, à nuire à Wolfgang dans l'esprit de son père. Ce ne fut que lorsqu'il connut le mariage de son frère à Genève, qu'il conçut l'espoir de réaliser ses projets. Cette union parut un crime horrible aux yeux du vieillard, qui avait dessein de consolider la fondation de son majorat par une riche alliance. Il écrivait à son fils de revenir aussitôt à R...bourg, et de faire casser son mariage, le menaçant de sa malédiction s'il n'obéissait à ses ordres. Ce fut cette lettre que Wolfgang brûla près du corps de son père.

Wolfgang périt, et le Majorat revint à Hubert avant que son frère eût pu divulguer son mariage. Hubert se garda de le faire connaître, et s'appropria le domaine qui revenait à son neveu ; mais le ciel ne permit pas qu'il en jouît paisiblement, et la haine que se portaient ses deux fils lui fut un terrible châtiment de celle qu'il avait portée à son frère.

— Tu es un pauvre hère, dit un jour l'aîné des deux, âgé de douze ans, à son plus jeune frère ; lorsque mon père mourra, je deviendrai seigneur de R... ; et toi, il faudra que tu viennes humblement me baiser la main quand je te donnerai de l'argent pour avoir un habit neuf. L'enfant, irrité de l'orgueil de son frère, lui lança aussitôt un couteau qu'il tenait à la main, et le blessa cruellement. Hubert, craignant de plus grands malheurs, envoya le cadet en Russie, où il prit plus tard du service, et fut tué en combattant sous les ordres de Suwarow[1] contre les Français.

Quant à la mort de son frère, le baron s'exprimait en termes singuliers et équivoques, qui laissent toutefois soupçonner qu'il avait eu part à cet horrible attentat. Les papiers que renfermait le carton noir expliquèrent tout.

Il contenait une déclaration écrite et signée par Daniel. C'était d'après l'invitation de Daniel que le baron Hubert était venu à R...; c'était Daniel qui lui avait fait savoir qu'on avait trouvé une somme immense dans la chambre du baron Roderich. Daniel brûlait du désir d'assouvir sa vengeance sur le jeune homme qui l'avait si outrageusement traité. Il entretenait sans cesse la colère du malheureux Hubert, et l'excitait à se débarrasser de son frère. Ce fut dans une chasse qu'ils firent ensemble, qu'ils tombèrent enfin d'accord.

— Il faut le tuer ! murmura Hubert en jetant un coup d'œil sur son fusil.

— Le tuer, oui ; mais pas ainsi, dit Daniel. Et il ajouta qu'il promettait de tuer le baron sans qu'on entendît seulement un coq chanter.

Après avoir reçu l'argent de son frère, Hubert voulut fuir pour échapper à la tentation. Daniel lui sella lui-même un cheval dans la nuit, et le conduisit hors de l'écurie ; mais lorsque le baron voulut se mettre en selle, Daniel lui dit d'un air sombre : — Je pense, baron Hubert, que vous feriez bien de rester dans le Majorat, qui vous appartient maintenant ; car l'orgueilleux seigneur est tombé dans les fossés de la tour !

Daniel avait observé que Wolfgang, dévoré de la

soif de l'or, se levait souvent dans la nuit, ouvrait la porte qui conduisait autrefois à la tour, et regardait avec attention dans le gouffre qui devait, selon lui, cacher des trésors. Daniel l'avait suivi. Au moment où il avait entendu le baron ouvrir la porte de la tour, il s'était approché de lui sur le bord du gouffre ; et celui-ci, qui lisait déjà dans les yeux du traître des projets de vengeance, s'était écrié : Daniel ! Daniel ! que fais-tu ici à cette heure ?

— Meurs, chien galeux ! s'était écrié Daniel à son tour ; et d'un vigoureux coup de pied il l'avait précipité dans les profondeurs de l'abîme.

Ici mon grand-oncle cessa de parler, ses yeux se remplirent de larmes ; il ajouta d'une voix presque éteinte : — Ce n'est pas tout, Théodore ; écoute avec courage ce qui me reste à te dire.

Je frissonnai.

— Oui, reprit mon oncle, le mauvais génie qui plane sur cette famille a aussi étendu son bras sur *elle* ! — Tu pâlis ! Sois homme enfin ; et rends grâce au ciel de n'avoir pas été la cause de sa mort.

— Elle n'est donc plus ? m'écriai-je en gémissant.

— Elle n'est plus ! Deux jours après notre départ, le baron arrangea une partie de traîneaux. Tout à coup les chevaux de celui où il se trouvait avec la baronne s'emportèrent, et partirent à travers le bois avec une rage incroyable. «Le vieillard ! le vieillard est derrière nous ! Il nous poursuit !» s'écriait la baronne d'une voix perçante. En ce moment, le traîneau fut renversé et se brisa. On la trouva sans vie ! Le baron en mourra de douleur. Jamais nous ne reverrons R...bourg, mon neveu !

Je ne sais comment la douleur que me causa ce récit ne me tua pas moi-même.

Conclusion[1]

Des années avaient passé. Mon grand-oncle repo-
sait dans sa tombe. J'avais dès longtemps quitté ma
patrie, et mes voyages m'avaient entraîné jusqu'au
fond de la Russie. À mon retour, passant par une nuit
d'automne bien sombre sur une chaussée le long de
la Baltique, j'aperçus un feu qui brillait à quelque
distance ; c'était comme une constellation immense,
et je ne pouvais concevoir d'où venait cette flamme à
une si prodigieuse élévation.

— Postillon, criai-je, quel est ce feu que nous
voyons devant nous ?

— Eh ! ce n'est pas du feu, me répondit-il. C'est le
fanal de la tour de Rembourg.

— Rembourg !

En entendant prononcer ce nom, l'image des jours
heureux que j'avais passés en ce lieu s'offrit à moi
dans toute sa fraîcheur. Je vis le baron, je vis Séraphine, et aussi les deux vieilles tantes ; et moi-même
je me revis avec mon visage imberbe, ma chevelure
bien frisée, bien poudrée, avec mon frac de taffetas
bleu de ciel ; je me revis jeune, aimé, plein d'amour !...
Et, au milieu de la profonde mélancolie que m'inspirait ce douloureux souvenir, je croyais encore entendre
les malicieuses plaisanteries de mon vieux grand-
oncle !

Vers le matin, ma voiture s'arrêta devant la maison de l'inspecteur du domaine. Je la reconnus aussitôt. Je m'informai de lui.

— Avec votre permission, me dit le maître de poste, il n'y a pas d'inspecteur de domaine ici. C'est un bailliage royale.

Je m'informai encore. Le baron de Roderich de R... était mort depuis seize ans, sans descendants ; et le majorat, conformément à son institution, était échu à l'état.

J'eus la force d'aller au château. Il tombait en ruine. On avait employé une partie des matériaux pour construire la tour du fanal ; c'est du moins ce que me dit un paysan que je rencontrai dans le bois de pins. Il me parla aussi des anciennes apparitions, et il me jura qu'au temps de la pleine lune on entendait encore d'affreux gémissements s'élever du milieu de ces décombres.

Pauvre baron Roderich ! Quelle puissance ténébreuse[1] a coupé dès ses premiers rejetons le tronc dont tu avais cru consolider les racines pour l'éternité ?

LE VŒU

CHAPITRE PREMIER

Le jour de Saint-Michel[1], à l'heure où l'on sonnait vêpres chez les Carmélites[2], une belle voiture, attelée de quatre chevaux de poste, roula à grand bruit à travers les rues de la petite ville de L*, sur la frontière de la Pologne, et s'arrêta devant la porte du vieux bourgmestre allemand. Les enfants passaient leur tête à la fenêtre d'un air curieux, mais la maîtresse de la maison se leva de son siège, et jetant avec humeur son point de couture sur la table, cria au vieux magistrat qui accourait de la chambre voisine :
— Encore des étrangers qui prennent notre maison pour une auberge ; aussi pourquoi as-tu fait redorer la colombe de pierre qui est au-dessus de la porte ?
Le vieillard sourit finement sans répondre ; en un moment il se fut débarrassé de sa robe de chambre, et il eut endossé son habit de gala qui était étendu sur une chaise[3] ; avant que sa femme étonnée eût pu ajouter un seul mot, il se trouvait déjà à la portière de la voiture, son bonnet de velours à la main, laissant voir sa tête blanche qui brillait comme de l'argent à la clarté du crépuscule. Une femme d'un certain âge, enveloppée d'un manteau de voyage, descendit de la

voiture[1] ; une autre femme, d'une tournure élégante,
et le visage voilé, en descendit à son tour, et entra
dans la maison, appuyée sur le bras du bourgmestre.
À peine fut-elle entrée dans la salle, qu'elle se laissa
tomber sur un fauteuil que la vieille maîtresse de la
maison lui présenta, à un signe de son mari.

— La pauvre enfant! dit la plus âgée des deux
dames au bourgmestre, il faut que je reste encore
quelques instants auprès d'elle. En même temps elle
se débarrassa, à l'aide de la fille aînée de la maison,
du manteau de voyage qui la couvrait entièrement, et
l'on aperçut alors qu'elle portait un habit de nonne,
avec une brillante croix sur la poitrine, qui la fit
reconnaître pour l'abbesse d'un couvent de religieuses de l'ordre de Cîteaux[2]. Pendant ce temps, la
jeune dame ne donna d'autres signes de vie qu'un
profond soupir. On apporta des essences dont la
femme du bourgmestre vanta fort les effets, en suppliant la dame de permettre qu'on la débarrassât
du voile épais qui l'empêchait de respirer ; mais la
malade, baissant la tête avec tous les signes de l'effroi, repoussa de la main l'hôtesse, et ne consentit
à respirer un flacon que sous son voile sans en lever
un seul pli[3].

— Vous avez, je l'espère, tout préparé, mon cher
monsieur, dit l'abbesse au bourgmestre.

— Sans doute, répondit le vieillard, j'espère que
mon gracieux prince sera content de moi, ainsi que
la dame pour qui j'ai tout préparé aussi bien que j'ai
pu le faire.

— Laissez-moi donc encore quelques moments
seule avec ma pauvre enfant, dit l'abbesse.

La famille quitta la chambre, et l'on entendit l'abbesse parler avec onction à la dame qui répondit
d'un ton qui pénétrait au fond du cœur. Sans préci-

sément écouter, la femme du bourgmestre était restée
à la porte de la chambre. Les deux dames parlaient
italien, et cette circonstance augmentait encore le
mystère de toute cette aventure[1]. Le bourgmestre
vint ordonner à la mère et à la fille de donner des
rafraîchissements aux deux étrangères. La jeune
dame agenouillée, les mains jointes, devant l'abbesse,
semblait un peu raffermie ; celle-ci ne dédaigna pas
d'accepter les rafraîchissements qu'on lui offrit, puis
elle dit : Allons, il est temps ! La dame voilée retomba
à genoux, l'abbesse mit ses mains au-dessus d'elle et
pria à voix basse, puis elle serra la jeune femme dans
ses bras en versant des larmes qui témoignaient une
douleur profonde, donna avec dignité sa bénédiction
à la famille, et, accompagnée du vieillard, regagna
rapidement sa voiture à laquelle on avait attelé des
chevaux frais. Le postillon repartit comme un trait
en poussant des hourras et en faisant retentir son cor
dans les rues de la ville.

CHAPITRE II

Lorsque la femme du bourgmestre vit que la dame
voilée, pour qui on avait apporté de la voiture deux
grands coffres, se disposait à faire un long séjour
dans sa maison, elle ne put dissimuler son impatiente
curiosité et son ennui. Elle s'avança dans le vestibule,
et barra le passage au vieillard qui se disposait à
rentrer dans la chambre.

— Au nom du Christ, lui dit-elle à voix basse, quel
hôte nous as-tu amené dans la maison ? car enfin tu
savais tout, et tu ne m'as rien dit.

— Tu sauras tout ce que je sais moi-même, répondit tranquillement le vieillard.

— Ah! ah! reprit la femme d'un air plus inquiet; mais tu ne sais peut-être pas tout toi-même. Que n'étais-tu tout à l'heure dans la chambre! Dès que l'abbesse fut partie, la dame se trouva peut-être trop à l'étroit sous son grand voile. Elle ôta le long crêpe noir qui la couvrait depuis la tête jusqu'aux pieds, et que vis-je!

— Eh bien! que vis-tu? dit le vieil homme à sa femme qui regardait autour d'elle en tremblant, comme si elle eût craint d'apercevoir un spectre.

— Non, dit la femme, je ne pus reconnaître ses traits sous ce voile, mais c'était la couleur d'un mort. Remarque aussi qu'il est bien facile de voir que la dame est sur le point de... dans peu de semaines tout au plus[1]...

— Je le sais, femme, dit le vieillard d'un ton grondeur. Et afin que tu ne périsses pas d'inquiétude et de curiosité, je te dirai tout en deux mots. Sache donc que le prince Z***, notre protecteur, m'écrivit, il y a quelque temps, que l'abbesse du couvent de Cîteaux à O***[2] m'amènerait une dame, qu'il me priait de recueillir dans ma maison. La dame, qui ne veut être connue que sous le nom de sœur Célestine, doit attendre chez moi le terme de son accouchement; puis on reviendra la chercher avec l'enfant qu'elle aura mis au monde. Si j'ajoute à cela que le prince m'a recommandé d'avoir les plus grands égards pour la dame, et qu'il m'a envoyé un grand sac de ducats que tu trouveras dans ma commode, je pense que toutes tes craintes se dissiperont.

— Il faut ainsi que nous prêtions la main aux péchés que commettent les grands! dit la vieille; mais avant que son mari pût lui répondre, la fille

aînée sortit de la chambre et vint dire que la dame
demandait à être conduite dans l'appartement qu'on
lui destinait, afin d'y prendre du repos.

Le vieux bourgmestre avait fait disposer aussi bien
qu'il avait été possible, deux chambres de l'étage supérieur ; et il ne fut pas peu embarrassé lorsque sœur
Célestine lui demanda, si, outre les deux chambres, il
n'en avait pas une dont les fenêtres donnassent sur la
partie postérieure de la maison. Il répondit négative-
ment, et ajouta cependant qu'il se trouvait à la vérité
une petite chambre sur le jardin, mais qu'à peine elle
méritait ce nom, car ce n'était qu'un réduit, une
cellule, où se trouvait tout au plus la place d'un lit,
d'une table et d'une chaise. Célestine demanda à voir
sur-le-champ cette chambre, et dès qu'elle l'eut visitée, elle déclara qu'elle était parfaitement conforme
à ses désirs et à ses besoins, et que jusqu'à ce que son
état en exigeât une plus spacieuse, elle n'en voulait
pas d'autre. Le vieillard avait comparé cette chambre
à une cellule, mais le lendemain elle avait déjà cet
aspect. Célestine avait attaché une image de la Vierge
à la muraille, et placé un crucifix sur la table ver-
moulue qui était près du lit. Ce lit consistait en un
sac de paille, et une couverture de laine, et Célestine
ne permit pas qu'on lui donnât d'autres meubles
qu'un escabeau en bois. La vieille maîtresse de la
maison, réconciliée avec l'étrangère, à cause de
la douleur profonde qui se peignait dans toute sa
manière d'être, crut devoir lui tenir société pour la
distraire ; mais celle-ci la supplia de ne point troubler sa solitude.

Chaque matin, dès que le jour commençait à grisonner[1], Célestine se rendait au couvent des carmélites pour entendre la première messe ; et le reste du
jour elle le passait sans doute en occupations pieuses,

car on la trouvait en prières ou en méditations
chaque fois qu'il était nécessaire de monter dans
sa chambre. Elle refusait tout autre mets que des
légumes, d'autre boisson que l'eau, et les instances
de la vieille, qui lui représenta que son état exigeait
une nourriture plus succulente[1], la décidèrent seulement à adoucir la rigueur de ce régime. Tout le
monde dans la maison regardait cette conduite
comme la pénitence d'une faute grave, mais elle
excitait en même temps la commisération et un
respect qu'augmentaient la noblesse des manières
de la dame, et la grâce qui régnait dans ses moindres
mouvements. Mais l'obstination qu'elle mettait à
ne jamais déposer son voile mêlait à ces sentiments
quelque chose de terrible. Personne n'approchait
d'elle que le vieillard et les femmes ; et celles-ci, qui
n'étaient jamais sorties de leur petite ville, n'auraient
pu reconnaître les traits d'une personne étrangère ; à
quoi servait donc ce voile qu'elle portait sans cesse ?
L'imagination occupée des femmes leur fit bientôt
trouver une histoire effroyable. Un signe terrible[2]
(ainsi le disait le bruit qui se répandait), la marque
des griffes du diable, avait défiguré les traits de
l'étrangère, et c'était pour ce motif qu'elle se tenait
rigoureusement voilée ; le vieux bourgmestre eut
peine à maîtriser les bavardages, et à empêcher qu'ils
ne se répandissent dans la ville où l'on connaissait
déjà l'arrivée de l'étrangère. On avait aussi remarqué
ses courses au couvent des carmélites, et bientôt on
ne la désigna plus que sous le nom de la femme
noire[3], sobriquet auquel on attachait quelque idée
d'apparition. Le hasard voulut qu'un jour, au moment
où la fille du bourgmestre apportait le repas de
l'étrangère, une bouffée de vent soulevât le voile
mystérieux ; la dame se retourna rapidement pour

échapper aux regards de la jeune fille, et celle-ci devint pâle et tremblante de tous ses membres, en disant qu'elle avait vu un masque blafard et des yeux étincelants. Le bourgmestre traita cette vision de folie de jeune fille ; mais il ne laissa pas que d'en être frappé, et de désirer l'éloignement de cette personne dont la piété ne le rassurait pas. Bientôt après, il réveilla sa femme dans la nuit, et lui dit qu'il entendait déjà depuis quelque temps des gémissements et des coups redoublés qui venaient de la chambre de Célestine. La femme se leva, et courut auprès d'elle. Elle trouva la dame habillée et couverte de son voile, à demi évanouie sur son lit, et se convainquit bientôt que son accouchement était proche. Bientôt en effet naquit un bel et charmant garçon. Cet événement rapprocha l'étrangère de ses hôtes ; l'état de Célestine ne lui permit pas de se livrer à ses occupations ascétiques, et les soins dont elle avait sans cesse besoin l'accoutumèrent peu à peu à voir les personnes de la famille. La femme du bourgmestre oubliait aussi, au milieu des occupations que lui donnait la malade, toutes les pensées fâcheuses qu'elle avait conçues contre elle ; le vieillard semblait rajeuni et jouait avec l'enfant comme s'il eût été son petit-fils ; et tous s'étaient tellement accoutumés à voir Célestine voilée qu'ils n'y songeaient plus. Elle avait fait jurer à la sage-femme qui l'avait assistée de ne pas lever ce voile, quelque chose qui arrivât, excepté en cas de mort. Il était bien certain que la femme du bourgmestre avait vu les traits de Célestine, mais elle ne disait rien, et s'écriait seulement quelquefois :

— La pauvre jeune dame, il faut bien qu'elle se voile !

Quelques jours après, le moine carmélite qui avait baptisé l'enfant reparut. On l'entendit parler avec chaleur et prier. Lorsqu'il fut parti, on trouva Céles-

tine assise dans son fauteuil, l'enfant sur ses genoux ;
il avait un scapulaire sur ses petites épaules et un
Agnus Dei sur la poitrine[1]. Des semaines, des mois
s'écoulèrent sans qu'on vînt chercher Célestine et
son enfant, comme le prince l'avait annoncé au bourgmestre. Elle eût entièrement vécu comme une personne de la famille, sans le voile fatal qui empêchait
toujours les dernières effusions de l'amitié. Le bourgmestre prit un jour sur lui d'en parler à la jeune
dame, mais lorsque celle-ci lui répondit d'une voix
sourde que ce voile ne tomberait qu'à sa mort, il
garda le silence, et désira de nouveau que l'abbesse
revînt avec son carrosse.

Le printemps était arrivé, et la famille du bourgmestre revenait de la promenade avec des bouquets
dont les plus beaux étaient destinés à la pieuse Célestine. Au moment où ils se disposaient à rentrer dans
la maison, un cavalier accourut à toute bride, et
demanda le bourgmestre. Le vieillard répondit que
c'était lui-même, et qu'il se trouvait devant sa demeure.
L'étranger sauta à bas de son cheval, qu'il attacha à
un poteau, et se précipita dans la maison, en s'écriant :
Elle est ici ! Elle est ici ! — On entendit une porte
s'ouvrir et Célestine pousser un cri. Le vieillard plein
d'effroi courut à elle. Le cavalier — c'était un officier des chasseurs français de la garde, décoré de
plusieurs ordres — avait arraché l'enfant de son
berceau ; il le tenait de son bras gauche enveloppé de
son manteau, et de la droite, il repoussait Célestine,
qui voulait le lui reprendre. Dans la lutte, l'officier
arracha le voile, un visage pâle comme le marbre,
ombragé de boucles noires, s'offrit aux yeux du bourgmestre, qui reconnut que Célestine portait un masque
très mince, adhérant à la peau[2].

— Femme effroyable, veux-tu donc que je partage

ta folie ! s'écria l'officier en repoussant Célestine qui tomba sur le parquet. Alors elle embrassa ses genoux, et lui dit d'une voix déchirante : — Laisse-moi cet enfant ! Au nom de la Sainte-Vierge ! — du Christ ! — Laisse-moi cet enfant !

Et au milieu de ces douloureuses supplications, aucun muscle ne se mouvait, les lèvres de ce visage mort ne bougeaient pas ; et cet aspect glaçait le sang du vieillard, de sa femme et de tous ceux qui l'avaient suivi.

— Non, s'écriait l'officier dans un violent désespoir ; non, femme inhumaine et impitoyable, tu as pu arracher mon cœur de mon sein, mais tu ne perdras pas cette innocente créature. À ces mots, l'officier pressait plus fortement l'enfant contre sa poitrine, et Célestine s'écria hors d'elle : Vengeance ! — Vengeance du ciel sur toi, meurtrier !

— Loin de moi, apparition infernale ! s'écriait l'officier ; et repoussant Célestine d'un mouvement convulsif du pied, il essaya de gagner la porte. Le vieillard voulut lui barrer le chemin ; mais il tira rapidement un pistolet de sa poche, et lui en présenta l'embouchure en s'écriant : — Une balle dans la cervelle à qui essaiera d'arracher l'enfant à son père ! — Puis s'élançant au bas de l'escalier, il se jeta en selle avec l'enfant, et partit en plein galop.

La femme du bourgmestre, pleine d'effroi, s'efforça de courir auprès de Célestine, mais quel fut son étonnement en la trouvant immobile au milieu de la chambre, les bras pendants et les yeux fixes ! — Elle lui parla ; point de réponse. Ne pouvant supporter les regards de ce masque, elle lui remit son voile qui était tombé sur le parquet ; point de mouvement, point de geste. Célestine était tombée dans un état d'insensibilité totale[1] qui effraya tellement la bonne

femme qu'elle souhaita de toute son âme de la voir
loin de sa maison. Son désir fut exaucé, car on entendit s'arrêter la même voiture qui avait amené
Célestine. L'abbesse en descendit, et avec elle, le
prince Z***, le protecteur du bourgmestre. Lorsque
le prince apprit ce qui s'était passé, il dit avec douceur : — Ainsi nous arrivons trop tard, et il faut bien
nous conformer à la volonté de Dieu.

On descendit Célestine, toujours immobile, sans
signe de volonté ; on la plaça dans la voiture, et on
l'emporta. Le vieillard et toute la famille semblaient
sortir d'un mauvais rêve qui les avait longtemps
tourmentés.

CHAPITRE III

Bientôt après ce qui s'était passé dans la maison
du bourgmestre de L., on enterra en grande solennité
une religieuse dans le couvent de Cîteaux[1], et le bruit
courut que cette sœur était la comtesse Hermenegilde de C., qu'on croyait en Italie avec la princesse
de Z*, sa tante. À la même époque, le père d'Hermenegilde, le comte Népomucène[2] de C., vint à Varsovie, et fit donation de tous ses biens aux deux fils
du prince de Z* ses neveux, ne se réservant qu'un
petit domaine dans l'Ukraine. On l'avertit de pour-
voir à sa fille ; il leva les yeux au ciel, et dit d'une voix
sourde : — Elle est pourvue !

Il ne fit aucune disposition pour confirmer la mort
d'Hermenegilde dans le couvent de O., et pour dissiper les bruits mystérieux qui la représentaient
comme une victime prématurément descendue au

tombeau. Quelques patriotes, courbés mais non pas brisés sous la chute humiliante de la Pologne[1], songèrent à faire entrer le comte dans un complot qui avait pour but la délivrance du sol ; ils ne trouvèrent plus en lui l'homme ardent et épris de la liberté tel qu'il était jadis, mais un vieillard impuissant, consumé par la douleur, devenu étranger à toutes les affaires du monde, et qui ne songeait plus qu'à s'ensevelir dans la solitude. Autrefois, à l'époque où l'insurrection se propagea après le premier partage de la Pologne[2], le domaine héréditaire du comte de C. avait été le lieu secret de réunion des patriotes. Là, les esprits s'enflammaient dans des repas animés où l'on jurait de délivrer la patrie. Hermenegilde apparaissait comme un ange céleste au milieu des jeunes guerriers dont elle animait le courage. Selon le caractère des femmes de sa nation, elle prenait part à tout, même aux délibérations politiques, et souvent elle, qui avait à peine dix-sept ans, émettait une opinion contraire à celle de tous les autres, et à laquelle s'attachaient tous les suffrages, tant elle portait l'empreinte d'une sagacité profonde et d'une vue étendue. Après elle, personne ne montrait un sens plus droit et plus rapide, une connaissance plus approfondie de l'état des choses, que le comte Stanislas de R., jeune homme de vingt ans, plein de feu, et d'une grande beauté. Il arriva souvent qu'Hermenegilde et Stanislas traitaient seuls les questions dans les vives discussions qui avaient lieu, qu'ils examinaient les propositions, les accueillaient, les rejetaient, en émettaient d'autres, et que les résultats de ces conférences entre un jeune homme et une jeune fille étaient souvent reconnus par les hommes les plus prudents comme des décisions de la plus haute sagesse. Était-il rien de plus naturel que de songer à

marier deux personnes qui semblaient réunir tous
les talents nécessaires pour sauver la patrie ? D'ailleurs l'alliance des deux familles semblait nécessaire
sous le point de vue politique ; car elles étaient divisées d'intérêt comme la plupart des maisons polonaises. Hermenegilde, pénétrée de ces vues, accepta
son époux comme un présent du pays, et les réunions
politiques qui avaient lieu au château de son père
se terminèrent par leurs fiançailles. On sait que
les Polonais succombèrent, et qu'avec Kosciuszko [1]
s'écroula une entreprise trop uniquement basée sur la
confiance et une fidélité chevaleresque. Le comte
Stanislas, à qui sa précédente carrière assignait une
place distinguée dans l'armée, combattit avec le courage d'un lion. Il revint grièvement blessé, ayant
échappé avec peine à la captivité. Hermenegilde
seule l'attachait à la vie. Il espérait trouver quelque
consolation dans ses bras. Dès qu'il fut un peu rétabli
de ses blessures, il courut au château du comte
Népomucène, où il devait recevoir des blessures
plus graves. Hermenegilde le reçut avec froideur, et
presque avec mépris.

— Vois-je le héros qui voulait mourir pour la
patrie ? lui dit-elle en le relevant. Il lui semblait dans
son exaltation que son fiancé dût être un de ces pala-
dins des temps fabuleux dont l'épée anéantissait des
armées entières. Toutes les protestations, toutes les
prières d'un amour ardent furent inutiles, Hermenegilde jura qu'elle ne donnerait sa main au comte que
lorsque les étrangers auraient été chassés du pays.
Le comte vit trop tard que Hermenegilde ne l'avait
jamais aimé, et il se convainquit aussi bientôt que la
condition qu'elle lui imposait ne pouvait s'accomplir
avant de longues années. Il lui jura de l'aimer jusqu'à

sa mort, et prit du service dans l'armée française
avec laquelle il passa en Italie.

On dit des femmes polonaises qu'une humeur toute
particulière les distingue. Un sentiment profond, une
étourderie sans égale, un dévouement stoïque, une
froideur glaciale, une passion ardente, tous ces sentiments divers se mêlent dans leur âme sans paraître
à la surface, comme le jeu des ondes au fond d'un
ruisseau dont elles ne troublent pas le paisible cours.

— Hermenegilde vit avec froideur son fiancé s'éloigner ; mais à peine quelques jours se furent-ils écoulés qu'elle se sentit dévorée de désirs inexprimables,
tels que les produit la passion la plus ardente. — Les
désordres de la guerre ayant cessé, une amnistie fut
proclamée, et les officiers polonais qui étaient prisonniers furent mis en liberté ; et bientôt quelques-
uns des frères d'armes de Stanislas reparurent au
château du comte. On rappela avec une profonde
douleur le souvenir de ce jour malheureux, et l'on
parla avec enthousiasme du courage de ceux qui
avaient combattu, et surtout de la conduite du jeune
comte. Il avait ramené sur le champ de bataille les
bataillons qui pliaient, et il avait réussi à enfoncer
avec sa cavalerie la ligne ennemie. Le sort de la
bataille était indécis, lorsqu'une balle l'atteignit ; il
tomba de cheval, baigné dans son sang, en prononçant le nom d'Hermenegilde.

— Non, j'ignorais que je l'aimais inexprimablement ! — Quel aveuglement a été le mien ! comment
ai-je pu songer à vivre sans lui qui est ma vie !… — Je
l'ai envoyé à la mort. — Il ne reviendra pas ! Ainsi
gémissait Hermenegilde en donnant cours aux
pensées qui oppressaient son âme. Sans sommeil,
inquiète, tourmentée, elle parcourait le parc pendant
la nuit, et comme si le vent eût pu porter ses paroles

à son ami éloigné, elle s'écriait dans les airs : Sta-
nislas. — Stanislas ! — Reviens. — C'est moi, c'est
Hermenegilde qui t'appelle. — Ne m'entends-tu pas ?
— Reviens ou je mourrai de désespoir !

L'état d'exaltation d'Hermenegilde touchait à la
folie, et elle commit mille extravagances. Le comte
Népomucène, rempli de soucis et d'inquiétudes pour
sa chère enfant, crut que les soins de l'art lui étaient
nécessaires, et il trouva un médecin qui consentit à
passer quelque temps au château pour traiter la
jeune comtesse. Quelque judicieuse que fût sa
méthode, quelques bons effets qu'elle amenât, il resta
douteux qu'Hermenegilde pût retrouver tout l'usage
de sa raison. Elle éprouvait les paroxysmes les plus
extraordinaires, et une circonstance singulière vint
changer sa position. Hermenegilde, dans ses accès,
avait jeté au feu une petite poupée qu'elle avait
habillée en uhlan[1] et à laquelle elle avait donné le
nom de Stanislas, parce qu'elle avait refusé de chanter la chanson polonaise : Podrosz twoia nam n'iemila
« milsza przyaszn' w kraiwbyla, etc.[2] » Au moment où
elle revenait de faire cette exécution, elle entendit
dans le vestibule des pas retentissants, et aperçut un
officier vêtu de l'uniforme des chasseurs français de
la garde, le bras en écharpe. Aussitôt elle s'élança
vers lui en s'écriant : — Stanislas, mon Stanislas ! et
tomba évanouie dans ses bras ; L'officier, pétrifié de
surprise, d'étonnement, eut peine à soutenir Hermenegilde avec le seul bras qu'il eût libre. Il la pressa
involontairement sur son sein, et il dut s'avouer que
le moment où il sentit le cœur d'Hermenegilde battre
sur le sien, était un des plus doux moments de sa vie.
Les instants s'écoulaient dans cette situation, l'officier sentait son sang s'allumer, et il ne put se défendre
de couvrir de baisers ces deux lèvres qui se pressaient

sur les siennes. C'est dans cette situation que le trouva le comte qui sortait de ses appartements; celui-ci s'écria aussi avec joie: Stanislas! — En ce moment, Hermenegilde revint à elle, et serra plus ardemment l'officier dans ses bras, en s'écriant de nouveau: Stanislas! — Mon bien-aimé! — Mon époux! — L'officier, le visage brûlant, tremblant, hors de lui-même, recula d'un pas en cherchant à se sous-traire aux embrassements d'Hermenegilde.

— C'est le plus beau moment de ma vie, mais je ne veux pas jouir plus longtemps d'une félicité que me vaut une erreur; je ne suis pas Stanislas! Hélas! je ne le suis pas...

Ainsi parla l'officier d'une voix altérée; Hermene-gilde recula avec effroi en le regardant fixement dans les yeux, et reconnaissant qu'une ressemblance sin-gulière l'avait abusée, elle s'enfuit en pleurant et en gémissant. Le comte Népomucène pouvait à peine croire que l'officier qui s'annonça comme le comte Xavier de R., cousin du comte Stanislas, eût grandi en si peu de temps. Les fatigues et les exercices de la guerre avaient ainsi développé ses traits et lui avaient donné si rapidement l'air mâle qu'il avait alors. Le comte Xavier avait quitté la Pologne avec son cousin, et combattu avec lui en Italie. À peine âgé de dix-huit ans alors, il s'était si bien distingué que le général en chef l'avait nommé son aide de camp, et âgé de vingt ans qu'il était, il avait déjà le grade de colonel. Les blessures qu'il avait reçues le forçaient de se reposer pendant quelque temps. Il était revenu dans son pays, et un message de Stanislas à sa bien-aimée l'amenait au château du comte. Le comte Népomu-cène et le médecin s'efforcèrent vainement de déci-der Hermenegilde à quitter sa chambre où la retenaient

la honte et la confusion; elle jura de ne pas se
montrer tant que le comte Xavier serait au château.

Il lui écrivit qu'il expiait bien rudement une ressemblance dont il n'était pas coupable; mais que
cette rigueur ne l'atteignait pas seul, qu'elle frappait
aussi Stanislas dont il apportait une lettre, et un
message qu'elle l'empêchait de lui communiquer. La
femme de chambre d'Hermenegilde, que Xavier avait
mise dans ses intérêts, promit de remettre ce billet,
qui opéra ce que n'avaient pu faire le père et le
médecin; Hermenegilde consentit à voir Xavier. Elle
le reçut dans sa chambre, les yeux baissés, et dans un
profond silence. Xavier s'approcha d'un pas chancelant, prit place près du sopha sur lequel elle était
assise, mais en se baissant sur sa chaise il s'agenouilla plutôt qu'il ne s'assit devant Hermenegilde,
et la supplia en cette posture, dans les termes les plus
touchants, et comme s'il eût commis le plus grand
crime, de ne point le charger d'une faute involontaire qui lui avait fait connaître tout le bonheur de
son ami. Ce n'était pas lui, non, c'était Stanislas lui-
même qui avait reçu ses baisers dans l'ivresse du
revoir. Il lui remit la lettre et lui parla longuement
de Stanislas qu'il peignit comme la fidélité même,
comme un véritable chevalier qui pensait sans cesse
à sa dame au milieu des combats, et dont le cœur
battait toujours pour la liberté de son pays. Xavier
contait avec un feu entraînant, il entraîna Hermenegilde qui, surmontant bientôt sa honte, fixa sur lui
ses regards célestes avec tant de douceur que le
jeune officier put à peine continuer son récit. Comme
Calaf lorsque le regardait la princesse Turandot*;
sans le savoir lui-même, entraîné par sa distraction,

* Personnage d'une pièce italienne du Vénitien Gozzi[1].

il se perdit dans quelques descriptions de bataille ; il parla d'attaques de cavalerie, de masses entamées, de batteries enlevées... Enfin Hermenegilde l'interrompit avec impatience : — Cessez de me peindre ces scènes de carnage ; dites ! dites-moi plutôt qu'il m'aime, que Stanislas m'aime.

Xavier prit la main d'Hermenegilde qu'il pressa avec ardeur contre son sein.

— Écoute-le donc lui-même, ton Stanislas ! s'écria-t-il, et il s'abandonna aux protestations de l'amour le plus brûlant, que lui inspirait le délire de la passion. Il était tombé aux pieds d'Hermenegilde, il l'avait entourée de ses deux bras ; mais au moment où il voulut la presser sur son cœur, il se sentit violemment repoussé. Hermenegilde le regardait avec égarement et lui dit d'une voix sourde : — Vaine poupée[1], quand même je t'animerais de toute la chaleur de mon sein, tu n'es pas mon Stanislas, et tu ne le seras jamais !

À ces mots, elle quitta la chambre à pas lents. Xavier vit trop tard quelle inconséquence il avait commise. Il ne sentait que trop vivement qu'il était épris jusqu'à la folie de la fiancée de son parent, de son ami, et que chaque pas qu'il ferait serait une affreuse trahison. Partir rapidement sans revoir Hermenegilde, ce fut l'héroïque résolution qu'il exécuta à l'heure même jusqu'à faire atteler sa voiture. Le comte Népomucène fut fort étonné lorsque Xavier vint prendre congé de lui ; il fit tous ses efforts pour le retenir, mais celui-ci allégua des affaires qui le forçaient de s'éloigner, et se défendit de rester avec une sorte de chaleur nerveuse qui venait au secours de sa fermeté. Le sabre au côté, le bonnet de campagne en tête, il était au milieu du salon ; son domestique au-dehors tenait son manteau ; au pied de l'escalier, les

chevaux frappaient du pied avec impatience. — Tout
à coup la porte s'ouvrit, Hermenegilde entra, s'avança
vers le comte avec une grâce indicible, et lui dit en
souriant : Vous voulez partir, cher Xavier ? — Et moi
qui espérais vous entendre conter encore tant de
choses de mon Stanislas ! — Savez-vous bien que vos
récits me consolent merveilleusement ?

Xavier baissa les yeux en rougissant extrêmement ;
on prit place. Le comte Népomucène assura que
depuis plusieurs mois, il n'avait pas vu Hermenegilde dans une disposition aussi sereine. Sur un signe
qu'il fit on servit le souper dans le salon, car l'heure
était venue de prendre ce repas. Le plus noble vin de
Hongrie brillait dans le cristal, et Hermenegilde
porta un verre à ses lèvres en l'honneur de son bien-
aimé, de la patrie et de la liberté. — Cette nuit, je
partirai, se disait Xavier ; et en effet, lorsque le repas
toucha à la fin, il demanda à son domestique si sa
voiture attendait. Celui-ci lui répondit qu'il l'avait
dételée et conduite sous la remise par ordre du comte
Népomucène, que les chevaux étaient dans l'écurie,
et que Woyciech le cocher dormait à leurs pieds, sur
la litière. Xavier accepta cet ordre de choses. L'opposition inopinée d'Hermenegilde l'avait convaincu
qu'il était à la fois doux et convenable de rester, et de
cette conviction il en vint à cette autre qu'il ne s'agissait que de se vaincre, c'est-à-dire de se défendre des
explosions de tendresse qui excitaient l'esprit d'Hermenegilde et pouvaient lui nuire. Le lendemain, en
revoyant Hermenegilde, Xavier réussit enfin à réprimer tout mouvement qui pût agiter son sang ; restant
dans les limites étroites des convenances, et même
d'un cérémonial glacé, il ne donna à sa conversation
que le cachet de ces galanteries, dont la douceur
couvre un venin dangereux. Xavier, jeune homme de

vingt ans, inexpérimenté en amour, déploya toute la tactique d'un maître consommé. Il ne parla que de Stanislas, que de son amour pour sa fiancée ; mais dans le feu qu'il alluma, il sut adroitement faire briller sa propre image, si bien qu'Hermenegilde, malicieusement égarée, ne savait plus comment séparer ces deux figures, celle de Stanislas absent, et celle de Xavier qui se trouvait là.

La société du jeune comte devint bientôt un besoin pour Hermenegilde, et bientôt on les vit sans cesse ensemble causant intimement. Cette habitude effaça de plus en plus la timidité d'Hermenegilde, et de plus en plus aussi Xavier se mit à se soustraire aux façons cérémonieuses qu'il avait prudemment adoptées. Hermenegilde se promenait dans le parc, appuyée sur le bras de Xavier, et laissait sans inquiétude sa main dans la sienne, lorsqu'assis dans sa chambre avec elle, il lui parlait de Stanislas. Quand il n'était pas question d'affaires d'État, de la cause de la patrie, le comte Népomucène n'était pas en état de pénétrer dans la pensée des autres ; son âme morte au monde et abattue ne réfléchissait alors les objets que comme un miroir, un moment d'une manière fugitive, puis ils s'effaçaient sans laisser de traces. Sans soupçonner les sentiments d'Hermenegilde, il trouva bon qu'elle eût changé contre cet adolescent vivant la poupée que, dans son égarement, elle avait prise pour représenter son époux, et il crut voir avec beaucoup de plaisir que Xavier, qu'il aimait autant pour gendre que Stanislas, prendrait la place de celui-ci. En effet, Xavier concevait de vives espérances. — Un matin, on vint dire qu'Hermenegilde s'était enfermée dans son appartement avec sa femme de chambre, et qu'elle ne voulait voir personne. Le comte Népomucène pensait que c'était un nouveau paroxysme de la

maladie qui cesserait bientôt, et il pria Xavier de se
servir de l'influence qu'il avait acquise sur elle pour
la guérir ; mais quel fut son étonnement lorsque
Xavier se refusa non seulement à voir Hermenegilde,
mais se montra entièrement changé. Au lieu de se
montrer hardi et assuré selon sa coutume, sa voix
était tremblante comme s'il eût aperçu son spectre,
sa parole faible et incohérente ; il dit qu'il fallait qu'il
retournât à Varsovie sans revoir Hermenegilde ; que,
dans ces derniers jours, elle lui avait causé un effroi
sans égal ; qu'il renonçait à tout espoir d'amour ; que
la fidélité d'Hermenegilde lui avait rappelé celle qu'il
devait lui-même à son ami ; enfin qu'il n'avait de ressource que dans la fuite. Le comte pensa que la folie
d'Hermenegilde avait gagné Xavier. Il chercha à le
calmer, mais ce fut en vain. Xavier résista d'autant
plus violemment, que le comte le priait plus vivement
de voir sa fille ; et il termina la discussion en se jetant
dans sa voiture, comme poussé par une force irrésistible. Les chevaux partirent rapidement et l'entraînèrent.

CHAPITRE IV

Le comte Népomucène, irrité de la conduite d'Hermenegilde, ne s'occupa plus d'elle, et elle passa plusieurs jours enfermée dans sa chambre, n'ayant
d'autre société que celle de sa camériste.

Un jour, le comte était plongé dans des réflexions
profondes, tout rempli de la pensée de cet homme
que les Polonais adoraient alors comme une idole[1],
lorsque la porte de son appartement s'ouvrit, et Her-

menegilde, couverte de longs habits de deuil, entra
lentement. Elle vint s'agenouiller devant le comte, et
lui dit d'une voix tremblante : — Ô mon père... le
comte Stanislas, mon époux chéri, n'est plus... Il est
mort en héros sur le champ de bataille... Sa veuve
plaintive est à genoux devant toi !

Le comte fut d'autant plus disposé à regarder cette
scène comme un nouvel accès de la maladie mentale
d'Hermenegilde, qu'il avait reçu la veille des nouvelles touchant le comte Stanislas. Il releva Hermenegilde et lui dit : — Calme-toi, ma chère fille,
Stanislas est bien portant, il ne tardera pas à revenir
dans tes bras.

À ces mots, Hermenegilde poussa un profond soupir,
et tomba accablée de douleur, auprès de son père.
Mais quelques moments après, elle se remit et dit
avec calme : — Mon père, laisse-moi te raconter
comme tout s'est passé ; car il faut que tu saches, afin
que tu me reconnaisses pour la veuve du comte Stanislas. — Sache qu'il y a six jours, je me trouvai un
soir dans le pavillon qui est à l'extrémité du parc.
Toutes mes pensées se portaient vers celui que
j'aime ; je sentis mes yeux se fermer involontairement, mais ce n'était pas un sommeil et je conservai
l'usage de mes sens. Bientôt tout s'obscurcit autour
de moi, j'entendis un grand tumulte et des coups de
feu qui se succédaient sans interruption. Je me levai,
et je ne fus pas peu étonnée de me trouver sous une
tente. Il était agenouillé devant moi. — Mon Stanislas ! je le serrai dans mes bras, je le pressai sur
mon cœur. — Dieu soit loué, s'écria-t-il, tu vis, tu es
à moi ! — Il me dit que j'étais tombée dans un profond
évanouissement aussitôt après la cérémonie des
fiançailles ; et moi, folle créature, je ne me souvins
qu'alors que le père Cyprien que je vis en ce moment

dans la tente, nous avait unis dans une chapelle voisine, au moment de la bataille. L'anneau nuptial brillait à mon doigt. Le bonheur que j'éprouvai en embrassant mon époux, ne peut se décrire ; l'enivrement sans nom d'une femme au comble de ses vœux, agita tout mon être. — Je perdis mes sens — et tout à coup un froid glacial me saisit. J'ouvris les yeux. Ciel, que vis-je ! Stanislas attaqué par des cavaliers ennemis, et secouru, mais trop tard, par ses compagnons. — Trop tard ! D'un coup de sabre, un ennemi l'abattit de son cheval…

Ici Hermenegilde retomba sans mouvement. Le comte s'empressa de la ranimer. — La volonté du Ciel soit faite, dit-elle en reprenant ses sens ; il ne me convient pas de me plaindre ; mais je serai fidèle à mon mari jusqu'à la mort, et le reste de mes jours se passera en priant pour lui.

Le comte pensa avec raison que cette vision était le résultat du dérangement des idées de sa fille, et il se résigna en pensant que le retour de Stanislas mettrait fin à sa douleur. Quelquefois cependant il lui arrivait de rire un moment au sujet des rêves et des visions dangereuses, mais alors Hermenegilde se mettait à sourire, puis elle portait à sa bouche l'anneau d'or qu'elle avait au doigt et l'arrosait de larmes. Le comte remarqua avec surprise extrême que cet anneau ne s'était jamais trouvé au doigt de sa fille ; mais il n'attacha pas grande importance à cette circonstance. La nouvelle qu'il reçut de la captivité du comte Stanislas le frappa plus vivement. La santé d'Hermenegilde s'affaiblit à cette époque, elle se plaignit d'éprouver un malaise singulier qu'elle ne pouvait regarder comme un état de maladie, mais qui changeait tout son être. Bientôt le prince de Z*** vint au château avec sa femme. La mère d'Hermenegilde était morte jeune, et la princesse lui en tenait lieu. Hermenegilde ouvrit son cœur à cette respectable dame, et se plaignit qu'on la traitât de folle et de visionnaire, bien qu'elle eût des preuves certaines de son union avec Stanislas. La princesse, instruite de l'affection mentale de la jeune comtesse, se garda de la contredire, et se contenta de l'assurer que le temps éclaircirait tout ce mystère ; mais elle devint plus attentive lorsque Hermenegilde lui décrivit son état physique et les symptômes qui la troublaient. On vit la princesse la surveiller avec une sollicitude constante, et se montrer plus inquiète, à mesure que Hermenegilde semblait se calmer. En effet, les joues pâles de la jeune comtesse reprirent leurs couleurs, ses yeux perdirent leur éclair sombre, son regard fut plus doux et plus sérieux, ses formes amaigries s'arrondirent de plus en plus ; en un mot elle brilla de nouveau de tout l'éclat de sa jeunesse et de sa beauté. Et cependant la princesse sembla la regarder comme plus malade que jamais, car elle ne cessait de lui dire : — Comment te trouves-tu ? — Qu'éprouves-tu, mon enfant ? — Et ces questions se renouvelaient avec plus d'instances, dès que Hermenegilde éprouvait le moindre malaise.

Le comte, le prince et la princesse tinrent conseil pour savoir par quel moyen on pourrait détromper Hermenegilde qui se croyait toujours veuve de Stanislas.

— Je crois malheureusement, dit le prince, que sa folie est incurable ; car elle se porte parfaitement bien et ses forces physiques entretiennent le désordre de son cerveau. — Oui, ajouta-t-il en regardant sa femme, elle est parfaitement bien portante, et cependant on la tourmente comme une malade, à son grand préjudice.

La princesse qui se sentit frappée par ces mots, regarda fixement le comte Népomucène et s'écria :
— Non, Hermenegilde n'est pas malade ; mais s'il n'était impossible qu'elle se fût oubliée, je serais convaincue qu'elle est...
La princesse hésita[1].
— Parlez, parlez ! s'écrièrent à la fois le comte et le prince.
— Enceinte ! reprit la princesse, et elle quitta la chambre.

CHAPITRE V

Le prince et le comte Népomucène se regardèrent frappés d'étonnement. Le prince retrouva le premier la parole et dit que sa femme était aussi quelquefois visitée par les plus singulières visions. Mais le comte répondit gravement que la princesse avait eu parfaitement raison de ranger une action semblable de la part d'Hermenegilde, dans la ligne des choses impossibles ; mais, ajouta-t-il, n'est-il pas singulier qu'une semblable idée me soit venue hier en regardant ma fille ; jugez donc combien les paroles de la princesse ont dû me causer d'inquiétude et de peine. — Il faut alors, répondit le prince, que le médecin ou la sage-femme en décident, et que le jugement précipité de la princesse soit anéanti ou que notre honte à tous soit constatée.
Plusieurs jours se passèrent en résolutions prises et abandonnées. La princesse rejeta l'intervention d'un médecin peut-être indiscret, et elle prétendit qu'il ne serait que trop prochainement nécessaire

d'avoir recours à lui. — Et comment ? s'écria le comte hors de lui. — Oui, continua la princesse en élevant la voix, Hermenegilde est la fille la plus trompeuse et la plus perfide qui fut jamais, ou elle a été étrangement abusée, car elle est enceinte !

Le comte Népomucène fut longtemps sans pouvoir répondre ; enfin, il supplia la princesse de savoir à tout prix d'Hermenegilde, quel était le malheureux qui avait couvert sa maison d'un opprobre éternel.

— Hermenegilde ne soupçonne pas encore que je connais son état, dit la princesse. Je me promets tout du moment où je lui dirai ce qu'il en est. Le masque dont sa fourbe se couvre tombera à l'improviste et son innocence éclatera d'une manière merveilleuse, bien que je ne puisse imaginer quelle justification elle pourra nous donner.

Ce soir-là même, la princesse se trouva seule avec Hermenegilde dont l'état de grossesse devenait de plus en plus visible. Elle prit les deux bras de la pauvre enfant, la regarda fixement et lui dit d'une voix brève : Ma chère fille, tu es mère !

À ces paroles, Hermenegilde leva les yeux vers le ciel avec ivresse, et s'écria avec attendrissement : Oui, je le suis ! Oh ! je le suis. — Il y a longtemps que j'ai senti que mon époux chéri n'était pas tombé tout entier sous le fer ennemi. — Oui ! Le moment du plus grand bonheur, que j'ai éprouvé sur terre, s'est prolongé pour moi ; je le retrouverai, mon Stanislas, dans le gage précieux qu'il m'a laissé de notre douce alliance !

La princesse sentit toutes ses idées se troubler, elle crut qu'elle allait elle-même perdre l'esprit. Le ton de vérité qui régnait dans les paroles d'Hermenegilde, son ravissement, l'enthousiasme divin qui régnait dans ses pensées, tout éloignait l'idée d'une

fourberie, et la folie la plus complète pouvait seule
expliquer sa conduite. Saisie de cette dernière idée,
la princesse repoussa Hermenegilde en s'écriant :
Malheureuse ! Un rêve l'a mise dans cet état qui
nous couvre tous d'opprobre et de honte. — Crois-tu
m'échapper par des contes absurdes ? — Réfléchis,
rassemble tes souvenirs. Ton aveu repentant et sincère
peut seul te réconcilier avec nous.

Baignée de larmes, déchirée de douleurs, Hermenegilde tomba aux pieds de la princesse en gémissant : Ma mère, toi aussi, tu me traites de visionnaire,
toi aussi tu ne veux pas croire que l'église m'a unie à
mon Stanislas, que je suis sa femme ! Mais vois donc
cet anneau à mon doigt ! — Que dis-je, toi, toi tu
connais mon état, n'est-ce pas assez pour te convaincre
que je n'ai pas rêvé ?

La princesse connut à son grand étonnement, que
l'idée d'une faute ne venait pas même à la pensée
d'Hermenegilde, et qu'elle n'avait pas du tout compris les reproches qu'elle lui avait faits à ce sujet.
Hermenegilde, pressant avec ardeur les mains de la
princesse contre son cœur, ne cessait de la supplier
de croire à son époux, maintenant que son état n'était
plus douteux, et la pauvre femme toute stupéfaite,
jetée hors d'elle-même, ne savait plus que dire à cette
jeune fille et de quelle façon s'y prendre pour découvrir le mystère qui régnait sur elle. Ce ne fut que
quelques jours plus tard qu'elle déclara au prince
son mari et au comte Népomucène, qu'il était impossible d'apprendre autre chose d'Hermenegilde que
ce qu'on avait déjà pressenti. Les deux seigneurs,
pleins de colère, traitèrent cette naïveté de fourberie,
et le comte jura qu'il emploierait des mesures rigoureuses pour lui arracher l'aveu de sa faute. La princesse s'opposa, de toutes ses forces, à un acte de

cruauté qui, dit-elle, serait inutile ; car elle était convaincue de la sincérité de sa fille d'adoption.

— Il est encore dans le monde, ajouta-t-elle, maint secret que nous sommes hors d'état de comprendre. Que serait-ce si l'union des pensées avait une influence physique, et si une relation intellectuelle entre Stanislas et Hermenegilde avait produit cet inexplicable état ?

En dépit de toute la colère, de toute la gravité de ce fatal moment, le prince et le comte ne purent se défendre de rire hautement à ces paroles de la princesse qu'ils déclarèrent la pensée la plus sublime et la plus éthérée qu'eût jamais produite un cerveau humain. La princesse rougit extrêmement en disant que la grossièreté de sens des hommes les empêchait de comprendre de semblables choses ; mais quant à sa pauvre enfant, elle avait dessein d'entreprendre avec elle un voyage qui la soustrairait à la honte de sa situation. Le comte approuva cette résolution. Car comme Hermenegilde ne faisait aucun mystère de son état, il importait de la dérober aux regards des gens de la maison.

Cette convention arrêtée, chacun se sentit plus calme. Le comte Népomucène se trouva fort rassuré en voyant la possibilité de celer ce fatal secret, et le prince jugea fort sensément qu'il fallait attendre du temps l'explication de tout ce mystère. On était sur le point de se séparer après cette conférence, lorsque l'arrivée subite du comte Xavier de R. vint causer de nouveaux embarras. Il entra échauffé par une course forcée, couvert de poussière, avec toute la précipitation d'un homme hors de lui, et s'écria, sans saluer, sans regarder personne : Le comte Stanislas est mort ! — Il n'a pas été fait prisonnier. — Non. Il a été tué par l'ennemi. — En voici la preuve !

À ces mots, il mit dans la main du comte Népomucène plusieurs lettres qu'il tira de sa poche. La princesse les parcourut, mais à peine eut-elle lu quelques
lignes, qu'elle leva les yeux au ciel en s'écriant :
Hermenegilde! — Pauvre enfant! quel impénétrable
mystère!

Elle avait vu que le jour de la mort du comte était
le même que celui de sa prétendue rencontre avec
Hermenegilde.

— Il est mort, reprit Xavier avec feu. Hermenegilde est libre de me donner sa main, à moi qui l'aime
plus que ma vie. — Je la demande en mariage!

Le comte Népomucène n'eut pas la force de
répondre. Le prince prit la parole et déclara que certaines circonstances empêchaient absolument d'avoir
égard à sa demande, qu'il ne pouvait même voir Hermenegilde en ce moment, et que sa famille se voyait
obligée de le prier de s'éloigner d'elle pour quelque
temps. Xavier répondit qu'il connaissait parfaitement
le dérangement d'esprit qu'éprouvait Hermenegilde,
ce dont il était question sans doute ; mais que c'était
là d'autant moins un obstacle, qu'il pensait que son
mariage avec elle amènerait infailliblement sa guérison. La princesse répliqua que sa pupille resterait
fidèle jusqu'à la mort à la mémoire de Stanislas, et
que d'ailleurs elle ne se trouvait plus au château.
Xavier ne fit que rire de cette réponse, et dit que le
consentement du comte lui suffirait, et qu'on lui
laissât le soin du reste. Ces paroles irritèrent fort le
comte Népomucène qui déclara à Xavier qu'il ne lui
accorderait jamais sa fille, et qu'il pria en même
temps de quitter le château. Xavier le regarda en
silence, ouvrit la porte du salon, et cria que Woyciech apportât ses bagages et conduisît ses chevaux à
l'écurie. Puis il revint, se jeta dans un fauteuil près

de la fenêtre et annonça avec tranquillité qu'il ne quitterait pas le château avant d'avoir parlé à Hermenegilde. Le comte lui répondit avec le même sang-froid qu'il y ferait alors un long séjour, mais que pour lui, il prendrait alors le parti de se retirer dans un autre de ses domaines. En même temps, le comte, le prince et sa femme quittèrent le salon, et se rendirent dans l'appartement d'Hermenegilde afin de la faire partir au plus vite. Le hasard voulut que cette nuit-là même, contre son habitude, elle fût allée se promener dans le parc. Xavier l'aperçut par la fenêtre, dans une allée éloignée, et descendit précipitamment. Il l'atteignit enfin au moment où elle allait entrer dans le pavillon mystérieux, à l'extrémité du parc.

— Ô puissance du ciel ! s'écria Xavier en s'apercevant de l'état d'Hermenegilde ; puis il se jeta à ses genoux, et la conjura, en lui faisant les serments les plus tendres, de l'accepter pour époux. Hermenegilde, hors d'elle-même de frayeur et de surprise, lui dit qu'un démon ennemi l'envoyait pour troubler son repos, que jamais, jamais, elle ne deviendrait l'épouse d'un autre, après avoir été unie à son cher Stanislas.

Mais Xavier ne cessa pas de la supplier, et, las enfin de ne pouvoir la fléchir, il lui dit qu'elle se trompait elle-même dans sa folle passion, que c'était à lui qu'elle avait donné les moments les plus doux, et en même temps il se releva et la serra dans ses bras. Hermenegilde, la pâleur de la mort dans les traits, le repoussa avec horreur, et s'écria : Misérable ! tu ne pourrais pas plus me forcer à une trahison que tu ne saurais anéantir le fruit de mon union avec Stanislas ! fuis loin de moi !

— Insensée ! ne l'as-tu pas détruite toi-même cette union ? s'écria Xavier en fureur ; l'enfant que tu

portes dans ton sein est le mien! c'est moi que tu as
comblé de tes faveurs dans ce lieu même! tu fus ma
maîtresse, et tu la seras encore si tu ne consens à
devenir ma femme!

Hermenegilde le regarda quelques instants d'un
air égaré, et tomba sans mouvement sur le sol, en
proférant ce mot: Misérable!

CHAPITRE VI

Xavier courut au château, comme s'il eût été
aiguillonné par toutes les furies, et prit avec violence
la main de la princesse, qu'il rencontra.

— Elle m'a repoussé avec horreur, lui dit-il, moi,
le père de son enfant!

— Toi! Xavier? — mon Dieu! — parle, est-il possible! s'écria la princesse avec effroi.

— Me condamne qui voudra, dit Xavier plus calme,
mais quiconque sentira dans ses veines un sang aussi
bouillant que le mien faillira comme moi en un semblable moment. Je trouvai Hermenegilde dans le
pavillon; elle était plongée dans un singulier état,
que je ne saurais décrire, étendue sur le canapé, rêvant
et comme endormie. À peine fus-je entré qu'elle se
leva, vint à moi, me prit par la main, et me fit lentement traverser le pavillon; puis elle s'agenouilla, je
l'imitai; elle se mit à prier, et je remarquai bientôt
qu'elle croyait voir un prêtre devant nous[1]. Elle tira
un anneau de son doigt, qu'elle présenta au prêtre;
je le pris, et je lui substituai un anneau d'or que je
portais; alors elle se jeta dans mes bras avec tous les

témoignages de l'amour le plus ardent. . . . .
. . . .[1]

Lorsque je m'enfuis, elle était plongée dans un profond sommeil, qui ressemblait à un évanouissement.

— Homme affreux! misérable criminel! s'écria la princesse hors d'elle-même.

Le comte Népomucène et le prince, qui venaient d'entrer, entendirent en peu de mots les aveux de Xavier. Combien l'âme délicate de la princesse fut blessée lorsqu'elle vit son mari et le comte trouver l'action de Xavier réparable par un mariage avec Hermenegilde!

— Non, dit-elle, jamais Hermenegilde ne donnera sa main à l'homme qui a empoisonné par un crime le plus beau moment de sa vie!

— Elle le fera, dit le comte Xavier d'un ton froid et orgueilleux; elle me donnera sa main pour sauver son honneur. Je reste ici, et tout s'arrangera.

En ce moment, il s'éleva un sourd murmure: on apportait Hermenegilde, que le jardinier avait trouvée sans vie dans le pavillon. On la déposa sur un sopha. Avant que la princesse pût l'empêcher, Xavier prit sa main. Tout à coup elle se dressa en poussant un cri horrible qui semblait ne pas venir d'une voix humaine; non, c'était celui d'une bête fauve; puis elle regarda le comte avec des regards de feu qui devaient le pétrifier. Il ne put les soutenir, chancela, recula quelques pas, et murmura d'une voix à peine intelligible: Des chevaux! Sur un signe de la princesse, on le conduisit dans le vestibule.

— Du vin! du vin! s'écria-t-il. Il en but quelques verres, s'élança avec vigueur sur l'étrier, et partit à bride abattue.

L'état d'Hermenegilde, qui semblait tourner en

une folie furieuse, changea toutes les dispositions
du comte Népomucène et du prince, qui virent toute
l'horreur de l'attentat de Xavier. On voulut envoyer
chercher un médecin, mais la princesse s'y opposa,
en assurant que sa pupille n'avait besoin que de
secours spirituels. On fit donc venir le père Cyprien,
ancien carmélite, confesseur de la maison, qui réussit
d'une manière merveilleuse à réveiller les pensées
d'Hermenegilde. Il fit plus, il lui rendit quelque calme.
Elle parla avec beaucoup de raison à la princesse, et
lui exprima le désir de prendre le voile dans le couvent
des religieuses de l'ordre de Cîteaux aussitôt après sa
délivrance. Dès ce moment elle se couvrit déjà le
visage avec un voile noir qu'elle ne quitta plus.
Pendant ce temps, le prince avait écrit au bourgmestre de L., chez qui Hermenegilde devait faire ses
couches, et où devait la conduire l'abbesse de Cîteaux,
sa parente, tandis que la princesse irait en Italie,
emmenant en apparence sa pupille avec elle.

Il était minuit, la voiture qui devait conduire Hermenegilde au couvent était devant la pote. Le comte
Népomucène accablé de douleur, le prince et la princesse attendaient le moment de prendre congé de
la malheureuse enfant. Elle arriva, couverte de son
voile, et accompagnée du moine.

— La sœur Célestine a grièvement péché, dans ce
monde, dit celui-ci d'une voix solennelle, car le
démon a souillé sa pureté ; mais un vœu éternel
sauvera son âme. — Paix et repos éternel ! — Jamais
le monde ne reverra ces traits, dont la beauté a
tenté le démon. Voyez ! ainsi Célestine accomplira sa
pénitence !

À ces mots, le moine souleva le voile d'Hermenegilde, et un cri douloureux s'échappa de toutes les
bouches, lorsqu'on vit un masque blafard sous lequel

Hermenegilde avait caché pour toujours sa céleste figure. — Elle se sépara, sans pouvoir prononcer une parole, de son vieux père qui espérait mourir de sa douleur. Le prince, homme ferme, était baigné de larmes, la princesse seule combattant avec toute la force que lui prêtait la religion, l'horreur que lui causait cet effroyable vœu, conserva un maintien résigné.

On ignore comment le comte Xavier découvrit le lieu du séjour d'Hermenegilde, et apprit que son enfant devait être consacré à l'église. L'enlèvement de son fils eut de funestes suites ; car, arrivé à P***, lorsqu'il voulut le remettre aux soins d'une femme de confiance, l'enfant qu'il croyait évanoui par le froid était mort. Le comte Xavier disparut alors, et l'on crut qu'il s'était tué volontairement. Plusieurs années s'étaient écoulées, lorsque le jeune prince Boleslaw de Z***, vint, durant son voyage, aux environs de Naples. Il monta un jour jusqu'au cloître de Camaldules d'où l'on découvrait une vue ravissante[1]. Au moment de gravir le rocher qu'on lui avait désigné comme le lieu le plus favorable pour contempler cet aspect, il aperçut un moine assis sur une grande roche, un livre de prières ouvert sur ses genoux, et les yeux tournés vers la mer qui se déployait à ses pieds. Ses traits encore empreints de jeunesse, étaient profondément sillonnés. Un souvenir confus s'empara de l'esprit du prince à la vue de ce moine. Il s'approcha davantage, et s'aperçut que son livre de prières était écrit en polonais. Aussitôt il s'adressa au moine dans cette langue Celui-ci se retourna avec frayeur ; à peine eut-il aperçu le visage du prince qu'il se couvrit de son capuchon, et s'enfuit à travers les broussailles. Le prince Boleslaw assurait que le moine n'était autre que le comte Xavier.

LE CŒUR DE PIERRE

CHAPITRE PREMIER

Tout voyageur qui s'est approché par un beau temps de la partie méridionale de la petite ville de G**[1], a vu à la droite de la grande route une belle maison de plaisance, dont les pignons bizarres et bariolés s'élèvent au-dessus de l'épais feuillage des arbres. Ces bois ceignent un vaste jardin qui s'étend dans la vallée. Si jamais tu suis cette route, cher lecteur, ne redoute ni le petit retard que te causera ce détour, ni la légère offrande[2] que tu donneras au jardinier ; sors de ta voiture, fais-toi ouvrir cette maison[3], et parcours ce jardin en disant que tu as particulièrement connu le défunt propriétaire de ce domaine, le conseiller aulique Reutlinger qui habitait G**. Au fond, tu pourras le dire avec raison, s'il te plaît de lire jusqu'à la fin tout ce que je me dispose à te raconter ; car j'espère qu'alors le conseiller Reutlinger se montrera à tes yeux avec ses manières originales et ses goûts singuliers, absolument tel que si tu l'avais connu réellement. Dès l'abord, tu reconnais déjà le goût gothique et les ornements grotesques[4] de cette maison, et tu te plaindras avec raison de ces repoussantes peintures à fresque ; mais en examinant

de plus près, une singulière intention se déploie dans
ces pierres ainsi peintes, et tu pénètres dans le vaste
péristyle avec un léger sentiment d'effroi[1]. Sur les
murailles divisées en panneaux, et revêtues de stuc
blanc, on aperçoit des arabesques peintes en couleurs pâles, qui offrent dans leurs sinueuses courbures des figures d'hommes et d'animaux, des fleurs,
des fruits, des roches et une foule d'objets divers.
Dans la grande salle qui s'élève au-delà du second
étage, apparaissent en moulures dorées toutes les
formes de la plastique. Au premier coup d'œil, tu
parleras du mauvais goût du siècle de Louis XIV, tu
blâmeras ce style baroque[2], chargé, maigre et exa-
géré ; mais si tu ne manques pas d'une certaine imagination, cher lecteur, ce que j'admets toujours en ta
personne, ô toi qui daignes me lire, tu ne tarderas
pas à changer de disposition. Tu croiras t'apercevoir
que cette fantaisie sans règles n'a été que le jeu hardi
d'un peintre qui dominait en maître toutes ces formes,
et tu devineras que tous ces emblèmes forment une
chaîne d'ironies amères contre la vie humaine, de
sarcasmes échappés à une âme malade et mortellement blessée. Je te conseille surtout, mon cher lecteur
ou voyageur, de parcourir les petites chambres du
second étage, qui couronne cette salle comme une
galerie. Là, les décorations sont très simples ; mais
çà et là on rencontre des inscriptions allemandes,
turques, et arabes, qui s'accouplent singulièrement ;
puis tu te rends dans le jardin. Il est dessiné à la
vieille mode française, en longues charmilles cou-
vertes, avec des cascades, des statues et des fontaines.
Je ne sais si l'on éprouve comme moi une impression
grave et solennelle à la vue de ces anciens jardins
français, mais pour moi je les préfère à ces prétendus
jardins anglais, remplis de bagatelles, de petits ponts,

de petites rivières, de petits temples et de petites grottes. À l'extrémité de ce jardin, on pénètre dans un petit bois, et le jardinier vous fait remarquer qu'il a la forme d'un cœur, comme on peut le voir distinctement du haut de la maison. Au milieu de ce bois est un pavillon en marbre brun de Silésie, également bâti en forme de cœur. Le pavé est de marbre blanc, et on y aperçoit un cœur d'une grandeur extraordinaire. Il est formé d'une pierre rouge, incrustée dans le marbre. En se baissant, on découvre ces mots qui y sont écrits : Il repose !

Dans ce pavillon[1], auprès de ce cœur qui ne portait pas alors cette inscription, se trouvaient, le jour de Sainte-Marie, c'est-à-dire le 8 septembre de l'année 180..., un homme âgé, d'une belle apparence, et une vieille dame, tous deux richement vêtus.

— Mais, disait la dame, mais, mon cher conseiller, comment vous est donc venue la bizarre, je dirai même l'épouvantable idée de faire construire dans ce pavillon une sépulture pour votre cœur, qui doit reposer sous cette pierre rouge ?

— Laissez-moi ne pas parler de ces choses-là, ma chère conseillère-intime ! répondit le vieux monsieur. — Nommez-le un jeu de mon esprit malade, nommez-le comme vous voudrez, mais apprenez que lorsque le découragement le plus amer me prend au milieu des biens que la fortune m'a jetés par hasard, je ne trouve qu'en ce lieu du calme et des consolations. C'est le sang qui coule de mon cœur déchiré qui a teint cette pierre ; mais elle est glacée ; et bientôt, lorsqu'elle pèsera sur mon cœur, elle apaisera le feu qui le consume.

La vieille dame jeta un regard douloureux sur le cœur de pierre, et en se baissant un peu pour mieux l'examiner, deux grosses larmes limpides tombèrent

comme deux perles sur le pavé rougeâtre. Le vieil
homme prit vivement sa main. Ses yeux brillèrent du
feu de la jeunesse. Comme on voit dans l'éloignement, aux dernières lueurs du soleil, une campagne
chargée de fruits et de fleurs, on distinguait dans ses
regards brûlants un passé plein d'amour et de tendresse.

— Julie! Julie! s'écria-t-il; car vous aussi vous avez
blessé ce cœur mortellement. Et la douleur étouffa
sa voix.

— Ce n'est pas moi qu'il en faut accuser, Maximilien! dit la dame avec un accent pénétré et d'une
voix émue. N'est-ce pas votre inflexible opiniâtreté,
votre foi aveugle dans les pressentiments, vos visions
qui vous chassèrent loin de moi, et qui me décidèrent
à donner la préférence à cet homme plus doux et
plus pliant, qui prétendait aussi à mon cœur? Ah!
Maximilien, vous dûtes sentir vous-même combien
je vous aimais tendrement; mais votre humeur fantasque ne me tourmentait-elle pas sans relâche?

Le vieux monsieur interrompit la dame, et aban-
donnant sa main: — Oh! vous avez raison, madame
la conseillère-intime, je dois rester seul; nul cœur
humain ne doit se joindre au mien; toutes les joies
que donnent l'amour, l'amitié viennent vainement
frapper contre ce cœur de pierre.

— Que vous êtes amer, que vous êtes injuste envers
vous-même et envers les autres, Maximilien! s'écria
la dame. Qui ne vous connaît comme le plus généreux bienfaiteur des pauvres, comme le plus infatigable défenseur du bon droit; mais quel mauvais
génie a jeté dans votre âme cette défiance qui se
décèle dans toutes vos paroles, dans tous vos gestes?

— Ne reçois-je pas, avec la tendresse la plus vive,
tout ce qui s'approche de moi, dit le vieillard d'une

voix attendrie et les yeux humides. Mais cette tendresse me déchire le cœur, au lieu de l'animer.

— Ah! continua-t-il, en élevant la voix, il a plu à
l'impénétrable Providence de me douer d'un don qui
précipite ma mort, qui me tue mille fois! Semblable
au juif errant, je vois le signe invisible, la marque de
Caïn sur le front du méchant[1]! Je reconnais les avertissements secrets que donne comme des énigmes le
roi des cieux, que nous nommons le hasard. Une
jeune et douce fille s'offre à nous avec des regards
purs comme ceux d'Isis, mais qui ne pénètre pas son
âme, s'expose à se voir blesser par des griffes de lion
et entraîner dans l'abîme[2].

— Encore ces fâcheux rêves! dit la dame. Qu'est
devenu ce charmant enfant, le fils de votre frère, que
vous aviez recueilli il y a quelques années, et en qui
vous sembliez trouver tant d'amour et de consolation?

— Cet enfant, répondit le vieillard d'une voix rude,
je l'ai repoussé! c'était un mauvais sujet, une vipère
que je réchauffais dans mon sein.

— Un mauvais sujet! un enfant de six ans! dit la
dame étonnée.

— Vous connaissez l'histoire de mon frère cadet,
dit le vieillard; vous savez qu'il me trompa plusieurs
fois d'une manière indigne; qu'étouffant tout sentiment fraternel, chaque service que je lui rendais
était une arme qu'il dirigeait contre moi. Il n'a pas
dépendu de lui que je n'aie perdu mon honneur et
ma position sociale. Vous savez qu'il y a quelques
années, étant plongé dans la plus profonde misère, il
vint à moi, me promettant de mettre un terme aux
désordres de sa vie; vous savez aussi que je le reçus
en frère, et qu'il profita de son séjour dans ma maison,
pour s'approprier certains documents... mais silence
là-dessus. Son fils me plut, et je le gardai, après que

son misérable père, qui voulait me faire un procès criminel, eut été forcé de s'enfuir loin de moi. Un avertissement du ciel me délivra de ce petit scélérat.

— Et cet avertissement du ciel était sans doute quelque rêve ? dit la dame.

Mais le vieillard continua : — Écoutez-moi, Julie, et jugez vous-même ! — Vous savez que la conduite diabolique de mon frère me porta le coup le plus rude que j'eusse jamais reçu — à moins que ce ne soit celui que vous... mais silence là-dessus. Fut-ce l'effervescence que prirent mes idées à cette époque qui m'inspira l'idée d'élever un tombeau pour mon cœur, bref cela eut lieu. — Mon bois fut planté en forme de cœur, le pavillon s'éleva et les ouvriers s'occupèrent à le paver. Un jour je viens pour assister à leur travail, et je remarque à quelque distance, que l'enfant, nommé Max comme moi, s'amuse à rouler çà et là quelque chose, en bondissant et en poussant de grands éclats de rire. Un sombre pressentiment s'empare de mon âme ! — Je cours vers l'enfant, et je demeure pétrifié en voyant que c'est la pierre rouge, taillée en forme de cœur, qu'on avait disposée pour être placée dans le pavillon, qu'il roule ainsi de tous côtés et dont il s'amuse si gaiement.

— Misérable ! Tu joues avec mon cœur, comme ton père ! — À ces mots, je le repousse avec humeur, au moment où il s'approche de moi en pleurant. — Mon régisseur reçut les ordres nécessaires pour le renvoyer, et je ne le revis jamais !

— Homme effroyable ! s'écria la dame. Mais le vieux monsieur, s'inclinant poliment, lui dit : — Les arrêts du destin ne s'arrangent pas avec les petites sensibleries des dames. Et lui donnant le bras, il la conduisit dans le jardin, à travers le petit bois.

Le vieux monsieur était le conseiller aulique Reutlinger ; et la dame, la conseillère-intime Foerd.

CHAPITRE II

Le jardin offrait le plus merveilleux spectacle que
l'on pût voir. Une grande société, composée de conseillers-intimes, de conseillers auliques, de conseillers
de finances, et de leurs familles, venus de la ville
voisine, s'y était rassemblée. Tous, même les jeunes
gens et les jeunes filles, étaient rigoureusement vêtus
selon la mode de l'année 1760, avec de grandes perruques, des habits bien raides et de hautes frisures
poudrées, qui produisaient une illusion d'autant plus
parfaite que la forme du jardin convenait parfaitement
à ce costume. Chacun se croyait transporté, comme
par un coup de baguette, dans le temps passé. Une
idée singulière de Reutlinger avait donné lieu à cette
mascarade. Il avait coutume de célébrer, tous les
trois ans, le jour de Sainte-Marie, *la fête du vieux
temps*, à laquelle il invitait toutes les personnes de la
ville qui voulaient y assister, sous la seule condition
que chaque convive adopterait le costume de l'année
1760. Le conseiller fournissait des costumes de sa
riche garde-robe aux jeunes gens qui n'étaient pas
assez riches pour faire cette dépense. Cette fête, qui
durait trois jours, ramenait le conseiller au milieu
des souvenirs de sa première jeunesse.

Deux jeunes gens, Ernest et Willibald, se rencontrèrent dans une allée. Ils se regardèrent un moment
en silence, et se mirent à rire aux éclats.

— Tu as l'air d'un cavalier égaré dans le laby-
rinthe d'amour, s'écria Willibald.

— Et moi, il me semble que je t'ai déjà rencontré
dans quelque vieux roman, répondit Ernest[1].

— Mais vraiment la pensée du vieux conseiller
n'est pas si mauvaise, reprit Willibald. Il veut une
bonne fois se mystifier lui-même, et rebâtir un temps
dans lequel il vivait réellement, quoique à son âge, il
ait encore toutes ses forces, toute la liberté de son
esprit, et qu'il ait une imagination plus vive et un
cœur plus ardent que beaucoup de jeunes gens d'aujourd'hui. Il ne doit pas craindre que quelqu'un
s'écarte de son costume, par son langage ou par ses
manières ; car nous sommes tous dans des habits
qui nous rendraient tout écart impossible. Vois donc
comme nos jeunes dames ont un air noble et prude
dans leurs lourdes jupes chamarrées, et comme elles
se servent décemment de l'éventail ! — Vraiment l'esprit de la vieille courtoisie s'est si bien emparé de
moi sous cette perruque qui couvre ma tête à la
Titus[2], que je ne sais qui m'empêche d'aller auprès
de la plus jeune fille du conseiller-intime Foerd, de la
belle Julie que je vois là-bas, et de lui dire : — Charmante Julie, quand me rendrez-vous le repos, en m'ac-
cordant votre amour ? Il est impossible qu'une divinité
de marbre préside à ce temple de la beauté. Le marbre
se creuse par la pluie, et le sang amollit le diamant,
mais votre cœur est comme une enclume que les
coups endurcissent ; plus le mien le frappe, plus il est
insensible. Prenez-moi pour le but de vos regards.
Ah ! de grâce, cruelle, ne gardez pas ce funeste
silence qui me tue ! Les rochers répondent par un
écho à ceux qui les interrogent, et vous, vous n'avez
pas même un mot à me dire ? Ô la belle des belles…

— Je t'en supplie, assieds-toi, dit Ernest à son

ami, te voilà déjà de nouveau dans tes folies, et tu ne remarques pas que Julie qui s'était approchée de nous gracieusement, vient de s'enfuir avec timidité. Sans bien comprendre tes paroles, elle a soupçonné que tu te moquais d'elle, et tu as ainsi augmenté ta réputation de moqueur qui s'étend déjà sur moi ; car j'ai vu plus d'une fois qu'on me regardait de travers en disant : — C'est l'ami de Willibald.

— Tu sais que beaucoup de gens, et surtout les jeunes filles de seize à dix-sept ans, m'évitaient avec soin ; mais je connais le but auquel mènent tous les chemins, et je sais aussi que lorsqu'elles m'y rencontreront, elles me tendront amicalement la main.

— Tu veux dire au grand jour de réconciliation, au jugement dernier, lorsqu'on aura secoué le joug des idées humaines, dit Ernest.

— Oh ! je t'en prie, s'écrie Willibald, ne nous élevons pas à ces grandes questions. Le moment n'est pas favorable ; abandonnons-nous plutôt aux idées folles dans lesquelles Reutlinger nous a comme encadrés aujourd'hui. Quelle bizarrerie a-t-il donc encore imaginée là-bas ? Vois-tu cet arbre dont le vent balance les fruits blancs ? Ce ne peut être le *Cactus grandiflorus*, car il ne fleurit qu'à minuit. Dieu sait quel arbre merveilleux le conseiller a encore planté dans son Tusculum[1].

Les deux amis s'acheminèrent vers l'arbre et ne furent pas peu surpris en apercevant un épais marronnier dont les fruits n'étaient autre chose que des perruques poudrées à blanc qui servaient de jouet au vent, et se balançaient curieusement avec leurs bourses et leurs queues. De grands éclats de rire annonçaient ce qui se trouvait sous le feuillage. Une société de vieux Messieurs, bien gais et bons vivants, s'étaient réunis sur la petite pelouse qui s'étendait au pied de l'arbre, après avoir ôté leurs habits et accroché leurs lourdes perruques aux branches du marronnier, ils s'étaient mis à jouer au ballon. Mais personne ne surpassait dans cet exercice le conseiller Reutlinger qui savait envoyer le projectile à une hauteur prodigieuse et qui le lançait si adroitement qu'il retombait toujours aux pieds de son adversaire.

— En cet instant, une effroyable musique de petites flûtes et de tambours se fit entendre ; la société mit fin à son jeu, et reprit ses habits et ses perruques.

— Qu'arrive-t-il donc encore ? dit Ernest.

— Je parie que c'est l'ambassadeur Turc, répondit Willibald.

— Quel ambassadeur Turc ?

— On nomme ainsi, dit Willibald, le baron d'Exter, qui réside à G***, et que tu as assez vu pour reconnaître en lui le plus grand original qui soit au monde. Il a été autrefois ambassadeur de notre cour à Constantinople, et il se plaît encore à se mirer dans le reflet de ce printemps de sa vie ; les descriptions du palais qu'il habitait dans Péra, font souvenir de ce palais de diamants des fées dans les *Mille et Une Nuits* ; et la manière dont il y vivait, rappelle le roi Salomon dont il prétend avoir l'esprit de sagesse et de divination. En effet, ce baron d'Exter, malgré ses vanteries et son charlatanisme, a quelque chose de mystique qui souvent m'impose et m'abuse moi-même. Sa liaison avec Reutlinger est basée sur les sciences secrètes auxquelles ils croient également tous les deux. Au reste, tous les deux sont de grands visionnaires, mais chacun à sa façon, quoiqu'ils se réunissent dans la doctrine de Mesmer dont ils sont partisans décidés.

En causant ainsi, les deux amis étaient arrivés à la grande grille du jardin, par laquelle venait d'entrer l'ambassadeur turc. C'était un petit homme couvert d'une belle pelisse et d'un grand turban de cachemire à couleurs tranchantes. Mais il n'avait pu se défaire, par habitude, de sa perruque à marteaux, et par nécessité, de ses bottes de castor pour la goutte, ce qui altérait sensiblement l'orientalisme de son costume. Sa suite, qui faisait cette horrible bacchanale, était composée de son cuisinier et de ses laquais, déguisés en Maures, avec des bonnets de castor pointus qui ressemblaient passablement à des sambenitos[1]. Le baron tenait par le bras un vieil officier qui semblait s'être réveillé, après un long sommeil, de quelque champ de bataille de la guerre de sept ans. C'était le baron Rixendorf, commandant de G***, qui avait adopté, avec ses officiers, l'ancien uniforme, pour faire plaisir au conseiller.

— Salama mileh[2]! dit Reutlinger, en faisant une révérence au baron, qui ôta son turban, et le remit aussitôt sur sa perruque, après avoir essuyé la sueur de son front avec un mouchoir des Indes. En ce moment, un corps doré, qu'Ernest avait dès longtemps remarqué dans un cerisier se remua, et le conseiller de commerce, Harscher, vêtu d'un habit de gala en brocart d'or avec des culottes pareilles et une veste parsemée de bouquets bleus sur un fond d'argent, descendit avec dextérité le long de l'échelle qu'il avait placée contre l'arbre, et courut se jeter dans les bras de l'ambassadeur, en criant : *Oh! che vedo. — O dio che sente*[3]! — Le conseiller de commerce avait passé sa jeunesse en Italie, était grand musicien, et avait la prétention, avec un fausset exercé, de chanter comme Farinelli[4].

— Je sais, dit Willibald, que Harscher a rempli ses poches de cerises pour les offrir aux dames. Mais comme il porte, à l'imitation de Frédéric II, son tabac dans ses poches sans sa tabatière, il ne recueillera de sa galanterie que des grimaces et des rebuffades.

L'ambassadeur Turc et le général de la guerre de sept ans furent accueillis avec des transports de joie. Ce dernier fut reçu par Julie Foerd avec toute l'expression de la tendresse filiale; elle s'inclina devant le vieux guerrier, et voulut lui baiser la main, mais l'ambassadeur Turc se jeta entre eux en s'écriant:
— Folies, enfantillages! Et il embrassa Julie avec force tout en marchant sur le pied du conseiller décontenancé qui poussa une exclamation involontaire, puis il entraîna la jeune fille avec lui. — On vit qu'il lui parlait avec véhémence, agitant les bras, ôtant et remettant son turban et se livrant à mille contorsions.

— Qu'a donc à faire ce vieillard avec cette jeune fille? dit Ernest.

— En effet, répliqua Willibald, il semble que ce soit quelque chose d'important, car quoique Exter soit le parrain de Julie et qu'il l'aime beaucoup, il n'a pas coutume de s'enfuir ainsi de la société avec elle.

En ce moment l'ambassadeur Turc s'arrêta subitement, étendit le bras droit devant lui, et s'écria d'une voix forte qui retentit dans tout le jardin: Apporte!

Willibald fit un grand éclat de rire: — En vérité, dit-il, ce n'est rien autre chose sinon qu'il raconte à Julie pour la millième fois, la remarquable histoire du chien de mer[1].

Ernest voulut absolument connaître cette histoire.

— Apprends donc, dit Willibald, que le palais d'Exter était situé si près du Bosphore que des degrés du plus beau marbre de Carrare conduisaient jusqu'à la mer. Un jour, Exter était sur sa terrasse, plongé dans les plus profondes réflexions, lorsqu'un cri perçant l'arracha tout à coup à sa rêverie. Il regarde autour de lui et voit qu'un immense chien de mer vient de se plonger dans les flots, emportant dans sa gueule l'enfant qu'une pauvre femme turque, assise sur les degrés, avait laissé auprès d'elle. Exter descend précipitamment, la femme tombe à ses genoux en gémissant et en pleurant ; mais Exter n'hésite pas longtemps, il s'avance jusqu'à la dernière marche, au bord de la mer, étend le bras, et s'écrie d'une voix forte : Apporte ! — Aussitôt le chien de mer sort de la profondeur des ondes, tenant dans sa gueule l'enfant, qu'il remet avec soumission et en bon état au magicien ; puis, se dérobant à ses remerciements, il se replonge dans les flots.

— Cela est fort ! s'écria Ernest.

— Le vois-tu maintenant tirer un anneau de son doigt et le présenter à Julie ? dit Willibald. La vertu ne reste jamais sans récompense ! Outre que Exter sauva l'enfant, ayant appris que la mère était femme d'un pauvre ouvrier, il lui fit présent de quelques bijoux et de quelques pièces d'or, ce qu'il nomme une bagatelle, et ce qui valait tout au plus trente mille écus ; alors cette femme tira de son doigt un petit saphir et le présenta à Exter en l'assurant que c'était un précieux héritage de famille que la grandeur du bienfait d'Exter pouvait seule l'engager à donner. Exter prit l'anneau qui lui sembla de peu de valeur, et ne fut pas peu surpris en reconnaissant à l'inscription arabe presque imperceptible qui s'y trouvait, que c'était le sceau du grand Ali[1] avec lequel il attirait le pigeon de Mahomet pour converser avec lui* !

* Il n'est point douteux que le baron Exter ne soit un portrait de quelqu'un de ces originaux si communs en Allemagne, et le

— Voilà des choses merveilleuses, dit Ernest en riant, mais voyez un peu ce qui se passe dans ce cercle au milieu duquel s'agite une petite créature semblable aux atomes de Descartes[1].

Les deux amis s'approchèrent d'une petite prairie sur laquelle une petite dame, haute de quatre pieds environ, faisait claquer ses doigts, en chantant avec un filet de voix : Il pleut, il pleut bergère, ramenez vos troupeaux[2]. — Croirais-tu bien, dit Willibald, que cette figure poudrée est la sœur aînée de Julie ? tu dois remarquer qu'elle appartient à cette classe de femmes que la nature a mystifiées en les douant d'une coquetterie qui les rend à charge aux autres, quoiqu'elle leur ait refusé le don de plaire, et qu'en les condamnant à une éternelle enfance, elle ne leur ait donné qu'une ridicule naïveté, sans les grâces et la fraîcheur du jeune âge.

Les deux amis s'approchèrent et gagnèrent la salle de musique où l'on distribuait des rafraîchissements dans des vases de porcelaine gothique. Reutlinger avait pris un violon et dirigeait avec talent une sonate de Corelli[3], accompagné au piano par le général, et sur le théorbe[4] par le conseiller de commerce à l'habit à drap d'or. Puis la conseillère Foerd chanta avec une expression admirable une grande scène italienne d'Anfossi[5]. Sa voix était cassée et chevrotante, et cependant elle en triomphait par le talent de sa méthode. Le ravissement éclatait dans les regards de Reutlinger qui semblait encore aux beaux jours de sa jeunesse. L'adagio achevé, le général entama l'allegro, lorsque tout à coup les portes de la salle s'ou-

---

type des menteurs de profession, tel que le baron Chasseur de Münchhausen, dont les récits sont passés en proverbe dans tout le Nord[6].

vrirent, et un jeune homme bien vêtu et de bonne
mine vint se jeter, hors d'haleine à ses pieds.

— Ô général! s'écria-t-il, vous m'avez sauvé! vous
seul! Ô mon Dieu, que ne vous dois-je pas?

CHAPITRE III

Ainsi criait le jeune homme qui était hors de lui.
Le général, embarrassé, releva doucement le jeune
homme et le conduisit dans le jardin en lui parlant
avec douceur. La société avait été fort surprise de
cette aventure; chacun avait reconnu dans le jeune
homme le secrétaire du conseiller Foerd, et l'on exa-
minait ce dernier avec étonnement. Celui-ci prit du
tabac et parla en français à sa femme. Enfin, l'ambassadeur Turc s'avança vers lui et lui dit: — Je ne
sais vraiment, mon honorable conseiller, quel mauvais démon a poussé ici mon cher Max avec ses
remerciements si importuns, mais je vais le savoir
tout à l'heure. — À ces mots, il s'échappa, et Willibald le suivit. Le trio de la famille Foerd, à savoir les
trois sœurs Nanette, Clémentine et Julie, avaient des
contenances fort variées. Nanette agitait avec bruit
son éventail, parlait d'étourderie et voulait se remettre
à chanter: Ramenez vos troupeaux! Mais personne
ne se disposait à l'écouter. Julie s'était retirée dans
un coin, et tournait le dos à la compagnie, pour
cacher sa rougeur et quelques larmes qui lui étaient
venues dans les yeux.

— La joie et la douleur blessent également le sein
des pauvres humains, mais le sang que fait jaillir
l'épine cruelle, ne rend-il pas les couleurs à la rose

qui commence à pâlir ? Ainsi parlait avec un grand
pathos, Clémentine éprise de Jean-Paul*, en serrant
à la dérobée la main d'un jeune homme aux cheveux blonds, qui se mit à sourire d'un air fade, et
lui dit pour toute réponse : — Oh ! oui, charmante
Clémentine.

En ce moment, Willibald entra dans le salon et
chacun l'entoura en l'assiégeant de questions. Mais
lui ne voulait absolument rien savoir, et se tenait
sur une grande réserve, en prenant l'air ironique et
malin qu'il avait souvent. On ne le quitta pas cependant, car on avait remarqué qu'il s'était promené
dans le jardin avec le conseiller Foerd, le général
Rixendorf, et le jeune secrétaire, et qu'ils s'étaient
entretenus avec chaleur.

— S'il faut que je divulgue avant le moment cet
événement important, vous me permettrez, messieurs
et nobles dames, de vous adresser d'abord quelques
questions.

On le lui permit volontiers.

— Ne reconnaissez-vous pas tous, dit Willibald
d'un ton pathétique, le secrétaire du conseiller-intime,
le jeune Max, comme un homme bien élevé et richement doté par la nature ?

— Oui, oui, répondirent en chœur toutes les dames.

— N'avez-vous pas entendu rendre justice à sa
sagacité, à son assiduité et à sa connaissance des
affaires ?

— Oui, oui ! s'écria le chœur des hommes, et les
deux chœurs se réunirent lorsque Willibald demanda
encore si Max n'était pas le garçon le plus éveillé, le

---

* Textuellement : *Toute jean-paulisée*[1]. Les écrits de Jean-Paul-
Frédéric Richter ont tourné beaucoup de têtes féminines en Allemagne.

plus malin et un dessinateur habile, puisque le général qui passe pour un amateur de première force n'avait pas dédaigné de lui donner des leçons.

— Il arriva donc, il y a quelque temps, reprit Willibald, qu'un jeune maître de l'honorable corporation des tailleurs, célébrant sa noce, il y eut bombances, et les basses et les trompettes s'épuisèrent en fanfares dans les rues. Jean, le domestique du conseiller-intime, était douloureusement assis à la fenêtre, le cœur lui défaillait en croyant voir Henriette[1] parmi les danseuses, car il paraît que Henriette était de la noce. Mais lorsque, de sa fenêtre, il aperçut réellement Henriette, il n'y put tenir plus longtemps, courut à sa chambre, se mit dans la plus belle tenue, et se rendit bravement à la salle de noce. On le laissa entrer, mais sous la condition que chaque tailleur aurait la préférence sur lui, ce qui ne lui permettait de danser qu'avec les filles que leur laideur ou leurs mauvaises qualités faisaient rejeter. Henriette était engagée pour toutes les danses ; mais dès qu'elle vit son amoureux, elle oublia tous ses engagements, et le brave Jean repoussa si violemment le petit tailleur qui voulait lui prendre sa belle, qu'il le fit pirouetter et tomber sur le parquet. Ce fut le signal d'un combat général. Jean se défendit comme un lion, distribuant à foison les soufflets et les coups de poing autour de lui ; mais il lui fallut succomber au nombre de ses ennemis, et il fut jeté d'une façon injurieuse, par les garçons tailleurs, au bas de l'escalier. Plein de rage et de désespoir, il frappait aux portes et aux fenêtres pour les briser, lorsque Max qui passait par-là, délivra le malheureux Jean des mains de la patrouille qui se disposait à l'arrêter. Jean lui raconta tous ses malheurs, il ne songeait qu'à se venger d'une façon violente, mais le prudent Max parvint enfin à l'apaiser en lui promettant de lui faire donner satisfaction de telle manière qu'il serait content.

Ici Willibald s'arrêta.

— Eh bien ?

— Eh bien ?

— Et après ?

— Une noce de tailleur !

— Des amours de petites gens ?

— Que signifie tout cela ?

Ainsi, s'écriait-on de tous côtés.

— Permettez-moi, dit Willibald, de remarquer, avec le célèbre Wéber-Zettel[1], qu'il est arrivé dans cette comédie de Jean et d'Henriette, des choses qui n'arriveront plus jamais.

— Or, le secrétaire Max s'assit le lendemain à son bureau, prit une belle feuille de papier vélin, des pinceaux et de l'encre de la chine, et dessina, avec une grande vérité, un magnifique bouc. La physionomie de ce merveilleux animal aurait donné amples matières aux études d'un physionognomane[2]. Une expression surnaturelle régnait dans ses yeux animés, bien que quelques convulsions semblassent se jouer sur sa bouche et la contracter. L'animal semblait tourmenté d'un mal cuisant. En effet, l'honnête quadrupède était occupé à mettre au monde une foule de petits tailleurs, armés d'aiguilles et de ciseaux, dont les groupes animés déployaient une activité extrême. Sous ce tableau étaient écrits des vers que j'ai malheureusement oubliés.

— Allez, avec votre vilain bouc ! criaient les dames ; parlez-nous de Max !

— Ledit Max, reprit Willibald, donna ce tableau à Jean, qui s'en alla le coller adroitement à l'auberge des tailleurs, où il servit, pendant tout un jour, d'amusement à la populace oisive. Les enfants agi-

taient joyeusement leurs bonnets, et dansaient autour
de chaque tailleur qui arrivait en lui chantant les
vers de Max. — Personne autre que le secrétaire du
conseiller-intime n'a pu faire ce tableau, dirent les
peintres. Personne autre que l'écrivain du conseiller-
intime n'a pu faire ces vers, dirent les écrivains.
Max, généralement accusé, et ne pouvant nier, se vit
bientôt menacé d'un procès et d'un emprisonnement. Il courut alors, au désespoir, chez son protecteur, le général Rixendorf, car il avait déjà visité tous
les avocats, qui avaient trouvé sa cause fort mauvaise. Le général lui dit : — Tu as fait une sottise,
mon cher enfant ! les avocats ne te sauveront pas ;
mais je le ferai, uniquement parce que j'ai trouvé
ton tableau dessiné avec art et fort correctement. Le
bouc, comme personnage principal, a de l'expression, et les groupes de tailleurs qui tombent sur le
premier plan, forment des masses riches et variées,
quoique sans confusion[1]. Je suis aussi fort satisfait
de la manière dont se précipitent les tailleurs, qui
tombent réellement, non pas du ciel !... — Les dames
se mirent encore à murmurer, et l'homme à l'habit
de drap d'or s'écria : — Mais, le procès de Max, mon
cher ami ?

— Cependant, ajouta le général (ainsi, continua
Willibald), cependant l'idée de ce tableau, ne t'appartient pas, mais elle est fort ancienne ; heureusement, car c'est justement là ce qui te sauve. — À ces
mots, le général chercha dans un vieux pupitre et en
tira un sac à tabac, sur lequel se trouvait brodée
toute l'idée du jeune Max.

Les jurisconsultes qui se trouvaient dans le salon
se mirent à rire ; mais le conseiller Foerd, qui venait
d'entrer, leur dit : — Il nia L'*animum injuriandi*, le
dessein d'injurier, et fut acquitté.

Willibald reprit : — Max se contenta de dire à ses
juges : Je ne saurais nier que ce tableau ne soit mon
ouvrage, mais je l'ai fait sans avoir la pensée d'of-
fenser l'honorable corporation des tailleurs, car je
l'ai copié d'après un dessin original qui appartient à
mon digne maître, le général Rixendorf, et que voici,
à quelques changements près que je me suis permis.
Max fut donc acquitté, et vous avez entendu les
remerciements qu'il est venu faire à son protecteur.

On trouva généralement que la chaleur de la
reconnaissance du jeune Max n'était nullement pro-
portionnée au léger motif qui l'avait dictée, et le
conseiller Foerd dit d'une voix émue : — Ce jeune
homme a une âme singulièrement impressionnable
et le sentiment d'honneur le plus délicat qui se soit
jamais rencontré. L'idée d'une punition corporelle
l'accablait, et s'il eût été condamné, il eût infailliblement quitté G... pour toujours.

— Peut-être, dit Willibald, peut-être se trouve-t-il
un autre motif sous jeu.

— Cela est vrai, dit le général qui venait d'entrer
à son tour, et Dieu veuille que tout cela s'arrange
bientôt au gré de ses désirs.

Clémentine trouva toute cette histoire fort gros-
sière ; Nanette n'en pensa rien ; mais Julie se montra
d'une humeur fort satisfaite. Reutlinger vint ranimer
la société par sa danse. Les théorbes soutenus par
une paire de castagnettes, des violons et des basses,
jouèrent une joyeuse sarabande[1]. Les personnes
âgées se mirent à danser, et les jeunes les regardèrent. L'homme à l'habit de drap d'or se distingua
surtout par ses bonds et par ses pas hardis, et la
soirée se passa fort agréablement.

CHAPITRE IV

La matinée du lendemain ne se passa pas moins bien; comme la veille, un bal et un concert devaient terminer la journée. Le général Rixendorf était déjà au piano; l'habit de drap d'or s'était emparé d'un théorbe, la conseillère Foerd tenait la partition; l'on n'attendait plus que l'arrivée du conseiller Reutlinger, lorsqu'on entendit des cris perçants dans le jardin, et qu'on vit accourir les domestiques. Bientôt quelques-uns d'entre eux apportèrent le conseiller pâle et défiguré.

Le jardinier l'avait trouvé profondément évanoui, à quelques pas du pavillon où se trouvait le cœur de pierre.

Le général s'élança du piano pour voler au secours de son ami, on lui fit respirer des sels, on l'étendit sur le sopha, et on lui frotta le front avec de l'eau de Cologne.

Tout à coup, l'ambassadeur turc repoussa tout le monde en s'écriant: — Amis ignorants, vous tuez un ami bien portant! — À ces mots, il ôta son turban qu'il jeta au loin dans le jardin, et se débarrassa de sa pelisse. Puis il se mit à décrire avec sa main, autour du conseiller, un cercle qu'il rétrécit sans cesse, si bien qu'il finit par lui toucher les tempes et le sein. Puis, il approcha sa figure de la sienne, et le conseiller ouvrant aussitôt les yeux, lui dit: — Exter, tu n'as pas bien fait de me réveiller. — La puissance inconnue m'a annoncé une mort prochaine, et peut-être m'était-il accordé de passer de ce sommeil à la mort.

— Folies! rêves! s'écria Exter, regarde autour de toi, vois où tu es, et sois gai comme il convient d'être.

Le conseiller s'aperçut alors seulement qu'il se trouvait dans le salon d'assemblée. Il se leva vivement du canapé, s'avança au milieu de la salle et dit en riant : — Je vous ai donné un fâcheux spectacle, mes honorables hôtes, mais il n'a pas dépendu de moi d'empêcher que ces maladroits domestiques m'aient apporté ici. Ne prolongeons pas plus longtemps ce désagréable intermède et dansons !

La musique commença aussitôt, mais dès les premières mesures du menuet, le conseiller disparut de la salle avec Exter et Rixendorf. Lorsqu'ils furent arrivés dans une chambre éloignée, Reutlinger se laissa tomber dans un grand fauteuil, et se cachant le visage dans ses mains, il s'écria d'une voix étouffée par la douleur : — Ô mes amis ! mes amis !

Exter et Rixendorf prièrent le conseiller de leur dire ce qui le tourmentait si fort.

— Parle, mon vieil ami, dit le général. Tu as appris, Dieu sait comment, quelque mauvaise aventure.

— Exter ! dit le conseiller d'un voix sourde. C'en sera bientôt fait de nous. Le hardi visionnaire n'aura pas frappé, sans être puni, aux portes de l'éternité. Une mort prochaine, affreuse peut-être, m'est annoncée !

— Raconte-nous donc ce que tu as vu, dit le général avec impatience. Je parie que tout cela n'est qu'un effet d'imagination ; toi, et Exter, vous gâtez votre vie par vos extravagances.

— Apprenez donc le motif de mon effroi et de mon évanouissement ! dit le conseiller en se levant de son fauteuil, et en s'avançant entre ses deux amis : Vous étiez déjà tous assemblés dans le salon, lorsque, poussé par je ne sais quelle idée, il me prit fantaisie de faire encore un tour dans le jardin. Mes pas se dirigèrent involontairement vers le petit bois. Là il me sembla que j'entendais un bruit léger, une voix douce et plaintive. Les sons semblaient venir du pavillon. Je m'approche, la porte est ouverte, et j'aperçois... Moi-même! Moi-même, mais tel que j'étais il y a trente ans, avec l'habit que je portais dans ce jour mystérieux où je voulais mettre fin à mes jours, lorsque Julie vint comme un ange de lumière, sous son blanc costume de fiancée, me détourner de cette affreuse pensée. — C'était son jour de noce. — Mon image était étendue sur le pavé devant le cœur, et le frappait violemment en s'écriant: Jamais, jamais tu ne pourras t'amollir, cœur de pierre! — Je restai pétrifié! Un froid glacial, celui de la mort parcourut toutes mes veines. — Tout à coup Julie, vêtue en blanc comme une fiancée, dans tout l'éclat d'une brillante jeunesse, sortit du milieu des arbres, et étendit amoureusement les bras vers moi... Non, vers mon image... vers moi, moi jeune homme! Je tombai sans connaissance!

À ces mots, le conseiller se laissa encore tomber sans forces dans le fauteuil; mais Rixendorf saisit ses deux mains, les secoua avec force, et s'écria d'une voix retentissante: — C'est lui que tu as vu, lui, pas autre chose? — Je ferai tirer le canon en signe de victoire! — Tes idées de mort, ton apparition, ne sont rien, rien! Je te secoue de tes mauvais rêves, afin que tu te réveilles et que tu vives encore longtemps sur terre.

À ces mots, Rixendorf s'échappa aussi rapidement que put le lui permettre son grand âge. Le conseiller avait sans doute entendu peu de chose des paroles du général, car il restait encore là les yeux fermés. Exter allait et venait à grands pas se frottant le front en disant: — Je parie que cet homme veut encore tout expliquer d'une façon naturelle; mais il aura de la

peine à en venir à bout; n'est-ce pas, mon cher
conseiller? Nous nous entendons un peu en apparitions, nous autres! — Je voudrais seulement avoir
ma pelisse et mon turban.

À ces mots, il siffla avec un petit sifflet d'argent
qu'il portait à sa ceinture, et aussitôt un des Maures
de sa suite lui apporta sa pelisse et son turban.
Bientôt après, vint la conseillère intime Foerd, suivie
du conseiller et de leur fille Julie. Le conseiller Reutlinger se leva vivement, et retrouva un peu de calme
dans les assurances qu'il donna de sa santé. Il pria
qu'on voulût bien oublier toute cette petite histoire,
et tout le monde se disposait à s'éloigner, lorsque
Rixendorf entra précipitamment, en tenant par la
main un jeune homme vêtu de l'ancien costume militaire. C'était Max, dont l'aspect fit pâlir le conseiller.

— Vois ton image, le Sosie de ton rêve! dit Rixendorf. C'est moi qui ai fait entrer ici mon excellent
Max, et qui ai prié ton valet de chambre de lui donner
un de tes anciens uniformes, pour qu'il pût figurer
convenablement dans la société. C'est lui que tu
trouvas agenouillé dans le pavillon.

— Oui, s'écria Max, j'étais à genoux devant ton
cœur de pierre, moi que tu repoussas à cause d'une
injuste vision, oncle cruel! Si le frère a commis des
fautes envers son frère, ne les a-t-il pas dès longtemps expiées par sa misère et par sa mort! Ton
neveu, orphelin, est aujourd'hui devant toi. Il porte
ton nom, ses traits ressemblent aux tiens, comme un
fils ressemble à son père. Il a lutté avec tous les orages
qui frappèrent sa jeunesse... mais... laisse-toi toucher... tends-lui une main bienfaisante, afin qu'il ait
un appui lorsque l'adversité sera trop grande!

Le jeune Max s'était approché du conseiller, dans
une attitude suppliante et les yeux baignés de larmes.

Celui-ci était resté immobile, les yeux étincelants, la tête fièrement rejetée en arrière, muet et sombre; mais, lorsque le jeune homme voulut prendre sa main, il le repoussa des deux siennes, recula de deux pas, et s'écria d'une voix terrible : — Misérable! viens-tu m'assassiner! Fuis! fuis loin de mes yeux. Et toi aussi, Rixendorf, tu as pris part à ce complot! Fais qu'il s'éloigne, celui qui a juré ma perte, le fils du plus grand scé...

— Arrête! s'écria Max, dont les yeux remplis de colère et de désespoir lançaient des éclairs. Arrête, homme cruel, frère impitoyable! Tu as rendu à mon père faute pour faute, injure pour injure; et moi, insensé, qui croyais toucher ton cœur glacé, couvrir, par ma tendresse, l'indifférence de ton frère, qui mourut pauvre, abandonné, mais au moins sur le sein d'un fils qui cherchait à le ranimer. — Max! sois vertueux! Réconcilie-moi le cœur du plus terrible frère! Deviens son fils! — Ce furent ses dernières paroles. Mais tu me rejettes comme tu rejettes tout ce qui s'approche de toi avec amour et dévouement. Meurs donc seul et délaissé. Que tes valets avides attendent ta mort avec impatience, en se partageant tes dépouilles avant que tes yeux soient fermés. Au lieu des soupirs, des plaintes de ceux qui voulaient entourer ta vie d'amour, puisses-tu n'entendre en expirant que les cris moqueurs des mercenaires, qui n'auront eu soin de toi qu'à prix d'or! Adieu, tu ne me reverras jamais!

Max voulut s'éloigner, mais Julie chancela, et le jeune homme, se retournant vivement, la reçut dans ses bras en s'écriant d'un ton douloureux : — Ah! Julie, Julie, tout espoir est perdu. La conseillère était restée immobile, tremblant de tous ses membres, pas une parole ne pouvait s'échapper de ses lèvres, mais

Reutlinger, en voyant Julie dans les bras de Max, poussa des cris comme un insensé, s'avança vers lui, arracha la jeune fille de ses bras, et, l'élevant au-dessus de lui, il lui demanda : — Aimes-tu ce Max, Julie !

— Comme ma vie, répondit Julie avec force. Le poignard que vous avez plongé dans son sein a traversé le mien !

Le conseiller la laissa lentement retomber, et s'assit avec précaution dans son fauteuil ; puis, il demeura quelques moments les deux mains appuyées sur son front. Un silence profond régnait autour de lui. Pas un des assistants ne fit un geste, un mouvement. Tout à coup, le conseiller tomba sur ses deux genoux. Son visage était couvert de rougeur, ses yeux remplis de larmes. Il leva les yeux au ciel, et dit solennellement : — Que ta volonté soit faite ! Ô Julie, Julie ! ô pauvre aveugle que je suis !

Le conseiller se couvrit le visage, on l'entendit pleurer. Cela dura quelques moments, il se releva, vint à Max, le pressa sur son cœur, et s'écria hors de lui : — Tu aimes Julie, tu es mon fils. — Non tu es plus que cela, tu es moi, moi-même. — Tout t'appartient. — Tu es riche, très riche. — Tu as une campagne. — Des maisons, de l'argent comptant. — Laisse-moi rester auprès de toi, tu me donneras le pain de la charité dans mes vieux jours. — N'est-ce pas, tu le feras ? Ne m'aimes-tu pas ? — Il faut que tu m'aimes, puisque tu es moi-même. — Ne redoute pas mon cœur de pierre, presse-moi tendrement contre ton sein, les battements de ta poitrine réchaufferont la mienne. — Max, mon fils, mon ami, mon bienfaiteur !

Il continua de parler de la sorte et avec tant de chaleur qu'on craignait que sa raison ne souffrît de ces expansions outrées. Rixendorf parvint enfin à le

calmer, et le conseiller, un peu remis, vit tout ce qu'il
avait gagné en ce jeune homme et s'aperçut avec
attendrissement que la conseillère Foerd semblait
retrouver le souvenir d'un temps passé dans l'union
de sa Julie avec le neveu de Reutlinger. Le conseiller-
intime Foerd contemplait toute cette scène avec
satisfaction, et il parla d'avertir ses autres filles de
cet événement ; mais on ne put les trouver nulle part.
On avait déjà vainement cherché Nanette parmi les
grands vases du Japon qui se trouvaient dans le vestibule, sous tous les bancs, enfin on trouva la petite
endormie sous un rosier, et Clémentine dans une
allée sombre avec le blond jeune homme. Les deux
sœurs parurent peu satisfaites du mariage de leur
cadette ; mais leur humeur se dissipa au milieu des
félicitations de la société. On se disposait à passer
dans le grand salon, lorsque l'ambassadeur Turc
s'écria tout à coup : — Eh quoi ! vous allez vous
marier tout de suite ? Marier ce Max, ces enfants sans
expérience ? Vois mon ami, ajouta-t-il en s'adressant
à Max, tu poses tes pieds en dedans, et tu n'as pas
l'usage du monde puisque tout à l'heure tu tutoyais
ton vieil oncle le conseiller aulique. Max[1], il faut
voyager, va à Constantinople. Là tu apprendras tout
ce qu'il faut savoir dans la vie, et tu reviendras
épouser ma belle Julie. — Tout le monde fut surpris
de cette singulière proposition. Mais Exter prit à part
le conseiller, tous deux se placèrent l'un devant
l'autre, se mirent mutuellement les mains sur les
épaules et échangèrent quelques paroles arabes. Puis
Reutlinger courut prendre la main de Max et lui dit
très amicalement : — Mon cher fils, mon bon Max,
fais-moi le plaisir d'aller à Constantinople. Cela durera
six mois au plus, et ensuite nous ferons la noce.

   En dépit de toutes les protestations de la fiancée,

Max fut obligé de partir pour Constantinople, d'où il revint après avoir vu les degrés de marbre sur lesquels le chien marin apporta à Exter un enfant, et une infinité de choses aussi remarquables, et alors il épousa Julie. Je ne saurais dire quelle parure avait la fiancée le jour de ses noces, et combien d'enfants résultèrent de cette union ; j'ajouterai seulement que le jour de la fête de la Vierge de l'année 180…, Max et Julie se trouvèrent agenouillés dans le pavillon près du cœur de pierre. Leurs pleurs tombaient en abondance sur le marbre qui recouvrait le cœur trop souvent déchiré de leur vieil et excellent oncle. Max, non pour imiter l'épitaphe de lord Horion[1], mais parce que toute la vie du pauvre oncle se trouvait exprimée dans ce peu de paroles, avait gravé de sa main ces mots sur la pierre : QU'IL REPOSE ENFIN !

ANNEXES

Walter Scott,
« Du merveilleux dans le roman »

De tous les sentiments auxquels peut s'adresser le romancier pour jeter de l'intérêt dans une fiction, il n'en est aucun qui semble devoir mieux le servir que l'amour du merveilleux. Ce sentiment est commun à tous les hommes, et ceux qui affectent un certain scepticisme à cet égard concluent souvent leurs objections par une anecdote *bien attestée*, qu'il est difficile ou même impossible d'expliquer naturellement d'après les propres principes des narrateurs. Cette croyance elle-même, qui peut être poussée jusqu'à la superstition la plus absurde, a son origine non seulement dans les faits sur lesquels notre religion se fonde, mais encore dans la nature de l'homme. Tout nous rappelle sans cesse que nous ne sommes que des voyageurs sur cette terre d'épreuves, d'où nous passons dans un monde inconnu dont l'imperfection de nos sens ne nous permet pas d'apercevoir les formes et les habitants.

Toutes les sectes chrétiennes croient qu'il fut un temps où la puissance divine se manifestait plus visiblement sur la terre que dans les siècles modernes, et y suspendait ou altérait les lois ordinaires de l'univers ; l'église catholique romaine maintient encore comme un article de foi que les *miracles* peuvent se continuer de nos jours. Sans entrer dans cette controverse,

* Walter Scott, « Du merveilleux dans le roman », trad. Loève-Veimars, *Revue de Paris*, t. I, 12 avril 1829. L'article original de Walter Scott, « On the Supernatural in Fictitious Composition : Works of Hoffmann », avait paru dans la *Foreign Quarterly Review*, juillet 1827. Dans l'édition Loève-Veimars des *Contes fantastiques* de Hoffmann (Renduel, 1830, que nous reprenons), seule la partie concernant directement l'auteur (à partir de la p. 365, « Le goût des Allemands... ») a été retenue. (Les notes appelées par des chiffres sont de Loève-Veimars.)

il suffit de remarquer qu'une ferme croyance dans les grandes vérités du christianisme a conduit des hommes supérieurs, même dans les pays protestants, à partager l'opinion du docteur Johnson, qui au sujet des apparitions surnaturelles prétend que ceux qui les nient avec les lèvres les attestent par leur peur.

La plupart des philosophes n'ont eu pour combattre les apparitions qu'une évidence négative ; cependant depuis le temps des *miracles* nous voyons que le nombre des événements surnaturels diminue de plus en plus, et que le nombre des personnes crédules suit la même progression descendante : il n'en est pas ainsi dans les âges primitifs ; et quoique aujourd'hui le mot de *roman* soit synonyme de *fiction*, comme dans l'origine il signifiait un poème ou un ouvrage en prose, composé en *langue romane*, il est certain que les chevaliers grossiers à qui s'adressaient les chants du ménestrel croyaient ces récits des exploits de la chevalerie mêlés de magie et d'interventions surnaturelles aussi véridiques que les légendes des moines avec lesquelles ils avaient une grande ressemblance. Avec un auditoire plein de foi, lorsque tous les rangs de la société étaient enveloppés dans le même nuage d'ignorance, l'*auteur* n'avait guère besoin de choisir les matériaux et les ornements de sa fiction ; mais avec le progrès général des lumières, l'art de la composition devint chose plus importante. Pour captiver l'attention de la classe plus instruite, il fallut quelque chose de mieux que ces fables simples et naïves que les enfants seuls daignaient désormais écouter, bien qu'elles eussent charmé jadis chez leurs ancêtres la jeunesse, l'âge mûr et les vieillards.

On s'aperçut aussi que le merveilleux dans les fictions demandait à être employé avec une grande délicatesse, à mesure que la critique commençait à prendre l'éveil. L'intérêt que le merveilleux excite est, il est vrai, un ressort puissant mais il est plus sujet qu'un autre à s'user par un trop fréquent usage : l'imagination doit être stimulée sans jamais être complètement satisfaite : si une fois, comme Macbeth, «*Nous nous rassasions d'horreurs*», notre goût s'émousse, et le frémissement de terreur que nous causait un simple cri au milieu de la nuit se perd dans cette espèce d'indifférence avec laquelle le meurtrier de Duncan parvint à apprendre les plus cruelles catastrophes qui accablèrent sa famille.

Les incidents surnaturels sont en général d'un caractère sombre et indéfinissable, tels que les fantastiques images que décrit l'héroïne de Milton dans *Comus* :

«Mille formes diverses commencent à se presser dans ma mémoire ; des fantômes m'appellent ou me font des signes de menace ; j'entends des voix aériennes qui articulent des noms d'hommes, etc., etc. »

Burke remarque que l'obscurité est nécessaire pour exciter la terreur, et à ce sujet il cite Milton comme le poète qui a le mieux connu le secret de peindre les objets terribles. En effet, sa peinture de la mort dans le second livre du *Paradis perdu* est admirable. Avec quelle pompe sombre, avec quelle énergique incertitude de traits et de couleurs il a tracé le portrait de ce roi[1] des épouvantements :

«Cette autre forme (si on peut appeler ainsi ce qui n'avait point de formes et ce qui semblait un fantôme sans en être un) se tenait là debout, sombre comme la nuit, hagarde comme dix furies, formidable comme l'enfer, et brandissant un dard affreux : cette partie, qui semblait sa tête, portait l'apparence d'une couronne de roi. »

Dans cette description tout est sombre, vague, incertain, terrible et sublime au plus haut degré. La seule citation digne d'être rapprochée de ce passage est l'apparition si connue du *Livre de Job* : «Parmi les visions de la nuit, lorsque le sommeil descend sur les hommes, la peur vint me saisir avec un tremblement qui fit craquer tous mes os. Alors un esprit passa devant mon visage ; je sentis se dresser le poil de ma chair : l'esprit était là ; mais je n'en pouvais distinguer la forme ; une image était devant mes yeux ; le silence régnait, et j'entendis une voix ! »

D'après ces grandes autorités, il est évident que les interventions surnaturelles dans les fictions doivent être rares, courtes et vagues. Il faut enfin introduire très adroitement des êtres qui sont si incompréhensibles et si différents de nous-mêmes, que nous ne pouvons conjecturer exactement d'où ils viennent, pourquoi ils sont venus, et quels sont leurs attributs réels. De là il arrive habituellement que l'effet d'une apparition, quelque frappant qu'il ait été d'abord, va toujours en s'affaiblissant, chaque fois qu'on a recours au même moyen. Dans *Hamlet*, la seconde entrée de l'ombre produit une impression moins forte que la première ; et dans maints romans que nous pourrions

---

1. La mort en anglais est toujours personnifiée au masculin. Chez nous, Racine a dit :
    La mort est le seul dieu que j'osais implorer.

citer, le personnage surnaturel perd peu à peu tous ses droits à
notre terreur et à notre respect en condescendant à se faire
voir trop souvent, en se mêlant trop aux événements de l'histoire, et surtout en devenant trop prodigue de ses paroles, ou
comme on dit, trop *bavard*. Nous doutons même qu'un auteur
fasse sagement de permettre à son fantôme de parler, s'il le
montre en même temps aux yeux mortels. C'est soulever
tous les voiles du mystère à la fois ; et pour les *esprits* comme
pour les grands, a été fait le proverbe de : *familiarité engendre
mépris*.

    C'est après avoir reconnu que l'effet du merveilleux est faci-
lement épuisé que les auteurs modernes ont tenté de se frayer
de nouvelles routes dans le pays des enchantements, et de
raviver par tous les moyens possibles l'impression de ses terreurs. Quelques-uns ont cru y parvenir en exagérant les incidents surnaturels du roman ; mais ce que nous venons de dire
explique comment ils se sont trompés dans leurs descriptions
étudiées et surchargées d'épithètes. Le luxe des superlatifs
rend leur récit fastidieux et même burlesque, au lieu de frapper
l'imagination. C'est ici qu'il faut bien distinguer du bizarre le
merveilleux proprement dit. Ainsi les contes orientaux avec
leur multitude de fées, de génies, de géants, de monstres, etc.,
amusent plus l'esprit qu'ils n'intéressent le cœur. On doit ranger
dans la même classe ce que les Français appellent *contes de
fées*, et qu'il ne faut pas confondre avec les contes populaires
des autres pays. La *fée* française ressemble à la *péri* d'Orient ou
à la *fata* des Italiens, plutôt qu'à ces follets (*fairies*) qui en
Écosse et dans les pays du Nord dansent autour d'un champi-
gnon, au clair de la lune, et égarent le villageois anuité. C'est
un être supérieur qui a la nature d'un esprit élémentaire, et
dont la puissance magique très étendue peut faire à son choix
le bien et le mal. Mais de quelque mérite qu'ait brillé ce genre
de composition, grâce à quelques plumes habiles, il est devenu
grâce à d'autres un des plus absurdes et des plus insipides. De
tout le *Cabinet des fées*, quand nous avons pris congé de nos
connaissances de nourrice, il n'y a pas cinq volumes sur cinquante que nous pourrions relire avec plaisir.

    Il arrive souvent que lorsqu'un genre particulier de compo-
sition littéraire devient suranné, quelque caricature ou imitation satirique fait naître un genre nouveau. C'est ainsi que
notre opéra anglais a été créé par la parodie que Gay voulut
faire de l'opéra italien, dans son *Beggar's opera* (opéra du

Gueux). De même lorsque le public fut inondé de contes arabes, de contes persans, de contes turcs, de contes mongols, etc., etc., Hamilton comme un autre Cervantès vint avec ses contes satiriques renverser l'empire des dives, des génies, des péris et des fées de la même origine.

Un peu trop licencieux peut-être pour un siècle plus civilisé, les contes d'Hamilton resteront comme un piquant modèle. Il a eu de nombreux imitateurs, et Voltaire, entre autres, qui a su faire servir le roman merveilleux aux intentions de sa satire philosophique. C'est là ce qu'on peut appeler le côté comique du *surnaturel*. L'auteur déclare sans détour son projet de rire lui-même des prodiges qu'il raconte ; il ne cherche qu'à exciter des sensations plaisantes, sans intéresser l'imagination et encore moins les passions du lecteur. Malgré les écrits de Wieland et de quelques autres Allemands, les Français sont restés les maîtres de cette espèce de poèmes et de romans héroï-comiques qui comprend les ouvrages bien connus de Pulci, de Berni, et peut-être jusqu'à un certain point ceux d'Arioste lui-même, qui dans quelques passages du moins lève assez sa visière chevaleresque pour nous laisser voir son sourire moqueur.

Un coup d'œil général sur la carte de ce délicieux pays de féerie nous y révèle une autre province qui, tout inculte qu'elle puisse être, et peut-être à cause de cela même, offre quelques scènes pleines d'intérêt. Il est une classe d'antiquaires qui pendant que les autres travaillent à recueillir et à orner les anciennes traditions de leur pays ont choisi la tâche de recher-cher les vieilles sources de ces légendes populaires, chères jadis à nos aïeux, négligées depuis avec dédain, mais rappelées enfin pour partager avec les ballades primitives d'un peuple la curiosité qu'inspire leur simplicité même. Les *Deutsche Sagen* des frères Grimm est un admirable ouvrage de ce genre, réu-nissant sans prétention de style les diverses traditions qui existent en Allemagne sur les superstitions populaires et sur les événements attribués à une intervention surnaturelle. Il est, en allemand, d'autres ouvrages de la même catégorie, recueillis avec une exactitude scrupuleuse. Quelquefois vulgaires, quel-quefois ennuyeuses, quelquefois puériles, les légendes rassem-blées par ces auteurs zélés forment néanmoins un échelon dans l'histoire de la race humaine, et lorsqu'on les compare aux recueils semblables des autres pays, elles paraissent nous prouver qu'une origine commune a mis un fonds commun de superstition à la portée des divers peuples. Que devons-nous penser en voyant les nourrices du Jutland et de la Finlande racontant à leurs enfants les mêmes traditions que celles qu'on trouve en Espagne et en Italie ? Supposerons-nous que cette similarité provient des limites étroites de l'invention humaine, et que les mêmes espèces de fictions s'offrent à l'imagination de différents auteurs de pays éloignés, comme les mêmes espèces de plantes qui se trouvent dans différents climats, sans qu'il y ait aucune possibilité qu'elles aient été transplantées de l'un à l'autre ? Ou devons-nous plutôt les faire dériver de la même source, en remontant jusqu'à cette époque où le genre humain ne formait qu'une seule grande famille ? De même que les philologues reconnaissent dans les divers dialectes les fragments épars d'une langue générale, les antiquaires peuvent-ils reconnaître dans les contrées les plus opposées du globe les traces de ce qui fut originairement une tradition commune ? Sans nous arrêter à cette discussion, nous remarquerons d'une manière générale que ces recueils sont d'utiles documents, non seulement pour l'histoire d'une nation en particulier, mais encore pour celle de toutes les nations collectivement. Il se mêle, en général, quelques vérités à toutes les fables et à toutes les exagérations des légendes orales qui viennent fréquemment confirmer ou réfuter les récits incomplets de quelque vieille chronique. Fréquemment encore la légende populaire, en prêtant des traits caractéristiques et un intérêt de localité aux incidents qu'elle rappelle, donne la vie et l'âme à la narration froide et aride qui ne rapporte que le fait sans les particularités par lesquelles il devient mémorable ou intéressant.

C'est cependant sous un autre point de vue que nous désirons considérer ces recueils de traditions populaires, en étudiant la manière dont elles emploient le merveilleux et le surnaturel comme composition. Convenons d'abord que celui-là serait désappointé qui lirait un volumineux recueil d'histoires de revenants, de fantômes et de prodiges, avec l'espoir de ressentir ce premier frisson de la peur que produit le merveilleux. Autant vaudrait avoir recours pour rire à un recueil de bons mots. Une longue suite de récits fondés sur le même motif d'intérêt ne peut qu'épuiser bientôt la sensation qu'ils éveillent ; c'est ainsi que dans une grande galerie de tableaux le luxe éclatant des couleurs éblouit l'œil au point de le rendre moins apte à discerner le mérite particulier de chaque peinture. Mais en dépit de ces désavantages, le lecteur capable de s'affranchir des entraves de la réalité, et de suppléer par l'imagination aux accessoires qui manquent à ces grossières légendes, y trouve un intérêt de vraisemblance et des impressions naïves que le romancier avec tout son talent doit renoncer à faire naître.

Néanmoins on peut dire de la muse des fictions romanesques :
Mille habet ornatus*.

Le professeur Musæus et les auteurs de son école ont su habilement orner ces simples légendes, et relever les caractères de leurs personnages principaux de manière à donner plus de relief encore au merveilleux qu'elles contiennent, sans trop s'écarter de l'idée première du conte ou de la tradition. Par exemple, dans l'*Enfant du prodige*, la légende originale ne s'élève guère au-dessus d'un conte de nourrice ; mais quel intérêt elle emprunte au caractère de ce vieux père égoïste qui troque ses quatre filles contre des œufs d'or et des sacs de perles !

Une autre manière de se servir du merveilleux et du surnaturel a ressuscité de nos jours le roman des premiers âges avec leur histoire et leurs antiquités. Le baron de la Motte-Fouqué s'est distingué en Allemagne par un genre de composition qui exige à la fois la patience du savant et l'imagination du poète. Ce romancier a pour but de retracer l'histoire, la mythologie et les mœurs des anciens temps dans un tableau animé. Les *Voyages de Thioldolf*, par exemple, initient le lecteur à cet immense trésor de superstitions gothiques qu'on trouve dans l'*Edda* et les *Sagas* des nations septentrionales. Afin de rendre plus frappant le caractère de son brave et généreux Scandinave, l'auteur lui a opposé comme contraste la chevalerie du Midi, sur laquelle il prétend établir sa supériorité.

Dans quelques-uns de ses ouvrages, le baron de la Motte-Fouqué a été trop prodigue de détails historiques. L'intelligence du lecteur ne peut pas toujours le suivre quand il le conduit à travers les antiquités allemandes. Le romancier ne saurait trop prendre garde d'étouffer l'intérêt de sa fiction sous les matériaux de la science : tout ce qui n'est pas immédiatement compris ou expliqué brièvement est de trop dans les romans historiques. Le baron a été aussi plus heureux dans

---

* « *Mille habet ornatus, mille decenter habet* » : « Change mille fois sa parure et mille fois s'embellit en la changeant ». Tibulle, *Élégies*, Seconde élégie, Portrait de Sulpicie.

d'autres sujets mieux choisis. Son histoire de *Sintram et de ses compagnons* est admirable : son *Ondine*, ou Naïade, est ravissante. Le malheur de l'héroïne est *réel*, quoique ce soit le malheur d'un être fantastique. C'est un esprit élémentaire qui renonce à ses privilèges de liberté pour épouser un jeune chevalier, et dont l'amour n'est payé que d'ingratitude. Cette histoire est le contraste, et en même temps le *pendant* du *Diable amoureux* de Cazotte, et du *Trilby* de Charles Nodier, avec toute la différence qui distingue le style chaste de Trilby et d'Ondine de la frivolité un peu leste de leur spirituel prototype.

Les nombreux romans publiés par le baron de la Motte-Fouqué nous conduisent à travers les âges encore obscurs de l'histoire ancienne jusqu'aux obscures limites des vagues traditions, etc. Sous son pinceau fécond naissent de ces scènes intéressantes qui rappellent en quelque sorte celles de l'épopée.

Le goût des Allemands pour le *mystérieux* leur a fait inventer un autre genre de composition, qui peut-être ne pouvait exister que dans leur pays et leur langue. C'est celui qu'on pourrait appeler le genre FANTASTIQUE, où l'imagination s'abandonne à toute l'irrégularité de ses caprices et à toutes les combinaisons de scènes les plus bizarres et les plus burlesques. Dans les autres fictions où le merveilleux est admis, on suit une règle quelconque ; ici, l'imagination ne s'arrête que lorsqu'elle est épuisée. Ce genre est au roman plus régulier, sérieux ou comique, ce que la farce ou plutôt les parades et la pantomime sont à la tragédie et à la comédie. Les transformations les plus imprévues et les plus extravagantes ont lieu par les moyens les plus improbables. Rien ne tend à en modifier l'absurdité. Il faut que le lecteur se contente de regarder les tours d'escamotage de l'auteur comme il regarderait les sauts périlleux et les métamorphoses d'Arlequin, sans y chercher aucun sens ni d'autre but que la surprise du moment. L'auteur qui est à la tête de cette branche de la littérature romantique est Ernest-Théodore-Guillaume Hoffmann.

L'originalité du génie, du caractère et des habitudes d'Ernest-Théodore-Guillaume Hoffmann le rendaient propre à se distinguer dans un genre d'ouvrages qui exige l'imagination la plus bizarre. Ce fut un homme d'un rare talent. Il était à la fois poète, dessinateur et musicien ; mais malheureusement son tempérament hypocondriaque le poussa sans cesse aux extrêmes dans tout ce qu'il entreprit : ainsi sa musique ne fut qu'un assemblage de sons étranges, ses dessins que des caricatures, ses contes, comme il le dit lui-même, que des extravagances.

Élevé pour le barreau, il remplit d'abord en Prusse des fonctions inférieures dans la magistrature; mais bientôt réduit à vivre de son industrie, il eut recours à sa plume et à ses crayons, ou composa de la musique pour le théâtre. Ce changement continuel d'occupations incertaines, cette existence errante et précaire produisirent sans doute leur effet sur un esprit particulièrement susceptible d'exaltation ou de découragement, et rendirent plus variable encore un caractère déjà trop inconstant. Hoffmann entretenait aussi l'ardeur de son génie par des libations fréquentes, et sa pipe, compagne fidèle, l'enveloppait d'une atmosphère de vapeurs. Son extérieur même indiquait son irritation nerveuse. Il était petit de taille, et son regard fixe et sauvage qui s'échappait à travers une épaisse chevelure noire trahissait cette sorte de désordre mental dont il semble avoir en lui-même le sentiment, quand il écrivait sur son journal ce *memorandum* qu'on ne peut lire sans un mouvement d'effroi : « Pourquoi, dans mon sommeil comme dans mes veilles, mes pensées se portent-elles si souvent malgré moi sur le triste sujet de la démence ? Il me semble, en donnant carrière aux idées désordonnées qui s'élèvent dans mon esprit, qu'elles s'échappent comme si le sang coulait d'une de mes veines qui viendrait de se rompre. »

Quelques circonstances de la vie vagabonde d'Hoffmann vinrent aussi ajouter à ses craintes chimériques d'être marqué d'un sceau fatal qui le rejetait hors du cercle commun des hommes. Ces circonstances n'avaient rien cependant d'aussi extraordinaire que se le figurait son imagination malade. Citons-en un exemple. Il était aux eaux et assistait à une partie de jeu fort animée avec un de ses amis, qui ne put résister à l'appât de s'approprier une partie de l'or qui couvrait le tapis. Partagé entre l'espérance du gain et la crainte de la perte, et se méfiant de sa propre étoile, il glissa enfin six pièces d'or entre les mains d'Hoffmann, le priant de jouer pour lui. La fortune fut propice à notre jeune visionnaire, et il gagna pour son ami une trentaine de frédérics d'or. Le lendemain soir Hoffmann résolut de tenter le sort pour lui-même. Cette idée, comme il le remarque, n'était pas le fruit d'une détermination antérieure, mais lui fut soudainement suggérée par la prière que lui fit son ami de jouer pour lui une seconde fois. Il l'approcha donc de la table pour son propre compte, et plaça sur une carte les deux seuls frédérics d'or qu'il possédât. Si le bonheur d'Hoffmann avait été remarquable la veille, on aurait pu croire main-

tenant qu'un pouvoir surnaturel avait fait un pacte avec lui
pour le seconder ; chaque carte lui était favorable ; mais lais-
sons-le parler lui-même :

« Je perdis tout pouvoir sur mes sens, et à mesure que l'or
s'entassait devant moi je croyais faire un rêve, dont je ne
m'éveillai que pour emporter ce gain aussi considérable qu'inattendu. Le jeu cessa suivant l'usage à deux heures du matin.
Comme j'allais quitter la salle, un vieil officier me mit la main
sur l'épaule, et m'adressant un regard sévère : Jeune homme,
me dit-il, si vous y allez de ce train vous ferez sauter la banque ;
mais quand cela serait, vous n'en êtes pas moins, comptez-y
bien, une proie aussi sûre pour le diable que le reste des
joueurs. Il sortit aussitôt sans attendre une réponse. Le jour
commençait à poindre quand je rentrai chez moi et couvris ma
table de mes monceaux d'or. Qu'on s'imagine ce que dut
éprouver un jeune homme qui, dans un état de dépendance
absolue et la bourse ordinairement bien légère, se trouvait tout
à coup en possession d'une somme suffisante pour constituer
une véritable richesse, au moins pour le moment ! Mais tandis
que je contemplais mon trésor une angoisse singulière vint
changer le cours de mes idées ; une sueur froide ruisselait de
mon front. Les paroles du vieil officier retentirent à mon oreille
dans leur acception la plus étendue et la plus terrible. Il me
sembla que l'or qui brillait sur ma table était les arrhes d'un
marché par lequel le prince des ténèbres avait pris possession
de mon âme pour sa destruction éternelle. Il me sembla qu'un
reptile vénéneux suçait le sang de mon cœur, et je me sentis
plongé dans un abîme de désespoir. »

L'aube naissante commençait alors à briller à travers la
fenêtre d'Hoffmann, et à éclairer de ses rayons la campagne
voisine. Il en éprouva la douce influence, et retrouvant des
forces pour combattre la tentation, il fit le serment de ne plus
toucher une carte de sa vie, et le tint.

« La leçon de l'officier fut bonne, dit-il, et son effet excellent. »
Mais avec une imagination comme celle d'Hoffmann cette
impression fut le remède d'un empirique plutôt que d'un médecin habile. Il renonça au jeu, moins par sa conviction des
funestes conséquences morales de cette passion, que par la
crainte positive que lui inspirait l'esprit du mal en personne.

Il n'est pas rare de voir à cette exaltation, comme à celle de
la folie, succéder des accès d'une timidité excessive. Les poètes
eux-mêmes ne passent pas pour être tous les jours braves,

depuis qu'Horace a fait l'aveu d'avoir abandonné son bouclier ; mais il n'en était pas ainsi d'Hoffmann.

Il était à Dresde à l'époque critique où cette ville, sur le point d'être prise par les alliés, fut sauvée par le retour soudain de Bonaparte et de sa garde. Il vit alors la guerre de près, et s'aventura plusieurs fois à cinquante pas des tirailleurs français, qui échangeaient leurs balles en vue de Dresde avec celles des alliés. Lors du bombardement de cette ville une bombe éclata devant la maison où Hoffmann était avec le comédien Keller, le verre à la main, et regardant d'une fenêtre élevée les progrès de l'attaque. L'explosion tua trois personnes ; Keller laissa tomber son verre ; mais Hoffmann, après avoir vidé le sien : « Qu'est-ce que la vie ? s'écria-t-il philosophiquement, et combien est fragile la machine humaine qui ne peut résister à un éclat de fer brûlant ! »

Au moment où l'on entassait les cadavres dans ces fosses immenses qui sont le tombeau du soldat, il visita le champ de bataille, couvert de morts et de blessés, d'armes brisées, de schakos, de sabres, de gibernes, et de tous les débris d'une bataille sanglante. Il vit aussi Napoléon au milieu de son triomphe, et l'entendit adresser à un adjudant, avec le regard et la voix retentissante d'un lion, ce seul mot : « Voyons. »

Il est bien à regretter qu'Hoffmann n'ait laissé que des notes peu nombreuses sur les événements dont il fut témoin à Dresde, et dont il aurait pu avec son esprit observateur et son talent pour la description tracer un tableau si fidèle. On peut dire en général des relations de sièges et de combats, qu'elles ressemblent plutôt à des plans qu'à des tableaux, et que si elles peuvent instruire le tacticien, elles sont peu faites pour intéresser le commun des lecteurs. Un militaire, surtout en parlant des affaires où il s'est trouvé, est beaucoup trop disposé à les raconter dans le style sec et technique d'une gazette, comme s'il craignait d'être accusé de vouloir exagérer ses propres périls en rendant son récit dramatique.

La relation de la bataille de Leipsick, telle que l'a publiée un témoin oculaire, M. Shoberl, est un exemple de ce qu'on aurait pu attendre des talents de M. Hoffmann si sa plume nous avait rendu compte des grandes circonstances qui venaient de se passer sous ses yeux. Nous lui aurions volontiers fait grâce de quelques-uns de ses ouvrages de diablerie, s'il nous eût donné à la place une description fidèle de l'attaque de Dresde et de la retraite de l'armée alliée dans le mois d'août 1813. Hoffmann était d'ailleurs un honnête et véritable Allemand dans toute la force du terme, et il eût trouvé une muse dans son ardent patriotisme.

Il ne lui fut pas donné toutefois d'essayer aucun ouvrage, si léger qu'il fût, dans le genre historique ; la retraite de l'armée française le rendit bientôt à ses habitudes de travaux littéraires et de jouissances sociales. On peut supposer cependant que l'imagination toujours active d'Hoffmann reçut une nouvelle impulsion de tant de scènes de péril et de terreur. Une calamité domestique vint aussi contribuer à augmenter sa sensibilité nerveuse. Une voiture publique dans laquelle il voyageait versa en route, et sa femme reçut à la tête une blessure fort grave qui la fit souffrir pendant longtemps.

Toutes ces circonstances jointes à l'irritabilité naturelle de son caractère jetèrent Hoffmann dans une situation d'esprit plus favorable peut-être pour obtenir des succès dans son genre particulier de composition que compatible avec ce calme heureux de la vie dans lequel les philosophes s'accordent à placer le bonheur ici-bas. C'est à une organisation comme celle d'Hoffmann que s'applique ce passage de l'ode admirable à l'*Indifférence*[1] :

« Le cœur ne peut plus connaître la paix ni la joie quand, semblable à la boussole, il tourne, mais tremble en tournant, selon le vent de la fortune ou de l'adversité. »

Bientôt Hoffmann fut soumis à la plus cruelle épreuve qu'on puisse imaginer.

En 1807, un violent accès de fièvre nerveuse avait beaucoup augmenté la funeste sensibilité à laquelle il devait tant de souffrances. Il s'était fait lui-même pour constater l'état de son imagination une échelle graduée, une espèce de thermomètre qui indiquait l'exaltation de ses sentiments, et s'élevait quelquefois jusqu'à un degré peu éloigné d'une véritable aliénation mentale. Il n'est pas facile peut-être de traduire par des expressions équivalentes les termes dont se sert Hoffmann pour classer ses sensations ; nous essaierons cependant de dire que ses notes sur son humeur journalière décrivent tour à tour une disposition aux idées mystiques ou religieuses, le sentiment d'une gaieté exagérée, celui d'une gaieté ironique, le goût d'une musique bruyante et folle, une humeur romanesque tournée

1. Du poète Collins.

vers les idées sombres et terribles, un penchant excessif pour
la satire amère, visant à ce qu'il y a de plus bizarre, de plus
capricieux, de plus extraordinaire ; une sorte de quiétisme
favorable aux impressions les plus chastes et les plus douces
d'une imagination poétique ; enfin une exaltation susceptible
uniquement des idées les plus noires, les plus horribles, les
plus désordonnées et les plus accablantes.

Dans certains temps, au contraire, les sentiments que retrace
le journal de cet homme malheureux n'accusent plus qu'un
battement profond, un dégoût qui lui faisait repousser les émotions qu'il accueillait la veille avec le plus d'empressement.
Cette espèce de paralysie morale est, à notre avis, une maladie
qui affecte plus ou moins toutes les classes, depuis l'ouvrier qui
s'aperçoit, pour nous servir de son expression, qu'il a *perdu sa
main* et ne peut plus remplir sa tâche journalière avec sa
promptitude habituelle, jusqu'au poète que sa muse abandonne
quand il a le plus besoin de ses inspirations. Dans des cas
pareils, l'homme sage a recours à l'exercice ou à un changement d'étude ; les ignorants et les imprudents cherchent des
moyens plus grossiers pour chasser le paroxysme. Mais ce qui
pour une personne d'un esprit sain n'est que la sensation désagréable d'un jour ou d'une heure, devient une véritable maladie
pour des esprits comme celui d'Hoffmann, toujours disposés à
tirer du présent de funestes présages pour l'avenir.

Hoffmann avait le malheur d'être particulièrement soumis
à cette singulière peur du lendemain, et d'opposer presque
immédiatement à toute sensation agréable qui s'élevait dans
son cœur l'idée d'une conséquence triste ou dangereuse. Son
biographe nous a donné un singulier exemple de cette fâcheuse
disposition qui le portait non seulement à redouter le pire
quand il en avait quelque motif réel, mais même à troubler par
cette appréhension ridicule et déraisonnable les circonstances
les plus naturelles de la vie. « Le diable, avait-il l'habitude de
dire, se glisse dans toutes les affaires, même quand elles
présentent en commençant la tournure la plus favorable. » Un
exemple sans importance, mais bizarre, fera mieux connaître
ce penchant fatal au pessimisme.

Hoffmann, observateur minutieux, vit un jour une petite fille
s'adresser à une femme dans le marché pour lui acheter
quelques fruits qui avaient frappé ses yeux et excité ses désirs.
La prudente fruitière voulut d'abord savoir ce qu'elle avait à
dépenser pour son achat ; et quand la pauvre fille, qui était

d'une beauté remarquable, lui eut montré avec une joie mêlée d'orgueil une toute petite pièce de monnaie, la marchande lui fit entendre qu'elle n'avait rien dans sa boutique qui fût d'un prix assez modique pour sa bourse. La pauvre enfant mortifiée se retirait les larmes aux yeux, quand Hoffmann la rappela, et ayant fait son marché lui-même, remplit son tablier des plus beaux fruits ; mais il avait à peine eu le temps de jouir de l'expression de bonheur qui avait ranimé tout à coup cette jolie figure d'enfant, qu'il devint tourmenté de l'idée qu'il pourrait être la cause de sa mort, puisque le fruit qu'il lui avait donné pourrait lui occasionner une indigestion ou toute autre maladie. Ce pressentiment le poursuivit jusqu'à ce qu'il fût arrivé à la maison d'un ami. C'est ainsi que la crainte vague d'un mal imaginaire venait sans cesse empoisonner tout ce qui aurait dû charmer pour lui le présent ou embellir l'avenir. Nous ne pouvons nous empêcher ici d'opposer au caractère d'Hoffmann celui de notre poète Wordsworth, si remarquable par sa riche imagination. La plupart des petits poèmes de Wordsworth sont l'expression d'une sensibilité extrême, excitée par les moindres incidents, tels que celui qui vient d'être raconté ; mais avec cette différence qu'une disposition plus heureuse et plus noble fait puiser à Wordsworth des réflexions agréables, douces et consolantes dans ces mêmes circonstances qui n'inspiraient à Hoffmann que des idées d'une tout autre nature. Ces incidents passent sans arrêter l'attention des esprits ordinaires, mais des observateurs doués d'une imagination poétique, comme Wordsworth et Hoffmann, sont pour ainsi dire des chimistes habiles, qui de ces matières en apparence insignifiantes savent distiller des cordiaux ou des poisons.

Nous ne voulons pas dire que l'imagination d'Hoffmann fût vicieuse ou corrompue, mais seulement qu'elle était déréglée, et avait un malheureux penchant vers les images horribles et déchirantes. Ainsi il était poursuivi, surtout dans ses heures de solitude et de travail, par l'appréhension de quelque danger indéfini dont il se croyait menacé, et son repos était troublé par les spectres et les apparitions de toute espèce dont la description avait rempli ses livres, et que son imagination seule avait enfantés, comme s'ils eussent eu une existence réelle et un pouvoir véritable sur lui. L'effet de ces visions était souvent tel, que pendant les nuits qu'il consacrait quelquefois à l'étude il avait coutume de faire lever sa femme et de la faire asseoir auprès de lui pour le protéger par sa présence contre les fantômes qu'il avait conjurés lui-même dans son exaltation.

Ainsi l'inventeur, ou au moins le premier auteur célèbre qui ait introduit dans sa composition le FANTASTIQUE ou le grotesque surnaturel, était si près d'un véritable état de folie, qu'il tremblait devant les fantômes de ses ouvrages. Il n'est pas étonnant qu'un esprit qui accordait si peu à la raison et tant à l'imagination ait publié de si nombreux écrits où la seconde domine à l'exclusion de la première. Et en effet le grotesque, dans les ouvrages d'Hoffmann, ressemble en partie à ces peintures arabesques qui offrent à nos yeux les monstres les plus étranges et les plus compliqués, des centaures, des griffons, des sphinx, des chimères ; enfin toutes les créations d'une imagination romanesque. De telles compositions peuvent éblouir par une fécondité prodigieuse d'idées, par le brillant contraste des formes et des couleurs, mais elles ne présentent rien qui puisse éclairer l'esprit ou satisfaire le jugement. Hoffmann passa sa vie, et certes ce ne pouvait être une vie heureuse, à tracer sans règle et sans mesure des images bizarres et extravagantes, qui après tout ne lui valurent qu'une réputation bien au-dessous de celle qu'il aurait pu acquérir par son talent, s'il l'eût soumis à la direction d'un goût plus sûr ou d'un jugement plus solide. Il y a bien lieu de croire que sa vie fut abrégée, non seulement par sa maladie mentale, mais encore par les excès auxquels il eut recours pour se garantir de la mélancolie, et qui agirent directement sur sa tournure d'esprit. Nous devons d'autant plus le regretter, que malgré tant de divagation, Hoffmann n'était pas un homme ordinaire ; et si le désordre de ses idées ne lui avait pas fait confondre le surnaturel avec l'absurde, il se serait distingué comme un excellent peintre de la nature humaine, qu'il savait observer et admirer dans ses réalités.

Hoffmann réussissait surtout à tracer les caractères propres à son pays. L'Allemagne, parmi ses auteurs nombreux, n'en peut citer aucun qui ait su plus fidèlement personnifier cette droiture et cette intégrité qu'on rencontre dans toutes les classes parmi les descendants des anciens Teutons. Il y a surtout dans le conte intitulé *Le Majorat* un caractère qui est peut-être particulier à l'Allemagne, et qui forme un contraste frappant avec les individus de la même classe, tels qu'on nous les représente dans les romans, et tels que peut-être ils existent en réalité dans les autres pays. Le *justicier* B... remplit dans la famille du baron Roderic de R..., noble propriétaire de vastes domaines en Courlande, à peu près le même office que le fameux bailli Macwheeble exerçait sur les terres du baron de Bradwardine (s'il m'était permis de citer *Waverley*). Le justicier, par exemple, était le représentant du seigneur dans ses cours de justice féodale ; il avait la surveillance de ses revenus, dirigeait et contrôlait sa maison, et par sa connaissance des affaires de la famille il avait acquis le droit d'offrir et son avis et son assistance dans les cas de difficultés pécuniaires. L'auteur écossais a pris la liberté de mêler à ce caractère une teinte de cette friponnerie dont on fait presque l'attribut obligé de la classe inférieure des gens de loi. Le bailli est bas, avare, rusé et lâche ; il n'échappe à notre dégoût ou à notre mépris que par le côté plaisant de son caractère ; on lui pardonne une partie de ses vices en faveur de cet attachement pour son maître et sa famille, qui est chez lui une sorte d'instinct, et qui semble l'emporter même sur son égoïsme naturel. Le justicier de R... est précisément l'opposé de ce caractère ; c'est bien aussi un original : il a les manies de la vieillesse et un peu de sa mauvaise humeur satirique ; mais ses qualités morales en font, comme le dit justement La Motte-Fouqué, un héros des anciens temps qui a pris la robe de chambre et les pantoufles d'un vieux procureur de nos jours. Son mérite naturel, son indépendance, son courage sont plutôt rehaussés que ternis par son éducation et sa profession, qui suppose une connaissance exacte du genre humain, et qui, si elle n'est pas subordonnée à l'honneur et à la probité, est le masque le plus vil et le plus dangereux dont un homme puisse se couvrir pour tromper les autres. Mais le justicier d'Hoffmann, par sa situation dans la famille de ses maîtres dont il a connu deux générations, par la possession de tous leurs secrets et plus encore par la loyauté et la noblesse de son caractère, exerce sur son seigneur lui-même, tout fier qu'il est parfois, un véritable ascendant.

Le conte que nous venons de citer montre l'imagination déréglée d'Hoffmann, mais prouve aussi qu'il possédait un talent qui aurait dû la contenir et la modifier. Malheureusement son goût et son tempérament l'entraînaient trop fortement au grotesque et au fantastique, pour lui permettre de revenir souvent dans ses compositions au genre plus raisonnable dans lequel il aurait facilement réussi. Le roman populaire a sans doute un vaste cercle à parcourir, et loin de nous la pensée d'appeler les rigueurs de la critique contre ceux dont le seul objet est de faire passer au lecteur une heure agréable. On peut répéter avec vérité que dans cette littérature légère,

Tous les genres sont bons, hors le genre ennuyeux.

Sans doute il ne faut pas condamner une faute de goût avec la même sévérité que si c'était une fausse maxime de morale, une hypothèse erronée de la science, ou une hérésie en religion. Le génie aussi, nous le savons, est capricieux, et veut avoir son libre essor, même hors des régions ordinaires, ne fût-ce que pour hasarder une tentative nouvelle. Quelquefois enfin on peut arrêter ses regards avec plaisir sur une peinture arabesque, exécutée par un artiste doué d'une riche imagination ; mais il est pénible de voir le génie s'épuiser sur des sujets que le goût réprouve. Nous ne voudrions lui permettre une excursion dans ces régions fantastiques qu'à condition qu'il en rapporterait des idées douces et agréables. Nous ne saurions avoir la même tolérance pour ces caprices qui non seulement nous étonnent par leur extravagance, mais nous révoltent par leur horreur. Hoffmann doit avoir eu dans sa vie des moments d'exaltation douce aussi bien que d'exaltation pénible ; et le champagne qui pétillait dans son verre aurait perdu pour lui sa bienveillante influence, s'il n'avait quelquefois éveillé dans son esprit des idées agréables aussi bien que des pensées bizarres. Mais c'est le propre de tous les sentiments exagérés de tendre toujours vers les émotions pénibles. Comme les accès de la folie ont bien plus fréquemment un caractère triste qu'agréable, de même le grotesque a une alliance intime avec l'horrible ; car ce qui est hors de la nature peut difficilement avoir aucun rapport avec ce qui est beau. Rien, par exemple, ne peut être plus déplaisant pour l'œil que le palais de ce prince italien au cerveau malade qui était décoré de toutes les sculptures monstrueuses qu'une imagination dépravée pouvait suggérer au ciseau de l'artiste. Les ouvrages de Callot, qui a fait preuve d'une fécondité d'esprit merveilleuse, causent pareillement plus de surprise que de plaisir. Si nous comparons la fécondité de Callot à celle d'Hogarth, nous les trouverons égaux l'un à l'autre ; mais comparons le degré de satisfaction que procure un examen attentif de leurs compositions respectives, et l'artiste anglais aura un immense avantage. Chaque nouveau coup de pinceau que l'observateur découvre parmi les détails riches et presque superflus d'Hogarth vaut un chapitre dans l'histoire des mœurs humaines, sinon du cœur humain ; en examinant de près au contraire les productions de Callot, on découvre seulement dans chacune de ses *diableries* un nouvel exemple d'un esprit employé en pure perte ou d'une imagination qui

s'égare dans les régions de l'absurde. Les ouvrages de l'un ressemblent à un jardin soigneusement cultivé qui nous offre à
chaque pas quelque chose d'agréable ou d'utile ; ceux de
l'autre rappellent un jardin négligé dont le sol également
fertile ne produit que des plantes sauvages et parasites.

Hoffmann s'est en quelque sorte identifié avec l'ingénieux
artiste que nous venons de critiquer, par son titre de *Tableaux
de nuit à la manière de Callot* ; et pour écrire, par exemple, un
conte comme *Le Sablier*, il faut qu'il ait été initié dans les
secrets de ce peintre original, avec qui il peut certes réclamer
une véritable analogie de talent. Nous avons cité un conte, *Le
Majorat*, où le merveilleux nous paraît heureusement employé
parce qu'il se mêle à des intérêts et des sentiments réels, et
qu'il montre avec beaucoup de force à quel degré les circonstances peuvent élever l'énergie et la dignité de l'âme. Mais
celui-ci est d'un genre bien différent :

> Moitié horrible, moitié bizarre, semblable à un démon qui exprime
> sa joie par mille grimaces.

Nathaniel, le héros de ce conte, est un jeune homme d'un
tempérament fantasque et hypocondriaque, d'une tournure
d'esprit poétique et métaphysique à l'excès, avec cette organisation nerveuse plus particulièrement soumise à l'influence de
l'imagination. Il nous raconte les événements de son enfance
dans une lettre adressée à Lothaire, son mari, frère de Clara,
sa fiancée.

Son père, honnête horloger, avait l'habitude d'envoyer coucher ses enfants à certains jours plus tôt qu'à l'ordinaire, et la
mère ajoutait chaque fois à cet ordre : « Allez au lit, voici le
sablier qui vient. » Nathaniel en effet observa qu'alors, après
leur retraite, on entendait frapper à la porte ; des pas lourds et
traînants retentissaient sur l'escalier ; quelqu'un entrait chez
son père, et quelquefois une vapeur désagréable et suffocante
se répandait dans la maison. C'était donc le sablier : mais que
voulait-il, et que venait-il faire ? Aux questions de Nathaniel la
bonne répondit par un conte de nourrice, que le sablier était
un méchant homme qui jetait du sable dans les yeux des petits
enfants qui ne voulaient pas aller se coucher. Cette réponse
redoubla sa frayeur, mais éveilla en même temps sa curiosité.
Il résolut enfin de se cacher dans la chambre de son père, et d'y
attendre l'arrivée du visiteur nocturne ; il exécuta ce projet, et

reconnut dans le sablier l'homme de loi Copelius qu'il avait vu
souvent avec son père. Sa masse informe s'appuyait sur des
jambes torses ; il était gaucher, avait le nez gros, les oreilles
énormes, tous les traits démesurés ; et son aspect farouche, qui
le faisait ressembler à un ogre, avait souvent épouvanté les
enfants quand ils ignoraient encore que ce légiste, odieux déjà
par sa laideur repoussante, n'était autre que le redoutable
sablier. Hoffmann a tracé de cette figure monstrueuse une
esquisse qu'il a voulu sans doute rendre aussi révoltante pour
ses lecteurs qu'elle pouvait être terrible pour les enfants. Copelius fut reçu par le père de Nathaniel avec les démonstrations
d'un humble respect ; ils découvrirent un fourneau secret, l'al-
lumèrent et commencèrent bientôt des opérations chimiques
d'une nature étrange et mystérieuse qui expliquaient cette
vapeur dont la maison avait été plusieurs fois remplie. Les
gestes des opérateurs devinrent frénétiques ; leurs traits prirent
une expression d'égarement et de fureur à mesure qu'ils avançaient dans leurs travaux ; Nathaniel, cédant à la terreur, jeta
un cri et sortit de sa retraite. L'alchimiste, car Copelius en était
un, eut à peine découvert le petit espion, qu'il menaça de lui
arracher les yeux, et ce ne fut pas sans difficulté que le père, en
s'interposant, parvint à l'empêcher de jeter des cendres
ardentes dans les yeux de l'enfant. L'imagination de Nathaniel
fut tellement troublée de cette scène, qu'il fut attaqué d'une
fièvre nerveuse pendant laquelle l'horrible figure du disciple
de Paracelse était sans cesse devant ses yeux comme un spectre
menaçant.

Après un long intervalle et quand Nathaniel fut rétabli, les
visites nocturnes de Copelius à son élève recommencèrent ;
celui-ci promit un jour à sa femme que ce serait pour la dernière fois. Sa promesse fut réalisée, mais non pas sans doute
comme l'entendait le vieux horloger. Il périt le jour même par
l'explosion de son laboratoire chimique, sans qu'on pût retrouver aucune trace de son maître dans l'art fatal qui lui avait
coûté la vie. Un pareil événement était bien fait pour produire
une impression profonde sur une imagination ardente : Nathaniel fut poursuivi tant qu'il vécut par le souvenir de cet affreux
personnage, et Copelius s'identifia dans son esprit avec le principe du mal. L'auteur continue ensuite le récit lui-même, et
nous présente son héros étudiant à l'université, où il est surpris par l'apparition soudaine de son infatigable persécuteur.
Celui-ci joue maintenant le rôle d'un colporteur italien ou du

Tyrol, qui vend des instruments d'optique ; mais sous le déguisement de sa nouvelle profession et sous le nom italianisé de
Giuseppe Coppola, c'est toujours l'ennemi acharné de Nathaniel ; celui-ci est vivement tourmenté de ne pouvoir faire
partager à son ami et à sa maîtresse les craintes que lui inspire
le faux marchand de baromètres, qu'il croit reconnaître pour
le terrible jurisconsulte. Il est aussi mécontent de Clara qui,
guidée par son bon sens et par un jugement sain, rejette non
seulement ses frayeurs métaphysiques, mais blâme aussi son
style poétique plein d'enflure et d'affectation. Son cœur s'éloigne
par degrés de la compagne de son enfance, qui ne sait être que
franche, sensible et affectionnée ; et il transporte par la même
gradation son amour sur la fille d'un professeur appelé *Spalanzani*, dont la maison fait face aux fenêtres de son logement. Ce
voisinage lui donne l'occasion fréquente de contempler Olympia
assise dans sa chambre : elle y reste des heures entières sans
lire, sans travailler, ou même sans se mouvoir ; mais en dépit
de cette insipidité et de cette inaction, il ne peut résister au
charme de son extrême beauté. Cette passion funeste prend un
accroissement bien plus rapide encore, quand il s'est laissé
persuader d'acheter une lorgnette d'approche au perfide Italien,
malgré sa ressemblance frappante avec l'ancien objet de sa
haine et de son horreur. La secrète influence de ce verre trompeur cache aux yeux de Nathaniel ce qui frappait tous ceux
qui approchaient Olympia. Il ne voit pas en elle une certaine
roideur de manières qui rend sa démarche semblable aux
mouvements d'une machine, une stérilité d'idées qui réduit sa
conversation à un petit nombre de phrases sèches et brèves
qu'elle répète tour à tour ; il ne voit rien enfin de tout ce qui
trahissait son origine mécanique. Ce n'était en effet qu'une
belle poupée ou automate créée par la main habile de Spalanzani, et douée d'une apparence de vie par les artifices diaboliques de l'alchimiste, avocat et colporteur Copelius ou Coppola.
    L'amoureux Nathaniel vient à connaître cette fatale vérité en
se trouvant le témoin d'une querelle terrible qui s'élève entre
les deux imitateurs de Prométhée, au sujet de leurs intérêt res-
pectifs dans ce produit de leur pouvoir créateur. Ils profèrent
les plus infâmes imprécations, mettent en pièces leur belle
machine, et saisissent ses membres épars dont ils se frappent à
coups redoublés. Nathaniel, déjà à moitié fou, tombe dans une
frénésie complète à la vue de cet horrible spectacle.
    Mais nous serions fous nous-mêmes de continuer à analyser

ces rêves d'un cerveau en délire. Au dénouement, notre étudiant dans un accès de fureur veut tuer Clara en la précipitant du sommet d'une tour : son frère la sauve de ce péril, et le frénétique, resté seul sur la plate-forme, gesticule avec violence et débite le jargon magique qu'il a appris de Copelius et de Spalanzani. Les spectateurs que cette scène avait rassemblés en foule au pied de la tour cherchaient les moyens de s'emparer de ce furieux, lorsque Copelius apparaît soudain parmi eux et leur donne l'assurance que Nathaniel va descendre de son propre mouvement. Il réalise sa prophétie en fixant sur le malheureux jeune homme un regard de fascination qui le fait aussitôt se précipiter lui-même la tête la première. L'horrible absurdité de ce conte est faiblement rachetée par quelques traits dans le caractère de Clara, dont la fermeté, le simple bon sens et la franche affection forment un contraste agréable avec l'imagination en désordre, les appréhensions, les frayeurs chimériques et la passion déréglée de son extravagant admirateur.

Il est impossible de soumettre de pareils contes à la critique. Ce ne sont pas les visions d'un esprit poétique ; elles n'ont pas même cette liaison apparente que les égarements de la démence laissent quelquefois aux idées d'un fou : ce sont les rêves d'une tête faible, en proie à la fièvre, qui peuvent un moment exciter notre curiosité par leur bizarrerie, ou notre surprise par leur originalité, mais jamais au-delà d'une attention très passagère ; et en vérité les inspirations d'Hoffmann ressemblent si souvent aux idées produites par l'usage immodéré de l'opium, que nous croyons qu'il avait plus besoin du secours de la médecine que des avis de la critique.

La mort de cet homme extraordinaire arriva en 1822. Il devint affecté de cette cruelle maladie appelée *tabes dorsalis*, qui le priva peu à peu de l'usage de ses membres. Même dans cette triste extrémité il dicta plusieurs ouvrages qui indiquent encore la force de son imagination, parmi lesquels nous citerons un fragment intitulé *La Convalescence*, plein d'allusions touchantes à ses propres sentiments à cette époque, et une nouvelle appelée *L'Adversaire*, à laquelle il consacra presque ses derniers moments. Rien ne put ébranler la force de son courage ; il sut endurer avec constance les angoisses de son corps, quoiqu'il fût incapable de supporter les terreurs imaginaires de son esprit. Les médecins crurent devoir en venir à la cruelle épreuve du cautère actuel, par l'application d'un fer brûlant sur le trajet de la moelle épinière, pour essayer de

ranimer l'activité du système nerveux. Il fut si loin de se laisser
abattre par les tortures de ce martyre médical, qu'il demanda
à un de ses amis qui entra dans la chambre au moment où l'on
venait de terminer cette terrible opération, s'il ne sentait pas
«la chair rôtie.» «Je consentirais volontiers, disait-il avec le
même courage héroïque, à perdre l'usage de mes membres si
je pouvais seulement conserver la force de travailler avec l'aide
d'un secrétaire.» Hoffmann mourut à Berlin le 25 juin 1822,
laissant la réputation d'un homme remarquable, que son tempérament et sa santé avaient seuls empêché d'arriver à la plus
haute renommée, et dont les ouvrages, tels qu'ils existent
aujourd'hui, doivent être considérés moins comme un modèle
à imiter que comme un avertissement salutaire du danger que
court un auteur qui s'abandonne aux écarts d'une folle imagination.

WALTER SCOTT

Sainte-Beuve,
« Hoffmann, *Contes nocturnes* »

« "Ne penses-tu pas que la connaissance ou le pressentiment du merveilleux est accordé à quelques-uns comme un sens particulier ? Pour moi, il me semble que ces hommes, doués d'une seconde vue, sont assez semblables à ces chauves-souris en qui le savant anatomiste Spalanzani a découvert un sixième sens plus accompli à lui seul que tous les autres… Ce sixième sens, si admirable, consiste à sentir dans chaque objet, dans chaque personne, dans chaque événement, le côté excentrique pour lequel nous ne trouvons point de comparaison dans la vie commune et que nous nous plaisons à nommer le merveilleux… Je sais quelqu'un en qui cet esprit de vision semble une chose toute naturelle. De là vient qu'il court des journées entières après des inconnus qui ont quelque chose de singulier dans leur marche, dans leur costume, dans leur ton et dans leur regard ; qu'il réfléchit avec profondeur sur une circonstance contée légèrement et que personne ne trouve digne d'attention ; qu'il rapproche des choses complètement antipodiques et qu'il en tire des comparaisons extravagantes et inouïes."

» Lélio s'écria à haute voix : "Arrêtez, c'est là notre Théodore. Voyez, il semble avoir quelque chose de tout particulier dans l'esprit, à en juger par la manière dont il regarde le bleu du ciel." »

C'est là Hoffmann, et lui-même nous a donné la clef de son génie. En un temps où on est las de toutes les sensations et où il semble qu'on ait épuisé les manières les plus ordinaires de

* Sainte-Beuve, « Hoffmann, *Contes nocturnes* », *Premiers Lundis*, Calmann-Lévy, 1874 ; *Œuvres*, « Bibliothèque de la Pléiade », t. I, p. 382-386. Ce texte a d'abord paru, non signé, dans *Le Globe*, 7 décembre 1830.

peindre et d'émouvoir, en un temps où les larges sentiers de la
nature et de la vie sont battus, et où les troupeaux d'imitateurs
qui se précipitent sur les traces des maîtres ne savent que soulever des flots de poussière suffocante, lorsqu'on avait tout lieu
de croire que le tour du monde était achevé dans l'art, et qu'il
restait beaucoup à transformer et à remanier sans doute, mais
rien de bien nouveau à découvrir, Hoffmann s'en est venu qui,
aux limites des choses visibles et sur la lisière de l'univers réel,
a trouvé je ne sais quel coin obscur, mystérieux et jusque-là
inaperçu, dans lequel il nous a appris à discerner des reflets
particuliers de la lumière d'ici-bas, des ombres étranges proje-
tées et des rouages subtils, et tout un revers imprévu des perspectives naturelles et des destinées humaines auxquelles nous
étions le plus accoutumés. Dans ses meilleurs contes, là où il se
montre réellement inventeur et original, il sait, par les rappro-
chements fortuits les plus saisissants, par une combinaison
presque surnaturelle de circonstances à la rigueur possibles,
exciter et caresser tous les penchants superstitieux de notre
esprit, sans choquer trop violemment notre bon sens obstiné ;
ce qu'il nous raconte alors peut sans doute s'expliquer par des
moyens humains, et n'exige pas à toute force l'intervention
d'un principe supérieur ; mais bien que notre bon sens ne soit
pas évidemment réduit au silence, et qu'il puisse toujours se
flatter de trouver au bout du compte le mot de l'énigme, il y a
quelque chose en nous qui rejette involontairement cette explication pénible et vulgaire, et qui s'attache de préférence à la
solution mystérieuse dont le leurre nous est de loin offert
comme derrière un nuage. C'est dans ce mélange habile, dans
cette mesure discrète de merveilleux et de réel que consiste
une grande partie du secret d'Hoffmann pour ébranler et
émouvoir ; je l'aime bien mieux et le trouve bien plus original
en ces sortes de compositions, dont *La Cour d'Artus* est le chef-
d'œuvre, que dans les égarements capricieux d'un fantastique
effréné, et les rêveries incohérentes d'une demi-ivresse.

  Le sauvage de l'Amérique, dont les sens ont été exercés dès
l'enfance, excelle à saisir à travers l'immensité des forêts mille
traces invisibles pour nous, à distinguer dans l'espace des bruits
qui n'arrivent pas à nos oreilles ; sa pénétration est presque de
la magie ; on est tenté de croire à une divination d'inspiré.
Hoffmann, dans ses bons contes, ne fait pas autre chose que
ce sauvage ; observateur silencieux dans ce *désert d'hommes* où
il est jeté, il recueille les traces éparses, les bruits flottants, les

signes imperceptibles, et l'on est tout surpris, et parfois l'on frissonne de le voir arriver par des chemins non frayés à des issues extraordinaires. Il semble avoir découvert dans l'art quelque chose d'analogue à ce que Mesmer a trouvé en médecine ; il a, sinon le premier, du moins avec plus d'évidence qu'aucun autre, dégagé et mis à nu le magnétisme en poésie.

Jusqu'à quel point s'étend cette conquête nouvelle de l'art ; jusqu'à quel degré est-il possible de la féconder ; et contient-elle en elle-même un art tout nouveau dont nous entrevoyons à peine les promesses, ou bien doit-elle éternellement demeurer à l'état de vague et de nuageux ? c'est ce que nous ne saurions décider en aucune manière ; mais que la conquête existe, que la limite de l'art et des effets qu'il produit ait été reculée, c'est ce qui nous paraît hors de doute dans un cas comme dans l'autre, et ce qui le paraîtra à tous les lecteurs intelligents d'Hoffmann, comme à tous les observateurs impartiaux du magnétisme animal.

Les phénomènes singuliers et subtils dans lesquels se complaît le génie d'Hoffmann, lorsqu'il ne les tire pas d'un concours plus ou moins romanesque d'événements tout extérieurs, et lorsque la nature humaine et l'âme sont sur le premier plan, se rapportent plus particulièrement, comme on peut le penser, à ces âmes sensibles et maladives, à ces natures fébriles et souffrantes, qui peuvent en général se comprendre sous le nom d'*artistes* : ce sont elles qui font le sujet le plus fréquent et le plus heureux de ses expériences. Aussi personne jusqu'ici, ni critique, ni poète, n'a-t-il senti et expliqué à l'égal d'Hoffmann ce que c'est qu'un artiste. Il sait à l'artiste à fond, sous toutes ses formes, dans toutes ses explications, dans ses pensées les plus secrètes, dans ses procédés les plus spéciaux, et dans ce qu'il fait et dans ce qu'il ne fera jamais, et dans ses rêves et dans son impuissance, et dans la dépravation de ses facultés aigries, et dans le triomphe de son génie harmonieux, et dans le néant de son œuvre, et dans le sublime de ses misères. Poètes, peintres, musiciens, il nous les révèle sous des aspects mobiles et bizarres qui portent toutefois sur un fond éternel.

Zacharias Werner, Berthold, Kreisler, vous tous artistes de nos jours, au génie inquiet, à l'œil effaré, que l'air du siècle ronge ; inconsolables sous l'oppression terrestre, amoureux à la folie de ce qui n'est plus, aspirant sans savoir à ce qui n'est pas encore ; mystiques sans foi, génies sans œuvre, âmes sans organe ; comme il vous a connus, comme il vous a aimés ! comme il aurait voulu vous ouvrir des espaces sereins où vous eussiez respiré plus librement! Cœurs ulcérés, comme il aurait voulu vous retremper au sein d'une nature active, aimante et pleine de voix et de parfums; vous ravir dans des musiques bénies parmi des anges de lumière et de bonté; vous enchanter ici-bas par des images pudiques et des apparitions gracieuses aux-quelles pourtant vous n'auriez pas dû trop toucher, de peur de les flétrir et de vous dégoûter avant le temps! Hélas! il a connu mieux que personne le mal de ce siècle; il en a souffert lui-même et c'est pour cela qu'il l'a si bien exprimé. Plus d'une fois, au milieu de joyeux compagnons, et autour du punch bleuâtre, il lui est revenu d'amères pensées, des regrets du cloître et de la vie des vieux temps, et comme il l'a dit lui-même, *un amour inouï, un désir effréné pour un objet qu'il n'aurait pu définir*; plus d'une fois son cœur a battu d'une émotion douloureuse en voyant à l'horizon des cités germa-niques planer *ces magnifiques monuments qui racontent comme des langues éloquentes l'éclat, la pieuse persévérance, et la gran-deur réelle des âges passés*. Aussi, dès qu'il se borne à peindre l'art et les artistes dans ce moyen âge, où il y avait du moins harmonie et stabilité pour les âmes, quelque chose de calme, de doré et de solennel succède aux délirantes émotions qu'il tirait des désordres du présent; depuis l'atelier de maître Martin le tonnelier, qui est un artiste, jusqu'à la cour du digne landgrave de Thuringe, où se réunissent autour de la jeune comtesse Mathilde, luth et harpe en main, les sept grands maîtres du chant, partout dans cet ordre établi, on sent que le talent n'est plus égaré au hasard, et que l'œuvre de chacun s'accomplit paisiblement; s'il y a lutte encore par instants dans l'âme de l'artiste, le bon et pieux génie finit du moins par triompher, et celui qui a reçu un don en naissant ne demeure pas inévitablement en proie au tumulte de son cœur.

Outre *Les Maîtres chanteurs* qui respirent, disons-nous, un parfum exquis du moyen âge, on trouvera dans la nouvelle livraison d'Hoffmann un joli conte, intitulé *Maître Jean Wacht*, et surtout un autre intitulé *Le Botaniste*.

On sait qu'Hoffmann n'excelle pas moins à peindre les manies et à saisir les ridicules des originaux, qu'à sonder les plaies invisibles des âmes égarées. Le bon Eugène, étudiant en botanique, est un de ces êtres innocents et simples que Dieu ne met au monde que pour une chose, et qu'il marque d'une bosse au front; hors de la serre de son professeur Ignace Helms, il ne voit ni ne soupçonne rien. Mais le brave professeur vient de mourir, laissant une respectable veuve de soixante-quatre ans, et une petite nièce de quatorze, et lorsque Eugène se met, dès le matin qui suit l'enterrement, à contempler comme à l'ordinaire le *galanthus nivalis* et l'*amaryllis reginæ*, il est interrompu par la bonne veuve, qui l'avertit en rougissant qu'il faudra bien, pour éviter les malins caquets, ne plus continuer de loger ensemble sous le même toit. Eugène est si simple qu'il a peine à comprendre ; et quand il a compris, la douleur de ne plus coucher près de la serre chérie et de ses fleurs favorites est telle, qu'il trouve plus facile d'épouser la veuve de son professeur, que de quitter la maison. Le voilà donc successeur en titre du professeur, héritier de la robe de chambre à fleurs et coiffé d'un grand bonnet vert de toile indienne, sur le devant duquel brille un *lilium bulbiferum* ; quant à sa bonne moitié, il est bien convenu d'avance qu'elle ne lui servira que de mère, et se contentera de le dorloter comme son enfant, de lui apprêter chaque matin sa pipe et son moka. Malgré les représentations de ses amis et les sarcasmes des autres étudiants, le bon Eugène se condamne à cette vie par amour pour la botanique, et cela dure quelque temps sans encombre ; mais enfin la nature se déclare ; une lente consomption s'empare du pauvre jeune homme qui s'en aperçoit à peine, puis qui tâche violemment de s'y soustraire. Comment le mal augmente, quel remède on y trouve, et par quels degrés Eugène en vient à changer sa vieille et bonne moitié, qui se résigne d'elle-même au divorce, contre la petite nièce de quatorze ans qui a fini par en avoir seize, c'est ce que le lecteur ne manquera pas de lire tout au long dans Hoffmann avec plus d'un sourire entremêlé d'attendrissement.

SAINTE-BEUVE

DOSSIER

CHRONOLOGIE DE E.T.A. HOFFMANN
(1776-1822)

1776. *24 janvier*: naissance à Koenigsberg, rue des Français, d'Ernst Theodor Wilhelm Hoffmann. Son parrain est le père du futur poète Zacharias Werner (né en 1768). Son père, avocat, et sa mère, née Doerffer, appartiennent à la vieille bourgeoisie de la ville et à deux familles unies par alliance. Mais les époux, mariés en 1767, se sépareront onze ans après.

1778. Divorce des parents. Le frère aîné, Charles, vivra avec le père. Ernst, confié à sa mère, le plus souvent souffrante, est accueilli dans la maison des Doerffer, rue des Nobles, où veille tout particulièrement sur lui sa tante, Sophie, et une amie, appelée «Tante Fröschen», qui va lui faire découvrir le chant et la musique.

1782. Son oncle, Otto-Wilhelm, surnommé *Oweh* (Ô quel malheur!), conseiller de justice en retraite, dont la présence dans la maison est encombrante, le fait entrer à l'école luthérienne. Son maître de musique sera un vieil organiste, Podbielski.

1786. En vacances, il se lie d'amitié avec Theodor Gottlieb von Hippel, fils d'un pasteur, et neveu d'un écrivain qui était l'un des familiers d'Emmanuel Kant. Ils vont se retrouver au collège de Koenigsberg.

1791. Premier amour d'adolescent, pour Amalia Neumann, qui a le même âge que lui.

1792. Il commence des études de droit à l'université de Koenigsberg, où Theodor l'a précédé d'un an. Il se fait une petite réputation de peintre et de musicien.

1794-1795. Il s'éprend d'une jeune femme, Cora Hatt, «l'*Innamorata*». — Il voyage en Prusse orientale avec son grand-oncle Christoph Voeteri. Peut-être celui-ci sera-t-il le modèle du «justicier» V., le grand-oncle du narrateur dans le sixième des *Contes nocturnes*, «Le Majorat». Peut-être même sont-ils allés jusqu'à la mer Baltique et ont-ils vu le château de Rossitten (désigné comme R...-sitten dans le conte, R...bourg dans la traduction de Loève-Veimars).

1796. Mort de sa mère, le 13 mars, puis de son grand-oncle Christoph Voeteri.

1797. Rencontre, à Glogau, du peintre Molinari, modèle probable du peintre Berthold dans le troisième des *Contes nocturnes*, «L'Église des Jésuites (de G.)». — *Avril* : mort de son père. — Déception amoureuse avec Cora Hatt, qui se remarie et mourra le 5 février 1802.

1798. Il se fiance, à Koenigsberg, avec sa cousine Minna. — Son grand-oncle de Glogau, Jean-Louis Doerffer, nommé conseiller intime à la Cour d'appel de Berlin, y emmène son neveu. Ernst-Theodor découvre la grande ville, tout en essayant de se plier aux exigences de la carrière administrative et de se porter candidat au grade d'assesseur auprès du tribunal, poste qu'il obtiendra en 1800, mais dans une autre ville.

1800. Il arrive à Posen, ville de garnison dont la population est polonaise et catholique. Hoffmann s'y sent indépendant pour la première fois.

1801. Rupture de ses fiançailles avec sa cousine Minna Doerffer.

1802. Il se marie, le *26 juillet*, avec une jeune Polonaise, Michaëlina Trzcinski, dont le nom a été germanisé en Rohrer. Elle est catholique. Elle restera, dans l'ombre, son épouse jusqu'à la fin de ses jours.

1803. Mort de la tante Sophie.

1804. En février, il revient quelque temps à Koenigsberg, où Kant vient de mourir. Il fait la connaissance de la fille de Cora Hatt, Amélie, et idéalise d'autant plus la figure de la défunte. À Varsovie, où il a été nommé et où il rejoint son poste, il retrouve Zacharias Werner, dont il va subir l'influence spirituelle, et se lie avec un jeune collègue, son cadet de quatre ans, Julius Eduard Hitzig, qui est en poste à Varsovie depuis plusieurs années mais fait partie d'un groupe littéraire berlinois, *Nordstern* (L'Etoile du Nord). Hitzig lui révèle la littérature nouvelle, en particulier Novalis et Tieck. Parallèlement il compose de la musique instrumentale et des opéras-comiques, *Le Renégat*, *Les Joyeux Musiciens*.

1805. Naissance de sa fille Cécile au mois de juillet. Il compose un nouvel opéra-comique, *Le Chanoine de Milan*.

1806. Les Français entrent dans Varsovie le *28 novembre* et y mettent fin à l'administration prussienne. Hoffmann se refuse à servir ces nouveaux maîtres.

1807. Au mois de *juin*, il quitte la Pologne, puis gagne Berlin, après avoir laissé à Posen, chez ses beaux-parents, son épouse et Cécile. Il apprendra bientôt la mort de la fillette. — À Berlin il est sans ressources et vit une aventure galante sans gloire, qui lui vaut la maladie vénérienne dont il finira par mourir. — Il compose six cantiques *a cappella*, dédiés à la Vierge Marie. — En *novembre*, il est nommé chef de musique au théâtre de Bamberg. En attendant de rejoindre son poste, il passe quelques mois chez un ami, à Glogau.

1808. Le *1er septembre* il prend ses fonctions de chef d'orchestre pour peu de temps, au théâtre de Bamberg. Il y fait venir son épouse et va passer cinq années dans cette ville, se consacrant à l'enseignement de la musique, à la critique et à la composition musicale. — Cette année-là, il écrit son premier conte connu, « Le Chevalier Gluck ». Sa collaboration avec le théâtre est irrégulière et sans gloire.

1809. Il donne des leçons de musique à la petite Julia Marc, âgée de 14 ans, dont il va s'éprendre.

1810. La situation s'améliore, deux de ses amis ayant repris le théâtre de Bamberg en main. Il devient alors le véritable animateur des spectacles qui y sont donnés. Il se fait sur place de nouveaux amis, dont le docteur Marcus et le docteur Speyer, et surtout Kunz, un marchand de vins qui va devenir son premier éditeur.

1812. Hoffmann substitue à son troisième prénom, Wilhelm, celui d'Amadeus, en hommage à Wolfgang Amadeus Mozart, le compositeur le plus cher à son cœur. — Il est plus amoureux que jamais de Julia Marc, « *Esaltazione, esaltazione grandissima !* ». Mais Mme Marc, veuve d'un consul, décide de la marier avec un jeune homme riche de Hambourg, Groepel. Hoffmann s'en vengera en écrivant le *Dialogue avec le chien Berganza*.

1813. Au début de l'année, il quitte Bamberg pour s'installer à Dresde comme directeur musical. Il y arrive le *25 avril*, avec son épouse. Il y assiste à l'entrée de Napoléon, le

8 mai, et son activité, ainsi que sa vie dans la ville, connaissent plusieurs interruptions. — Il écrit au cours de cette année plusieurs contes, dont « Ignace Denner », le plus ancien des futurs *Contes nocturnes*. Il travaille à son roman *Les Élixirs du Diable*, et à son opéra *Ondine*, d'après un conte de La Motte-Fouqué.

1814. Il est à Leipzig, sans travail. Son ami de jeunesse, Hippel, lui trouve à Berlin un emploi dans la magistrature, où il se contente volontairement d'un emploi subalterne, pour se conserver du temps et de la liberté d'esprit pour la création. Il rejoint la capitale pour y occuper ce poste au mois de *septembre*. — La guerre, qui lui permet d'entrevoir Napoléon, et son « effroyable regard de tyran », lui fait l'effet d'un monstrueux carnage.

1815. Kunz publie à Bamberg le premier recueil de contes de Hoffmann, *Fantasiestücke in Callots Manier, Fantaisies à la manière de Jacques Callot*, avec une préface de Jean Paul. — Il se passionne pour les sciences occultes, sous l'influence en particulier du docteur David Koreff. Il forme avec des amis le groupe des Frères du Saint Sérapion.

1816. Publication de *Die Elixiere des Teufels* (*Les Élixirs du Diable*). — *3 août* : première représentation de son opéra *Ondine*, avec dans le rôle principal Johanna Eunicke, dont il s'éprend. — Commencent de sérieux ennuis de santé, des accès de fièvre nerveuse dus à sa maladie, le *tabès*.

1817. Il fait la connaissance de son neveu Ferdinand, fils de son frère récemment décédé (voir « Le Cœur de pierre »). — **Publication des *Nachtstücke* (*Contes nocturnes*).**

1819. Publication des *Frères de Saint-Sérapion*. Il commence à travailler au *Chat Murr*, achevé en 1821.

1821. Premiers symptômes d'ataxie locomotrice. — Il commence un récit intitulé *Maître Floh*, qui paraîtra en avril 1822.

1822. Paralysie des mains et des membres inférieurs. Il dicte ses derniers contes à sa femme et à diverses secrétaires. E.T.A. Hoffmann meurt le *25 juin*, à l'âge de 46 ans. Il venait de commencer un roman intitulé *L'Ennemi*.

SUR LOÈVE-VEIMARS,
TRADUCTEUR DE HOFFMANN

François-Adolphe Loève-Veimars est né et mort à Paris (1801-1854). Il était d'origine allemande et israélite. Il suivit sa famille à Hambourg en 1814. Il revint ensuite à Paris vers 1822, se convertit au catholicisme et s'attacha à faire connaître en France la littérature allemande. Il collabora régulièrement à la *Revue des Deux-Mondes*, mais aussi au *Figaro*, à la *Revue encyclopédique*, à la *Revue de Paris* et au *Temps*.

S'il est surtout considéré comme le traducteur d'E.T.A. Hoffmann, dont Koreff, installé à Paris dès 1822, lui aurait fait connaître l'œuvre, on ne saurait oublier qu'il a été aussi l'un des traducteurs des *Reisebilder* de Heinrich Heine[1], installé lui aussi à Paris, et qu'avant sa traduction de Hoffmann il a traduit les *Œuvres complètes* (1826-1828) du romancier allemand Ch. Vandervelde (1779-1824).

Sainte-Beuve a fait allusion à ces autres traductions dans l'article qu'il a consacré à Loève-Veimars dans *Le National*, le 24 juin 1833, texte repris dans la première édition des *Portraits contemporains* (1846) et dans le tome II des *Premiers Lundis* (1863-1870). Il voyait en lui «un exemple à citer d'un littérateur des plus distingués et des plus au complet à une époque comme celle-ci», ayant «gardé quelque chose de très français

---

1. Voir Sainte-Beuve, «Henri Heine», article paru dans *Le National* le 8 août 1833 et repris dans les *Premiers Lundis*; *Œuvres* de Sainte-Beuve, éd. de Maxime Leroy, «Bibliothèque de la Pléiade», t. I, 1956, p. 553: «les morceaux humoristiques que nous a fait connaître M. Loève-Veimars annoncent une nature mobile, impressive, mordante, se piquant d'être légère, d'une ironie souvent factice, d'un enthousiasme parfois réel, quelque chose de M. de Stendhal, mais avec plus de pittoresque, et, malgré tout, du spiritualisme».

à travers son premier bagage d'outre-Rhin » et ayant « aiguisé sa finesse au milieu des génies allemands qui avaient ou n'avaient pas de fil ». Et, ajoutait-il, « le côté humoriste qui ressemble à du Sterne, le côté d'intérieur allemand et flamand rapporté du commerce d'Hoffmann, sont dirigés en M. Loève-Veimars par une pointe de cet esprit philosophique de Voltaire et de Chamfort, de Chamfort qui n'aurait pas fait de tragédies et qui aurait beaucoup lu Brantôme et les mémoires de la reine Marguerite[1] ». C'est la traduction de Loève-Veimars que Sainte-Beuve cite dans un autre de ses articles « Hoffmann, *Contes nocturnes* », article non signé, publié dans *Le Globe* le 7 décembre 1830 et repris également dans les *Premiers Lundis*[2].

Loève-Veimars se trouve associé très tôt à Hoffmann, puisque, comme l'a découvert Bernard Guyon et comme l'a rappelé Pierre-Georges Castex, « le nom d'Hoffmann semble avoir été livré pour la première fois au public [français] en 1828, dans la revue *Le Gymnase*, éditée par l'imprimerie Balzac ». Or cette revue comptait Loève-Veimars parmi ses collaborateurs[3]. Loué par Jean-Jacques Ampère dans *Le Globe* le 2 août 1828, mais attaqué par Walter Scott, dans un texte intitulé « Du merveilleux dans le roman », publié en traduction française dans la *Revue de Paris* au mois d'avril 1829, Hoffmann eut Loève-Veimars pour défenseur, dans cette même revue. Il y publia quelques traductions, une étude biographique sur « Les dernières années et la mort d'Hoffmann ».

Pour reprendre l'expression de Pierre-Georges Castex, « l'assaut final » devait être la traduction confiée à Loève-Veimars par l'éditeur parisien Eugène Renduel. Or curieusement la première série, quatre volumes de *Contes fantastiques*, publiés en 1830, sont précédés d'une notice historique « Sur Hoffmann et les compositions fantastiques[4] » par Walter Scott. Du moins

---

1. « Loève-Veimars, *Le Népenthès*, contes, nouvelles et critiques », dans le tome I des *Œuvres* de Sainte-Beuve, *op. cit.*, p. 518-525. Le titre de ce recueil publié en 1833 chez Ladvocat rappelait le *népenthès*, plante qui, dans *L'Odyssée*, permet d'oublier et de dissiper les ennuis.
2. *Œuvres* de Sainte-Beuve, *op. cit.*, t. I, p. 382-386. Nous reproduisons cet article en Annexes, p. 421-425.
3. B. Guyon, « Une revue romantique inconnue : *Le Gymnase* », *Revue de littérature comparée*, 1931, n°s 2 et 3 ; P.-G. Castex, *Le Conte fantastique en France de Nodier à Maupassant*, José Corti, 1951, p. 45.
4. Elle fait partie d'un texte plus long : voir en Annexes, p. 399-420.

Loève-Veimars, le traducteur, était-il autorisé à signer un
« Avertissement » où il déclare que, par son œuvre telle que va
la découvrir le lecteur français, Hoffmann va pouvoir
« répondre par lui-même à son rigoureux critique ».

Les tomes de *Contes fantastiques* se succédèrent, jusqu'au
numéro 12. Les articles aussi, où Walter Scott perdit du terrain
et où Loève-Veimars, soutenu par Saint-Marc Girardin, par
Philarète Chasles entre autres, marqua des points. Sainte-
Beuve intervint à son tour, pour saluer la série des *Contes nocturnes* (tomes XIII à XVI). Mais — prenons-y garde —, ces
quatre tomes nouveaux ne coïncident pas avec les *Nachtstücke*
de l'édition originale publiée par Hoffmann en 1817 : parmi les
dix contes publiés sous ce titre, quatre seulement appartiennent
au recueil composé par l'écrivain allemand (« La Maison
déserte », « Ignace Denner », « Le Vœu », « Le Cœur de pierre »).
« Le Majorat », « Le Sanctus » ont constitué à eux seuls le tome I
des *Contes fantastiques* ; « L'Église des Jésuites » a clos le
tome VI, dont Walter Scott avait dénoncé l'extravagance ;
« L'Homme au sable » a ouvert le tome VIII.

Aucun des *Nachtstücke* ne se trouvait donc plus disponible
pour la dernière livraison (tomes XVII à XIX), qui est d'ailleurs
la plus hétérogène et la plus floue. Le tome XX et dernier
(1833) est consacré à « La Vie de E. T. A. Hoffmann, d'après les
documents originaux, par le traducteur de ses œuvres », donc
par Loève-Veimars lui-même. La réimpression de 1832 se limi-
tera aux huit premiers volumes, donc à quatre des *Contes nocturnes* (« Le Majorat », « Le Sanctus », « L'Église des Jésuites »,
« L'Homme au sable »), cette appellation disparaissant d'ailleurs au profit de *Contes fantastiques*[1]. L'arrêt peut s'expliquer
par l'entreprise rivale d'un autre éditeur, J. Lefebvre, et d'un
autre traducteur, Théodore Toussenel, à partir de février 1830.

Au-delà de cette traduction, Loève-Veimars a poursuivi sa
carrière d'homme de lettres, en s'éloignant de la littérature
allemande au profit de l'actualité littéraire parisienne. Il devint
le responsable du feuilleton des théâtres dans le journal *Le
Temps*. Ce dandy, à qui Thiers donna le titre de baron[2], devait

1. Voir la Table des matières de la traduction Loève-Veimars dans le
volume GF cité, p. 26-30.
2. Sur ce point il faut corriger ce qu'écrit Marcel Schneider quand il
le présente comme « un jeune émigré allemand qui se fait appeler le
baron de Loève-Weimars [sic]. Baron de fantaisie [...] » (*Ernest Théodore*

enfin entrer dans la carrière diplomatique. Il ne publiera plus que deux livres après 1835, dont une *Lettre à un ministre de 1828, sur un ministre de 1836*. Il sera consul de France à Bagdad, puis consul général à Caracas.

On a pu conclure, à cause de cela, à une mort prématurée du traducteur[1]. Mais Loève-Veimars ne serait sans doute pas passé à la postérité sans cette traduction abondante et quelque peu désordonnée des œuvres de Hoffmann. Non seulement à cause des rééditions partielles des volumes de Renduel, en particulier l'édition Garnier de 1843 (les tomes I à VIII de l'édition Renduel, ou plutôt la seconde édition) et l'édition GF-Flammarion (sélection et présentation par José Lambert, trois volumes, 1979-1982). Mais aussi parce que, comme l'écrit précisément José Lambert, «les éditions des *Œuvres complètes*, reprises après 1840, mais jamais complètement révisées, resteront les bases de la connaissance d'Hoffmann. Ceux qui croient lire Marmier[2], Christian[3] ou La Bédollière[4] lisent en réalité des remaniements équivoques de Loève-Veimars. Quant à Champfleury[5], malgré ses louables intentions d'authenticité, il ne trouvera jamais l'audience sur laquelle il croit compter. Jusqu'en 1920, quelques nouvelles traductions d'œuvres isolées ou de recueils verront le jour; elles restent, elles aussi, dans le sillage de Loève-Veimars». José Lambert pense sans doute à celles d'Ancelot (*Contes fantastiques*, Vidat, 1853), d'Henri de Curzon (*Fantaisies, contes et nouvelles*, 1891), d'Edouard Lemoine (*Contes, récits et nouvelles*, 1906).

Le grand oublié (jusqu'à la réédition par Alain Montandon en 2011) serait alors Henri Egmont, qui en 1836 a lancé chez l'éditeur Camuzeaux quatre volumes de *Contes fantastiques* d'E.T.A. Hoffmann en dénonçant l'entreprise de Renduel et Loève-Veimars comme une trahison. Encore faudrait-il démon-

---

Amadeus Hoffmann. Biographie, Julliard, coll. «Les Vivants», 1979, p. 214).

1. Voir J. Lambert dans son introduction au tome I des *Contes fantastiques*, éd. GF citée, p. 25.

2. Hoffmann, *Contes fantastiques*, trad. nouvelle de X. Marmier, Charpentier, 1843.

3. *Contes nocturnes*, trad. nouvelle de P. Christian, Lavigne, 1843.

4. *Contes mystérieux*, quatre vol., *Contes nocturnes*, quatre vol., trad. d'Émile de la Bédollière, Barba, 1838.

5. Hoffmann, *Contes posthumes*, trad. de Champfleury, Michel Lévy, 1856.

trer qu'il ne lui est redevable de rien. Et on peut aujourd'hui oser dire que quelles que soient son ampleur et ses qualités, la «nouvelle» traduction dirigée au xxᵉ siècle par Albert Béguin doit beaucoup à celle d'Egmont, Philippe Forget allant même jusqu'à écrire que «la traduction publiée par Verso-Phébus est bien l'héritière directe de celle de Loève-Veimars[1]».

Sans doute, chronologiquement, Loève-Veimars n'est-il pas le tout premier à avoir traduit des textes d'E. T. A. Hoffmann. Sans doute les prétendues *Œuvres complètes* de l'édition Renduel ne sont-elles pas absolument complètes. Sans doute les traductions récentes, et surtout celle des *Nachtstücke* par Philippe Forget (1999-2002), sont-elles plus fidèles au texte original. Mais, qualitativement, Loève-Veimars n'est pas le dernier des traducteurs, et Sainte-Beuve a fait un éloge vibrant de la qualité de sa langue[2]. Surtout, historiquement, il a marqué les lecteurs, les autres traducteurs de Hoffmann, les écrivains qui ont pénétré grâce à lui dans les mystères du plus nocturne peut-être des écrivains.

---

1. *Tableaux nocturnes*, Présentation du tome I, p. 34.
2. *Œuvres*, *op. cit.*, t. I, p. 523.

L'HOMME AU SABLE

On raconte peut-être encore aux enfants sur le point de s'endormir l'histoire du marchand de sable qui passe, puis qui est passé, et cette figure a même inspiré à un compositeur français, Albert Roussel, une belle partition d'orchestre, son opus 13, datant de 1908.

Mais il n'est pas sûr, malgré l'analogie, que cette figure se superpose exactement à celle de « L'Homme au sable ». Le titre français choisi par Loève-Veimars et généralement repris par ses successeurs rend de manière à la fois plus rigoureuse et plus suggestive le titre allemand « *Der Sandmann* ». L'inconvénient du titre choisi par Philippe Forget[1], « Le Marchand de sable », est qu'il donne un aspect presque rassurant à ce *Sandmann* qui est représenté comme terrifiant, malgré les propos lénifiants de la mère de Nathanaël, dans le conte de Hoffmann.

Ceci n'est pas un conte

Isoler « *Der Sandmann* » de l'ensemble des *Nachtstücke*, comme on le fait souvent, ne va pas sans risques. Si le *stück* est un morceau, une pièce, ou même un fragment, il fait partie d'un ensemble composé et cohérent. Le problème de composition ne peut pas se poser dans les mêmes termes pour un conte

---

1. « Le Marchand de sable », dans son édition des *Tableaux nocturnes*, 1999, 2002, t. I, p. 69-117. On notera que Loève-Veimars, parlant du personnage, écrit « Sable » avec une capitale.

que pour un roman comme *Les Élixirs du Diable*, l'unique roman véritable de Hoffmann. S'agit-il vraiment d'un conte ? Oui, sans doute, en raison de sa relative brièveté. Mais ce n'est pas la seule raison.

Marthe Robert a rappelé opportunément que «*il était une fois*» constituait pour Hoffmann «le plus beau de tous les débuts». Elle ajoute : «c'est le seul début possible, celui-là même que le roman laisse toujours sous-entendu lorsqu'il croit mettre le plus d'art à le réinventer[1]». Beaucoup plus décisif est le fait — signalé par Marthe Robert elle-même — que la citation de Hoffmann qu'elle fait se trouve dans le texte de «*Der Sandmann*», à la jointure des lettres et du récit proprement dit, quand, s'adressant à son lecteur, le narrateur ressent le besoin impulsif de raconter l'histoire de Nathanaël et cherche un début. Il hésite entre trois formules — alors que déjà il a eu recours à une quatrième : un début à la manière des contes, «*Es war einmal*»/«Il était une fois». Le plus beau des débuts peut-être. Hoffmann l'écrit, mais il corrige aussitôt : il est trop sobre. Et, comme le signale Philippe Forget[2], quand Hoffmann usera d'un tel *incipit* dans *Meister Floch* (*Maître Puce*), ce sera ironiquement et pour le raturer aussitôt comme «vieilli», «ennuyeux», désormais impossible. Un début plus neutre, «*In der Kleinen Provinzialstadt S., lebte*»/«Dans la petite ville de S., vivait» : cadre mesquin, quasi-anonymat, vie réduite au simple fait d'exister. Ce qu'on pourrait appeler non pas le début d'un récit réaliste (à la date de 1815, ce serait un anachronisme), mais le début d'un récit en grisaille (comme on disait «peindre en grisaille», avec du noir et du blanc seulement). À partir d'une telle platitude, comment une progression ne serait-elle pas ménagée ? Mais le narrateur veut «apporter toujours plus de couleur». Un début qui placerait le lecteur «*in medias res*», en pleine action, comme le recommandait déjà Horace dans son *Art poétique*[3]. Un début donc qui devrait être classique mais qui par le ton est, sinon romantique, du moins frénétique[4] : «Qu'il aille au diable, s'écria-t-il, la fureur et l'effroi peints dans ses yeux égarés, l'étudiant Nathanaël, lorsque le

---

1. M. Robert, *Roman des origines et origines du roman*, Grasset, 1972 ; réédd. Gallimard, coll. «Tel», 1978, p. 82.
2. *Tableaux nocturnes*, éd. P. Forget, *op. cit.*, t. I, p. 259, n. 21.
3. *Épître aux Pisons*, vers 148 *sq.*
4. Littré définira ainsi la *frénésie* : «En médecine ancienne, état de

marchand de baromètres Giuseppe Coppola... » «Frénétique»,
ce mot dont on se servira en France pour caractériser l'art
d'un contemporain de Hoffmann comme Charles Nodier,
convient parfaitement pour ce troisième *incipit* possible, finalement rejeté, ou désormais inutile.

Dès le début, il est vrai, Hoffmann a mis en place une manière
de folie chez Nathanaël. «Tu me tiens certainement pour un
visionnaire absurde» («*Du mich gewiss für einen aberwitzigen
Geisterseher*»), écrit-il à son ami Lothaire. Mais, même dans
l'esprit de Nathanaël, qui sait qu'il peut paraître fou, il demeure
une distance, un refus, et cette ironie qui, on le sait, est
consubstantielle au Romantisme allemand. Dans l'œil hagard
de Nathanaël, le Narrateur lui-même dit avoir cru discerner
quelque chose de cocasse (*etwas Possierliches*) et, même si
l'histoire se termine tragiquement, il restera quelque chose de
grotesque à l'intérieur de la caricature de Coppelius, étonnam-
ment chargée — il est le personnage «répugnant» par excellence. *Widrig*: l'épithète reviendra avec insistance, jusqu'à sa
dernière apparition en individu glapissant (*mit gellenden Schrei*).

L'automate fera partie de cet attirail du grotesque. Et l'on
aurait presque envie de reprendre, pour désigner le genre
auquel appartient *Der Sandmann*, ce titre que Baudelaire
créera pour un recueil réunissant quelques-uns des récits
d'Edgar Poe: *Histoires grotesques et sérieuses*. Poe lui-même
avait, pour son plus grand recueil, choisi un autre titre, qui ne
recouvre pas exactement celui de Baudelaire: *Tales of the Grotesque and the Arabesque*. Or les deux termes retenus par Poe
viennent de Hoffmann et sont significatifs de son esthétique: le
Grotesk, ou l'art de la caricature; l'*Arabesque*, dessin sinueux
des caprices de l'imagination, de la *Phantasie*. Car les *Nachtstücke* sont encore des *Phantasiestücke*: l'imagination, cette
«reine des facultés», comme le dira Baudelaire, y est reine en
effet, mais c'est en outre l'imagination nocturne, celle qui se
déploie dans les rêves et dans les cauchemars. Or rien n'est
plus nocturne que «L'Homme au sable»: c'est beaucoup
moins un conte que l'histoire d'un conte, l'histoire des effets
pervers d'un conte sur Nathanaël depuis son enfance, depuis
le moment où la vieille femme, Thanelchen, qui s'occupait de
sa plus jeune sœur, lui a parlé de l'Homme au sable comme

---

délire, de fureur, qui survient dans quelques maladies de l'encéphale.
Par extension, fol emportement comparé à la frénésie du malade.»

d'un « méchant homme » (*ein böser Mann*), présentant déjà cet
aspect « abominable » (*grausam*) qui sera celui de Coppelius.
On serait tenté de donner à l'ensemble du récit ce sous-titre :
« De l'effet désastreux des contes de nourrice ».

*De l'épistolaire au narratif :
l'histoire d'une substitution*

Hoffmann a placé en tête de « L'Homme au sable » trois lettres,
de Nathanaël à Lothaire, de Clara à Nathanaël, de nouveau de
Nathanaël à Lothaire, puis il interrompt ce qui pourrait être le
début d'un roman par lettres pour adopter le principe du récit
littéraire — si l'on peut dire, du récit pur. Lui-même com-
mente ce parti qu'il a pris, en termes esthétiques qui renvoient
à la peinture, et plus spécialement à l'art du portrait. Mais
cette référence ne parvient pas à convaincre tout à fait et, une
fois encore, on a l'impression d'avoir affaire à quelque chose
qui est plus qu'un tableau, fût-il nocturne.

À elle seule, la première lettre de Nathanaël à Lothaire est
un premier récit, et fort long. Après avoir écarté des ombres,
dissipé des fausses apparences et évité des jugements erronés,
Nathanaël entreprend de raconter (*erzählen*). L'urgence de ce
récit, son importance tiennent au fait qu'il a besoin de mettre
au jour ce que Freud serait en droit de considérer à la fois
comme « souvenir d'enfance » et comme « roman familial ». Ce
qui est en cause, dans ce premier récit, c'est l'interprétation
que la vieille servante donnait de la figure de l'Homme au
sable, mais aussi la relation avec la mère, faussement rassu-
rante, et la relation avec le père, franchement inquiétante.

Les trois lettres initiales ont une histoire : l'histoire, fondamentale, d'une substitution — et le conte tout entier est l'histoire d'une substitution. En effet la première lettre, celle qui
était destinée à Lothaire, a été adressée par erreur à sa sœur,
Clara, la jeune fille aimée par Nathanaël. Clara elle-même note
cette erreur de destinataire de l'envoi quand elle écrit à Nathanaël — c'est la seconde lettre. Simple *lapsus calami*, dirait-on,
et pourtant Clara se trompe quand elle croit qu'elle est le seul
objet des pensées de Nathanaël. Substituée à Lothaire peut-
être, elle ne l'a été qu'involontairement — et Nathanaël regrette
profondément cette erreur dans sa troisième lettre. Loin d'être
l'Unique, Clara sera victime d'une substitution : Nathanaël lui

préférera l'automate, Olimpia, tout en la rejetant elle-même comme si elle était l'automate.

C'est donc ce motif de l'automate qui assure la véritable continuité du récit et le passage de l'épistolaire au narratif. De menace dans la première lettre de Nathanaël à Lothaire, l'être artificiel va devenir fascination dans la troisième lettre (la deuxième de Nathanaël à Lothaire) quand Nathanaël raconte comment il a aperçu, dans la maison du professeur de physique Spalanzani, une femme très élancée à la silhouette admirablement harmonieuse et magnifiquement vêtue, assise dans la pièce à une petite table sur laquelle elle avait posé les bras, les mains jointes.

Une femme ? Olimpia ne sera jamais qu'une apparence de femme, même pour Spalanzani, le Pygmalion de cette Galatée. Seul Nathanaël se laissera prendre à cette apparence parce que, par sa névrose profonde, il aura besoin de s'y laisser prendre.

Le récit proprement dit est l'histoire de cette substitution.

L'Intrus

«Quelque chose d'épouvantable a pénétré dans ma vie» (*Etwas Entsetzliches ist in mein Leben getreten*): cette confidence, qui intervient très tôt dans la première lettre de Nathanaël à Lothaire, souligne bien le fait qu'un incident est venu détourner le cours naturel, attendu, d'une existence d'homme. *Etwas*, quelque chose, il a suffi de cela pour la perturber : l'entrée dans sa chambre, le 30 octobre à midi, d'un marchand de baromètres pour lui proposer sa marchandise et le refus brutal qu'il lui a opposé. Cet incident pourrait n'être qu'anecdotique, contingent, mais Nathanaël est le premier à l'interpréter en termes de nécessité et de destin (*Geschicks*). La nuit du *Nachtstück*, ce sera essentiellement cela : cette ombre fatale qui, lors d'une circonstance apparemment anodine, viendra envelopper une existence et la cerner. Elle sera, par Nathanaël lui-même, reliée à ces nuits de son enfance où il entendait le pas lourd de l'Homme au sable, cet autre intrus, ou le même, et particulièrement de cette nuit de ses dix ans où il découvrit l'avocat de Coppelius associé aux étranges travaux de son père.

Alain-Fournier rendra sensible le lecteur du *Grand Meaulnes* (1913) au mystère d'un pas : «un pas inconnu», celui que le narrateur-témoin, François Seurel, entend dans la maison d'école, jusqu'alors sa maison, un pas «assuré» aussi qui «allait et venait, ébranlant le plafond, traversait les immenses greniers ténébreux du premier étage, et se perdait enfin vers les chambres d'adjoints abandonnées où l'on mettait sécher le tilleul et mûrir les pommes[1]». C'est le pas d'Augustin Meaulnes lui-même, ce garçon étrange de dix-sept ans que sa mère, «la visiteuse inconnue», va présenter au couple d'instituteurs, les parents de François, pour qu'il devienne à la fois leur élève et leur pensionnaire. Le grand Meaulnes est d'abord cet intrus, cet inconnu venu d'ailleurs, qui va entrer dans l'univers familier de la maison Seurel tout en y restant, comme par essence, «infamilier» : «Et le soir, au dîner, il y eut, à la table de famille, un compagnon silencieux, qui mangeait, la tête basse, sans se soucier de nos trois regards fixés sur lui.» Ce pas, c'est donc le pas du nouveau venu dans le grenier où il découvre ce qui reste des fusées d'un feu d'artifice du 14 Juillet. C'est plus tard celui que François Seurel entendra quand, désireux de repartir pour le pays mystérieux qu'il a découvert lors d'une fugue d'écolier, il sera là, «durant les longues heures du milieu de la nuit», arpentant fiévreusement, «en réfléchissant, les greniers abandonnés[2]».

Dans le souvenir d'enfance tel que le rapporte la première lettre de Nathanaël à Lothaire, la menace exercée par Coppelius sur l'enfant qu'il était consistait à le considérer comme un automate qu'on peut dévisser et reconstituer. Ses parents sont les créateurs de l'être naturel, et ils sont là pour le défendre contre Coppelius, l'usurpateur, qui ne veut le considérer que comme un être artificiel. Son père supplie Coppelius de préserver les yeux de son enfant — sa passion pour l'alchimie ne pourrait aller jusqu'à ce don de la chair de sa chair. Sa mère, dont le souffle doux et chaud passe sur son visage, le défend, le ranime, le ramène à cette vie qu'elle lui a donnée. Coppelius, contre-père (et contre-mère tout aussi bien), contre-Dieu (ce Dieu qu'il appelle «le vieux», *Der Alte*, comme Méphistophélès dans le premier *Faust* de Goethe), tente de réduire le corps à un mécanisme (*Mechanismus*) qu'il pourrait démonter, pour le détruire ou pour le reconstituer. Mais non! ce corps résiste, ce

---

1. Alain-Fournier, *Le Grand Meaulnes*, roman d'abord publié dans *La Nouvelle Revue Française* puis aux éditions Emile-Paul, 1913, p. 9.
2. *Ibid.*, p. 50-51.

corps était bien tel qu'il était. L'amateur de corps artificiel échoue devant la perfection, devant l'intégrité de ce corps naturel, de ce parfait corps d'enfant. Il n'en fera ni une bête ni un automate.

Il faut attendre la troisième lettre pour avoir le compte rendu par Nathanaël de la première apparition d'Olimpia à ses yeux miraculeusement conservés. Mais tout se passe comme si la vengeance de Coppelius, le châtiment exercé par lui sur les yeux de l'enfant, passait par cette prise de possession de son regard. Après avoir jeté son dévolu sur le père de Nathanaël, père d'une famille nombreuse, Coppelius s'est emparé du père d'une fille unique : Spalanzani, qui par sa science s'est fabriqué lui-même un enfant artificiel. D'une certaine manière Olimpia est donc le double de Nathanaël comme elle est l'objet de son regard, et bientôt de sa contemplation amoureuse.

Le récit prend le relais de la lettre, pour un second épisode qui va redoubler le premier, la menace brandie par Coppelius devant Nathanaël enfant. Nathanaël est devenu un jeune homme et Coppola s'est substitué à Coppelius. Il réclame de nouveau des yeux, sous couvert de vendre des lunettes et des longues-vues. Il vole et il pervertit à la fois le regard de Nathanaël, regard dont il veut être le maître en lui imposant la seule vue d'Olimpia. Et faute d'avoir dévissé, défait et peut-être refait le corps naturel de Nathanaël enfant, comme s'il avait été un corps artificiel, il détruit le mécanisme du corps artificiel d'Olimpia, construit par Spalanzani avec la complicité de cet être maléfique. Or détruire Olimpia, c'est réussir à détruire le substitut de ce que Coppelius n'est pas parvenu à détruire, le corps de l'enfant. Contrairement à Nathanaël jadis, Olimpia n'est protégée ni par sa mère (elle n'en a pas), ni par son père (un simple constructeur, un mécanicien en quelque sorte) qui la dispute à Coppola au lieu de la sauver, et qui contribue ainsi à sa ruine.

Olimpia et Clara : deux pôles du féminin

L'entrée dans la vie de Nathanaël de l'automate Olimpia, telle que la rapporte la troisième lettre, a quelque chose de fortuit qui va être interprété en termes de nécessité. Par quelle inspiration capricieuse Nathanaël est-il monté à l'appartement de Spalanzani, son professeur de physique ? Pourquoi a-t-il aperçu cette Olimpia, que Spalanzani tenait si soigneusement enfermée? C'est encore quelque chose d'étrange et de singulier, et c'est ce quelque chose (*dasjenige*) que va reprendre le récit du narrateur, assurant la relève des trois lettres. L'incendie de la maison de Nathanaël, accident plus qu'incident, l'oblige à s'installer dans un nouveau domicile, une chambre réquisitionnée par ses amis (mais lesquels?) dans une maison qui se trouve en face de celle du professeur Spalanzani. Ce voisinage, dû au hasard, et où il est difficile de ne pas retrouver une nécessité profonde, place Olimpia sous les yeux de Nathanaël.

Le jeune homme ne serait peut-être pas troublé par ce simple fait si un nouvel incident, aggravé d'une autre coïncidence, ne se produisait: le marchand de baromètres, Coppola, se présente à sa porte. Il mêle, dans son étrange langage, les baromètres et les yeux, les «zoulis zyeux» ou, pour respecter la transposition moins satisfaisante de Loève-Veimars, les «zolis youx» (*Sköne Oke*: l'allemand est aussi guttural ici que le français est zézayant), c'est-à-dire des lunettes et des lorgnettes. Effrayé par la prolifération des verres, Nathanaël finit par acheter au marchand une petite longue-vue qui se révèle d'une qualité exceptionnelle et qui lui permet de regarder Olimpia avec une attention toujours plus forte, jusqu'au moment où l'être artificiel est caché à ses yeux. Spalanzani, qui tient Olimpia recluse et qui vient de la dérober plus que jamais aux regards de Nathanaël, organise une grande fête avec concert et bal, où il convie la moitié de l'Université dont, par ce carton d'invitation à lui destiné, Nathanaël lui-même. Le récit souligne cette étrange inconséquence.

Pourquoi passe-t-on d'un si long temps d'opacité à un jour de transparence, ou plutôt à une nuit artificiellement éclairée, plus *Nachtstück* que jamais avec la lumière aveuglante des flambeaux qui, à dire vrai, empêchait d'abord Nathanaël de distinguer les traits d'Olimpia? D'où le recours aux yeux artificiels, à la longue-vue achetée à Coppola. On notera que l'illusion dont est alors victime Nathanaël, et dont l'assistance se moque autour de lui, dure jusqu'à ce que les deux derniers flambeaux finissent par se consumer: telle est la fin de ce morceau de nuit qu'a été la fête.

Un nouvel incident se produit, un nouveau caprice dans le déroulement des événements. Un jour où Nathanaël veut aller offrir à Olimpia une bague que lui a donnée sa mère, il surprend des éclats de voix dans la maison de Spalanzani. Ce dernier dispute à Coppelius la paternité de l'être artificiel : le premier se targue d'avoir construit le mécanisme, le second d'avoir donné à Olimpia ses yeux. La bien-aimée se trouve réduite à un mannequin que les deux compères de la veille devenus adversaires tirent à hue et à dia, jusqu'à ce que l'automate se trouve démantelé et brisé.

Nathanaël semble s'être remis de sa désillusion comme d'une convalescence. Une intention innocente — faire une promenade à la campagne, monter en haut du beffroi pour voir la ville — est à l'origine d'un nouvel incident où se trouvent associés la longue-vue et le dernier passage de Coppelius. Et cet incident se révèle fatal, non sans un nouveau détournement : alors que Nathanaël voulait précipiter Clara du sommet de la tour, c'est lui-même qui en tombe et s'écrase sur le sol.

Nathanaël n'était peut-être lié à Clara que par une affection d'enfant muée en affection d'adulte, prise pour de l'amour. Clara et Lothaire, en effet, étaient les enfants d'un parent éloigné, mort et les laissant orphelins, et ils avaient été recueillis par la mère de Nathanaël. Clara et Nathanaël sont frère et sœur d'enfance, sinon de lait. La jeune fille n'est d'ailleurs pas d'une beauté exceptionnelle, et elle a plus de robuste bon sens que d'imagination. Mais elle a la vie, la pureté d'âme, ce regard transparent qui fait qu'un peintre a pu comparer ses yeux à un lac peint par Ruysdaël. Clara *est* la Nature, contre Olimpia, qui est l'artifice.

Or une double substitution va se produire. Nathanaël va préférer Olimpia à Clara, voir en elle une femme plus femme que la jeune fille vivante qu'il croyait aimer et, au contraire, il va repousser Clara en la traitant d'automate sans vie. On pourrait penser que la destruction d'Olimpia va dessiller ses yeux et lui permettre de revenir à la situation première. Mais la sublime étoile d'amour ne s'est pas éteinte pour autant. Même quand il a découvert un mannequin à la place d'Olimpia, au moment où Coppola et Spalanzani se la disputaient, il a cru pouvoir arracher à ces enragés celle qu'il s'obstinait à considérer comme sa bien-aimée. Certes, il dit qu'il retrouve en Clara un ange, mais cette appellation même est suspecte, par l'idéalisation qu'elle implique.

Le dernier épisode est là pour détruire cette illusion et montrer que la confusion, qui est aussi confusion mentale, est irréversible. Regardant, à la suggestion de Clara, dans la longue-vue qu'il tient de Coppola, il croit reconnaître dans le «singulier bouquet d'arbres», ou le curieux petit buisson gris sur lequel elle attirait son attention, Clara elle-même — ou plutôt la poupée de bois, l'automate, l'être artificiel. À son retour dans sa démence, le déçu de l'amour veut détruire cet être artificiel, le précipiter du haut de la tour. Mais c'est lui qui en tombe, attiré par Coppelius-Coppola, et se détruit lui-même.

Par tout ce jeu de correspondances, sur lequel est très habilement construit ce *Nachtstück* de Hoffmann, Nathanaël, Olimpia, Clara, et enfin Nathanaël de nouveau se succèdent dans ce statut d'homme artificiel. Olimpia, qui n'est que cela, est cassée. Clara, qui est en réalité un être bien naturel, est sauvée. Nathanaël, sur qui pesait cette menace depuis l'enfance, en subit à retardement les effets.

Le fantastique en question

On aurait grand tort de penser que «L'Homme au sable» introduit le lecteur dans le fantastique pur, «ce qui n'existe que dans l'imagination», selon la définition simple de Littré. L'aventure racontée telle qu'elle est dans le conte nocturne bénéficie de divers éclairages, et le fantastique n'est que l'un d'eux.

Nathanaël craint d'être pris pour un fou qui voit des esprits, le *Geisterseher* dont Schiller avait fixé le type. Ou tout aussi bien pour celui qui voit des apparences corporelles (c'est l'autre définition du *fantastique* selon Littré : «qui n'a que l'apparence d'un être corporel»). Il arrive que cette crainte, il l'éprouve pour lui-même, même s'il tente d'y échapper. Il y a du donquichottisme en Nathanaël, si l'on entend par là le pouvoir de s'abuser soi-même qui tient, dans le cas du héros de Cervantès, à l'abus de la lecture des romans de chevalerie, et dans le cas du personnage de Hoffmann aux récits de l'enfance, aux effroyables histoires de lutins, de sorcières et autre petit poucet, et surtout à celle du Marchand de sable pouvant devenir l'effrayant Homme au sable, le *Sandmann*. Qu'il soit réellement atteint dans son esprit, le narrateur le confirme, quand le récit prend le relais du coup d'envoi épistolaire. Depuis l'entrée du marchand de baromètres Coppola dans sa vie, prolongeant et intensifiant les terreurs de l'enfance, Nathanaël s'est montré «transformé dans tout son être». Son histoire est, sinon celle d'une métamorphose, du moins celle d'un profond bouleversement intérieur.

Clara, au contraire, est celle qui voit clair. Elle est l'être naturel. Dès sa première lettre, Nathanaël écrit qu'il sait qu'elle est prête à rire de ses hallucinations. Sa lettre à Nathanaël met en valeur la représentante en elle du point de vue naturel. La jeune fille a donc un rôle réducteur qui finit par agacer Nathanaël, jusqu'à le décevoir. Et c'est pourquoi, paradoxalement, il la rejette à un certain moment comme si elle était un automate, comme s'il était mécanique d'interpréter ainsi tout au premier degré. Selon le narrateur, Clara est douée d'un bon sens non dénué de clairvoyance, ce qui ne l'empêche pas d'avoir aussi l'imagination vivace d'un enfant aussi enjoué qu'ingénu et une âme de femme, profonde et délicate. En cela, elle est l'inverse de l'être artificiel, l'inverse aussi de celui ou de celle qui ont recours à des artifices pour interpréter les faits. Clara résiste de toute la force de sa raison à «l'exaltation mystique» de Nathanaël, à ce qu'on peut continuer à appeler sa frénésie.

Pour Clara, les sinistres agissements de Coppelius avec le père de Nathanaël n'étaient rien d'autre que des expériences d'alchimie auxquelles ils se livraient tous deux en secret. C'est là, comme le fait observer Philippe Forget, «une supposition rationalisante», à laquelle on ne saurait réduire «*Der Sandmann*» comme l'a fait Friedrich A. Kittler[1]. Mais elle est bien dans le *Nachtstück* de Hoffmann comme un ingrédient venu de la littérature «gothique» des *Gothic Novels* répandus en Angleterre depuis le XVIIIᵉ siècle et dont la vogue fut immense. Dès la première lettre de Nathanaël, on comprend bien qu'il a surpris son père en train de se livrer avec Coppelius à des expériences d'alchimie. S'agitant dans leurs blouses noires autour d'un foyer, ils ont tout de l'alchimiste traditionnel. Non contents de vouloir fabriquer de l'or, ils veulent fabriquer de la vie, trafiquer avec des organes humains comme on trafique avec des métaux. À cet égard, Spalanzani, que Nathanaël lui-même compare avec un thaumaturge historique connu sous le nom de Cagliostro, redouble le père défunt, après l'accident qui lui

1. Dans «Phantom unseres Ichs und die *Literaturpsychologie*: E.T.A. Hoffmann – Freud – Lacan», dans *Urszenen. Literaturwissenschaft als Diskursanalyse*, sous la dir. de F.A. Kittler et H. Turk, Francfort, 1977, p. 140.

a coûté la vie dans son cabinet d'alchimiste. Olimpia elle-
même est le produit d'une telle alchimie.

Une autre considération peut réunir les deux points de vue.
Il y a du diabolique dans tout cela. Clara prend la chose au
sérieux et elle abonde dans le sens de Nathanaël quand il
explique que Coppelius est un principe funeste et hostile,
même si elle a encore tendance à faire de l'existence de ce
démon le fruit d'une imagination exaltée. Le rire du dément
que Nathanaël entend sortir de lui-même n'est-il pas le signe
de la présence d'un démon intérieur bien plus dangereux que
tous les Satans et que tous les Méphistophélès ? Ni Clara ni
Lothaire ne nient « le pouvoir des puissances obscures ». Ils
pensent seulement qu'on peut lutter contre ces puissances des
ténèbres. Nathanaël au contraire adopte une attitude passive.
Il s'est persuadé que l'homme n'est qu'un jouet soumis au jeu
cruel des puissances obscures. Comme tout homme, il n'est
lui-même qu'un homme artificiel manipulé par le destin, que
ce destin prenne l'aspect du Diable, de Coppelius ou de Coppola. Par là, Hoffmann rejoint la grande interrogation des
Grecs dans la tragédie.

La vérité spirituelle ou la « vraie vie »

La « vraie vie » (*das Wirkliche Leben* dans le texte allemand),
celle que Rimbaud déclarera « absente », c'est ce que veut saisir
le narrateur de l'histoire de Nathanaël, c'est ce que veut saisir
Hoffmann lui-même. Pour cela, il faut bien comprendre qu'il
ne fait que passer par l'artifice du fantastique. Olimpia, l'être
artificiel, est la contre-figure de la vraie femme, qui est Clara.
De même les histoires d'homme artificiel ne sont que de la
contre-littérature, dont il faut savoir à temps se dégager, au
risque de tomber dans l'abîme.

Hoffmann ne se soucie jamais de faire vrai, si l'on réduit
cette expression à l'imitation de la réalité quotidienne. Il adopterait plutôt le parti pris de l'irréalité, de l'incroyable, du non-
plausible — donc de l'artificiel contre le naturel. Marthe
Robert l'a fort bien dit :

> Il se peut que l'illusion soit le moyen romanesque le plus souvent
> choisi, mais on compterait bon nombre de romanciers, et non des
> moindres, qui non seulement ne tiennent pas à faire passer leurs

créatures pour vraies, mais affirment sans méprise possible le
caractère fictif de leurs fantasmagories : c'est le cas de Swift,
d'Hoffmann, de Kafka, pour ne citer que quelques grands noms,
qui fondent leur vérité sur la négation de l'expérience commune, au
bénéfice du fantastique et de l'utopie, sans cesser pour cela d'être
des romanciers, ni plus ni moins que Balzac, Dickens, Zola et tous
les autres «illusionnistes du réel[1].»

L'histoire d'Olimpia est celle d'une imposture et d'une désillusion. Même si l'être artificiel a trompé Nathanaël, ses imperfections n'ont pas échappé à son entourage, et en particulier à
Siegmund[2], qui a tenté en vain de le mettre en garde. À ce
camarade d'université Olimpia est apparue étrangement raide
et sans âme. Disons même : sans vie, sans *vraie vie*. Ni la
manière dont elle a joué du piano — pure *maestria* — ni la
manière dont elle a chanté lors du concert chez Spalanzani —
une *aria* virtuose dont Offenbach, dans son opéra *Les Contes
d'Hoffmann*, fera une serinette, «Les oiseaux dans la char-
mille» —, ni la manière dont elle a médiocrement dansé ne
pouvaient tromper. Tout cela, «du mécanique plaqué sur du
vivant», comme le dit Henri Bergson dans *Le Rire*[3], n'est que
grotesque — le «comique absolu» dont parle Baudelaire à
propos de Hoffmann[4].

Clara, au contraire, est la vraie vivante et représente la vraie
vie, avec ses imperfections et à cause d'elles. Le Narrateur en
témoigne : c'est à cette vraie vie que Nathanaël veut attenter
dans sa crise de démence finale, obéissant à son démon qui
prend une dernière fois les traits de Coppelius-Coppola.

Nathanaël n'écrit pas que des lettres, où il est déjà le narrateur de son histoire. Autrefois, il écrivait des «récits gracieux
et vivants» qu'il se plaisait à lire à Clara. Depuis le passage
du marchand de baromètres, il leur a substitué des «poésies
ténébreuses, incompréhensibles, informes». Au fond, il écrit
des *Nachtstücke* dans le pire sens que pourrait avoir ce mot.
Et Hoffmann, son narrateur du moins, se montre extrême-

1. M. Robert, *Roman des origines et origines du roman, op. cit.*, p. 24.
2. Sur l'importance de Siegmund et du point de vue qu'il représente,
voir la Présentation de Philippe Forget, *op. cit.*, p. 41-43.
3. *Le Rire. Essai sur la signification du comique*, 1899-1900 ; rééd.
PUF, 1961, p. 29.
4. «De l'essence du rire», dans Baudelaire, *Œuvres complètes*, éd.
C. Pichois, «Bibliothèque de la Pléiade», 1975-1976, t. II, p. 542.

ment critique à leur égard : cela ne sécrète que l'ennui, que la mort.

Pour rien au monde, Hoffmann n'irait s'enfermer dans une telle littérature. La mise en abyme permet dans «L'Homme au sable» d'écarter l'artifice et le démon d'une contre-littérature, qui serait le déni de la «vraie vie».

IGNACE DENNER

Le deuxième des *Contes nocturnes* est sans doute le plus ancien. Hoffmann en a entrepris la rédaction dès 1814, avec pour titre «*Der Revierjäger*» («Le Garde-chasse»), comme s'il privilégiait ce personnage en laissant dans l'ombre le diabolique Ignace Denner. Cette première version, écrite en une dizaine de jours, était prévue pour le quatrième volume des *Fantasiestücke* : elle n'y figure pas, quand le volume paraît en 1815, l'éditeur Kunz ayant sans doute écarté ce texte.

Hoffmann y tenait pourtant beaucoup, comme le prouve l'insertion de «*Ignaz Denner*» dans les *Nachtstücke* en 1816. Le sujet était encore d'actualité : le brigand Johannes Bückler, surnommé *Schinderhannes*, avait été exécuté en 1803 au terme d'un long procès et il était devenu le personnage principal d'un roman de I.F. Arnold, *Schinderhannes, Bückler genannt der berüchtigte Räuberhauptmann*, un siècle avant que Guillaume Apollinaire lui consacre un bref poème dans les «Rhénanes» d'*Alcools*[1] :

> Dans la forêt avec sa bande
> Schinderhannes s'est désarmé

---

1. «Schinderhannes», poème dédié à Marius-Ary Leblond dans *Alcools* en 1913. Il avait paru pour la première fois, et dans une version sensiblement différente, dans la revue *Le Festin d'Ésope*, n° 7, en juin 1904. Voir M. Décaudin, *Le dossier d'«Alcools»*, Droz-Minard, 1971, p. 185-186, et Apollinaire, *Œuvres poétiques*, Gallimard, «Bibliothèque de la Pléiade», 1965, p. 117-118, 1062-1063.

Le brigand près de sa brigande
Hennit d'amour au joli mai.

Mais l'attendrissement à l'allemande ne dure qu'un instant, et un bon petit repas étant vite expédié, il faut se relever, partir et aller assassiner. Le genre aussi était à la mode, et Jean-Marie Paul a rapproché non sans raison « Ignace Denner » de ce qu'on appelait alors dans les pays de langue allemande le *Schauerroman*, roman d'épouvante, en grande partie hérité de la littérature anglaise[1].

Ce récit serait-il donc « irréductible aux autres *Nachtstücke* », comme tend à l'affirmer Jean-Marie Paul ? Et cela justifierait-il les critiques parfois sévères dont il a été l'objet[2] ? Philippe Forget s'est voulu beaucoup plus nuancé à cet égard, refusant de réduire ce conte nocturne à un manichéisme trop raide sans pourtant mettre en doute la voix de la conscience qui parle en Andrès, le garde-chasse complice malgré lui et victime de Denner[3].

« Ignace Denner » constitue-t-il une exception dans les *Contes nocturnes*, ou même une « exception exemplaire » ? Philippe Forget, qui accorde de l'attention à cette expression, a choisi de mettre plutôt en valeur « l'appartenance du récit à l'ensemble », tout en faisant observer l'absence d'un personnage d'artiste ou même d'une problématique artistique[4]. Et Alain Montandon, jugeant « assez dérisoire » la discussion autour du fait de savoir s'il s'agit d'un conte nocturne ou non, fait observer que « tous les ingrédients sont rassemblés ici, à la fois les scènes nocturnes qui rythment le récit et la couleur très noire de l'ensemble ». Il ajoute que « si le thème général du *Nachtstück* est bien comme on l'a souvent affirmé l'absence de liberté de l'être humain et les menaces qu'il subit du fait de forces mystérieuses et pour lui incompréhensibles, nous sommes bien en plein conte nocturne[5] ».

1. L'article de Jean-Marie Paul a paru en 1992 dans le volume qu'il a dirigé sur *Hoffmann et le fantastique* (Publication de l'Université de Nancy II, p. 127-146).
2. Ce serait, selon Eckart Klessmann, « une des histoires les plus faibles de Hoffmann ».
3. Ce renversement était pratiqué par Franz Fühlmann dans son article de 1980 sur « Ignaz Denner », critiqué par Philippe Forget (*Tableaux nocturnes*, *op. cit.*, t. II, p. 25-27).
4. *Ibid.*, p. 28.
5. A. Montandon, *Les Yeux de la nuit*, CELIS, 2010, p. 224.

L'orpheline de Naples

Comme les tragiques grecs selon Aristote, Hoffmann use tour à tour de la pitié et de la terreur dans le prologue au deuxième des *Contes nocturnes*, avant l'entrée en scène de cet Ignace Denner dont le nom est déjà placé comme titre.

Tout commence dans cette Italie qui n'est pas pour l'écrivain allemand un pays de rêve, mais de périls et de souffrances. Les brigands y rôdent tout autant que dans la forêt de la région de Fulda d'où vient Andrès, le garde-chasse du comte Aloys de Vach (Fach, dans la traduction), escortant son maître à travers la péninsule traditionnellement considérée comme une terre de beauté. L'Allemagne du Nord, l'Italie du Sud présentent les mêmes dangers. Paul-Louis Courier, entre autres, un contemporain de Hoffmann, en avait fait l'expérience, et les bandits de Calabre sont restés légendaires.

Dans une auberge de Naples, Andrès, après avoir sauvé son maître des brigands, va venir au secours d'une malheureuse orpheline, Giorgina, que l'hôtelier employait aux tâches les plus viles. C'est déjà Cosette chez les Thénardier dans la gargote de Montfermeil, «l'Alouette» qui ne chantait jamais, cette pauvre enfant balayant la rue avant le jour avec un énorme balai et épouvantée à l'idée d'aller chercher de l'eau à la source la nuit[1].

L'analogie s'arrête là, et il n'est nullement question de faire de Hoffmann un modèle, à peine un devancier, pour le Victor Hugo des *Misérables*. Andrès ne se contente pas, comme Jean Valjean, d'arracher Giorgina à cette vie d'esclave, il l'épouse, il l'emmène vivre avec lui sur les terres du comte de Vach, il fait d'elle une jeune mère qui devrait être heureuse. Mais le risque de la misère rôde lui aussi au Nord comme au Sud, dans la forêt sauvage de Fulda comme dans les ruelles de Naples. Giorgina dépérit, son petit garçon manque de nourriture, Andrès impuissant malgré sa bonne volonté et l'aide d'un fidèle valet, découragé, malheureux à son tour, ne voit aucune lueur d'espoir, aucune consolation à attendre d'aucun être humain parmi les noirs sapins torturés par le vent. La voix est toujours

---

1. Hugo, *Les Misérables*, 1862, Première Partie, Livre IV, chapitre 2 ; Deuxième Partie, Livre III, chapitre 1.

d'une importance extrême dans le monde réel ou imaginaire de Hoffmann. Mais la seule voix est ici celle de l'ouragan qui, avec des sifflements aigus, gronde d'une voix désespérée et terrifiante parmi les arbres.

L'Étranger

Entré avec l'ouragan dans la vie d'Andrès et de sa famille, celui qui est appelé l'Étranger et qui ne déclinera que plus tard son identité, Ignace Denner, correspond à un autre type de voyageur que le voyageur enthousiaste auquel s'identifie plus ou moins Hoffmann. Celui-ci serait plutôt son contraire : grand, sec, le ton coupant, la parole autoritaire, enveloppé dans un manteau noir comme le Méphistophélès de *Faust* et armé comme un brigand.

Il se présente comme un marchand, ce qui introduit inévitablement un élément de crainte pour le lecteur des *Contes nocturnes* qui se souvient du marchand de baromètres dans « L'Homme au sable ». Il a l'air, dit-il lui-même, d'un pauvre mercier ambulant, mais il déclare qu'il est immensément riche, et ses richesses apparaissent comme inépuisables.

La clause de conscience

Très tôt l'accent est mis sur l'honnêteté profonde d'Andrès : il ne voudrait rien accepter qui le compromît. Il y a en lui ce qu'il appelle lui-même une « voix intérieure » qui le met en garde et qu'il considère comme une inspiration supérieure venant de son ange gardien. Aussi ne peut-il s'empêcher d'hésiter, devant les offres généreuses de l'étranger, entre la crainte du démon et l'accueil d'un saint venu du Ciel pour le sauver. L'élixir miraculeux qui permet de sauver Giorgina et son enfant, l'argent offert, les richesses déployées sont autant de motifs suspects dans ce qui s'offre à lui, et pourtant il ne peut refuser la vie rendue aux siens, ce dont il a besoin pour subsister ou même des bijoux séduisants pour Giorgina comme pour toute femme, la Marguerite de *Faust* par exemple.

Il peut y avoir un piège de l'honnêteté comme il y a, depuis l'origine de l'homme et de la femme, un piège de la tentation. Andrès, se refusant à compromettre sa personne et sa vie pour des jouissances viles et périssables, mais conscient de ce qu'il a accepté de l'étranger, prononce une parole d'honnête homme que l'autre saisit comme prometteuse d'autre chose : l'offre, en signe de gratitude, de sa vie et de son sang. Il est vrai qu'il prend soin d'ajouter : avec la permission du Ciel.

La vraie parentèle d'Ignace Denner

Les sourires de l'Étranger ne laissent pas d'être inquiétants, que ce soit quand Andrès s'abrite derrière sa piété et son exigence morale, quand il attribue plus de valeur au collier de corail rouge que Giorgina portait à Naples qu'aux trésors étalés sous leurs yeux, ou quand Giorgina elle-même assure le voyageur qu'elle priera pour lui en son absence.

Des dangers en effet semblent l'attendre, et dans l'immédiat il a besoin d'être accompagné par Andrès dans la forêt qui serait infestée de brigands. Ils se réduisent pour l'instant à un grand gaillard noir qui surgit d'un taillis et sur lequel, curieusement, Ignace Denner lui interdit de faire feu.

Est-ce le signe d'un pouvoir magique sur les malfaiteurs ? La première hypothèse d'Andrès sera vite dépassée par une autre, qui deviendra par la suite une conviction : la complicité du marchand et des voleurs. Comment dès lors ne pas le soupçonner d'être un voleur lui-même ? C'est là bien plus la parentèle de l'Étranger que les parents qu'il a laissés dans le Valais et auxquels il n'est nullement attaché.

Cette révélation se fait au cours d'épisodes successifs, comme si chaque arrivée nouvelle d'Ignace Denner correspondait à une aggravation de la crainte qu'il inspire : les voix multiples, son apparition en homme armé, le signal par lequel il fait surgir dans la forêt des hommes de l'ombre, des créatures de la nuit, formant autour de lui un cercle de formes noires et fantomatiques. Andrès est obligé de reconnaître en eux des brigands et en Denner leur chef. Les entreprises nouvelles sont à l'image de cette confrérie sinistre : piller l'habitation d'un riche fermier, combattre les chasseurs du comte de Vach, c'est-à-dire celui qui est le patron et le premier protecteur d'Andrès.

L'épreuve de la compromission

Andrès, véritablement pris au piège, ne peut refuser de suivre Denner dans ces entreprises, même s'il évite d'y participer. Ne l'a-t-il pas assuré de sa reconnaissance après la guérison de sa femme et de son fils? Et d'ailleurs Denner ne menace-t-il pas de brûler la maison qui les abrite s'il lui désobéit?

Malgré sa prudence et sa vertu intacte, Andrès fait l'épreuve de la compromission. Denner lui-même lui fait observer qu'il est depuis le début devenu son complice. Resté pour observer, il est pourtant tenu de l'aider quand il est blessé et de le conduire pour retrouver sa bande. Quand Denner met fin à la collaboration qu'il lui a imposée, le poids de cette compromission pèse encore sur Andrès. Suspect aux hommes, ne risque-t-il pas d'être suspect à Dieu lui-même pour avoir été pris au piège d'un pacte qui s'est révélé diabolique?

L'infanticide

Le plus inquiétant de tout, et assez tôt dans ce conte qui est fort long, a été la proposition concernant l'enfant d'Andrès et de Giorgina. Non seulement Denner leur a demandé de lui donner son prénom, mais il leur a offert de se charger de son éducation, de le lui confier pour qu'il l'emmène à Strasbourg, bref, de le lui donner. Ils ont refusé, il n'a pas insisté.

Peu de temps après la naissance d'un deuxième enfant, et alors que le contrat liant Andrès et Denner a pris fin, l'odieux personnage reparaît et demande une nouvelle fois l'hospitalité. Cette fois Andrès le traite rudement, menace de le dénoncer aux autorités de justice. Denner s'efface dans la nuit.

C'est alors qu'Andrès est envoyé à Francfort par le comte de Vach. L'aubergiste de Naples est mort, laissant un héritage à Giorgina, l'orpheline qu'il avait prise en charge, et le couple peut disposer de cet argent. Cette absence, pour brève qu'elle soit, a de sinistres conséquences. À son retour, Andrès trouve sa maison ravagée, Giorgina bouleversée, le plus jeune enfant tué, la poitrine déchirée et ouverte.

L'horreur est portée à son comble ; le conte nocturne tourne au récit d'épouvante, à la littérature de terreur. Hoffmann y sacrifie avec une complaisance qui a pu paraître suspecte.

L'assassinat de l'enfant au berceau est dans le droit fil de la
peur que suscitait Coppelius en Nathanaël dans « L'Homme au
sable ». Ce dernier voulait les yeux de l'enfant, Denner en veut
le cœur. Les pratiques alchimiques du premier des *Contes
nocturnes* trouvent ici leur correspondant dans le bric-à-brac
retrouvé autour du cadavre de l'enfant : un réchaud d'une
forme singulière, des fioles diverses et une bassine pleine de sang
coagulé. Une vapeur nauséabonde s'échappe de la chambre.

On pourrait reprendre le vers célèbre d'*Athalie* : « C'était
pendant l'horreur d'une profonde nuit[1] ». Et c'est en effet dans
l'obscurité de la nuit que Giorgina est revenue à elle et a
découvert l'infanticide. La nuit est bien ici « le temps des assas-
sins[2] ».

Denner aurait-il voulu sacrifier l'aîné, Georg, celui pour
lequel il prétendait s'être pris d'affection et qui, terrorisé, semble
avoir échappé au danger ? L'enfant va d'ailleurs se trouver
menacé d'une autre façon quand son père est accusé de complicité avec les brigands dans leurs entreprises contre le comte
de Vach et que le commissaire du tribunal l'arrache des bras
de sa mère. Un vieux forestier prend heureusement soin de
l'abriter. Car la charité n'est pas absente de l'abîme d'épou-
vantes dans lequel le conte de Hoffmann plonge le lecteur.

Le diabolique

Denner reparaît, plus railleur, plus diabolique que jamais. Il
ne fait que rire avec perfidie quand Andrès, accusé à cause de
lui, tente de se défendre. Emprisonné, soumis à la question,
avouant sous la torture des fautes qu'il n'a pas commises,
Andrès va être condamné à mort. Denner lui apparaît en Satan
et va jusqu'à lui proposer de boire une liqueur composée avec
le sang de son enfant pour être délivré de ses souffrances — un
véritable élixir de longue mort.

Denner lui propose aussi des moyens de s'évader. Mais n'est-
il pas condamné lui-même à être pendu ? La justice a découvert
que sa bande avait des affiliés, ou plutôt des suppôts, jusqu'à la
frontière d'Italie — une zone décidément dangereuse.

Le jour prévu pour la double exécution arrive, une exécution

1. Racine, *Athalie*, acte II, sc. 5, v. 490.
2. Rimbaud, « Matinée d'ivresse », dans les *Illuminations*.

en public pour laquelle une foule immense est rassemblée. Andrès prie tandis que Denner a toute l'arrogance d'un scélérat endurci. Un témoin tardif dégageant Andrès de l'une des accusations les plus graves, sa pendaison est différée. Il en va de même pour Denner, qui est furieux et accuse Satan de l'avoir trompé.

Par la suite, Andrès sera innocenté tandis que Denner passera aux aveux les plus ébouriffants. Il s'accusera d'avoir, depuis sa plus tendre jeunesse, eu un commerce avec Satan.

Le docteur aux miracles

Une recherche supplémentaire révèle qu'Ignace Denner n'est nullement né dans le Valais, mais à Naples. Et cela vaut au lecteur une nouvelle histoire, à la fois supplémentaire et nécessaire pour éclairer l'horrible conte nocturne.

Il faut donc remonter jusqu'à un certain vieux docteur napolitain, Trabacchio. Il y a du Barbe-bleue en lui : il a eu plusieurs femmes successives, mortes mystérieusement dans l'éclat de leur jeunesse et de leur beauté. De l'une d'elles, la dernière, il a eu un fils paré de tous les dons. Connu sous le nom de docteur aux miracles, ce docteur Trabacchio use d'un élixir aux effets puissants. Son pouvoir et le mystère qui entoure sa vie lui ont valu la réputation d'être un alchimiste et d'avoir fait un pacte avec le diable en personne. Sa complicité avec certain coq rouge accréditait une telle accusation, en particulier auprès du tribunal ecclésiastique. Des empoisonnements suspects conduisirent le tribunal à faire arrêter le docteur Trabacchio. Une enquête révéla que chacune de ses femmes lui avait donné un enfant, chaque fois sacrifié à Satan quand il avait atteint l'âge de neuf semaines ou de neuf mois. Or neuf semaines, c'était l'âge du second enfant d'Andrès et de Giorgina quand il fut tué, neuf mois celui de l'aîné quand Ignace Denner le demanda à ses parents. L'analogie est frappante aussi entre les infanticides de Naples et l'infanticide de Fulda : dans tous les cas on ouvre la poitrine de l'enfant pour en retirer le cœur.

Trabacchio avait été arrêté, condamné à être brûlé vif. De sa maison incendiée on vit sortir son fils, qui avait disparu et était alors âgé de douze ans. Portant une petite cassette sous le bras, il y conservait les secrets de son père. On aura deviné que ce fils du docteur aux miracles n'est autre que celui qui s'est fait appeler par la suite Ignace Denner. Créature du diable, comme lui, il lui est soumis et il est protégé par lui. Échappant l'un et l'autre aux flammes, le père et le fils ont trouvé refuge, à une certaine distance de Naples, parmi des brigands dont les bandes étaient répandues tant en Italie qu'en Allemagne méridionale. Élu Roi des Brigands, le fils dut s'enfuir en Suisse, où il prit le nom d'Ignace Denner et le déguisement d'un marchand ambulant. Son père vivrait encore.

Retour à Trabacchio

Andrès comprend mieux ce qui lui est arrivé quand on lui raconte tout cela. Mais rien n'est achevé : ni l'histoire de Trabacchio, ni celle de Giorgina (qui serait sa fille), ni celle du petit Georg (qui, plus menacé que jamais, sera sauvé), ni celle d'Andrès. Dans l'épilogue, particulièrement complexe, d'un conte sans doute trop long, repassent toutes les figures du cauchemar, et Andrès n'échappera aux terreurs de ses nuits que le jour où il jettera dans un ravin la cassette de Trabacchio, transmise par Ignace Denner son fils.

Ce geste est décisif, et Alain Montandon y insiste à juste titre à la fin de son commentaire. Dès sa première visite, « Ignace Denner a laissé un coffret pour corrompre par l'éclat des bijoux la femme d'Andrès. Il transporte aussi ses remèdes secrets dans un coffret. Andrès s'efforce en vain de se débarrasser de l'encombrant coffret [...]. Après la mort de Trabacchio, Andrès entend le coffret lui murmurer qu'il est le maître et qu'il a le pouvoir. Mais il résiste à la tentation et jette le coffret dans l'abîme : il peut ainsi désormais vivre tranquillement sans crainte qu'une puissance hostile ne cherche à lui nuire[1]. »

---

1. A. Montandon, *Les Yeux de la nuit, op. cit.*, p. 232-233.

L'ÉGLISE DES JÉSUITES

Le titre complet est «L'Église des Jésuites de G...», G...
pouvant être Glogau où se situe un épisode important de la vie
de Hoffmann, après sa rupture avec Dora Hatt et le flamboie-
ment amoureux pour Julia Marc. Il devait s'y sentir très seul,
comme il le confiait dans les lettres adressées à son ami Hippel.
À Hippel précisément il parle dans une de ses lettres de l'église
des Jésuites de Glogau: «Je rentre à l'instant de l'église des
Jésuites — on est en train de la repeindre, et j'ai eu l'idée
excentrique d'y aider — ce qui, du point de vue de ma carrière juridique, sera probablement mal vu[1].» Le peintre qu'il
aidait ainsi se nommait Aloys Molinari. Il s'était formé à Rome,
avait donc fait le traditionnel voyage en Italie et y avait même
séjourné longuement.
    Rien ne permet de supposer que la vie de ce peintre ait été
aussi tourmentée que celle de Berthold dans le conte nocturne.
Son prénom est transféré pour devenir celui du professeur que
vient consulter le narrateur de ce conte et qui appartient à une
autre catégorie d'hommes et d'esprits, dénué du sens des choses
supérieures. Le «voyageur enthousiaste», éclairé sur le passé
du peintre, va être bien plus apte à le comprendre. Il va même
jouer un rôle dans sa destinée. Il était donc le seul à pouvoir
raconter son histoire jusqu'au bout, allant au delà du récit
qu'avait rédigé un étudiant ami du peintre et que le professeur

    1. Post-scriptum de la lettre du 20 juillet 1796, citée par P. Forget
(*op. cit.*, t. I, p. 266). Les lettres de Hoffmann à Théodor Hippel ont été
traduites par A. Hella et O. Bournac, Stock, 1929.

lui avait remis tout en faisant allusion — ironie oblige — à ce
qu'en aurait fait l'auteur des *Fantasiestücke in Callots Manier*,
c'est-à-dire Hoffmann lui-même.

Le voyage interrompu

Au début de ce récit, et comme en prologue, Hoffmann se
plaît à renverser la situation du voyageur enthousiaste. Le
voici retenu pendant trois jours dans l'auberge du marché de
la ville de G... à la suite d'un incident mécanique qui a interdit
à sa voiture d'avancer.

Il n'est point d'opéra ici où l'on jouerait *Don Giovanni*
comme pour le voyageur enthousiaste dans les *Fantasiestücke*.
Et s'il suggère une comparaison entre la conversation des
habitants d'une petite ville comme G... et celle des musiciens
d'un orchestre bien homogène mais replié sur lui-même, c'est
pour mieux dire qu'il est perçu comme une dissonance, comme
un étranger et qu'il se sent lui-même en situation d'étranger.

Un souvenir un peu réconfortant pourtant lui revient. Un de
ses amis lui a parlé d'un homme instruit et spirituel qui habite
G... : le professeur Aloysius Walter (l'auteur de *Gaspard de la
Nuit* sera sensible à ce prénom au point de l'adopter). Il appartient au collège des Jésuites, le risque étant alors pour l'étranger de passage de se trouver confronté à quelque chose qui à
lui-même paraît étranger : le style italien, imité de l'antique,
qui caractérise les églises des Jésuites et auquel nous donnons,
surtout depuis les travaux de Heinrich Wöllflin, le nom de
« baroque[1] ». La surcharge d'ornements propres à séduire a
quelque chose de choquant pour celui qui associe le christianisme à une exigence spirituelle rigoureuse, et qui est donc
méfiant à l'égard de tout ce qui est sensuel et terrestre. Ne
va-t-il pas se sentir plus étranger que jamais en pénétrant dans
cette église des Jésuites, à commencer par la colonnade d'ordre
corinthien constituant la nef ?

---

1. Les deux ouvrages fondamentaux de Wöllflin sont *Renaissance
und Barock* (1888) et *Kunstgeschichtliche Grundbegriffe* (1915). Sur cette
question, voir le petit livre déjà ancien de V.-L. Tapié, *Le Baroque*, PUF,
coll. « Que sais-je ? », 1961, dont le dernier chapitre est consacré au
Baroque dans les pays danubiens.

Un artiste blessé

Berthold peint de nuit dans l'église des Jésuites. Et c'est là que le voyageur enthousiaste s'introduit, apercevant cette silhouette dans l'ombre. Le dialogue va s'établir entre eux et, en l'absence de son assistant, le visiteur inattendu va être requis pour l'aider.

Le travail est ce qu'il est convenu d'appeler de la peinture d'architecture, et cela peut paraître modeste pour un artiste dont le voyageur enthousiaste a deviné l'envergure. Il le verrait plutôt en peintre d'histoire ou en peintre de paysages, décorer des colonnes en marbre sur des murs d'église lui paraissant relever d'une peinture d'ordre secondaire. Berthold au contraire défend cette dernière, refuse d'établir une hiérarchie entre les différentes branches de l'art et met même en garde son interlocuteur contre ce qui fut l'erreur de Prométhée quand il déroba le feu du ciel pour être créateur au sens le plus plein du terme.

Il y a quelque chose d'affecté dans une telle méfiance à l'égard du surnaturel, dans une telle volonté de s'en tenir au calcul humain, à la technique. Le voyageur enthousiaste perçoit de l'amertume dans les propos de Berthold visant à justifier les bornes imposées à toute entreprise humaine. Il devine que de telles paroles sortent d'une âme mortellement blessée. Il reste à connaître l'origine de cette blessure. La question posée au peintre à ce sujet reste sans réponse.

Le tableau inachevé

Le voyageur s'ouvre de ses interrogations au sujet du peintre devant le professeur Aloysius Walter qui, après avoir parlé de lui d'une manière plutôt méprisante, consent à l'éclairer sur son histoire et sur son cas. Il va procéder par étapes, comme Hoffmann lui-même dans ce conte nocturne qui va d'éclaircissement en éclaircissement tout en maintenant des zones d'ombre.

La première étape va être une nouvelle visite à l'église, de jour, donc en l'absence du peintre. L'attention du voyageur avait déjà été attirée par un tableau voilé. Le professeur le lui fait découvrir. C'est une peinture religieuse dans le style de Raphaël et véritablement inspirée, mais malheureusement ina-

chevée. Le tableau représente Marie et Élisabeth assises dans
un jardin, Jésus et Jean jouant avec des fleurs. À l'arrière-plan
on voit un homme en prière, ou plutôt on le devine, car il n'est
qu'ébauché. Pourtant on reconnaît les traits de Berthold sur ce
visage tel qu'il est simplement dessiné.

Le professeur explique qu'il s'agit du dernier ouvrage de
Berthold en fait de haute peinture. Il a été acquis pour l'église
des Jésuites, contre le gré du peintre qui a exigé qu'on le laissât
voilé pendant qu'il serait occupé aux travaux qui lui ont été
confiés. Le malaise qu'il éprouve à cause de la présence de ce
tableau peut aller jusqu'à des crises d'hystérie. On comprend
que l'œuvre est liée à son infortune.

Le précieux manuscrit

Le professeur Aloysius Walter pourrait raconter l'histoire du
peintre, qu'il connaît. Mais il se débarrasse aussi d'un manuscrit qui lui a été remis : le récit rédigé par un jeune étudiant à
qui Berthold devenu son ami s'était confié. La deuxième étape
sera donc la lecture de ce récit, où certaines paroles du peintre
sont rapportées à la première personne.

Tout commence, de manière directe, avec une décision
importante : conseillés par un vieux peintre, Stephan Birkner,
les parents de Berthold ont consenti à ce qui est un sacrifice
pour eux, mais un sacrifice nécessaire : offrir à leur fils ce
voyage en Italie qui, surtout depuis le XVIIIᵉ siècle, est considéré comme indispensable à la formation d'un artiste. « L'Italie !
Tu vas voir l'Italie ! » lui disent ses camarades d'atelier avec
enthousiasme et envie. Mais on sait que dans les *Contes nocturnes* de Hoffmann l'Italie peut prendre des couleurs sombres
et peser lourdement sur un destin d'homme. L'histoire d'Andrès en a déjà donné la preuve dans « Ignace Denner ».

Hésitant entre la peinture de paysage, vers laquelle son tempérament le pousse, et la peinture d'histoire, qu'on lui conseille,
Berthold en est venu à douter en Italie de sa vocation d'artiste.
Certains de ces doutes demeurèrent quand il eut choisi de se
consacrer au paysage, son genre préféré, et à travailler avec un
maître du genre, le peintre allemand Philippe Hackert, installé
à Naples. Ces doutes furent avivés lors d'une exposition quand
un singulier personnage, apparaissant à Berthold comme un
étranger, lui lança : « Jeune homme ! tu aurais pu devenir un

grand peintre!» Cet étranger, connu dans le milieu comme un grondeur et surnommé «le Maltais», est presque aussi inquiétant que le sera «le Malais» dans les *Confessions d'un mangeur d'opium anglais* de Thomas de Quincey. Ses railleries, qui continuèrent et prirent un ton de plus en plus grave, découragèrent le jeune peintre.

Une aide lui vint d'un autre jeune peintre, Florentin, avec qui il s'est lié d'amitié et qui est son véritable initiateur à la peinture religieuse. C'est lui qui le convainc qu'il faut l'alliance de la peinture de paysage et du tableau d'histoire. Sa *Sainte Catherine* lui apparaît comme un modèle qu'il veut imiter et égaler, en rêvant de la figure idéale qui serait nécessaire à une inspiration sublime. Or cette femme céleste lui apparaît un jour qu'il erre dans la grotte d'un parc, dans la région de Naples. À sa mélancolie succède un enthousiasme gai, à ses incertitudes un travail acharné pour de grands retables où il peint la femme de son rêve. On s'accorde à trouver une ressemblance entre cette figure et la princesse Angiola T... C'est en effet l'inconnue qu'il avait aperçue dans la grotte.

Mais avec l'entrée des Français, Naples va connaître une époque troublée. Hoffmann n'éprouve visiblement aucune sympathie pour les entreprises de Napoléon Bonaparte en Italie, et en tout cas pas pour celle-là. Un jour Berthold sauve la princesse Angiola, en l'arrachant à une maison en flammes. Il l'épouse, parvient à gagner avec elle l'Allemagne du Sud, où il a l'intention de s'établir et de vivre de son art. Angiola devait être le modèle du tableau qu'il destinait à l'église de Sainte-Marie.

Ce tableau est précisément celui qui est resté inachevé et qui est conservé, mais voilé, dans l'église des Jésuites. En effet, Berthold sent ses forces l'abandonner et tombe dès lors dans la plus sombre mélancolie. Il prend en haine Angiolina et l'enfant qu'elle lui donna. Un jour il disparaît avec eux sans laisser aucune trace. On le voit reparaître un peu plus tard, mais seul, en Haute-Silésie. Il tente d'achever son tableau, en vain.

Le dernier dialogue

Il faudrait aller au bout de l'explication, et pour cela un dernier dialogue s'engage entre le voyageur et le peintre de

l'église des Jésuites. Berthold a-t-il tué sa femme et son enfant ?
Il le nie avec force, malgré les soupçons qui ont porté sur lui.

La voiture est réparée. Le voyageur repart. Six mois plus
tard lui parvient une lettre du professeur : Berthold, dans un
élan inespéré, a terminé son retable, puis il a disparu et s'est
sans doute suicidé, comme Ophélie, en se jetant dans une
rivière.

Ce conte illustre un mouvement de retour au « gothique » et le culte de la voix humaine, chacun étant lié à la nuit. Le récit baigne dans une atmosphère nocturne qu'on ne saurait réduire à la nuit extérieure. Les occurrences du mot « nuit » sont d'ailleurs plutôt rares dans le texte.

Pour un romantique, pénétrer dans une église — et particulièrement dans une église gothique — ou remonter aux temps gothiques (le Moyen Âge en général) c'était entrer dans la nuit pour y trouver une certaine lumière. « Le Sanctus » mérite d'être commenté par comparaison avec certaines pages de Chateaubriand dans *Génie du christianisme*, exemplaires à cet égard. Chateaubriand écrivait (III, I, 8) : « On ne pouvait entrer dans une église gothique sans éprouver une sorte de frémissement et un sentiment vague de la divinité. On se trouvait tout à coup reporté à ces temps où des cénobites, après avoir médité dans le bois de leurs monastères, se venaient prosterner à l'autel, et chanter les louanges du Seigneur, dans le calme et le silence de la *nuit*. » Célébrer Dieu dans l'église, c'est donc retrouver cette nuit primitive, et une sorte d'ivresse bienheureuse à laquelle, pour Chateaubriand, contribue toute chose, y compris cet encens qui, dans le conte de Hoffmann, monte en volutes bleues dans la haute voûte de l'église.

On a voulu trouver un modèle à cette église : ce serait, si l'on en croit l'édition de Luzia Prösdorf, la Hedwigskirche de Berlin. Peu importe. C'est en tout cas une église catholique et le *Sanctus* doit éclater, lumineux, comme ce « premier jour de

Pâques » au sortir de la Semaine sainte. L'arrêt lancé à la voix de Bettina la rendra au mystère.

Dans le second récit, le chant des femmes maures, qui éclate dans la nuit, semble venu de quelque Vénusberg et incite Aguilar à détruire cet antre du péché. Pourtant le chant de Zulema était plus que cela. C'est un chant de deuil, un chant de mort, où l'on retrouve, comme le veut Roland Barthes, le « grain de la voix », c'est-à-dire « le corps dans la voix qui chante[1] », le chant du corps qui va mourir.

Le chant interrompu

De « L'Église des Jésuites » au « Sanctus » la transition est aisée. On passe de l'église où peint Berthold à celle où a chanté Bettina. Le peintre a sombré dans la folie, la cantatrice a perdu la voix, non pas pour avoir pris froid en quittant l'église, mais par une mort soudaine du chant en elle. Elle a pu chanter la partie de soprano solo, après le *Kyrie*, dans le *Gloria* et le *Credo* de la messe, mais elle n'ira pas jusqu'au *Sanctus*, au *Benedictus* et à l'*Agnus Dei*.

Cette interruption fait l'objet d'une discussion sur laquelle s'ouvre le quatrième des *Contes nocturnes*. Le Maître de chapelle, qui est aussi compositeur, ne veut pas y croire et pense qu'on lui rendra la voix en lui administrant une forte dose d'opium. Le docteur est catégorique : la médecine et la pharmacie sont impuissantes, dans le cas de Bettina, parce que sa gorge n'est pas atteinte et il n'a pu constater aucune des affections habituelles. Il considère que c'est une forme négative de maladie, ou encore que cette maladie est plus psychique que physique.

Alors intervient « le voyageur enthousiaste », qui a pris soin jusque-là de rester silencieux. Il abonde dans le sens du docteur. Il a lui aussi acquis la certitude que le malaise de Bettina est le contrecoup physique d'une émotion. Et d'ailleurs, comme le faisait observer le docteur, la cantatrice privée de chant compare elle-même son état à celui qu'on pourrait connaître dans un rêve d'impuissance, par exemple quand on croit avoir le pouvoir de voler et qu'on tente en vain de s'élever dans les

---

1. R. Barthes, *L'Obvie et l'obtus*, Éd. du Seuil, 1982, p. 243.

airs. Le voyageur enthousiaste reprend l'image du vol, avec l'histoire du petit papillon qui s'était pris entre les cordes d'un clavecin mais dont les ailes furent meurtries par ce clavecin mal tempéré, tant et si bien qu'il finit par tomber dans l'ouverture de la caisse de résonance de l'instrument. La comparaison s'amplifie, elle prend même des dimensions cosmiques.

Si la nature est, non pas un temple austère, mais plutôt cette fois une église baroque où la musique déploie tous ses ornements, non seulement Bettina mais l'être humain en général est pris dans ce clavecin aux mille cordes, dans ce concert aux mille voix, et il suffit qu'une corde soit maladroitement touchée pour que s'ouvre une blessure.

La musique ferait-elle peur soudain à Hoffmann, par ailleurs compositeur de musique et même de musique religieuse ? Les réserves exprimées à propos de l'architecture et de la peinture baroques dans le conte précédent sont-elles ici complétées par une mise en garde en ce qui concerne la musique baroque, ou plus largement contre un excès de musique dans la vie de tous les jours ?

Une faute malheureuse

Bettina, en professionnelle de la voix, a chanté en trop de circonstances, soit qu'elle fût incapable de ne pas répondre aux sollicitations soit qu'elle eût le souci de sa gloire. Ne l'a-t-on pas entendue chanter des musiques profanes, peut-être même vulgaires, à l'occasion de thés mondains ? Pire, n'a-t-elle pas quitté l'église au cours de l'exécution de la grande *Messe en ré mineur* de Joseph Haydn, juste au moment où l'on venait de commencer le *Sanctus* ? Elle avait promis son concours ailleurs pour une cantate, pour des duos, pour des chœurs et même pour l'opéra (le finale de l'acte I des *Noces de Figaro*).

Le voyageur enthousiaste a été témoin de tout cela et en particulier du dernier incident, le plus grave, puisqu'il s'agissait d'un abandon, comme si Bettina n'avait pas eu conscience qu'elle ne prêtait pas seulement son talent à un concert mais qu'elle participait à une cérémonie religieuse. Il le lui a reproché comme une faute grave, pire, comme un péché («*es sündlich ist*»). Ce mot a d'autant plus résonné en elle qu'il était accompagné d'une menace, celle de ne plus chanter de sitôt dans une église.

Avec le recul, le voyageur enthousiaste se rend compte qu'il y a une faute de sa part. Il a lancé à la légère une plaisanterie sans se rendre compte qu'elle pouvait être prise au sérieux. La preuve en est que la cantatrice a perdu la voix et qu'il serait impuissant à la lui rendre. Il a joué sans le vouloir les apprentis sorciers qui usent d'un charme magique en étant incapables de le rompre.

En marge d'un vieux livre

Continuant sur sa lancée, le voyageur enthousiaste va raconter une autre histoire pour éclairer celle de Bettina. Il l'a lue il y a longtemps dans un vieux livre espagnol, le *Gonzalve de Cordoue*. Cela agace le docteur qui s'en va. Le Maître de chapelle se montre plus curieux de ce qui, après tout, ferait peut-être un beau sujet d'opéra. Hoffmann, en tout cas, usant du truchement du voyageur enthousiaste, introduit un conte dans le conte, un conte qui commence dans l'éclat du jour et va pourtant rejoindre le conte nocturne et, si l'on peut dire, l'éclairer.

L'histoire de Zulema constitue une étonnante digression narrative, un récit second presque aussi important que le premier. Ce n'est pas exactement une digression à la manière de Sterne ou de Diderot, mais Hoffmann a ménagé un effet de miroir. Récit 1 : comment Bettina a perdu la voix en quittant l'église pendant le *Sanctus*. Récit 2 : comment Zulema avait jadis perdu la voix en quittant elle aussi l'office pendant le *Sanctus*. Ce récit second n'est pas un récit emprunté, comme tendrait à le faire croire Hoffmann. On ne le trouverait ni dans le *Romancero* espagnol, ni dans le *Gil Blas* de Lesage auquel il est fait allusion, ni même dans le *Gonzalve de Cordoue ou Grenade reconquise* de Florian explicitement mentionné.

Le conte nocturne de Hoffmann est fait de l'addition de ces deux récits. Et c'est peut-être en cela qu'il est le plus nocturne : le récit 2 a une influence mystérieuse sur le récit 1 qu'il conduit vers son dénouement, mais vers un dénouement autre. Zulema meurt, Bettina survit, mais l'une et l'autre ont miraculeusement retrouvé la voix : l'une, Zulema, dans les flammes ; l'autre, Bettina, en entendant l'histoire de Zulema. L'émotion suscitée par le récit a eu la valeur thérapeutique que Mesmer prête au magnétisme, d'autant plus que la sensibilité particulière de la cantatrice a été superposée à l'histoire d'une autre cantatrice.

Le miracle de Zulema

L'histoire de Zulema nous ramène aux temps gothiques, au moment du siège de Grenade en 1491-1492. C'est l'époque du règne de Ferdinand V (Ferdinand d'Aragon) et d'Isabelle 1re (Isabelle la Catholique). Isabelle, née en 1451, morte en 1504, a épousé Ferdinand en 1469. La réunion des deux royaumes s'est faite en 1479. Isabelle a été l'âme de la conquête de Grenade, où les Maures étaient installés depuis le viie siècle et qui restait leur dernier bastion. Après une guerre de huit ans (1481-1489), les Espagnols investirent la ville au printemps de 1491. Les Maures, dirigés par le faible roi Boabdil, firent des sorties furieuses et entourèrent Grenade d'une nouvelle ligne de défense. De leur côté les Espagnols transformèrent leur camp en une place de guerre formidable qu'ils appelèrent Santé Fé. Boabdil capitula le 2 janvier 1492.

On sait comment les Romantiques (Victor Hugo par exemple) ont aimé reprendre des sujets de ce genre. L'Espagne n'est pas ici une terre de soleil, mais une Espagne nocturne : toutes les occurrences de la nuit dans le texte apparaissent à ce moment-là.

Le combat entre les Maures et les Espagnols n'était pas seulement militaire. Il était inséparable d'un conflit religieux, ce qui conduisit le roi Ferdinand d'Aragon à faire dresser au milieu du camp un haut bâtiment de bois surmonté d'une croix, abritant une église et un couvent. Il tournait même à la rivalité musicale puisqu'au chœur des nonnes s'opposaient les chants voluptueux des fêtes nocturnes païennes, telles d'ensorcelantes voix de sirènes. Hoffmann introduit ici une touche mythologique pour distinguer la musique païenne de la musique chrétienne.

Le vaillant capitaine Aguilar, désireux de détruire cet antre de péché, conquit la terrasse, captura les femmes et s'empara d'un riche butin. Parmi les prisonnières il en était une dont la voix admirable, accompagnée de la cithare, exprimait la douleur avec de merveilleux accents. Il devina qu'elle n'était autre que Zulema, connue comme étant l'astre du chant à Grenade. Il lui aurait volontiers rendu sa liberté si un religieux ayant participé à l'expédition militaire ne lui avait suggéré de tenter l'expérience : en la gardant, peut-être serait-elle illuminée par la grâce du Seigneur et entrerait-elle dans le sein de l'Église.

L'expérience dura un mois. Les premiers jours, Zulema continuait de chanter des romances d'amour désespéré et une musique toujours d'inspiration païenne. Mais un miracle se produisit un soir à minuit, l'heure nocturne par excellence, qui sembla devoir être l'heure de l'illumination. Alors que le chœur de la chapelle chantait les Heures, le capitaine Aguilar aperçut debout contre la porte ouverte Zulema silencieuse, grave et recueillie. Puis elle se mit à genoux dans l'allée, tout près de la statue de la Vierge Marie.

Peu à peu, dans les jours qui suivirent, elle quitta le silence pour s'essayer au chant religieux qu'elle avait écouté si attentivement, prononçant comme elle le pouvait une langue qu'elle ignorait. Elle put bientôt se joindre au chœur et sa voix merveilleuse, remarquée par la reine Isabelle tant elle dominait les autres, semblait devoir être désormais au service de la religion catholique.

Les retours de Hichem

Zulema fut baptisée et devint Julia. On pouvait croire le miracle accompli quand peu à peu au chant religieux se mêlèrent des notes étrangères, des sons de cithare et même des paroles arabes intruses dans l'hymne en latin.

Un incident vint troubler davantage encore la paix des esprits dans le camp des Espagnols : la présence, un jour, à la porte de l'église, d'un mendiant, un Maure prisonnier considéré comme fou, qui se mit à proférer des menaces en pinçant les cordes de la cithare au point de les casser. L'office commença une fois la reine entrée dans l'église. Au moment où la voix puissante de Julia devait intervenir dans le *Sanctus*, un son aigu de cithare se fit entendre et, à ce signal, Julia voulut quitter le chœur, pour d'autres raisons que celles qui devaient plus tard presser Bettina d'aller chanter autre chose et ailleurs. Elle voulait rejoindre celui qu'elle appelait le Maître, dont l'appel était pour elle irrésistible.

Le voyageur enthousiaste développe l'analogie dans la suite de ce second récit. Si Bettina avait pris au sérieux une menace qui pour lui n'était que frivole, celle de la sœur Emanuela, autrement grave, frappe Julia comme la foudre : le Seigneur brisera en elle le pouvoir du chant.

La suite de l'histoire est toute différente. Les Maures envahirent le camp des Espagnols et le détruisirent. Sur cet emplacement la reine Isabelle décida qu'on construirait une ville nouvelle qui s'appellerait Santa Fé. Mais les Maures ne cessèrent de harceler les Espagnols pendant la construction de la ville jusqu'au jour où surgit de la forêt un inconnu qui engagea un combat singulier contre le capitaine Aguilar. Au moment où il allait être transpercé par l'Espagnol vainqueur, il prononça le nom de Zulema et arrêta le bras de celui qui n'avait pas oublié. Le Maure, Hichem, n'était autre que le mendiant à la cithare, le bien-aimé de Zulema. Il lui révèle qu'elle a perdu la joie de vivre et la musique à la fois. Le combat reprend. Il oppose cette fois deux hommes rivaux en amour, obéissant à des dieux différents. Mais, comme s'il cédait au pouvoir supérieur du dieu des chrétiens ou à la souffrance, Hichem préfére s'enfuir.

Plus tard de nouveau il resurgit alors que les Espagnols définitivement vainqueurs font leur entrée dans Grenade au son du *Te Deum*. Cette fois Aguilar tue Hichem, qui est revenu attaquer les Chrétiens avec la rage du désespoir. Le capitaine fait incendier la maison de pierre où les Maures se sont réfugiés. Alors que montent les flammes s'élève de la maison embrasée la voix de Zulema-Julia chantant le *Sanctus*. Elle sort en habit de bénédictine, à la tête du cortège des Maures croisant les mains sur la poitrine, elle s'avance vers la cathédrale, entonne le *Benedictus* quand elle y entre, mais rend l'âme dans les bras de la reine Isabelle au moment de l'*Agnus Dei*, aux derniers accents du *Dona nobis pacem*.

Ite missa est

Ainsi semble s'achever ce second conte en forme de messe. Celle de Haydn ne restera sans doute pas interrompue à jamais. Comme régénérée par l'histoire de Zulema, Bettina va retrouver elle aussi la voix et se prépare à chanter un autre grand chef-d'œuvre de la musique religieuse, le *Stabat Mater* de Pergolèse. Pour une fois, c'est l'Italie qui dans ce conte de Hoffmann rend la lumière et a le dernier mot.

LA MAISON DÉSERTE

Ce récit est précédé d'un prologue d'une longueur exceptionnelle dans les *Contes nocturnes* et annonciateur de la manière
qui sera celle de Hoffmann dans le premier conte des *Frères de
Saint-Sérapion (Der Einsiedler Serapion)*. Hoffmann use fréquemment du dialogue entre amis, de la distinction établie
entre l'Étrange et le Prodigieux, et de la présence du voyageur
enthousiaste qui va être le narrateur délégué en quelque sorte
par l'auteur et portant d'ailleurs le deuxième de ses prénoms,
Theodor. C'est d'après des notes de voyage sur lesquelles il jette
un coup d'œil qu'il rapporte les événements constituant le
conte proprement dit. Pourtant entre ce Théodore et le Nathanaël de « L'Homme au sable » existent des analogies, ces deux
prénoms étant, comme l'a fait observer Philippe Forget, « prati-
quement interchangeables, [...] puisque s'intertraduisant en
grec et en hébreu[1] ». Bien plus, l'analyse comparée de ces deux
contes nocturnes a souvent incité les commentateurs à souli-
gner des points communs entre eux. Au statut d'exception que
certains confèrent à « Ignace Denner » s'opposerait cette parenté,
Max Milner faisant même de « La Maison déserte » une sorte de
« doublet » de « L'Homme au sable[2] ».

Une telle observation n'est pas nécessairement dépréciative.

---

1. *Tableaux nocturnes*, éd. P. Forget, *op. cit.*, t. I, « Présentation »,
p. 42.
2. M. Milner, « Fantastique et roman familial dans "La Maison
déserte" », dans le volume collectif dirigé par J.-M. Paul, *E.T.A. Hoffmann et le fantastique, op. cit.*, p. 205-217.

Elle permet de mieux faire apparaître l'unité des *Contes nocturnes*. Pourtant, il faut surtout lire ce cinquième conte tel qu'en lui-même et mettre en valeur, plutôt que la catégorie esthétique du doublet, assez vague, le thème du double, essentiel dans le Romantisme allemand et, d'une manière plus générale, dans ce qu'il est convenu d'appeler « la littérature fantastique ».

Le piège de la banalité

Loève-Veimars s'est bien gardé de supprimer le dialogue initial, même s'il a cru devoir l'alléger. À elle seule, la comparaison avec les chauves-souris, ces somnambules, empruntée au savant Spallanzani, met en valeur ce « sixième sens » qui permet de saisir le merveilleux dans la vie ordinaire. Ce n'est d'ailleurs pas encore Théodore qui parle, mais un autre des interlocuteurs, Franz, interrompant Lélio, et préparant aussi l'histoire qu'il appartiendra à Théodore de raconter.

Ce sixième sens, il est celui du voyant, ou du moins des individus exceptionnels qui ont un don de seconde vue, « l'esprit de vision » dont il est question dans la version de Loève-Veimars. Pour ses compagnons, Théodore en serait possédé, et serait sensible jusque dans la manière dont il regarde le bleu du ciel, la manière dont il perçoit la singularité de chaque être et de chaque chose, qu'on lui donne le nom d'étrange, de merveilleux, ou de fantastique conçu, selon la définition de Pierre-Georges Castex qui trouve ici son point de départ chez Hoffmann, comme « l'introduction du mystère dans la vie réelle »[1].

La vision de midi

Le mystère est présent dans la maison déserte, et va être le sujet du récit, dès son titre : une maison apparemment inhabitée, dans un quartier pourtant animé d'une ville qui ne peut être que Berlin. Théodore a été frappé par le mystère de cette maison, comme l'a été le comte P. (Pückler-Muskau), quand il l'a reconnu près de lui et a engagé avec lui la conversation à ce

1. P.-G. Castex, *Le Conte fantastique en France de Nodier à Maupassant*, José Corti, 1951 (6ᵉ réimpression en 1982).

sujet et entendu raconter par lui une histoire, un conte déjà, dont lui, et donc Hoffmann, préfèrent faire l'économie. En revanche il multiplie les épithètes, parmi lesquelles le lecteur devra faire un choix s'il est épris de précision. Mais comment l'être dans un domaine où le flou est roi ?

Ce flou n'est pas nécessairement nocturne, puisque c'est à l'heure de midi que Théodore déambule sur une avenue proche de la porte de Brandebourg que l'on reconnaît aisément comme l'avenue *Unter den Linden* (sous les tilleuls). Curieusement, Théodore a besoin de sa lunette d'opéra, comme s'il était au spectacle le soir, pour voir cette vision diurne. Je serais tenté de dire qu'il existe du nocturne dans le jour même, et en plein jour, « sur le coup de midi[1] ».

L'éblouissement

L'information donnée par le comte P. étant prosaïque, Théodore, même s'il est en garde contre l'excès de son imagination visionnaire, peut difficilement s'en satisfaire. L'apparition de midi lui apporte ce qui lui permet d'échapper à la banalité et de parer la maison déserte d'un ornement précieux : « une main de femme d'une blancheur éclatante et d'une forme gracieuse », d'autant plus belle qu'elle porte des bijoux, d'autant plus mystérieuse qu'elle disparaît après avoir posé sur le rebord de la fenêtre un flacon de cristal.

Tout recours à la banalité n'est pourtant pas absent de cette vision de midi. Et Théodore en vient même à soupçonner « le démon du prosaïsme » de lui suggérer que la créature merveilleuse qu'il vient de voir à la fenêtre n'est que la femme du confiseur voisin dans sa toilette du dimanche. Mais la conversation qu'il engage avec le confiseur ne lui apporte qu'un démenti : la maison déserte ne lui appartient pas, en dépit des efforts qu'il a déployés pour l'acquérir.

L'éblouissement de midi l'emporte et contre le démon du prosaïsme et contre ce qui ne serait qu'une histoire, banale

---

1. C'est l'expression utilisée par Philippe Forget dans sa traduction si rigoureuse (t. II, p. 81). Loève-Veimars se contentait de l'expression plus vague « vers l'heure de midi ». Madeleine Laval indiquait « à midi » dans sa traduction reprise dans le volume des éditions Phébus préfacé par Albert Béguin (p. 177).

aussi, de revenants. Pris entre le confiseur voisin et l'intendant au visage de momie accompagné d'un chien noir, le narrateur reste illuminé par l'apparition féminine mystérieuse de midi, même si on lui dit déjà « Bonne nuit ».

La captive

La main n'est pas le seul signe mystérieux. Sans l'avoir entendue, Théodore lui associe la voix de femme dont le confiseur voisin lui a parlé, et ce chant singulier, sur des paroles françaises, mais chargé d'ornements italiens. À partir de là, il imagine une jeune captive, esclave d'un démon ou victime d'un sorcier. Chevaleresque, il s'apprêterait à la délivrer si ne fusait un rire moqueur. Pourtant l'éclat de la bague va reparaître, le visage de la jeune fille aussi, avec cette fois une expression douloureuse.

Voir, dès lors, c'est reconnaître la créature merveilleuse entrevue à la fenêtre de la maison déserte : la prisonnière de son propre mystère, en quelque sorte.

L'effet de miroir

Un brocanteur italien qui passe va jouer un rôle analogue à celui du marchand Coppola dans « L'Homme au sable ». Ce colporteur cherche à vendre à l'observateur non pas des baromètres, mais des crayons et des cure-dents, et il finit par lui vendre un miroir.

Contrairement à Nathanaël, Théodore possédait une lorgnette d'opéra avant la rencontre du colporteur italien, et c'est avec elle qu'il a observé la main de l'inconnue à la fenêtre de la maison déserte. Mais ce marchand lui vend un autre instrument, qui va se substituer au précédent et en tenir lieu : le miroir. Théodore l'utilise non pour se regarder, mais pour regarder l'autre — donc comme un instrument d'optique.

Pourtant, comme dans « L'Homme au sable », le regard dévie : au lieu de voir un bouquet d'arbres, un petit buisson gris (ou, comme l'a cru Freud à tort, Coppelius), Nathanaël voit Clara au bout de la lorgnette, alors que Clara est à côté de lui. De même, dans le petit miroir, Théodore voit deux yeux ardents et terribles — ou lui-même, son double.

Le double

La peur du double — le *Doppelgänger* du Romantisme allemand qui a inspiré à Franz Schubert un lied saisissant —
remonte chez Théodore à un vieux conte de nourrice au moyen
duquel sa bonne lui faisait bien vite gagner son lit quand il lui
prenait par hasard envie de se contempler dans le grand miroir
de la chambre de son père : elle racontait qu'un affreux visage
d'étranger apparaissait aux enfants qui la nuit se regardaient
dans le miroir et qu'il rendait leurs yeux à jamais immobiles.
   Comme dans « L'Homme au sable », le conte de nourrice est
un conte nocturne, et il contient une menace sur les yeux et sur
la vue. À cela s'ajoute, dans « La Maison déserte », cette peur du
double qu'illustre aussi le roman de Hoffmann *Les Élixirs du
diable*, histoire d'un moine poursuivi par son double qui se
révèle finalement être son sosie parce qu'il est son demi-frère,
le comte Victorin.
   Au moment où il cherche à voir dans le miroir la jeune fille
à la fenêtre de la maison déserte, Théodore découvre avec
terreur son propre visage, peut-être par un effet de l'interdit
ancien qui était lié au père. Il n'est pas menacé de mutilation,
de perte des yeux, comme Nathanaël, mais de fixation du regard,
et de fixation du regard sur lui-même : moins de ténèbres que
d'aveuglement par une sorte de surexposition.

L'explication par le magnétisme

L'entretien sur le magnétisme, qui vient à la suite de la
consultation par Théodore d'un médecin pour aliénés, appa-
raîtrait comme un hors-d'œuvre si l'on ne savait l'intérêt que
portait Hoffmann à Mesmer et au mesmérisme. L'enchaînement est d'ailleurs naturel dans le texte puisque l'aimant était
devenu, grâce à ces recherches médicales, un principe de cure.
Il n'y a donc rien d'étonnant si, au cours de l'entretien collectif, c'est un jeune médecin, partisan du magnétisme, qui
prétend pouvoir agir de loin sur les somnambules, et par la
seule force de sa volonté puissamment tendue — un aimant
intérieur, une force spirituelle en quelque sorte. Puis un autre
médecin prend la parole, rapportée cette fois au style direct,

pour parler des intermittences du rêve, du retour de certaines
visions, telle l'apparition de la jeune femme à la fenêtre de la
maison déserte.

De telles influences ne sont pas nécessairement démoniaques,
ainsi que le donnait à penser un conte comme « Ignace Denner »,
mais l'influence d'un principe spirituel étranger peut avoir une
origine et des conséquences bien différentes.

Le récit dans le récit

C'est alors qu'un homme plus âgé intervenant dans la discussion, et persuadé que de telles forces sont à l'origine des
enchantements amoureux dont il était déjà question dans les
vieilles chroniques, va prendre un exemple et raconter une histoire dans l'histoire, selon un mode de composition que Hoffmann affectionne.

Cette histoire se passe encore à Naples au temps de l'occu-
pation de la ville par les troupes de Bonaparte. Le traitement
magnétique fut appliqué à un colonel de la prétendue Grande
Armée qui était sujet à de terribles accès de mélancolie, plus
noirs encore que ceux dont traitait Burton au XVIIᵉ siècle[1].
Dans les moments de crise lui apparaissait le visage d'une
femme qu'il avait connue à Pise.

L'analogie avec l'histoire de Théodore est si frappante que,
dans les deux cas, le malaise éprouvé par le visionnaire se
communique à celui qui entreprend de l'aider ou de le soigner.
Mais dans le cas de l'officier français de Naples le visionnaire
tombe en catalepsie ; la dernière crise est même mortelle. Par
un effet de sympathie plus étrange encore, la femme aimée de
Pise (qui porte le prénom très hoffmannesque d'Antonia) est
tombée morte au même moment, non pas à minuit, mais à
midi, car l'heure méridienne est tout aussi propice au dénouement d'une histoire tragique que, dans un conte nocturne, le
milieu de la nuit.

---

1. R. Burton, *Anatomy of Melancholy*, 1621 ; trad. B. Hoepffner,
préface de J. Starobinski, *Anatomie de la Mélancolie*, José Corti, 2000,
3 vol. ; trad. choix et éd. G. Venet, *Anatomie de la Mélancolie*, « Folio
classique », 2005.

Le récit-clef

À écouter raconter cette histoire, Théodore lui-même participe d'un tel malaise, et c'est ce qui le pousse à revenir vers la
maison déserte. Il y entre même, cette fois, et se trouve dans un
salon brillamment éclairé, comme si la vieille demeure apparemment abandonnée était maintenant pleinement habitée.

Une voix de femme l'appelle, s'adressant à lui comme s'il
était son tendre fiancé. Mais au lieu de la jeune femme du
miroir il ne voit devant lui qu'une vieille folle hideuse, mal-
menée par l'intendant. Une ressemblance existe pourtant,
comme si l'affreux visage n'était qu'un masque posé sur celui
de la jeune fille.

L'étau narratif se resserre donc, et il faudra un nouveau récit
pour éclairer définitivement les mystères de la maison déserte.
Ce récit va être fait par le médecin auquel Théodore s'était précisément adressé, le docteur K., en qui l'on reconnaît aisément
le docteur Koreff, l'ami de Hoffmann qui lui avait ouvert des
perspectives sur le mesmérisme, la psychopathologie et les plus
récentes découvertes du magnétisme animal, enseignant «le
moyen, sinon de guérir, du moins de composer avec le mal[1]».

L'histoire qu'il va raconter, celle de la famille, donc de la
maison, est complexe. C'est celle de deux sœurs rivales en
amour, Angelika et Gabrielle, les deux filles du comte Z. Le
comte de S., venu demander la main d'Angelika, s'éprit passion-
nément de Gabrielle et l'épousa. L'aînée, après avoir semblé
accepter cet échec, devint folle. Mais, avec le concours d'une
vieille bohémienne usant de breuvages suspects, elle parvint à
soustraire l'enfant qu'a eu sa sœur. Le comte de S., entre-temps,
était mort d'apoplexie nerveuse dans la maison d'Angelika.

Si certains motifs de «La Maison déserte» se trouvaient déjà
dans «L'Homme au sable», cette rivalité entre deux sœurs
autour d'une maternité est à mettre en parallèle avec la rivalité
entre les deux frères dans «Le Vœu», et même avec le crime
comme forme morbide d'une paternité de substitution dans
«Ignace Denner». C'est dire que l'unité du recueil ne tient pas
seulement à l'apparent doublet signalé par Max Milner, mais
qu'elle se crée aussi au fil du récit d'épouvante.

---

1. M. Schneider, *Ernest-Théodore-Amadeus Hoffmann. Biographie*,
op. cit., p. 185-186.

LE MAJORAT

Le titre de ce conte peut paraître austère, puisqu'il désigne une institution juridique, dont les conséquences sont regrettables. C'est, comme l'indique précisément Philippe Forget, «une institution reposant sur le droit d'aînesse, stipulant que les biens mobiliers et immobiliers d'une famille doivent revenir en entier, de façon inaliénable et inséparablement du titre nobiliaire, à l'aîné de la famille[1]». Le droit d'aînesse tourne au droit régalien, et l'institution entraîne des conflits entre frères au sein d'une même famille, une haine fratricide, telle celle qui oppose Wolfgang et Hubert, les deux fils du baron Roderich de R...sitten (R...bourg), instaurateur du majorat, puis le fils du premier, issu d'un mariage secret, et le fils du second.

Sur cette trame de haines, le conte mérite plus que jamais l'épithète de «gothique». Comme l'écrit Alain Montandon, «"Le Majorat" se dote avec toute son atmosphère d'histoire gothique et de noire vengeance des couleurs de la nuit. Peu de textes enracinent si fortement leur récit dans l'heure nocturne.» Et il conclut son analyse de ce conte en confirmant que c'est décidément un nocturne : «L'essentiel se passe de nuit, car c'est de nuit qu'apparition fantomatique, somnambulisme et meurtre se manifestent. Sur tout l'ensemble pèse une sombre atmosphère qui annonce la fin d'une famille[2].» Le représentant de cette famille est encore un Roderich, petit-fils du fondateur du majorat.

---

1. *Tableaux nocturnes*, éd. P. Forget, *op. cit.*, t. II, p. 45.
2. A. Montandon, *Les Yeux de la nuit*, *op. cit*, p. 217, 223.

Le château abandonné

De « La Maison déserte » au « Majorat » le passage est aisé : le château de R…sitten a été abandonné par ses propriétaires successifs depuis le baron Roderich l'ancien, qui sera ainsi désigné pour le distinguer du propriétaire actuel au début du conte. Il serait plus juste de dire « presque abandonné », comme c'était le cas pour la Maison déserte. En effet le nouveau baron Roderich a logé dans le château de R…sitten deux vieilles demoiselles, les sœurs de son père, équivalent dédoublé d'Angelika (séparée, elle, de sa sœur Gabrielle) dans « La Maison déserte ». Et dans les deux cas un vieil intendant a la garde des lieux, tout en demeurant au village avec les quelques rares autres membres du personnel de service.

Autre nuance, et d'importance : chaque année, vers la fin de l'automne, Roderich le jeune quitte la Courlande, où il a choisi de résider principalement, comme ses prédécesseurs, pour venir chasser sur les terres du château apparemment abandonné. Tout se ranime alors, tout devient vivant et joyeux pendant un mois ou six semaines, dans une atmosphère de fête — une fête plus ordinaire qu'étrange.

Le jeune baron se réserve sa part de secret. Le domaine ayant été constitué en majorat, il devait se dérober au tumulte de la société joyeusement réunie pour veiller à la gestion de la propriété depuis son précédent passage.

Les visiteurs du soir

Dans cette tâche, le baron est aidé par un homme de justice, ou mieux un « justicier », un vieil avocat dont le petit-neveu, qui l'accompagne à R…sitten, est le narrateur du récit. Commis aux écritures, ce Théodore pourrait être encore une fois une figure de l'écrivain lui-même. Cet avocat n'est nullement inquiétant comme l'était le vieil avocat Coppelius dans « L'Homme au sable ». Il a même le sens de l'humour, et son petit-neveu a une tendre affection pour lui. Avocat de fondation en quelque sorte, il s'est vu confier cette tâche de conseiller par le premier baron Roderich, le fondateur du majorat. Élément de continuité, il est aussi un témoin essentiel de l'histoire de la famille, marquée par une continuité d'un autre type : une étrange sau-vagerie à laquelle n'échappe pas l'actuel propriétaire, pourtant doux et délicat au début de son existence.

Le château de R...sitten est bien placé sous le signe de la nuit. En effet c'est un château sinistre, non loin de la Baltique, où la verdure ne peut être que sombre, où les oiseaux annon-ciateurs du jour ne chantent pas. Le fondateur du majorat, le baron Roderich de R..., avait la passion de l'observation des astres. Aussi le narrateur et son grand-oncle ne peuvent-ils arriver à R...sitten qu'au milieu de la nuit, par un chemin désert et sombre, et dans un château où ne filtre aucune lumière. La lanterne de Franz (François) n'éclaire pas grand-chose. Elle suscite plutôt des apparitions mystérieuses et fugitives. À son arrivée avec son grand-oncle dans le vieux château, quelques jours avant celle du propriétaire, le narrateur découvre un monde inquiétant, qu'on peut qualifier de fantastique — certains de ses fantasmes, il en convient lui-même, étant dus au punch très fort qu'il vient de boire, à l'insomnie qui en a résulté, à la lecture du *Visionnaire* de Schiller, mais aussi au caractère insolite des lieux.

Un rôle important est attribué à la pleine lune, dont la lumière pénètre à travers les fenêtres du château et qui suscite des visions effrayantes accompagnées par les illusions acous-tiques de la nuit. C'est ce qu'on pourrait appeler, en renversant le titre baudelairien[1], « les méfaits de la lune ». La lune éclaire d'une lumière magique de vieux tableaux, qui peuvent bien ici être appelés « tableaux nocturnes ». Le feu de la cheminée s'y associe. Aux personnages représentés sur ces tableaux semblent venir s'ajouter des présences inconnues, qui restent dans l'ombre. Le jeune homme a même la vision d'un homme dont la lune éclaire le visage redoutable sur un tableau et il croit entendre sa voix qui lui interdit d'aller plus loin au risque de tomber sous l'empire des affreux mystères du monde invisible.

Il ne manque à l'ensemble ni la violence du vent, comme à l'arrivée de l'Étranger dans « Ignace Denner », ni le bruit de pas, comme dans « L'Homme au sable ». Et les rêves du vieil oncle endormi ont été tout aussi troublés que les rêves éveillés du petit-neveu, par un être étrange, ses pas, ses soupirs et ses grattements. L'oncle devine son identité et lance l'appel, dont

---

1. « Les Bienfaits de la lune », dans *Le Spleen de Paris*.

le lecteur découvrira plus loin qu'il est un rappel : «Daniel !
Daniel ! Que fais-tu ici à cette heure ? »

Il ne faut pas pour autant confondre les *Contes nocturnes* de
Hoffmann avec une littérature noire de grande consommation,
dont *Le Visionnaire* de Schiller est l'aboutissement et encore
l'illustration. Certes, c'est une lecture de Théodore, dans « Le
Majorat», mais les mystères du château de R...sitten n'existent
pas seulement dans son cerveau empli de lectures. Il y a participation à ce mystère. C'est ce que va mettre en valeur la relation entre Théodore et Séraphine, la jeune épouse du baron,
après l'arrivée des propriétaires du château.

Le chant de Séraphine

À lui seul, le nom de Séraphine, la jeune épouse du baron, est
harmonieux et musical. C'est celui d'un «ange de lumière». Dès
le premier regard, Théodore a été sensible au charme et au
mystère de cette créature exquise, pour qui la musique a comme
pour lui une très grande importance. Une intimité va se constituer autour du piano qu'on a fait venir de chez l'épouse de l'Intendant : il a été déposé dans l'appartement privé de la baronne.
La réparation de l'instrument a favorisé la création de cette intimité entre Théodore et Séraphine. Cette intimité va être celle de
l'espace amoureux, de plus en plus resserré autour de l'instrument, jusqu'au moment où l'on presse Séraphine de chanter.

Cet espace resserré, il est celui qui existe, réduit, entre la
chanteuse et son accompagnateur. Jusqu'ici c'est Théodore
qui a été au piano. Il est pour Séraphine le «virtuose» auprès
duquel elle se juge indigne. Si elle accepte de chanter, on pourrait donc s'attendre à ce qu'elle soit accompagnée par lui. Or
curieusement c'est elle-même qui avance la main gauche sur
les touches et en tire quelques sons comme pour préluder.
Pourquoi ? Peut-être parce qu'elle l'imite. Il préludait lui-
même avant de chanter. Mais aussi peut-être pour créer une
intimité resserrée sur soi-même. Ainsi, dit-on, le compositeur
Karl Loewe (1796-1869) chantera en s'accompagnant au piano
ses propres ballades. Théodore est prêt à se dérober et à laisser
la place à Séraphine. Mais elle le supplie de rester car son
chant, privé d'accompagnement, paraîtrait pâle et hésitant.
L'accompagnement va permettre mieux qu'une entente : une
véritable divination.

En fait, ce chant pourrait rester non accompagné, puisqu'il est un chant du peuple. Pour les romantiques allemands le génie est l'instinct. Ainsi pour Jean Paul, dans son *Cours prépa-ratoire d'esthétique* (chapitre «Sur le génie»). Nerval le suivra sur ce point, Wagner aussi. Le chant permet une remontée à la nuit des temps, mais une nuit qui éclaire la nature vraiment poétique de l'homme. Est-ce à dire que la voix de la baronne n'est que le truchement de l'humanité? Non, car le chant de Séraphine est d'abord et surtout un chant du cœur. Comme l'a écrit Roland Barthes, «Le cœur est romantique» — expression dans laquelle nous ne percevons plus, avec dédain, qu'une métaphore édulcorée — «un organe fort, point extrême du corps intérieur où, tout à la fois et comme contradictoirement, le désir et la tendresse, la demande d'amour et l'appel de jouissance, se mêlent violemment : quelque chose soulève mon corps, le gonfle, le tend, le porte au bout de l'explosion et tout aussitôt, mystérieusement, le déprime et l'alanguit[1] ». Ce chant constitue un aveu retenu, retardé, détourné. Paradoxalement, ce n'est donc pas la baronne qui interprète un chant popu-laire ; c'est le chant populaire qui va se faire l'interprète de ce que voudrait exprimer la baronne. Ce chant du cœur vient lui aussi de plus loin, d'un sentiment de l'infini qui repose au fond de notre âme. Celui qui l'écoute l'enferme dans sa propre inti-mité, et l'écoute en soi-même. Son espace vrai d'écoute, c'est, si l'on peut dire, l'intérieur de la tête, de ma tête : en l'écoutant, je chante le lied avec moi-même, pour moi-même. Je m'adresse en moi-même à une Image : image de l'être aimé, en laquelle je me perds, et d'où me revient ma propre image, abandonnée[2]. Ce chant de Séraphine est finalement un chant menacé : menacé par la musique de la chasse ; par les lumières du salon ; peut-être même parce qu'il était un chant de la nuit[3].

1. R. Barthes, *L'Obvie et l'obtus, op. cit*, p. 255.
2. *Ibid.*, p. 256.
3. *Le Chant de la nuit* sera le titre de la Troisième Symphonie de Karol Szymanowski (1882-1937), composée entre 1914 et 1916. Cette œuvre pour ténor, chœur et orchestre met en musique des vers du poète mystique persan Djelal el Din Roumi (xiiie s.) célébrant la beauté trans-cendante de la nuit orientale :
    «Nous sommes seuls, cette nuit, mon Dieu et moi.
    Quel rugissement ! La joie se lève.
    Cette nuit, la vérité bat son aile brillante ».

Une conversation sans musique

Aux soirées musicales de Théodore et de la baronne va se substituer plus tard une conversation sans musique (l'inverse en quelque sorte, du *Capriccio* de Richard Strauss). Le sujet principal en est l'absent-présent, le baron : cette conversation a lieu à son insu, et l'on sait bien qu'il serait furieux s'il l'apprenait. Théodore fait observer sa sollicitude inattendue, non pour lui-même, mais pour toute personne qui se trouverait menacée par le terrible secret de la famille. Sa passion pour la chasse a été l'occasion d'une transformation brutale. Depuis, il a l'air de braver le mauvais génie qui jette sur son existence un souffle empoisonné. Il est comme saisi non par le démon de la chasse, mais par le Démon tout court, et près de devenir lui-même ce démon-là. Enfin son ascendance pèse lourdement sur lui : il ne peut échapper à son hérédité. Séraphine est elle-même contaminée ; Théodore et la musique sont ce qui lui a fait croire qu'elle pouvait échapper au mystère environnant.

Pourtant cette conversation qui se substitue à la musique pourrait bien être encore une manière de musique. Elle permet une communication profonde entre Théodore et Séraphine, que l'amour naissant ne suffit pas à expliquer. Il y a pour eux une participation télépathique au même mystère, ce que rendent sensible la voix et ses modulations. La première intervention de Séraphine est faite d'une voix douce et presque plaintive. Le langage de Théodore semble à la jeune femme recéler plus de choses que celles qui ont été explicitement dites. Séraphine comprend cette surcharge latente. À deux reprises elle pousse un cri, avant le soupir final. D'une certaine manière, malgré son absence, le baron participe au même mystère. En tout cas, on ne peut rien lui cacher. Sans doute redoute-t-il la musique pour son épouse, parce qu'il sait que, contrairement à ce qu'elle croit, la musique est porteuse des mêmes mystères mortels.

Le récit de cette rencontre entre Séraphine et Théodore n'est donc pas une parenthèse dans le récit. Hoffmann se joue des décors et des poncifs de la littérature « gothique » pour raconter l'histoire tout intérieure d'êtres qui avancent dans l'exploration du mystère. L'« inquiétante étrangeté » n'est pas ici l'intrusion du mystère dans la vie réelle, elle est plutôt dans l'organisation de la vie réelle en fonction d'un mystère qu'on devine de plus en plus mortifère. Théodore vient d'échapper à une mort qui ne lui était pas destinée. Le baron ne la craint pas pour lui-même, mais pour Séraphine — qu'en effet elle atteindra à la fin du conte nocturne.

Rivalités fratricides

Les saisons passent, le mystère demeure. L'oncle et le neveu ont quitté le château et regagné une maison aux environs de la ville. C'est là que le vieil homme va entreprendre d'éclairer Théodore. Le récit à l'intérieur du récit, selon une technique chère à Hoffmann, est fait à la troisième personne. Remontant dans ce qui fut l'histoire du majorat de R…sitten, entre la fondation par Roderich l'ancien et la situation à laquelle on a assisté après l'arrivée de Roderich le jeune, il a pour charge d'éclairer les ténèbres du château et les mystères de la famille de R… Ce sera pourtant le plus sombre des récits.

À la succession des générations correspond une haine entre frères, de plus en plus aiguë. Elle a pour premier effet de dénoncer «la nocivité du majorat[1]». Là n'est pourtant pas l'essentiel. Si une telle institution risque en effet de dresser des frères les uns contre les autres — l'aîné seul héritant du domaine et des richesses du majorat —, c'est bien d'une telle haine surtout que traite ce conte, comme l'a souligné Philippe Forget[2]. Schiller, dans son drame *Les Brigands*, avait déjà traité ce sujet, la haine opposant un frère cadet à son aîné. C'est sans doute dans ce drame célèbre, qu'il connaissait aussi bien que *Le Visionnaire*, que Hoffmann a pu trouver les noms de Daniel et de Franz (François), qui sont donnés à deux autres personnages du «Majorat». Pour éviter tout risque d'imitation et de plagiat, Hoffmann inverse les caractéristiques de Franz, qui de fourbe devient fidèle, et de Daniel qui tend à devenir complice des œuvres de Satan. Hubert le dilapidateur contre le cupide Wolfgang, Hubert le jeune, fils du cadet, contre Roderich le jeune, fruit d'un mariage secret de l'aîné : «à chaque généra-

---

1. Aline Le Berre a insisté sur une telle contestation de l'institution dans les pages qu'elle a consacrées au sixième des *Contes nocturnes* (A. Le Berre, *Criminalité et justice, op. cit.*, p. 148-151, 203-207, 302-305, 389-393.)

2. *Tableaux nocturnes*, t. II, Présentation, p. 45.

tion évoquée, Hoffmann choisit de mettre deux frères aux prises[1] », mais dans un jeu complexe de tempéraments opposés et de passions. La donnée la plus romanesque, l'élément le plus surprenant est que Séraphine, l'épouse du dernier titulaire du majorat, est la fille du premier Hubert, qui avait été humilié par Wolfgang en tant que cadet.

La mort de Séraphine

Ce mariage, sinon contre nature, du moins contre la logique sans pitié du majorat, est peut-être ce qui vouait, plus que la musique, la jeune femme à la mort. C'est le vieil avocat qui apprend à son petit-neveu cette triste nouvelle. Séraphine a été victime d'un accident de traîneau, mais bien plus du harcèlement de celui qu'elle appelle « le vieillard » et dont elle a cru qu'il poursuivait le traîneau, rendant l'attelage endiablé. Point de chant ici, mais le cri, le cri de Séraphine devinant et annonçant sa mort proche : «*Der Alte — der Alte ist hinter uns her*», « Le vieillard ! le vieillard est derrière nous ! ».

Qui est ce vieillard ? Roderich, le fondateur du majorat ? Daniel, l'intendant somnambule, l'auteur de la mort de Wolfgang quand, après avoir attisé son goût de l'or, il l'avait, une nuit, précipité dans les profondeurs de l'abîme ? Le Démon, aussi vieux que le monde, se confondant avec la puissance ténébreuse qui est dénoncée dans les dernières lignes de l'épilogue ?

Le deuxième récit était une plongée dans le passé. L'épilogue conduit bien au-delà de la mort de Séraphine, et aussi de la mort du vieil avocat. Dans un monde devenu vide et désolé pour le petit-neveu, le narrateur, Théodore, brille d'un feu toujours inquiétant le fanal de la tour du château de R...sitten (dont *in fine*, Loève-Veimars fait Rembourg), et aussi la lumière d'une jeunesse lointaine, d'un grand amour perdu, de Séraphine, figure aussi claire que la Clara de « L'Homme au sable ».

---

1. *Ibid.*

LE VŒU

Comme l'a indiqué Philippe Forget, même si le titre est au singulier, et en allemand («*Das Gelübde*») et dans la traduction française de Loève-Veimars, il s'agit bien de *vœux* au sens religieux du terme, «vœux monastiques ou perpétuels qui, vers la fin du conte, sont qualifiés par le moine Cyprien d'"indissolubles"; en un sens plus ancien du terme, par exemple dans l'expression "l'objet de mes vœux", ce pluriel exprime le désir d'être aimé de quelqu'un[1]».

Le singulier ne perd pourtant pas tous ses droits. Le récit commence le jour de la Saint-Michel, au moment où les cloches appellent les carmélites pour complies; c'est alors que va descendre de voiture une mystérieuse dame voilée, accompagnée par l'abbesse d'un couvent de religieuses cisterciennes. Cette dame, qui ne veut pas être appelée d'un autre nom que Célestine, et qui se prénomme en réalité Hermenegilda, a vécu une étrange histoire d'amour et, attendant un enfant, elle a exprimé «*le vœu* de se retirer après son accouchement au couvent des cisterciennes de O. pour y passer le restant de ses jours dans le deuil et la contrition[2]».

---

1. *Tableaux nocturnes*, éd. P. Forget, t. II, «Présentation», p. 49.
2. Le singulier figure, sans être souligné, dans la traduction de cette phrase par Philippe Forget (p. 256) que je cite ici.

Les visiteuses du soir

Tout commence, dans ce récit, à la tombée de la nuit, quand, comme l'écrit Baudelaire dans la version en vers du «Crépuscule du soir», «le ciel/Se ferme lentement comme une grande alcôve[1]». C'est l'heure où l'office du soir sonne au couvent des carmélites : ce devrait être le prélude à la paix de la nuit au terme du jour de la Saint-Michel qui, il est vrai, est un jour de grande activité et de nombreux déplacements. De fait, à cette heure tardive de l'après-midi, passe un attelage imposant de quatre chevaux de poste et une lourde voiture dont le vacarme assourdissant brise l'atmosphère paisible de la petite ville où vont s'arrêter les occupants de ce véhicule insolite.

La petite ville n'est désignée que par son initiale, O.[2]. Elle se situe à la frontière polonaise, mais du côté prussien, puisque le vieux bourgmestre est allemand. Et c'est précisément à la porte de sa maison que s'arrête la voiture et qu'en descendent les occupants. Pour les habitants, ce ne peuvent être que des *étrangers*, éveillant la curiosité des enfants penchés aux fenêtres, et suscitant la mauvaise humeur et la malveillance de l'épouse du bourgmestre, qui craint qu'on ne prenne encore leur maison pour une auberge — pire, en ce lieu, une auberge internationale, pour ne pas dire une auberge espagnole.

Ce pourrait être des étrangers en effet, puisque la maîtresse de maison entend la conversation en italien que tiennent les nouveaux arrivants, ou plutôt les nouvelles arrivantes. Le valet qui a ouvert la portière de la voiture, le cocher sont restés muets, et seules des femmes descendant de la voiture se sont manifestées, de manière d'ailleurs bien différente. De ces visiteuses du soir inattendues, la plus âgée parle à mi-voix. L'autre ne donne d'autre signe de vie qu'un soupir étouffé, à peine

1. *Les Fleurs du Mal*, «Tableaux parisiens», pièce XCV de l'édition de 1861.
2. On peut voir là une allusion à la nouvelle de Heinrich von Kleist (1777-1811), *La Marquise d'O...* (*Die Marquise von O...*). Le rapprochement est fait par Philippe Forget (*Tableaux nocturnes*, t. II, p. 48-52 et note 6 de sa traduction, p. 299). Il suggère même que le récit de Hoffmann «fonctionn[e] comme une "tête de lecture" de *La Marquise d'O...*, dont il peut contribuer à affiner l'interprétation en aidant à dédoubler ce qui, chez Kleist, semble assurément un».

perceptible, demandant tout au plus un verre d'eau à la maîtresse de maison, qui devient une hôtesse malgré elle.

Il y a le mystère de la langue (et on sait que l'italien est souvent perçu comme inquiétant dans les *Contes nocturnes* de Hoffmann). Il y a aussi le mystère des voiles dont les deux nouvelles arrivantes sont enveloppées. Si très vite, quand elle commence à enlever son manteau, se découvre l'habit de religieuse de la plus âgée, avec la croix qui brille sur sa poitrine, et si on reconnaît en elle la Mère Abbesse d'un monastère de cisterciennes, la plus jeune reste couverte de voiles, si épais et si lourds qu'ils doivent gêner sa respiration. Certes elle est en vie, cette inconnue, mais en survie, «étouffée, oppressée par [son corps], par le regard des autres», comme Charlène dans *Respire*, le premier roman d'Anne-Sophie Brasme[1].

Elle est souffrante, peut-être malade, cette dame voilée. Pire, elle a le teint d'une morte : c'est du moins ce dont a cru s'apercevoir la femme du bourgmestre quand son visage s'est un peu découvert. Et pourtant une certitude lui a sauté aux yeux : l'inconnue attend un enfant. Non seulement un coin du voile s'est levé sur le visage — le grand crêpe noir —, mais un doute s'est effacé : la morte apparente est en vie puisqu'elle est sur le point de donner la vie à un autre être. Plus que comme une étrangère, elle apparaît dès lors comme étrange, inspirant ce sentiment d'«inquiétante étrangeté» qui est la dominante des *Contes nocturnes* depuis «L'Homme au sable». Ou plutôt elle est marquée par ce que j'ai choisi d'appeler «extranéité».

Théophile Gautier imaginera une «morte amoureuse[2]». Celui qu'il a présenté comme «Hoffmann le fantastiqueur[3]» met le lecteur, en même temps que la femme du bourgmestre, en face de cette autre contradiction : non seulement une morte vivante, mais une morte près d'accoucher. Et c'est ce principe de contradiction qui permet de définir l'étranger, plus que le fantastique proprement dit[4].

L'inquiétante étrangeté ne dure d'ailleurs qu'un temps. La

---

1. A.-S. Brasme, *Respire*, Fayard, 2001, p. 31.
2. Voir T. Gautier, *La Morte amoureuse, Avatar et autres récits fantastiques*, préface de Jean Gaudon, «Folio classique», 1981. Cette nouvelle, *La Morte amoureuse*, a paru pour la première fois dans la *Chronique de Paris*, les 23 et 26 juin 1836.
3. «Hoffmann», dans la *Chronique de Paris*, 14 août 1836.
4. Sur cette notion, voir L. Vax, *La Séduction de l'étrange. Essai sur la littérature fantastique*, PUF, 1965, nouv. éd. 1987, et la distinction

curiosité et l'inquiétude de l'hôtesse vont se dissiper, du moins en partie, quand son mari le bourgmestre va lui fournir les clefs d'explication qui lui manquaient. Ce n'est pas du surnaturel expliqué, mais de l'étrange expliqué. La matrone avait bien compris que son époux était au courant et que l'arrivée de ces visiteuses du soir n'était pas inattendue pour lui. Peut-être même l'a-t-elle entendu dire à l'Abbesse qu'il espérait que «Son Altesse le Prince sera[it] satisfait de ses services», ainsi que la dame qui lui a été confiée. L'explication vient, retardée, incomplète, de la bouche même du bourgmestre : le Prince n'est autre que le Prince Z..., leur bienfaiteur ; il lui a demandé de prendre le plus grand soin de la dame et il lui a donné de l'argent pour l'héberger pendant quelque temps ; l'intermédiaire, l'accompagnatrice, est la Mère Abbesse des cisterciennes de O... Une initiale, C., pourrait suffire aussi pour désigner l'inconnue voilée. Mais elle veut être appelée Célestine (*Cölestine* dans le texte allemand), ce qui laisse deviner que le Ciel est pour quelque chose dans la venue et l'histoire de la Dame en noir.

La pénitente en habit noir

Ce surnom, «la Dame noire du bourgmestre», est en effet celui qu'on lui a donné dans le voisinage, et on ne peut que le mettre en parallèle avec la Dame blanche du compositeur français François-Adrien Boïeldieu (1775-1834), dans un opéra postérieur il est vrai aux *Nachtstücke*[1]. La femme du bourgmestre a tout de suite deviné que pesait sur l'inconnue une faute — telle que les nobles souvent en commettent, de celles auxquelles les gens plus humbles ne doivent pas être associés, comme l'est Andrès dans «Ignace Denner».

C'est visiblement en raison de cette faute que la Dame en noir choisit une toute petite pièce, une vraie cellule de couvent, plutôt que les deux chambres plus avenantes que le bourgmestre lui proposait dans sa maison. Non pas une cellule de

---

entre étrange et fantastique dans T. Todorov, *Introduction à la littérature fantastique*, Éd. du Seuil, 1970.
    1. *La Dame blanche*, opéra en trois actes de Boïeldieu, livret de Scribe, d'après *Guy Mannering* et *The Monastery* de Walter Scott. L'ouvrage a été créé à l'Opéra-Comique de Paris le 30 décembre 1825.

prison comme pour Charlène, coupable d'un meurtre, dans le roman d'Anne-Sophie Brasme, mais une cellule de pénitente volontaire, qu'elle aménage en conséquence, en se contentant d'une paillasse, d'un escabeau de bois, en fixant au mur une image de la Vierge et en posant un crucifix sur la vieille table de bois qui se trouvait sous l'image.

Son repentir est de nature religieuse. Elle veut expier un péché dans sa cellule même, comme à l'église du couvent des Carmes où elle se rend quotidiennement pour concentrer toute son âme sur la Vierge et les Saints. Tout le jour elle est en prières ou plongée dans des livres de piété. Pour un peu, elle ne s'alimenterait même pas, sans l'insistance de la famille qui l'entoure, qui se rend compte qu'elle veut mener cette existence strictement conventuelle pour l'expiation d'une faute commise, mais qui a souci du petit être auquel elle doit donner naissance.

De noire inconnue[1] elle tend à devenir à leurs yeux une «pieuse inconnue», pour laquelle, en dépit d'une inquiétude persistante, ils éprouvent un grand respect. Mais le bourg-mestre ne peut empêcher les femmes de la maison d'inventer une histoire sinistre, non seulement ce que Villiers de l'Isle-Adam appellera une histoire insolite, mais, pour reprendre une expression de Rimbaud, une «histoire atroce[2]».

Le secret, qui est à l'origine d'une question, peut être aussi à l'origine d'une réponse imaginaire, plus inquiétante encore qu'il ne l'est lui-même[3]. Ainsi le visage de la Dame en noir resterait voilé parce qu'un stigmate épouvantable, non pas la griffe d'un chat, mais la griffe du Diable, l'aurait défigurée. Plus banalement, les habitants et surtout les habitantes de la petite ville, qui l'ont vue se rendre à la messe du couvent des

1. On retrouvera l'expression dans le poème sans titre de Rimbaud qui commence par «Qu'est-ce pour nous, mon Cœur»:
    Oh! mes amis! — mon cœur, c'est sûr, ils sont des frères:
    Noirs inconnus, si nous allions! allons!
Pour André Guyaux (Rimbaud, *Œuvres complètes*, «Bibliothèque de la Pléiade», 2009, p. 911), ces noirs inconnus sont «les amis et frères présumés, "romanesques" parce qu'ils sont censés partager ce grand rêve d'anéantissement, ce roman de la fin du monde».
2. Villiers de l'Isle-Adam, *Histoires insolites*, 1888. Rimbaud, lettre à Ernest Delahaye de mai 1873.
3. Sur ce point je renvoie à mon livre *L'Imaginaire du secret*, Grenoble, ELLUG, coll. «Ateliers de l'imaginaire», 1998.

Carmes, ont évoqué l'idée d'un fantôme. La visiteuse, décidément «noire» sans être «lumineuse», est «seul[e] avec la Nuit»,
comme celui que, dans le poème de Baudelaire, le Destin a
relégué «dans [d]es caveaux d'insondable tristesse[1]».

Le rapt

L'épisode qui suit la naissance de l'enfant, un petit garçon,
rappelle par sa violence l'effrayant déroulement d'«Ignace
Denner». Le «rapt sec», pour reprendre l'expression de Claudel
dans la deuxième des *Cinq grandes Odes*, semble correspondre,
non au «souffle de l'Esprit[2]», mais au déchaînement de l'esprit
diabolique. Pourtant le ravisseur se présente comme le père de
l'enfant, quand le bourgmestre tente de lui barrer le chemin.
Le rapt sec pourrait être un enlèvement justifié, en partie du
moins, même si, comme l'a montré Elizabeth Wright[3], Hoffmann fait une nouvelle concession à la littérature de terreur.

La venue du cavalier (ce cavalier sauvage qu'on retrouvera
dans l'*Album pour la jeunesse* de Robert Schumann[4]) apporte
quelques éclaircissements dans ce qui semblait jusqu'alors
opaque comme la nuit, même si c'est pour donner au déroulement du drame une allure de cauchemar. Tout d'abord, en
luttant contre la mère qui cherche à retenir son enfant, il
arrache le voile qui lui couvre le visage, et il se révèle que cette
figure d'une blancheur de marbre et comme raidie par la mort
n'est qu'un masque blanc, étroitement moulé sur le visage. En
celle qui se fait appeler Célestine il dénonce un monstre infernal alors qu'elle le traite d'assassin et le renvoie à l'enfer. Le
thème dominant est celui de la folie, dont l'officier accuse la
femme à laquelle il arrache l'enfant comme pour le délivrer.

---

1. «Un fantôme», pièce XXXVIII dans l'éd. de 1861 des *Fleurs du
Mal*.
2. P. Claudel, «L'Esprit et l'Eau», dans *Cinq grandes Odes*, L'Occi-
dent, 1910, rééd. «Poésie/Gallimard», 1966, p. 35.
3. *E.T.A. Hoffmann and the Rhetoric of Terror*, Londres, 1978; voir
en particulier les p. 116-145.
4. Réuni en 1848, cet *Album für die Jugend* op. 68 contenait dans sa
première édition 42 pièces dont la huitième est «*Wilder Reiter*». Le titre
est traduit par «Le petit cavalier téméraire» — ce qui est inutilement
réducteur — dans l'édition établie par András Kemenes et publiée à
Budapest, Könemann, 1996.

Car cette folie furieuse pourrait être communicative, conta-
miner l'enfant et l'atteindre lui-même, cet officier de chasseurs
français, couvert de décorations.

L'« inquiétante étrangeté » n'est pas seulement ici à l'origine
du bouleversement de la maison. Il est urgent que l'Abbesse et
le Prince Z... viennent la débarrasser de son inquiétante pensionnaire, même si le bourgmestre et sa femme ont l'impression de se réveiller d'un affreux rêve, peuplé de fantômes.
L'image la plus effrayante que Célestine y aura laissée est celle
du masque de morte qui lui tenait lieu de visage et son allure
de statue, qui n'est pas sans rappeler l'Olimpia du professeur
Spalanzani dans « L'Homme au sable ». Le « mécanique plaqué
sur du vivant » ou le « mécanique fonctionnant derrière le
vivant » ne suscitent pas ici le rire, comme dans la théorie de
Bergson[1], mais la peur à son degré extrême d'intensité.

Célestine de la nuit

Au lecteur désemparé, l'auteur se sent tenu de fournir
d'autres éclaircissements. Il opère alors un brutal retour dans
le passé, avec un luxe de détails dont aucun n'est inutile —
mais l'analyse doit faire un tri.

Celle qui se faisait appeler Célestine, la religieuse morte et
enterrée depuis les événements précédemment racontés, était
la comtesse Hermenegilda de C., une jeune aristocrate polonaise qui, dès l'âge de dix-sept ans, avait milité ardemment
pour la restauration de sa patrie divisée et mutilée. Elle avait
alors partagé son enthousiasme patriotique avec le comte Stanislas de R., âgé de vingt ans, et on avait tout naturellement
songé à l'union de ces deux jeunes gens, bientôt fiancés sous
l'égide de la Pologne reconnaissante. Malheureusement la
Pologne avait été finalement vaincue à la chute de Tadeusz
Kosciuszko en 1794. Stanislas, malgré sa conduite héroïque,
avait été grièvement blessé et fait prisonnier. À son retour, il
avait été reçu froidement par une Hermenegilda au cœur de
pierre (le motif qui servira de titre au dernier des *Nachtstücke*
est déjà mis en place). L'amour passionné s'empara à nouveau
d'elle quand elle eut conscience qu'elle souffrait de son absence

---

1. H. Bergson, *Le Rire. Essai sur la signification du comique*, d'abord
publié dans la *Revue de Paris* en 1899 ; P.U.F., 1961, p. 26 et 29.

et quand elle apprit de nouveaux traits de sa conduite héroïque, son pays et sa fiancée ne faisant qu'un pour lui.

La voilà dès lors devenue, sinon une Célestine de la nuit (elle n'a pas encore pris ce nom), du moins une Hermenegilda de la nuit, digne figure d'un conte nocturne, errant la nuit dans le parc du château paternel, confiant au vent de la nuit des paroles à l'intention du bien-aimé lointain. La folie semble s'être emparée d'elle, malgré le secours d'un médecin appelé par son père. Le fétichisme, la confusion d'identités et, si fréquent dans les *Contes nocturnes* de Hoffmann, le cri, sont autant de manifestations de ce dérangement mental.

La confusion des sentiments

S'il y avait quelque chose d'inquiétant dans la conduite d'Hermenegilda pendant cette période, c'est ce qu'on pourrait appeler la confusion des sentiments, en reprenant le titre français donné au récit de Stefan Zweig (1927). Le sentiment patriotique se mêlait de manière étrange au sentiment amoureux, et l'on ne savait pas très bien quel était l'objet de l'amour de la jeune fille : la Pologne ou le défenseur élu, Stanislas.

La confusion des sentiments va évoluer dangereusement vers la confusion des personnes quand Hermenegilda va prendre pour Stanislas un autre officier, le comte Xavier de R., le jeune cousin du précédent, à peine âgé de vingt ans. Un transfert va se faire de l'un vers l'autre, d'autant plus inquiétant pour les témoins, et en particulier pour son père, que des signes de déraison, sinon de démence se sont déjà manifestés chez la jeune fille.

Faut-il accuser Xavier de duplicité ? Il est pris lui-même à ce jeu de doubles qui continue d'entretenir l'illusion et la folie d'Hermenegilda. Il lui parle de Stanislas, mais il lui donne le bras comme s'il était Stanislas. Le comte Nepomuk ne fait qu'entretenir la confusion, car Xavier lui semble apaiser sa fille et il lui plairait comme gendre. Pourtant un jour, Xavier va jusqu'au bout de son projet : il part, ne pouvant supporter plus longtemps une situation aussi confuse.

Le Double

Xavier bénéficie de cette confusion, d'abord malgré lui, puis avec l'ardeur de la jeunesse (il a vingt ans) et de la passion. Tour à tour rejeté et enlacé, selon qu'Hermenegilda le dissocie de Stanislas ou s'obstine à le prendre pour Stanislas, se faisant des reproches à lui-même, il décide de partir, mais il est retenu, non seulement par Hermenegilda, mais par son père, le comte Nepomuk.

Pris en quelque sorte au piège, redoutant les ténèbres de l'avenir même si le calme semble revenu, Xavier tente d'observer un cérémonial glacé, de parler de Stanislas devant Hermenegilda. Mais quand il parle avec chaleur de l'absent, il laisse transparaître sa propre image, entretenant ainsi le jeu redoutable du double.

Noces de sang

Des jours passent. Nepomuk et sa fille restent l'un et l'autre confinés chacun dans sa chambre, jusqu'au moment où Hermenegilda fait irruption dans celle de son père et lui révèle le drame qu'elle viendrait de vivre.

Elle se dit maintenant veuve de Stanislas, mais une rencontre avec le bien-aimé aurait eu lieu avant sa mort dans un pavillon du parc. Le couple aurait même été uni par le père Cyprien. Mais, alors que l'anneau d'or brillait à son doigt, elle aurait assisté à l'irruption d'ennemis, à une bataille soudaine, au coup fatal donné à son époux par un cavalier inconnu.

Le récit est moins ici un récit d'épouvante que le récit fait par Hermeneglida de sa propre épouvante, des fantasmes qui l'ont envahie, de la mort de ce Stanislas dont on a pourtant la confirmation qu'il est toujours retenu prisonnier. Et pourtant l'anneau d'or est bien là, qui brille dans la nuit.

Vœux et aveux

Sur ces entrefaites arrivent le prince Z. et son épouse, qui remplace pour Hermenegilda, autant qu'elle le peut, la mère qu'elle a depuis longtemps perdue. C'est la princesse qui devine que celle qui se croit veuve de Stanislas attend un enfant.

Cet enfant peut-il être le fruit d'une union spirituelle entre Stanislas et Hermenegilda ? Est-il celui d'une rencontre avec Xavier ? — Xavier qui précisément survient pour annoncer que son cousin a bien été abattu par les ennemis et pour demander la main d'Hermenegilda. Le comte Nepomuk résiste, le prétendant insiste. Mais l'intéressée elle-même oppose un refus obstiné, ne voulant être l'épouse que de Stanislas. C'est alors que Xavier affirme qu'il est lui-même le père de l'enfant, et donne sa version des faits : la rencontre dans le pavillon, l'étrange mariage, l'étreinte ardente, le sommeil profond dans lequel la jeune femme a sombré.

Hermenegilda persistant dans un refus de plus en plus enragé et le traitant de monstre, Xavier prend la fuite, désormais diabolisé par le comte Nepomuk et son entourage. Ce n'est pas cette fois le médecin, mais le religieux, le père Cyprien qui est chargé d'apaiser Hermenegilda. C'est lui qui l'oriente vers le vœu ou les vœux, le vœu de se retirer, après l'accouchement, au couvent des cisterciennes de O., les vœux qu'elle devra prononcer pour obtenir le réconfort, le repos et peut-être, par le repentir, la béatitude éternelle.

On sait comment la nouvelle irruption de Xavier dans la vie d'Hermenegilda, le rapt et la mort de l'enfant transformèrent cette paix en désolation.

Un revenant

On pourrait donc croire mort le comte Xavier. Mais l'épilogue du conte nocturne fait douter de son suicide. Il revient, non pas sous la forme d'un fantôme, mais d'une apparition aux yeux du prince polonais Boleslas de Z…, alors qu'il voyageait dans la région de Naples, dans les environs de ce Pausilippe que Nerval associera à la mer d'Italie dans le premier sonnet des *Chimères*, «*El Desdichado*».

Cette région enchanteresse peut pourtant accueillir un fugitif, un déshérité, qui voudrait échapper désormais au regard de ses semblables. Le comte Xavier se dissimule sous l'habit d'un moine — ce qui ne signifie pas pour autant qu'il soit entré en religion ou qu'il ait prononcé ce qui est l'équivalent des vœux. Il tient un livre de prières sur ses genoux, mais au lieu de le lire, il laisse son regard errer dans le lointain. L'intrus qui vient à sa rencontre lui parle en polonais. Il comprend cette langue, mais s'enfuit comme une bête traquée.

Le comte Nepomuk crut-il dans ce récit du prince Boleslas ? Le lecteur peut-il accorder quelque crédit à cet épilogue ? Il demeure, dans le texte tel que l'a conçu Hoffmann, une marge d'incertitude, du vague, du surnaturel atténué par la simple comparaison : le (faux) moine s'est enfui à travers les buissons, comme s'il était poursuivi par un esprit mauvais (*Wie vom bösen Geist getrieben*). À sa manière, le prince Boleslas a été un *Geisterseher*, et par cette incertitude même les dernières lignes de ce conte font bien passer le frisson du fantastique.

LE CŒUR DE PIERRE

Mémoires d'outre-tombe

Le dernier des *Contes nocturnes* s'ouvre sur une invitation au voyage. Il s'agit, pour le voyageur enthousiaste, de faire participer cet autre voyageur que doit devenir son lecteur à la découverte d'un paysage, d'un manoir à la fois protégé et mis en valeur par le sombre feuillage des halliers. Ce lecteur-voyageur y sera admis comme visiteur, au prix d'un modeste pourboire au jardinier, mais en l'absence définitive du propriétaire défunt, le Conseiller Reutlinger.

Le récit se présente véritablement comme des mémoires d'outre-tombe. Non qu'ils aient été écrits par le Conseiller disparu, comme ceux de Chateaubriand avant sa mort. Le narrateur ne délègue ses fonctions à personne, pas même au maître des lieux qui aurait été le mieux placé pour en faire l'histoire. Mais il a le souci de le rendre présent malgré la mort et surtout de rendre présent le souci incongru que Reutlinger eut de sa mort et de son tombeau.

Dès l'entrée dans le manoir on sera frappé par l'enduit des parois imitant le marbre blanc — et l'on sait comment, d'une manière habituelle, le marbre est associé à la mort dans les contes de Hoffmann. Le grand salon invite à un retour vers le goût du siècle de Louis XIV, moins «corrompu» (selon la traduction de Madeleine Laval) qu'obsolète. Le jardin lui-même est à l'ancienne mode française, orné de statues et conduisant à un bosquet de saules justement dits pleureurs. Et au centre de ce petit bois, qui a la forme d'un cœur, a été construit, également en forme de cœur, une manière de tombeau, moins nu, plus baroque si l'on veut que celui du Grand-Bé pour Chateaubriand : un pavillon en marbre sombre, lui aussi en forme de cœur, abrite des dalles de marbre blanc, avec au milieu un cœur grandeur nature. Ce cœur n'est ni noir ni blanc, il est rouge. C'est une pierre d'un rouge foncé encastrée dans le marbre blanc, avec l'inscription « IL REPOSE » gravée dans le marbre. La mémoire du défunt est conservée par l'épitaphe ainsi inscrite sur sa tombe.

Les sept plaies d'un cœur meurtri

Ce cœur sculpté dans la pierre rouge est l'image d'un cœur meurtri et, comme l'expliquait le Conseiller Reutlinger à une dame aussi vieille que lui, dans ce même pavillon, le 8 septembre de l'année 180..., il veut croire que ce sont les gouttes de son sang qui ont ainsi rougi cette pierre. Il n'y a pas loin de là à penser qu'il a connu sept douleurs, comme la Vierge Marie, et que sept couteaux se sont plantés dans son « cœur pantelant », son « cœur sanglotant », son « cœur ruisselant », comme la Madone de Baudelaire[1] ou comme Baudelaire lui-même, premier bourreau et première victime de lui-même, contraint d'avouer : « Je suis la plaie et le couteau[2] ! »

À la vieille dame, la Conseillère-intime[3] Julie Foerd, il fait le reproche d'avoir jadis blessé d'un coup mortel son pauvre cœur en écartant son amour (ce serait la première plaie). Mais du haut de son grand âge elle peut répliquer à ce soupirant de jadis qu'il a été de tout temps, et déjà dans ces années-là, l'auteur de ses propres tourments, en raison de son caractère intraitable et vindicatif, de ses sombres pressentiments, de cette humeur noire qui mérite pleinement le nom de Mélancolie, repris par lui-même à son propos. La voilà bien, la première plaie qui sera aussi la dernière, la déception amoureuse

1. « À une Madone », pièce LVII dans l'édition de 1861 des *Fleurs du Mal*.
2. « L'Héautontimorouménos », pièce LII dans l'édition de 1857, LXXXIII dans l'édition de 1861.
3. C'est-à-dire l'épouse d'un conseiller-intime, conseiller particulier du prince. On distinguera les conseillers-intimes des conseillers auliques, appartenant au Conseil aulique, tribunal particulier de certains princes d'Allemagne.

ancienne n'étant donc que la deuxième, celle qui a révélé la plaie fondamentale, native en quelque sorte.

La troisième pourrait être la marque laissée par celui que la vieille dame appelle « le mauvais génie » : il a jeté dans son âme une défiance universelle dont il a été et dont il est le premier à souffrir. À l'interprétation burtonienne des souffrances de Maximilien Reutlinger succéderait une interprétation diabolique. Le Conseiller pourtant l'interprète différemment : ce serait plutôt la volonté de Dieu, et la quatrième plaie serait le bon plaisir, la fausse grâce de l'impénétrable Providence qui l'aurait doué d'une lucidité sur tous et sur tout dont il est le premier à souffrir.

Ainsi a-t-il cru découvrir l'hypocrisie, la malveillance à son égard et la malhonnêteté de son frère cadet, qu'il a soupçonné d'abus de confiance. Cette cinquième plaie en a entraîné une sixième : s'étant pris d'affection pour le fils de ce frère, un jeune garçon qu'il avait choisi de garder auprès de lui, il a fini par le considérer comme un petit monstre, un serpent dangereux, et par le chasser. La faute de cet enfant de six ans pourrait paraître vénielle : l'oncle l'avait surpris en train de jouer avec la pierre rouge en forme de cœur qu'il avait placée dans le pavillon et prévue pour la sépulture de son cœur. La septième plaie ne pouvait être alors que sa solitude de vieil homme abandonné de tous et déçu.

La fête étrange

Voici donc réunis conseillers-intimes, conseillers auliques (les conseillers de justice) et conseillers de finances dans une fête qu'on peut qualifier d'étrange, comme celle qu'Alain-Fournier décrira dans *Le Grand Meaulnes* : tout un passé semble ressuscité dans cette fête à l'ancienne mode, comme si l'on revenait près d'un demi-siècle en arrière. Les jeunes gens et les jeunes filles portent des habits tels qu'ils étaient de mise vers 1760. Reutlinger l'a voulu ainsi pour cette « fête du vieux temps » (*Fest der alten Zeit*, l'expression est soulignée aussi dans le texte allemand), célébrée tous les trois ans le jour de la Sainte-Marie.

Deux de ces jeunes gens, Ernest et Willibald, plaisantent à ce sujet, et au sujet de leurs habits, tout en reconnaissant qu'ils en sont comme prisonniers, que le costume a sur celui qui le porte une emprise mystérieuse, celle du Temps lui-même. Willibald imagine même qu'il pourrait engager avec Julie, la plus jeune des filles du conseiller et de la conseillère Foerd, un dialogue analogue à celui qui exista jadis entre Reutligner et l'autre Julie, la mère de celle-ci. Le récit ferait ainsi passer d'un colloque sentimental à l'autre, comme un écho nostalgique la première fois, comme un reflet dérisoire, la seconde — et toujours sous le signe de l'impossible. Peut-être n'est-il d'autre marbre, en définitive, que le temps, bien plus insensible que tous les prétendus cœurs de pierre. Dans l'esprit et la bouche des deux jeunes gens, l'ironie romantique ne s'attaque d'ailleurs pas aux «grandes questions», comme celle du Temps ou comme celle du Jugement dernier. Ils se contentent de l'exercer sur la fête étrange et celui qui l'a voulue ainsi, le conseiller Reutlinger, l'hôte des lieux.

Les motifs de plaisanterie sont multiples: l'arbre aux perruques, la musique où le son aigre des petites flûtes est soutenu par des tambours, la personnalité et les propos d'un ancien ambassadeur en Turquie devenu plus Turc que les Turcs et pourtant coiffé d'une perruque et chaussé des mêmes bottes que les vieux conseillers réunis dans cette fête bien allemande. Un peu d'orientalisme entré en intrus, quelques mots d'italien comme ceux d'un air d'opéra appartenant au répertoire du castrat Farinelli, ces éléments disparates agrémentent la fête étrange, renvoyant à des lieux et à des temps plus ou moins éloignés.

Il n'y manque pas l'histoire du chien de mer, que raconte l'ancien ambassadeur en Turquie, le baron Exter, et, exhibé pour la circonstance, un anneau d'or portant en arabe le nom d'Ali, le cousin de Mahomet. Ce qu'Ernest nomme ici «merveilleux» (traduction de Loève-Veimars), ou plutôt «tout à fait étonnant» (*Das sind ganz erstaunliche Dinge*) est de la bigarrure, avec les mots d'une chanson française et des bribes de musique italienne.

C'est alors que se produit, non l'entrée en scène, mais bien plutôt l'irruption d'un jeune homme, Max, qui porte le même prénom que le maître des lieux, mais est présenté pour l'instant comme le secrétaire du conseiller Foerd.

Max réhabilité

Ce dont Loève-Veimars a fait le chapitre III du «Cœur de pierre» peut sembler faire diversion, comme la fête étrange et ses aspects «carnavalesques» (pour reprendre l'épithète mise à l'honneur par Bakhtine). Philippe Forget, qui a perçu dans cette fête «une perversion (légèrement atténuée) du sacré et du religieux», a fait observer que c'était pour Hoffmann «l'occasion de mettre en scène des historiettes insolites ou carrément burlesques» (après le phoque d'Exter, la noce des tailleurs), «ainsi que des personnages (par exemple une naine débile opportunément prénommée Nannette) et des situations qui ne le sont pas moins[1]». L'histoire de la noce des tailleurs renverrait à une mésaventure vécue par Hoffmann lui-même[2].

L'important est que cette histoire concerne Max, pour lequel, on l'imagine aisément, Hoffmann a donc lui même une sympathie toute personnelle. Tiré de ce mauvais pas par son protecteur, le général Rixendorf, ce jeune homme, que Willibald présente «comme un homme bien élevé et richement doté par la nature», porte un mystère en lui. Le conseiller Foerd supposant que, si Max avait été puni, il aurait quitté la ville de G… pour toujours, Willibald ajoute : «peut-être se trouve-t-il un autre motif en jeu» (le texte allemand parle plutôt de «quelque chose de particulier à l'arrière-plan», *etwas ganz Bensonderes im Hintergrunde*). Ce mystère, essentiel au conte fantastique et mieux encore au conte nocturne, va trouver une explication que le lecteur connaît déjà grâce à la conversation première entre le conseiller Reutlinger et la conseillère Foerd. Max n'est autre que le neveu du conseiller, qui porte le même prénom que lui.

Sa réhabilitation va passer par un nouveau détour du récit qui, pour d'autres raisons que l'histoire de la noce des tailleurs, va paraître au lecteur longue et complexe. Du moins touche-t-elle davantage sa sensibilité, avec des effets pathétiques. Il faut passer par la promenade au jardin, et dans la nuit, du conseiller Reutlinger, par la scène inattendue qu'il a surprise et qu'il a interprétée comme l'annonce de sa mort prochaine, par un nouveau jeu de doubles (les deux Max, les deux Julie), par la lenteur tant de la reconnaissance que du pardon et de la réconciliation. Qui, d'ailleurs, doit pardonner à l'autre ? L'oncle, qui avait surpris Max enfant jouant avec le cœur de pierre prévu pour son tombeau ? Le neveu, qui a souffert de la sévérité injuste et du caractère intraitable de son

1. *Tableaux nocturnes*, éd. P. Forget, *op. cit.*, t. II, p. 54.
2. *Ibid.*, t. I, p. 9.

oncle ? Ou, derrière tout cela, l'ombre du frère cadet, du père de Max-le-jeune, qui mourut pauvre, abandonné, plein de ressentiment pour l'aîné sans pitié ?

Philippe Forget parle d'une «conversion» finale. Le mot est sans doute un peu fort. Le pardon si lent à venir est suivi d'une scène de famille attendrissante, à la Greuze. Ou plutôt ce ne serait que cela si, dans le spectacle qu'il a sous les yeux — la tendre relation entre le jeune Max et la jeune Julie — le conseiller Reutlinger ne retrouvait, en miroir, celui de sa relation ancienne avec l'autre Julie. Le dénouement heureux doit compenser ce qui a été l'échec de sa propre vie. Le voyage imposé à Constantinople ne sera qu'une épreuve ajoutée, dont il n'était nul besoin, sinon pour une touche orientale supplémentaire dans un conte dont le dénouement, cette fois, est heureux comme pouvait l'être celui de *La Flûte enchantée*.

BIBLIOGRAPHIE

ÉDITIONS DES CONTES NOCTURNES

Gesammelte Werke, éd. Georg Ellinger, Berlin-Leipzig, Deutsches Verlagshaus & Co, 1912-1927, 15 vol.

Gesammelte Werke, éd. Müller-Seidel *et alii*, Munich, Winkler-verlag, 1960-1965, 5 vol.

Werke, éd. Georg Ellinger, Berlin/Zürich, Stauffacher, 1965, 5 vol. [trois des *Nachtstücke* seulement sont retenus à la fin du tome I, « *Der Sandmann* », « *Das Sanctus* », « *Das Majorat* »].

Nachtstücke, éd. Gerhard R. Kaiser, Stuttgart, Reclam, coll. « Universal-Bibliothek », 1990.

TRADUCTIONS

Œuvres complètes d'E.T.A. Hoffmann, traduites par Loève-Veimars, Renduel, 1829-1830, 16 vol.

Contes d'Hoffmann, avec la première édition intégrale illustrée des dessins de E. T. A. Hoffmann, sous la dir. d'Albert Béguin, Libraires associés/Club des libraires de France, 1956, 5 vol. [*Les Contes nocturnes* figurent dans le tome I, p. 261 *sq.*, dans la trad. de Henri Egmont (1836) revue par Madeleine Laval, à l'exception de « Le Vœu », traduit par André Espiau de La Maëstre pour cette édition].

Cette édition a été plusieurs fois reprise, en particulier dans le volume de *Contes nocturnes*, l'un des quatorze constituant l'intégrale des contes et récits de Hoffmann, Phébus, 1979.

Tableaux nocturnes, présentation, trad. et notes par Philippe Forget, Imprimerie Nationale éditions/La Salamandre, 2002, 2 vol.

Contes nocturnes, trad. de Henri Egmont, éd. Alain Montandon, Garnier, 2011.

BIBLIOGRAPHIE CRITIQUE

En allemand

JANSSEN, Brunhilde, *Spuk und Wahnsinn. Zur Genese und Charakteristik phantastisher Literatur in der Romantik, aufgezeigt an den* Nachtstücke *von E.T.A. Hoffmann*, Berne, Peter Lang, 1986.

En français

CADOT, Michel, «Art et artifice dans quelques *Nachtstücke* d'E.T.A. Hoffmann», dans *E.T.A. Hoffmann et le fantastique*, dir. Jean-Marie Paul, Publications de l'Université de Nancy II, 1992, t. II, p. 193-204.

IEHL, Dominique, «Fantastique et grotesque. Quelques aspects de leur rencontre dans les *Nachtstücke* de Hoffmann», *ibid.*, p. 115-126.

KELLER, Jules, «Anges et Bêtes, ou la confrontation du Bien et du Mal dans les *Nachtstücke* de Hoffmann», *ibid.*, p. 179-192.

LE BERRE, Aline, *Criminalité et justice dans les* Contes nocturnes *d'E.T.A. Hoffmann*, Berne, Peter Lang, 1996.

MONTANDON, Alain, «Écriture et folie chez E.T.A. Hoffmann» dans *Romantisme*, nº 24, 1979, p. 7-28.

POLLET, Jean-Jacques, «*Contes nocturnes*: le propre et le figuré», dans *E.T.A. Hoffmann et le fantastique*, dir. Jean-Marie Paul, *op. cit.*, t. II, p. 103-114.

L'HOMME AU SABLE

En allemand

HOHOFF, Ulrich, *E.T.A. Hoffmann. Der Sandmann*, Textkritik Edition, Kommentar, Berlin, De Gruyter, 1988.

Würker, Achim, « Tiefenhermeneutische Interpretation von E.T.A. Hoffmanns Erzählung "Der Sandmann" », dans *Das Verhängnis der Wünsche, Unbewußte Lebensentwürge in Erzählungen E.T.A. Hoffmanns*, Francfort, Literaturwissenschaft, Fischer Taschenbuch Verlag, 1993, p. 87-128.

En français

Brunel, Pierre, « Présentation du *Marchand de sable* », dans *L'Homme artificiel*, sous la direction de Pierre Brunel, Didier-Erudition/CNED, 1999, p. 111-140.

Ducrey, Anne, « Jeux optiques », dans le n° spécial « L'homme artificiel » d'*Otrante, art et littérature fantastiques*, nov. 1999, p. 37-42.

Fernandez-bravo, Nicole, « L'homme au sable, Narcisse et son double », dans *L'Homme et l'autre de Suzo à Peter Handke*, Presses universitaires de Nancy, 1990, p. 131-141.

Forget, Philippe, « Des tours d'écriture, Topique, tropismes et rhétorique dans "Le Marchand de sable" d'E.T.A. Hoffmann », dans *Cahiers de littérature générale et comparée*, « L'homme artificiel : les artifices de l'écriture ? », sous la direction de Béatrice Didier et Gwenhaël Ponnau, SEDES, 1999, p. 19-38.

Id., « Interprétations de l'automate », *Bulletin de littérature générale et comparée*, n° 25, automne 1999, p. 163-188.

Marret, Sophie, « Le revers de l'idéal dans "Le Marchand de sable" d'E.T.A. Hoffmann », *Otrante, art et littérature fantastique*, *op. cit.*, p. 33-50.

Pollet, Jean-Jacques, « Créature artificielle et créature poétique : remarques sur la dimension méta-littéraire du "Marchand de sable" », dans *L'Homme artificiel. Hoffmann, Shelley, Villiers de l'Isle-Adam*, sous la direction de Isabelle Krzywkowski, Ellipses, 1999, p. 25-34.

Ponnau, Gwenhaël, « Sur l'histrionisme narratif dans "L'Homme au sable" dans *E.T.A. Hoffmann et le fantastique*, sous la direction de Jean-Marie Paul, *op. cit.*, p. 147-156.

Id., « Montage, démontage, mise en pièces du buisson gris. L'étrangeté narrative dans "Le Marchand de sable" », *Otrante, art et littérature fantastiques*, *op. cit.*, p. 51-55.

IGNACE DENNER

En allemand

FÜHMANN, Franz, «Ignaz Denner», dans *Fräulein Veronika Paulmann aus der Pirnaer Vorstadt oder Etwas über das Schauerliche bei E.T.A. Hoffmann*, Hambourg, 1980, p. 117-143.

En français

BORGARDS, Roland et NEUMEYER, Harald, «Familie als Exekutionsraum. E.T.A. Hoffmanns "Ignaz Denner" und die Debatten um Verhör, Folter, Todesstrafe und Hinrichtung», dans *IASL* (*Internationales Archiv für Sozialgeschichte der deutschen Literatur*), 2003, 28, 2, p. 152-189.

MONTANDON, Alain, *Les Yeux de la Nuit*, CELIS, 2010, p. 224-234.

PAUL, Jean-Marie, «Le diable et le diabolique dans "Ignace Denner" d'E.T.A. Hoffmann et "Die schwarze Spinne" de Jeremias Gotthelf», dans *E.T.A. Hoffmann et le fantastique, op. cit.*, p. 127-146.

L'ÉGLISE DES JÉSUITES

En allemand

RINGL, Stefan, *Realität und Einbidungskraft im Werk E.T.A. Hoffmanns*, Böhlau, Cologne, Vienne, 1997 (p. 226-242).

VON MATT, Peter, «Die gemalte Geliebte. Zur Problematik von Einbildungskraft und Selbsterkenntnis im erzählenden Werk E.T.A. Hoffmanns", *Germanish-romanische Monatsschrift* (1971), p. 395-412.

En français

BOIE, Bernhild, *L'Homme et ses simulacres. Essai sur le romantisme allemand*, José Corti, 1979, p. 206, 263-265.

LE BERRE, Aline, *Criminalité et justice dans les* Contes nocturnes *d'E.T.A. Hoffmann, op. cit.*, p. 152-159.

LE SANCTUS

Ce conte a retenu l'attention de médecins, tels G. Habermann, Friedrich Holtze ou Ernst Jolowicz (voir l'éd. Reclam, p. 388).

On peut s'étonner qu'il n'ait guère suscité d'étude musicologique. Rien à cet égard dans le volume dirigé par Alain Montandon, *E.T.A. Hoffmann et la musique*, Publications de l'Université de Clermont-Ferrand, 1987.

La traduction de Loève-Veimars a suscité, pour « Le Sanctus » des remarques et des réserves. Voir celles de José Lambert dans son édition en GF des *Contes fantastiques*, 1980, t. I, p. 305.

LA MAISON DÉSERTE

En allemand

JAROSZEWSKI, Marek et WYDMUCH, Marek, « Das Phantastische in E.T.A. Hoffmanns Novelle "Das öde Haus" », *Germanica Wratislaviensia*, 27 (1976), p. 127-135.

En français

BESSIERE, Irène, *Le Récit fantastique. La poétique de l'incertain*, Larousse, 1974, p. 103-105.

MAILLARD, Christine, « E.T.A. Hoffmann, dialecticien du psychisme. Théorie de l'inconscient et structures archétypiques dans *"Der Sandmann"*, *"Das öde Haus"* et *"Die Automate"* », Le Texte et l'Idée, revue annuelle publiée avec le concours du Centre de recherches germaniques et scandinaves de l'université de Nancy II, n° 7, 1992.

MILNER, Max, *La Fantasmagorie. Essai sur l'optique fantastique*, PUF, 1982, p. 63-76.

— « Fantastique et roman familial dans *"La Maison déserte"* », dans *E.T.A. Hoffmann et le fantastique*, *op. cit.*, p. 205-217.

MONTANDON, Alain, « Écriture et folie chez E.T.A. Hoffmann », dans *Romantisme* 9, 1979, p. 7-28.

LE MAJORAT

En allemand

DIEBITZ, Stefan, « Überhaupt eine gehässige Sache. E. T. A. Hoffmanns Erzählung "Das Majorat" als Dichtung der Hybris und der Niedertracht », *Mitteilungen der E. T. A. Gesellschaft*, 32 (1986), p. 35-49.

NEGUS, Kenneth, « The allusions to Schiller's "Der Geisterseher" in E. T. A. Hoffmann's "Das Majorat". Meaning and Background », *The German Quarterly*, 22 (1959), p. 341-355.

En français

LE BERRE, Aline, *Criminalité et justice, op. cit.*, p. 148-151, 203-207, 302-305, 389-393.

LE VŒU

En allemand

Postface (*Nachwort*) de Gerhard R. Kaiser à l'éd. Reclam citée des *Nachtstücke*, p. 412-414.

En français

FORGET, Philippe, *Tableaux nocturnes, op. cit.*, t. II, Présentation, p. 48-52.

LE BERRE, Aline, *Criminalité et justice, op. cit.*, 3e partie, chap. I, « L'aspiration à une justice absolue dans "Le Vœu" », p. 343-371.

LE CŒUR DE PIERRE

En allemand

ANHUBER, Friedhelm, *In einem fernen dunklen Spiegel. E. T. A. Hoffmanns Poetisierung der Medizin*, Opladen, 1986, p. 159-170.

BÖRSCH-SUPRAN, Eva, « Das Motiv des Gartenraumes », *Deutsche Vierteljaresschrift für Literaturwissenschaft und Geistesgeschichte*, 39, 1965, p. 87-124.

En français

FORGET, Philippe, *Tableaux nocturnes, op. cit.*, t. II, Présentation, p. 52-56.
LE BERRE, Aline, *Criminalité et justice, op. cit.*, p. 291-302.

BIOGRAPHIES DE HOFFMANN

En allemand

BERGENGRUEN, Werner, *E.T.A. Hoffmann*, Stuttgart, Cotta Verlag, 1943.
ELLINGER, Georg, *E.T.A. Hoffmann. Sein Leben und seine Werke*, Hambourg, 1894.
HARICK, Walter, *E.T.A. Hoffmann. Das Leben eines Künstlers*, Berlin, 1920.
PIANA, Theo, *E.T.A. Hoffmann. Ein Lebensbild*, Berlin, Das Neue Berlin, 1953.

En français

MISTLER, Jean, *La Vie d'Hoffmann*, Gallimard, 1927.
PEJU, Pierre, *E.T.A. Hoffmann. Biographie*, Librairie Séguier, 1988 [à ce titre, qui figure sur la couverture, se substitue sur la page de garde et comme titre courant, *Hoffmann et ses doubles*].
SCHNEIDER, Marcel, *Ernest Théodore Amadeus Hoffmann. Biographie*, Julliard, coll. « Les Vivants », 1979.

SUR HOFFMANN ÉCRIVAIN

En allemand

RINGL, Stefan, *Realität und Einbildungskraft in Werk E.T.A. Hoffmann*, Cologne/Weimar/Vienne, Böhlau, 1997.
SEGEBRECHT, Wulf, *Autobiographie und Dichtung. Eine Studie zu E.T.A. Hoffmann*, Stuttgart, Metzler, 1967.

En français

MISTLER, Jean, *Hoffmann le fantastique*, Albin Michel, 1950.

PAUL, Jean-Marie (dir.), *E.T.A. Hoffmann et le fantastique*, Publications de l'Université de Nancy II, coll. «Bibliothèque Le Texte et l'Idée», 1992.

RICCI, Jean-François, *Hoffmann. L'homme et l'œuvre*, José Corti, 1947.

SUCHER, Paul, *Les Sources du merveilleux chez E.T.A. Hoffmann*, Félix Alcan, 1912.

FORTUNE

CASTEX, Pierre-Georges, *Le Conte fantastique en France de Nodier à Maupassant*, José Corti, 1953.

TEICHMANN, Élisabeth, *La Fortune d'Hoffmann en France*, Genève, Droz, 1961.

OUVRAGES D'ENSEMBLE

BÉGUIN, Albert, *L'Âme romantique et le rêve*, José Corti, 1939; Livre de Poche, coll. «Biblio essais», 1993.

FINNÉ, Jacques, *La Littérature fantastique. Essai sur l'organisation surnaturelle*, Éd. de l'Université de Bruxelles, 1980.

HUCH, Ricarda, *Les Romantiques allemands*, trad. A. Babelon, Grasset, 1933; rééd. Aix-en-Provence, Pandora, t. I, trad. A. Babelon, 1978, t. II, trad. J. Bréjoux, 1979.

IEHL, Dominique, article «Hoffmann», *Encyclopédie du fantastique*, dir. Valérie Tritter, Ellipses, 2010.

LACOUE-LABARTHE, Philippe, NANCY, Jean-Luc, *L'Absolu littéraire. Théorie de la littérature du romantisme allemand*, Éd. du Seuil, coll. «Poétique», 1978.

NOTES

Les divisions numérotées en chiffres romains sont de Loève-Veimars. De même les notes annoncées par des astérisques.

Page 49.

1. « Quelque chose d'épouvantable » : « *Etwas ersetzliches* ».

Page 50.

1. « Pour un visionnaire absurde » : « *für einen aberwizigen Geisterseher* ». Sous ce titre, *Der Geisterseher*, avait paru un fragment de roman de Schiller en 1787 dans la revue *Thalia*, comme le signale Philippe Forget (*op. cit.*, t. I, p. 255, n. 27).

2. « Un marchand de baromètres » (*ein Wetterglashändler*) : inoffensif en apparence, il s'en va tout bonnement. Comme le fait observer à juste titre José Lambert (*Contes fantastiques*, éd. GF, *t.* 2, p. 367), Loève-Veimars n'a pas été sensible ici au jeu de l'hyperbole ironique dans le texte de Hoffmann. Nathanaël reconnaît pourtant, quelques lignes plus bas, qu'il s'agit en apparence d'un « petit événement » (« *diesem Vorfall* »), d'un « incident » (trad. de Geneviève Bianquis, éd. bilingue, Aubier, 1943 ; rééd. Aubier-Flammarion, 1968, p. 33).

3. Plongée au cœur d'une enfance qui ne va pas se réduire à des enfantillages (« *Kindereien* », comme le dirait Clara).

4. Franz Moor, dans *Les Brigands* (*Die Räuber*, 1781) de Schiller, acte V, scène I. Jaloux de son frère Karl, qu'il a fait chasser du toit paternel et qui a dû devenir le chef d'une bande de brigands, il est sur le point de voir ses menées découvertes et demande à son serviteur Daniel de prier pour lui.

Page 51.

1. « Des histoires merveilleuses », « *wunderbare Geschichten* ».

2. Cette mère triste, dont le rôle est effacé par rapport au père, éveille l'inquiétude en annonçant la venue de l'Homme au sable, même si ensuite elle en nie l'existence et en réduit la figure à une utilité métaphorique.

3. Le pas est un motif essentiel ; voir le commentaire dans la notice.

Page 52.

1. La vieille servante, nommée Thanelchen dans le texte original, noircit encore la figure. On passe de l'inquiétude à l'anxiété et à l'effroi.

2. « Cette apparition étrange » : « *den unheimlichen Spuk* ».

3. « Le champ du merveilleux » : « *die Bahn des Wunderbaren* ».

Page 53.

1. « L'étranger » : le terme est ici introduit par le traducteur.

Page 54.

1. « À la vieille mode » : Coppelius a quelque chose d'un revenant.

Page 56.

1. Des yeux, « *Augen her, Augen her* ».

Page 57.

1. « Je me réveillai comme du sommeil de la mort » : c'est en tout cas comme l'éveil d'un cauchemar. Mais ce *Todesschlaf* exprime bien la possible identité de la Mort et de la Nuit.

Page 58.

1. « Bonne nuit ! » Sur ce « *Gute Nacht !* », voir la Préface.

Page 59.

1. « Minuit » répond à « midi », l'heure où, au début de cette lettre, Nathanaël plaçait l'entrée dans sa chambre d'un marchand de baromètres, qui n'est autre que Coppelius-Coppola.

2. La mort du père : dans un passage supprimé du manuscrit, restitué par Ulrich Mohoff dans son édition critique et repris en note par Philippe Forget (*op. cit.*, p. 257, n. 93), elle

était précédée par la mort d'une petite sœur de Nathanël, qui comme sa mère soupçonnait Coppelius.

Page 60.

1. Giuseppe Coppola : ce nom a moins besoin d'être glosé que ne l'ont cru certains commentateurs, dont Freud (voir l'éd. de Forget, *op. cit.*, p. 256, n. 8 et 10).

2. Loève-Veimars a supprimé à la fin de cette première lettre la traditionnelle formule d'adieu «*Lebe wohl*», suivie de manière ironique d'un double *etc.* On trouvera cette formule, sans nul etc., à la fin de la troisième lettre.

Page 63.

1. «La puissance ténébreuse» : «*eine dunkle Macht*». Philippe Forget fait observer que la lecture du manuscrit est douteuse : ce pourrait être *Nacht* au lieu de *Macht* retenu dans les éditions.

2. «C'est le fantôme de notre propre *nous*», «*Es ist das Phantom unseres eigenen Ichs*» : c'est la formule même du Double hofmannesque, mieux traduite par Geneviève Bianquis : «C'est le fantôme de notre propre moi» (*op. cit.*, p. 55).

3. «Ton avocat chimiste», c'est-à-dire alchimiste. La traduction de Loève-Veimars est de toute façon libre ici.

Page 64.

1. Loève-Veimars introduit le mot «mécanicien» (celui qui construit des machines) là où Hoffmann dit bien «marchand de baromètres» (*Wetterglashändler*).

2. Spalanzani est l'orthographe volontairement erronée de Hoffmann pour Lazzaro Spallanzani (1729-1799), célèbre biologiste italien qui fit les premiers essais sur la fécondation artificielle des animaux. Comme le fait observer Geneviève Bianquis (*Trois Contes*, *op. cit.*, p. 280), c'est une «plaisante homonymie pour un fabricant de poupées, animées elles aussi d'une vie artificielle».

Page 65.

1. L'aventurier Cagliostro, de son vrai nom Giuseppe Balsamo (1743-1795), avait été représenté par le peintre et dessinateur Nikolaus Chodowiecki (1725-1801) et le portrait avait été publié en 1789 dans le *Berliner Kalender*.

2. «Ils manquaient des rayons visuels» : Loève-Veimars a

cherché à traduire exactement mais non sans maladresse le texte allemand, «*keine Sehtkraft*» (aucune force visuelle). Geneviève Bianquis affaiblit l'expression : «un regard qui semblait ne pas voir» (*op. cit.*, p. 59). De même Philippe Forget : «pour un peu je dirais qu'elle n'y voyait pas» (*op. cit.*, p. 88).

Page 66.

1. Ici Hoffmann (ou le narrateur qui reprend la parole après les trois lettres précédentes) s'adresse directement au lecteur, dans le texte allemand.

2. «Des images fantasques» : Loève-Veimars introduit le terme de fantasque là où Hoffmann n'utilise pas de mot allemand équivalent et parle de «formes invisibles à d'autres yeux» («*Gestalten, keinen anderen Age sichtbar*»).

Page 67.

1. Hoffmann soulève ici le problème technique de l'*incipit*.

2. Bouffon et égaré : on retrouvera ce couple d'épithètes dans «Délires II. – Alchimie du verbe» de Rimbaud (*Une saison en enfer*) : «je prenais une expression bouffonne et égarée au possible».

Page 68.

1. «Rien n'est plus fantastique et plus fou que la vie réelle» : le texte allemand, «*nichts wunderlicher und toller als die wirkliche Leben*», ne contient pas la notion de fantastique et signifie strictement «il n'y a rien de plus extraordinaire ni de plus fou que la vraie vie».

2. Goettingue (Göttingen) : G. dans le texte allemand.

3. «Avec un doux sourire» : voir Bettina dans «Le Sanctus».

4. «Son teint, digne de Battoni» : Geneviève Bianquis, calquant le texte allemand, traduit «son coloris "battonien"» («*battoneschen Kolorit*»). Pompeo Girolamo Battoni (1708-1787) avait peint entre autres une *Madeleine pénitente* conservée au musée de Dresde jusqu'à ce qu'elle soit détruite lors du bombardement de la ville en 1945. – C'est Loève-Veimars qui introduit le nom de Corrège (Corregio), qui ne figure pas dans le texte.

5. Peintre hollandais de paysages, Jacob van Ruisdael (1628-1682) a été admiré par Goethe et a pu être considéré comme un des précurseurs du paysage romantique.

Page 69.

1. «La lettre métaphysique de Clara», c'est-à-dire ce que Loève-Veimars a numéroté II.

Page 70.

1. «Des progrès dans les arts et dans les sciences»: sujet d'école au XVIIIᵉ siècle; voir le Discours de Jean-Jacques Rousseau.

2. Mystique, pour Clara, s'oppose sans doute à la simplicité de la vie ordinaire. Cela ne se réduit pas, comme l'indique José Lambert (*op. cit.*, t. II, p. 368), au conflit entre l'idéal et le réel.

Page 71.

1. «Ses compositions...»: une donnée essentielle du récit: Nathanaël s'essaie à écrire, des récits ou même de la poésie (*Dichtung*), au sens large, ou même de la poésie versifiée.

Page 72.

1. La voix (*Stimme*) de Clara, qui est actuellement douce, devient terrifiante dans le poème imaginé par Nathanaël.

Page 73.

1. Ce serait le Cahier noir de Nathanaël.

2. «Stupide automate»: Nathanaël rejette Clara comme si elle était Olimpia, la poupée mécanique de Spalanzani. Le texte allemand est plus rude encore: «*Du lebloses, verdammtes Automat!*», «automate sans vie, maudit!».

3. Pour une fois «*fantasticher*» figure dans le texte allemand. Loève-Veimars se contente de le rendre par «fantasque».

4. Le duel (*Zweikampf*) va opposer deux presque frères.

Page 74.

1. «Mon amant»: au sens classique du terme. Le terme allemand *Geliebten* désigne ici le bien-aimé.

Page 75.

1. «Son compendium» (*sein Kompendium*): son manuel.

Page 76.

1. «Mon cher ami»: ne serait-ce pas plutôt un «Mon ami» condescendant?

2. «Des zolis youx»: transposition habile du texte allemand.

Page 77.

1. Lunettes... lorgnettes : l'équivoque n'existe pas en allemand, «*Brillen... Lorgnetten*».

Page 78.

1. «*Tre Zechini*», trois sequins ; «*drei Dukat*», ajoute en effet
le texte allemand.

2. «Adieu» : le mot est en français dans le texte allemand.
C'est un adieu autrement dramatique que celui qui clôt une
lettre.

3. Sigismond : c'est le nom du personnage central de *La vie
est un songe* de Calderón.

Page 79.

1. «Une nuit profonde» : la nuit des *Nachtstücke*, la nuit à
laquelle voudrait échapper Nathanaël. L'expression est plus
insistante dans le texte allemand : «*in finstrer hoffnungsloser
Nacht*», dans une nuit ténébreuse et vide d'espoir.

Page 80.

1. «Du piano», *Flügel* (piano à queue). – «Un air de bravoure», *eine Bravour-Arie*.

2. «Un long trillo» : «*der Kadenz der lange Trillo*». Philippe
Forget traduit : «un long trille, succédant à la cadence»
(*op. cit.*, p. 104).

Page 82.

1. «La légende de la morte Fiancée», *Die tote Braute*, c'est-
à-dire *La Fiancée de Corinthe* (*Die Braut von Corinth*, 1798) de
Goethe.

Page 85.

1. En poète, Nathanaël veut se distinguer des «âmes prosaïques». Il n'est d'ailleurs pas seulement poète, et il a fait
l'expérience d'à peu près tous les genres littéraires.

Page 86.

1. «Bonne nuit» : une simple formule, dans le langage mécanique de l'automate.

2. «Rien que des mots» : voir *Hamlet*, «*Words, words, words*».

Page 87.

1. «Des liaisons» : l'expression paraît plutôt gauche. Des relations, tout au plus. Le texte allemand emploie un mot au singulier, *das Verhältnis* (le comportement).

2. L'anneau de mariage.

Page 88.

1. «Luttant avec fureur...» : cette querelle est symétrique de celle qui avait opposé Coppelius et le père de Nathanaël. L'environnement («des fioles, des cornées et des cylindres», quelques lignes plus loin) est encore celui du cabinet d'un alchimiste.

Page 89.

1. De nouveau un délire, à la fois amoureux et poétique. Mais c'est cette fois la folie qu'on enferme.

Page 90.

1. «Quelques étudiants profonds» : perspicaces, plutôt.

2. «*Sapienti sat*», «Voilà qui suffit au sage», formule proverbiale qu'on trouve dans le théâtre de Plaute et de Térence.

Page 92.

1. C'est l'ombre qui va ruiner le bonheur idyllique.

2. «Il voulut la précipiter...» : ce geste renouvelle en l'aggravant la parole de rejet lancée à Clara dans la partie numérotée IV par le traducteur, «Loin de moi, stupide automate!».

Page 93.

1. «Tourne, cercle de feu...» : c'est la ritournelle du feu : «*Feuerkreis dreh'dich. Feurkreis dreh'dich.*» Geneviève Bianquis traduit : «Roue de feu, tourne, tourne ; roue de feu, tourne donc!» (*op. cit.*, p. 111). Et Philippe Forget, de manière plus rigoureuse encore : «*Cercle de feu*, tourne donc, *cercle de feu*, tourne donc».

IGNACE DENNER

La numérotation des chapitres est de Loève-Veimars. Curieusement l'indication manque pour le chapitre i.

Page 97.

1. Fulda : ville de Hesse, région de plateaux boisés entre Rhin et Main, constituée en landgraviat en 1292.

2. Aloys de Fach : Aloys von Vach dans le texte allemand.

3. Italie : cela rend inexactement *Welschland*, mais ce nom ne semble pas avoir ici de connotation péjorative (*Welsch*, Gaulois, a été longtemps un terme de mépris appliqué par les Allemands à tout ce qui est italien, français ou même étranger), même si l'attitude de Hoffmann à l'égard de l'Italie est ambiguë.

Page 98.

1. C'est, dans le texte allemand, les *Freischützen*, terme difficile à traduire, puisqu'en France on a conservé le titre allemand *Le Freischütz* pour l'opéra de Weber, postérieur à ce conte nocturne (il a été représenté pour la première fois à Berlin en 1821). C'est dans cette œuvre le tireur qui a fait un pacte avec le diable. Loève-Veimars traduit ici le mot par «bûcherons» et un peu plus loin par «brigands». Philippe Forget préfère laisser le mot allemand, comme étant intraduisible (*op. cit.*, t. I, p. 122).

Page 99.

1. «Un étranger» : *ein Fremder*.

Page 103.

1. «Une voix intérieure» : autre motif essentiel. Cette «*innere Stimme*» est la voix de saint André.

Page 104.

1. «Toutes sortes de complaisances» : c'est un pacte, pour l'instant très imprécis.

2. La Saint-Michel est le 29 septembre, et c'est autour de cette date qu'étaient organisées de grandes foires, en particulier à Cassel, capitale de la Hesse.

Page 105.

1. Hirschfeld : petite ville dans la région de Dresde.
2. Schaffhouse : ville célèbre par les chutes du Rhin.
3. «Accoupler» : «coupler», traduit plus clairement et plus justement Philippe Forget.

Page 107.

1. «Le canton de Wallis» : le Valais, au sud de la Suisse.

Page 110.

1. «Quelques gros» : quelques sous (*Groschen* dans le texte allemand).

Page 111.

1. «Eut atteint à l'âge» : on attendrait plutôt la forme transitive (eut atteint l'âge).

Page 118.

1. Un seul centime (*Pfennig*) – ou son équivalent.

Page 119.

1. «Sans rompre le serment...» : cas de conscience entre complicité passive et non-respect du secret.

Page 123.

1. «La foresterie» : le domaine forestier.

Page 125.

1. «Le cellerier» : le sommelier (*Kellermeister*).

Page 128.

1. Même suspens, sans points de suspension, dans le texte allemand : «*so bist du doch*». Le mot non prononcé est *Räuber*, voleur.

Page 138.

1. «Une tout autre tournure», et même un véritable tournant (*Wendung*).
2. «Le docteur merveilleux», ou docteur Miracle : *Wunder-Doktor*.

Page 140.

1. Loève-Veimars écrit «alchymiste», calquant l'allemand *Alchymisten.*

2. «Un grand coq»: il n'est pas nécessaire de faire intervenir le coq d'Esculape, comme le fait Philippe Forget, même si Trabucchio est médecin. Mais le coq fait partie de l'arsenal de la sorcellerie.

Page 141.

1. Poison moderne et secret, désigné sous ce nom d'*acqua toffana* dans le sud de l'Italie.

Page 143.

1. «Un vent si violent...»: c'est une des manifestations de la présence du diable.

Page 144.

1. «Un grand éclat de rire»: autre manifestation diabolique.

L'ÉGLISE DES JÉSUITES

Page 155.

1. «Comme le navire de Prospero»: allusion à *La Tempête* de Shakespeare, acte I, scène II. Prospéro, duc de Milan, chassé et exilé dans une île, évoque une barque pourrie et rongée par les vers.

2. «Sur le marché de G...»: le titre allemand du conte, «*Die Jesuiterkirche in G.*», est incomplètement traduit par Loève-Veimars, qui ne tient pas compte de l'esquisse de localisation géographique. Peut-être G. désignait-il Glogau dans l'esprit de Hoffmann. Il a exercé son métier de juriste dans cette ville de Silésie, comme l'a rappelé Philippe Forget (*op. cit.*, t. I, p. 266). Dans cette ville se trouvait un collège de Jésuites analogue à celui dont il est question dans ce conte nocturne.

3. «Les gens entendus»: en allemand *die Sachverständigen*, c'est-à-dire plutôt des gens qui s'y entendent, des personnes compétentes, expertes en la matière.

4. «Lecteur bénévole» (*günstiger Leser*): bienveillant, plutôt.

Page 156.

1. Aloysius Walter : Hoffmann, avec un tel prénom, fait peut-être allusion au peintre Aloys Molinari (1772-1831), qui était devenu à Glogau son ami et qui serait le modèle de Berthold dans ce conte nocturne.

2. «Dans ce style italien» : c'est ce qu'on appellera par la suite le style baroque.

Page 158.

1. *Gallio antique* : «*giallo antik*» (éd. Reclam, p. 108), ou plutôt *gallio antico*, imitation du marbre de Numidie. Le stuc lui-même est, en plâtre, du faux marbre.

Page 159.

1. «Un *dominichino*», ou plutôt un *domenichino*, du nom de Domenico Zampieri (1581-1651), dit le Dominicain (Il Dome-nichino), peintre de fresques.

2. «De maîtres inconnus de l'école italienne» : voir *Salvator Rosa* (*Signor Formica*) dans *Les Frères de Saint-Sérapion*, où il est question des primitifs italiens et de leur influence sur la peinture allemande.

Page 160.

1. Ce lecteur, Hoffmann cherche à le prendre à témoin, sans toutefois l'apostropher directement.

Page 161.

1. Le peintre prend le visiteur (toujours le voyageur enthou-siaste) pour son aide, qui se prénomme Christian.

Page 162.

1. Avant Rimbaud, Hoffmann présente le créateur comme un voleur de feu. (Voir le livre de Dominique de Villepin, *Éloge des voleurs de feu*, Gallimard, 2003.) Le mythe de Prométhée, depuis le fragment d'un drame et l'ode de Goethe, en 1774, a été souvent convoqué pour illustrer de manière emblématique l'artiste qui se pose en rival des dieux et du Dieu créateur. (Voir le livre de Raymond Trousson, *Le Thème de Prométhée dans la littérature européenne*, Genève, Droz, 1964, 3ᵉ éd., 2001 ; sur Goethe, p. 312-345 ; mais aucune référence à Hoffmann.)

Page 163.

1. Tiziano Vecellio ou Vecelli (1490-1576), dit Le Titien, qui travailla à la décoration de l'église des Frari, à Venise, mais peignit aussi une *Bacchanale*, la même année 1518.

2. «... aux étoiles» : complément original de l'interprétation du mythe de Prométhée.

Page 164.

1. «Certains animaux...» : idée empruntée à la *Symbolique du rêve* (*Die Symbolik des Traums*, 1814) de Gotthilf Heinrich Schubert, dont Hoffmann était un lecteur assidu.

2. C'est la théorie de l'homme-machine.

3. «La serinette» : médiocre instrument de musique qui ne permet que de «seriner» les mêmes airs.

4. Johann Albert Eytelwein (1764-1848), directeur de la *Bauakademie* (Académie d'architecture) de Berlin et auteur d'un important ouvrage sur la perspective, publié en 1810.

Page 166.

1. «C'est un homme bizarre» : l'un des *Contes de Saint-Sérapion* est intitulé ainsi, «*Es ist ein wunderlicher Mensch*». Philippe Forget traduit par «C'est un être singulier» (*op. cit.*, t. I, p. 203).

2. «Peintre»/«métier de barbouilleur» : voir l'opposition entre l'artisan et l'artiste dans «Maître Martin le tonnelier».

Page 167.

1. Raffaello Sanzio (1483-1520), qui fut le peintre officiel du Vatican. Hoffmann avait pu admirer à Dresde une Madone peinte par Raphaël.

Page 168.

1. «Il a été lui-même son démon» : c'est déjà l'*héautontimoroumenos* – celui qui se châtie lui-même – de Baudelaire dans *Les Fleurs du Mal*.

Page 169.

1. «Un enthousiaste», «*ein Enthusiast*» : le mot revient avec insistance depuis le *Don Juan* des *Fantasiestücke*.

Page 170.

1. «L'auteur des *Contes fantastiques*...» : le dédoublement,

avec l'allusion aux *Fantasiestücke in Callots Manier*, le livre
précédent de Hoffmann, permet ici un bel effet d'ironie romantique.

2. «Le cahier...»: titre ajouté par Loève-Veimars.

3. Dresden: D** dans le texte original.

4. «Voir l'Italie»: c'était le lieu considéré comme indispensable à la formation d'un artiste au xviiie siècle et encore au
début du xixe.

Page 171.

1. «Cette contrée où l'art fleurit»: allusion à la chanson de
Mignon dans le *Wilhelm Meister* de Goethe.

2. Antonio Allegri, dit Il Corregio, Le Corrège, avait séjourné
à Rome vers 1517-1519 avant de peindre ses célèbres fresques
de Parme.

Page 172.

1. Jacob Philipp Hackert (1737-1807), peintre allemand
venu en 1768 à Rome où il rencontra Goethe, qui publia ses
carnets, *Biographische Skizze*, en 1811. Il s'installa ensuite à
Naples, où il fit école.

Page 173.

1. Claude Gellée (1600-1682), dit Le Lorrain, peintre français qui vint à Rome en 1619 et peignit la campagne romaine.
– Salvatore Rosa (1615-1673), peintre et graveur, mais aussi
musicien (voir la «Canzonetta de Salvatore Rosa» dans les
Années de pèlerinage pour piano de Franz Liszt).

Page 174.

1. «L'étranger»: il est désigné comme le Grec, le Maltais,
dans la suite du texte.

Page 175.

1. «Un vieux peintre flamand»: allusion à Ruysdael et à sa
Vue de Haarlem.

Page 177.

1. «Un hiéroglyphe de feu»: cette métaphore était déjà présente dans «L'Homme au sable».

Page 180.

1. «Bonaparte... aux portes de Naples» : en 1798, après la campagne d'Italie de 1796-1797.

2. *«Viva la santa fede»* : vive la sainte foi.

Page 181.

1. « Un *lazzarone* » : un mendiant.

Page 182.

1. M... : sans doute Munich.

Page 184.

1. R... : N** dans le texte de Hoffmann.

LE SANCTUS

Page 189.

1. Il ne semble pas y avoir de modèle précis pour cette Bettina – prénom romantique par excellence en Allemagne. Lui attribuer un rhume (un catarrhe) paraît d'autant plus prosaïque.

2. «Son jonc d'Espagne» : attribut de Kant, mais aussi de Podbielski, le vieux maître de musique dans un récit plus tardif de Hoffmann, *Le Chat Murr.*

3. Le docteur Sangrado dans le roman de Lesage, *Histoire de Gil Blas de Santillane.*

Page 190.

1. «Toutes ces charmantes canzonettes...» : premier registre dans le répertoire de la cantatrice, le répertoire profane, avec des chansons italiennes (*canzonette*) et des chansons dansées espagnoles (boléros et séguedilles).

2. «Plus de *miserere*...» : deuxième registre, le registre sacré : l'*Agnus Dei* termine la Messe ; il est précédé par le *Sanctus*. Le modèle ou du moins l'exemple type pourrait être ici la *Messe du couronnement* (K-317, en ut majeur) de Mozart. Hoffmann lui-même a composé un *Miserere* en 1808-1809 ; il comporte onze parties (analysées par Jean-Alexandre Méné-

trier dans le *Guide de la musique sacrée et chorale profane*, dir. François-René Tranchefort, Fayard, 1993, p. 396-398).

3. *Qui tollis* : ces mots suivent *Agnus Dei* dans le cantique final qui est chanté dans la messe après la communion, «*Agnus Dei, qui tollis peccata mundi*», «Agneau de Dieu, qui enlèves les péchés du monde». Mais le «*Qui tollis*» est aussi une sous-partie du «*Gloria*», la deuxième partie de la messe, par exemple dans la *Messe en ut mineur* (K-427), dite «Grande Messe», de Mozart.

4. Dans la Messe, le *Gloria* vient après l'*Introit* et est suivi du *Credo*.

5. L'opium était administré, sinon à des fins thérapeutiques, du moins comme calmant. Mais en doses excessives il était dangereux, et même mortel.

6. De ce «céleste docteur» (*himmlischer Doktor*) le maître de chapelle voudrait faire un satanique docteur.

Page 191.

1. Halle : ville de Prusse orientale qui, de 1806 à 1814, a fait partie du royaume de Westphalie. Elle possède de nombreuses églises anciennes.

2. «Porter de la poudre» : une perruque poudrée.

3. Bizarre : *sonderbares* ; merveilleux : *verwunderliches*.

4. «Un ton musical» : une note.

5. «Un rêve... planer dans les airs» : un rêve de lévitation.

Page 192.

1. Ce «troisième interlocuteur» est le voyageur enthousiaste, annoncé dès le titre du quatrième des *Fantasiestücke* : «Don Juan. *Eine fabelhafte Begebenheit, die sich einem reisenden Enthusiasten zugetragen*», «Don Juan. Aventure fabuleuse d'un voyageur enthousiaste», récit écrit en 1812 et d'abord publié le 31 mars 1813 dans la *Leipziger Allgemeine Musikalische Zeitung*.

2. «Double clavicorde» : pianoforte à deux claviers, comme le clavecin. – Pour ce qui est du papillon, on ne peut pas ne pas penser aux *Papillons*, l'opus 2, pour piano, que composera Robert Schumann en 1830-1831, même si le prétexte en est différent : le bal masqué dans le roman de Jean Paul (Richter), *Flegeljahre*, *L'Âge ingrat*.

Page 193.

1. *Ein tausendchörigtes Clavichord [...] in dessen Saiten wir herumhantierten*, ce que Philippe Forget traduit plus exactement par «un clavicorde à mille chœurs dont nous grattions les cordes» (*Tableaux nocturnes, op. cit.*, t. I, p. 235).

2. «Son *dada*» (*Steckenpferde* dans le texte allemand); Philippe Forget reprend la même expression dans sa traduction (*op. cit.*, p. 236): «il va enfourcher son dada et s'enfoncer à bride abattue dans le monde des pressentiments».

3. Le magnétisme, en particulier le magnétisme animal de Mesmer: voir «Le Magnétiseur» («*Der Magnetiseur*») dans les *Fantaisies à la manière de Callot* (*Contes*, «Folio classique», p. 171-239). Comme le fait observer Philippe Forget (*op. cit.*, t. I, Présentation, p. 16), les *Nachtstücke* étaient publiés chez le même éditeur que le livre de C. A. F. Kluge, *Versuch einer Darstellung des animaleschen Magnetismus als Heilmittel* (1811).

4. Ici vient dans le texte allemand un passage supprimé par Loève-Veimars. Le voici dans la traduction de Philippe Forget (p. 236-237):

> Du reste, vous admettrez, maître de chapelle, que la musique sacrée soit devenue partie intégrante de notre conversation. Les talents les plus magnifiques sont ainsi rabaissés dans l'indigence de la vie commune! Au lieu qu'auparavant musique et chant déversaient sur nous leurs rayons venus des lointains sacrés, pareils au merveilleux royaume céleste lui-même, on a maintenant tout bien en main et on sait exactement combien de tasses de thé la chanteuse doit boire, et combien de verres de vin la basse, pour trouver la «tramontane» – c'est-à-dire la *stella tramontana*, l'étoile située au-delà des monts, ou encore le nord qu'on a perdu.

Page 194.

1. «*Souvent l'amour*», romance française qui vient compléter le répertoire profane de Bettina.

2. «L'élève du sorcier»: allusion à l'Apprenti sorcier de Goethe dans sa ballade «*Der Zauberlehrling*», qui inspirera à Paul Dukas un célèbre poème symphonique, *L'Apprenti sorcier* (1897).

3. «En galopant sur sa canne»: geste de la main que fait le docteur.

Page 195.

1. «La belle messe de Haydn en bémol»: c'est la *Missa «in*

honorem Beatissimae Virginis Mariae» en mi bémol majeur (nᵒ XXII, 4 du catalogue Hoboken des œuvres de Joseph Haydn, 1732-1809), connue aussi sous le nom de *Grosse Orgelmesse* (Grande Messe avec orgue). Elle semble avoir été composée en 1758-1769. Comme le fait observer Marc Vignal, «la tonalité de mi bémol était rare pour une messe à l'époque» (voir sa notice dans le *Guide de la musique sacrée et chorale profane de 1750 à nos jours, op. cit.*, p. 336, et son grand livre *Joseph Haydn*, Fayard, 1988, p. 877-878).

2. «Une couple de *duo*»: Bettina quitte l'exécution de la Messe, où elle n'intervient que de manière secondaire, pour dcs types d'œuvres qui devraient la mettre davantage en valeur: une cantate, un duo.

3. Au contraire, sa voix se fondrait dans celle d'un chœur du célèbre oratorio de Georg Friedrich Haendel (1685-1759), *Messiah, Le Messie*, exécuté pour la première fois à Dublin, au New Music Hall, le 13 avril 1742. – «Le premier final» des *Noces de Figaro* de Mozart, sur un livret de Lorenzo Da Ponte.

4. «Le *Sanctus* est un péché»: *es sündlich ist*.

5. «Excellent» traduit ici «*Wunderbar!*» qui serait mieux traduit par «Stupéfiant» ou même par «Fantastique». Il y a là, pour le maître de chapelle, et pour nous, quelque chose qui dépasse la raison.

Page 196.

1. Ce vieux livre («*ein altes Buch*») n'a pas été identifié. Il peut être de l'invention de Hoffmann.

2. «Quelque bon opéra comique»: le genre de l'opéra-comique n'est pas ici concerné. Le texte allemand est «*ein guter Stoff zu einer tüchtigen Oper darin*», ce que Philippe Forget traduit par «peut-être y a-t-il là matière à un opéra de bon aloi» (*op. cit.*, p. 239).

3. Isabelle la Catholique (1451-1504) et son royal époux préparèrent l'unité de l'Espagne tout en préservant l'indépendance des deux monarchies. Grâce à eux, la *Reconquista*, ou conquête de Grenade, s'acheva le 2 janvier 1492, après un long siège. La ville avait été fondée par les Arabes au VIIᵉ siècle et était devenue capitale mauresque.

4. Florian (1755-1794), plus connu par ses *Fables* et par sa traduction de *Don Quichotte*, est l'auteur de *Gonzalve de Cordoue ou Grenade reconquise* (1791), roman précédé d'un «Précis historique sur les Maures d'Espagne» dû à Samuel

Baur, traduit en allemand sous le titre *Gonzalvo von Cordova oder die Wiedereroberung von Granada* (1793).

5. « Serviteur » : formule de congé, « Adieu » ; « *Gott befohlen !* », dans le texte allemand.

6. Le trombone joue un rôle important dans le « Dies irae » du *Requiem* de Mozart.

Page 197.

1. Boabdil (Abu'Abd Allah), le dernier roi maure de Grenade sous le nom de Muhammad XI, devait mourir au Maroc en 1493.

Page 198.

1. « Comme des voix de sirènes » : allusion au célèbre épisode du chant XII de l'*Odyssée*.

Page 199.

1. « Zulema, la lumière du chant à Grenade », dit le texte allemand (*das Licht des Gesanges in Granada*).

Page 200.

1. « Le vieux Ferreras » : « considéré comme le grand maître du chant », dit le texte allemand (*der hohe Meister des Gesanges*).

Page 201.

1. « *Flauti piccoli* » : le maître de chapelle donne, après le nom italien de ces instruments, l'équivalent allemand, *Oktav-flötchen*, que calque le terme retenu par Loève-Veimars, « flûtes d'octave ».

2. La voix du diable est une voix de fausset.

3. « Un mendiant couvert de haillons » et d'épithètes, *ein elender zerlumpter Bettler*.

4. « *Pleni sunt caeli gloria tua* » : Les cieux sont pleins de ta gloire.

Page 203.

1. « La Santa Fe que nous connaissons encore aujourd'hui », dit le texte allemand.

2. « Un des répons de Palestrina », ou plutôt attribués à Palestrina (1525-1594). Il s'agit des *Responsoria hebdomadae sanctae* (1588) d'Ingegneri (1547-1592). L'édition de Philippe Forget fournit cette précision (*op. cit.*, p. 276, n. 33), rappelant

qu'«un répons est un chant dont les paroles sont empruntées aux Écritures saintes, exécuté par un soliste et que le chœur reprend en partie ou en entier». – «Piano»: le mot semble impropre, mais traduit *fortepiano*.

Page 204.

1. Hichem, le dernier de la famille des Alhamar, qui depuis le XIVᵉ siècle s'opposait à celle des Farady pour la suprématie à Grenade.

2. «Elle a renoncé à la croyance de Mahomet»: ou plutôt au service de Mahomet.

Page 205.

1. «*Te Deum*» (*laudamus*): «Nous te louons, Seigneur.»

2. «*Sanctus, sanctus Dominus…*»: c'est le début du *Sanctus*.

Page 206.

1. «*Benedictus qui…*»: «Béni celui qui vient au nom du Seigneur.»

2. «*Dona nobis pacem*»: «Donne-nous la paix». Ce sont les dernières paroles de l'Agnus Dei, donc de la messe.

Page 207.

1. Le *Stabat mater* de Pergolèse (1710-1736), que le compositeur italien acheva à la veille de sa mort prématurée. Il est considéré comme un chef-d'œuvre du genre.

LA MAISON DÉSERTE

La division en chapitres numérotés est de Loève-Veimars.

Page 211.

1. Opposition fondamentale, que gauchit légèrement la traduction de Loève-Veimars, entre les phénomènes réels dans la vie (*die wirklichen Erscheinungen in Leben*) et l'imagination la plus vive (*die regste Fantasie*). Le texte est placé non pas sous le signe du fantastique, mais du surprenant, du merveilleux (*wunderbarer*).

2. Lélio, un nom que reprendra Hector Berlioz dans *Lélio*

ou le Retour à la vie, son *op*. 146, créé en 1832 au Conserva-
toire national de musique de Paris.

    3. « Notre premier père », c'est-à-dire Adam. Franz enchaî-
nera avec une citation de l'Évangile.

Page 212.

    1. Lazzaro Spallanzani (1729-1799), savant italien qui avait
fait des expériences sur les chauves-souris, leur reconnaissait
un sixième sens leur permettant de s'orienter correctement
dans l'espace même quand elles sont privées de la vue. Son
article sur cette question fut publié en 1794, à Leipzig, dans le
Neues Journal der Physik. Malgré le l en moins, il reste quelque
chose de ce savant dans le Spalanzani de « L'Homme au sable ».

Page 213.

    1. Berlin : ***n dans le texte allemand. Mais l'allusion est
transparente à cette ville où Hoffmann a vécu et qu'il connaît
bien.

    2. La porte de Brandebourg : ***ger Tore dans le texte alle-
mand. L'avenue proche est *Unter den Linden*.

Page 214.

    1. « D'une façon bien singulière » : *ganz wunderliche*, tout à
fait singulière. C'est cette singularité même qui introduit au
merveilleux (*wunderbar*).

Page 215.

    1. Retour du motif du *Geisterseher*, le mot allemand ici
traduit par « visionnaire ».

    2. Le comte P. : *Graf P.*, c'est-à-dire sans doute le comte
Pückler-Muskau (1785-1871), bien connu de Hoffmann. Mais
il fait l'économie de l'histoire de leur relation, réduite à ce qui
seul importe pour le récit.

Page 216.

    1. L'opposition essentielle entre le prosaïque et le poétique
est marquée encore davantage dans le texte allemand. Voir
plus loin (p. 217) le « démon prosaïque » qui s'introduit dans
l'esprit même de Théodore.

Page 217.

    1. Dans cette note, due à Loève-Veimars lui-même, le tra-

ducteur introduit le mot *Konditor*, qui figure dans le texte du conte nocturne.

Page 218.

1. La comtesse de S***: *Gräfin von S*, la duchesse de S. L'identité cette fois ne peut être précisée et n'a pas besoin de l'être.

Page 219.

1. « Une odeur endiablée » : le traducteur force ici la note dans cette expression plus concise que celle, surchargée, du texte original, *ein sonderbarer ganz eigentümlicher Geruch* (éd. Reclam, *op. cit.*, p. 167), soit « une odeur vraiment insolite et très particulière » (trad. de Philippe Forget, *op. cit.*, t. II, p. 84).

Page 220.

1. Cet intendant n'est pas seulement âgé ; il est d'un autre âge.

2. « Dans l'attitude d'un écureuil » : souvenir possible du *Tristram Shandy* de Sterne.

Page 221.

1. Le comte de S*** : le texte allemand donne bien *Kammer-diener des Grafen von S.*, puis *die Gräflich S-sche Familie*. Loève-Veimars, pour une raison incompréhensible, a substitué Z. à S., rétabli dans notre édition.

Page 224.

1. Le conte nocturne pourrait tourner au roman d'aventures (*Abenteuer*). Sur ce genre, voir le livre de Jean-Yves Tadié, *Le Roman d'aventures* (PUF, coll. « Écriture », 1982), où l'aventure est présentée, dès la première phrase, comme « l'essence de la fiction ». Il y est fait allusion à Hoffmann, p. 39.

2. « Ses yeux ont quelque chose de vide », comme ceux d'Olimpia dans « L'Homme au sable ».

Page 225.

1. « Que je serais tenté de nommer un songe éveillé », *das ich beinahe waches Träumen nennen möchte* : à défaut d'une définition, une approximation.

Page 228.

1. La référence est précise : l'ouvrage de Johann Christian Reil, *Rhapsodien über die Anwendung der psychischen Curmethode auf Geisteszerrüttungen* (Rhapsodies sur l'application de la méthode curative aux délabrements mentaux) a été publié à Halle en 1803.

Page 229.

1. Le docteur K*** : à l'initiale K*** dans le texte allemand, Loève-Veimars, pour une raison incompréhensible, a substitué R*** dans sa traduction. L'allusion à l'ami de Hoffmann, le docteur Koreff, est transparente ; professeur de médecine à Berlin, il l'initia au mesmérisme. Voir l'ouvrage que Marietta Martin lui a consacré, *Le Docteur Koreff (1783-1851), un aventurier intellectuel sous la Restauration et la Monarchie de juillet* (1925, reprint Slatkine, 1977). Installé à Paris en 1822, c'est lui qui fit connaître les œuvres de Hoffmann à Loève-Veimars, son futur traducteur.

Page 231.

1. « Le Magnétiseur » (*Der Magnetiseur*) est le titre d'un des textes écrits par Hoffmann à Dresde du 19 mars au 19 août 1813 dans *Fantasiestücke in Callots Manier* (voir *Contes fantastiques*, « Folio classique », p. 171-240).

2. Références à Kluge, *Versuch einer Darstellung des animalischen Magnetismus als Heilmittel* (Essai de description du magnétisme animal considéré à travers ses vertus curatives), 1811, à G. H. von Schubert (1780-1860) et à Ernst Bartels (1778-1838), *Grundzüge einer Physiologie und Physic des animalischen Magnetismus* (Fondements d'une physiologie et physique du magnétisme animal), publié à Francfort en 1812.

Page 233.

1. Philippe Forget situe l'épisode en 1806, après les victoires napoléoniennes d'Iéna et Auerstädt, qui entraînèrent l'effondrement militaire de la Prusse (*op. cit.*, t. II, p. 293, n. 26).

Page 239.

1. La cour de ** : *** *n*, dans le texte allemand, ce qui devrait permettre de rétablir Berlin.

Page 242.

1. Berlin : toujours *** *n* dans le texte allemand.
2. Le nom de la ville de D., désignée par cette initiale dans le texte allemand, n'a pas besoin d'être précisé.

Page 245.

1. Plaisante allusion finale à Spallanzani, à la faveur d'une variation sur « Bonne nuit » : « *Gute Nacht, du spallanzanische Fledermaus !* ».

LE MAJORAT

La division en chapitres est due à Loève-Veimars.

Page 249.

1. « La famille de R... » : le nom de cette famille est *R...schen* dans le texte allemand. — « R...bourg » : Loève-Veimars transpose ainsi *R...sitten*, où l'on peut reconnaître Rossitten, au nord de Königsberg. Mais Hoffmann ne s'impose aucune rigueur géographique dans la description du paysage environnant. Ce château est fort éloigné de la Courlande, qui se trouve du côté de l'Estonie.

Page 250.

1. « Cette demeure gothique » : la notion de gothique est ici absente du texte allemand. Hoffmann se contente d'indiquer un château vieux et isolé (« *alt und einsam liegend* »).
2. « L'esprit des mers » (*Meergeist*) est le pendant de l'esprit de la terre, cet *Erdgeist* dont il est question dans le *Faust* de Goethe. Le baron Roderich entretient avec lui un véritable dialogue.
3. Reprise d'un motif de « L'Homme au sable » et de « La Maison déserte », la magie noire (*Schwarzen Kunst*, l'art noir, dans le texte allemand) étant ici l'équivalent des opérations alchimiques. Hoffmann pratique la variation tout en restant dans le même registre.

Page 252.

1. « Le vieil avocat V… » : le modèle pourrait en être Christoph Ernst Voetteri, grand-oncle de Hoffmann.

Page 254.

1. François : *Franz* dans le texte allemand.
2. « M. Le justicier », *Herr Justitiarus*, nom à consonance latine donné au chargé d'affaires juridiques dans le domaine.

Page 256.

1. « Le château tout entier s'est écroulé » : le risque d'écroulement fait penser à la maison Usher et à son sort dans le conte qu'écrira Edgar Poe, lecteur de Hoffmann et en particulier du « Majorat ». (Voir Alain Montandon, *Les Yeux de la Nuit, op. cit.*, p. 217.)

Page 259.

1. *Le Visionnaire* (*Der Geisterseher*) est un roman que Schiller a laissé inachevé, après l'avoir publié dans des livraisons partielles successives en 1787, 1788 et 1789, le texte étant encore modifié pour la réédition de 1798. Philippe Forget précise (*op. cit.*, t. II, p. 294-295, n. 3) que « le passage que lit ici Théodore (le neveu) se réfère manifestement au moment où un mystérieux Sicilien raconte les noces de Lorenzo, au cours desquelles l'esprit de son frère Jeronimo, qui est mort assassiné, apparaît à minuit et désigne son assassin ». On retrouvera *Le Visionnaire* dans le roman de Hoffmann *Les Élixirs du Diable*. (Ce point est longuement développé par Alain Montandon dans *Les Yeux de la Nuit, op. cit.*, p. 220-221.)

Page 260.

1. « Les pas s'étaient de nouveau fait entendre » : retour de ce motif essentiel dans les *Contes nocturnes*, depuis « L'Homme au sable ».

Page 261.

1. « À la mode la plus gothique » : là encore, c'est Loève-Veimars qui introduit la notion de gothique. Le cérémonial cher aux deux vieilles baronnes, qui semble comique au jeune observateur, lui paraît aussi démodé que leurs atours à l'ancienne mode.

2. «… effrayantes et presque surnaturelles» : la vieillesse est inquiétante dans ce conte et, d'une manière générale, dans les *Contes nocturnes*. D'où l'insistance, dans le texte allemand, sur les mots «*der Alte*» (le vieux), «*die Alte*» (la vieille), que Loève-Veimars s'est employé à varier. Comme le fait observer Alain Montandon (*op. cit.*, p. 221), «le jeune homme dresse des vieilles demoiselles un portrait caricatural et fantastique digne, non seulement d'une gravure de Callot, mais du génie d'un Goya qui sut également peindre avec cruauté l'horreur de la vieillesse».

Page 262.

1. «Cet être étrange», «*den graulichen Unhold*». Philippe Forget traduit «cet horrifiant démon» (*op. cit.*, t. II, p. 133).

Page 263.

1. «Elle sonna minuit» : «elle sonna douze» (*Sie schlug zwölfe*), dit le texte allemand.

2. «Que fais-tu ici…» : voir le commentaire d'Alain Montandon (*op. cit.*, p. 221-222) : «l'oncle avec courage s'adresse à l'invisible revenant en opérant pour ainsi dire une cure psychique, puisqu'il répète les derniers mots du baron assassiné : "Daniel! Daniel! que fais-tu ici à cette heure?" et l'exhorte alors à chercher grâce auprès du Tout-Puissant et à renoncer à revenir hanter les lieux de son crime».

Page 265.

1. «Un simple écrivain» : un simple scribe, «le greffier ordinaire» (trad. Ph. Forget, *op. cit.*, p. 136).

2. «De grandes fontanges» : c'était la coiffure de Mademoiselle de Fontanges, l'une des favorites de Louis XIV, «coiffure composée d'une armature en laiton soutenant des ornements en étoffe, eux-mêmes séparés par des rubans et des boucles de cheveux postiches» (*ibid.*, p. 295, n. 5).

Page 266.

1. «C'est ce que je ne voulais et que je ne pouvais pas faire» : traduction libre pour «*das wollte und konnte ich*», «voilà ce que je voulais et pouvais». Loève-Veimars omet l'expression par laquelle le jeune homme amoureux exprime son amour «romantique et même chevaleresque» (*romantische, ja wohl ritterliche Liebe*).

2. Dans le texte allemand *Seraphine*, comme ici dans cet appel redoublé, ou quelquefois le diminutif *Seraphinchen*.

Page 268.

1. La harpe était souvent associée à la flûte, jusque dans le *Concerto pour flûte et harpe* de Mozart.

Page 269.

1. Mlle Adélaïde : *Adelheid* dans le texte allemand. Beethoven a composé un lied portant ce titre.

2. Mozart a composé aussi quatre concertos pour cor et orchestre et un concerto pour hautbois qui n'ont rien de commun avec les cors de chasse et les « hautbois criards » dont il est question ici.

Page 270.

1. « *Toutes mes volontés…* » : cantique sur des paroles du poète baroque Paul Fleming.

Page 271.

1. « Le clavecin » : de *Fortepiano* à *Clavizimbel*, l'instrument aura été désigné par des mots qui vont en le dévaluant.

Page 272.

1. Théodore : ce prénom incite à assimiler le neveu avec E. T. A. Hoffmann lui-même.

2. « Le fil d'archal » : fil de laiton.

Page 273.

1. Toutes les citations sont tirées des livrets de Métastase. Tour à tour « sans toi », « écoute-moi, toi que j'idolâtre », « je me sens mourir ». Loève-Veimars abrège et supprime « *Addio* » et « *Oh dio* ».

Page 274.

1. « L'hiéroglyphe » : notion importante dans le Romantisme allemand.

2. « Des canzonnettes espagnoles » : le terme est plutôt inadéquat.

Page 276.

1. « Colloque » au sens de simple conversation, ou plutôt de discussion.

2. « Un sentiment funeste… » : le texte de Hoffmann développe davantage la description des signes qui prouvent que
l'esprit de la baronne est perturbé par des puissances mystérieuses.

Page 279.

1. « Ce mot de revenant » : Hoffmann introduit dès cette
phrase le Spectre qui hante la maison et qui inquiète la
baronne (« *die feindliche Wirkung des Hausgespenstes* »).

Page 280.

1. Le pouvoir d'Orphée s'exerçait sur les bêtes sauvages,
celui d'Amphion sur les pierres.

Page 282.

1. « *Ochi, perchè piangete ?* » : « Yeux, pourquoi vous plai-
gnez-vous ? », paroles tirées d'une cantate de l'abbé Augustino
Steffani (1654-1728).

Page 285.

1. « Je me chasse… » : les traducteurs modernes préfèrent
une traduction moins contournée : « Je me fais sauter la cervelle ».
2. « Le berger amoureux, à l'heure solennelle de la mort » :
l'heure du berger devient l'heure de la mort, dans un contexte
résolument parodique
3. « C'est une fois ainsi » : Loève-Veimars prend pour cette
phrase le parti d'une traduction littérale qui a pu surprendre.

Page 286.

1. « Un blanc-bec » : on retrouvera dans « Le Cœur de pierre »
cette expression pourtant plutôt rare, « *Kiek in die Welt* », qui
désigne un jeune homme trop naïf.
2. « Une landsmanschaft » : il s'agit d'une association d'étudiants. La note explicative est de Loève-Veimars lui-même.

Page 289.

1. « Le maudit clavecin… » : l'expression est plus péjorative
encore. Philippe Forget traduit : « cette maudite caisse de
malheur de l'inspectrice » (*op. cit.*, p. 164).

Page 291.

1. « C'est l'ange protecteur de notre famille » : le motif est encore plus accentué dans le texte de Hoffmann, ainsi que la reconnaissance que voue le baron au vieil avocat.

Page 293.

1. « *Et Séraphine !* » : le nom même paraît chargé de magie et agit à la manière d'une drogue, d'un excitant ou d'un poison.

2. « Un malin démon... » : le rôle apparemment démoniaque d'Adélaïde s'accentue.

Page 294.

1. « Je courus dans le bois de pins » : la forêt devrait être un refuge et un lieu de paix.

Page 297.

1. « Les illusions des autres âges » : renouvellement du *topos* des âges de la vie, dont la vieillesse est l'hiver.

2. « Dans ce récit... » : cette modification va permettre l'introduction d'un nouveau récit à l'intérieur du récit, selon une modalité chère à Hoffmann.

Page 298.

1. « Le baron Roderich de R... », c'est-à-dire le fondateur du majorat.

2. On découvre, avec ce nom de Daniel, l'intendant de jadis, la raison du double appel entendu dans le récit-cadre.

Page 301.

1. « Toi, vieux coquin... » : Daniel a peut-être été associé aux pratiques du baron Roderich comme Coppelius à celles du père de Nathanaël, sans en avoir été du moins l'inspirateur. Tel est le soupçon du baron Wolfgang.

Page 303.

1. Le frédéric était une monnaie frappée à l'effigie du roi de Prusse.

Page 304.

1. Le corbeau est traditionnellement un oiseau de mauvais augure.

Page 310.

1. Isaac Lazarus : cette attribution, non expliquée, peut être
fictive.

Page 313.

1. « Le chasseur du baron », c'est-à-dire son garde-chasse.

Page 315.

1. « Un écrivain » : un secrétaire, en tout cas homme d'écritures.

Page 322.

1. « Dans l'armée d'expédition… » : cette expédition prend
place dans la guerre qui oppose la Russie à la Perse entre 1804
et 1813. La victoire russe ne fut complète qu'en 1828, donc
au-delà de la mort de Hoffmann.

Page 326.

1. Suwarow : maréchal russe (1729-1800), qui fut l'adversaire des Français pendant la première campagne d'Italie.

Page 328.

1. Il s'agit plutôt d'un épilogue, venant après le récit, très
économe, de la mort de Séraphine. Il n'y a pas d'indication
correspondante dans l'original, et c'est Loève-Veimars qui
ajoute ce titre, « Conclusion ».

Page 329.

1. « Puissance ténébreuse » : *böse Macht*, force mauvaise,
dans le texte allemand. Il s'agit vraiment de la puissance des
ténèbres.

LE VŒU

Page 333.

1. « Le jour de Saint-Michel » : une date qui revient plusieurs
fois dans les *Contes nocturnes* et d'une manière générale chez
Hoffmann.

2. Les Carmélites : ordre de religieuses, fondé au XIIIᵉ siècle,
dont les règles sont particulièrement sévères.

3. Le traducteur omet cette précision : « depuis l'office ».

Page 334.

1. Une précision supplémentaire dans le texte : un valet en a ouvert la portière.

2. « Un couvent de religieuses de l'ordre de Cîteaux », donc un couvent de cisterciennes. L'ordre avait été fondé en 1098.

3. Ici le traducteur abrège, négligeant en particulier le simple verre d'eau demandé par la dame voilée à la maîtresse de maison et les gouttes d'élixir que celle-ci y a versées.

Page 335.

1. « Le mystère de toute cette aventure » : ce mystère est créateur d'angoisse, précise le texte de Hoffmann.

Page 336.

1. Le texte de Hoffmann est ici plus explicite et se passe de points de suspension. La dame serait sur le point d'accoucher, du moins dans quelques semaines.

2. O*** : Philippe Forget voit là une « allusion onomastique transparente à *La Marquise d'O* », de Heinrich von Kleist. (Sur ce rapprochement, voir son édition, t. II, p. 49-50.)

Page 337.

1. « Dès que le jour commençait à grisonner » : c'est le traducteur qui voit le crépuscule en clair et l'aube en gris.

Page 338.

1. « Une nourriture plus succulente » : plus fortifiante, surtout.

2. « Un signe terrible » : un stigmate.

3. « La femme noire » : plus exactement « la Dame noire du bourgmestre ».

Page 340.

1. « Un scapulaire » : un capuchon. — « Un Agnus Dei » : un petit médaillon représentant le Christ.

2. « Un masque très mince » : un masque blanc, ce qui fait du visage de la jeune mère « une figure d'une blancheur de marbre et comme raidie par la mort » (trad. d'André Espiau de La Maëstre). Et ce visage en effet va tendre à se réduire à un masque, « un épouvantable masque de mort » (trad. de Philippe Forget).

Page 341.

1. «Un état d'insensibilité totale»: Philippe Forget traduit: «un état semblable à celui d'un automate», motif qui, depuis «L'Homme au sable», joue un rôle véritablement conducteur dans les *Contes nocturnes*.

Page 342.

1. Une sœur tourière, donc non cloîtrée, qui entretient des relations avec le monde extérieur, réceptionnant en particulier les provisions (voir par exemple la dernière scène du *Soulier de satin* de Claudel).

2. Népomucène: en allemand Nepomuk.

Page 343.

1. «La chute humiliante de la Pologne»: allusion à la situation de la Pologne qui, au XVIIIe siècle, était sous tutelle russe. Une insurrection avait échoué en 1768. Elle fut suivie de trois partages (1772, 1793, 1795).

2. «Le premier partage de la Pologne»: ce partage de 1772 s'était fait entre la Russie, l'Autriche et la Prusse.

Page 344.

1. Tadeusz Kosciuszko (1746-1817), officier patriote, qui conduisit l'insurrection aboutissant à la proclamation de Polaniec en mai 1794. La défaite, à l'automne, aboutit à l'emprisonnement de Kosciuszko, à la reddition de Varsovie et au troisième partage (24 octobre 1795), qui supprima le pays de fait. Il était même interdit de prononcer le nom de Pologne.

Page 346.

1. «Uhlan»: cavalier mercenaire, représenté armé d'une lance.

2. «Nous n'avons pas aimé te voir partir, nous préférions notre amitié au pays». Ces paroles avaient été chantées quand Kosciuszko était parti pour l'Amérique.

Page 348.

1. Note de Loève-Veimars. Carlo Gozzi (1720-1806) conçut *Turandot* (1764) en s'inspirant d'un des contes des *Mille et un jours* de François Pétis de la Croix. Schiller l'adopta par la suite en allemand. Le personnage doit surtout sa célébrité au futur opéra de Puccini.

Page 349.

1. « Vaine poupée » : autre motif qui peut rappeler *L'Homme au sable*. « Pauvre marionnette creuse », traduit André Espiau de La Maëstre, et Philippe Forget « Figurine vaniteuse ». Le motif sera repris plus bas, quand le comte croira pouvoir apprécier que sa fille ait changé la poupée en être vivant.

Page 352.

1. « Cet homme… » : c'est-à-dire Napoléon Bonaparte.

Page 356.

1. Là encore c'est Loève-Veimars qui introduit l'hésitation et les points de suspension.

Page 362.

1. « Un prêtre » : c'est le père Cyprien, dont il a été question plus haut dans la bouche d'Hermenegilde, et qui est en fait le confesseur de la maison (voir plus bas).

Page 363.

1. C'est Loève-Veimars qui a introduit ces deux lignes de points de suspension (points de conduite en typographie). L'original ne les justifie pas.

Page 365.

1. Camaldules : religieux d'un ordre fondé en 1010 en Toscane, à Camaldoli.

LE CŒUR DE PIERRE

La division en chapitres est due à Loève-Veimars.

Page 369.

1. G** : sans doute Glogau, comme dans « L'Église des jésuites de G. ».

2. « La légère offrande » : un petit pourboire pour le jardinier qui guidera la visite de cette maison par le lecteur-voyageur, ou du moins par le lecteur invité au voyage.

3. «Cette maison»: une autre maison déserte, une maison vide depuis la mort de son occupant, le conseiller Reutlinger de G.

4. «Les ornements grotesques»: au sens romantique du terme, tel qu'il sera repris par Edgar Poe, associé à un autre terme de Hoffmann présent ici, l'arabesque, dans ses *Tales of the Grotesque and the Arabesque*: Voir la Préface.

Page 370.

1. «Un léger sentiment d'effroi»: c'est ce frisson que fait passer le conte nocturne lui-même.

2. «Ce style baroque»: l'association peut surprendre, si l'on considère le goût du siècle de Louis XIV comme «classique» et ce qui le précède comme «baroque».

Page 371.

1. Le texte allemand ne marque même pas ici d'alinéa. C'est du lieu même de sa sépulture qu'émane la voix du défunt conseiller, et pourtant l'on est reporté à une date antérieure à sa mort. Il y aura quelque chose de cela dans le poème placé par Verlaine à la fin des *Fêtes galantes* (1869), «Colloque sentimental», et c'est bien une manière de colloque sentimental qui s'engage entre le conseiller Reutlinger et la conseillère Foerd.

Page 373.

1. Le Juif errant, Caïn, deux figures romantiques.

2. Avec le regard d'Isis, cette jeune fille est pourtant féroce comme la Sphinx de Thèbes. Hoffmann réunit deux figures mythologiques, celle de la déesse égyptienne revue par Mozart et Schikaneder dans *La Flûte enchantée* (1791), devenue en France *Les Mystères d'Isis*, et celle qui se tient aux portes de la ville de Thèbes dans l'*Œdipe roi* de Sophocle.

Page 376.

1. «Dans quelque vieux roman»: le texte de Hoffmann et la réplique de Ernst sont beaucoup plus précises: «Et toi, il me semble que je t'ai déjà aperçu dans *La Banise asiatique*» (trad. P. Forget, t. II, p. 266). Il s'agit de *Die asiatische Banise oder Das blutig, doch muthigue Pegu*, roman de Heinrich Anshelm von Zigler und Kliphausen (1663-1696) publié en 1689.

2. «... à la Titus»: plus exactement, «sous la perruque que j'ai placée sur mon titus» (trad. P. Forget, *op. cit.*, t. II, p. 266),

le titus étant une coiffure prenant pour modèle celle de l'empereur romain Titus sur les bustes et statues qui le représentent : des cheveux courts, avec de petites mèches aplaties sur la tête.

Page 377.

1. L'équivalent de la villa de Tusculum, cadre des *Tusculanes* de Cicéron qui y résidait.

Page 379.

1. « Des sambenitos », ou plutôt *sanbenitos*, dont on coiffait ceux que l'Inquisition condamnaient au bûcher.

2. « Salama mileh ! » : « Salut à toi, ô roi ! », expression dont nous avons fait « salamalec », manifestation de respect exagérée.

3. « *Oh ! che vedo. — O dio che sento !* » : « Oh ! Que vois-je. — Ô Dieu, qu'est-ce que je sens ! »

4. Farinelli, le célèbre castrat, de son vrai nom Carlo Broschi, né à Naples en 1705 et mort à Bologne en 1782.

Page 380.

1. « La remarquable histoire du chien de mer » : c'est l'histoire du Phoque, ou chien de mer, morceau de bravoure d'Exter, mais rapportée à la troisième personne par Willibald.

Page 381.

1. Ali est un cousin de Mahomet. Il avait épousé Fatima, la sœur du prophète. (La note est de Loève-Veimars.)

Page 382.

1. « Une petite créature... » : ce n'est pas exactement à cela que le texte fait allusion, mais, comme le signale Philippe Forget (*op. cit.*, t. II, p. 303, n. 18), à une « petite poupée de verre plongée dans un verre empli d'eau ».

2. Seuls figurent dans le texte allemand ces mots en français : « Amenez vos troupeaux bergères ». On reconnaît la chanson : « Il pleut, il pleut, bergère, / Rentrez vos blancs moutons ».

3. Archangelo Corelli (1653-1713), violoniste, maître de chapelle et compositeur italien, qui avait acquis une célébrité européenne.

4. Le théorbe : une sorte de luth, plus grave que le luth habituel.

5. Pasquale Anfossi (1727-1797), qui a composé tant des opéras que de la musique religieuse.

6. Loève-Veimars, dans cette note, fait allusion au baron de Münchhausen, fameux mythomane, le «Lürgenbaron» de Bürger et d'Immerman.

Page 384.

1. Note de Loève-Veimars. Cette traduction littérale, «toute jean-paulisée», est tout à fait juste, et c'est celle qu'a retenue et adaptée Philippe Forget (*op. cit.*, t. II, p. 275): «Telles furent les paroles de Clémentine, qui jean-paulinisait avec beaucoup de pathos tout en saisissant discrètement la main d'un gracieux blondinet.»

Page 385.

1. Jean: Johann, amoureux de Juliette, elle-même bizarrement devenue Henriette dans la traduction de Loève-Veimars. Peut-être a-t-il voulu éviter la confusion entre les Julia (la conseillère Foerd et sa deuxième fille portent déjà ce prénom), ou peut-être y a-t-il un enchaînement dans la convention des prénoms de femmes aimées dont on retrouverait la trace dans ces vers de Rimbaud (le poème, sans titre, commence par «Plates-bandes d'amarantes»):

> [...] balcon
> Ombreux et très bas de la Juliette.
> La Juliette ça rappelle l'Henriette,
> Charmante station de chemin de fer.

Page 386.

1. Wéber-Zettel: c'est de Bottom qu'il s'agit, le tisserand transformé en âne dans la comédie de Shakespeare, *Le Songe d'une nuit d'été*. Telle est la bourde, dont Loève-Veimars est le premier responsable, et qui fut pieusement reprise par la suite (Philippe Forget en accuse le traducteur du volume publié par les éditions Phébus, en fait celle qu'a supervisée Albert Béguin et qui a été plusieurs fois rééditée — traduction revue d'un autre traducteur du XIXᵉ siècle, Henri Egmont).

2. «Un physiognognomane»: quelqu'un qui pratiquerait avec excès la physiognomonie; néologisme de l'auteur.

Page 387.

1. Ici Loève-Veimars saute une phrase, que Philippe Forget traduit ainsi (*op. cit.*, t. II, p. 279) : « Tu as bien raison de faire du tailleur qui cherche douloureusement à se dégager de sa posture le personnage principal de l'ensemble inférieur, il y a dans son visage une souffrance laconique ! » L'allusion renvoie au groupe sculptural de l'époque hellénistique représentant Laocoon et ses fils, modèle d'expression pathétique commenté par Lessing dans son essai publié en 1766, *Laocoon ou propos sur les frontières entre peinture et poésie*. (Voir P. Brunel, *Anthologie de l'art grec*, Bibliothèque des Introuvables, 2009, p. 176-177.)

Page 388.

1. « Une paire de castagnettes » : ce sont plutôt des cornets à bouquin, qui sont des instruments à vent. — « Une joyeuse sarabande » : on attendrait plutôt « sarabande pathétique » (P. Forget, *op. cit.*, t. II, p. 281). La sarabande est en effet une danse lente. On a voulu en faire tout autre chose.

Page 395.

1. Max : « Charles », dans la traduction de Loève-Veimars, est une coquille ici corrigée.

Page 396.

1. Horion : nom du personnage principal d'Hespérus (*Hesperus oder 45 Hundsposttage, Eine Biographie*, 1795), le deuxième roman de Jean Paul. Il avait fait graver ces mots en lettres blanches sur une plaque de marbre noir en prévision de sa mort. Cette allusion finale à Jean Paul, un écrivain qui compte beaucoup pour Hoffmann, corrige ce qu'il pouvait y avoir d'ironique dans l'allusion précédente.

DOSSIER

COLLECTION FOLIO

Composition Interligne
Impression Maury-Imprimeur
45330 Malesherbes
le 13 janvier 2012.
Dépôt légal : janvier 2012.
Numéro d'imprimeur : 169960.

ISBN 978-2-07-035632-4. / Imprimé en France.